Helga Brodkorb

Frank E. Peretti

Der Gesandte des Lichts

Roman

Frank E. Peretti

Der Gesandte des Lichts

Roman

Titel der Originalausgabe:
The Visitation

1. Auflage 2000

Auf der Grundlage der neuen Rechtschreibregeln.

Die Bibelstellen wurden der Luther-Übersetzung entnommen.

ISBN 3-89490-327-9

Übersetzung: Susan-Beate Zobel
Umschlaggestaltung: Aaron L. Opsal, Michael Wenserit
Umschlagfoto: Kamil Vojnar
Satz: Nicole Schol, Projektion J Verlag
Druck und Verarbeitung: Ebner Ulm

In liebevollem Gedenken an Kip Jordon

Prolog

Schwere Hammerschläge trieben den Nagel immer tiefer. Er drang durch die Haut und zerfetzte Gefäße. Der Hammer traf den Nagel, durchbohrte den Muskel, zersplitterte Knochen und schlug den Arm ans raue Holz. Unablässig, unbarmherzig schlug der Hammer den Nagel ins Holz.

Dann war das grausame Werk vollbracht. Der junge Mann hing dort unter der sengenden Mittagsglut, blass vor Schmerz und allein. Er konnte sein Gewicht nicht verlagern, die Knie nicht beugen, nicht einmal den Kopf bewegen, ohne dass ihn rasende Schmerzen durchzuckten. Seine Handgelenke schwollen rund um die Nagelköpfe an. Das Blut trocknete in der Sonne, eine braune Spur blieb auf dem Holz zurück.

Seine Schreie verhallten ungehört. Gott antwortete nicht.

War es am Ende Gott selbst gewesen, der die Nägel eingeschlagen, den Hammer zur Seite gelegt und ihn mit einem letzten, triumphierenden Lachen angesehen hatte, bevor er ihm für immer den Rücken kehrte? Hatte Gott ihn in der Hitze zurückgelassen, blutend, unfähig, zu stehen oder zu fallen? Fassungslos folgten seine Augen dem quälend langsamen Pfad der Sonne am wolkenlosen Himmel.

Der Schmerz machte ihn fast besinnungslos.

Er roch seinen Schweiß. Die Haut färbte sich rot, das getrocknete Blut wurde rissig. Alles, was er wahrnahm, war Schmerz.

Er schrie, doch in seinem von der brütenden Hitze verwirrten Kopf hörte er nur noch die Stimmen seiner Peiniger. Er würde sie nie vergessen. Sie würden sich mit der Erinnerung an das knirschende Geräusch der Nägel zu dem Motiv vermischen, das fortan seine Alpträume bestimmte.

»Teufelsbrut« hatten sie ihn genannt, »eine Ausgeburt der Hölle«.

Teufelsbrut? War er ein Kind des Teufels?

Er schrie ein letztes Mal. Dieses Mal wurde er erhört. Eine Stimme, ein Geist antwortete und eine Kraft besetzte ihn. Jetzt konnte er den Schmerz ertragen. Schmerz wurde zur Triebkraft seines Willens. Er würde leben, das schwor er sich. Leben und wissen, was er zu tun hatte.

1

Seit Sally Fordyce wieder zu Hause wohnte, nahm sie sich jeden Morgen die Zeit, zu ihrem Lieblingsbaum zu joggen. Der Weg war gesäumt von Getreidefeldern, die sich im frühlingshaften Grün über die Hügel erstreckten. Es war ein klarer, sonniger Morgen, nur die kühle Brise erinnerte daran, dass es erst April war.

Mit ihren 19 Jahren hatte sie bereits eine große Enttäuschung hinter sich. Vor einem halben Jahr hatte sie geheiratet, mit der ganzen Hoffnung und Freude, zu der ein verliebter Teenager fähig ist. Doch schon nach drei Monaten hatte ihr junger Ehemann sie wegen einer anderen Frau verlassen. Was blieb ihr anderes übrig, als wieder bei ihren Eltern einzuziehen? So war sie nun wieder das Kind von Charlie und Meg, wohnte in ihrem alten Kinderzimmer, wusch das Geschirr ab und ging mit ihren Eltern zur Kirche.

Und jeden Morgen lief sie die Anhöhe hinauf zu ihrem Baum. Er war ihr Zufluchtsort. Schon als Kind war sie oft hierher gekommen, hatte sich mit dem Rücken an den dicken Stamm gelehnt, über die wellige Hügellandschaft gesehen und geträumt. In letzter Zeit mischten sich immer häufiger auch Gebete unter ihre Gedanken. Sie betete immer das Gleiche: »Lieber Gott, bitte vollbring ein Wunder und hol mich hier raus.«

Die meisten Jugendlichen, die in Antioch aufwuchsen, zogen früher oder später in die Stadt. Selbst die älteren Leute verstanden dies. Antioch war eben kein Ort für junge Leute. Die Mehrzahl von Sallys Altersgenossen war bereits weggezogen. Nur für sie schien sich kein Weg aufzutun.

Auf den letzten Metern bis zu dem Baum beschleunigte sie ihr Tempo. Auch dieser Endspurt war Teil ihrer allmorgendlichen Routine. Oben angekommen, lehnte sie sich gegen den Stamm, keuchte heftig und ließ Arme und Oberkörper nach unten hängen. Als sie wieder zu Atem gekommen war, machte sie ihre Morgengymnastik. Sie liebte den Wind auf ihrer feuchten Haut und spürte, wie das Blut in ihrem Körper pulsierte und ihre Wangen rot färbte.

Nun erst ging sie um den Baum herum – und erstarrte. Ein junger Mann saß an ihrem Platz. Er hatte die Beine angewinkelt und sah in die Ferne.

»Sitzen Sie etwa schon die ganze Zeit hier?«, fragte sie überrascht und strich sich das nasse Haar aus der Stirn.

Er drehte sich langsam zu ihr um und lächelte. Wahrscheinlich war er in ihrem Alter. Dichte, schwarze Locken umrahmten sein markantes Gesicht. Er hatte feurige, dunkle Augen, einen bräunlichen Teint und war ein ausgesprochen gut aussehender junger Mann.

»Guten Morgen, Sally«, erwiderte er, »es tut mir Leid, wenn ich dich erschreckt habe.«

Sie versuchte, sich zu erinnern. »Kennen wir uns?«

Amüsiert schüttelte er den Kopf: »Nein.«

»Und wer sind Sie?« Sally war jetzt etwas unbehaglich zu Mute.

Er ging nicht auf ihre Frage ein. »Ich habe eine Botschaft für dich. Deine Gebete wurden gehört, Sally. Die Antwort ist unterwegs. Er kommt bald.«

Die gespannte Aufmerksamkeit, mit der sie die ersten Worte verfolgte, wandelte sich in erstauntes Stirnrunzeln: »Wer kommt bald?« Einen Moment lang senkte sie ihren Blick. Als sie ihre Augen wieder hob, war der Unbekannte verschwunden.

»Hey, warte mal!«

Schnell lief sie um den Baum herum. Mit ihren Augen durchkämmte sie die Landschaft in alle Richtungen. Doch er war nirgends zu sehen. Als ob er nur ein Produkt ihrer Fantasie gewesen wäre. Ihr Herz raste, und sie wusste nicht, ob sie sich freuen oder fürchten sollte. Eilig verließ sie den Ort, der ihr in der Vergangenheit so oft Trost und Geborgenheit gegeben hatte.

Das Innere der Marienkirche war in vielfarbiges, gedämpftes Licht getaucht. Es schien durch die bemalten Fenster und zeichnete bunte Muster auf den Boden. Obwohl sie wie die meisten katholischen Kirchen tagsüber geöffnet war, hielt sich niemand in dem großen Kirchenschiff auf. Nur ein gebeugter, älterer Mann war gerade dabei, den Boden zu wischen. Sorgfältig und offensichtlich in tiefen Gedanken versunken zog er seinen Lappen von einem Stein zum nächsten. Arnold Kowalski ließ sich viel Zeit. Er wurde für diese Arbeit nicht bezahlt, aber er tat sie aus ganzem Herzen. Es war seine Art, Gott zu dienen.

Heute bewegte er sich besonders langsam. Hin und wieder richtete er sich stöhnend auf und massierte vorsichtig seine Handgelenke. Alle Knochen taten ihm weh. Seit Monaten hatte er schon diese Schmerzen, aber so schlimm wie heute waren sie noch nie gewesen. Der Kirchenraum war entsetzlich groß. Wie sollte er das alles schaffen? Ächzend setzte er sich für einen Augenblick auf die harte Bank. Sein Blick ging nach vorne zum Altar. Dort oben, alles andere überragend, hing Jesus am Kreuz. Diese Schnitzerei war Arnold Kowalski seit seiner Kindheit vertraut. Während seine Blicke daran entlangglitten, formten sich seine Gedanken zu einem Gebet: »Könntest du mir nicht helfen? Ich putze deine Kirche und habe dabei so große Schmerzen! Du liebst doch die Menschen, oder? Für dich ist es bestimmt kein Problem, mich gesund zu machen. Warum tust du es nicht einfach?«

Erschrocken senkte er den Blick. So hatte er noch nie zu Gott gesprochen. In diesem Moment brach die Sonne durch die Wolken und strahlte hell in das Kirchenschiff. Bunte Lichtstrahlen drangen durch die hohen Fenster und wanderten über das Kruzifix. Arnold Kowalski kniff die Augen zusammen. Ihm war, als veränderte sich der Ausdruck der Figur. Sie schien helle, glänzende Augen zu bekommen. In den Augenwinkeln glitzerte es feucht und das Gesicht war weich von Barmherzigkeit. Und da? Was war das? Eine Träne löste sich von der Kante des Augenlids und hinterließ eine feuchte Spur, während sie langsam über die knochige Wange rann.

Augenblicke lang wagte der einsame Mann kaum zu atmen. Dann rannte er los. Wenn das Kruzifix weinte, dann musste er das aus der Nähe sehen. So schnell er konnte, holte er die hohe Leiter und lehnte sie an das Kreuz. Trotz der Schmerzen war er wenig später mit dem hölzernen Gesicht, das nun schon von mehreren Tränen benetzt war, auf gleicher Höhe. Regnete es durch die Decke? Täuschte ihn das Licht? Er beugte sich nach vorne, um genauer sehen zu können.

Dann streckte er zögernd die Hand aus. Zum ersten Mal bekam er Angst. Durfte er diesen Jesus berühren? Seine Hand zitterte, als er über die nasse Wange strich. Ein Kribbeln breitete sich von seinen Fingern über Hand und Unterarm aus, wie tausend kleine Ameisen zog es seinen Arm hinauf und über die Schulter in den Körper. Es war nicht stark oder schmerzhaft, aber so unerwartet und deutlich, dass er sich erschrocken an der Leiter festklammerte. Fassungslos starrte er auf seine Hände, die mit starkem Griff das Holz umfasst hielten. Immer weiter breitete sich diese Kraft in seinem Körper aus.

Er ließ mit einer Hand die Leiter los, bewegte die Fingergelenke, packte wieder zu, starrte auf seine Hände. Inzwischen war das Kribbeln in seinen Beinen und Füßen angekommen. Dann schrie er. Das Echo seiner Schreie erfüllte die Kirche. Zitternd, schreiend, lachend und weinend eilte er die Leiter hinunter, während die Kraft durch seinen ganzen Körper pulsierte.

Mit einem Segensgebet entließ Pastor Kyle Sherman die Gemeinde. Seine Frau spielte noch auf dem Klavier, während die Gottesdienstbesucher ihre Taschen und Mäntel zusammensuchten, die Kinder zur Ruhe ermahnten und sich beim Hinausgehen freundlich unterhielten. Die meisten kannten sich schon sehr lange und waren vertraut und persönlich im Umgang miteinander.

Auch Dee Baylor konnte es kaum erwarten, ihren beiden Freundinnen die neuesten Nachrichten zu berichten. Blanche Davis und Anne Folsom begleiteten sie auf dem Weg zum Parkplatz.

»Und dann war er verschwunden«, beendete sie wenig später ihre Geschichte.

»Wie verschwunden?«

»Einfach so. Weg. Spurlos verschwunden.«

Dee genoss es sichtlich, dass die beiden Frauen gebannt an ihren Lippen hingen.

»Und was hat er gesagt?«, wollte Anne noch einmal wissen.

»Er sagte: ›Er kommt bald.‹ Damit war natürlich ihr Mann gemeint. Sally sagte, sie hätte zu Gott gebetet, dass er sie von Antioch wegbringt, und nun wird Gott ihr den Mann schicken, der sie heiratet.«

»Aber sie ist doch verheiratet!« Blanche verstand die Geschichte nicht und Dee erklärte sie ihr noch einmal.

»Und habt ihr von der anderen Sache gehört? In der katholischen Kirche –?« Dee wurde von ihren Freundinnen unterbrochen.

»Wissen wir schon. Das Kruzifix hat geweint und jetzt ist Arnold Kowalski gesund.«

»Ist das nicht wunderbar?« Dee war ganz bewegt. »Jetzt beginnt Gott, in unserer Stadt zu wirken.«

»Aber ein weinendes Kruzifix, ist das nicht schrecklich katholisch? Das ist doch fast schon Aberglauben!« Wieder war es Blanche, die Bedenken hatte.

»Nein, Liebes, Gott redet zu jedem so, wie er es versteht. Und zu einem Katholiken redet er eben auf katholisch, meinst du nicht auch?«

Blanche schwieg nachdenklich.

»Ich glaube, Gott hat etwas Besonderes mit unserer Stadt vor.« Das hofften die beiden anderen Frauen auch. Sie gingen weiter auf ihre Fahrzeuge zu, während Dee stehen blieb und beobachtete, wie die Sonne durch die Wolken brach. Die blauen Himmelsstücke zwischen den Wolkenbergen wurden immer größer. Als Anne und Blanche sich nach ihr umdrehten, war sie in den Anblick versunken, der sich ihr bot.

»Dee!«

Sie reagierte nicht.

»Dee!«

Nun sahen die beiden, dass ihre Freundin betete, während sie unablässig zum Himmel starrte.

Sie liefen schnell zu ihr zurück.

»Was ist denn mit dir?«

Dee deutete wortlos auf eine bestimmte Wolke. Anne und Blanche folgten mit dem Blick ihrem ausgestreckten Arm, konnten aber nichts Auffälliges erkennen.

Ehrfürchtig stammelte Dee, ohne ihren Blick von der Wolke zu wenden: »Ich sehe Jesus.« Dann wurde ihre Stimme lauter: »Jesus, ich sehe dich, Jesus!«

Weitere Gemeindebesucher wurden auf sie aufmerksam und kamen herzu. Inzwischen hatte Dee zu singen begonnen. »Du bist der Höchste, o Herr, über allen Wolken …« Anne und Blanche versuchten immer noch, etwas zu erkennen. Dee half ihnen: »Er ist genau da«, zeigte sie ihnen, »er schaut in unsere Richtung.«

Endlich sah Blanche ihn. Sie zeigte es Anne. »Schau, hier ist sein Bart, seine Nase, seine Augen …«

Schließlich riefen alle drei Frauen begeistert: »Da ist er, stimmt, das ist er!«

Immer mehr Christen umringten die drei. Manche sahen etwas, andere gingen kopfschüttelnd weiter. Ein Ehepaar begann, darüber zu streiten, in welche Richtung Jesus schaute.

»Seht ihr, jetzt hat er eine Taube in der Hand«, rief Anne.

»Stimmt«, bestätigten einige andere.

»Das bedeutet, dass er seinen Geist über unsere Stadt ausgießen will«, erklärte Dee und ihre Stimme zitterte. Einige stimmten zu, andere bemühten sich vergeblich, irgendetwas zu sehen.

»Pastor Kyle, wir sehen Jesus«, rief eine der Frauen ihrem Pastor zu, der jetzt die Kirche abschloss.

»Auf seinem Kopf sitzt ein Huhn«, freute sich ein kleines Mädchen und deutete aufgeregt auf eine neue Wolkenformation, die sich am Himmel bildete.

»Und so ging das immer weiter«, erzählte Kyle Sherman.

»Die drei Frauen, die damit angefangen hatten, sahen alles Mögliche am Himmel. Die Wolken veränderten ständig ihre Form. Eine Zeit lang hatte Jesus eine Taube in der Hand, dann verwandelte er sich in eine

Tür, dann wurde er zu einer Flamme …« Kyle ließ die Schultern hängen. Bis jetzt hatte er keine Namen genannt.

Ich fragte ihn direkt: »War es Dee Baylor?« Er sah mich überrascht an. Ich ergänzte: »Und Anne Folsom und Blanche Davis?«

Sein Nicken drückte Erleichterung aus. Ich schien zu wissen, worüber er sprach.

»Dann verstehe ich alles«, seufzte ich und nahm noch einen Schluck Kaffee.

Es war Montag, der freie Tag des Pastors. Kyle Sherman saß an meinem Küchentisch und ließ sich meine Chips schmecken. Er war noch keine dreißig, mit dunklem, sorgfältig gescheiteltem Haar und einem Feuereifer für seinen Dienst. Seit er vor ein paar Monaten die örtliche Pfingstgemeinde übernommen hatte, war er regelmäßig mein Gast. Denn er wollte unbedingt ein guter Pastor sein.

Einerseits suchte er meinen Rat, da ich die Gemeinde viel besser kannte als er. Andererseits war auch ich in seinen Augen ein verirrtes Schaf, denn ich war nie wieder in einem Gottesdienst aufgetaucht, seit er meinen Posten übernommen hatte. Ich ging nicht einmal in die Nähe der Gemeinde und konnte mir nicht vorstellen, sie jemals wieder zu betreten.

So beehrte Kyle mich also mit seinen regelmäßigen Besuchen. Als ehemaliger Pastor verstand ich ihn. Früher war ich genauso wie er gewesen. Doch jetzt wäre ich froh, wenn er mich in Ruhe gelassen hätte.

Heute war er anders als sonst. Er war nicht so sehr darauf aus, sich um meine arme Seele zu kümmern. Vielmehr suchte er eher meine Hilfe. Scheinbar setzten ihm seine Schäfchen mit ihren Wolkenerscheinungen ernsthaft zu.

»Dee ist so …« Er brach ab und überließ es mir, den Satz zu vollenden.

»… übereifrig?« Er nickte. »Nun, die Sache ist die«, erklärte ich, »Sie geht regelmäßig zu dem Gebetstreffen von Meg Fordyce, Sallys Mutter. Dort hat sie gehört, dass Sally einen Engel gesehen hat.«

Kyle schien zu ahnen, worauf ich hinauswollte, war damit aber nicht einverstanden. »Ich glaube nicht, dass ich verstehe, was du meinst«, protestierte er.

»Es ist ganz einfach. Dee hört von Meg, dass Sally einen Engel gesehen hat. Nun will Dee etwas mindestens ebenso Gleichwertiges von Gott empfangen. Sie kann es nicht ertragen, dass ein anderer sie geistlich überholt.«

»Heißt das, du glaubst die Geschichte von Sally nicht?«, fragte Kyle stirnrunzelnd.

»Genau. Solche Geschichten gibt es immer wieder im christlichen Lager. Ich glaube sie schon lange nicht mehr. Oder hast du noch nie gehört, dass jemand einen Tramper mitgenommen hatte, der etwas von Jesu Wiederkunft sagte und dann verschwand?«

Kyle lachte.

»Siehst du, genau so bewerte ich diese Sache.«

»Und du meinst, Dee macht Sally nur nach?«

»Nein, Dee versucht, sie zu übertreffen. Sally sah einen Engel, also erscheint ihr Jesus persönlich.«

Das genügte Kyle noch nicht. »Viele sind ganz begeistert, nicht nur Dee, Anne und Blanche, auch die Whites, Familie Forester ...«

»Begeistert von Jesus mit einem Hahn auf dem Kopf?«, unterbrach ich ihn.

»Das hat ein Kind gesehen.«

»Glaube, was du willst. Aber das ist meine Meinung.« Ich versuchte, das Thema zu beenden.

Doch Kyle war noch nicht am Ende angekommen. »Was denkst du über Arnold Kowalski?«

Ich bemühte mich, keine Grimasse zu ziehen. »Hat nicht auch schon einmal ein Bild von Elvis geweint?« Meine Tasse war leer, seine auch. »Willst du noch einen Kaffee?«

»Nein, danke«, sagte er abwesend und wartete auf meine weitere Stellungnahme. Ich ging zur Kaffeemaschine und goss mir den Rest ein.

»Wahrscheinlich ist Arnold Kowalski die katholische Ausführung von Dee Baylor.«

Kyles Tonfall klang verärgert. »Nun machst du es dir aber zu einfach. Kowalski war beim Arzt und wurde geröntgt. Seine Arthritis ist verschwunden.«

Ich wärmte meine Hände an der Tasse und sah ihn lange an. »Was willst du von mir hören?«

Er seufzte. »Deine Meinung.«

»Die hast du gehört.«

Er rührte sich nicht, blickte auf seine Hände und spielte mit der leeren Tasse. Endlich fragte er leise: »Könntest du dir nicht vorstellen, dass Gott uns überraschen möchte? Er könnte doch auch einmal etwas tun, womit wir nicht gerechnet haben, oder?«

Das Thema schien ihm wirklich zu schaffen zu machen. Ich beugte mich vor und sah ihn direkt an: »Kyle, glaube mir, diese Leute sind

Opfer ihrer Fantasie. Ich rate dir, dich nicht darum zu kümmern. Solche Phänomene kommen und gehen und sind bald wieder vergessen. Alles wird ganz normal weitergehen.«

Meine Worte schienen ihn nicht zu beruhigen. »Ich muss den Leuten im nächsten Gottesdienst irgendetwas sagen.«

Welch ein angenehmer Gedanke. Er musste sich vor die Gemeinde stellen und Stellung beziehen und mir konnte das alles egal sein.

»Stimmt, du bist der Hirte und als solcher bist du für deine Herde verantwortlich. Aber du brauchst nicht für alles eine Erklärung zu haben. Warte einfach ab und sage gar nichts dazu, bis sich die Wogen von selbst wieder geglättet haben«, lautete mein väterlicher Rat.

»Dee und Anne sind heute wieder auf dem Parkplatz, um die Wolken zu beobachten.« Er ließ nicht locker. Doch zum Glück unterbrach uns ein Klopfen an der Haustür. Meine Schwester Renee kam zu ihrem wöchentlichen Besuch vorbei. Ich machte die beiden bekannt und erwischte mich bei dem Gedanken, dass Renee von Kyles Besuchen verschont bleiben würde, da sie in Spokane wohnte.

»Lasst euch von mir nicht stören«, lächelte meine Schwester, doch ich fiel ihr ins Wort: »Kyle wollte sowieso gerade gehen.«

Kyle bewegte sich nicht. Er hatte immer noch etwas auf dem Herzen: »Morgen früh ist Pastorenfrühstück. Es soll um diese Erscheinungen gehen. Die Journalistin Nancy Barrons hat sich auch angekündigt.«

»Na, prima«, grinste ich, »das wird bestimmt spannend.«

Kyle blickte mich ernst an. »Travis, die ganze Stadt redet über diese Dinge. Es ist ziemlich viel los. Du bekommst das hier gar nicht so richtig mit.«

Auch das war eine angenehme Vorstellung. Unterdessen kam meine Schwester wieder aus dem Schlafzimmer, hatte meinen Wäschekorb im Arm und sah mich vorwurfsvoll an. Vermutlich war der Korb nicht voll genug.

Kyle war immer noch nicht fertig. »Kommst du morgen früh mit?«

Was für ein absurder Gedanke! Doch seine Stimme nahm einen bittenden Tonfall an: »Es ist mein erstes Pastorentreffen. Ich kenne die meisten Pastoren der Stadt noch gar nicht. Du könntest mich mit ihnen bekannt machen, könntest der Diskussion zuhören und deine Meinung beisteuern.«

Aha, deshalb war er hier. Auf diese Weise versuchte er, mich wieder in die alten Kreise zu locken. Ich lachte und schüttelte den Kopf. Nein, so leicht ließ ich mich nicht wieder einspannen. Sollte er doch selbst sehen, wie er klarkam.

»Wir treffen uns in der katholischen Kirche. Dann können wir uns auch gleich das weinende Kruzifix anschauen.«

Langsam reichte es mir. »Hör auf zu spinnen!«

Kyle zuckte die Schultern: »Es ist deine Entscheidung, ob du hier bleiben und dich auf Vorurteile stützen willst oder ob du mitkommst und dir die Sache selbst ansiehst.«

»Mit diesen ganzen Pastoren zusammen? Niemals!«

Meine Schwester war jetzt in der Küche und studierte den Inhalt meines Kühlschranks. Kyle sah mich nachdenklich an, und ich spürte, dass ich mich vor seiner nächsten Frage fürchtete.

»Hat es etwas mit den Pastoren zu tun?«

»Was meinst du?«, versuchte ich auszuweichen.

»Ja«, antwortete Renee aus der Küche.

Unsere Blicke trafen sich. Sie sollte sich besser heraushalten!

»Ich meine, warum du dein Pastorenamt aufgegeben hast und dich hier in deinem Häuschen verkriechst ...«

»... nie die Wäsche wechselst«, ergänzte Renee, »dich nicht rasierst, nicht aufräumst ...«

»Ich wechsle meine Wäsche!«, protestierte ich.

Renee deutete auf den Wäschekorb zu ihren Füßen: »Hier ist nur ein Hemd drin. Also hast du die ganze Woche das gleiche Hemd getragen!«

Ich sah an mir herunter. Was hatte ich an? Wie lange? Keine Ahnung.

»Ich mag dieses Hemd«, erklärte ich Renee und zu Kyle gewandt: »Du hast meine ehemalige Stelle und meinen Segen, also sei zufrieden.«

Kyle hob besänftigend die Hände: »Schon gut.«

Auch Renee lenkte ein: »Trav, wir wollen nicht mit dir streiten.«

Natürlich nicht. Aber sie verstanden es meisterhaft, auf meiner wunden Seele herumzutrampeln. Dabei meinten sie es nur gut, aber mir wäre es lieber gewesen, sie hätten mich in Ruhe gelassen. Ich spürte ihre Blicke und starrte in meine Kaffeetasse.

»Es ist dein Leben, Travis«, lenkte Kyle ein, »das weiß ich. Wir machen uns nur Sorgen um dich, das ist alles. Es ist nicht böse gemeint.«

Leider waren sie mir überhaupt keine Hilfe. Ich hatte Fragen, über die ich gerne geredet hätte. Aber ihre Antworten kannte ich schon. Es waren die gleichen, die ich selbst als Pastor jahrelang gegeben hatte. Ich schwieg.

Vorsichtig lächelte ich dann Kyle an. Irgendwie mochte ich diesen Jungen, sorry, diesen Pastor. Er war noch so unverdorben und voller Tatendrang. Er glaubte daran, dass er mit Gottes Hilfe die Welt verändern konnte. Er kam frisch von der Bibelschule, hatte eine hübsche Frau, die schön Klavier spielen konnte, und zwei quicklebendige Kinder. Vor 20 Jahren war ich ihm sehr ähnlich gewesen. Ich hatte gedacht wie er, die gleichen Antworten gegeben und die gleichen Ziele verfolgt. Ich erinnerte mich noch genau daran. Es war eine fantastische Zeit gewesen.

»Also, vielen Dank für die Einladung«, beendete ich unser Gespräch, »aber ich werde nicht mitkommen. Vielleicht später einmal, aber nicht morgen.«

Er erwiderte mein Lächeln. »In Ordnung.«

Ich war ihm direkt dankbar, dass er sich damit zufrieden gab.

»Ich muss weiter. Falls du deine Meinung noch änderst, kannst du mich ja anrufen.« Damit stand er auf, verabschiedete sich und ging.

Renee stand noch immer vor dem geöffneten Kühlschrank. Sie war Ende 40 und sah gut aus. Allerdings betrachtete sie mich immer mit diesem Blick der großen Schwester. Seit unserer Kindheit war es ihre Aufgabe gewesen, sich um mich zu kümmern. Manchmal hatte sie mich allerdings auch verhauen, wenn sie es für notwendig hielt.

»Wir kommen immer besser miteinander klar, Kyle und ich«, erklärte ich ihr. »Heute war es alles in allem recht angenehm mit ihm.«

Doch damit war sie nicht zufrieden: »Eines Tages wirst du noch froh sein, wenn er dich überhaupt besucht.«

»Bin ich doch jetzt schon.«

»Ich möchte dir heute die Haare schneiden.«

»Vielleicht nächstes Mal.«

»Du siehst aber schon ganz schön verwahrlost aus.«

»Nächstes Mal.«

Sie kam an den Küchentisch und setzte sich mir gegenüber: »Ich weiß nicht, wann das nächste Mal sein wird.«

Ich ahnte, dass jetzt etwas Unangenehmes kam. »Verreist du?«

Sie lehnte sich zurück und holte tief Luft: »Travis Jordan, ich muss mich bei dir entschuldigen.«

»Wieso?«

»Ich hätte mich weniger um dich kümmern sollen.« Sie blickte mich ernst an. »Seit Monaten lässt du dich nun schon gehen. Marian wäre sehr enttäuscht von dir, wenn sie das wüsste. Ich habe mit Danny darüber geredet, und wir sind beide der Meinung, dass ich dir keinen Gefallen tue, wenn ich dir alles abnehme.«

Sie hatte den Blick abgewandt, und ich spürte, dass es ihr nicht leicht fiel, das Folgende zu sagen. »Ich habe für dich gewaschen, gebügelt, eingekauft, gekocht und aufgeräumt. Aber das muss sich jetzt ändern. Ich bin nicht deine Mutter. Und im Herbst fängt die Schule an. Bis dahin musst du wieder ein ordentlicher Mensch sein. Als Lehrer bist du schließlich ein Vorbild für deine Schüler.«

Sie ließ ihren Blick umherschweifen. Es war ein kleines Haus und man konnte von der Küche aus Esszimmer, Wohnzimmer und Schlafzimmer sehen. »Als wir noch klein waren, hat Mutter uns immer zur Ordnung angehalten, stimmt's? Jeder musste sein Zimmer selbst aufräumen. Und jetzt räume ich dein Chaos auf. Da läuft doch was verkehrt, oder?«

Ich blickte mich um. War es hier etwa unordentlich? Ich hatte doch einfach alles griffbereit, was ich so brauchte.

»Don Anderson hat eine Waschmaschine am Lager, die vom Transport leicht beschädigt ist, aber tadellos funktioniert. Er würde sie dir für 100 Dollar geben. Du solltest sie dir kaufen. Dann brauchst du noch eine Wäscheleine. Es wird jetzt Sommer, da kannst du alles im Garten trocknen. Hast du eigentlich das Rezept ausprobiert, das ich dir letztes Mal erklärt habe?«

Die Frikadellen. »Ja, habe ich. Aber es hat nicht funktioniert.«

»Als du mit Marian in Florida gelebt hast, warst du fürs Kochen zuständig. Das hat sie mir damals erzählt. Im Gefrierschrank ist immer noch Hackfleisch. Probier es einfach noch mal. Auch die anderen Rezepte sind nicht so schwer. Du schaffst das schon. Im Übrigen *musst* du es schaffen, weil ich es nicht mehr machen werde.«

Sie stand auf und griff nach dem Wäschekorb. »Das ist die letzte Wäsche, die ich für dich wasche.« Damit küsste sie mich auf die Wange und ging.

Ich hörte, wie ihr Wagen aus der Einfahrt fuhr. Dann war ich wieder allein. Wie still es plötzlich war. Nur wenige Autos passierten die Straße, an der ich wohnte. Die Uhr im Wohnzimmer tickte und der Wasserhahn tropfte. Irgendwo bellte ein Hund.

Mein Kaffee wurde kalt. Ich saß reglos auf meinem Stuhl, lauschte der Stille und ließ die Einsamkeit auf mich wirken. Langsam blickte ich mich um. Der Wohnzimmertisch war nicht mehr zu sehen, so viele Zeitungen und Zeitschriften stapelten sich auf ihm. Ich hatte sie alle so liegen gelassen, weil ich sie noch lesen wollte. War es meine Schuld, dass ich immer so viele Zeitungen, Zeitschriften, Kataloge und Werbesendungen bekam? Sie lagen überall herum, auf allen Möbeln, auch auf dem Boden. In der Küche türmte sich das schmutzige Geschirr. Alles, was ich in den letzten Tagen benutzt hatte, stand offen herum. *Wenn jetzt mein Vermieter käme,* dachte ich plötzlich, *wäre das schon etwas peinlich.*

Ich ging ins Bad zum Spiegel. Ein grauhaariges, unrasiertes, zerknittertes Gesicht sah mich aus müden Augen an. 45 Jahre? Irgendwie sah ich älter aus. Ich erinnerte mich an den Fragebogen, den ich ausfüllen musste, als ich mich damals vor vielen Jahren als Pastor bewarb: »Sind Sie immer sauber und ordentlich?« Ich lachte bitter. Heute hätte ich mit nein antworten müssen.

Renee hatte Recht. Ab September würde ich wieder vor einer Schulklasse stehen. Ich konnte froh sein, dass ich diese Stelle bekommen hatte. Aber September lag noch in so weiter Ferne. Bis dahin würde ich einiges ändern müssen. Vielleicht würde ich morgen schon beginnen.

Im Weitergehen warf ich einen Blick aus dem Schlafzimmerfenster. Von hier aus sah man die Hügel mit ihren Pappelreihen, die gleich hinter meinem Haus begannen.

Da stand jemand.

Ich erschrak. Noch nie hatte ich dort einen Menschen gesehen. Ich wusste nicht einmal, wem das Land gehörte.

Er stand bei den Pappeln und blickte in meine Richtung. Ich trat näher ans Fenster und kniff die Augen zusammen, um schärfer sehen zu können. Er sah mich direkt an. Ich hob fragend eine Augenbraue und er nickte.

Irgendetwas stimmte nicht. Er war viel zu weit weg, als dass ich seine Augen hätte sehen können. Aber ich spürte seinen Blick. Er bohrte sich in meinen Kopf und schien zu sagen: »Ich kenne dich.«

Wer war der Kerl?

Sein langes, lockiges dunkles Haar war in der Mitte gescheitelt und fiel auf seine Schultern. Er trug einen Bart …

Ich schloss die Augen. *Travis, reiß dich zusammen!* Mit aller Anstrengung hielt ich den Gedanken zurück, der sich mir aufdrängen wollte.

Trug der Mann vor meinem Fenster ein langes, weißes Gewand? Ich vergewisserte mich: Ja, tatsächlich. Es wurde in der Taille von einem Gürtel zusammengehalten, hatte einen runden Halsausschnitt und lange, weite Ärmel. Ich konnte seine Füße nicht sehen, weil das Gras zu hoch war, aber er trug bestimmt braune Sandalen. Seit frühester Kindheit kannte ich dieses Bild.

Unverwandt starrte er mich an und schien meine Verwirrung offensichtlich zu genießen.

Ich schüttelte heftig den Kopf. »Nein, nein, nein!«

Er lachte und nickte: »Doch, doch.«

Langsam ging ich vom Fenster weg. Dann rannte ich aus dem Haus. Gleich würde ich wissen, wer das war. Jemand trieb böse Scherze mit mir. Der komische alte Pastor sollte ein bisschen aus der Ruhe gebracht werden.

Der Wind bog die Grashalme und raschelte in den Pappeln. Es war ein schöner, warmer Apriltag. Von dem Mann war nichts zu sehen. Er war spurlos verschwunden.

2

Wer mit dem Auto von Westen kommend nach Antioch fuhr, sah zuerst die Tankstelle und dann auf der anderen Straßenseite »Judy's Restaurant und Bar«. Es war ein flaches Gebäude mit einer Leuchtreklame, die schon seit Jahren defekt war. Aber die Küche war besser, als der äußere Eindruck vermuten ließ.

Judy Holliday, eine tüchtige, einst auch attraktive Frau, die nun auf die siebzig zuging, war Besitzerin des Lokals. Bevor die Autobahn gebaut worden war, waren die Fernfahrer bei ihr Stammgäste gewesen. Doch das war lange her.

Als Pastor war ich kein einziges Mal hier gewesen. Das hätte sich nicht geschickt. In Antioch erwartete man von einem Pastor, dass er sich von Kneipen fern hielt. Aber bald, nachdem ich mein Amt niedergelegt hatte, kam ich regelmäßig zu Judy. Zum einen interessierten mich die Leute, die sich hier trafen, zum anderen trieb mich auch oft genug der Hunger. Das gebratene Hühnchen mit Reis, Gemüse und Salat war ebenso lecker wie das große Steak oder der Nudelsalat. Ich wusste, dass einige Leute über mich redeten. Aber das kümmerte mich nicht mehr. Es war immer noch besser, in der Kneipe zu sitzen, als zu Hause vor Einsamkeit in Selbstmitleid zu verfallen.

Heute war wieder so ein Abend. Die Besuche von Kyle und Renee hatten mich ziemlich angegriffen. Außerdem erschien mir mein Häuschen chaotisch und ungemütlich, seit Renee mich so deutlich darauf hingewiesen hatte. Noch dazu diese eigenartige Erscheinung – ich hatte den restlichen Nachmittag damit zugebracht, das Gras auf dem Hügel nach Spuren abzusuchen. Aber ich fand nichts, nicht einen einzigen Fußabdruck. Ich fürchtete mich nicht vor einem Fremden, der in mein

Fenster sah. Doch es beunruhigte mich, dass ich glaubte, jemanden gesehen zu haben, der wie Jesus ausgesehen hatte und dann einfach verschwunden war. Ich musste dringend unter Menschen.

Als ich losging, schloss ich das Haus ab – zum ersten Mal, seit ich hier wohnte. Unterwegs kam ich an der methodistischen Kirche, dem Eisenwarenladen und der Baptistengemeinde vorbei. Ein Plakat wies darauf hin, dass die Baptisten eine einwöchige Evangelisation abhielten. Sprecher war Everett Fudd. Derselbe Bruder Fudd, der schon seit Jahrzehnten bei den Evangelisationen predigte. Wie so oft in Antioch hatte ich das Gefühl, dass hier die Zeit stehen geblieben war, und das seit mindestens fünfzig Jahren. Jeder hielt gerne an dem Althergebrachten fest. Das betraf die Stadt als Ganze, aber besonders auch ihre verschiedenen Kirchen und Gemeinden. Immer wieder das Gleiche, immer die gleichen Aufrufe, Anstrengungen, Erwartungen. Niemand wollte Neuland betreten. Was für die Vorfahren gut gewesen war, das war auch für die Gegenwart das Richtige. So wusste ich mit Sicherheit, das Everett Fudd und die Hand voll Baptisten, die schon immer zu den Gottesdiensten kamen, auch in dieser Woche jeden Abend die gleiche Botschaft hören würden: »Wir wollen diese Stadt mit dem Evangelium erreichen.«

Ich hatte fünfzehn Jahre lang so gelebt. Doch plötzlich konnte ich es nicht mehr ertragen.

Als ich das Lokal betrat, begrüßte Judy mich freundlich: »Guten Abend, Travis!« Sie trug eine voluminöse weiße Perücke und eine fleckige Schürze. Zu Beginn hatte sie mich »Pastor« genannt, doch seit ich ihr meine Entlassungspapiere gezeigt hatte, war sie auf »Travis« umgestiegen. Von da an waren auch die anderen Gäste im Umgang mit mir lockerer geworden.

Der Raum war dunkel, alt und spärlich dekoriert. Es roch nach Fett und Rauch. Der Teppich war ebenso schmutzig wie die Wände. Nur die rotweißkarierten Tischdecken wurden von Zeit zu Zeit erneuert.

Am Tresen waren fünf Hocker besetzt. Greg und Marc winkten mir lässig zu. Sie trugen Schildmützen und Flanellhemden und passten gut ins Bild. Etwas entfernt von ihnen saß George Harding, ein pensionierter Landwirt, der immer recht still und zufrieden wirkte. Am Ende der Bar waren Linda und Irv, zwei Fernfahrer Anfang vierzig. Sie lebten schon seit achtzehn Jahren zusammen. Viele beneideten sie um ihre gute Beziehung. Alle fünf beobachteten ein Fußballspiel, das ohne Ton über einen an der Decke angebrachten Fernseher flimmerte.

Auch etwa die Hälfte der Tische war besetzt. Kein Wunder, es war Zeit fürs Abendessen. Ich freute mich, dass mein Lieblingsplatz am

Fenster noch frei war. Kaum hatte ich begonnen, die Speisekarte zu studieren, als Brett Henchle an meinen Tisch trat.

»Hallo, Travis, kann ich mich zu dir setzen?«

Brett war Chef der Polizeistation in Antioch, wo außer ihm drei weitere Beamte arbeiteten. Da er seine Uniform trug, nahm ich an, dass er noch im Dienst war und nur eben schnell etwas essen wollte. Er war ein großer Mann, der zur Not auch kräftig zuschlagen konnte. Allerdings zog er seit einer Verwundung im Vietnamkrieg, von der noch einige Splitter in seinem Schenkel steckten, das eine Bein hinter sich her.

Ich deutete auf den Platz mir gegenüber: »Bitte, setz dich. Wie geht es dir?«

»Gut, danke«, antwortete er knapp, aber es war offensichtlich, dass etwas nicht in Ordnung war. Unsicher sah er sich im Raum um und suchte nach Worten.

In diesem Moment betrat Nancy Barrons den Raum. Sie war Besitzerin und Herausgeberin der »Antiocher Zeitung«, hatte Notizblock und Kassettenrecorder dabei und war offensichtlich dienstlich unterwegs. Nach einem kurzen Blick in die Runde kam sie zu uns: »Guten Abend. Störe ich?« Wir verneinten.

Nancy setzte sich neben Brett. Zunächst stellte sie den Kassettenrecorder noch zur Seite. Sie war Mitte dreißig, hatte rötlich gefärbtes Haar und war insgesamt etwas alternativ eingestellt, machte Yoga, bevorzugte biologisch angebaute Kost und war mit einem Journalisten in Spokane befreundet. Über Leserbriefe legte ich mich gelegentlich mit ihr an, aber wir blieben dabei immer sachlich.

»Wie war euer Nachmittag?«, eröffnete sie das Gespräch.

»Eigenartig«, antwortete ich. Ich würde sicherlich nichts von der Gestalt vor meinem Fenster erzählen, das stand fest.

»Und wie läuft es bei dir?«

»Auch ein bisschen seltsam«, lachte sie. Brett nickte zustimmend. Ich fragte mich, was die beiden meinten. Nancy unterbrach meine Gedanken: »Habt ihr von dem weinenden Kruzifix und von Sallys Engel gehört?«

Deshalb war sie also unterwegs. Ich grinste und sie verstand, dass ich informiert war. Unauffällig deutete sie auf einen Tisch etwas von uns entfernt, an dem ein junges Paar saß. »Seht ihr diese beiden? Die sind extra aus Moses Lake angereist, um unser Kruzifix weinen zu sehen.«

»Und? Hat es geweint?«, erkundigte ich mich trocken.

»Nein, aber sie glauben trotzdem daran. Sie haben sich ein Zimmer genommen und werden das Ding bis auf weiteres beobachten.«

»Warum?«

»Sie hat Leukämie.«

Ich seufzte tief. Sie taten mir Leid.

»Woher wussten sie es?«

»Seine Mutter geht in die Marienkirche ...« Nancy beugte sich vor und sah mich eindringlich an. »Trav, ich brauche deinen Rat. Ich weiß nicht, ob dieses Thema in die Zeitung gehört oder nicht. Du kennst dich da besser aus. Wie beurteilst du diese Dinge?«

»Stehst du der Sache kritisch gegenüber?«, fragte ich.

Sie nickte: »Wie immer«.

»Ich bin auch skeptisch.«

»Warum?« Nun griff sie zu ihrem Rekorder. Ich war einverstanden.

In Gedanken ließ ich die Personen noch einmal Revue passieren: Sally Fordyce, Arnold Kowalski, Dee und ihre Freundinnen, das Ehepaar da drüben. Dann zögerte ich. Gehörte ich nicht auch schon dazu?

»Nun, das Leben ist oft nicht einfach«, begann ich meine Stellungnahme, »viele Fragen bleiben offen. Wenn wir Schicksalsschläge erleben, suchen wir nach einem Halt und nach einer Antwort. Wem in der sichtbaren Welt nur Leid begegnet, der sucht in der unsichtbaren Welt nach Trost. Viele religiöse Erfahrungen basieren darauf.«

Nancy hatte eilig mitgeschrieben. Dann blickte sie auf: »Beziehst du dich damit auf alle drei Phänomene?«

»Ja. Ich will nicht zu geringschätzig über die Erfahrungen anderer reden, aber für mich sind das alles sehr menschliche Ereignisse. Handelt es sich nicht um die Erfahrungen von Menschen, die Wünsche, Träume, Sehnsucht und viel Schmerz erleben? Unter diesen Bedingungen kann die menschliche Seele sehr erfinderisch werden. Plötzlich hört und sieht sie Dinge – verstehst du mich?«

Nancy nickte heftig: »Ja, mach weiter.«

»Bitte schalte jetzt den Rekorder aus.«

Sie tat es.

»Ich hatte einmal eine Frau im Gottesdienst, die mir erzählte, sie hätte Jesus gesehen, der während meiner Predigt direkt neben mir stand. Ein anderer sah einen Dämon durch sein Schlafzimmerfenster hereinfliegen. Ein kleines Mädchen sah einen Engel auf dem Dach des Nachbarhauses. Die Leute haben mir schon die verrücktesten Geschichten erzählt. Mich überrascht so etwas nicht mehr.«

Nancy staunte. »Und du glaubst nichts davon?«

Die Frage ärgerte mich. Ich fühlte mich in die Enge getrieben und zögerte, bevor ich antwortete: »Diese Erfahrungen sind sehr subjektiv.

Man muss die Person sehr gut kennen, um ihre Erlebnisse einschätzen zu können.«

»Wäre es anders, wenn verschiedene Personen das Gleiche sehen würden?«

»Ja, vielleicht. Wenn ich selbst Jesus sehen würde«, ich wusste nicht mehr, ob ich noch ehrlich war, »dann wäre das sicherlich am glaubwürdigsten für mich.«

»Was denkst du, wohin das Ganze noch führen wird?«

»In Antioch? Nirgendwohin. So etwas gab es immer wieder, das kommt und geht und wird wieder vergessen.«

Das Interview war beendet. Sie bedankte sich und wünschte uns einen schönen Abend. Brett wartete, bis sie den Raum verlassen hatte, dann beugte er sich zu mir über den Tisch und meinte ernst: »Du bist wahrscheinlich im Irrtum, Travis.«

Wollte er mich veralbern? Aber er sah ausgesprochen ernst aus.

»Wie meinst du das?«, fragte ich endlich.

»Ich habe keinen Schicksalsschlag erlebt und mir ist kein Leid begegnet. Ich suche weder Trost noch Halt. Ich mag meine Arbeit, ich lebe gerne hier, es geht mir gut und ich bin gesund. Aber was ich heute erlebt habe, war real.«

Ich traute meinen Ohren nicht. Brett Henchle war auf keinen Fall ein religiöser Spinner, da konnte ich ganz sicher sein. Was hatte er erlebt?

»Soll ich es dir erzählen?«, fragte er schließlich, weil ich nicht antwortete.

»Ja, unbedingt«, bat ich und versuchte, vorurteilsfrei zuzuhören.

Er sah sich vorsichtig um, dann rückte er noch näher und senkte seine Stimme. »Ich kam heute Vormittag aus Spokane und fuhr Richtung Antioch. Ein Tramper stand am Straßenrand.«

O nein. Nicht die Tramper-Geschichte!

»Ich war nicht in Eile, also hielt ich an. Er sah ein bisschen komisch aus, und ich dachte, wenn er mit der Polizei fährt, kann er jedenfalls nichts anstellen.«

Ich konnte es nicht abwarten. »Brett«, unterbrach ich ihn, »hat der Typ nach einer Weile gesagt, dass Jesus bald wiederkommt, und ist dann verschwunden?«

Kaum hatte ich das gesagt, da tat es mir auch schon Leid. Ich hatte Brett so vor den Kopf gestoßen, dass er sich mir bestimmt nie wieder anvertrauen würde. Er erstarrte, wurde schneeweiß im Gesicht und sah mich verblüfft an.

»Woher weißt du das?«, stammelte er.

Hätte ich doch den Mund gehalten. »Ich, nun, so etwas gab es …«

»Hat er das bei jemand anderem auch gemacht?«

Brett hatte tatsächlich keine Ahnung. Wir blickten einander wortlos an. Jeder hoffte, der andere würde endlich zugeben, dass er einen Spaß gemacht hatte.

Endlich sagte ich: »Brett, hast du diese Geschichte noch nie gehört?«

»Welche Geschichte?«

Brett war kein Kirchgänger, er kannte die christliche Kultur nicht. Offensichtlich wusste er wirklich nicht, dass solche Berichte alle Jahre einmal in christlichen Kreisen kursierten.

»Nun, dann erzähl doch mal«, ermunterte ich ihn schließlich. »Er sah komisch aus, sagtest du. Wie sah er denn aus. Kannst du ihn beschreiben?«

»Er hatte langes, blondes Haar, war Anfang zwanzig, groß und schlank, trug einen hellen Pulli und Jeans, sah aus wie eine Mischung aus einem Hippie und einem Gespenst, so blass und dünn, als ob er krank wäre. Er wog höchstens sechzig Kilo. Als ich anhielt, stieg er neben mir ein, schnallte sich an und fuhr eine ganze Weile mit.«

»Hat er noch etwas anderes gesagt außer …«

»Er sagte, er wolle Freunde in Antioch besuchen. Mehr nicht. Ich plauderte ein bisschen über die Stadt und das Wetter, einfach so belangloses Zeug. Da sagte er plötzlich ganz unvermittelt: ›Jesus kommt bald‹ und dann …« Er schwieg einen Augenblick. »Ich beobachtete ihn die ganze Zeit aus den Augenwinkeln. Er machte eine schnelle Bewegung. Als ich genauer hinsah, war er schon weg. Ich hatte nichts gehört. Sein Gurt war noch eingerastet. Er war einfach verschwunden. Ich trat sofort auf die Bremse und hielt an. Dann untersuchte ich jeden Zentimeter des Wagens. Ich suchte die Straße ab, fuhr noch einmal zurück, alles, was mir einfiel. Aber der Typ blieb verschwunden.

Ich habe bis jetzt zu keinem Menschen darüber gesprochen. Niemand außer dir weiß was davon. Von Nancy hörte ich dann am Nachmittag die anderen Geschichten von Sallys Engel, dem Kruzifix und den Erscheinungen in den Wolken. Daraus schließe ich, dass ich nicht durchgeknallt bin, sondern dass hier ein Typ nach Antioch gekommen ist, der versucht, uns zum Narren zu halten. Ich habe ihn gesehen. Und ich werde ihn suchen und zur Rede stellen, bevor er noch mehr von diesen Kunststückchen aufführt.«

Ich hatte Mühe zu glauben, was ich hörte. Normalerweise erfuhr man diese Trampergeschichten immer nur über viele Ecken. Jemand hatte von jemandem gehört, der von anderen gehört hatte, dass jemand einen Tramper mitgenommen hatte etc. Nun saß mir ausgerechnet dieser Polizist gegenüber und hatte es selbst erlebt.

»Aber der Typ, dem Sally begegnet ist, sah ganz anders aus als deiner«, versuchte ich einzuwenden.

»Auch das noch. Dann haben wir zwei Verdächtige, die wir finden müssen.« Nun war Brett wieder ganz Polizist. »Er sagte, er wolle Freunde besuchen. Welche Freunde? Welche Tricks sie wohl noch auf Lager haben? Auf wen werden sie es als Nächstes abgesehen haben?« Er schnaubte. Dies war eine große Sache. »Verstehst du, was sich da vor mir auftut? Und das Ganze ist so religiös. Wo ich doch keine Ahnung von religiösen Dingen habe. Ich weiß gar nicht, wo ich anfangen soll.«

Endlich fiel mir etwas Vernünftiges ein, was ihm weiterhelfen könnte. »Brett, soweit ich weiß, treffen sich morgen alle Pastoren der Stadt, um über diese Dinge zu beraten. Vielleicht solltest du an der Sitzung teilnehmen, um weitere Einzelheiten zu erfahren.«

»Das klingt gut. Gehst du auch dorthin?«

Die Wege des Herrn sind unergründlich …

»Nun, ja, ich werde auch dort sein.«

Als ich wieder zu Hause war, rief ich Kyle an und sagte ihm, dass ich ihn am nächsten Tag zu dem Pastorentreffen begleiten würde. Zu meiner Erleichterung brach er nicht in großen Jubel aus, wie ich befürchtet hatte. Er hatte schon einiges gelernt.

Bei unserer ersten Begegnung war er wirklich unerträglich gewesen. Er hatte eines Abends vor meiner Tür gestanden, unangemeldet und voller Enthusiasmus. Ich war unrasiert und müde, die Wohnung war nicht aufgeräumt gewesen und ich hatte mich alt und erschöpft gefühlt.

»Guten Abend, Bruder Jordon. Ich bin Kyle Sherman. Darf ich hereinkommen?«

Er war so voller Schwung gewesen, dass er schon mitten in der Wohnung stand, bevor ich überhaupt gewusst hatte, wie mir geschah. Alles an ihm war dynamisch, selbst die große Bibel in seiner Hand hatte energiegeladen gewirkt. Sein Lächeln war einschüchternd gewesen.

Er war allein gekommen, also war er kein Mormone oder Zeuge Jehovas. Er konnte nicht von den Stadtwerken, der Post oder sonstigen Behörden kommen, denn die hatten längst Feierabend. Auch Vertreter war er nicht, da er nichts bei sich hatte, das er hätte verkaufen können.

»Sind Sie der neue Pastor?«

»Stimmt genau, Bruder!«

Ich hatte ihn hereingebeten, was war mir auch anderes übrig geblieben? Er hatte meine Zeitschriften zur Seite geschoben und sich gesetzt.

»Schöne Wohnung«, hatte er höflich gesagt.

Seit ich meinen Dienst niedergelegt hatte, war ich nicht mehr in der Gemeinde erschienen. Ich war seither stattdessen oft in Judys Restaurant gewesen. Dort sprachen wir über Sport, Politik, Musik, Autos und die Tagesereignisse. Manchmal sprachen wir auch über Religion und geistliche Dinge. Damit hatte ich keine Probleme.

Aber ich wollte nichts mehr hören von Gottesdienstbesuchern, Mitgliederversammlungen, benötigtem und eingegangenem Opfer, von Jugendarbeit, Kindergottesdiensten, Frauenfrühstück, Männertreffen und Seniorennachmittagen. Die Lautstärke der Lieder am Sonntagmorgen war mir ebenso egal wie die evangelistischen Einsätze, wer welche Gebetsgruppe betreute und wer Seelsorge benötigte. Und meinetwegen konnten die gleichen Leute bei jedem Gebet lachen oder umfallen, es kümmerte mich nicht mehr.

Doch Kyle hatte ohne Umschweife begonnen, all diese Dinge vor mir auszubreiten. Da ich nicht zur Gemeinde ging, hatte er sie zu mir gebracht.

»Die Jugendgruppe macht einen Wochenendausflug. Dave White und Bruder Norheim kamen zum Männertreffen. Kommen da immer nur diese beiden? Bruce Hiddle raucht immer noch. Kann er trotzdem Diakon sein? Emily Kelmer möchte neue Lieder mit dem Anbetungsteam singen, die den meisten Leuten zu modern sind. Jeff Lundgren möchte die Pfadfindergruppe abgeben. Wie regelmäßig haben Sie über das Opfer gepredigt? Der Kinderdienst muss neu organisiert werden ...«

Er hatte keinen Bereich der Gemeinde ausgelassen. Dabei hatte er schnell, laut und voller Begeisterung gesprochen, während ich ihm ganz still gegenübergesessen und überlegt hatte, wie lange meine Nerven das noch aushalten würden. Mein Magen hatte schließlich begonnen, sich schmerzhaft zusammenzuziehen.

Und dann war der Satz gekommen, der das Fass zum Überlaufen gebracht hatte: »Pastor Jordon, wir werden diese Stadt im Glauben erobern!«

»Was werden wir?«

Meine Stimme hatte ihn so schneidend und unerwartet unterbrochen, dass er sofort still gewesen war. »Jetzt hören Sie mir einmal gut zu.« Ich war mir darüber im Klaren gewesen, dass ich gemein klang. Aber so fühlte ich mich. Ich hatte ganz langsam weitergesprochen:

»Haben Sie irgendjemanden in dieser Stadt gefragt, ob er im Glauben erobert werden möchte? Kennen Sie die Leute, die hier leben, die tagsüber arbeiten und abends bei Judy sitzen? Ich garantiere Ihnen, dass die meisten Leute hier kein Interesse daran haben, im Glauben erobert zu werden.«

Er hatte versucht, mich zu unterbrechen, aber ich hatte einfach weitergesprochen. »Niemand hat jemals eine Stadt im Glauben erobert. Auch Paulus und Petrus nicht, selbst Jesus hat keine einzige Stadt für sich erobert.«

Ich hatte mich erhoben. »Sie kommen hier in diese Stadt, als hätten alle auf Sie gewartet, mit Ihrem Feuereifer und dem breiten Grinsen. Dabei haben Sie keine Ahnung, was die Menschen hier wirklich brauchen. Einigen geht's gut, vielen geht's schlecht und daran können Sie wohl kaum etwas ändern. Aber Sie wollen die Stadt, die Sie kaum kennen, erobern. Was ist, wenn die Leute wirklich kommen wollen? Werden Sie einen Fahrdienst einrichten für alle, die kein Auto haben? Und wenn sich tatsächlich die ganze Stadt erobern lässt und zum Gottesdienst kommt, wer passt dann auf all die vielen Kinder auf? Was machen Sie mit den stillenden Müttern? Und den schreienden Babys, die dafür sorgen, dass niemand den Höhepunkt Ihrer Predigt hören kann? Schicken Sie die Mütter nach Hause? Haben Sie sich über Ihre Mitarbeiter Gedanken gemacht? Werden sie auch einmal abgelöst? Oder machen dieselben Leute jeden Sonntag Kinderdienst?

Wenn Sie diese Stadt erobert haben, müssen Sie sämtliche Leute auch zu Hause besuchen, bis Ihre Familie Sie nicht mehr kennt und Sie ausgebrannt sind. Gleichzeitig werden viele sich beschweren, weil sie so selten besucht werden.

Und dann sind da noch die vielen besonderen und absonderlichen Schäfchen, die bereit sind, in jedes Extrem zu fallen. Wenn Sie versuchen, für Ausgewogenheit zu sorgen, dann werfen sie Ihnen vor, dass Sie das Wirken des Geistes Gottes unterdrücken, und sie fangen ihre eigenen Grüppchen an.

Wenn Sie diese Stadt erobert haben, dann haben Sie sich auch alle erdenklichen Probleme mit an Land gezogen.«

Ich hatte tief Luft geholt. Ich konnte genauso fantastisch reden wie er. Es war wohl besser, zum Schluss zu kommen: »Pastor Sherman, es ist gut, Träume und Visionen zu haben. Aber sagen Sie nie wieder in meiner Gegenwart, Sie wollen die Stadt erobern. Ich habe in den vergangenen fünfzehn Jahren so viel von dieser Stadt erobert, wie sich erobern ließ. Ich kenne das Spiel und diese Stadt hat genauso wenig Lust darauf wie ich.«

Ruhig und unbewegt hatte er mich angehört. Dann hatte er mich tief angesehen und gemeint: »Bruder Jordon, Sie sind verbittert.«

Als Nächstes würde mir dieser Anfänger auch noch Seelsorge anbieten. Ich hatte endgültig genug. »Vielen Dank für Ihren Besuch. Ich bin jetzt müde.« Glücklicherweise hatte er sich ohne weitere Zwischenfälle zur Tür bringen lassen.

Das war unsere erste Begegnung gewesen. Ich hatte in der Folgezeit nichts unternommen, um ihn wieder zu sehen. Trotzdem hatten wir uns einige Male getroffen. Kyle fürchtete sich nicht davor, mich zu besuchen. Er hatte auch keine Angst, Dinge zu sagen oder zu tun, die mich provozierten. Menschenfurcht kannte er nicht, auch Diplomatie war nicht gerade seine Stärke.

Auch aus diesem Grund war es gut, dass ich ihn zu dem Pastorentreffen begleitete. Es war das erste Mal, dass ich mit ihm irgendwo hinging. Aber wenn er dort so loslegen würde, wie er es bei mir regelmäßig tat, dann konnte das Folgen haben, die ich ihm nicht zumuten wollte.

3

Kyle holte mich am nächsten Morgen kurz vor zehn ab. Ich wollte ihm noch so viel wie möglich über die verschiedenen Pastoren erzählen, doch wir hatten nur eine kurze Strecke zu fahren.

»Morgan Elliott ist die einzige Frau unter den Pastoren. Ihr Mann Gabe starb vor drei Jahren bei einem Verkehrsunfall. Seither leitet sie die methodistische Gemeinde. Sie ist ganz nett, nicht völlig liberal, aber auch kein bisschen fundamentalistisch.

Paul Daley ist sehr witzig und hundertprozentig von seiner episkopalen Richtung überzeugt.

Al Vendetti ist mindestens so katholisch wie der Papst. Einmal, als ich mit ihm über theologische Fragen diskutierte, argumentierte er am Schluss in Latein. Aber er ist ein sehr netter Kerl, mit dem man gut auskommen kann und der sofort zur Stelle ist, wenn jemand Hilfe braucht.

Bob Fisher ist Baptist. Mit ihm lässt sich nicht so leicht diskutieren. Er mag es nicht, wenn jemand anderer Meinung ist.«

An dieser Stelle meiner Einführung bog Kyle auf den Parkplatz der Marienkirche ein. Es war ein schönes, neu renoviertes Gebäude mitten in der Stadt. In dem Schaukasten konnte man immer lesen, worüber Al Vendetti gerade predigte.

Einige der geparkten Autos kannte ich. Morgan Elliotts Jeep stand neben dem Ford von Sid Maher. Auch der Wagen der Journalistin und Bretts Polizeiwagen standen schon vor der Tür. Anders als bei allen Pastorentreffen, die ich erlebt hatte, schienen heute, den Autos nach zu urteilen, fast alle Geistlichen der Stadt versammelt zu sein. Ich war ausgesprochen nervös, obwohl ich mir immer wieder sagte, dass ich lediglich Gast in dieser Runde sein würde.

Während wir zum Eingangsportal gingen, gab Kyle zu: »Ich war noch nicht oft in einer katholischen Kirche.«

»Ich war auch nur einmal bei einer Beerdigung hier«, gestand ich ihm. »Meines Wissens haben sich die Pastoren noch nie hier getroffen. Kyle, einen Augenblick noch …«

Ich blieb stehen. Bevor wir hineingingen, musste ich ihm noch etwas Wichtiges sagen. Er blickte mich fragend an.

»Kyle, ich würde dir niemals raten, deine Überzeugung zu verraten. Aber du kennst auch den Spruch, wir sollen klug sein wie die Schlangen und ohne Falsch wie die Tauben.«

Er sah mich ratlos an: »Worauf willst du hinaus?«

»Ich meine …«

Er sah mich so naiv und aufrichtig an, dass es mir plötzlich schwer fiel weiterzusprechen. »Ich meine, es gibt eine Zeit, seine Meinung zu vertreten, und eine Zeit, sie für sich zu behalten. Manchmal ist es besser, nur gelassen zuzuhören.«

»Gelassen zuhören?«

»Ja, es bringt nichts, mit diesen Leuten zu diskutieren. Du wirst niemanden von seiner Überzeugung abbringen können.«

Jetzt sah er mich an, als wollte ich ihn für die Zeugen Jehovas gewinnen. Ich versuchte es noch einmal: »Stell dir vor, zwei Lkws fahren in einer Einbahnstraße aufeinander zu. Einer von ihnen ist im Recht, einer im Unrecht. Aber wenn nicht beide bremsen, prallen sie frontal aufeinander, stimmt's?«

»Du meinst, ich soll Kompromisse schließen?«

»Nein, aber du sollst weise und zurückhaltend sein.«

Er dachte angestrengt nach, dann hatte er mich scheinbar verstanden: »Alles klar, Travis, wird gemacht.«

»Gut. Das war mir wichtig.«

Wir öffneten die schweren Portale und traten in den dunklen Vorraum. An der Tür zum Hauptraum standen zwei Männer und schauten durch einen Spalt ins Kircheninnere. Es waren Howard Munson und Andy Barker. Sie fuhren erschrocken herum, sahen mich verlegen an und wirkten wie Kinder, die man bei etwas Verbotenem erwischt.

»Travis«, sagte Howard, der Ältere der beiden, »schön, dich wieder zu sehen.«

Ich stellte Kyle vor und Howard stellte Andy vor. Dieser hatte einen starren, kalten Blick, selbst dann, wenn er lächelte. Ich wusste, dass Andy eine Splittergruppe von Howards Gemeinde in seinem Haus leitete. Sie hatten sich getrennt, weil sie mit Howard als Leiter nicht mehr einverstanden waren. Hinzu kam, dass Howard grundsätzlich jede Kirche außer seiner eigenen ablehnte. Entsprechend überrascht war ich, sie so einträchtig hier durch die Tür lugen zu sehen. Howard sah noch einmal durch den Türspalt, schüttelte dann angewidert den Kopf und murmelte: »Unglaublich, einfach unglaublich.«

Das Kirchenschiff war ein angenehmer, warmer Raum mit etwa hundert Sitzplätzen. Holzwände, roter Teppich und Kupferschmuck schufen eine schöne Atmosphäre. Wie immer hing das Kruzifix vorne über dem Altar und wurde von einer Lampe an der Decke angestrahlt.

In den ersten Reihen waren mindestens 20 Personen. Einige knieten, andere saßen und alle starrten auf das Kreuz. Auch das Paar, das gestern in Judys Kneipe gesessen hatte, befand sich unter ihnen.

»Sie warten darauf, dass die Figur wieder weint«, flüsterte Andy.

»Fürchterlich!« Howard schüttelte sich.

Die Leiter lehnte immer noch so am Kreuz, wie Arnold Kowalski sie zuletzt hingestellt hatte. Davor saß ein Mann und las.

Howard erklärte ihnen: »Der Typ, der da vorne an der Leiter sitzt, ist ein Kirchenmitarbeiter. Soweit ich weiß, muss er für Ordnung sorgen und den Leuten hoch helfen, wenn das Kruzifix wieder weint.«

Ich wusste nicht mehr, was ich davon halten sollte. Ich empfand gleichzeitig Ehrfurcht und ein gewisses Unbehagen. Egal, wie skeptisch ich auch war, auf jeden Fall war so etwas in Antioch noch nie passiert.

»Wo findet das Pastorentreffen statt?«, fragte ich.

»Ich glaube, in der Sakristei«, erinnerte sich Kyle.

So war es auch. Der Raum war frisch renoviert, in der Mitte bildeten einige Tische ein Rechteck. Eine Kaffeemaschine lief im Hintergrund. Einige Leute standen in kleinen Gruppen und unterhielten sich.

Sid Maher kam auf uns zu und begrüßte uns freundlich. Ich machte ihn mit Kyle bekannt. Sid war groß und dunkelhaarig, trug eine unauffällige Brille und war insgesamt eine angenehme Erscheinung. Sein Anliegen war die Einheit unter den Pastoren. Entsprechend leicht war mit ihm auszukommen. Er freute sich aufrichtig, mich zu sehen: »Wir werden uns austauschen und gegenseitig informieren, aber ich denke, wir brauchen uns nicht über die Ereignisse zu streiten.«

»Ich will ohnehin nur zuhören«, beruhigte ich ihn.

Er lächelte, klopfte mir auf die Schulter und meinte dann zu Kyle: »Gar nicht so einfach, wenn man einen so guten Vorgänger hat, was?«

»Kyle kommt super klar«, antwortete ich an Sid gewandt. Kyle lächelte.

Nachdem wir uns Kaffee geholt hatten, kam Burton Eddy zu uns und stellte sich vor. Er war klein, hatte eine markante Hornbrille und zerzaustes braunes Haar. Burton war ausgesprochen liberal.

»Herzlich willkommen in unserer blühenden Metropole«, wandte er sich lachend an Kyle. »Wie kommen Sie mit Ihrer Gemeinde zurecht?«

»Wir werden diese Stadt für Jesus gewinnen!«, platzte Kyle heraus.

Burton tätschelte väterlich den Arm seines Kollegen und grinste: »Das geht vorbei!« Dann wandte er sich an mich: »Travis, ich hatte noch gar keine Gelegenheit, dir mein herzliches Beileid auszudrücken. Wenn es überhaupt Heilige gibt, dann war Marian eine.«

»Vielen Dank. Ja, das sehe ich auch so.«

Er lachte: »Also gibt es doch etwas, in dem wir übereinstimmen!« Er sah sich im Raum um und schaute, wer inzwischen eingetroffen war. »Und wir werden hoffentlich auch noch bei anderen Themen Einigkeit erleben.«

»Ich bin nur als Zuhörer dabei«, erklärte ich auch ihm gegenüber.

»Schön, dass du da bist«, lächelte er und tätschelte mich ebenso nachsichtig wie zuvor Kyle.

Sid Maher war der Leiter der Runde und begab sich jetzt an seinen Platz. Alle gingen auf die Tische zu, nur uns stellte sich ein riesiger Mensch in den Weg. Er ignorierte mich und sagte an Kyle gewandt: »Sie sind wohl der Nachfolger von Travis Jordon?«

»Stimmt«, sagte Kyle und schüttelte die große Hand, »Kyle Sherman.«

»Armond Harrison«, erwiderte sein Gegenüber, »Pastor der Apostolischen Brüder.« Kyle schien sich einen Moment lang über diesen Gemeindenamen zu wundern.

»Sie haben einen Gast mitgebracht?«, erkundigte sich Armond.

Wieder zögerte Kyle und überlegte, wie er auf diesen Mann reagieren sollte.

»Er meint mich«, erklärte ich Kyle.

»Äh, ja, Travis und ich sind zusammen hierher gekommen«, antwortete er endlich.

Der andere nickte nachdenklich, dann kam er so nahe auf Kyle zu, dass dieser zurückwich. Er sah ihm direkt in die Augen: »Ihnen ist aber sicherlich bekannt, dass sich hier keine ehemaligen Pastoren treffen?«

»Ich bin nur als Zuhörer mitgekommen«, sagte ich so freundlich wie irgend möglich.

»Travis ist mein Gast«, nahm Kyle mich in Schutz. Armond warf mir einen bedrohlichen Blick zu und ging weiter. Wir suchten uns zwei Plätze.

»Wer war denn das?«, flüsterte Kyle irritiert.

»Das muss ich dir später in Ruhe erklären«, antwortete ich. Es trug nicht zu meiner Behaglichkeit bei, dass Armond Harrison sich genau gegenüber von mir auf einen Stuhl fallen ließ. Er schien entschlossen, mich nicht zu Wort kommen zu lassen. Das sagte mir jedenfalls sein eindringlicher Blick. Alles war wieder wie früher.

Sid betete zur Eröffnung und machte ein paar Ansagen. Er dankte Al Vendetti für die Bereitstellung des Raumes. »Wir sind zum ersten Mal in der katholischen Kirche und wir waren noch nie so zahlreich wie heute.«

Alle lachten höflich. Wir waren zehn Pastoren, dazu Nancy, Brett und ich, also dreizehn Personen. Nancy saß angespannt auf der Stuhlkante und hatte ihr Schreibzeug griffbereit vor sich liegen. Brett sah in seiner Uniform fehl am Platz aus und fühlte sich sichtlich unwohl. Sid begrüßte die beiden. Mir lächelte er nur zu, ohne mich zu erwähnen.

»Dann wollen wir gleich zum Thema kommen.« Sids Stimme klang entschlossen. »Vielleicht sollten wir zuerst alle Fakten zusammentragen. Al, warum fängst du nicht an?«

Al Vendetti war von italienischer Abstammung, etwas über vierzig Jahre alt und kam aus Philadelphia. Er erzählte kurz, was Arnold Kowalski widerfahren war. Dann sprach er über die aktuelle Situation: »Unsere Kirche ist seither zu einem Pilgerort geworden. Es kamen schon Leute aus Moses Lake, aus Seattle und aus Ritzville. Die Nachricht breitet sich immer mehr aus, und so kommen sie, nehmen sich ein Zimmer und sitzen die meiste Zeit des Tages in der Kirche, schauen auf das Kreuz und warten.«

Paul Daley meldete sich zu Wort. Er war ein ausgesprochen gut aussehender Mann mit vollem Haar und sympathischem Lachen. Er berichtete: »Die Sache spricht sich auch in meinen episkopalen Kreisen herum und die Leute rufen bei mir an. Da ich aber kein Katholik bin, verweise ich sie einfach an Al.« Lachend fügte er noch hinzu: »Das Besondere an dieser Erscheinung ist, dass Jesus weint und nicht Maria, stimmt's?«

Al lachte: »Wie auch immer, wir beobachten die Entwicklung aufmerksam. Doch bis jetzt meine ich, dass hier nichts geschieht, das uns theologisch oder moralisch bedenklich stimmen müsste.«

Sid erteilte Morgan Elliott das Wort, die uns die Geschichte von Sally Fordyce erzählte. Während ich ihr zuhörte, lächelte ich verstohlen. Morgan sah in meinen Augen nicht wie eine Pastorin aus. Sie erinnerte mich viel eher an ein Hippie-Mädchen oder eine Rocksängerin. Ihr Haar war mit silbernen Strähnen durchwirkt, fiel dabei aber in vollen, wilden Locken auf ihre Schultern. Die runde Nickelbrille erinnerte mich an John Lennon und ihre Stimme hatte den rauen Charme von Janis Joplin.

»Wahrscheinlich wäre Sallys Erlebnis überhaupt nicht bekannt geworden, wenn sich nicht gleichzeitig die anderen Dinge ereignet hätten.« Damit sah sie Bob Fisher an. »In deiner Kirche ist auch etwas passiert, sagtest du?«

Bob war ein kleiner, gedrungener Mann. Er sah grimmig in die Runde: »Ja, ein Mitglied meiner Gemeinde, das ungenannt bleiben möchte ...«

Morgan fiel ihm ins Wort: »Es ist ein Mann, möchte ich ergänzen ...«

Einige lächelten.

»Richtig, ein Mann. Er war am Fluss und angelte, als plötzlich jemand am Ufer stand, der genauso aussah wie der Mann in Sallys Beschreibung. Die Erscheinung, Engel oder was auch immer es war, sagte: ›Jesus kommt bald‹ und war verschwunden.«

»Glaubst du diese Geschichte?«, fragte Paul Daley.

Bob überlegte einen Augenblick und antwortete dann nachdenklich: »Ich glaube meinem Gemeindemitglied, er ist ein absolut vertrauenswürdiger Mensch. Aber ich weiß nicht, was ich von diesem Erlebnis halten soll. Solche Geschichten kursieren alle paar Jahre im christlichen Lager ...«

Ich sah verstohlen zu Brett hinüber. Er saß kerzengerade und mit unbewegter Miene auf seinem Stuhl und sah nicht so aus, als wolle er sein Erlebnis zum Besten geben. Das konnte ich verstehen. Ich war auch entschlossen, meine Geschichte für mich zu behalten.

»Travis«, wandte Paul sich an mich, »wie man so hört, ist auch in deiner Gemeinde einiges los?«

Ich lächelte Paul an und wandte mich an Kyle: »Jetzt bist du dran.«

»Ich weiß nicht, was ich davon halten soll«, begann Kyle mit fester Stimme. »Letzten Sonntag glaubten einige Leute in meiner Gemeinde, Jesus in den Wolken zu sehen, aber andere sahen auch Tiere, eine Tür und eine Feuerflamme. Ein Mädchen sah zuerst ein Huhn und dann Donald Duck.« Alle lachten. »Einige Frauen kamen am Montag wieder, aber da war der Himmel verhangen. Das funktioniert eben nicht bei jedem Wetter.«

Sid grinste: »Wer Jesus in den Wolken sehen will, muss also vorher den Wetterbericht hören.«

»Genau.«

Wieder lachten alle. Wir entspannten uns.

»Übrigens, das ist Kyle Sherman, der Nachfolger von Travis.«

Wie schön Sid das gemacht hatte, dachte ich. Es war ihm gelungen, Kyle auf eine freundliche, angenehme Weise einzuführen. Sid war wirklich ein Mann der Einheit. Meine Anspannung ließ nach.

Paul Daley erzählte: »In meiner Gemeinde sah einmal jemand ein Bild von einer toten Forelle.«

»Wie hast du das ausgelegt?«

»Ich sagte, Forelle ist ein gesundes und wohlschmeckendes Gericht, das wir alle öfters essen sollten.«

Wieder lachten alle.

Burton Eddy sprach in einem Tonfall, bei dem ich mir nicht sicher war, ob es Spott oder Ernst war: »Man kann doch erkennen, wie sich solche Dinge ausbreiten. Einer hat eine übernatürliche Erfahrung, dann der Nächste, dann noch einer, und schließlich spielen alle verrückt.«

»Also meinst du, das sei alles nur Einbildung?«, hakte Sid nach.

»Nun, für den, der es erlebt, ist es natürlich real. Aber diese Phänomene wirken ansteckend und wir sollten ihnen nicht zu viel Raum geben. Sonst fördern wir diese Geschichten nur.«

Kyle mischte sich ein: »Wir können auch nicht ausschließen, dass es sich um dämonische Manifestationen handelt.«

Niemand lachte. Die Atmosphäre war schlagartig um einige Grad kälter.

»Das macht mir auch Sorgen«, schlug Bob sich auf Kyles Seite.

»Nun immer schön langsam«, versuchte Sid zu bremsen.

»Sind wir wieder so weit?«, feixte Armond Harrison streitlustig und sah mich an, als hätte ich es gesagt.

Bob bekräftigte seine Sicht: »Wir sollten wirklich vor Verführung auf der Hut sein. Nicht alles, was Christen erleben, ist von Gott.«

»Es wäre aber an der Zeit, dass Gott seine Leute mal etwas erleben lässt«, konterte Armond.

Al Vendetti war äußerlich ruhig, aber in seinem Gesicht sah man bereits die Rötung, als er sich an Kyle wandte: »Du meinst also, ein Dämon hat Arnold Kowalski gesund gemacht?«

»Wir werden es wissen, wenn einige Zeit vergangen ist und man die Folgen der Heilung beurteilen kann«, war Kyles Antwort.

»Die Folgen sind jetzt schon zu erkennen: Die Kirche ist voll und Arnold freut sich über Gottes Eingreifen.«

»Und die Leute kommen in die Stadt, um einen Götzen anzubeten, statt Gott die Ehre zu geben«, ergänzte Kyle.

Armonds Gesicht war dunkelrot: »Travis hat einen würdigen Nachfolger gefunden.«

Morgan lachte bitter: »Streiten wir uns wieder?« Dann wurde sie ernst: »Es könnte aber auch etwas geben, das in eurer Theologie nicht vorkommt«, sie sah Kyle und mich an, »und trotzdem nicht vom Teufel ist.« Kyle versuchte, seinen Standpunkt zu verteidigen, aber Morgan ließ ihn nicht zu Wort kommen: »Lass die Leute doch in Ruhe. Wenn sie das Kruzifix brauchen, warum nicht? Es schadet keinem.«

»Genau«, kam es von Burton Eddy, der Morgan Beifall klatschte. »Schließlich ist Religion doch ohnehin nichts weiter als ...«

Sid unterbrach ihn: »Genug jetzt. Kyle hat uns seine Meinung gesagt und wir haben geantwortet. Das genügt jetzt ...«

»Nein«, unterbrach ihn Morgan, »wir sind hier, um unsere Meinungen auszutauschen, und ich habe meine noch nicht gesagt. Religion ist die Suche des Menschen nach dem Sinn des Lebens. Keine Religion kommt ohne Geschichten und Manifestationen aus. Auch unsere nicht.«

»Du willst doch wohl nicht behaupten, unser Glaube sei nur ein Mythos?«, fragte Paul Daley.

Burton antwortete an ihrer statt: »Genau, ein Mythos. Jede Kultur hat ihre eigenen Mythen, es sind ihre ureigensten Ausdrucksformen ...«

»Ich wollte aber auf etwas anderes hinaus«, protestierte Morgan.

»Aber eigentlich sind wir schon beim Thema. Wir wollen herausfinden, ob diese Geschichten erfunden oder wahr sind.« Sid versuchte, das Gespräch wieder in die richtigen Bahnen zu lenken.

»Das ist doch egal«, kam es von Morgan.

»Wieso?«, fragte Howard.

»Es kommt auf die Bedeutung der Phänomene an. Dabei spielt es keine Rolle, ob sie von Gott, dem Teufel oder den Menschen selbst hervorgerufen wurden.«

»Aber du sagtest doch eben, es seien nur Mythen?«, wunderte sich Andy.

Sie beugte sich nach vorn und giftete ihn an: »Ich habe nicht gesagt, dass es Mythen sind! Ich sagte ...«

»Arnolds Heilung ist hundertprozentig echt«, warf Al Vendetti ein.

»Was wolltest du denn sagen?«, wandte Sid sich an Morgan.

»Ich meine, es sind menschliche Erfindungen«, sagte Morgan endlich.

»Das glaube ich auch«, echote Burton.

»Also hat Arnold sich selbst geheilt?«, knurrte Al ärgerlich.

»Die Pilger kommen nicht, um Arnold zu sehen ...«, warf Paul ein.

»Darf ich bitte ausreden?!!« Morgans Stimme erinnerte zunehmend an Janis Joplin. »Wenn jemand so etwas erlebt, ist das meines Erachtens ein Ausdruck seiner seelischen Not. Es liegt nun an uns, ob wir uns über die Ursache der Erscheinung den Kopf zerbrechen oder ob wir uns mit der zugrunde liegenden Not der Menschen befassen. Unsere Aufgabe sollte sein, den Menschen in ihren seelischen Nöten zu helfen, anstatt ihre Erfahrungen zu beurteilen.«

»Aber bei diesem Ansatz bleibt die mögliche Verführung unberücksichtigt«, beharrte Kyle.

Sie schüttelte verneinend den Kopf: »Das ist doch irrelevant.«

»Aber das ist doch verkehrt«, begehrte Kyle auf, »wir sind der Wahrheit verpflichtet!«

»Welcher Wahrheit? Ihrer oder deiner?«

»Der biblischen Wahrheit, die zum Beispiel Götzenanbetung verbietet!«

Al war aufgesprungen und schrie Kyle an: »Diese Leute beten keine Götzen an. Sie warten auf den Gott, den diese Figur darstellt!«

»Um auf Gott zu warten, braucht man keinen aus Holz geschnitzten Götzen!«

»ES IST KEIN GÖTZE!«

»Jesus selbst ist der einzige Vermittler zwischen Gott und Mensch!«

»Alle gegen alle«, feixte Armond, »nichts hat sich verändert. Wie stur sie alle sind!«

Sid sah blass aus. Er hatte sich zurückgelehnt und sah traurig in die Runde. »Unser Herr weint über uns.«

Paul Daley sah mich an: »Und was denkst du, Travis?«

»NEIN!«, schrie Sid. Es war sehr ungewöhnlich, dass er so laut wurde. »Nein, ich denke nicht ...«

»Er ist kein Pastor mehr«, sagte Armond grimmig.

»Dann wollen wir hören, was er als Laie zu sagen hat«, verlangte Bob Fisher.

»Ihr begreift es einfach nicht«, jammerte Morgan, die immer noch versuchte, ihr angefangenes Thema zu Ende zu bringen, »warum versteht ihr das nicht?«

Burton Eddy sagte etwas über mein früheres Verhalten, aber da mittlerweile alle durcheinander redeten, konnte ich ihn nicht hören. Armond jedoch hatte ihn verstanden und gab ihm Recht. Paul versuchte immer noch, seinen Satz zu Ende zu führen, ebenso wie Morgan. Howard und Andy stritten sich und Bob Fisher mischte sich ein. Sid versuchte, Kyle klarzumachen, was bei einem Pastorentreffen ging und was nicht. Nancy Barrons hatte Mühe, alles mitzuschreiben.

Ich hörte, wie Al Vendetti zu Sid sagte, er würde gerne meine Meinung hören.

»Ich auch«, wandte Bob sich an Sid.

»Wenn er auch nur ein Wort sagt, verlasse ich die Versammlung«, drohte Armond.

»Gut, gut«, bemühte sich Sid wieder um Schlichtung.

»Er ist mein Gast«, verteidigte mich Kyle.

»Wenn einer von euch beiden noch einen Ton sagt, gehe ich!«

Kyle sprang auf. Ich drückte ihn wieder in seinen Stuhl. Trotzdem sprach er: »Wir sind durch das Wort Gottes aufgefordert, für den Glauben einzustehen, der uns offenbart wurde, und wenn Lügen und Verführung ...«

»Soll das etwa heißen, wir seien Lügner?«

»Hat jemand Jesus gesehen?«, fragte ich.

»In den letzten Tagen werden falsche Christusse aufstehen und große Zeichen und Wunder tun!« Jetzt war Kyle ins Predigen geraten.

Aber Sid hatte meine Frage gehört. »Was?«

Howard und Andy brachen ihre Diskussion ab und sahen in meine Richtung: »Was hat er gesagt?«

»Sie werden versuchen, wenn möglich auch die Auserwählten zu verführen! Lest eure Bibel! Mehr habe ich nicht zu sagen!« Erst jetzt wurde Kyle bewusst, wie ruhig es plötzlich geworden war. Alle sahen mich an, auch Kyle.

Paul fragte: »Was war das, Travis?«

Ich blickte in die Runde, etwas irritiert durch die plötzliche Aufmerksamkeit. »Ich habe nur gefragt, ob jemand Jesus gesehen hat. Darum geht es doch, oder?«

Einen Moment lang schwiegen alle.

Morgan sprach als Erste: »Sallys Engel sprach davon, dass ein gewisser ER bald kommen würde.«

Von Al kam nachdenklich: »Die Pilger hier suchen nach Jesus.«

Bob ergänzte: »Der Mann in meiner Gemeinde sagt, der Engel hätte gesagt, Jesus würde kommen.«

Und zur allgemeinen Überraschung war plötzlich Brett zu hören: »Das hat mir der Engel auch gesagt.«

Die Köpfe flogen so abrupt in seine Richtung, dass ich einige Nackenwirbel knacken hörte.

»Sie haben etwas gesehen?«

»Einen Tramper«, sagte Brett einfach. Dann erzählte er mit wenigen Worten seine Geschichte.

»Ich sehe die Ereignisse noch unter einem ganz anderen Aspekt«, begann er dann, uns sein Anliegen vorzutragen. »Vielleicht ist es weder Gott noch der Teufel noch ein Mythos. Vielleicht ist es nur ein gewiefter Ganove, der in unsere Stadt gekommen ist und ein paar Freunde mitgebracht hat. Es geht mir nicht darum, Ihre Religion gering zu schätzen, aber ich bin nicht hinter einer himmlischen Vision her, sondern ich suche einen Verdächtigen. Sagen Sie den Leuten in Ihren Gemeinden, wenn jemand diese Typen sieht, soll er mich sofort informieren.« Damit erhob er sich. »Danke, dass ich an Ihrer Sitzung teilnehmen durfte. Es war sehr aufschlussreich.«

»Wenn Jesus erscheinen würde, dann hätten wir wirklich ein lohnendes Gesprächsthema«, sagte ich.

Alle schwiegen.

»Vielleicht kann ich jetzt das Thema wechseln?«, fragte Bob Fisher. »Wie die meisten von euch wissen, haben wir diese Woche jeden Abend Evangelisation mit Everett Fudd. Wir erwarten Großes von Gott und würden uns freuen, wenn ihr auch in euren Gemeinden dazu einladen würdet.«

Keiner wollte dazu einladen, aber alle entspannten sich, und während Brett und Nancy den Raum verließen, wurden verschiedene andere Themen besprochen.

Auf dem Nachhauseweg ging alles schief. Kyle war sehr verletzt und ließ seinen Gefühlen freien Lauf. Dabei klang er so, als wäre ich an allem schuld. Aber ich hatte keine Lust, ihm zuzuhören, weil ich über eine Unterhaltung nachdachte, die ich kurz vor Schluss noch mit Bob Fisher geführt hatte.

»Und du hast einfach dagesessen und gar nichts gesagt«, klagte Kyle, während wir durch die Stadt fuhren. »Das sind Pastoren, geistliche Leiter, vor Gott verantwortlich für die Gemeinden, und alle hören auf dieses Geschwätz über Toleranz und Religion. Morgan Elliott ist so eine typisch liberale, feministische, radikale, politisch engagierte Pastorin und keiner der anwesenden Männer hatte den Mumm, sich ihr entgegenzustellen!«

»Sie hatte aber Recht.«

»Hat sie nicht! Sie sagte, die Wahrheit spiele keine Rolle!«

»Aber sie hatte Recht mit dem Argument, dass man sich um die zu Grunde liegenden Nöte der Leute kümmern müsse. Das ist doch ein guter Ansatz.«

»Nicht auf Kosten der Wahrheit!«

»Das ist ein anderes Thema.«

Er drehte sich zu mir um: »Wieso lässt dich das alles so kalt?«

Ich zuckte die Schulter: »Früher habe ich auch gekämpft.«

Angewidert schüttelte er den Kopf: »Was ist nur mit dir passiert?« Ich schwieg. »Und wer um alles in der Welt ist dieser Armond Harrison?«, setzte er wieder an.

»Ein Sektenführer.«

Kyle sah kurz in den Rückspiegel, trat auf die Bremse, zog nach rechts an den Straßenrand und hielt. »Was hast du gesagt?«

Ich wollte mich nicht auf dieses Gespräch einlassen. Es war auch nicht nötig, in das Thema einzusteigen. Ich weiß nicht, warum ich es dennoch getan habe. »Er kam mit dreißig Anhängern nach Antioch. Sie treffen sich in seinem Haus. Einige arbeiten hier, manche auch in Spokane. Es sind ganz normale, fleißige Leute.«

»Warum ist es dann eine Sekte?«

Da waren sie wieder, Monate voller öffentlicher und privater Diskussionen, Anklagen, Angriffe und Gegenangriffe. Ich hätte sie so gerne für immer vergessen. Es war, als würde ich einen auswendig gelernten Text hersagen. »Die apostolischen Brüder leugnen, dass Jesus Gottes einziger Sohn ist, sie wissen wenig über die Erlösung und das Evangelium und denken, sie werden eines Tages selbst Christus sein, weil Jesus nur einer von vielen Söhnen Gottes ist. Darüber hinaus beschäftigen sie sich mit allen möglichen perversen Themen, suchen Offenbarung in Körperausscheidungen und Genitalorganen und machen viel davon abhängig, ob man als Baby gestillt wurde oder nicht. Da die ganze Gemeinde eine Familie ist, werden die Kinder von einer Familie zur anderen weitergereicht, je nachdem, wo Armond sie gerade haben will. Die jungen

Frauen müssen für eine gewisse Zeit mit Armond leben, damit er ihnen alles über Sex beibringen kann. Und so weiter.« Ich hatte keine Lust mehr.

Kyle hielt das Lenkrad so fest, dass ich fürchtete, er würde es verbiegen. »Und dieser Mann gehört zum Pastorenkreis?«

»Du hast es ja gesehen.«

»Warum lassen sie das denn zu?«

»Es war nicht immer so.«

»Aber jetzt ist er dort.«

»Genau.«

»Ein Heuchler, ein Perverser!«

»Du wurdest nicht nach deiner Meinung gefragt.«

Er schrie mich an: »Wie bitte?«

Ich versuchte, es ihm zu erklären, obwohl ich wenig Sinn darin sah: »Kyle, eigentlich kann es dir doch egal sein, was mit den Apostolischen Brüdern los ist, solange du die Wahrheit Gottes so predigst, wie du sie erkannt hast. Was Armond und seine Leute glauben, ist ihre Sache. Da solltest du dich besser nicht einmischen. Wenn du mir nicht glaubst, dann versuche, diese Gruppe anzugreifen. Finde selbst heraus, wie weit du damit kommst. Danach kannst du dann Gott danken, dass du in einem Land lebst, in dem solche Irrlehrer wie Harrison ein Recht auf Freiheit haben, weil seine Freiheit auch deine Freiheit ist.«

Kyle schüttelte den Kopf: »Dann ist das nicht mein Pastorenkreis.«

»O, da werden sie aber sehr traurig sein!«

»Travis, du klingst, als wärest du mit dem allem einverstanden?«

Ich hatte keine Lust auf dieses Gespräch. Unwillkürlich legte ich meine Hand auf den Türgriff. Am liebsten wäre ich gegangen. »Ich bin nicht damit einverstanden, aber ich habe meine Lektion gelernt. Erinnerst du dich, was ich dir sagte, bevor wir in die Kirche gingen?«

»Also lehnst du dich zurück und erlaubst so jemandem, sich zu den Pastoren der Stadt zu zählen? Du bist einfach nur ruhig und überlässt es mir, mich mit der ganzen Truppe anzulegen? Du hast mit angesehen, wie ich allein gegen alle stand, und hast keinen Ton dazu gesagt!«

»Ich hatte dich vorher gewarnt.«

Er seufzte und sah mich traurig an: »Was ist mit dir passiert, Travis? Ich habe ganz andere Sachen von dir gehört. Du warst doch mal ein großer geistlicher Kämpfer. Du brauchst dringend Hilfe. Komm zurück zu Gott, Travis.«

Ich zog an dem Türgriff. »Bis dann.«

»Was machst du?«

Ich öffnete die Tür und sprang hinaus. »Die Fahrt ist für mich zu Ende.«

Kyle lehnte sich über den Beifahrersitz: »Travis, ich will dir doch nur helfen. Du bist auf dem falschen Weg.«

Ich war schon ein paar Schritte entfernt. »Ich kenne meinen Heimweg.«

»Du weißt, was ich meine.«

Ich drehte mich um: »Ja, ich weiß, was du meinst. Ich kenne diese Sprache, Kyle. Ich habe sie schon gesprochen, bevor du geboren warst. Früher habe ich auch die Leute damit belästigt. Aber jetzt bist du der Mann Gottes, Pastor Sherman. Kämpfe den guten Kampf des Glaubens, wie auch immer du willst. Aber komme mir nicht mehr unter die Augen!«

Ich stapfte los, ohne mich noch einmal umzudrehen.

Während ich durch die Stadt marschierte, war ich tief in Gedanken versunken. Wenn Kyle schon vor zwei Jahren in Antioch gewesen wäre, als ich Everett Fudd zum ersten Mal erlebt hatte, hätte er vielleicht besser verstanden, warum ich so genervt reagierte.

Damals hatte ich in meiner Gemeinde zu der Evangelisation bei den Baptisten eingeladen. An drei Abenden hatte unser Chor dort gesungen und an einem Abend hatten Bob Fisher und ich ein Duett vorgetragen, das ich auf der Gitarre begleitete.

Jeden Abend hatten wir die gleiche Botschaft gehört. Ein Donnergericht war auf die armen Leute niedergegangen. Es waren jeden Abend die gleichen Zuhörer gewesen, die lieben, treuen Gemeindeglieder, die seit Jahren keine Veranstaltung ausließen, der harte Kern der Gemeinde, der für einen Pastor so wichtig ist. Sie hatten mit müden, zerfurchten Gesichtern in ihren Reihen gesessen und gehört, wie sündig, zurückgefallen, kalt und selbstsüchtig sie doch waren. Er hatte sie mit den glühenden, erweckten Christen früherer Jahrhunderte verglichen, sie an ihre erste Liebe zu Jesus erinnert und mit allen Mitteln aufgezeigt, wie dringend sie zu Gott zurückkehren mussten.

Während das Klavier leise gespielt hatte, war endlich der Aufruf ergangen: »Kehre um von deinem sündigen Leben, komm zurück zu Gott, bringe dein Leben mit Gott ins Reine.«

Unwillkürlich war ich schneller gegangen. Bob Fisher war mein Freund und meinte es gut. Aber als er mich vorhin nach dem Pastorentreffen ansprach und mich zu den Evangelisationsabenden einlud, hörte ich genau, was zwischen den Zeilen schwang: »Du musst umkehren und zu Gott zurückkommen! Bringe dein Leben mit ihm in Ordnung!«

Komm zurück zu Gott!

Ich hasse diesen Satz. Aber was bedeutet er eigentlich? Zurück zum Ausgangspunkt und alles noch einmal machen, aber diesmal mit mehr Anstrengung, Disziplin, Kraftaufwand? Heißt es, nie wieder Blutwurst essen, Alkohol trinken und Rockmusik hören, wie Bruder Fudd uns damals lehrte? Jede Denomination hat ihre eigenen Regeln, die festlegen, was man tun muss, wenn man zu Gott zurückkehren will. Was ist wirklich nötig, um Gott zu gefallen?

Im Weitergehen begann ich halblaut zu beten: »Gott, zwischen uns ist doch alles in Ordnung, nicht? Ich muss nicht in den alten Trott zurückkehren, oder?«

Doch die Stimme Gottes erklang nicht vom Himmel und auch in meinem Herzen war nichts zu spüren oder zu hören. Nur dieses Schweigen war da, das ich seit Monaten erlebte.

Nachdenklich ging ich weiter. Meine Freunde waren sich sicher, dass mit mir und Gott etwas nicht stimmte. Ich spürte Gottes Anwesenheit einfach nicht mehr, und im praktischen Leben fühlte ich mich von allem abgeschnitten, was mir einmal wichtig war. Was war nur los mit mir? War zwischen Gott und mir doch etwas nicht in Ordnung?

4

An diesem Donnerstag verkaufte sich die Antiocher Zeitung so gut wie seit Jahren nicht mehr. Die Schlagzeile lautete: »Wundersame Heilung von Arthritis«. Es folgte ein Interview mit Arnold Kowalski, Fotos von ihm und der Bericht des Arztes. Die Geschichten mit den Engelerscheinungen waren im Vergleich dazu etwas blasser, aber auch noch sensationell genug. Die meisten Familien kauften mehrere Exemplare, um sie an ihre Verwandten und Bekannten zu schicken.

Da die Wettervorhersage günstig war, hatten sich Dee, Adrian und Blanche, mit weißen Klappstühlen, Kameras und Notizbüchern ausgerüstet, auf den Parkplatz der Pfingstgemeinde begeben. Zwischen 14.05 und 14.15 sahen sie Jesus auf einem weißen Pferd, und gleich danach erschien eine große Faust, die vermutlich die Hand Gottes darstellte. Doch außer Dave White, der kurz vorbeikam, gesellte sich niemand zu ihnen, da die Zeitung nichts von dem Wolkenphänomen berichtet hatte.

Aber dann ereignete sich in der katholischen Kirche die nächste Sensation.

Diesmal traf es Penny, ein siebzehnjähriges Mädchen, das in ihrem bisherigen Leben nichts mit Religion zu tun gehabt hatte. Ihre Mutter, Bonnie Adams, war eine Bildhauerin mit einem Hang zu fernöstlichen Religionen, die nicht aus Antioch stammte und sich auch deutlich von der übrigen Bevölkerung unterschied. Sie trug langes, offenes Haar, weite Kleider und roch nach Räucherstäbchen. Penny war ein schwieriges Kind. Eine Zeit lang war sie auf der Polizeistation ein und aus gegangen. Immer wieder war sie durch Ladendiebstahl, Drogenbesitz und unentschuldigtes Fernbleiben vom Unterricht aufgefallen.

Dann hatte Penny einen Unfall gehabt. Sie hatte betrunken am Steuer gesessen und der Wagen war einen Abhang hinuntergestürzt. Die Mitfahrenden erholten sich rasch von ihren Verletzungen, nur Pennys rechter Arm blieb verkrüppelt. Ladendiebstahl war von da an kein Thema mehr.

An diesem Morgen befanden sich Bonnie und Penny unter den Wartenden, denen Pater Al das Kirchenportal öffnete. Die beiden setzten sich in die erste Reihe, direkt vor das Kruzifix. Penny war offensichtlich nicht begeistert von dem Vorhaben der Mutter. Nach fünf Minuten wurde sie unruhig: »Können wir endlich gehen?«

»Nein«, antwortete Bonnie.

»Ich will eine rauchen!«

»Sei still, du störst den Energiefluss.«

»Ich spüre keine Energie.«

»Du musst ruhig werden. Entspann dich.« Bonnie schloss die Augen und atmete einige Male tief durch. »Ich spüre die Energie. Du musst dich nur dafür öffnen. Vielleicht ist dies ein heiliger Ort, an dem früher die Indianer angebetet haben.«

Sie erntete missbilligende Blicke von verschiedenen Seiten.

»Das hier ist katholisch, nicht indianisch«, korrigierte Penny sie.

»Ist doch egal.«

»Stimmt«, stöhnte Penny und sah sehr gelangweilt aus.

Mutter und Tochter sahen sich sehr ähnlich, nur dass Pennys Haare grüne Strähnen hatten, ihre Kleider etwas enger waren und sie mehr Löcher in den Ohren hatte.

»Ruhe«, forderten einige Pilger.

»Das ist doch sinnlos«, fing Penny bald wieder an zu quengeln.

Bonnie wurde lauter: »Wenn es bei anderen funktioniert hat, warum nicht auch bei dir?«

Sie versuchte, sich wieder zu entspannen, rutschte tief in ihren Sitz, schloss die Augen und begann, ein lang gezogenes »Ommmmmmm …« zu summen.

Pete Morgan, der am Fuße der Leiter Dienst tat, hörte sich das ein paar Augenblicke lang an, dann legte er sein Buch zur Seite und ging zu Bonnie. »Entschuldigen Sie bitte, aber ich muss Sie …«

In dem Moment sprang Bonnie hoch, stieß ihn weg, packte Penny am Arm und stürmte mit ihr nach vorne. Überall im Raum wurde es laut.

»Es weint, es weint«, riefen die Leute, »gepriesen seien alle Heiligen!«

»Cool«, rief Penny.

»Komm schon«, schrie Bonnie und riss sie mit sich.

Erst jetzt sah Pete, was los war. Bonnie lief mit wehenden Kleidern davon und war bereits kurz vor der Leiter. Inzwischen rannen die Tränen aus beiden Augen der Holzfigur. Pete packte die leukämiekranke Frau am Arm: »Kommen Sie, ich helfe Ihnen!« Doch sie deutete nur nach vorne. Bonnie hatte bereits die Leiter ergriffen und versuchte, ihre Tochter hinaufzuschieben.

»Hoch mit dir!«, schrie sie, doch Penny entwandt sich ihrem Griff: »Lass mich los!«

»Platz da!«, rief Pete und schob die Kranke nach vorne. Inzwischen hatte sich am Fuß der Leiter ein Pulk gebildet: Ein Asthmatiker aus Ritzville, eine Krebskranke aus Spokane, drei Alte mit Arthritis, ein Leberkranker und mindestens zehn weitere Kranke und Neugierige drängten sich gegenseitig zur Seite.

Bonnie hatte ihre Tochter losgelassen und versuchte nun selbst, die Leiter hinaufzuklettern. Dabei trat sie ständig auf ihre Kleider und wurde von vielen Händen zurückgehalten. Die Menschen weinten, beteten und schrien durcheinander. Bonnie brüllte die Leute an und trat auf die Finger der Leute, die sich an der Leiter festhalten wollten. Die Frau aus Spokane fing an, hysterisch zu weinen, während der Leberkranke fluchte, sich entschuldigte und wieder fluchte.Viele Hände streckten sich bittend dem Kruzifix entgegen.

»Ruhe jetzt!«, donnerte Petes Stimme. Er stand mit dem Rücken zur Leiter. Einige Leute versuchten, über seinen Rücken nach oben zu klettern. »Es wird für jeden genug Tränen geben!«

Al hörte den Lärm und kam aus seinem Büro gerannt. *Sie werden meine Kirche demolieren*, war sein erster Gedanke.

Die junge Frau aus Moses Lake hatte ein paar Sprossen erklommen, als Penny ihr so fest auf die Finger trat, dass sie herunterfiel. Glücklicherweise konnte ihr Mann sie auffangen.

»Bitte«, war Pete zu hören, »sie hat Leukämie, bitte lassen Sie sie hinaufsteigen!«

Bonnie achtete nicht darauf. Sie war jetzt in Reichweite des hölzernen Gesichtes und strich über die nassen Wangen. Kaum waren ihre Hände nass, schrie sie auf und begann zu zittern. Eine starke Kraft schoss in ihren Arm und durch ihren Körper. Vor Schreck verlor sie das Gleichgewicht und fiel auf die Menschen, die sich unter ihr drängten. »Penny!«

Nun kletterte die junge Frau mit Leukämie hoch, Pete und ihr Mann halfen ihr dabei.

»PENNY!«

Bonnie griff nach dem verkrüppelten Arm ihrer Tochter und presste ihre tränennassen Hände auf die Haut. Penny fing an zu zittern und zu weinen und versuchte, ihre Hand wegzuziehen. Doch Bonnie hielt sie mit aller Kraft. Ihre Augen hatten einen fanatischen Glanz.

»Spürst du das, Penny? Das ist pure Energie! Ich wusste es!«

Unterdessen war die junge Frau aus Moses Lake oben angekommen und berührte das Gesicht. Es war trocken. »O Gott, nein, bitte nicht ...« Sie suchte mit ihren Händen die Figur ab, aber nirgends war ein Tropfen. »Nein, Gott, hab Erbarmen, bitte ...«

Nun war ihr eigenes Gesicht tränenüberströmt. Das Kruzifix jedoch blieb trocken.

Inzwischen war Pater Al im Altarraum und versuchte, die Leute zu beruhigen. Gleichzeitig schrie Penny laut auf und starrte auf ihren rechten Arm, der sich zu strecken und zu entfalten begann. Der Griff ihrer Mutter lockerte sich.

»Ich spüre es!« Ihre Finger wurden gerade. Sie konnte ihre Hand wieder bewegen. »Mutter, meine Hand!« Nun griff sie nach ihrer Mutter. Beide spürten immer noch, wie das Kribbelns sie durchströmte.

»Siehst du, es funktioniert!« Bonnies Augen waren weit aufgerissen. »Hier muss ein heiliger Ort sein!«

Al trat zu Penny, die ihren Arm beugte und streckte und die Bewegungen ihrer Hand vorführte.

Der Priester nahm die Hand und spürte Pennys kräftigen Händedruck. »Mein Kind ...«, flüsterte er, sah zum Kruzifix und bekreuzigte sich.

Eine halbe Stunde später rief Sid mich an. Er hatte es von Paul Daley gehört, dem es ein Gemeindemitglied erzählt hatte, das es von Pete Morgan erfahren hatte. Sid hatte Al angerufen und sich die Geschichte bestätigen lassen. Nun war Sid nicht nur überzeugt, sondern strömte regelrecht über vor Begeisterung. Er konnte es sich zwar theologisch nicht erklären, war aber dennoch sicher, dass Gott nach Antioch gekommen war. Ich dankte ihm für den Anruf, legte auf und verließ das Haus, bevor auch Kyle mich anrufen würde. Ich wollte weder mit ihm noch mit sonst jemandem reden.

Wenig später stand ich bei den Pappeln hinter meinem Haus. An einen der alten Stämme gelehnt, begann ich, intensiv zu beten. Ich wollte so gerne wissen, wie ich diese Dinge einordnen sollte. Es machte mir relativ wenig aus, wenn andere Leute von Engelerscheinungen berichteten. Viel schwieriger war es, mein eigenes Erlebnis zu verstehen. Am liebsten hätte ich einfach geglaubt, dass Gott nun endlich mit greifbaren Beweisen in unsere kleine Stadt kam und die zahlreichen Gebete seiner Leute um Erweckung erhörte. Aber ich war schon zu oft enttäuscht worden.

So wie ich Gott kannte, heilte er nicht durch weinende Holzfiguren. Andererseits lagen zwei nachprüfbare Heilungen durch Kruzifix-Tränen vor. Würde ich bald auch glauben, dass Jesus in den Wolken zu sehen war?

»Herr, bitte, erkläre mir das«, lautete mein Gebet, während ich über die weit ausgestreckten Felder vor mir blickte. »Hilf mir, die Dinge richtig zu verstehen.«

Langsam kam ich zur Ruhe. Ich wartete, ob in meinem Inneren eine Antwort kam. Ich stand und wartete. Dabei ertappte ich mich sogar, wie ich verstohlen zum Himmel sah. Doch kein Eindruck entstand in meinem Inneren, keine Antwort, die sich in meinem Geist geformt hätte. Ein altes Lied fiel mir ein, und ich begann, die vertrauten Worte zu singen: »Sprich, o Herr, sprich zu mir, rede, Herr, du weißt, ich liebe dich, sprich, o Herr, sprich zu mir, sieh, hier bin ich, Heiland, sende mich.«

Ich wartete. Eigentlich hatte ich mir gar nicht so viel Zeit nehmen wollen. Die Minuten verstrichen. Keine Vision, kein Zeichen am Himmel, kein innerer Eindruck, kein Gefühl oder Gedanke, nichts. Das Einzige, das mich zunehmend nervte, war das monotone Geräusch eines Rasenmähers irgendwo in der Nachbarschaft.

Was soll's, dachte ich schließlich und ging langsam zurück.

Wieder einmal hatte ich keine Antwort von Gott erhalten. Es war nicht mein erstes unbeantwortetes Gebet. Manchmal tröstete ich mich dann mit dem Satz: »Gott erzieht uns, wenn er sich Zeit lässt, unsere Gebete zu erhören.« Zeit, noch mehr Zeit. Gott ließ sich viel Zeit mit mir. Aber die Jahre meines Lebens verstrichen dabei. Wie lange betete ich schon, fragte Gott und versuchte, die Dinge, die mir begegneten, zu verstehen!

Das Brummen des Rasenmähers kam aus John Billings Garten, der gegenüber von mir wohnte. Jemand drehte emsig seine Runden auf dem großen Rasen, der Johns Haus von allen Seiten umgab.

Ich leerte meinen Briefkasten: Kataloge, Werbung, Postwurfsendungen.

Nun kam der Mensch, der den kleinen elektrischen Rasenmäher lenkte, in den vorderen Teil des Gartens. Er war jung, hatte langes, dunkles Haar, das er im Nacken zusammengebunden hatte, einen Bart, ausgebleichte Jeans, ein weites T-Shirt und Lederhandschuhe. Es war mir neu, dass John einen Gärtner hatte. Vielleicht war es ein Verwandter.

Der junge Mann sah mich an, lächelte und wandte mir wieder den Rücken zu, während er eine weitere Runde um das Haus zog.

Dieses Lächeln kannte ich.

Wie vom Blitz getroffen blieb ich stehen.

Ein Gärtner?

War meine geheimnisvolle Vision von Jesus auf dem Hügel hinter meinem Haus nichts weiter als der neue Gärtner meines Nachbarn gewesen? Vielleicht war er auf Jobsuche gewesen, hatte sich meinen Garten angesehen und überlegt, ob er mir seine Hilfe anbieten sollte?

Wie dumm von mir! Wie peinlich! Gut, dass ich niemandem davon erzählt hatte. So war das mit den Erscheinungen – der Gärtner von John! Ein Gärtner! Ich schmunzelte erleichtert.

Bald kam er wieder um die Ecke. Während er den Rasenmäher durch die Obstbäume lenkte, winkte er mir vergnügt zu. Eindeutig, es war der junge Mann von neulich. Ich kannte sein Lächeln. Er wirkte sehr freundlich.

Ich sah auf die Werbung in meiner Hand und überlegte, ob ich zu ihm gehen sollte. Da schaltete er bereits den Rasenmäher aus.

»Hallo, Travis«, hörte ich ihn rufen, »haben Sie einen Augenblick Zeit?«

»Ja, klar.« Während ich die Straße überquerte, versuchte ich, mich zu erinnern. Woher kannte er meinen Namen? Vielleicht war er einmal bei mir in der Gemeinde gewesen? Oder er kannte mich von Judys Lokal? Im Näherkommen studierte ich sein Gesicht. Nein, ich kannte ihn nicht.

»Sie haben es gar nicht so leicht im Moment, stimmt's?«, sprach er mich an.

»Wie bitte?«

»Es wird sich alles aufklären.«

»Kennen wir uns?«

»Nicht persönlich.« Er streckte mir seine Hand entgegen. Ich schüttelte sie und ließ erschrocken wieder los. Ein seltsames Kribbeln war in meinen Arm geströmt. »Was war denn das?«

»Was denn?«

»Ich habe wohl einen Stromschlag bekommen.«

Er schmunzelte. »Das war bestimmt der Rasenmäher«. Er stützte sich auf das Gerät und musterte mich nachdenklich.

»Wir kennen uns schon seit Jahren. Sie sind ganz schön einsam im Moment, vor allem, weil niemand versteht, was mit Ihnen los ist. Aber ich weiß, durch welche Tiefen Sie zurzeit gehen.« Er kicherte und sagte mit hoher Stimme: »Travis, komm zurück zu Gott!« Dann fuhr er ernst fort: »Die Leute haben keine Ahnung, was in Ihnen vorgeht.«

Nur ein Gärtner?

»Wer sind Sie?«

Er sah mir tief in die Augen. »So lange bin ich schon bei dir und du kennst mich nicht?«

Nun, er war ein dunkelhäutiger Typ und konnte tatsächlich Jude sein. Seine Haut war braun, seine Augen ebenfalls, sein Haar schwarz und lockig. Er schien viel über mich zu wissen, sogar meine Gedanken zitierte er. Doch ich war nicht gewillt, ihm auf den Leim zu gehen.

»Nein, ich glaube nicht, dass wir uns kennen. Aber sprechen Sie ruhig weiter. Was haben Sie noch zu sagen?«

Er holte tief Luft. »Travis, Sie leben seit Jahren hier. Sie kennen die Leute und die christlichen Gemeinden. Können Sie mir sagen, wie sie auf meine Boten reagieren? Ich habe einige Freunde vorausgesandt, um die Menschen auf mein Kommen vorzubereiten. Wie wurden sie aufgenommen? Was sagen die Leute?«

Welche Frage hatte ich Gott eben gestellt? Sollte das die Antwort sein?

»Nun, alle reden über diese unerklärlichen Phänomene. Bei dem Pastorentreffen gestern waren so viele Leute da wie seit Jahren nicht mehr.«

»Und was ist sonst noch los?«

Ich überlegte kurz und erzählte dann von Nancys erfolgreicher Zeitungsausgabe. Er lächelte, nickte und schien sehr zufrieden zu sein.

»Sind Sie für das alles verantwortlich?«

»Nein, ich bin nicht in den Wolken erschienen. Überhaupt bin ich nur Ihnen erschienen. Sie wissen ja, wie das ist. Manche Leute empfangen die Botschaft und bewegen sie in ihrem Herzen. Andere stürzen sich darauf und verbreiten sie wahllos.«

»Und was soll das Ganze, die Engel und das weinende Kruzifix?«

Er zuckte die Schultern und grinste: »Johannes der Täufer hat sich in letzter Zeit etwas zurückgezogen.«

Ich lachte und staunte: »Ich kann es einfach nicht glauben, dass wir uns so unterhalten.«

»Lassen Sie sich Zeit, Travis. Sie müssen nicht alles sofort glauben. Das mit Johannes dem Täufer war nur ein Witz. Tatsächlich geht es hier natürlich um viel mehr als um Wolken, Kruzifixe und Engelerscheinungen. Das wissen Sie selbst.«

»Jemand hat Sie geschickt, um sich mit mir einen Spaß zu erlauben, stimmt's?«

»Nein, ich bin aus eigenem Antrieb gekommen.«

Ich lachte, als hätte er schon wieder einen Witz gemacht.

»Warum fragen Sie mich nicht nach Marian?«

Er blickte mich ernst an. Die Atmosphäre hatte sich plötzlich verändert. Ich forschte in seinem Gesicht nach einem Hinweis. Er zog eine Augenbraue hoch, hielt meinem Blick stand und wartete.

Sollte ich jetzt mit ihm über Marian sprechen? Mit einem mir völlig fremden Mann? Meine Stimme war brüchig, aber ich hoffte, sie klang fest genug, um dieses Thema zu beenden: »Das wäre eine zu wichtige Frage.«

Er nickte, als würde er mich verstehen. »Die Antwort ist ebenfalls sehr wichtig.« Dann ergänzte er noch: »Sie lässt herzlich grüßen.«

Wie gemein von ihm! Falls das ein Witz war, dann verstieß er gegen jeden guten Geschmack. Wütend wollte ich ihn in seine Schranken weisen, da hielt ein Wagen neben uns. Die Beifahrerin fragte uns nach dem Weg. Während ich mich ihr zuwandte, begann der Rasenmäher wieder zu brummen. »Wir reden später weiter, Travis!«, rief er mir noch zu, als er wegging. Ich drehte mich schnell um und sah, wie er seine Runde fortsetzte. Die Frau aus dem Auto redete auf mich ein. Sie wollte zur katholischen Kirche. Das Auto war voll besetzt. Hinten war ein Mann in Kissen gebettet, der über einen Schlauch mit einem Atemgerät verbunden war. Er hatte Lungenkrebs, erfuhr ich.

»Ist die Kirche heute offen?«

»Ja, Pater Vendetti lässt tagsüber immer die Tür offen.«

Sie waren aufgeregt und voller Vorfreude. Die Leute hatte schon eine sehr lange Fahrt hinter sich und waren nun kurz vor dem Ziel. Wie oft hatte ich schon Menschen mit schweren Krankheiten beobachtet, die in Erwartung einer übernatürlichen Heilung ihre letzten Kräfte mobilisierten. Ich selbst hatte es nicht anders gemacht. Ich kannte das Gefühl.

Während ich ihnen den Weg erklärte, verstummte das Brummen des Rasenmähers. Schnell sah ich mich um. Weder Rasenmäher noch Gärtner waren zu sehen.

Ohne lange nachzudenken, betrat ich den Garten meines Nachbarn. Hinter dem Haus stand der Rasenmäher, der Rasen war zur Hälfte gemäht, von dem jungen Mann war nichts zu sehen. Wo steckte der Kerl? Fast hätte ich bei den Nachbarn geklingelt, um mich zu erkundigen, konnte mich aber gerade noch bremsen. Wer auch immer der Mann war, er hatte mich mit seiner letzten Bemerkung an einer sehr schmerzhaften Stelle getroffen, und es war wohl das Beste, dass er wieder weg war. Ich holte tief Luft und ging zurück zu meinem Grundstück.

Unterwegs beschloss ich, meinen Nachbarn bei der nächsten Gelegenheit nach seinem neuen Gärtner zu fragen. Ich würde ihm ausrichten lassen, dass er sich für seinen geschmacklosen Humor bei mir entschuldigen könne und ich die Sache damit auf sich beruhen lassen würde. Es gab schon genug Verwirrung in der Stadt und ich hatte auch ohne diesen Verrückten ausreichend Trauer zu verarbeiten.

Ich wollte mich ruhig, fair und christlich verhalten. Langsam kühlte meine Wut ab. Aber der Schmerz blieb. Der Mann hatte tatsächlich an meinen wundesten Stellen gerührt. Meine Gedanken gingen zurück zu der Zeit, als ich 19 Jahre alt war.

Wenig später saß ich in meinem Wohnzimmer und spielte Banjo, genau wie damals. Es war die Erinnerung an den Moment, als sich alle meine jugendlichen Träume und Hoffnungen in nichts aufgelöst hatten. Meine große Liebe war vorbei. Ich war kein Prophet Gottes, meine Prophetien hatten sich als falsch herausgestellt. Die Kranken, für die ich gebetet hatte, waren krank geblieben. Gott hatte mich in eine ferne Stadt gerufen, dort aber nichts für mich vorbereitet. Meine Freunde und ich wollten die Welt verändern, aber nach dem Schulabschluss waren plötzlich alle weg. Ich hatte Glaube, Hoffnung und Liebe verloren; Enttäuschung, Einsamkeit und Leere blieben zurück.

Heute, mit fünfundvierzig Jahren, saß ich wie damals auf meiner Couch. Der Gärtner hatte die alten Wunden wieder aufgerissen. Er tat so, als wäre er Jesus. Er sprach von Marian. Und mir wurde bewusst, wie groß meine Sehnsucht nach beiden war.

5

In der Dienstagsausgabe der Antiocher Zeitung wurde auf der Titelseite über die Heilung von Penny Adams berichtet. Tags darauf kamen ein Reporter und ein Fotograf der Spokaner Tageszeitung nach Antioch. So konnte man am nächsten Tag auch in Spokane das Foto von Arnold Kowalski, Penny Adams und Al Vendetti vor dem Kruzifix sehen und die Interviews lesen.

Wenige Stunden nach dem Erscheinen der Spokaner Tageszeitung waren Kameraleute von drei privaten Fernsehsendern aus Spokane in Antioch und drehten in der Marienkirche. Bereitwillig stellten sich Al, Penny und Arnold wieder vor das Kruzifix und erzählten ihre Geschichten. Auch Bonnie schaffte es, ins Fernsehen zu kommen.

Von der Spokaner Tageszeitung ging die Geschichte an die verschiedenen Nachrichtenagenturen. Am nächsten Morgen lasen Journalisten im ganzen Land von den Heilungen und riefen in Spokane an, um mehr darüber zu erfahren. Unterdessen suchten Reporter vor Ort nach neuem Stoff. Sie fanden Sally Fordyce, deren Geschichte sie zusammen mit dem Interview des Anglers aus Bob Fishers Gemeinde sendeten. Auch die Erlebnisse des Polizisten wurde erwähnt, allerdings weigerte dieser sich, vor die Kameras zu treten. Die Zahl der Pilger vervielfachte sich, und die Medien berichteten von den Besucherscharen, woraufhin noch mehr Journalisten nach Antioch entsandt wurden.

Am darauf folgenden Sonntag wurde jeder Geistliche der Stadt von Fernsehteams aufgespürt und um einen Kommentar gebeten. Sid Maher wurde vor seiner Kirche gefilmt, während er sein Erstaunen über das öffentliche Interesse zum Ausdruck brachte. Burton Eddy deutete vorsichtig seine kritische Haltung an, Bob Fisher wollte sich ausschließlich auf das Wort Gottes stützen, und Morgan Elliott hielt es für falsch, dass persönliche Erlebnisse ins Licht der Öffentlichkeit gezerrt wurden. Kyle erklärte, er wolle Gott in seinen unbegrenzten Möglichkeiten nicht einschränken, rate aber zur Vorsicht.

Dee, Blanche und Adrian hatten Fotos und schriftliche Wolkenbilderberichte vorbereitet, um sie den Pilgern und Journalisten vorzulegen. Gegen Nachmittag waren mehrere Kamerateams vor Ort und richteten ihre Objektive auf die Wolken, während Dee laufend kommentierte, was am Himmel zu sehen war. Dadurch wurden mehr Pilger angezogen, der Parkplatz füllte sich mit Menschen und die Journalisten hatten eine weitere Schlagzeile.

Und die Schaulustigen begannen tatsächlich, Zeichen am Himmel zu sehen.

Mittlerweile waren im Antiocher Parkhotel acht von zehn Zimmern belegt. Seit Jahren hatte das Hotel nicht mehr so viele Gäste auf einmal beherbergt. Der Hotelbesitzer Norman Dillard rieb sich ob der Einnahmen die Hände.

Es dauerte nicht lange, bis das nächste Auto vorfuhr und er das neunte Zimmer vermieten konnte. Da alle Gäste die gleichen Fragen stellten, konnte er die gewünschten Informationen schon mit der Routine eines langjährigen Stadtführers herunterbeten: »Das weinende Kruzifix finden Sie in der Marienkirche. Sie liegt links vom Marktplatz, wenn Sie der Hauptstraße folgen. Die Kirche ist rund um die Uhr geöffnet. Jesus in den Wolken sehen Sie eine Straße weiter rechts hinter der Kirche auf einem großen Parkplatz. Vermutlich könnten Sie überall Jesus in den Wolken sehen, aber dort auf dem Parkplatz werden Sie von Sachverständigen erwartet, die Ihnen das Phänomen erklären. Was die Erscheinung von Engeln betrifft, kann ich Ihnen leider keine genauen Hinweise geben, sie halten sich nicht an bestimmte Zeiten und Orte. Das macht die Angelegenheit umso spannender. Ja, Kameras sind grundsätzlich erlaubt. Heute Nachmittag ist der Wetterbericht günstig, um die Wolken zu beobachten, während es am Abend aufklärt und morgen nicht mit Wolken zu rechnen ist. Das sollten Sie berücksichtigen, wenn Sie Ihren Aufenthalt planen.«

Während Herr Dillard noch mit den Neuankömmlingen von Zimmer neun beschäftigt war, kam ein älteres Ehepaar auf das Hotel zu. Sie blieben plötzlich stehen, und die Frau deutete aufgeregt auf die Hecke, die das Nachbargrundstück des Hotels umzäunte: »Ich sehe ihn!«

Der Mann, der etwa achtzig Jahre alt war und eine dicke Brille trug, starrte auf die Hecke: »Wo?«

Sie suchte nach ihrer Kamera: »Na hier, genau in diesen Zweigen!«

Er brummelte: »Geht es jetzt los?«

Sie zog ihn zur Seite: »Du musst dich genau hierhin stellen!«

Er stellte sich genau dorthin, wo sie ihn haben wollte, doch sein Gesichtsausdruck blieb fragend. Seine Frau fotografierte eifrig.

Norman Dillard hatte unterdessen den Gästen aus Zimmer neun den Schlüssel ausgehändigt, beobachtete jetzt das Paar vor der Hecke seines Nachbarn und rieb sich die Hände. Falls diese beiden auf dem Weg zu ihm waren, dann war sein Hotel ausgebucht. Fantastisch. Diese religiösen Spinnereien waren hervorragend fürs Geschäft!

Auch Jack McKinstry und seine Frau Lindy freuten sich über die zahlreiche Kundschaft, die neuerdings in ihrem Supermarkt einkaufte. Journalisten und Touristen deckten sich mit allem ein, was sie für ihre langen Tage brauchten. Neben Lebensmitteln und Getränken wurden auch viele Filme und Batterien verlangt.

»Was meinst du, ob wir unseren Angestellten Engelskostüme anziehen sollten, so etwas aus Weiß und Gold mit Flügelchen?«, grinste Jack, zu seiner Frau gewandt, die gerade kassierte. Sie sagte nichts, aber ihr Blick verriet alles. Er solle sich nicht über die Leute lustig machen, die seine Kassen füllten. Aber witzig fand er es schon, dass so viele Menschen auf diesen Schwindel hereinfielen. Ihm konnte es egal sein, er wollte die Zeit nutzen und guten Umsatz machen.

Sein Laden war schon lange nicht mehr auf dem neuesten Stand. Die Türen öffneten sich nicht automatisch und an der Kasse musste jeder Betrag von Hand eingetippt werden. Aber vielleicht würde sich das ja bald ändern.

Jack war ein fleißiger, ehrlicher Mensch, der auf nackte Mädchen im Zeitschriftensortiment verzichtete und am liebsten die Produkte der ortsansässigen Bauern verkaufte. Wenn eine Kirchengemeinde, egal, welcher Konfession, einen Basar veranstalten wollte, stellte er immer einen Teil seiner Ladenfläche zur Verfügung.

Als sich die Ladentür wieder öffnete, sah er Nevin Sorrel hereinkommen, der erst vor zwei Stunden Großeinkauf gemacht hatte.

»Hast du noch etwas vergessen?«, fragte er gut gelaunt.

Nevin sah bekümmert aus: »Ich kann meine Einkäufe nicht mehr finden.«

»Was?«

»Ja, die Tüten sind verschwunden.«

»Du hast vier Tüten voller Lebensmittel hier herausgetragen, das weiß ich genau«, erinnerte sich Jack.

»Du warst mit dem offenen Lieferwagen da und hast sie hinten auf die Ladefläche gestellt«, mischte sich jetzt auch Lindy ein.

»Das kann nicht sein«, protestierte Nevin, »ich habe sie bestimmt bei euch stehen lassen.«

»Nein, hier ist nichts stehen geblieben. Aber wo bist du denn hingefahren?«

»Ich war auf dem Weg zu Mrs. Macon, für die ich eingekauft habe. Unterwegs wurde ich müde und fuhr auf den kleinen Rastplatz, um ein Nickerchen zu machen. Als ich wieder wach wurde, waren die Tüten weg.«

»Na, dann ist der Fall doch sonnenklar«, grinste Jack amüsiert, »während du geschlafen hast, hat dir jemand die Sachen von der Ladefläche gestohlen.«

Nevin sah ihn ungläubig an. »Du meinst – geklaut? Das gibt's doch nicht, jedenfalls nicht in Antioch!« Er stöhnte. »Was soll ich nur Mrs. Macon erzählen? Das war ihr Vorrat für die ganze Woche.«

Jack zuckte mit den Schultern. Bei all den Fremden in der Stadt …

Das Wetter war viel versprechend und eine wachsende Zahl von Pilgern füllte die Straßen. Je mehr Leute in die Stadt kamen, umso häufiger wurde Jesus gesehen. Die Katholiken berichteten allerdings zunehmend von Marienerscheinungen. Überall standen die Menschen, starrten in den Himmel und studierten Baumkronen oder das Muster des Straßenpflasters. Besonders fantasievoll waren die Gäste in Zimmer fünf des Hotels: Sie sahen Jesus in den Kalklinien der Duschwanne. Norman Dillard war ratlos: Sollte er die Dusche putzen lassen oder das Heiligtum schützen?

Ich hatte eine Woche lang auf die Rückkehr meines Nachbarn John Billings gewartet, der auf Montage gewesen war.

»Was ist mit meinem Rasen passiert?«, fragte er mich sofort, als wir uns das erste Mal wieder sahen. Der Gärtner hatte offensichtlich nur so lange gearbeitet, wie er sich mit mir unterhalten hatte, danach war er verschwunden. Das Ergebnis war ein ordentlich gemähter Rasen im äußeren Teil des Grundstücks und ein Kreis von hoch gewachsenem Gras, in dessen Mitte das Haus stand.

»Ich habe den jungen Mann beobachtet, der letzten Donnerstag bei dir den Rasen gemäht hat«, berichtete ich und war sehr gespannt auf seine Erklärung.

John war schon immer auf seinen gepflegten Rasen stolz gewesen. Er sah nicht sehr begeistert aus. »Wer war das?«

»Keine Ahnung. Ich dachte, du hättest ihn angestellt. Er hat jedenfalls deinen Rasenmäher benutzt.«

»Ich habe niemanden angestellt.« Ärgerlich sah er auf das seltsame Bild. »Hat der gedacht, dass mir das gefallen würde?«

Wir rätselten gemeinsam, kamen aber zu keinem Ergebnis. Ich erzählte John alles, was ich beobachtet hatte, nur das Gespräch mit dem jungen Mann ließ ich aus. Nun wusste ich zwar immer noch nicht, wer der Kerl war, aber mein Gefühl bestätigte sich: Etwas schien mit ihm nicht in Ordnung zu sein.

Eine Stunde später fuhr Nevin Sorrel auf das Anwesen der reichen Witwe, für die er arbeitete. Mittlerweile war er sehr spät dran. Mrs. Macon würde ihn dafür tadeln, aber nicht wirklich böse sein. Sie durfte jedoch nicht erfahren, dass er ihre Einkäufe während eines Nickerchens verloren hatte, denn sie hasste unnötige Geldausgaben. Vorsorglich hatte er die gesamten Lebensmittel noch einmal gekauft, sie dieses Mal aber aus eigener Tasche bezahlt.

Er fuhr den Wagen in eine der vier Garagen, nahm die Einkäufe und ging durch den Hintereingang ins Haus.

»Mrs. Macon? Ich bin wieder da!«

Ihre Stimme kam aus der Küche. »Wo waren Sie?«

Die Küche war ein prächtiger, riesiger Raum, voller edler Schränke, langer Arbeitsflächen und mit einer Reihe großer Fenster, die einen herrlichen Ausblick auf die Macon'schen Ländereien gewährten. Die Witwe saß an dem runden Esstisch und sah ihn erwartungsvoll an. Plötzlich fiel ihm seine Ausrede nicht mehr ein. »Es tut mir Leid, dass ich so spät bin. Ich … ich … der Wagen …«

»Ist gut, Sie müssen mir nichts erklären«, sagte sie gütig. Sie war eine kleine, drahtige Frau Ende sechzig mit hoch gesteckten Haaren und klaren Augen. Ruhig trank sie ein großes Glas mit gepresstem Fruchtsaft. Das Getränk roch nach frischen Erdbeeren. Nevin wurde stutzig. Hatte sie nicht heute Morgen betont, sie brauche Erdbeeren für ihren Fruchtmix am Nachmittag? Er stellte die Taschen ab und wollte die Einkäufe wegräumen.

»Hier sind Ihre Lebensmittel«, sagte er so belanglos wie möglich.

Sie sah ihn überrascht an. »Was haben Sie denn gemacht? Wieso waren Sie zweimal einkaufen?«

Woher wusste sie das?

Sie stellte ihr Glas auf den Tisch und musterte ihn durch ihre goldgeränderte Brille: »Die Einkäufe sind bereits da.«

Er musste sich verhört haben: »Bitte?«

»Meine Erdbeeren, die Orangen, Joghurts, Fleisch, Wurst, Käse, es ist alles bereits hier. Sie hätten es nicht noch einmal holen müssen.«

»Wieso?«

Sie ging zum Kühlschrank, öffnete die Tür und zeigte auf den Inhalt: »Es wurde alles noch rechtzeitig aus der Sonne geborgen.«

Er verstand beim besten Willen nicht … Sie war gelassen und freundlich, kostete seine Verlegenheit aber auch weidlich aus, bevor sie endlich erklärte: »Ich weiß, dass Sie am Rastplatz eingeschlafen waren. Meine Lebensmittel standen ungeschützt in der Mittagshitze …«

Eigentlich war schon alles zu spät, aber Nevin versuchte dennoch, sich zu entschuldigen: »Ich war plötzlich so müde und hatte Angst um Ihr Auto. Ich wollte keinen Unfall riskieren …«

»Es wäre besser, Sie würden nachts schlafen«, wies sie ihn, immer noch freundlich, zurecht. »Es war mein Glück, dass jemand vorbeikam, der Sie schlafen sah und meine Lebensmittel aus der Sonne holte.«

Er war also verraten worden. »Wer war das?«

Sie trat ans Fenster und deutete nach draußen: »Mein neuer Mitarbeiter.«

»Wie bitte?« Vor Schreck zog sich sein Magen zusammen. Schnell folgte er ihr ans Fenster.

»Er stand mit den vier Einkaufstaschen vor meiner Tür und erzählte mir, dass er Sie schlafend auf dem Parkplatz angetroffen habe. Das war sehr aufmerksam und freundlich von ihm.«

Nevin sah, wie der große Traktor aus dem Schuppen gefahren wurde und einen Anhänger voller Heu hinter sich herzog. »Was macht er denn auf meinem Traktor?«, entfuhr es Nevin.

»Das ist mein Traktor«, korrigierte Mrs. Macon ihn sanft. »Er bringt Heu in den anderen Schuppen.«

»Aber das sollte ich doch machen!«

»Sie haben geschlafen.«

In seinen Augen stand die blanke Angst. Er brauchte diesen Job.

»Sie haben ihm meine Stelle gegeben?«

Sie sah zuerst den jungen Mann in ihrem Hof an, dann musterte sie Nevin von oben bis unten. »Er hat mich jedenfalls nicht angelogen.«

»Aber ich habe den zweiten Einkauf von meinem eigenen Geld bezahlt!«

Sie winkte ab und ließ keine Diskussion zu. »Vielleicht überlege ich es mir noch. Sie haben jetzt erst einmal den restlichen Tag frei, dann sehen wir weiter.«

Bevor er ging, sah Nevin sich den Mann dort draußen noch einmal sehr genau an. Er war jung, dunkelhaarig, mit Bart und dunkler Haut und trug eine Jeans, ein langärmliges T-Shirt und Handschuhe. Er sah zum Küchenfenster, lächelte und winkte.

Nevin hasste ihn.

Ein paar Stunden später trat Norman Dillard aus seinem Hotel und blickte zum Himmel. Es war ein schöner, klarer Frühlingstag mit vereinzelten weißen Wölkchen, die wie kleine Inseln im blauen Meer dahinglitten. Vermutlich würden die Leute auf dem Gemeindeparkplatz bald einpacken, da immer weniger Wolken zu sehen waren. Er hatte sich vorgenommen, den Ort auch einmal zu besuchen, um sich selbst ein Bild von den Vorgängen zu machen. Da er alle seine Gäste dorthin schickte, sollte er doch zumindest wissen, was eigentlich los war. Für religiöse Fanatiker hatte er wenig übrig. Aber er musste sich die Sache trotzdem anschauen, aus rein geschäftlichen Gründen. Er nahm seine dickglasige Brille ab und rieb sich seine müden Augen.

Als er auf den Parkplatz einbog, sah er schon rund zwanzig Leute, die in kleinen Grüppchen zusammenstanden, zum Himmel sahen und Kameras in Händen hielten.

»O, hier kommt Herr Dillard«, drang eine grelle Frauenstimme an sein Ohr, noch bevor er die Autotür geöffnet hatte. Dee Baylor und Blanche Davis eilten herbei, um ihn zu begrüßen. Das hätte er sich gerne erspart.

»Norman, gelobt sei Gott!«, freute Dee sich und umarmte ihn herzlich. Er hielt die Luft an und wartete, bis sie ihn wieder freigab.

»Ich wollte nur mal nachsehen, was hier eigentlich los ist«, versuchte er, ihre Begeisterung zu dämpfen.

»Wollen Sie Jesus sehen?« Blanche hielt ihm ein Foto vor die Nase. Er ging einen Schritt zurück. »Hier schaut er nach Osten.«

»Wo ist auf dem Foto Osten?«, fragte Norman trocken. Blanche drehte das Foto hin und her, war selbst einen Moment lang verunsichert und wusste es dann wieder: »Hier ist seine Nase, er schaut in diese Richtung.«

»Aha«, meinte er und klang alles andere als überzeugt.

»Sie müssen sich entscheiden, daran zu glauben«, begann Dee ihre Einführung, mit der sie jeden Neuankömmling empfing. »Lassen Sie Ihre Zweifel los, und staunen Sie über alles, was Sie dann entdecken werden.«

Er sah auf die einsame, kleine Wolke, die gerade über den Himmel zog und fragte: »Sie sind also die Verantwortliche hier, ja? Wie funktioniert das Ganze? Was muss man machen?«

»Sie müssen sich nur dem Geist Gottes öffnen«, erklärte Dee lächelnd, »dann wird Gott Ihre Augen lenken und durch seine Schöpfung zu Ihnen sprechen.«

»Die Himmel sind seiner Hände Werk«, echote Blanche.

Norman ging zu den anderen und ließ die Atmosphäre auf sich wirken. Einige Leute sangen leise, andere beteten, manche ließen Rosenkränze durch die Finger gleiten, und alle beobachteten diese einzelne

Wolke, die langsam vorbeizog. Das ältere Ehepaar, das vor einer Weile in der Hecke seines Nachbars etwas gesehen hatte, war auch da. Beide saßen in Campingstühlen, mit Kissen im Nacken, und blickten entspannt zum Himmel.

Sie war ganz eifrig: »Da kommt wieder eine Wolke, Melvin!« Ihr Mann sah so aus, als würde er beten, doch als Norman näher kam, hörte er ein leises, regelmäßiges Schnarchen.

Eine andere Gruppe stimmte »Großer Gott, wir loben dich« an. Hinter Norman fiel ein Mann mit schöner Tenorstimme in den Chor ein. Er hielt seine Frau im Arm und beiden boten ein Bild der Harmonie. Auch eine spanische Großfamilie hatte es sich, mit Picknickausrüstung versehen, gemütlich gemacht. Soweit sie die Worte kannten, sangen sie mit, ansonsten summten sie die Melodie. Das Singen hörte sich gut an, und Norman musste sich eingestehen, dass er sich wohl fühlte. Es war angenehm hier, ruhig und entspannend. Er konnte seine Gäste, sofern sie sich für solche Dinge interessierten, ohne Bedenken hierher schicken.

Gähnend nahm er seine Brille ab und rieb sich die Augen. Er war schon früh aufgestanden und Müdigkeit machte ihm zu schaffen.

Dee Baylor hatte ihn beobachtet und trat von hinten an ihn heran. »Wie geht es Ihren Augen, Mister Dillard?«

Er setzte sich die Brille wieder auf und sah sie fragend an. »Na, ungefähr so schlecht wie immer«, antwortete er unbedacht. Seit Jahren störte es ihn, dass er diese starke Brille brauchte. Aber was sollte er machen?

»Hier ist ein Ort, wo Gott durch das Sichtbare zu uns redet. Ich denke, er möchte Ihre Augen heilen.«

Norman bekam Fluchtgedanken.

»Doch, ich glaube, das will er wirklich«, beharrte Dee.

»Das würde mich aber sehr wundern.«

»Nehmen Sie doch einfach Ihre Brille ab.«

»Warum?«

»Um Ihre Heilung zu überprüfen.«

Er zierte sich noch ein bisschen, aber Dee und ihre Freundinnen bedrängten ihn. Er wollte es sich nicht mit ihnen verderben. Schließlich waren sie die Attraktion für seine Gäste. Also nahm er die Brille ab und rieb sich wie so oft die Augen.

»Nun sehen Sie zum Himmel und öffnen Sie sich für Gottes Reden.«

Er sah nach oben, doch er konnte selbst die kleine Wolke nicht mehr erkennen. Falls Gott zu ihm sprach, war das jedenfalls nicht überzeugend.

»Was sehen Sie?«

»Nichts!«

»Falsch«, korrigierte Dee ihn. »Sie müssen Ihre Heilung bekennen. Sagen Sie, dass Sie sehen können!«

Er sah sie ratlos an. Wenn er keine Brille trug, sah sie eindeutig besser aus, fand er. »Wie meinen Sie das?«

»Glauben Sie, dass Sie sehen können, dann werden Sie geheilt sein.«

Um ihren Blicken auszuweichen, sah er wieder zum Himmel. Wie konnte er jetzt am unauffälligsten verschwinden?

Blanche mischte sich ein: »Sagen Sie: ›Ich kann sehen.‹«

Sie drängten ihn. Widerwillig gab er nach: »Ich kann sehen.«

»Bekennen Sie es so lange, bis Sie es glauben.«

Er lachte verlegen. »Da können Sie aber lange warten.«

»Das macht nichts, wir sind die ganze Nacht hier.«

»Tut mir Leid, aber *ich* will nicht die ganze Nacht hier bleiben. Ich muss zurück zu meinem Hotel und mich um meine Gäste kümmern.«

»Alles klar, Herr Dillard, es war ein erster kleiner Schritt.«

»Machen Sie immer nur einen Schritt nach dem anderen«, ergänzte Blanche.

Er lächelte sie flüchtig an, eilte zu seinem Wagen, zog die Tür hinter sich zu und bekannte alles, was er mühsam zurückgehalten hatte. Ein erster kleiner Schritt! Von wegen! Er sagte und glaubte auf der ganzen Rückfahrt alles, was er in seinem Herzen hatte – und was Dee und ihre Freundinnen betraf, war das nicht sehr nett. Diese Spinner! Ihn in eine so peinliche Lage zu bringen! Fanatiker! Verrückte! Und wegen so etwas kamen die Leute aus nah und fern?

Und wohnten in seinem Hotel. Na, schön. Er würde erste kleine Schritte machen, um sich an diese Verrückten zu gewöhnen.

Matt Kiley jedoch hatte nicht vor, sich daran zu gewöhnen. Als ich Montagmorgen in seinem Eisenwarenladen ein paar Schrauben holen wollte, war er immer noch außer sich. Mehrere Kruzifix-Pilger hatten ihn sehr in Rage gebracht.

Er fuhr in seinem Rollstuhl auf mich zu, doppelt so schnell wie sonst, und schimpfte: »Ich habe sie rausgeschmissen. Ich habe ihnen gesagt, entweder sie kaufen jetzt etwas oder sie verlassen den Laden.«

»Was war denn los?«

Matt hörte mich nicht und schimpfte weiter: »Wenn sie nicht damit umgehen können, ist das ihr Problem, nicht meines. Ich komme klar, weil ich muss. Ich falle niemandem zur Last und beklage mich nicht. Was soll die ganze Sache also?«

Matt Kiley war im Vietnamkrieg gewesen, was ihn mit Stolz erfüllte. Einige Orden hingen neben einer amerikanischen Flagge und einigen anderen Erinnerungsstücken gut sichtbar an seinen Wänden. Er war ein draufgängerischer Typ und war vor seiner Verletzung oft in Schlägereien verwickelt gewesen. Im Krieg war er sicherlich nicht zimperlich mit den Vietnamesen umgegangen, bis ihn eine Kugel im Rücken getroffen hatte. Seither war er querschnittsgelähmt. Doch er hatte auch vom Rollstuhl aus sein Leben im Griff, verkaufte seine Eisenwaren und war weder verbittert noch badete er in Selbstmitleid. Er konnte es lediglich nicht ertragen, wenn Leute mit ihm über seine Behinderung sprechen wollten.

»Ich will ein paar Bücherregale im Schlafzimmer anbringen und brauche kräftige Winkel und Dübel«, erklärte ich ihm den Grund meines Kommens.

Er zeigte mir verschiedene Teile und beriet mich sachverständig wie immer. Matt hatte vier Angestellte, die all das taten, was ihm nicht möglich war. Ansonsten halfen ihm auch die Kunden und nahmen sich selbst aus den oberen Regalen, was sie brauchten.

Während wir zur Kasse gingen, fuhr Matt mit seiner Schimpftirade fort: »Sie waren ganz fanatisch. Ich solle zur Marienkirche gehen und geheilt werden. Ich müsse nur auf das Kruzifix schauen und fest daran glauben.« Ernst blickte er mich an: »Trav, so viele Knallköpfe haben schon versucht, mich zu heilen. Nicht alle waren Knallköpfe, sie meinten es zum Teil auch wirklich gut. Aber ich will nicht mehr an mir herumexperimentieren lassen, verstehst du das?«

Ich nickte. Wie gut ich ihn verstand!

»Manche Leute können es einfach nicht lassen …«

»Ich kenne das.«

»Du kennst das, nicht wahr?«

Wir waren an der Kasse, die speziell auf seine Höhe eingerichtet war. Während ich meine Artikel einpackte, sagte er nachdenklich: »In der Reha-Klinik habe ich viele Rollstuhlfahrer kennen gelernt, mit denen ich mich gut verstanden habe. Mit einigen von ihnen habe ich heute noch Kontakt. Sie haben mir nie gesagt, ich solle ein Kruzifix anschauen, mich in besonderem Wasser waschen oder eine Zauberformel sprechen. Es sind immer nur die Gesunden, die solche Ratschläge geben.«

Wir sahen uns an und verstanden uns.

Es sind immer nur die Gesunden, die alles wissen. Matts Worte beschäftigten mich den ganzen Tag über. Seine Weisheit war nicht ohne Zynismus, aber sie war aus Lebenserfahrung gewachsen. Ja, ich verstand ihn, diese Erfahrung hatte ich auch gemacht.

6

Ich war siebzehn, als meine Familie umzog. Bis dahin hatten wir in Seattle gelebt. Die Stadt bot alles, was sich ein christlicher Teenager nur wünschen konnte. Die Gemeinde hatte eine hervorragende Anbetungsband, die Jugendgruppe war groß und lebendig, und ich hatte eine Freundin. Auch in der Schule hatte ich gute Freunde gefunden und war bei meinen Altersgenossen beliebt. Ich war auf der gleichen Schule, die auch meine Geschwister und verschiedene Verwandte besucht hatten, und ich war stolz darauf.

Das alles musste ich zurücklassen, um in einem abgelegenen Dorf weiterzuleben und eine alte, heruntergekommene Schule zu besuchen. Ich kannte niemanden und fühlte mich einsam und verloren. Mein Vater behauptete, dieser Umzug sei der Wille Gottes, doch das konnte ich mir nicht vorstellen.

Seit meiner Kindheit lebte ich in einer engen Beziehung zu Gott. Ich wusste, was er von mir erwartete und womit ich von seiner Seite rechnen konnte. Wenn wir Gott in der Gemeinde anbeteten, war es normal, dass wir seine Gegenwart spürten. Im Gottesdienst wurde prophetisch geredet und für die Kranken gebetet. Wenn wir in Not waren, riefen wir zu ihm, und er hörte uns.

Mein Vater war der Pastor unserer Gemeinde. Im Anschluss an seine Predigten rief er immer diejenigen, die sich von der Predigt angesprochen fühlten, nach vorne. Am Altar beteten wir füreinander, weinten dabei oft und erlebten Gottes verändernde Kraft. Manchmal war es einfach Gemeindetradition, aber oft war es auch der Heilige Geist, der unter uns wirkte. Ich war sehr oft vorne zum Gebet. Mit acht Jahren gab ich mein Leben Gott, mit zwölf Jahren wurde ich mit dem Heiligen Geist erfüllt und begann, in neuen Sprachen zu reden. In den folgenden Jahren weihte ich mich immer wieder neu Gott, hatte Buße getan, ihn angebetet, meine Sünden bekannt und Vergebung empfangen. Fast alles, was ich mit Gott erlebte, fand in unserer Gemeinde in Seattle statt. Dieses Backsteingebäude war der Ort, an dem ich Gott kennen lernte.

Doch dann wurde Vater müde, Mutter war unglücklich, und die Familie brauchte eine Veränderung, hieß es. So legte Vater seinen Dienst nieder und wir zogen weg.

Die Gemeinde an unserem neuen Wohnort war ganz anders als alles, was ich bis dahin erlebt hatte. Sie war ausgesprochen ruhig und erinnerte mich immer an einen parkenden Wagen. Die Leute lächelten kaum, sangen alle Strophen ihrer langsamen, altertümlichen Lieder, und es war undenkbar, dass man dazu klatschte. Niemand rechnete damit, dass Gott im Gottesdienst redete. Gott sollte, so kam es mir vor, genauso ruhig sein wie alle anderen und sich an die Gottesdienstordnung halten. Es gab auch im Anschluss an die Predigt nie einen Aufruf zum Gebet. Stattdessen gab es Kaffee mit Gebäck und der Gemeindetratsch wurde gepflegt.

In dieser Situation war ich ein leichtes Opfer für die Kenyon-Bannister-Bewegung.

David Kenyon war mit mir im Kunstunterricht. Eines Tages sprach er mich an: »Sag mal, bist du Christ?«

»Ja.«

»Bist du mit dem Heiligen Geist erfüllt?«

»Ja.«

»Betest du in anderen Sprachen?«

»Ja.«

Er reichte mir die Hand und freute sich: »Hab ich mir gedacht.«

Es war so lange her, seit ich mit Gleichaltrigen gesprochen hatte, die von Gott begeistert waren. Das hatte mir sehr gefehlt. Entsprechend glücklich hörte ich jetzt David zu. Ich arbeitete an einer Skulptur und er malte mit Ölfarben. Er erzählte: »Der Heilige Geist wirkt sehr stark unter uns. Das haut mich immer wieder um. Letzte Woche hatten wir eine prophetische Weissagung, in der Gott uns mitteilte, wir sollen aufhören, Trips zu nehmen und Gras zu rauchen. Wir sollten von Jesus high werden.«

Dann zählte er auf, wer alles zu seiner Gruppe gehörte. Es waren Schulkameraden, von denen ich die meisten dem Namen nach kannte. Da war Bernadette Jones, die ich als hart und unnahbar kennen gelernt hatte. Sie hatte ein böses Mundwerk und rauchte gern. Karla Dickens, die ich von der Theater AG kannte, spielte am liebsten Stücke, die mit Kiffen zu tun hatten. Andy Smith war ausgesprochen musikalisch und leitete eine Rockband. Harold Martin, ein sehr kreativer junger Mann, war ein großer *Doors*-Fan. Auch Amber Carr war dabei, deren schöne Haare mir schon aufgefallen waren. Die anderen kannte ich noch nicht, doch das sollte sich schnell ändern. In der Mittagspause stellte David mich sämtlichen Mitgliedern seines Hauskreises vor. Er ging mit mir durch den Speisesaal und sagte zu jedem seiner Freunde: »Rate mal, wer auch ein geisterfüllter Christ ist?«

Ich erfuhr, dass sie sich mittwochs bei Davids Familie trafen, und am darauf folgenden Mittwoch war ich auch dort. Im Gegensatz zu der lahmen Gemeinde, die meine Familie jetzt besuchte, war hier mächtig was los. Es war so ähnlich wie früher in Seattle, die Art von Gottesdienst, die mir gefehlt hatte. Außer Davids Eltern war etwa ein Dutzend Schüler versammelt. Drei Leute spielten Gitarre und wir sangen lange und fröhlich.

Danke, danke, Jesus,
danke, danke, Jesus,
danke, dass am Kreuz für mich du starbst.
Du hast meinem Leben
neuen Sinn gegeben.
Dafür will ich danken allezeit.

Wir klatschten, tanzten, soweit wir Platz hatten, und sangen das gleiche Lied immer wieder. Auch das nächste Lied war denkbar einfach:

Gott ist so gut,
Gott ist so gut,
Gott ist so gut,
er ist so gut zu mir.

Er liebt mich so,
er liebt mich so,
er liebt mich so,
er ist so gut zu mir.

Drum dank ich ihm,
drum dank ich ihm,
drum dank ich ihm,
er ist so gut zu mir.

Wir wiederholten es viele Male und ließen uns immer neue Texte dazu einfallen. Es folgten einige weitere Lieder, die wir ebenso begeistert sangen. Dann hob Mrs. Kenyon die Hände zum Gebet und begann, laut in Sprachen zu reden. Alle anderen taten es ihr gleich. Jeder hatte seine eigene, charakteristische Gebetssprache, von denen einige auch recht witzig klangen. Wir beteten laut und anhaltend, voller Kraft und Begeisterung. Das war viel mehr nach meinem Geschmack als die wohl formulierten Gebete, die langsam und voller Bedacht einen Satz an den anderen fügten.

Dann unterbrach Mrs. Kenyon uns und rief mit kräftiger Stimme: »Meine Kinder« oder »Mein Volk« oder etwas Ähnliches. Es war der Auftakt zum prophetischen Reden. Alles, was jetzt kam, war ermutigend und bestätigend: Gott freute sich über unseren Lobpreis, er wollte in unserer Mitte sein, wir sollten von seinem Geist trinken, er würde in unserem Ort wirken etc. Als ein Mitschüler, der im Unterricht immer besonders cool und lässig auftrat, ebenfalls zu weissagen begann, wunderte ich mich ein wenig.

Dann studierten wir einen Abschnitt in der Bibel, beteten für die Kranken, erzählten, was wir mit Gott erlebt hatten, und legten einigen Neuen die Hände auf, damit auch sie mit dem Heiligen Geist erfüllt würden. Zum Abschied umarmte ich jeden und sagte immer wieder: »Halleluja!« Als ich an diesem Abend nach Hause ging, war ich sehr glücklich. Die Zeit der Einsamkeit war vorbei. Ich hatte in dieser fremden Umgebung ein geistliches Zuhause gefunden und würde hier sicherlich auch Freunde finden. Nun verstand ich Gottes Führung wieder. Er hatte mich hierher gebracht, damit ich Teil dieser Gruppe wurde.

Manches kam mir allerdings fremd vor. So rauchten fast alle, einschließlich der Kenyons. Wir hatten kaum »Amen« gesagt, schon griff Mrs. Kenyon nach ihrer ersten Zigarette und begann, so hastig zu rauchen, als müsse sie alles nachholen, was sie in den letzten zwei Stunden verpasst hatte.

Sie sah mein fragendes Gesicht und erklärte mir, dass sie glaubte, Gott würde sie schon zur richtigen Zeit davon befreien. Er hätte noch viel aufzuräumen in ihrem Leben und irgendwann wäre auch das Rauchen an der Reihe. »Es ist wie bei einer Zwiebel«, erklärte sie, »Gott fängt außen an und entfernt eine Schale nach der anderen. Anbetung ist der Schlüssel«, erklärte sie, »wir beten Gott an und er verändert uns.«

Sonntags war ich weiterhin in der ruhigen Gemeinde. Ich muss zugeben, die Predigten waren zum Teil nicht schlecht, die Lehre hatte Tiefgang. Es war wie gesundes, trockenes Brot. Aber würzig, saftig und lecker schmeckte es am Mittwochabend. Ich war nun jeden Mittwoch bei Familie Kenyon, den ganzen Herbst und in den Winter hinein. Auch in der Schule war ich nur noch mit den Leuten aus dem Kenyon-Kreis zusammen. Wir erzählten unseren Mitschülern von Jesus und diskutierten mit den Lehrern über theologische Fragen. Manchmal konnten wir jemanden gewinnen, manche verließen die Gruppe auch wieder. Natürlich waren wir bekannt für unseren religiösen Eifer. Aber da wir so coole Typen in der Gruppe hatten, wagte keiner, schlecht über uns zu reden.

Eines Abends stand ich mit Harold im Garten der Kenyons. Das Treffen war offiziell zu Ende. Da außer den Gastgebern niemand im Haus rauchen durfte, standen wir draußen. Es war eine kalte Novembernacht. Ich selbst rauchte nicht, aber ich leistete Harold Gesellschaft. Er hatte die Schultern eingezogen und saugte gierig an seiner Zigarette.

»Hast du schon einmal gekifft?«

»Nein.«

»Du solltest es probieren. Ich kann dir etwas besorgen.«

Darauf war ich nicht vorbereitet. Etwas verunsichert stotterte ich: »Nun, ja, nein, also ich glaube nicht, dass ich das brauche.«

Er gab sich damit aber nicht zufrieden: »Komm, das ist nur fair. Ich habe euren Trip ausprobiert und bin auf den Heiligen Geist abgefahren. Jetzt kannst du ruhig auch mal Dope testen und auf meine Art high werden.«

»Harold«, ich versuchte mühsam, nicht wie mein eigener Vater zu klingen, »es ist nicht richtig, wenn man Drogen nimmt. Damit verstößt man gegen das Gesetz.«

»Aber das Gesetz wurde von Menschen gemacht. Gott lässt Cannabis wachsen, er hat es doch für die Menschen gemacht. Du solltest es wirklich mal probieren. Wenn du Gott liebst und mein Freund bist, dann musst du es einfach tun. Sonst kannst du nicht sagen, dass es falsch ist.«

Mir fiel kein Gegenargument ein.

»Einverstanden?«

Ich weiß nicht mehr, was ich geantwortet habe. Auf meinem Nachhauseweg war ich sehr nachdenklich.

Harold war in fast jedem Treffen dabei, er sang die Lieder mit Begeisterung, erhob seine Hände im Gebet und hatte eine Gebetssprache von Gott bekommen. Ich konnte das nicht begreifen.

David hingegen redete andauernd von Dämonen. Niemand außer ihm sah sie, aber er sah sie überall.

»Du kannst dir nicht vorstellen, was für einen ekligen Dämon ich gestern gesehen habe.«

»Auf Herrn Schmidts Schreibtisch saß ein Dämon.«

»Sie hat einen Dämon. Manchmal sehe ich, wie er aus ihren Augen schaut.«

»Letzte Nacht kam ein Dämon direkt durch mein Fenster, setzte sich auf meine Bettkante und sah mich an.«

»Heute sah ich zwei Dämonen in dem Baum vor der Schule sitzen. Ich glaube, sie haben es auf einen von uns abgesehen.«

Er zeigte sie mir und konnte sie sogar zeichnen. Für ihn waren sie scheinbar das Normalste auf der Welt. Ich hätte mich schrecklich gefürchtet, wenn ich überall Dämonen gesehen hätte, er hingegen gab uns jeden Tag seinen Dämonenbericht so selbstverständlich, als handelte es sich um den Wetterbericht. Einmal war ich bei Kenyons zum Essen eingeladen. Wieder erzählte David von seinen letzten Dämonenbegegnungen. Seine Eltern hörten einfach nur zu, priesen Gott und aßen weiter.

So kam ich zu dem Schluss, dass es seine spezielle Gabe sein musste, Dämonen zu sehen. Vielleicht war es das, was im Neuen Testament mit der »Gabe zur Unterscheidung der Geister« gemeint war. Allerdings konnte ich mir nicht erklären, wozu diese Gabe gut sein sollte.

Andy Smith bewies seinen Glauben darin, dass er mit fast leerem Tank Auto fuhr. Statt zu tanken, betete er immer für seinen Benzinverbrauch. Einige Male blieb er liegen, und ich musste ihm einen Kanister Benzin besorgen, damit er es bis zur nächsten Tankstelle schaffte. Gott ehrte seinen Glauben und ich bezahlte das Benzin.

Karla berichtete eines Abends, wie sie an einem einzigen Tag zwanzig Leute zu Christen gemacht hatte. »Ich sagte ihnen, sie sollen einmal ›Jesus‹ sagen. Das war's schon. Es heißt doch, wer den Namen des Herrn anruft, soll gerettet werden. Stimmt's?!«

Mrs. Bannister war eine Freundin von Mrs. Kenyon und begann auch, unsere Treffen zu besuchen. Nach einer Weile übernahm sie die Leitung. Einerseits war sie eine ganz normale Hausfrau, andererseits aber auch eine Prophetin Gottes, die auf alle Fragen eine Antwort wusste. Bernadette fragte sie, ob sie sich mit einem jungen Mann befreunden solle, der kein Christ war. Frau Bannister sagte, ja, diese Beziehung sei Gottes Wille und sie werde ihn zum Glauben führen. Clay fragte, ob er seinen Abschluss schaffen würde. Sie sagte: »Ja«, und er bestand es tatsächlich. Eines Abends legte sie Mr. Kenyon die Hände auf und ernannte ihn zum Bischof über unseren Ort. Keiner wusste, was das bedeutete oder was er nun zu tun hätte, aber für uns war er von da an der Bischof des Dorfes.

Die Familien Kenyon und Bannister besuchten gelegentlich eine große Gemeinde in Seattle, um sich neue Anregungen zum Gebet, Anbeten und zum Gebrauch der Geistesgaben zu holen. Aber sie gehörten keiner Gemeinde an. Stattdessen trafen sie sich mit anderen Erwachsenen am Sonntagmorgen und hatten ähnliche Gottesdienste wie wir am Mittwochabend. Für mich war das insgesamt ein ganz neues Konzept.

Auch ihre Art, mit Problemen umzugehen, war mir fremd. Eines Tages kam ein Gast zum Mittwochstreff. Er vertrat die Ansicht, es genüge nicht, gläubig zu sein, man müsse auch in der Heiligung leben. Damit wandte er sich besonders gegen das Rauchen, die derbe Sprache, die unter uns herrschte, und gegen die sexuellen Beziehungen, die viele von uns hatten. Ich war froh, dass diese Dinge endlich einmal angesprochen wurden. Doch niemand ging auf seine Worte ein und der Gast wurde nie wieder eingeladen.

Die Leiter unseres Kreises rieten uns grundsätzlich zu Lobpreis und Anbetung, egal, mit welchem Problem wir an sie herantraten. Während wir Gott anbeteten, würde er uns verändern. Gott hatte einen Plan für uns, und wenn wir ihn anbeteten, bewegten wir uns im Zentrum seines Willens. Was die anderen Gemeinden an unserem Ort betraf, so konnte man ihnen nur wünschen, dass sie dies auch bald erkannten.

Doch mitten in all diesen intensiven geistlichen Gefühlen blieb eine Frage für mich unbeantwortet. Ich wagte nicht, sie anzusprechen, weil ich fürchtete, dass nicht einmal Frau Bannister sie würde beantworten können. Eine Zeit lang versuchte ich, nicht daran zu denken, und widerstand dem Teufel, der sie mir immer wieder vor Augen führte. Gott würde sich darum kümmern. Die Antwort würde kommen, Gott würde dafür sorgen.

Doch stattdessen drängte sich die Frage immer mehr in mein Denken und begann, alles andere in Zweifel zu ziehen. Bald konnte ich meinen Glauben, die reale Welt und diese Frage nicht mehr miteinander vereinbaren.

Tim Ford, ein junger Mann in der Gemeinde, die ich sonntags mit meinen Eltern besuchte, hatte multiple Sklerose. Seine Eltern ließen nichts unversucht, um Hilfe für ihn zu bekommen. Sie reisten zu vielen Großveranstaltungen, zu Heilungsgottesdiensten und bekannten Männern Gottes. Sie ließen so oft im Gottesdienst für ihn beten, dass dieses

Gebet bald zu einem festen Bestandteil unserer Liturgie wurde. Tim war sechzehn Jahre alt und konnte sich kaum noch selbst bewegen.

Ich konnte das einfach nicht verstehen. Was war los mit unserer Welt? Was machten die Christen falsch? Wieso gab es so viel Schmerz, Krankheit und Leid, wo Jesus doch den Feind besiegt hatte?

Es musste an uns liegen. Uns Christen ging es zu gut, der Materialismus hatte unseren Glauben geschwächt. Wenn wir echten Glauben hätten, wären wir dem Bösen nicht so ausgeliefert. Gott könnte durch uns die Welt verändern und wir könnten siegreich leben.

Es war Sonntagmorgen, und ich saß in dem ruhigen, etwas langweiligen Gottesdienst, während ich wieder über dieses Thema nachdachte. »Herr, hilf mir, Glauben zu haben«, betete ich. »Herr, bitte hilf meinem Unglauben.«

Und plötzlich durchzuckte mich ein Gedanke.

Die Lippen des Pastors bewegten sich, aber ich hörte kein Wort. Ich hatte meine persönliche Offenbarung. Selbstverständlich wollte Gott nicht, dass so viel Leid in der Welt war. Es war sein Wirken in mir, das diese Frage immer wieder aufwarf. Er wollte mich dafür sensibilisieren, damit ich seine Antwort suchen würde. Gott wollte eingreifen. Er gab mir ein barmherziges Herz, das die Not in der Welt sehen konnte.

Ich sah auf meine Hände. »Und sie werden den Kranken die Hände auflegen und es wird besser werden mit ihnen.«

Endlich wusste ich, was zu tun war. Ich würde fasten und beten und Gott suchen.

Ich war gerade 18 Jahre alt geworden. Alles ging sehr schnell. Am Sonntag fing ich an zu fasten, am Dienstag hatte ich bereits die Antwort von Gott und konnte wieder essen. Ich hatte die Gabe der Heilung empfangen. Das glaubte ich von ganzem Herzen.

»Durch seine Wunden sind wir geheilt.«

»Sie werden den Kranken die Hände auflegen und es wird besser werden mit ihnen.«

»Das Gebet des Glaubens wird den Kranken retten und der Herr wird ihn wieder aufrichten.« Das war mein Auftrag, mein Leben, meine Berufung. Die zahlreichen Krankenhäuser überall, sie würden bald leer stehen. Eine herrliche Erweckung würde unser Dorf und später das ganze Land erfassen. Ich war voller Hoffnung und Erwartung.

Als am folgenden Mittwochabend die Zeit kam, in der jeder berichten konnte, was er in der vergangenen Woche mit Gott erlebt hatte, begann Clay, von einem Freund zu erzählen, der noch nichts von Gott wissen wollte, doch an dem Gott arbeite. Clay und sein Freund waren auf einer vereisten Straße gefahren. Er betete, und sein Auto kam den Berg hinauf, während der Wagen seines Freundes sich auf halber Höhe quer stellte. Alle freuten sich, dass Gott sich zu Clay gestellt und seinem Freund eine Lektion erteilt hatte.

Dann meldete ich mich und erzählte den Freunden, welche Frage mich bewegte und zu welchem Ergebnis ich gekommen war. »Gott hat mir ein Herz für die Kranken und Leidenden gegeben«, teilte ich allen mit und fuhr etwas nervös fort: »Ich glaube, Gott hat mir die Gabe der Heilung gegeben.« Alle waren begeistert. Manchen konnte ich ansehen, dass diese Frage sie auch schon beschäftigt hatte.

Andy sprach mich direkt an: »Ich möchte Heilung. Seit meiner Kindheit habe ich Diabetes.«

Ich wusste nicht, was ich sagen sollte. Clay rief: »Komm in die Mitte«, nahm einen Stuhl und stellte ihn in die Mitte des Raumes.

Andy wirkte etwas verlegen, setzte sich aber darauf. Ich stellte mich vor ihn und alle anderen umringten uns.

Jetzt oder nie. Darauf hatte ich lange gewartet. Ich war voller Glauben.

Plötzlich krochen Zweifel in mir hoch.

Nein, Zweifel weiche! Ich glaube. Ich zweifle nicht. Gott hatte zu mir geredet und mir die Gabe der Heilung gegeben. Er hatte mich beauftragt, für die Kranken zu beten.

»Durch seine Wunden sind wir geheilt. Das Gebet des Gerechten vermag viel, wenn es ernstlich ist.«

Die anderen hatten begonnen, halblaut zu beten, einige sangen leise. Ich stand ganz ruhig da, hatte die Augen geschlossen und konzentrierte mich.

»Und jetzt«, begann ich endlich und war selbst überrascht, wie laut ich sprach und wie leise die anderen wurden. Ich legte meine Hände auf Andys Kopf: »Im Namen Jesu kommen wir gegen diese Krankheit an. Diabetes, ich befehle dir zu weichen. Andy, sei geheilt, im Namen Jesu. Amen.«

Meine Hände, die immer noch auf Andys Kopf lagen, begannen zu zittern. Ich wusste nicht, ob es meine Aufregung oder die Kraft Gottes war, aber ich zuckte und zitterte und drückte auf Andys Kopf. Die anderen waren begeistert. Sie sahen und glaubten, dass etwas passierte. Andy saß nur ganz still da, hatte die Augen fest geschlossen, die Hände im Schoß gefaltet und verzog keine Miene. Die anderen begannen, zu singen, in Sprachen zu beten und ebenfalls der Krankheit im Namen Jesu zu befehlen. Ich zitterte die ganze Zeit. Endlich hatten wir das Gefühl, genug gesungen, gebetet und gezittert zu haben, hörten auf und gingen wieder an unsere Plätze. Andy starrte ins Leere. Alle schwiegen.

»Wie geht es dir?«, fragte Bernadette.

Er sagte nichts. Schließlich erhob er sich und setzte sich zurück auf seinen Platz.

Alle anderen waren sich ganz sicher, dass etwas geschehen war. Bernadette umarmte ihn. David klopfte ihm auf die Schulter und freute sich. »Du bist geheilt, alter Junge, jetzt ist alles gut.«

»Wir wollen Gott danken«, sagte Mrs. Kenyon und wir sangen einige Lieder. Dann meldete Karla sich: »Ich bin kurzsichtig und hasse meine Brille. Würdet ihr für mich beten? Ich möchte auch geheilt werden.«

»Hier ist der Stuhl«, lächelte Amber und deutete auf den freien Platz in der Mitte.

Karla nahm ihre Brille ab, ich legte meine Hände auf ihren Kopf und wir machten alles genau wie beim ersten Mal.

Nachdem wir ziemlich lange gebetet, befohlen, gezittert und gesungen hatten, ging Karla zurück an ihren Platz. Sie setzte die Brille nicht auf, aber ich hörte, wie sie ihrer Nachbarin zuflüsterte: »Es ist nichts passiert.«

»Du musst nur glauben. Die Heilung kommt später«, war die Antwort, die zurückgeflüstert wurde.

7

Die Trommel drehte sich vor und zurück, hin und her, die Maschine brummte, das Wasser lief an der Scheibe herunter und sammelte sich unten. *Eigentlich ist das ausgesprochen erholsam,* dachte Norman Dillard und lehnte sich zurück. Seine Augen folgten den Wäschestücken, die in regelmäßigen Abständen an der Scheibe auftauchten und dann wieder verschwanden. Jetzt kam die Jeans nach vorne, dann das karierte Hemd, das grüne Handtuch und wieder die Jeans.

Norman Dillard war dankbar für die kleine Pause. Sein Hotel war seit Tagen ausgebucht und im Wechsel mit seiner Frau Mona arbeitete er rund um die Uhr. Auch die Waschmaschinen waren Tag und Nacht im Einsatz. Deshalb war er mit der Privatwäsche in den Waschsalon gegangen.

Er fand die Ereignisse, die so viele Gäste anlockten, ausgesprochen unsinnig. Jesus in den Wolken, in der Hecke oder in einer schmutzigen Dusche, das war doch eher peinlich. Ein paar UFOs oder ETs wären ihm lieber gewesen. Aber egal, das Geschäft lief, das war die Hauptsache.

Sein Hotel brauchte schon seit einer Weile eine Renovierung, doch bisher hatte die Bank ihm keinen Kredit gegeben, und die Einnahmen reichten dafür nicht aus. Also waren die Zimmer alt und die Fassade grau. Der Gewinn genügte nie, um das Haus auf Vordermann zu bringen und mehr Gäste anzulocken.

Bis vor ein paar Tagen jedenfalls.

Jetzt war alles anders. Endlich! Egal, wie lächerlich das Ganze war, für sein Hotel war es die Rettung.

Die Jeans kam nach vorne und drehte sich wieder weg, dann tauchte an der Scheibe das große Handtuch auf, direkt hinter dem Gesicht von Jesus.

Norman erstarrte. Das war doch nicht möglich! Fing er jetzt auch an zu spinnen?

Auf der Glasscheibe vor sich sah er Jesus. Langes, dunkles Haar, in der Mitte gescheitelt, ein voller Bart, das weiße Gewand – genau wie auf den Bildern.

Die Wäsche drehte sich weiter hinter dem Fenster vorbei, doch Norman sah sie nicht mehr.

Erschrocken fuhr er herum. Jemand spiegelte sich auf der Glastür der Waschmaschine. Und dieser Jemand musste hinter ihm stehen.

Und da stand er, lässig an die andere Reihe von Waschmaschinen gelehnt, und lächelte ihn wortlos an. Er trug Jeans und Turnschuhe und darüber ein weißes, kragenloses, weit fallendes Hemd. Erleichtert lachte Norman auf. Und er hätte fast schon geglaubt –

»O Mann, Sie haben mir vielleicht einen Schreck eingejagt!« Der Fremde lachte mindestens so laut wie Norman. »Wissen Sie, in unserem Ort ist zurzeit eine Menge los«, erklärte Norman. Der Mann nickte. »Deshalb dachte ich für einen Augenblick – nun, hat Ihnen schon einmal jemand gesagt, dass Sie wie Jesus aussehen?«

»Ja.«

»Na, so was!« Norman lachte noch immer. »Das muss ich Mona erzählen.«

»Kann ich mal Ihre Brille haben?«, fragte der Fremde unvermittelt.

Norman nahm die Brille ab. Sofort verschwamm alles. Er konnte den Mann nur noch als helles Etwas erkennen und hielt die Brille in seine Richtung.

Ihre Finger berührten sich. Norman zuckte zurück. »Was war denn das?«

Ein Kribbeln breitete sich über seinen Arm zum Kopf hin aus.

»Moment mal!« Er blinzelte, rieb sich die Augen und sah sich um.

Seine Hand, sein Stuhl, die Waschmaschine, der Fremde – er konnte jede Kleinigkeit sehen, gestochen scharf. Hatte er die Brille auf? Er tastete in sein Gesicht. Nichts. Seine Brille lag ordentlich zusammengeklappt auf der Waschmaschine. Er konnte klar sehen, ohne jegliches Hilfsmittel.

»Alles in Ordnung?«, fragte der Mann, der wie Jesus aussah.

Norman sah immer noch aufgeregt in alle Richtungen und staunte: »Ja!«

»Gut«, sagte der Fremde, wandte sich um und ging zur Tür.

»Halt, warten Sie, was haben Sie gemacht?«, rief Norman hinter ihm her. Doch der Mann drehte sich nur noch einmal um, winkte kurz und verschwand auf der Straße.

Norman konnte die spiegelbildliche Schrift auf der Glastür lesen: »Waschsalon – Geöffnet von 6.00 bis 24.00 Uhr«.

Er griff nach seiner Brille und setzte sie auf. Sofort war alles so verzerrt, dass seine Augen zu tränen begannen. Er konnte die Brille nicht mehr tragen.

»Jesus Christus«, murmelte er.

In der Zeitung hatte es gestanden: »Jesus kommt bald«. War das etwa alles wahr? War er jetzt genauso verrückt wie seine Gäste? Nein, er hatte mehr erlebt als einen »Jesus in den Wolken«. Wieder testete er seine Augen. Er sah so scharf wie noch nie in seinem Leben.

Eine alte Frau betrat den Waschsalon. »Was starren Sie mich so an?«, fragte sie unwirsch.

»Sie sehen toll aus!«, entfuhr es Norman.

»Was? Sie haben wohl Ihre Brille nicht auf!«

»Stimmt, das ist es ja. Ich sehe alles, es ist ein Wunder. Ich kann sehen, verstehen Sie?«

Er stürmte ins Freie. Wie schön alles war! Die Häuser, Bäume, Fassaden, alle Farben waren so leuchtend, die Konturen scharf, die Kontraste so klar. Einfach herrlich! Er drehte sich um die eigene Achse, sah in alle Richtungen, las alle Schilder, Tafeln, Inschriften, sprang und jubelte und rannte zu Matts Laden. Das musste er seinem Freund Matt erzählen!

Matt stand hinter der Kasse, hielt sich fest und zitterte, die Augen waren weit aufgerissen. Er atmetet heftig.

»Matt, wir brauchen noch ...« Matts Angestellte blieb mit offenem Mund stehen, als sie ihren gelähmten Chef hinter der Kasse stehen sah – neben sich den leeren Rollstuhl.

Norman berührte seine Schulter: »War er bei dir? Hast du ihn gesehen?«

Matt sah ihn fragend an.

»Wie sah er aus?«, drängte Norman.

»Jung, er hatte lange Haare, einen Bart, Jeans und ein weißes Hemd.«

Norman war ganz rot vor Aufregung: »Er ist es. Es ist Jesus!«

»Jesus«, flüsterte die Angestellte ehrfürchtig.

Matt sah ihn mit gerunzelter Stirn an: »Du spinnst.«

»Und warum stehst du neben deinem Rollstuhl?«

»Ich stehe?«, stotterte Matt und sah an sich hinunter. Er stand auf geraden Beinen, die Knie durchgedrückt, Füße auf der Erde. Langsam ließ er die Kasse los. Seine Füße standen sicher auf dem Boden. Er hob ein Bein, ging einen kleinen Schritt nach vorne, hob das andere Bein, kam hinter der Kasse hervor.

»Was ist passiert?«, drängte Norman.

»Er wollte einen Schraubenzieher. Ich sagte, er müsse ihn sich selbst aus dem Regal nehmen. Er sagte, ich sollte ihn holen. Dabei berührte er mich. Da stand ich aus dem Rollstuhl auf, nahm den Schraubenzieher und reichte ihn dem Mann.« Plötzlich fing er an zu schreien: »Ich habe den Schraubenzieher genommen, ich habe den Schraubenzieher genommen, ich bin aufgestanden und habe ...«

Norman packte ihn an den Schultern und schüttelte ihn. »Matt, schau mich an. Ich trage keine Brille mehr. Ich kann sehen. Ich sehe alles ganz scharf.« Und er begann, den Text auf einer Verpackung am anderen Ende des Regals vorzulesen. Plötzlich unterbrach er sich: »Wo ist er?«

Matt sah zur Tür: »Keine Ahnung.« Fragend sah er zu seiner Angestellten, doch die schüttelte nur den Kopf. Sie hatte niemanden gesehen.

Norman war schon fast an der Tür: »Wir müssen ihn finden!«

Matt sah zweifelnd an sich hinunter.

»Los, komm!«, ermutigte ihn Norman. Und Matt setzte einen Fuß vor den anderen. Langsam erinnerte er sich daran, wie das Gehen funktionierte. Zuerst ging er ganz vorsichtig, dann immer schneller, und als er an der Ladentür war, rannte er bereits. Er beugte sich zur Erde, machte einen kleinen Luftsprung, beugte sich wieder und warf die Arme in die Luft. Er drehte sich um die eigene Achse, sprang in die Luft und begann zu tanzen. Norman schrie vor Freude. Sie rannten auf die Straße.

Zwei Touristen kamen ihnen entgegen.

»Haben Sie Jesus gesehen?«, rief Matt und hüpfte wie ein Verrückter.

Die Fremden starrten ihn an: »Nein, Sie?«

»O ja!«, jubelten Norman und Matt und bogen sich vor Lachen.

Unterdessen klingelte bei Familie Fordyce das Telefon. Sally hob den Hörer ab. Meg hörte, wie ihre Tochter ein paar schnelle Fragen stellte, nach Atem rang und dann aus dem Haus stürmte. Sie erschrak. War etwas passiert?

»Sally?«

Da hörte sie schon das Aufheulen des Motors. Sally fuhr die Straße hinunter, Richtung Antioch. Im Wohnzimmer hing der Hörer neben dem Telefon, die Tür zur Straße stand offen. Etwas Schreckliches musste passiert sein.

Es dauerte nicht lange und die Stadt stand Kopf. Norman und Matt hielten vorbeifahrende Autos an und demonstrierten, was mit ihnen geschehen war. Fremde erzählten sich auf der Straße, was sie gehört und gesehen hatten. Die Leute kamen aus der katholischen Kirche gerannt. Auch die Gruppe, die auf Wolken wartete, ließ ihre Klappstühle auf dem Parkplatz stehen und kam zum Supermarkt. Telefonleitungen liefen heiß.

»Er ist in der Stadt.«

»Haben Sie ihn gesehen?«

Als Brett Henchle angerufen wurde, rieb er sich zufrieden die Hände. Darauf hatte er die ganze Zeit gewartet. Jesus sei im Eisenwarenladen gesehen worden, hieß es. Endlich tauchte der Ganove auf. *Das ist er bestimmt, der Tramper-Engel. Den Kerl werde ich entlarven*, dachte Brett zufrieden. Er schaltete Blaulicht und Martinshorn ein und fuhr los.

Aus allen Richtungen drängten die Leute zu Matts Laden. Brett hatte Mühe, sich den Weg zum Eingang freizukämpfen. Während die einen unbedingt in den Laden wollten, um genau zu hören, was geschehen war, schoben sich die anderen hinaus, um Jesus zu suchen. In aufgeregten Gruppen standen sie vor dem Laden und unterhielten sich über Matts Geschichte.

Brett wurde nervös. Er tastete nach den Handschellen und dem Revolver.

»Einen Moment bitte, lassen Sie mich durch«, sagte er mit entschlossener Stimme und arbeitete sich an den anderen vorbei ins Ladeninnere.

Noch nie hatte er so viele Menschen in Matts Laden gesehen. Niemand kaufte etwas. Alle waren aufgeregt, redeten durcheinander, manche machten Fotos von Matt. Irgendwo in der Menge war Sallys Stimme zu hören: »Was soll das? Er ist mit mir verabredet. Er ist meinetwegen gekommen.«

»Von wegen! Er ist für uns alle gekommen!«, wurde ihr heftig widersprochen. Und dann fragten alle durcheinander: »Wo ist er?«

»Wir müssen einen Plan machen, um ihn systematisch zu suchen«, schlug jemand vor.

Jetzt konnte Brett sehen, wo Matt stand. Tatsächlich, Matt stand neben seinem Rollstuhl, sah ein bisschen zerzaust und aufgelöst aus und beantwortete Fragen. Als er Brett in der Menge entdeckte, ging er auf ihn zu, tanzte ein paar Schritte und begrüßte ihn. Alle jubelten.

Matt erzählte seine Geschichte noch einmal. Er wurde nicht müde, sie zu wiederholen, und seinen Zuhörern wurde es nicht langweilig, sie immer wieder zu hören.

Brett kam sich etwas komisch vor, weil er mit Handschellen und Waffe gekommen war. Er hatte einen Verdächtigen festnehmen und verhören wollen. Aber jetzt sah er Matt tanzen. Die Worte des Trampers mussten unter diesem Aspekt neu bedacht werden. »Jesus kommt bald«, hatte er gesagt.

Und Sally jammerte: »Sie irren sich. Er ist wegen mir gekommen!«

Jim Baylor war etwas über vierzig, ehemaliger Marineoffizier, von gedrungener Statur und muskulös, mit Armeehaarschnitt und rauer Stimme. Seit er aus der Marine ausgeschieden war, hatte er viele verschiedene Jobs gehabt. Es waren immer praktische Arbeiten gewesen und bei jeder neuen Stelle lernte er etwas dazu. Außerdem hatte er sich von jedem Handwerk, das er ausübte, die Werkzeuge angeschafft. So enthielt seine Werkstatt eine in Antioch einzigartige Sammlung, mit der man praktisch alles machen konnte. Er hatte viele Bekannte, die ihn bei handwerklichen Schwierigkeiten um Hilfe baten, und Jim war stolz darauf, dass er fast immer helfen konnte.

Außerdem war er ein Jäger, der ein ganzes Zimmer voll ausgestopfter Tiere besaß, die er selbst präpariert hatte. Jim liebte es, Geschichten zu erzählen. Sie handelten von seinen Seefahrten, dem Jagen, Ölbohren in Alaska und was er sonst noch alles erlebt hatte. Seine Abenteuer waren so spannend, dass er immer Zuhörer fand. Mit großen Gefühlen konnte er nicht so gut umgehen, aber dennoch hatte er viele Freunde in der Stadt.

Jim war der Ehemann von Dee Baylor.

Die beiden haten sich kennen gelernt, als Dee in einer Kneipe in der Nähe des Marinestützpunktes gearbeitet hatte. Sie war den Umgang mit Soldaten gewohnt gewesen. Dees Blicke waren furchtlos, ihre Stimme tief und ihre Sprache derb. Als Jim begonnen hatte, ihre Kneipe zu besuchen, hatte sie ihm ihre ungeteilte Aufmerksamkeit geschenkt und keinen anderen Soldaten mehr angeschaut. Allmählich gewann sie ihn für sich. Er hatte sie gemocht, weil sie nie Angst vor ihm hatte. Sie passten gut zusammen.

Bis heute habe sich daran nichts geändert, sagte sich Jim immer. Er liebte sie. Aber in letzter Zeit suchte er auffallend oft nach einer Gelegenheit, mich zu besuchen. Dann arbeiteten wir zusammen und nebenbei erzählte er mir, was ihn bekümmerte.

Heute besuchte er mich wegen der Regale im Schlafzimmer. Ich brauchte mehr Platz für Bücher, auch das kleine Aquarium wollte ich wieder in Betrieb nehmen und den tragbaren CD-Spieler, der jetzt auf dem Fußboden stand, dort unterbringen. Ich hatte meine Pläne nur kurz erwähnt, und schon hatte Jim beschlossen, mir dabei zu helfen.

So arbeiteten wir zusammen, legten die Wasserwaage an, suchten Dübel und bohrten Löcher.

»Schön, dass es zurzeit keine Wolken am Himmel gibt«, begann Jim die Unterhaltung, »so sehe ich sie wieder öfter.« Er sah mich prüfend von der Seite an und versicherte: »Ist nicht böse gemeint.«

»Schon klar«, beruhigte ich ihn.

»Du weißt ja, dass ich nichts gegen ihren Glauben habe, oder?«

»Weiß ich.«

»Ich habe ihr auch nie verboten, vor dem Essen in ihrer neuen Sprache zu beten. Wenn das für sie so wichtig ist, meinetwegen. Ich kann damit leben.«

Er bohrte ein Loch und sprach dann weiter: »Von mir aus kann sie auch singen und tanzen, so viel sie will.«

Eine Zeit lang arbeiteten wir schweigend weiter. Dann setzte er wieder an: »Ich bin ganz froh, dass sie jetzt die Sache mit den Wolken macht. Das ist mir lieber als das ewige Umfallen. Dafür war sie doch ein bisschen zu alt und zu schwer, finde ich.« Wieder sah er mich kurz von der Seite an und ergänzte: »Ich weiß ja, dass du sie nicht umgestoßen hast.«

»Nein, das habe ich wirklich nicht.« Ich hatte oft für sie gebetet, sonntags und mittwochs, nach den Gottesdiensten. Egal, warum sie nach vorne kam, sobald jemand ihr die Hand auflegte und zu beten begann, ging sie zu Boden.

»Sie sagte immer, es sei die Kraft Gottes, die sie umwarf«, meinte Jim und sah mich fragend an.

»Wahrscheinlich«, antwortete ich wortkarg. Grundsätzlich wollte ich auch davon ausgehen, aber im Fall von Dee Baylor hatte ich starke Bedenken. Ich wollte Gottes Wirken bei ihr jedoch auch nicht durch meine kritischen Gedanken schmälern, so schwieg ich.

»Jedenfalls halte ich die Wolkengeschichte für vergleichsweise harmlos«, lächelte er mich jetzt an, »davon bekommt sie im schlimmsten Fall einen steifen Nacken. Aber«, er legte den Schraubenzieher zur Seite, »kennst du eigentlich den neuen Pastor?«

»Ja, klar.«

»Was hältst du denn von dem?«

Die ersten Gedanken, die mir auf diese Frage einfielen, sprach ich lieber nicht aus. Ich suchte einen Moment lang nach freundlicheren Antworten und sagte dann: »Er ist noch sehr jung. Aber er ist ehrlich und aufrichtig und will das Richtige. Ich denke, er wird seine Sache gut machen.«

»Ich kenne ihn noch nicht, aber ich schätze, er wird demnächst vor meiner Tür stehen und versuchen, mich zu bekehren.«

Ich unterdrückte ein Grinsen. Wir hängten das erste Brett in seine Halterung. Es passte ausgezeichnet. »Es reicht schon, dass meine Frau mir kleine Zettelchen mit Bibelversen an den Kühlschrank und an den Spiegel hängt. Aber wenn sie hofft, dass ich anfange, chinesisch zu reden, zu singen, zu tanzen und umzukippen, dann kann sie lange warten.«

»Vielleicht wäre das mit den Wolken etwas für dich?«

Er drohte mir mit dem Hammer und wir lachten. Dann erzählte er mir die Geschichte eines Jungen, der mit seiner Hilfe den uralten Mähdrescher seines Onkels wieder in Gang gebracht hatte. Anschließend kam er auf den Cadillac zu sprechen, den er restaurieren wollte. Das führte uns zu der Frage, ob Jesus gerne geangelt hat. Ein politisches Thema schloss sich an und dann waren wir wieder bei religiösen Fragen. Das war Jims Art, sich zu unterhalten. Mir war das recht. Wir mischten die schwierigen Fragen mit den einfachen Themen und hatten gleichzeitig etwas Praktisches zu tun. So konnten wir uns die ganze

Zeit wohl fühlen und verstanden uns ausgezeichnet. Als er sich verabschiedete, ging es uns beiden ein bisschen besser, und ich hatte ein wunderschönes, stabiles Regal.

Da klingelte das Telefon.

»Ja?«

Ich kannte die Stimme: »Störe ich? Ich habe extra gewartet, bis dein Gast gegangen ist.«

Er versuchte, mich mit seinem Wissen zu beeindrucken. Doch ich weigerte mich, darauf zu reagieren.

»Sie haben den Rasen meines Nachbarn nicht fertig gemäht.«

»Sage ihm, er soll sich noch ein bisschen gedulden. Ich komme die Tage wieder vorbei.«

Ich setzte mich auf die Couch und sah kurz aus dem Fenster, ob er vielleicht doch in meinem Vorgarten stand. Er war nicht zu sehen.

»Ich nehme an, Sie wissen, was in den letzten Tagen alles passiert ist?«

»Natürlich. Es hat mir viel Spaß gemacht.«

»Vermutlich haben Sie das alles losgetreten?«

Er kicherte. »Einiges, ja, aber nicht alles. Ich habe mein Gesicht weder in einer dreckigen Dusche noch in einer Hecke versteckt.«

»Was ist mit den Wolken?«

»Nein, nein, das ist vorbei. Das mache ich nicht mehr.«

»Und das weinende Kruzifix?«

»Nun, das war doch gar nicht so schlecht, oder?«

»Nein, war es nicht, es kam sogar im Fernsehen.«

»Na, also, genau das wollte ich erreichen. Die Stadt ist in großer Erwartung, stimmt's?«

Ich schwieg. Er schien sehr begeistert von sich selbst zu sein.

»Aber was ist mit dir, Travis? Was hältst du von dem allen?«, bohrte er nach. »Ahnst du, mit welcher Absicht ich gekommen bin?«

Ich nahm den Hörer ans andere Ohr, um Zeit zu gewinnen. Vorhin, solange Jim da war, hatte ich mich noch so wohl gefühlt.

»Nein, ich kenne Ihre Absichten nicht. Außerdem habe ich auch keine Ahnung, wer Sie sind. Sie haben sich noch nicht vorgestellt.« Meine Geduld ging allmählich zu Ende. Ich hatte keine Lust auf dieses Gespräch.

Doch er ließ sich nicht bremsen: »Die Menschen brauchen etwas Sichtbares. Die unsichtbare Welt reicht den wenigsten. ›Gib uns ein Zeichen, dann wollen wir an dich glauben.‹ Wer darauf eingeht, zieht die Menschenmassen an. Im Übrigen, Travis, bist du auch nicht besser. Du wolltest unbedingt Heilungen erleben. Du sehntest dich danach, dass ich alle deine Gebete für die Kranken erhöre. Doch bis heute hast du das nicht erlebt. Das war unfair von mir, stimmt's?«

»Hören Sie doch auf damit. Sie sind nicht Jesus, das wissen wir beide!«

Ich hörte ihn kurz auflachen. Unbeirrt fuhr er fort: »Als du jung warst, hattest du große Erwartungen an mich. Ich sollte Andy und Karla heilen, erinnerst du dich? Ich sollte dich aus dem Yachthafen holen und Amber zu dir zurückbringen. Ich sollte dir die Gabe geben, Zeichen und Wunder zu tun, weißt du noch?«

Wollte er mir Angst machen? Ich versuchte krampfhaft, mich an diesen Mann zu erinnern. Woher wusste er das alles?

»Travis, mach dir keine Sorgen. Ich will dir nur etwas erklären. Du hast sehr viel von mir erwartet und ich habe dich enttäuscht. Das ist Teil deines gegenwärtigen Problems.«

»Ach, das ist doch alles so lange her«, antwortete ich vage.

»Was war denn mit Andy?« Der Typ ließ nicht locker. Ich schwieg. »Travis, los, antworte schon, wie ging die Geschichte aus?«

Ich war so wütend. Es tat mir richtig weh.

»Wenn Sie Gott sind, warum fragen Sie mich dann?«

»Erinnerst du dich noch an den nächsten Schultag? Am Mittwoch hattest du gebetet und Donnerstags saß er zitternd und schwitzend in der Schule.«

O ja, ich erinnerte mich nur zu gut. In der Mittagspause kam Andy, auf Karla gestützt, zu mir. Er hatte morgens sein Insulin weggelassen und nun ging es ihm überhaupt nicht gut. Die beiden fragten mich, was sie tun sollten. Karla trug auch ihre Brille wieder.

Ich sagte: »Ihr müsst glauben. Glaubt und ihr werdet geheilt sein.«

Wir beteten noch einmal zusammen und vertrauten Gott.

Am Nachmittag brachte Karla ihn nach Hause zu seinem Insulin. Er überlebte.

Die Stimme klang süßlich, als wolle er mich trösten: »Du hast also kein Recht, dich über die Leute zu stellen, die jetzt begeistert sind, weil ich endlich wieder Wunder tue.«

»Wer sind Sie?« Es war die Frage, die mich am meisten interessierte.

Er wich aus: »Ich habe heute Norman Dillard und Matt Kiley geheilt.« Dabei klang er irgendwie schadenfroh, was gar nicht zu dem Inhalt seiner Worte passte.

»Was haben Sie getan?«

»Ich habe die beiden GEHEILT!« Es bereitete ihm offensichtliches Vergnügen, das Wort »geheilt« in mein Ohr zu sprechen. »Ich habe genau das getan, was alle von mir erwarten. Norman sieht ohne Brille und Matt kann wieder gehen. Die ganze Stadt weiß es bereits.«

Ich war skeptisch: »Ich werde Matt und Norman anrufen.«

»Sie sind nicht zu Hause.«

»Dann rufe ich sie später an.«

»Zuerst wird Kyle dich anrufen. Also, bis bald!«

Ich hatte kaum aufgelegt, als es schon wieder klingelte.

»Ja?«

»Travis«, es war Kyles Stimme, »weißt du schon, was mit Matt Kiley und Norman Dillard los ist?«

Ich hatte überhaupt keine Lust darauf, mir die Geschichte von Kyle erzählen zu lassen. Aber wissen wollte ich sie schon. Gedehnt antwortete ich: »Na, gut, dann schieß mal los.«

Er berichtete in aller Ausführlichkeit. Die Stadt schien tatsächlich in Aufruhr zu sein. »Norman und Matt sagen, es sei Jesus gewesen. Er sei in der Stadt. Travis, weißt du noch, was du bei dem Pastorentreffen gesagt hast? Jetzt ist es so weit.«

Mir fiel zunächst nichts ein, was ich hätte sagen können.

»Was hältst du davon?«, wollte er wissen.

»Hm, ich weiß auch nicht. Ich muss darüber nachdenken.« Was sollte ich von einem Mann halten, der den halben Rasen meines Nachbarn mähte, alles über Andy und Karla wusste und mir erzählte, wer mich wann anrufen würde? »Hast du Matt selbst gesehen? Kann er wirklich gehen?«

»Ja, Travis, ich habe beide gesehen. Matt ist kerngesund, und Norman liest Sachen, für die andere ein Fernglas bräuchten.«

Ich wollte nicht darüber reden, jedenfalls nicht mit Kyle Sherman.

»Travis, du weißt doch auch, dass das nicht Jesus ist.« Ich schwieg.

»Hallo?«

»Ich bin noch da. Ich habe nur eben nachgedacht.«

»Da gibt es doch nichts mehr zu überlegen! Wir müssen etwas unternehmen! Zumindest sollten wir beten, dass die wahren Kräfte, die dahinter stecken, ans Licht kommen und offenbar ...«

»Ich will darüber nachdenken!« Meine Stimme war scharf, was Kyle nicht entging. Er nahm sich etwas zurück.

»Schon gut, nimm dir die Zeit, die du brauchst. Ich werde schon mal anfangen zu beten.«

»Bis dann.«

Ich legte auf. Tatsächlich wollte ich überhaupt nicht darüber nachdenken. Es war mir zuwider, daran zu denken, dass dieser Mann auf dem

Hügel, in Nachbars Garten und am Telefon sich in mein Leben drängte und sogar zu meinen Erinnerungen Zugang hatte. MEINEN Erinnerungen!

Diese Erinnerungen, die in den letzten Tagen immer häufiger wiederkehrten, mich bedrängten und belasteten.

8

Warum wurde Andy nicht geheilt? Jede einzelne Insulinspritze war für ihn eine Niederlage. Er klagte sich an, dass er Gott nicht genug vertrauen würde, zu wenig Glauben hatte und irgendwie alles vermasselte.

Mir ging es ähnlich. Es musste einen Grund geben, warum Andy nicht geheilt worden war. Ob wir Sünde in unserem Leben hatten? Ich bekannte alles, was mir einfiel. Dann überlegte ich, ob es bei Andy noch verborgene Sünden gab. Schließlich fastete ich. Aber nichts geschah.

Wir durften den Glauben an seine Heilung nicht verlieren. Ich versuchte es und sagte immer wieder: »Wir müssen das durchbeten, Gott prüft unseren Glauben. Es kommt jetzt darauf an, im Glauben festzuhalten und Gott zu vertrauen, bis die Heilung sichtbar wird.«

Dieser Ansatz machte Andy das Leben schwer, denn Insulin war für ihn lebensnotwendig. Dazu kam, dass seine Eltern kein geistliches Verständnis hatten und streng darauf achteten, dass er keine Spritze ausließ.

Amber schlug vor, geduldig auf Heilung zu warten. Manches Mal ließ sich Gott eben mehr Zeit. Dieser Ansatz war unsere Rettung. Wir kamen allmählich wieder zur Ruhe, warteten auf die Heilung, entspannten uns und fuhren fort, Gott zu preisen und unsere Versammlungen zu halten. Wir beteten, glaubten an Wunder, hörten Prophetien und erwarteten Großes von Gott.

Aber ich betete in diesem Kreis nie wieder für Heilung. Niemand bat mich jemals wieder um Gebet, aber auch meine Gabe der Krankenheilung wurde nie infrage gestellt. Wir schwiegen das Thema einfach tot.

Ich sah Karla nie ohne Brille. Andy starb ein paar Jahre später an den Folgen seines Diabetes.

Es fiel mir schwer, mich an diese Dinge zu erinnern. Doch seit Monaten beschäftigte ich mich damit. Auch wenn es wehtat, ich wollte mich den Fragen endlich stellen. Aber dazu brauchte ich diesen Fremden nicht.

Jedenfalls war es ihm gelungen, die Stadt in Aufruhr zu versetzen. Seit den Heilungen von Matt und Norman hatte er sich zwar nicht mehr blicken lassen, doch alle redeten von ihm. Nur das Fernsehen verlor bald das Interesse, da nichts Neues geschah.

Die Geschäftsleute in der Stadt hofften, dass er bald wieder etwas tun würde, um den Touristenstrom in Gang zu halten. Doch bis jetzt waren die beiden Hotels der Stadt noch immer voll belegt und die Geschäfte machten guten Umsatz.

Die Pastoren der Stadt konzentrierten sich darauf, ihre Gemeinden im Gleichgewicht zu halten. Bob Fischer war mit seiner Evangelisationsveranstaltung beschäftigt und ermahnte seine Gemeinde im Übrigen, sich an das geschriebene Wort Gottes zu halten. Burton Eddy hielt eine spezielle Predigt zum Thema »Das Handeln Gottes«, in der er seine Gemeinde daran erinnerte, dass Gottes Gedanken und Absichten zu hoch und wunderbar waren, um von Menschen verstanden zu werden. Pater Vendetti war zufrieden mit seiner brechend vollen Kirche. Sid Maher schwieg sich aus, ebenso wie Morgan Elliott. Auch von den Übrigen war nicht viel zu hören. Im Wesentlichen versuchten die Pastoren, ihre gewohnten Gemeindeaktivitäten fortzuführen, ohne sich in die Diskussion einzumischen. Ich vermutete, dass sie erst einmal abwarteten, wie sich das Ganze weiterentwickelte, bevor sie Stellung beziehen würden.

Nur Kyle Sherman machte eine Ausnahme. Er behielt keinen seiner Gedanken für sich. Für ihn waren diese ganzen übernatürlichen Ereignisse satanischen Ursprungs, und er versuchte, seine Gemeinde und die ganze Stadt wachzurütteln.

Was mich betraf, ich versteckte mich.

»Trav, ich bin sehr zufrieden mit dem Zustand deiner Wohnung«, sagte Renee anerkennend, während sie mir die Haare schnitt. Ich saß, in ein Laken gehüllt, auf dem Küchenstuhl und ließ die Prozedur über mich ergehen.

»Danke.« Ich freute mich, dass ihr meine Bemühungen aufgefallen waren. Die ganze Woche über hatte ich immer wieder etwas weggeräumt und langsam kamen Möbel und Teppiche wieder zum Vorschein.

»Warum telefonierst du nur selektiv?«, fragte sie dann unvermittelt.

Ich stellte mich dumm: »Was meinst du denn damit?«

»Ich meine, warum du deine Anrufer zuerst auf Band sprechen lässt, bevor du dich entscheidest, ob du abhebst oder nicht.«

»Wie kommst du darauf?«

»Weil ich dich erreicht habe und Kyle nicht.«

Ich wollte mich umdrehen, ließ es aber sein. Lieber kein Risiko eingehen. Sie hatte eine Schere in der Hand. »Hat Kyle dich angerufen?« Dieser penetrante, unverschämte …

»Schon gut, es hat mir nichts ausgemacht.«

»Was wollte er denn?«

Sie kämmte und schnitt die ganze Zeit an meinen Haaren herum. »Er wollte nur erzählen, was in seiner Gemeinde so los ist. HALT STILL!! Einige seiner Leute sind wohl ganz verrückt wegen der Dinge, die in der Stadt passieren. Dee Baylor hat das ›Jesus-in-den-Wolken-Phänomen‹ jetzt organisiert, mit Wettervorhersagen und Deutungsanleitung und einer Telefonkette, über die sie die ganze Gemeinde informieren kann, falls Jesus sich wieder blicken lässt. Die Leute verhalten sich, als erlebten sie eine Erweckung, nur dass es keine ist.«

»Renee, ich bin nicht mehr der Pastor. Hat Kyle das immer noch nicht kapiert?«

Sie hörte nicht auf zu reden und ich konnte mich nicht bewegen. »Einige Leute haben Bedenken, ob das alles nicht doch echt ist, andere sind auf Kyles Seite und halten es für dämonisch. Die Gemeinde steuert auf eine Spaltung zu, sagt Kyle.«

Das wollte ich alles gar nicht wissen! »Hör endlich auf damit, es interessiert mich nicht!«

Sie seufzte frustriert. »Ich weiß, wie du dich fühlst. Aber ich habe versprochen, es dir auszurichten. Kyle hat Angst. Das hat er nicht gesagt, aber es war deutlich zu hören.«

Meine Kehle war wie zugeschnürt. Ein altbekanntes Gefühl überkam mich wieder. »Und was erwartest du jetzt von mir?«

»Ehrlich gesagt würde ich dir empfehlen, dich weiterhin zu verstecken.«

Ich dachte, sie meinte das ironisch, und wollte mich schon verteidigen, als sie hinzufügte: »Ich würde das jedenfalls tun.«

Sofort wurde mir wohler, meine Kehle entspannte sich, ich fühlte mich verstanden und getröstet: »Tatsächlich?«

»Ja. Das ist doch alles nur Gemeindekram.«

Ich ließ ihre Worte auf mich wirken, während sie an meiner Frisur arbeitete. Gemeindekram. Renee hatte wenige Tage nach ihrem achtzehnten Geburtstag unser Elternhaus verlassen und jahrelang einen Bogen um alle Gemeinden gemacht.

»Du bist doch solchen Sachen immer aus dem Weg gegangen.«

»Nicht immer. Ich bin genauso in der Gemeinde aufgewachsen wie du. Damals habe ich alles geglaubt, was man mir sagte und was ich beobachtete.«

»Und heute?«

Eine Zeit lang war nur das Klappern der Schere zu hören. »Ich muss nicht mehr alles glauben.«

Sie stellte sich vor mich und sah meinen Kopf prüfend an: »Ich glaube, du bist fertig.« Ernst fuhr sie fort: »Weißt du, was ich mit Gemeindekram meine?«

Ich nickte nachdenklich: »Ich beginne zu ahnen, was du meinst.«

Nachdenklich blickte sie zu Boden: »Das war mein ganzes Problem … ich habe mich nie von Gott abgewandt … nur auf diesen ganzen Kram hatte ich keine Lust mehr.«

Ich nickte und lächelte, als mir bewusst wurde, wir gut ich sie mittlerweile verstand. »Es ist so, als hätte man schon so oft über das gleiche Thema geredet, dass man auf ein weiteres Gespräch einfach keine Lust mehr hat.«

Sie küsste mich auf die Stirn und befreite mich von dem Laken. Gemeinsam kehrten wir die Haare zusammen.

Früher war in Antioch nie viel los gewesen. Jetzt war alles anders. Unser neuer Mitbürger hatte ein ausgesprochenes Talent, sich selbst in Szene zu setzen. Er wählte Ort und Zeit sehr bewusst, gab uns viele Rätsel auf, wartete, bis wir uns fast wieder beruhigt hatten, und ließ sich dann etwas Neues einfallen.

Für seinen nächsten Auftritt hatte er Mittwochnachmittag, Macks Supermarkt, Jack McKinstry und Dee Baylor ausgewählt.

Dee machte ihren üblichen Lebensmitteleinkauf, schob den Wagen durch die Gänge, sah auf ihre Einkaufsliste und überlegte, was sie heute Abend kochen wollte. Doch sie war nicht bei der Sache. Seit Tagen rechnete sie ständig damit, IHN irgendwo zu erspähen.

Endlich hatte sie alles zusammengesucht und stellte sich in die Schlange vor der Kasse. Den Langhaarigen, der vor ihr stand, sah sie nur aus den Augenwinkeln. Sie summte ein Lied, sah in ihren Einkaufswagen und prüfte, ob sie an alles gedacht hatte.

Plötzlich stieg eine Ahnung in ihr auf. Sie sah genauer hin.

Der Mann vor ihr bezahlte gerade. Er war jung, hatte einen Bart, dunkles Haar, das er im Nacken zusammengebunden hatte, und ein kragenloses weißes Hemd mit langen Ärmeln. Seine Haut war dunkel. Vom Aussehen her konnte er durchaus jüdischer Abstammung sein. Sie starrte ihn an.

Da drehte er sich um, lächelte und sagte: »Hallo, Dee.«

Sie ließ die Dose fallen, die sie gerade auf das Band stellen wollte und hielt die Luft an.

»Bist …« Sie rang nach Atem: »Bist du es?« Er sah sie einfach nur an. Dee hielt sich an ihrem Wagen fest. »Du bist es!«

Jack, der an der Kasse saß, sah, dass Dee blass wurde und zu zittern begann. Er dachte, sie habe ein gesundheitliches Problem. »Mrs. Baylor? Was ist mit Ihnen?«

Sie deutete auf ihn: »Das ist er! Das ist er! Er hat Norman Dillards Augen geheilt! Er hat Matt Kiley geheilt!«

Jack sah den Mann, der ruhig vor ihm stand, neugierig an.

Der Fremde erwiderte seinen Blick und sagte beiläufig: »Es war ihr Glaube, der sie geheilt hat. Ich war nur zufällig in der Nähe.«

Dee begann zu kreischen: »Er ist es!«

Jacks Augen wurden weit: »Tatsächlich? Waren Sie das?« Der Mann nickte ein wenig. »Wer sind Sie?«, fragte Jack atemlos.

»Ich arbeite für Ethyl Macon. Eine schöne Arbeit, ich bin ihr Bote, Haushälter, Koch, Gärtner, alles, was anfällt.«

Dee näherte sich ihm ehrfürchtig: »Bist du –? Bitte sage mir, ob du es bist!«

Er sah ihr tief in die Augen: »Wer mir mit sehenden Augen und hörenden Ohren begegnet, wird mich erkennen, genau wie du.« Dann berührte er ihre Schulter. Sie spürte ein Kribbeln wie von einem leichten Stromschlag.

»Sage es niemandem.«

RUMMS! Dee lag auf der Erde.

Jack rannte um die Kasse herum: »Mrs. Baylor! Mrs. Baylor!«

»Ich hole Hilfe!«, rief der Fremde und lief zu dem Kartentelefon am Eingang.

»Sie können mein Handy nehmen«, rief Jack hinter ihm her und deutete auf die Kasse, wo sein Telefon lag. Doch der Mann hörte ihn nicht mehr. Jack kniete neben Dee und suchte nach ihrem Puls.

Die Leute umringten beide.

»Haben Sie das gesehen?? Er hat sie nur berührt und schon fiel sie um!«

»Atmet sie?«

»Sie braucht ein Kissen!«

Jemand reichte Jack eine Packung Cornflakes und er legte sie unter Dees Kopf. Das Knacken in der Packung schien sie zurückzuholen. Sie begann, in einer fremden Sprache zu murmeln.

Jack sah sich besorgt um. Niemand war am Telefon. Der Fremde war nicht mehr zu sehen. Er nahm sein Handy und wählte den Polizeinotruf.

In diesem Moment kam Mary Donovan in den Laden, eine Freundin von Dee. Mary war Katholikin, doch sie kannte Dee gut genug, um zu wissen, was los war. Sie kniete sich hinter Dee, nahm ihren Kopf auf den Schoß und beruhigte die Umstehenden: »Machen Sie sich keine Sorgen, es ist nichts passiert. Das nennt man ›Ruhen im Geist‹.«

Als Brett Henchle mit einem anderen Polizisten und zwei Sanitätern in den Laden gerannt kam, saß Dee auf dem Boden und murmelte fassungslos: »Ich habe ihn gesehen ... er hat mich berührt ... seine Kraft hat mich durchströmt ...«

Die Sanitäter prüften Puls und Blutdruck.

»Es geht ihr gut«, wehrte Mary sie ab, »das ist nur ein religiöses Phänomen.«

Brett nickte, als wüsste er genau, wovon sie sprach. »Davon haben wir eine ganze Menge in der Stadt«, seufzte er.

»Es war der Mann, der auch Norman und Matt geheilt hat«, erklärte Jack.

Plötzlich war Brett hellwach: »Sah er so aus wie ...?«

Jack und Dee sahen sich an. Sie dachten beide das Gleiche. »Ja«, sagte Jack.

Dee fasste sich an die Stirn, und es sah aus, als wolle sie gleich wieder umfallen: »Er war es, er war es, Halleluja ...«

»Gibt es hier noch etwas zu tun?«, fragten die Sanitäter.

Dee erhob sich, auf Mary gestützt, und wurde plötzlich munter: »Er ist hier, er ist in der Stadt, ich muss zu ihm!«

»Wo ist er?«, fragte Brett.

»Er sagte, er arbeite für Mrs. Macon«, sagte Jack.

»Für die Witwe? Er ist in ihrem Haus, mit ihr allein? Ich muss sofort dorthin!« Zu seinem Kollegen sagte er im Hinausgehen: »Nehmen Sie hier die Zeugenaussagen auf!«, und schon war er an der Tür.

»Ich komme mit!«, rief Dee.

»Kommt überhaupt nicht infrage«, wies Brett sie ab und rannte los.
Dee und Mary sahen sich an. »Gehen wir!«

Mein Anrufbeantworter spulte die Ansage ab. Dann hörte ich Kyles aufgeregte Stimme: »Travis, wenn du zu Hause bist, bitte, nimm ab!« Und dann begann er, mir die Ereignisse aus dem Supermarkt auf Band zu sprechen. Seine Stimme überschlug sich. Ich überlegte die ganze Zeit, ob ich abheben sollte oder nicht. Bis ich hörte: »So, das war's. Ich werde jetzt auch zu Mrs. Macon fahren.«

Da griff ich schnell zum Hörer: »Kyle!«

»Travis! Der falsche Christus war im Supermarkt …!«

»Habe ich gehört.«

»Von wem?«

»Na, von dir! Kyle, ich will nicht, dass du dort hinfährst. Halte dich bitte da raus.«

»Er arbeitet für Mrs. Macon. Brett Henchle und Dee Baylor sind schon auf dem Weg. Nancy Barrons ist auch dabei.«

»O Mann …«

»Jemand muss ihn entlarven …«

»NEIN! Du gehst nicht dorthin!« Ich wollte ihm die Blamage ersparen. »Lass Brett seine Arbeit machen und halte du dich da heraus.«

»Aber Brett ist doch kein Christ. Er kann nicht wissen, womit er es zu tun hat …«

»Kyle, wenn du meinen Rat nicht hören willst, warum hast du mich dann angerufen?«

Er schwieg. »Dort oben wird auch ohne dich eine Menge Durcheinander sein. Ich will nicht, dass du fährst.«

»Warum nicht?«

»Ein Polizist und ein Pastor, Kirche und Staat, klopfen gemeinsam an Mrs. Macons Haustür und wollen ihren neuen Hausdiener verhaften. Nancy bringt das auf der ersten Seite. Willst du auf dem Foto sein?«

»Aber wir müssen etwas unternehmen! Wir können doch nicht …«

»Kyle, hör zu! Dieser Mensch weiß genau, was er macht. Sein Auftritt im Supermarkt war kein Zufall. Er weiß, wer jetzt zu ihm kommt, und ist auf die Begegnung vorbereitet. Das Spiel läuft nach seinen Regeln ab. Glaub mir!«

Kyle zögerte und fragte dann gedehnt: »Woher weißt du das?«

Ich antwortete nur: »Ich weiß es.«

Der Weg zu Mrs. Macons Anwesen führte durch eine wunderschöne Landschaft. Sanfte Hügel und weite Felder säumten die Straße. Bretts Polizeiauto leitete die kleine Fahrzeugkolonne, an zweiter Stelle kam Nancys Volvo; ihr folgten Dee mit Mary, Blanche und Anne und ein Fernsehübertragungswagen. Das Fernsehteam war aus Spokane und hatte erfahren, dass »Jesus« bei der reichen Witwe auf dem Hügel über der Stadt arbeitete.

Cephus Macon hatte sehr zurückgezogen gelebt und seine Witwe mied den Kontakt zu den Bewohnern des Ortes noch mehr als ihr Mann. Es war allgemein bekannt, wie reich die Familie war. Antioch war vor vielen Generationen von den Macons gegründet worden und bis heute gehörte ihnen fast jedes Mietshaus. Nur wenige kannten die Witwe persönlich.

Es war klar, was Brett vermutete: Dieser junge Mann hatte es auf ihr Geld abgesehen.

An dem großen Steinbogen, der den Beginn des Macon'schen Grundstückes kennzeichnete, hielt Brett an, stieg aus und wartete auf die anderen Fahrzeuge. Dee und ihre Freundinnen waren am schnellsten, gefolgt von Nancy.

»Inspektor Henchle«, plapperte Dee aufgeregt los, »wir müssen unbedingt mitkommen!«

»Sie können uns nicht davon abhalten. Es ist unser gutes Recht!«, bekräftigte Blanche.

»Ruhe jetzt«, befahl Brett. Mit unbewegtem Gesicht wartete er auf die Fernsehleute.

Eine junge Frau sprang als Erste aus dem Übertragungswagen. Sie war oben elegant gekleidet und geschminkt wie eine Nachrichtensprecherin, unten trug sei eine ausgebeulte Jeans.

»Stimmt es, Herr Inspektor?«, rief sie ihm schon von weitem entgegen.

»Warten Sie bitte.«

»Lebt hier ein Mann, der behauptet, dass er Jesus ist?«

Er hob abwehrend die Hand. »Einen Augenblick bitte.«

Brett sah Nancy an: »Ich habe mit Mrs. Macon telefoniert. Wir beide werden zu ihr gehen, sonst niemand.« Alle außer Nancy begannen zu widersprechen. Brett blieb dabei: »Allen anderen ist es verboten, das Privatgelände zu betreten.« Lautes Murren. »Tut mir Leid, das ist Mrs. Macons Wunsch, den wir befolgen werden.«

»Wir können sie auch selbst anrufen«, protestierte ein Fernsehjournalist.

»Das ist Ihre Sache und geht mich nichts an.« An Nancy gewandt sagte Brett: »Sie weiß, dass Sie die Herausgeberin der Antiocher Zeitung sind, deshalb vertraut sie Ihnen. Steigen Sie ein.«

»Warten Sie, meine Kamera«, sagte Nancy und wollte zu ihrem Wagen laufen.

»Nein, keine Kamera«, erklärte Brett, »das ist ebenfalls Mrs. Macons Wunsch.«

Dies gefiel Nancy zwar nicht, aber sie fügte sich und stieg ein.

Die Nachrichtensprecherin versuchte es noch einmal: »Ist dort oben ein Mann, der behauptet, Jesus zu sein?«

»Das will ich herausfinden.«

Die Frau rannte um Bretts Auto herum zu Nancys Fenster: »Sie werden uns doch nachher ein Interview geben?«

Nancy fühlte sich geschmeichelt: »Mal sehen.«

Die Frau fluchte und Brett fuhr los. Die Straße wand sich in einer eleganten Kurve zum Haupteingang des Hauses. Brett zog sich eine zivile Windjacke über die Uniform: »Wir sollten so entspannt wie möglich wirken.«

Mrs. Macon trug Shorts, eine helle Bluse und einen sommerlichen Hut und hatte ihre Gäste offensichtlich erwartet.

»Guten Tag, Mrs. Macon«, sagte Brett höflich und stellte sich und Nancy vor.

Die Witwe freute sich: »Ich lese immer Ihre Zeitung! Bitte, kommen Sie herein.«

Brett und Nancy betraten das vornehme Haus. Alle wichtigen Räume befanden sich im Erdgeschoss, die Diele war aus Marmor, im Wohnzimmer verbreitete ein großer Kamin Behaglichkeit. An den Wänden hingen zahlreiche Jagdtrophäen.

»Darf ich Ihnen eine Tasse Tee anbieten?«, fragte Mrs. Macon freundlich.

»Nein, danke«, lehnte Brett ab, »wir wollen nicht so lange bleiben. Ich möchte Ihnen nur ein paar Fragen stellen.«

Mrs. Macon sah glücklich aus. In ihren Augen lag ein mütterliches Leuchten. »Sie wollen mich bestimmt über den jungen Mann befragen, den ich eingestellt habe?«

»Ja, wenn es Ihnen nichts ausmacht?«

»Möchten Sie ihn selbst sprechen?«

»Gerne.«

Sie gingen durch einen hohen Flur, in einigen Nischen standen kostbare chinesische Vasen, dann kamen sie in die große Küche.

»Er ist ein bisschen ungewöhnlich, das müssen Sie wissen«, erklärte Mrs. Macon und wandte sich ihren Gästen zu, »er sagt, er sei ein Prophet Gottes.«

Brett und Nancy blickten einander an.

»Insofern muss man ihm ein paar Eigenheiten nachsehen. Manchmal ist er sehr direkt. Aber er hat ein gutes Herz.«

Sie durchquerten die Küche und traten auf der anderen Seite auf eine große, überdachte Veranda. Ein junger Mann war eifrig damit beschäftigt, Blumenkörbe unter dem Dach zu befestigen.

»Brandon? Der Inspektor möchte dich sprechen.«

Er wandte sich ihnen zu, lächelte und gab Brett die Hand.

»Brandon Nichols, guten Tag«, stellte er sich vor.

»Äh, Brandon, waren Sie vorhin in Antioch in Macks Supermarkt?«

Fast beiläufig antwortete er: »Ja, da war ich. Wie geht es Dee? Hat sie sich erholt?«

»Ich glaube, es geht ihr wieder besser. Können Sie sich ausweisen?«

Brandon hatte seine Papiere in der Hosentasche. Er reichte Brett seinen Ausweis und erklärte: »Ich bin erst kürzlich von Missoula in Montana hierher gezogen.«

»Was führt Sie nach Antioch?«

»Ich habe ihn eingestellt«, schaltete sich Mrs. Macon ein, »er arbeitete vorher für Freunde von uns in Missoula und wurde mir sehr empfohlen. Er ist ein ausgezeichneter Arbeiter, er weiß viel, ist fleißig und darüber hinaus ist er ein Prophet Gottes.« Sie zeigte auf ein kleines Holzhaus im Garten, das wie die Miniatur ihres Hauses aussah, und erklärte: »Ich habe ihn im Gästehaus untergebracht, das ist jetzt mein Prophetenzimmer, genau wie in der Bibel im Zweiten Buch der Könige beschrieben.«

Nancy sah das gleiche Misstrauen in Bretts Augen, das auch sie spürte. Die Witwe war einsam, reich und exzentrisch. Brandon Nichols war jung, attraktiv und galant. Jedes Mal, wenn Mrs. Macon ihn ansah, färbten sich ihre Wangen rosa.

»Sie sind also ein Prophet Gottes?«, vergewisserte sich Brett.

Dem Angesprochenen schien es peinlich zu sein: »So drückt Mrs. Macon dies aus.«

»Und was sagen Sie selbst?«

»Ich bin von Gott gesandt, aber ich überlasse es dem Einzelnen, sich eine Meinung über mich zu bilden.«

»Was haben Sie im Supermarkt gemacht?«

»Ich habe für Mrs. Macon eingekauft.«

»Stimmt«, bestätigte die Witwe.

»Wieso lag Frau Baylor plötzlich auf der Erde?«

Mrs. Macon antwortete: »Sie ruhte im Geist. Das ist ein religiöses Phänomen.«

»Richtig, ein religiöses Phänomen«, nickte Brett und fühlte sich schon wie ein Spezialist für solche Erscheinungen.

Brandon erklärte: »Ich habe sie zum Gruß berührt, und ich vermute, dass ihre Art, auf göttliche Krafteinwirkung zu reagieren, Umfallen ist.«

»Haben Sie Norman Dillards Augen geheilt?«

»Ja.«

»Und Matt Kiley?«

»Ihn auch.«

Brett wunderte sich: »Einfach so?«

»Ja.«

Brett sah wieder auf den Ausweis, den er noch immer in Händen hielt. Nancy stellte sich auf Zehenspitzen, um auch einen Blick darauf werfen zu können. Das Foto war schon etwas verblichen.

Brett fragte: »Sie kommen also aus Missoula?«

»Ja.«

»Wieso habe ich noch nie etwas von Ihnen und Ihren Fähigkeiten gehört?«

»Ich habe meinen Dienst gerade erst begonnen.«

»Aha.«

Offensichtlich fielen Brett keine weiteren Fragen mehr ein. Er zuckte mit den Schultern und meinte: »Nun, soweit ich das beurteilen kann, haben Sie nicht gegen ein Gesetz verstoßen.« Er lächelte kurz. »Ganz im Gegenteil … Wenn sich niemand über Sie beschwert und Mrs. Macon mit Ihnen zufrieden ist, dann ist von mir aus alles in Ordnung.«

Er gab ihm den Ausweis zurück. Brandon streckte seine Hand aus, um das Papier zurückzunehmen. Dabei berührten sich ihre Finger.

Brett zuckte zurück, als hätte er einen Stromschlag bekommen.

»O, entschuldigen Sie bitte«, sagte Brandon.

Nancy beobachtete, wie Brett bemüht war, die Fassung zu wahren, während gleichzeitig etwas Besonderes in ihm vorging. Seine Hand zitterte. Er stemmte sie in die Hüfte, um es zu verbergen. »Nun, dann …« Seine Stimme brach ab. Er räusperte sich. »Das war's dann wohl.«

Plötzlich zuckte er zusammen und griff sich erschrocken ans linke Bein, kurz oberhalb des Knies.

»Brett? Was ist mit Ihnen?«, fragte Nancy besorgt.

»Hier sticht etwas.«

Er schüttelte an seinem Hosenbein. Ein leichtes, helles Klirren war zu hören, als das Metall herausfiel. Mrs. Macon holte tief Luft. Nancy starrte mit unverhohlener Faszination auf die drei Teile, die neben Bretts Bein lagen.

Brandon ging einen Schritt auf Brett zu, bückte sich und hob die Stückchen auf: »Vietnam, 19. Juli 1971, eine Handgranate tötet drei Ihrer Freunde: Franklin Torrence, Emilio Delgado und Rich Trenner. Sie überleben, weil Rich Trenner vor Ihnen steht.«

Er hielt die Splitter in seiner hohlen Hand. »Rich hat das meiste davon mit seinem Körper aufgefangen. Sie haben nur diese drei Splitter abbekommen.« Brett streckte seine Hand aus und Brandon legte die Granatsplitter hinein.

Mrs. Macon strahlte wie eine stolze Mutter.

In Bretts Gesicht mischten sich Angst und Ehrfurcht. Er gab die Splitter an Nancy weiter, die sie genau betrachtete. Unterdessen schob er sein Hosenbein nach oben. Die Narbe war verschwunden.

Jetzt hatte Brett seine Fassung endgültig verloren. Er zitterte unkontrolliert und starrte den jungen Mann schweigend an.

Plötzlich waren fröhliche Frauenstimmen zu hören: »Hallooo!«

Dee Baylor, ihre Freundinnen und das Fernsehteam kamen angerannt.

»Na, denn«, seufzte Mrs. Macon.

Brandon Nichols sah ihnen kalt entgegen. »Ich glaube nicht, dass Mrs. Macon Sie eingeladen hat!«

Mrs. Macon warf ihm einen tadelnden Blick zu: »Brandon, sie sind deinetwegen gekommen. Wir wollen sie zum Tee einladen. Selbstverständlich sind Sie auch eingeladen«, wandte sie sich an Brett und Nancy.

Brandon schien darüber nachzudenken, dann sah er warnend in Dees Richtung: »Aber bitte keine Kameras. Wir wollen ganz ungezwungen zusammen sein.«

Dee und ihre Freundinnen sahen die Journalistin an, die ihre Kamera sofort wegpackte.

»Bitte kommen Sie herein«, sagte Mrs. Macon freundlich und nickte dabei auch Brett und Nancy zu. Diese wollte nur zu gerne bleiben, aber Brett nahm die Splitter wieder an sich und entgegnete zögernd: »Äh, nein, danke, ich glaube, ich gehe lieber.« Er zitterte immer noch und ging langsam rückwärts, während er weiter Brandon anstarrte: »Vielen Dank, ich, äh, jedenfalls ...« Er stolperte, drehte sich um und fragte: »Wohin, ich meine, wo ist ...?«

Mrs. Macon eilte zu ihm und fasste ihn am Arm. »Wenn Sie hier herum gehen, kommen Sie zur Auffahrt.«

Brett drehte sich noch einmal zu Brandon um, dann rannte er hinaus. »Und er sieht auch noch so aus …«

Matt Kiley genoss es, in Antioch spazieren zu gehen. Er ließ sich bereitwillig fotografieren, gab Interviews und erzählte den Touristen von seiner Heilung. Dafür, dass er mehr als fünfundzwanzig Jahre im Rollstuhl gesessen hatte, erholte er sich sehr schnell. Seine bis vor kurzem noch sehr dünnen Beine schienen von Stunde zu Stunde kräftiger zu werden.

Auch Norman Dillard hatte Freude an seinen neuen Fähigkeiten. Er las alles, was er in die Finger bekam. Wenn er im Hotel an der Rezeption stand, sah er gerne auf die Straße und las die Kennzeichen der vorbeifahrenden Autos. Als eine sehr attraktive junge Dame vor seinem Hotel entlangging, bemerkte er einen weiteren Vorteil seiner neuen Sehkraft.

»Aber, hallo, was haben wir denn da?«, zischte Norman. Er hatte etwas Neues und angenehm Aufregendes entdeckt.

Am Donnerstag hatte Brett Henchle frei. Er spielte mit seinen beiden Jungs Fußball, als seine Frau ihm das Telefon brachte: »Kyle Sherman will dich sprechen.«

Er zog eine Grimasse, überließ den Kindern den Ball und setzte sich auf die Stufen vor seinem Haus. »Hier ist Brett, was gibt's?«

Er hörte einen Moment zu, dann erklärte er seiner Frau: »Es geht um den Pseudo-Jesus bei Mrs. Macon.« Er nickte und hörte wieder ein paar Sätze lang zu. »Pastor Sherman, dieser Mann behauptet gar nicht, Jesus zu sein. Er heißt Brandon Nichols und er kommt aus Missoula in Montana. Doch, er hat einen Namen und einen Ausweis. Er ist aus Fleisch und Blut.«

Lori konnte Kyles Stimme hören, der immer weiterredete, während Brett unwillig die Augen verdrehte. Er wäre lieber wieder bei seinen Söhnen gewesen.

»Doch, er ist religiös, aber er hat nichts Verbotenes getan. Er arbeitet für die Witwe, sie ist zufrieden mit ihm, was wollen wir mehr?« Kyle hörte nicht auf zu reden.

»Genug jetzt. Jeder kann von diesem Mann halten, was es will. Wenn Sie denken, er verstößt gegen die Gesetze, dann beweisen Sie mir das.

Ansonsten habe ich nichts damit zu tun. Sie sind der Pastor. Kümmern Sie sich selbst um Ihre Leute. Guten Tag!«

Mit einem Seufzer gab er seiner Frau das Telefon zurück. »Dieser Mann kann vielleicht nerven!«

»Er lässt nicht locker, stimmt's?«

»Du hättest ihn bei dem Pastorentreffen sehen müsse: ›Das ist dämonisch, alles dämonisch.‹ Die anderen waren ganz schön sauer auf ihn. Na, jedenfalls kann uns das alles egal sein, so oder so.«

»Aber dein Bein?«, fragte sie nachdenklich.

»Ist super! Ich habe überhaupt keine Schmerzen mehr!« Und wie zum Beweis sprang er auf, machte ein paar große Sätze zu seinen Söhnen und rannte mit ihnen um die Wette nach dem Ball. Nein, wie ein Kriegsverwundeter sah er wirklich nicht mehr aus.

Sie freute sich. So jung und so glücklich hatte sie ihren Mann schon lange nicht mehr erlebt.

»Die Stadt liegt mir zu Füßen«, säuselte eine süßliche Stimme.

»Jedenfalls sind Sie nicht Jesus, Brandon Nichols«, antwortete ich.

»Hat Kyle dir das erzählt?«

»Kyle ist sehr besorgt Ihretwegen.«

»Ich will nicht zu streng mit ihm sein, aber Kyle ist ein bisschen engstirnig. Wenn jemand mich als seinen Jesus betrachten will, habe ich nichts dagegen. Es wäre besser, Kyle würde das auch so sehen.«

Ich musste über ein solches Ansinnen lachen: »Nein, das können Sie nicht von Kyle erwarten.«

»Richtig. Aber was ist mit dir, Travis? Bist du bereit, deinen Horizont etwas zu erweitern?«

»Ich werde auf Ihre Lügen nicht hereinfallen.«

Er zögerte einen Moment, als suche er nach den rechten Worten. »Warum bist du nach Minneapolis gegangen? Versuche, dich zu erinnern, Travis.«

Brandon Nichols war vielleicht nicht Jesus, aber er hatte auf jeden Fall übernatürliche Fähigkeiten. Er wusste genau, wo meine wunden Punkte waren. Er kannte meine Vergangenheit und konnte sie gezielt gegen mich ausspielen. »Wie kommen Sie jetzt darauf?«

»Ich will nur deine Erinnerung anregen, Travis. Du wolltest damals das Gleiche wie die Menschen heute auch: Die Welt sollte ein bisschen freundlicher, die Menschen ein bisschen besser, Gott ein bisschen näher sein. Ich meine das nicht als Vorwurf.«

»Es hat jedenfalls nicht funktioniert.«

»Nun, das ist auch schon eine Weile her. Die Dinge verändern sich jetzt. Auch meine Nachfolger suchen die heile Welt, doch im Gegensatz zu dir werden sie das Gute finden.«

»Ihre Nachfolger?«

»Du solltest ihnen keinen Vorwurf machen. Du warst auch einmal so wie sie, das ist alles, was ich dir heute zu sagen versuche. Ach, und noch etwas: Du musst nicht wieder so werden wie Kyle.«

Als er wieder aufgelegt hatte, stand ich noch lange Zeit reglos neben dem Telefon. Warum war ich damals nach Minneapolis gegangen? Ich konnte nur eine Antwort darauf finden: »Gott hatte mich berufen.« Oder hatte ich mich getäuscht?

9

Schon bald nach meinem 18. Geburtstag bekam ich den göttlichen Auftrag, Amber Carr in ihrem geistlichen Wachstum zu fördern. Amber war das ruhige, hübsche Mädchen, das mit mir in der Theater AG war und das ich jeden Mittwochabend in der Kenyon-Bannister-Versammlung traf. Sie rauchte nicht und war auch sonst ganz anders als die meisten der geisterfüllten Chaoten in unserer Gruppe. Immer wieder kam sie mit ihren Fragen zu mir, und es machte mir große Freude, ihr aus dem reichen Schatz meiner Erfahrungen und meines Wissens zu antworten. Wann immer wir uns trafen, redeten wir vor allem über den Glauben. Doch manchmal gingen wir auch ins Kino oder zu einem Konzert. Die meiste Zeit staunten wir über die wunderbare Führung Gottes, die uns zusammengebracht hatte.

Es war Frühling, eine herrliche Zeit für lange Spaziergänge am Strand. Je mehr Zeit ich mit ihr verbrachte, desto sicherer war ich, dass ihre geistliche Betreuung Gottes Auftrag für mich war. Schließlich war ich überzeugt, dass Gott mich immer in ihrer Nähe haben wollte, damit ich ihr meine geistliche Erkenntnis permanent zur Verfügung stellen konnte.

Als ich sie zum ersten Mal küsste, tat ich es im Namen Jesu und zu seiner Ehre. Von da an priesen wir Gott häufig auf diese Weise.

Welch eine Herrlichkeit! Was ich in der folgenden Zeit erlebte, übertraf meine Freude über die Mittwochstreffen bei weitem. Ich scheute keine Anstrengung oder Entbehrung, um bei Amber zu sein. Gott hatte mich zu diesem Dienst ausersehen und ich war zur äußersten Hingabe bereit. Alles andere wurde mir gleichgültig. Mein einziges Ziel war, für Amber da zu sein, sie zu beschützen, im Glauben zu unterweisen und dazu beizutragen, dass sich Gottes Wille in ihrem Leben entfalten konnte. Natürlich war ich sicher, dass Gott für uns einen gemeinsamen Plan hatte.

Gott bestätigte diese Berufung auf vielfältige Weise. Amber träumte von uns, und als sie erwachte, spielte in ihrem Radiowecker ein Liebeslied. Auch zu mir sprach Gott häufig und ich schrieb mir alles in einem Tagebuch auf. Einmal ging ich an der Straße entlang und betete, als ein Wagen vorbeifuhr, auf dessen Kennzeichen Ambers Geburtsdatum abgebildet war. Dazu bekam ich eine Weissagung: »Dies ist der Weg, den ich für dich erwählt habe. Wandle darin und ich will dich segnen.« Als wir unseren Schulabschluss machten, waren wir uns beide sicher, dass wir heiraten würden, sobald Gott es uns ermöglichen würde.

Allerdings gab es da ein paar äußere Schwierigkeiten. Amber beabsichtigte, nach den Sommerferien an der Universität von Washington zu studieren und dort bei ihrer Großmutter zu wohnen. Ich selbst hatte keinen Plan. Ich wusste nur, dass ich Gott dienen wollte. Der Sommer kam. Ich wartete auf Gott und genoss meine Zeit mit Amber. Sie arbeitete und sparte für ihr Studium, während ich zu Hause auf meiner Gitarre spielte und wartete, bis Amber von der Arbeit kam. Ihre Familie hatte große Zweifel, was mich betraf. Auch meine Eltern versuchten, mit mir zu reden. Doch ich sah nur ihren Unglauben und betete für alle. Nicht einmal mein Vater glaubte, dass Gott ein Wunder tun und mir einen Weg bereiten würde.

Es wurde Herbst. Ich hatte keine Arbeit, kein Auto, kein Geld, keine Pläne und kein Wunder. Amber bereitete sich auf den Umzug vor. Ich dachte an die zahllosen biblischen Helden, die ihre Wunder erst in letzter Sekunde erhielten, und vertraute Gott.

Dann war Amber weg. Das Rote Meer hatte sich nicht geöffnet. Amber lernte Dinge, von denen ich nichts verstand. Bald redete sie klüger als ich. Ich hatte den ganzen Sommer auf Gottes Eingreifen gewartet und am Ende war Amber an der Universität und ich saß zu Hause.

Ich geriet von allen Seiten unter Druck. So gab ich schließlich nach und suchte mir einen Job. Schließlich konnte man auch arbeiten gehen, während man auf Gott wartete.

Damit begann die schlimmste Zeit meines bisherigen Lebens.

Die Compton-Metallverarbeitung war eine große, alte Anlage im Hafen von Seattle. Die Fenster hatten keine Scheiben und der kalte Wind pfiff quietschend durch die offenen Türen. Das Unternehmen reparierte alte Fischkutter. Die große Fabrikhalle stand voll von verkrusteten, verbeulten Booten, die außen voller Rost und Schmutz, innen kalt und dunkel waren. Die Luft war erfüllt von dem unerträglichen Kreischen der Metall bearbeitenden Maschinen, das sich mit dem Motorenlärm und dem Hämmern und Fräsen mischte. Die Halle war voller Gestank. Zu dem modrigen Geruch der Boote kamen der Geruch feiner Metallspäne und die Abgase der Motoren.

Eines Morgens um sieben Uhr trat ich dort an. Ich war ein von Gott erfüllter, musisch begabter, romantisch verliebter junger Mann unter rauen, Bier trinkenden Arbeitern, die eine derbe Sprache pflegten und obszöne Witze liebten. Bill war unser Vorarbeiter, ein bulliger Mensch mit dicken Muskelpaketen, über den sich niemand lustig zu machen wagte, obwohl er heftig lispelte. Er gab mir eine Schleifmaschine und zeigte mir, wie man damit die Schweißnähte glätten konnte. Das Ding wog etwa fünf Kilo, als ich damit zu arbeiten begann. Nach der Frühstückspause hatte es mindestens zehn Kilo und bis mittags waren es bestimmt schon zwanzig Kilo Gewicht, die ich kaum noch halten konnte. Mein Auftrag war einfach: Schweißstellen suchen, Metalltropfen abschleifen, innen und außen, überall an dem ganzen Schiff. Ich kletterte an dem Schiff herum, zerrte die Maschine hinter mir her und sah nur noch Metallperlen. Um 16 Uhr ertönte eine Sirene, dann wurde es endlich still. Zusammen mit all den anderen schmutzigen Männern in ihrer Arbeitskleidung strömte ich aus der Halle, stieg in den alten Wagen meiner Eltern und fuhr nach Hause.

Da ward aus Morgen und Abend der erste Tag.

Und der zweite Tag war wie der erste.

Auch der dritte Tag glich dem ersten und dem zweiten.

Vom vierten Tag an war ich ein Mann des Gebets. Ich hätte nie gedacht, dass ich einmal so intensiv beten würde. Es konnte sich hier nur um einen Fehler handeln. In der himmlischen Jobvergabe musste etwas durcheinander gekommen sein. Wahrscheinlich hatte ein Engel den Plan Gottes für einen anderen Mann in mein Fach gelegt. Aus der Tiefe schrie ich zu Gott, von oben und unten, außen und innen – wo immer ich mich an und in dem Kutter aufhielt, betete ich. Gott musste unbedingt erfahren, dass ich am falschen Platz war. Doch er reagierte nicht.

Nach einer Woche fragte Bill mich, ob ich schon einmal Platzangst gehabt hätte. Ich verneinte, und er wies mich an, die Schweißnähte zwischen den doppelten Wänden des Bootes und in den Sicherheitskammern zu glätten. Mir war, als würde ich in einem Metallsarg arbeiten. Es war so eng, dass ich mich kaum rühren konnte.

Ich war in der doppelten Wand eines Fischkutters lebendig begraben. Hier lernte ich beten. Ich musste von Gott hören, ich brauchte ein Zeichen, eine Prophetie, ein Wort der Erkenntnis, irgendetwas. Gott hatte die Macht, und er hatte auch einen Plan für mich, dessen war ich mir sicher. Bestimmt würde er mich schon bald aus dieser Arbeit befreien. Dann würde ich Amber heiraten und an einen sauberen, ruhigen, herrlichen Ort ziehen, weit entfernt von Schmutz, Lärm und Demütigung. Dort würden wir bis an unser Lebensende in Glück und Zufriedenheit Gott dienen.

Jeden Sonntag betete ich, wenn ich an Montag dachte.

Jeden Morgen betete ich, wenn der Wecker klingelte.

Während ich oben auf dem Schiff herumkletterte, während ich im Innern mit der Lampe nach Schweißnähten suchte, während ich unter Deck arbeitete und von herabfallenden Metallspänen verbrannt wurde – ich betete.

Endlich geschah es. Nach zwei schmutzigen, anstrengenden, ohrenbetäubenden Wochen bei Compton kam schließlich die Antwort. Ich war bei meinen Eltern zu Hause, todmüde und kurz davor, ins Bett zu fallen, als im Fernsehen ein Billy-Graham-Gottesdienst übertragen wurde. Meine Eltern, mein Bruder und ich sahen und hörten wunderbare Musik, kraftvolles Evangelium und Scharen von Menschen, die dem Altarruf folgten. Es war gewaltig. Wie gerne wäre ich dabei gewesen. Das war es, wonach ich mich sehnte, das war meine Welt. Ich gehörte nicht in diese Kutterwerkstatt zu all diesen gottlosen Männern, ich gehörte dorthin, wo das Evangelium verkündigt wurde.

Mit diesem Gedanken schlief ich ein und damit erwachte ich. Auf dem Weg zur Arbeit sang ich: »Ich komme, wie ich bin«, das Lied, das den Aufruf zur Umkehr begleitet hatte. Als ich meine Schleifmaschine nahm, stand mein Entschluss bereits fest: Ich würde predigen, lehren, prophezeien, Gitarre spielen, was auch immer bei einer Evangelisation mit Billy Graham gebraucht wurde. Ich würde in seinen Filmen mitspielen oder als Sänger auftreten. Ich könnte auch Bücher schreiben, Lieder dichten und Bibelstudien ausarbeiten. Seelsorge konnte ich auch machen.

Meine Begeisterung stieg von Stunde zu Stunde. Ich betete die ganze Zeit. Das musste es sein. Gottes Berufung für mich. Diese Zeit hier im Hafen war notwendig gewesen, um mich zu demütigen und auf die große Aufgabe vorzubereiten, die vor mir lag.

Am kommenden Wochenende besuchte ich Amber in Washington und erzählte ihr, was ich von Gott gehört hatte. Der Name »Billy Graham« sagte ihr nichts, doch ich erklärte ihr alles ganz genau. Sie freute sich und erzählte, sie habe von einem Zug geträumt. Es war klar, damit hatte Gott ihr gezeigt, dass ich mit dem Zug nach Minneapolis fahren würde, um mich bei Billy Graham vorzustellen. Wir beschlossen, alle Zeichen, die Gott uns gab, aufzuschreiben. Eines Tages würden wir ein spannendes Buch über Gottes Führung in unserem Leben schreiben.

Am Montagmorgen schickte Bill mich in den doppelten Boden des Schiffes. Diesmal sollte ich nicht schleifen, sondern die Innenwände auswischen und mit weißer Kreide alle Löcher markieren, die noch geschweißt werden mussten. Jemand anders musste hier schon einmal eine ähnliche Arbeit gemacht haben, denn die Wände waren beschmiert mit Obszönitäten. Ich wischte alles ab und stand dann mit der Kreide in der Hand da und glaubte, Gott zu hören.

Dies war die Zeit der Vorbereitung. Ich schrieb ein großes V an die Wand, um diesen Gedanken festzuhalten.

Doch schon bald würde meine Berufung folgen und ich schrieb ein B daneben.

Zunächst würde ich alleine gehen und den Weg bereiten – ich fügte das W hinzu –, bevor ich zurückkehren – Z – und Amber zu mir holen würde. Ein A beschloss die Buchstabenreihe.

VBWZA, eine verschlüsselte Botschaft Gottes, stand auf der schwarzen, rostigen Schiffswand, genau wie damals bei Daniel: Die Schrift an der Wand, Gottes Plan für mein Leben.

An diesem Abend rief ich Amber an und erzählte ihr alles. Sie war ebenso aufgeregt wie ich, denn sie hatte ein Bild gesehen von einer Gitarre, die von Seattle bis Minneapolis, dem Sitz von Billy Graham, reichte. Die Bedeutung war offensichtlich und wir waren außer uns vor Freude und Aufregung.

Nun blieb nur noch die Frage nach dem rechten Zeitpunkt. Jetzt war die Phase der Vorbereitung. Aber wie lange noch? Vielleicht sollten wir wie Gideon ein Vlies auslegen, um Gott zu ermöglichen, uns seinen Willen deutlich zu machen?

An meiner Gitarre war der Tonabnehmer defekt. Ich wollte ein Ersatzteil kaufen, doch im Musikgeschäft sagte man mir, dieses Fabrikat müsse erst bestellt werden. Das erschien mir als ein geeignetes Vlies. Wenn mein Tonabnehmer kommen würde, wäre das der Zeitpunkt, um nach Minneapolis zu gehen.

Ich wartete, betete und arbeitete eine weitere qualvolle Woche im Hafen. Dann endlich rief der Musikladen an, das bestellte Teil war eingetroffen. Mein Zeichen von Gott!

Am nächsten Morgen ging ich zu Bill und erklärte ihm: »Ich muss leider kündigen. Gott hat mich berufen, nach Minneapolis zu Billy Graham zu gehen.«

Er schien nicht beeindruckt zu sein, doch ich konnte sofort aufhören, wir machten die Papiere klar, ich bekam mein Geld, und als ich wenig später im hellen Sonnenschein zum Parkplatz ging, fühlte sich alles wunderbar richtig an.

Nun war es an der Zeit, meine Eltern zu informieren. Sie waren gläubige, geisterfüllte Menschen und würden sich bestimmt über die Berufung ihres Sohnes freuen. Beim Mittagessen erzählte ich ihnen: »Gott hat mich berufen, mit Billy Graham zu arbeiten. Ich fahre nach Minneapolis.«

Nach einer Zeit betretenen Schweigens fragte meine Mutter: »Und was ist mit deiner Arbeit?«

»Die habe ich aufgegeben.«

Vater fragte: »Wissen sie in Minneapolis, dass du kommst? Hast du dort angerufen oder dich schriftlich angemeldet?«

»Nein, ich vertraue Gott, es ist alles in seiner Hand.«

Zu ihrer Beruhigung konnte ich noch erzählen, dass das Geld, das ich an diesem Tag erhalten hatte, für die Zugfahrt reichen würde.

»Wo wirst du wohnen?«, fragte Vater.

»Gott hat alles vorbereitet. Ich muss nur im Gehorsam losgehen.«

Als ich ihnen von den vielen Bestätigungen erzählte, sah ich Tränen in Mutters Augen. Offensichtlich war sie berührt von den Wundern, die Gott in meinem Leben tat.

»Ich bin bereit, im Glauben loszugehen«, sagte ich. »Im Vertrauen auf Gott werde ich nach Minneapolis gehen.«

»Na, schön«, seufzte Vater, »aber bitte kaufe dir eine Rückfahrkarte.«

Am Sonntagnachmittag sollte mein Zug abfahren. Vorher nahm ich den Bus nach Nordseattle und besuchte Amber. Es war ein tränenreicher Abschied voller ehrfürchtiger, heiliger Gefühle. Gemeinsam knieten wir uns auf den Teppich im Wohnzimmer von Ambers Großmutter, hielten uns an den Händen, beteten und befahlen uns Gott an. Dann sagte ich ihr: »Ich gehe voraus, um uns einen Platz zu bereiten, dann komme ich wieder, um dich zu holen.«

Sie antwortete erwartungsgemäß: »Ich werde auf dich warten«, doch ihrer Stimme fehlte die Begeisterung. Zweifelte sie etwa? Das konnte ich mir nicht vorstellen. Wir küssten uns und sie erschien mir weniger leidenschaftlich als noch vor kurzem. Doch ich schob alle Ahnungen beiseite. Dies war der Weg Gottes für mich und schon bald würden wir ihn gemeinsam beschreiten.

Mit Rucksack und Gitarre ausgerüstet, trat ich meine lange Bahnreise an. Es war Oktober. Als ich am nächsten Morgen in Minneapolis erwachte, pfiff ein kalter Wind durch den Bahnhof. Ich zeigte einem Gleisarbeiter die Adresse von Billy Graham und er deutete in eine bestimmte Richtung. Ich war noch nie in meinem Leben in dieser Stadt gewesen. Mit der geschulterten Gitarre marschierte ich los. An jeder Kreuzung betete ich und fragte Gott nach dem Weg. Jetzt war ich in seinem Auftrag unterwegs und rechnete fest mit seiner Führung. Viele Stunden später hatte ich schon fast die ganze Stadt gesehen. Dann bog ich endlich in die richtige Straße. Ich war kurz vor dem Betreten des Gelobten Landes, folgte den Hausnummern und stand schließlich vor dem Eingang von Billy Grahams Zentrale.

Nervosität kroch in mir hoch. Dies war der ersehnte Augenblick. Zweifel beschlichen mich, die ich schnell zurückwies. Wer Gott nachfolgt, zweifelt nicht. So bat ich Gott um Mut, öffnete die Tür und betrat die große Eingangshalle. Eine gepflegte Dame saß hinter dem Empfangstisch. Ich lächelte sie an und versuchte, so erlöst wie möglich auszusehen. Vielleicht gab Gott mir ein Wort für sie, eine Ermutigung oder ein Gebet der Heilung?

»Möchten Sie mit einem Seelsorger sprechen?«, fragte sie sachlich.

Nun, vielleicht brauchte sie heute kein besonderes Wort der Ermutigung. Ich entgegnete: »Ja«, und sie drückte auf einen Knopf.

Ein Herr mit Schlips und Kragen kam in den Eingangsbereich, gab mir die Hand und leitete mich in ein Besprechungszimmer. Ihn hatte ich in der Fernsehsendung nicht gesehen und auch seinen Namen hatte ich noch nie gehört. Als ich mich vorstellte, schien ihm mein Name auch nichts zu sagen. Anscheinend war er von Gott nicht auf mein Kommen vorbereitet worden. Irgendwie kamen wir auf das Thema »Glück« zu sprechen, und er fragte mich, was ich mir unter »Glück« vorstellte. Dann fragte er mich, wie ich es anstellen wollte, glücklich zu werden. Endlich ahnte ich, dass er gerade dabei war, mir von Jesus zu erzählen.

»O, ich bin schon gläubig«, unterbrach ich schnell. Es war Zeit, ihm zu offenbaren, warum ich gekommen war. Ich erzählte von den vergangenen Monaten, wie ich auf Gott gewartet und endlich sein Reden gehört hatte. Auch die Zeichen und Visionen, die Eindrücke und das

Vlies erwähnte ich. Ich ließ nichts aus und war mir sicher, er würde sehr beeindruckt sein.

Nun, er brach nicht direkt weinend zusammen. Aber er betete mit mir und bat Gott, mich zu segnen und zu führen. Dann brachte er mich zurück zu der Empfangsdame und sagte, ich wolle mich als Mitarbeiter bewerben. Sie gab mir ein mehrseitiges Formular und ich setzte mich ihr gegenüber auf die Couch.

Bewerbungsformulare waren in meinen Träumen und Visionen nie vorgekommen. Ich versuchte, es auszufüllen. Es wurde an vielen Stellen nach Ausbildung und Erfahrung gefragt. Doch es gab keine Spalten, in die ich meine prophetische Gabe, meine Fähigkeit zu predigen und zu lehren eintragen konnte. Nicht einmal nach Gitarrespielen wurde gefragt.

Als ich fertig war, stand nicht gerade viel auf den Blättern. Ich gab sie der Dame zurück, sie bedankte sich und sagte, es gäbe zurzeit keine zu besetzenden Stellen. Dann brachte sie mich zur Tür.

Plötzlich stand ich wieder auf der Straße. Was war denn das nun gewesen? Was war mit meiner Berufung? Und Gottes Führung? War schon alles vorbei?

GLAUBE! Ich erinnerte mich. Ich musste glauben. Irgendwie musste es einen Sinn in dieser Reise geben. Gott würde mich doch nicht so weit reisen lassen, nur, damit ich ein Bewerbungsformular ausfüllte!

Die Nacht verbrachte ich in einer Jugendherberge. Am nächsten Morgen war ich immer noch ein Mann des Glaubens und vertraute Gott. Aber ich hatte nicht die leiseste Idee, was ich jetzt noch in Minneapolis machen könnte. So marschierte ich zurück zum Bahnhof und benutzte meine Rückfahrkarte. Während der langen Stunden, in denen ich aus dem fahrenden Zug schaute, begann ich allmählich zu verstehen. Gott prüfte meinen Glauben. Genau wie bei Abraham musste er zuerst sicher sein, ob ich ihm wirklich total vertraute. Ich freute mich, dass ich den Test bestanden hatte. Gott konnte ohne Bedenken den nächsten Schritt mit mir gehen. Ungeduldig erwartete ich den Moment, in dem ich es Amber erzählen konnte.

Zurück in Seattle fuhr ich direkt zu Ambers Großmutter. Ich wusste nicht, ob sie zu Hause oder an der Uni sein würde, und meldete mich auch nicht an. Es genügte mir, im Zentrum des Willens Gottes zu sein.

Amber war zu Hause. Wie ich mich freute! Ich umarmte und küsste sie und pries Gott für seine Freundlichkeit.

Ihre Umarmung war ohne Leidenschaft. Sie entzog sich mir und fragte: »Nun? Wie war es?«

Ich erzählte ihr alles und erklärte ihr auch, dass Gott das Ganze arrangiert hatte, um meinen Glauben zu prüfen. »Ich habe den Test bestanden«, sagte ich, »und es werden jetzt wunderbare Dinge auf uns zukommen.«

Sie nickte und war nicht beeindruckt. Dann schrieb sie etwas auf ein Blatt und reichte es mir.

Sie wollte Schluss machen.

Durch meine Erfahrung in Minneapolis hätte ich vielleicht schon etwas Übung im Umgang mit unerwarteten Enttäuschungen haben können. Aber ich verstand gar nichts. Was meinte sie damit? Sie sagte es mir auf viele verschiedene Weisen. Sie wollte nicht mehr meine Freundin sein. Sie konnte die Dinge nicht mehr so sehen wie ich. Es wäre falsch, wenn wir heiraten würden. Sie wollte ihr Studium fortsetzen. Es gab keine gemeinsame Zukunft für uns. Es war vorbei.

Ich stand im Wohnzimmer ihrer Großmutter mit dem Zettel in der Hand und fühlte mich wie in der Eingangshalle von Billy Grahams Zentrale. Es ist keine Stelle frei. Was soll ich hier noch? Sackgasse. Meine Reaktion auf diese Situation war die Gleiche wie in Minneapolis: Ich hielt an meinem Glauben fest. Es musste Gottes Führung sein, die so etwas zuließ.

Lächelnd schob ich ihr Papier in meine Tasche und sagte prophetisch: »Ich werde wiederkommen und du wirst dich freuen.«

Ich hatte mir alles genau überlegt. Zunächst würde ich Amber Zeit lassen, auf Gott zu hören und sich über alles klar zu werden. An Weihnachten würde ich sie dann besuchen und es würde zu einer tränenvollen, romantischen Versöhnung kommen. Als Weihnachtsgeschenk kaufte ich ihr eine wunderschöne Bibel. In einem nahe gelegenen Park fand ich eine verborgene Bank, wo wir uns setzen, unterhalten und umarmen würden. Ich sah sie schon in meinen Armen liegen und mich küssen, während um uns her große Schneeflocken in der kalten Luft tanzten.

An Heiligabend fastete und betete ich den ganzen Tag. Seit dem Schulabschluss hatte sich für mich nichts ergeben, weder Beruf noch Berufung oder Beziehung. Es war eine Zeit der Prüfung. Doch jetzt war sie zu Ende. Heute war der Tag der Befreiung. Jetzt würde mein Glaube belohnt werden, und die Welt würde erkennen, dass es einen Gott im Himmel gab.

Amber war nicht da. Ihre Großmutter sagte, sie wäre bei der Familie ihres Freundes und würde dort Weihnachten feiern. Ich gab der Großmutter die Bibel für Amber und ging zurück zur Bushaltestelle. Es regnete.

Mitte Januar rief sie mich an und bedankte sich für die Bibel. Sie sagte, sie würde sie an der Uni im Literaturkurs benutzen. Doch abgesehen davon hätte sie keine Verwendung dafür. Das Christentum sei gut für mich, aber sie und ihr Freund könnten damit nichts anfangen.

Zum ersten Mal dämmerte es mir: Hier gab es nichts mehr, was ich im Glauben hätte festhalten können. Unsere wunderbare, von Gott geschenkte, herrliche Liebe, mein Auftrag, Amber zu dienen, unser gemeinsamer Dienst für Gott – alles war schon seit Oktober vorbei. Jetzt erst akzeptierte ich es.

Damit brach meine ganze Glaubenswelt zusammen. Wenn es die Beziehung mit Amber nicht mehr gab, dann waren auch alle Träume und Visionen, alle Eindrücke und Weissagungen in Bezug auf uns hinfällig. Was war dann mit den Buchstaben, die ich im Bauch des Schiffes an die Wand geschrieben hatte? Wenn der Teil mit Amber falsch war, vielleicht galt dann auch der Teil mit Minneapolis nicht? Ich musste mein Vlies infrage stellen. Wäre das Ersatzteil für meine Gitarre nicht auf jeden Fall innerhalb von ein paar Tagen gekommen? Waren meine Weissagungen vielleicht nur der Ausdruck meiner Wünsche? War Ambers Geburtstag als Autokennzeichen nichts als purer Zufall?

Als ich Andy und Karla die Hände auflegte, hatte Gott sie nicht geheilt. Es war keine Frage des Glaubens oder des Abwartens. Ich hatte die Gabe der Heilung nie besessen. Und mein Zittern? Nun, das war dann wohl auch nur MEIN Zittern gewesen.

Das Kenyon-Bannister-Treffen löste sich auf. Zwar trafen sich Mr. und Mrs. Kenyon weiterhin mit Mrs. Bannister und wahrscheinlich blieb Mr. Kenyon auch der Bischof der Insel, aber das war auch schon alles.

David Kenyon war ausgezogen, um zu studieren. Bernadette war schwanger geworden. Anders als Frau Bannister gesagt hatte, wurde ihr Partner nie gläubig und sie arbeiteten niemals zusammen im Reich Gottes. Karla Dickens studierte in Seattle. Die Freundin von Andy Smith war schwanger geworden. Daraufhin hatten die beiden geheiratet, und er versuchte seither, seine Familie als Komponist und Klavierlehrer finanziell über Wasser zu halten. Harold Martin, der mich damals zum Kiffen hatte überreden wollen, hatte noch immer mit Drogen zu tun, interessierte sich außerdem für Yoga und Buddhismus und hatte bei der Bahn eine Stelle als Schrankenwärter gefunden. Clay Olson ging zur Bibelschule und bereitete sich auf den geistlichen Dienst vor und

Benny Taylor legte sich sehr ins Zeug, um ein paar akademische Grade zu erlangen.

Wir waren jung, begeistert und entschlossen gewesen, mit Gott die Welt zu verändern. Auf jeden Fall wollten wir unsere Schule und unsere Stadt für Jesus einnehmen. Wir waren erweckt, und wer lau war, konnte sich uns anschließen oder uns gestohlen bleiben.

Doch während ich den Zeichen und Prophetien nach Minneapolis hinterherlief, machten sich alle aus dem Staub.

Mitte Oktober war ich achtzehn Jahre alt gewesen, verliebt, voll von Gottes Geist und auf dem Weg nach Minneapolis. Mitte Januar war ich neunzehn, ohne Freundin, ziel- und planlos, saß zu Hause auf meinem Bett und klimperte auf meiner Gitarre. Eine Einsamkeit hatte von mir Besitz ergriffen, die ich bis dahin nicht gekannt hatte und die mir Angst machte. Gott schien so weit weg zu sein. Irgendwie hatte ich auch gar kein Verlangen nach seiner Nähe. Ich wollte nicht mit ihm reden, weil ich alles fürchtete, was er mir sagen könnte.

Ich war von neuem geboren, geheiligt, mit dem Heiligen Geist erfüllt und getauft, aber ich war geistlich unreif und kannte die Führungen Gottes noch nicht. Mein Glaubensleben war voller Enthusiasmus, doch es hatte sich noch nicht in der Realität bewährt.

10

Brandon hatte Mrs. Macon gewarnt. Seine prophetische Gabe würde eine Menge Leute anziehen. So war es auch. Seit am Mittwoch die kleine, von dem Polizisten Brett Henchle angeführte Truppe bei ihnen gewesen war, riss der Besucherstrom nicht mehr ab. Sie kamen, um den Propheten, den Messias, Jesus, den zweiten Jesus, den Vorboten Christi oder was auch immer zu sehen.

Am Donnerstag sprachen Brandon und Mrs. Macon darüber, dass sie Brandons Dienst und den Zugang zu ihrem Anwesen zeitlich einschränken und irgendwie organisieren müssten. Da klingelte es schon wieder. Mrs. Macon holte tief Luft und öffnete die Tür.

Vor ihr stand ein junger Mann in abgeschnittenen Jeans und einem weißen Umhang, der ein Stück Tuch um den Kopf gewickelt hatte und sich auf einen langen Stab stützte. Er war höchstens achtzehn Jahre alt.

Sein Bartwuchs war noch spärlich, seine Gestalt schlaksig, die Haut glatt. Er sprach in einem auffallend gekünstelten Akzent: »Guten Tag. Mein Name ist Michael. Ich suche den Messias zu Antioch.«

Mrs. Macon sah in den Raum hinter sich. Brandon kam zur Tür: »Ja?«

Michael kniete sich nieder, senkte den Kopf und sagte: »Heil dir, Messias.« Dann sah er auf: »Gott sandte mich zu dir. Ich bin die Stimme eines Predigers in der Wüste. Ebnet dem Herrn den Weg.«

Mrs. Macon hatte in den letzten zwei Tagen eine Menge seltsamer Menschen gesehen. Aber dieser junge Mann übertraf sie alle. Sie war gespannt, wie Brandon sich verhalten würde.

Zu ihrer Überraschung legte er dem Knienden die Hand auf den Kopf: »Michael, ich habe dich erwartet.« Dann richtete er ihn sanft auf. Mit einem Blick zu Mrs. Macon erklärte er: »Michael wird heute mit uns essen. Wir haben viel zu besprechen.«

Jim Baylor kam müde und hungrig von der Arbeit und ging direkt in die Küche. Doch es sah nicht so aus, als ob es bald Abendessen geben würde.

Dee saß in der Küche und telefonierte. Das war nicht ungewöhnlich, aber heute war sie besonders vertieft. Sie sah Jim nur kurz an und konzentrierte sich dann wieder auf ihr Gespräch.

»Du musst ihn einfach sehen«, sagte sie gerade. »Ein Blick in seine Augen, und ich wusste, ich war in der Gegenwart Gottes. Er hat so viel Salbung. Wahnsinn!«

Jim kam näher: »Mit wem redest du?«

Sie schüttelte nur den Kopf und bedeutete ihm, still zu sein. Zu der Person am anderen Ende der Leitung sagte sie: »Du musst unbedingt herkommen und ihn sehen! Ich weiß ja auch nicht, ob er leibhaftig Jesus ist, aber, oh, du musst ihn einfach sehen! Wenn du ihn selbst siehst, dann wirst du alles verstehen.«

Jim betrachtete den Küchentisch. Statt fürs Abendessen gedeckt zu sein, war er übersät von Telefonnummern und Adresslisten. Es sah so aus, als hätte sie noch eine ganze Menge Anrufe zu machen. »Dee, was hast du vor? Willst du den ganzen Abend telefonieren?«

Mittlerweile hatte sie alles Wichtige gesagt und begann, die Details zu erzählen: »Und dann hat Mrs. Macon uns zum Tee eingeladen. Du hättest das Haus sehen sollen. Das ist ein Palast, unglaublich! Manche Frauen haben es wirklich gut …«

Was er hörte, versetzte Jim einen Stich. Er hatte hart gearbeitet, um seiner Familie ein kleines Zuhause zu schaffen. Jeden Tag rackerte er sich für den Lebensunterhalt seiner Frau und seiner Tochter ab. Traurig ging er in das Wohnzimmer des kleinen, einfachen Hauses, das er im Laufe seiner Ehe gebaut hatte. Vielleicht sollte er hier ein paar Sachen ausrangieren, dann hätten sie wieder mehr Platz. Man könnte auch einen Anbau machen oder renovieren. Er räumte das Sofa frei, um sich zu setzen und die Zeitung zu lesen.

»Du hättest sehen sollen, was für ein tolles Kostüm sie anhatte! Für ihr Alter sieht sie einfach umwerfend aus«, hörte er Dees Stimme aus der Küche.

Das ganze Haus war unaufgeräumt. Nicht, dass es sonst immer richtig ordentlich gewesen wäre, aber heute sah es besonders ungemütlich aus. Es machte den Eindruck, als wäre die fünfzehnjährige Darleen den ganzen Tag allein zu Hause gewesen. Jim überflog die Schlagzeilen und schaltete Dees Stimme ab. Das hatte er im Laufe der Jahre gelernt.

Plötzlich flog die Tür auf und fiel krachend wieder ins Schloss. Darleen stürmte herein: »Wann gibt es Essen?«, fragte sie ihren Vater statt einer Begrüßung.

Er sah kommentarlos in die Küche. Dee telefonierte. Nun, vielleicht konnte er sich bei seiner Tochter eher durchsetzen als bei seiner Frau: »Als Erstes räumst du hier deinen Kram aus dem Zimmer!«, befahl er und deutete auf die Socken, Bücher, Kleidung, Plüschtiere und alle anderen Sachen seiner Tochter, die über das Zimmer verstreut waren.

»Wann gibt es Essen?«, wiederholte sie.

»Räum deinen Mist weg!« Dann ging Jim in die Küche: »Dee, du hast eine Familie!«

Sie zog eine Grimasse und kam tatsächlich zum Ende: »Na dann, bis bald, ja? Tschüss!« Sie drückte auf die Gabel und wählte die nächste Nummer, den Blick starr auf ihre Telefonliste geheftet.

Nun legte Jim seine Hand auf die Gabel: »DU HAST EINE FAMILIE!«

Sie schob seine Hand vom Telefon. »Willst du mir etwa sagen, was ich zu tun habe?«

Er nahm ihr den Hörer weg. »Wie lange telefonierst du schon? Das Haus ist unaufgeräumt, es gibt nichts zu Essen …«

»Wenn du etwas essen willst, dann mach es dir doch selbst!«, gab sie zurück. »Was ich hier mache, ist auch wichtig. Wir haben … ach, vergiss es, das würdest du doch nicht verstehen.«

»Was?«

»Das verstehst du nicht.«

Aus dem Wohnzimmer war dröhnende Musik zu hören. Darleen schien einen Musiksender eingeschaltet zu haben. Jim schrie: »Habe ich dir nicht gesagt, dass du aufräumen sollst? Wird's bald?«

»Wann gibt es Essen?«, kam es aus dem Wohnzimmer zurück.

Dee sprang auf und brüllte los: »Ich kann es einfach nicht glauben. Glaubt ihr im Ernst, ich habe nichts Besseres zu tun, als den ganzen Tag nur darauf zu warten, bis ihr nach Hause kommt und essen wollt? Ihr habt zwei Hände, also macht euch selbst, was ihr braucht.«

Als ehemaliger Marineoffizier war ihr Jim stimmlich überlegen. Er donnerte los: »ICH HABE DEN GANZEN TAG LANG MIT DIESEN BEIDEN HÄNDEN GEARBEITET, DAMIT AUF DIESEN TISCH ETWAS ZU ESSEN KOMMT. UND WAS HAST DU HEUTE GETAN? WARST DU ÜBERHAUPT ZU HAUSE??«

Nun ging es erst richtig los. Selbst die Musik konnte den Streit nicht übertönen. Sie schrien sich an, zeigten sich gegenseitig ihre Hände, mit denen sie füreinander arbeiteten oder auch nicht. Jim schleuderte eine leere Pfanne auf den Herd, Dee donnerte sie zurück in den Schrank. Sie versuchte, ihm klarzumachen, wie unbefriedigend dieses Dasein für sie sei. Er erklärte ihr, wie undankbar sie sei. Darleen rollte sich auf dem Sofa zusammen, starrte auf die Musikvideos und versuchte, dem Streit, der Familie und dem ganzen trostlosen Leben zu entfliehen.

Dann fiel die Wohnungstür krachend ins Schloss. Jim und Dee hielten inne.

»Großartig, einfach großartig«, stöhnte Jim und rannte ins Wohnzimmer: »Darleen?«

Sie war weg. Er riss die Wohnungstür auf und sah sie gerade noch auf die Straße laufen. »Darleen, komm sofort zurück!«

Dee schrie aus der Küche, laut genug, dass es im ganzen Treppenhaus zu hören war: »Sei doch nicht so laut, die Nachbarn müssen ja nicht alles mitkriegen!«

Er nahm seine Jacke und den Autoschlüssel: »Bist du jetzt zufrieden?«

»Ach, nun bin also wieder ich an allem schuld, was?«

Dee ging zurück in die Küche und nahm ihre Telefonliste wieder zur Hand. Jim nahm den Wagen und suchte seine Tochter.

»Erwachet, o Leute von Antioch! Sehet und erkennet, dass der Herr unter euch erschienen ist. Er hat schon die Worfschaufel in der Hand, um die Spreu von dem Weizen zu trennen. Auf welche Seite wollt ihr fallen?«

Seine Stimme war schrill und sein britischer Akzent gekünstelt, aber Antioch war keine Großstadt. Hier fand jeder Straßenprediger Beachtung und kein Passant konnte sich in der Anonymität der Menge verstecken. Michael hatten seinen Schal über den Kopf gelegt, den Stab in der Hand, und er bekam die Aufmerksamkeit, die er suchte. Es war Samstag und er hatte sich im Stadtzentrum zwischen dem Eisenwarenladen und dem Einrichtungshaus platziert. Wochenendtouristen machten Fotos von ihm. Wer neu in der Stadt war, fragte ihn nach dem Weg. Einheimische wunderten sich. Pastor Howard Munson stellte ihn zur Rede.

»Wer sind Sie denn?«

»Ich bin die Stimme eines Predigers in der Wüste. Bereitet dem Herrn den Weg!«, erklärte Michael. »Jeder Berg soll erniedrigt und jeder Hügel soll erhöht werden, denn der Herr ...«

»Ist ja schon gut«, unterbrach in der Pastor, »ich kenne den Text. Aber wer sind Sie? Haben Sie einen Namen?«

»Mein Name ist Michael, was so viel heißt wie ›Wer ist wie Gott?‹.«

»Und was machen Sie hier?«

Mittlerweile hatte sich eine kleine Gruppe Schaulustiger um die beiden versammelt. Michael sprach etwas leiser weiter: »Ich bin gekommen, um die Menschen zu dem zu führen, der die Antwort ist. Ich weise den Weg zu Gott. In einem fernen Land sprach der Herr zu mir und befahl mir, nach Westen zu ziehen. Ich wusste nicht, wohin die Reise ...«

»In einem fernen Land? Woher kommen Sie?«

»Aus Chicago.«

»Aha.«

»Dann erging das Wort des Herrn an mich. Ich las es in einer Zeitung. Der Messias ist nach Antioch gekommen. Sofort machte ich mich auf den Weg. So kam ich vor wenigen Tagen nach Antioch und fand den Messias, den Retter unserer Welt.«

Howard schüttelte heftig den Kopf: »Wer immer dieser Mensch ist, der Retter unserer Welt ist es sicher nicht. Jesus ist der einzige Retter.«

Michael lächelte ihn liebevoll an: »Dieser Mann ist Jesus.«

Plötzlich kam Bewegung in die Gruppe, die bis dahin schweigend zugehört hatte. »Jesus? Wo?«

Michael deutete mit seinem Stab in die Richtung der Macon'schen Ländereien: »Heute um 14 Uhr erwartet er Sie zum ersten Mal dort oben auf dem Anwesen von Mrs. Macon. Achten Sie auf die Zeichen.«

»Die Zeichen?«, fragte ein Mann ehrfürchtig und sah in die Wolken.
»Pappschilder, auf denen ›Macon-Haus‹ steht. Ich habe sie heute Morgen am Straßenrand aufgestellt.«

Auch wenn Michaels Botschaft ansonsten nicht sehr klar war, die Einladung war präzise genug, wurde begierig aufgenommen und eifrig verbreitet. Den Fahrzeugkolonnen nach zu urteilen, die wenig später die Landstraße verstopften, würde der Messias von Antioch viele Zuhörer begrüßen dürfen.

Kyle Sherman war einer von ihnen. Seit Dee und ihre Freundinnen bei Brandon Nichols zum Tee gewesen waren, hatte sein Telefon nicht mehr still gestanden. Seine Gemeinde kannte nur noch ein Thema. Dee rührte die Werbetrommel und mobilisierte nicht nur die Mitglieder seiner Gemeinde, sondern auch noch die verschiedener anderer Gemeinden. Roger Folsom, Annes Mann, war ebenfalls so gut wie überzeugt von Nichols, im Gegensatz zu Johnny Davis, dem Mann von Blanche, der ihn für einen Schwindler hielt und entsprechend heftig mit seiner Frau im Streit lag. Bruder Norheim war überzeugt, dass es sich um den Antichristen handele, und er verlangte, dass die Gemeinde ihn bloßstelle. Die Familien White und Forest riefen Kyle an und wollten wissen, was er von der Sache halte. Sie konnten sich nicht zwischen den beiden Lagern, die sich in der Gemeinde gebildet hatten, entscheiden. Die ganze Gemeinde war durcheinander, und es war an der Zeit, dass ihr Hirte sie wieder zur Ruhe brachte.

Kyle hatte beschlossen, in der Sonntagspredigt das Thema anzusprechen. Vorher wollte er sich ein umfassendes Bild verschaffen. Sein Wagen war einer der Ersten, der das Anwesen von Mrs. Macon erreichte. In seiner rechten Jackentasche war ein kleiner Kassettenrekorder, in der Linken hatte er eine winzige Fotokamera. Auf dem Beifahrersitz lag sein Notizblock. Er rechnete damit, dass die Pro-Nichols-Partei ihm am Sonntag vorhalten würde: »Du solltest diesen Mann nicht verurteilen, ohne ihn selbst erlebt zu haben.« Dann würde seine Antwort lauten: »Ich habe ihn gehört, gesehen, ich habe mir Notizen gemacht, habe ihn auf Kassette aufgenommen und fotografiert. Ich weiß, wovon ich rede.«

Vor ihm fuhren ein Lastwagen, ein Wohnwagen und ein riesiges Wohnmobil. Während er sich Kurve um Kurve den Hügel hinauf dem Haus näherte, umklammerten seine Hände das Lenkrad, als halte er sein Pult. In Gedanken formulierte er bereits seine Predigt: »Versteht ihr denn überhaupt nichts? Genau davor hat Jesus uns gewarnt! Es werden falsche Christusse und falsche Propheten aufstehen und große Zeichen und Wunder tun, um nach Möglichkeit auch die Gläubigen zu verführen.«

Michael der Prophet trug jetzt eine neonorangefarbene ärmellose Weste und hatte eine kleine Flagge in der Hand. Damit wies er die Fahrzeuge in die Parkplätze ein. Auf der großen Wiese nahe des herrschaftlichen Hauses bildete sich eine Fahrzeugreihe neben der anderen. Kyle beobachtete besorgt die bunte Menge der Fahrzeuge, die in einem stetigen Strom auf das Gelände fuhren. Da parkten alte Lieferwagen neben teuren Wohnmobilen, verbeulte Kleinwagen und alte Rostlauben neben chromblitzenden Limousinen, alte Fords reihten sich neben neuen Porsches ein. Die Menschen, die aus den Fahrzeugen stiegen, waren nicht weniger unterschiedlich: Junge Leute mit zotteligen Hunden mischten sich unter grauhaarige Rentner in gepflegter Kleidung und Handwerker in schmutziger Arbeitsmontur gesellten sich zu Hausfrauen mit Babys. Einige trugen Kissen, andere Klappstühle. Auch an Journalisten und Kameraleuten fehlte es nicht.

»Kyle, hallo!«

Bob Fisher kam eilig hinter Kyle hergelaufen. Die beiden begrüßten sich herzlich: »Wie gut, dass du da bist!« Die Erleichterung war echt, auf beiden Seiten.

»Hast du noch andere Pastoren gesehen?«, fragte Kyle.

»Nur Armond Harrison.«

»Pastoren, sagte ich.«

Bob klopfte seinem jüngeren Kollegen liebevoll auf die Schulter: »Schon gut. Nein, sonst sind bis jetzt nur wir beide hier.«

Matt Kiley und Norman Dillard standen am Eingang einer Pferdekoppel und kontrollierten die Taschen der Leute, die auf das Gelände wollten. Ein älteres Ehepaar mit großer Fotoausrüstung wurde zurückgeschickt und teilte den Entgegenkommenden mit: »Sie lassen keine Kameras rein!«

»Hm«, brummte Bob, »der Kerl hat was gegen Kameras.«

Kyle schwieg.

Matt und Norman wiederholten monoton: »Kommen Sie herein. Bitte keine Kameras.«

Kyle hatte keine Schuldgefühle, als er die Kontrolle passierte, ohne dass seine Kamera entdeckt wurde. Sein Ziel war, diesen falschen Messias zu entlarven. Er betete, dass er unbemerkt würde fotografieren können.

Sie gingen auf eine große Garage zu, in der mindestens vier Fahrzeuge Platz hatten. Die Tore waren geöffnet und das Innere bot genügend Raum für viele Klappstühle und Sitzkissen. Der gepflegte Transporter des verstorbenen Mr. Macon und der Sportwagen seiner Frau parkten auf dem halbkreisförmigen Vorplatz des großen Landhauses.

»Nancy ist auch da«, sagte Bob und deutete in ihre Richtung.

»Und da kommt der Episkopale«, ergänzte Kyle und winkte Paul Daley, »was er wohl von dem Ganzen hält?«

»Er sagte, er sei neutral«, erklärte Bob, »aber er schien auch wirklich sehr interessiert daran, dem Kerl auf die Schliche zu kommen.«

»Genau wie wir. Ah, hier kommt Vendetti, unser Priester.«

Michael der Prophet stand jetzt vor der Garage und wies den Leuten ihre Plätze an: »Bitte schließen Sie auf, bilden Sie enge Reihen, bitte gehen Sie ganz durch, damit die anderen auch Platz haben, danke, hier entlang, bitte.«

Kyle und Bob saßen in der Mitte der dritten Reihe. Die Stühle waren im Halbkreis aufgestellt, mit dem Gesicht zur Rückwand der Garage. Ein Rednerpult war nicht zu sehen, nur die Werkbank von Herrn Macon. Kyle sah Sally vorne links in der zweiten Reihe. Vor ihr saßen Bonnie Adams und ihre Tochter Penny. Er entdeckte einige Bekannte, aber viele schienen Pilger zu sein. Die Geschäftsleute in Antioch konnten zufrieden sein, die Stadt war voller Menschen, die ihren täglichen Bedarf in den örtlichen Geschäften deckten.

Mrs. Macon hatte das bunte Treiben von den Stufen ihres Hauses aus beobachtet. Als sich die letzten Besucher gesetzt hatten, kam sie ebenfalls in die Garage und stellte sich vor die Werkbank. Sie trug ein feines blaues Leinenkleid mit einer weißen Perlenkette und weißen Stöckelschuhen und eröffnete die Versammlung: »Wir wollen uns freuen und fröhlich sein, denn dies ist der Tag, den der Herr gemacht hat.«

Sie erinnerte daran, dass fotografieren verboten sei, und ergänzte, auch rauchen sei nicht gestattet. In wenigen Worten erzählte sie, wie Brandon Nichols zu ihr gekommen war. Vergnügt fügte sie hinzu: »Ich werde Ihnen aber nicht sagen, wer er wirklich ist und woher er kommt. Das zu entscheiden, überlasse ich Ihnen.«

Nun sah sie zum Haus, wo sich jetzt die große Tür öffnete. Heraus trat ein gepflegter, lächelnder junger Mann. Er winkte den Wartenden, schüttelte im Vorbeigehen die Hände, die sich ihm entgegenstreckten, und ging nach vorne zu Mrs. Macon. Bob und Kyle blickten sich an. Dies war das erste Mal, dass sie ihn sahen. Er trug moderne Kleidung, weiße Jeans und ein weißes, fließend fallendes Hemd, trotzdem sah er dem Jesus aus den Kinderbibeln erstaunlich ähnlich. Kyle griff in seine Jackentasche und schaltete den Kassettenrekorder ein.

Nichols lehnte sich lässig gegen die Werkbank und sah seine Besucher an. Ganz ruhig begann er: »Ich danke Ihnen, dass Sie gekommen sind. Danke, dass Sie für diesen ungewöhnlichen Raum Verständnis haben. Jesus hielt seine Treffen oft auch an ungewöhnlichen Stellen ab, vielmehr, wenn Sie so wollen, ich hielt sie damals schon so ab.« Einige der Anwesenden lachten, andere, wie Kyle und Bob, zuckten innerlich zusammen.

»Doch egal, aus welchem geistlich-theologischen Hintergrund Sie kommen und was Sie bisher geglaubt haben, heute wird für jeden etwas dabei sein.« Plötzlich hielt er inne, fixierte eine Frau in der ersten Reihe und fragte: »Verzeihen Sie, sind Sie nicht Dorothy? Ihre Freunde nennen Sie Dotty, stimmt's?«

Die Angesprochene war eine wohlhabende Frau, die im Wohnmobil gekommen war. Die Leute sahen bewundernd in ihre Richtung, da Nichols ihren Namen kannte. Dieser nahm sie bei der Hand und sagte: »Du wirst keine Arthritis mehr haben, Dotty, nie wieder. Du hast genug gelitten.«

Sie schwankte, schrie auf, zitterte etwas und begann, ihre Gelenke zu bewegen, erst vorsichtig staunend, dann immer aufgeregter. Im nächsten Moment war sie aufgesprungen, drehte sich zu den Leuten um und öffnete und schloss ihre Hände, sodass alle es sehen konnten.

Nichols musste sich anstrengen, um den Lärm zu übertönen: »Wenn ich Gott wäre, würde ich das Leid in der Welt abschaffen. Ich habe die Kraft, es zu tun, also tue ich es.«

Scheinbar zufällig berührte er einen langhaarigen jungen Mann, der sofort hochsprang, schrie, hüpfte und nach seinen Ohren tastete.

»Na, alles klar?«, fragte Nichols ihn.

»Ich kann hören! Ich höre alles!« Seine Freundin war ebenfalls aufgesprungen, sie umarmten sich und der junge Mann weinte. Staunend sah er nach draußen: »Ich höre die Vögel zwitschern und den Wind …«

Nichols konnte sich kaum noch verständlich machen. Der Raum kochte regelrecht vor Aufregung. Er schüttelte seine rechte Hand und hielt plötzlich einen Laib Brot, den er einem in der Nähe sitzenden kleinen Mädchen anbot. »Hast du Hunger?«

Sie nickte und biss hinein.

»Wie sagt man?«, war die Stimme der Mutter zu hören.

»Danke.«

Nichols lächelte das Kind an und hatte plötzlich noch einen Laib Brot in der Hand und noch einen, dann noch einen. Er warf sie in die Menge, und überall versuchten die Leute, sie zu fangen. »Warum sorgt ihr euch um morgen, was ihr essen und was ihr trinken werdet? Wisst ihr nicht, dass Gott für euch sorgt?«

»Kann ich in Ihre Ärmel sehen?«, fragte ein gepflegter Herr.

»Jetzt nicht«, wehrte Nichols freundlich ab.

»Hm«, brummte Kyle.

Nichols bat um Ruhe und alle wurden still.

»Bitte, vergessen Sie mich doch nicht!«, kam eine Frauenstimme von hinten.

»Alice!«, sagte Nichols, als ob er gerade eine alte Bekannte entdeckt hätte. »Du hast eine kaputte Hüfte. Dazu kommen wir später.«

Kyle drehte sich um. Die Frau presste die Hände auf den Mund und unterdrückte einen Schrei.

»Das ist unglaublich«, flüsterte Bob.

»Wirklich«, nickte Kyle. Sie hatten nicht gewusst, was sie erwarten würde, aber mit solch einer beeindruckenden Demonstration hatten sie nicht gerechnet.

»Als Jesus zum ersten Mal auf die Erde kam«, sagte Nichols jetzt, »ging er umher und tat Gutes. Warum nicht jetzt wieder? Damit spreche ich nicht nur von mir, sondern von uns allen. Sie können von mir halten, was Sie wollen. Vielleicht bin ich Jesus, vielleicht seine Reinkarnation, vielleicht auch nur ein Kanal seiner Kraft. Das ist nicht entscheidend. Aber wenn ich für Sie Jesus bin, dann seien Sie Jesus für andere. Jetzt ist es an der Zeit, damit zu beginnen.«

»Preis sei dem Herrn!«, platzte eine Frau heraus. Ohne sich nach ihr umzudrehen, wusste Kyle, wer das war: Dee Baylor. Er drehte sich um und entdeckte sie zwischen ihren beiden Freundinnen Anne und Blanche. Kyles Hände ballten sich zu Fäusten und sein Magen krampfte sich zusammen.

Bob musste das bemerkt haben. Verständnisvoll lehnte er sich zu Kyle und flüsterte: »Entspann dich und bete!«

»Wir müssen das binden«, zischte Kyle.

»Zuerst müssen wir hier heil herauskommen«, antwortete Bob. Kyle sah die Angst in seinen Augen.

Bonnie Adams streckte die Hände nach Nichols aus. Er berührte sie und gab ihr offensichtlich den Kick, den sie wollte. Sie rutschte in ihrem Stuhl nach hinten, schloss die Augen und begann zu zittern.

Paul Daley und Al Vendetti saßen in ihren schwarzen Kutten im hinteren Bereich. Man sah ihnen die Anspannung an. Sie beugten sich nach vorne und fixierten Nichols. Paul hatte die Hand auf sein Herz gelegt, Al hielt das Kreuz fest, das von seinem Nacken baumelte. Hinter ihnen entdeckte Kyle Armond Harrison, lächelnd und nickend und sehr entspannt, bis er Kyle entdeckte. Sein Gesicht wurde kalt und sein Blick sagte: *Mach bloß keinen Fehler!*

Kyle konnte nicht verhindern, dass er ebenso grimmig zurücksah. Er war sehr aufgeregt, sein Herz klopfte heftig, ihm war schlecht und seine Hände waren feucht. Er drehte sich wieder nach vorne und flüsterte: »Antichrist, der Geist des Antichristen.«

»Wir können denen helfen, die in Not sind«, sagte Nichols gerade, während er weitere Brote herbeizauberte und in die ausgestreckten Hände warf. Als ein Brot in Kyles Richtung geflogen kam, griff er danach und untersuchte es.

»Gott kümmert sich um euer Zuhause, eure Arbeit und eure Gesundheit. Er kann dieser Stadt neuen Aufschwung bescheren, wenn ihr euch auf ihn einlasst. Wäre es nicht toll, wenn die Menschen nach Antioch kämen, weil sie hier mehr als irgendwo sonst Liebe und Annahme spürten und geheilt würden?«

Norman Dillard und Matt Kiley grinsten und stießen sich gegenseitig in die Rippen. Das Ganze machte ihnen offensichtlichen Spaß.

Kyle untersuchte das Brot. Es sah ganz normal aus. Er gab es seinen Nachbarn, da er es nicht behalten und schon gar nicht essen wollte.

Plötzlich wurde Nichols ärgerlich: »Entschuldigen Sie«, sagte er streng und deutete auf einen Mann, »Fotografieren ist verboten.« Alle drehten sich um und starrten den einfach gekleideten, dünnen Mann an, der hinten stand und erschrocken die Kamera sinken ließ.

»Nevin, nein, was machst du denn da?«, schalt ihn Mrs. Macon. Matt, Norman und Michael ergriffen ihn. Er wehrte sich. Sie nahmen seine Kamera. Nach einem kurzen Handgemenge lag die Kamera zertreten am Boden. Die Atmosphäre in der Garage war merklich kälter geworden.

»Er ist nicht Brandon Nichols«, rief Nevin und versuchte, sich loszureißen. Matt und Norman hielten ihn fest und zerrten ihn nach draußen. »Er lügt!«, rief Nevin.

»Schnell, beug dich nach vorne«, zischte Kyle zu Bob.

»Was?«

»Los, kratz dich am Kopf oder mach irgendwas!«

Bob sah die kleine Kamera in Kyles Hand und verstand. Er kratzte sich am Kopf und Kyle konnte Nichols durch Bobs Armbeuge mehrmals fotografieren.

»Super«, flüsterte Kyle und ließ die kleine Kamera wieder verschwinden. Nichols sah zu Nevin und hatte nichts bemerkt.

Mrs. Macon versuchte, den Vorfall zu entschärfen und die Leute zu beruhigen: »Ich kenne den jungen Mann, er hat für mich gearbeitet, bis ich ihn entließ und Brandon seine Stelle übernahm. Sicher verstehen Sie seinen Ärger.«

»Schon gut, ich gehe ja schon!«, schrie Nevin und Matt und Norman ließen ihn endlich los. Am Ausgang drehte er sich noch einmal um und rief mit aller Kraft: »Lügner!«

Michael erhob seinen Stab und übertönte den Lärm: »Mein Volk, höre das Wort des Herrn. Lasst euch nicht verführen von denen, die euch den Segen rauben wollen. Ihr wisst doch, der Teufel geht umher wie ein brüllender Löwe.« Er blickte hinter Nevin her, der zum Parkplatz ging, und zuckte mit den Schultern: »Spinner!«

Nun ergriff Brandon Nichols wieder das Wort: »Wir haben soeben etwas Wichtiges gelernt. Seit ich zum ersten Mal hier war, hat sich kaum etwas verändert. Es gibt immer noch die Kritiker, die glauben, dass sie die Wahrheit gepachtet haben, und alle anderen verdammen.« Er sah Kyle direkt in die Augen, bevor er fortfuhr: »Doch damit müssen wir uns nicht abfinden. Wenn wir wollen, können wir ganz neu anfangen. Ich berühre euch mit meiner Kraft, und dann liegt es an euch, ob ihr sie weitergeben und einander lieben und annehmen wollt. Oder wollt ihr euch auch die nächsten zweitausend Jahre hassen und töten? Es ist eure Entscheidung, alles ist möglich, was ihr wollt.«

Einige applaudierten, manche sagten »Amen!« oder »Halleluja!«, andere sahen immer noch etwas beunruhigt aus.

»Alice«, rief Nichols, »wir wollen uns jetzt um deine Hüfte kümmern.«

Er ging zu ihr und berührte sie. Mit einem Schrei sprang sie auf und begann, zu hüpfen und die Beine in die Luft zu werfen. Nichols machte weiter, gab Sehschärfe zurück, heilte Krebs, verteilte mehr Brot, heilte Arthritis und ließ auf einer Glatze neue Haare wachsen.

Kyle nahm alles auf, bis seine Kassette voll war. Mit Bobs Hilfe machte er auch noch ein paar Aufnahmen. Er hatte seine anfängliche Aufregung überwunden, fühlte sich aber immer noch wie ein Soldat, der sich plötzlich mitten im Heerlager des Feindes befindet.

»Anne!«, rief Nichols plötzlich. Anne Folsom sprang auf und Dee und Blanche stießen schrille Schreie aus. Nichols ging zu ihnen, streckte seine Hand zu Anne aus und sagte: »Dich wird Gott besonders gebrauchen, du bist wichtig für diese Stadt. Höre gut hin und beobachte alles genau, denn du wirst Gottes Mund sein.« Dann berührte er sie und sie sackte in die Arme von Blanche und Dee.

Während Blanche sich um Anne kümmerte, saß Dee auf der Stuhlkante. Sie rechnete fest damit, als Nächste angesprochen oder berührt zu werden. Doch Nichols ging weiter, ohne sie zu beachten.

O-oh, dachte Kyle, *das ist gemein!*

Um drei Uhr blickte Mrs. Macon auf ihre Uhr, gab Nichols ein Zeichen, und er kam zum Schluss: »Unsere Zeit ist um.« Die Leute begannen, heftig zu protestieren, aber er kümmerte sich nicht darum. »Das war's für heute. Aber morgen seid ihr alle wieder eingeladen. Wir beginnen unser Treffen um zehn Uhr.« Kyle wusste, warum. Es war Sonntag und die meisten Gottesdienste begannen um diese Zeit.

Nichols ging zur Tür, die Menge applaudierte, er winkte und verschwand. Mrs. Macon entließ die Leute. Einige Reporter fragten sie: »Können wir kurz mit ihm sprechen?«

»Er ist gekommen, um den Menschen zu dienen, nicht, um Interviews zu geben«, lautete ihre abweisende Antwort.

Sally Fordyce rannte quer durch die Garage zu der Witwe. Sie hatte rote Flecken im Gesicht, Tränen liefen ihr über die Wangen. »Mrs. Macon, er hat es mir versprochen, wir sind verabredet, ich habe auf ihn gewartet!«

In dem Moment erschien Nichols noch einmal an der Tür. Mit einem gewinnenden Lächeln sah er sie an: »Komm, Sally«, sagte er warm und streckte ihr die Hand entgegen. Sie sank auf ihre Knie und zitterte am ganzen Körper. Ruhig nahm er ihre Hand, richtete sie auf und verschwand mit ihr im Haus.

Kyle und Bob hatten die Szene beobachtet und blickten sich ernst an.

»Sie hat den Engel gesehen«, sagte Kyle traurig.

»Was er wohl mit ihr vorhat?«, fragte Bob besorgt. Beide dachten das Gleiche.

»Möge Gott es verhindern!«, stöhnte Kyle.

Die Leute pilgerten zum Parkplatz zurück. Mit verhaltener, ehrfürchtiger Stimme redeten sie von dem, was sie eben gesehen hatten. Auch Leute, die sich nicht kannten, tauschten sich aus. Alle standen unter dem Eindruck des Erlebten. Dorothy, die jahrelang Arthritis gehabt hatte, tanzte umher und führte jedem, der es sehen wollte, ihre neuen Fähigkeiten vor. Alice, deren Hüfte geheilt worden war, tanzte Arm in Arm mit ihrem Mann und betete laut. Die Leute aßen das Brot und stellten fest, dass es richtiges Brot war. Matt und Norman standen wieder am

Eingang des Zaunes, verabschiedeten die Leute und strahlten, als hätten sie die Wunder selbst vollbracht.

Die Journalisten stellten sich jetzt vor dem Hintergrund des Macon'schen Anwesens vor ihre Kameras und berichteten aufgeregt von dem soeben Erlebten: »Wir haben unglaubliche Dinge gesehen. Eine Frau mit einer kranken Hüfte tanzt hier herum. Die alten biblischen Geschichten scheinen sich hier zu wiederholen!« Ein Reporter sagte mit bewegter Stimme: »Brandon Nichols hat mich im Vorübergehen berührt. Ich spürte eine Kraft, als ob Strom durch meinen Körper fließen würde. Sehen Sie, wie meine Hände zittern? Ich hatte entzündete Sehnen. Jetzt habe ich keinerlei Beschwerden mehr, als ob ich neue Sehnen hätte ...«

Fast alle Augenzeugen ließen sich vor die Kamera bitten. Alice wurde von allen Sendern interviewt. Ein Mann zeigte, wo neues Haar auf seiner Glatze wuchs.

Kyle und Bob gingen langsam an den Menschen vorbei, sprachlos vor Entsetzen. So, wie die Stimmung hier war, schwiegen sie am besten. Kyle konnte Paul Daley und Al Vendetti sehen, die aufgeregt redeten und deutlich zitterten. Armond Harrison war noch nicht gekommen, offensichtlich unterhielt er sich mit der Witwe. Sally Fordyce war im Haus geblieben.

»Unsere Stadt ist in großer Gefahr«, sagte Bob endlich, als sie an den Leuten vorbei waren.

»Wir müssen die Leute warnen«, stimmte Kyle entschlossen zu.

Er wollte am nächsten Morgen den Stier bei den Hörnern packen. Er würde jetzt sofort nach Hause fahren, seine Bibel nehmen, auf die Knie gehen und sich intensiv auf die Predigt vorbereiten. Seine Gemeinde und die Bürger seiner Stadt sollten wissen, was hier gespielt wurde.

Er ahnte noch nicht, wie stark sein Gegner war.

11

Nur wenige fehlten am folgenden Morgen in Kyles Gemeinde. Dee und ihre Freundinnen samt Ehemännern waren bei Brandon, aber ansonsten war die Schar vollzählig. Es herrschte gespannte Erwartung, ähnlich wie bei einer Mitgliederversammlung der Gemeinde in Krisenzeiten.

Kyle konnte es kaum erwarten, seine Predigt zu halten. Am liebsten hätte er den Musikteil gestrichen. Doch das Anbetungsteam erklärte, dass dies unter keinen Umständen möglich sei. Auch Linda, Kyles Frau meinte, es wäre besser, sich zuerst Zeit für die Anbetung zu nehmen, bevor seine Botschaft käme. Kyle wusste, dass sie Recht hatten.

Die Stimmung war gut, die Gemeinde sang mit Hingabe, die Gebete waren ernsthaft und Kyle konnte in einer freien Atmosphäre predigen. Er begann mit einer Bibelstelle aus dem 24. Kapitel des Matthäus-Evangeliums:

»Gebt acht, daß euch niemand irreführt! Denn viele werden unter meinem Namen auftreten und sagen: Ich bin der Messias!, und sie werden viele irreführen. Viele falsche Propheten werden auftreten und sie werden viele irreführen. Wenn dann jemand zu euch sagt: Seht, hier ist der Messias!, oder: Da ist er!, so glaubt es nicht! Denn es wird mancher falsche Messias und mancher falsche Prophet auftreten, und sie werden große Zeichen und Wunder tun, um, wenn möglich, auch die Auserwählten irrezuführen. Denkt daran: Ich habe es euch vorausgesagt. Wenn sie also zu euch sagen: Seht, er ist draußen in der Wüste, so geht nicht hinaus, und wenn sie sagen: Seht, er ist im Haus!, so glaubt es nicht.«

An der Stelle sah er auf: »Und wenn sie sagen, er wohnt bei Mrs. Macon, so glaubt es ebenso wenig!« Viele nickten, manche kicherten. Kyle sah die Zustimmung in den Gesichtern und fuhr fort: »Denn wie der Blitz bis zum Westen hin leuchtet, wenn er im Osten aufflammt, so wird es bei der Ankunft des Menschensohnes sein.« Hier setzte die Predigt an. Ein Blitz, der vom Westen bis zum Osten aufflammt ist etwas anderes als der Aushilfsarbeiter einer Witwe in einem unbedeutenden kleinen Ort. »Liebe Gemeinde«, setzte Kyle nach, »der Messias kam einmal, wurde in Betlehem geboren und wuchs in Nazareth auf. Er kam nicht aus Missoula in Montana. Ich bin überzeugt, dass ein falscher Christus in unsere Stadt gekommen ist, und ich werde das anhand der Heiligen Schrift belegen. Manche werden von den Zeichen und Wundern angezogen, andere freuen sich über die blühenden Geschäfte, aber wir sollten diesen angeblichen Christus anhand von Gottes Wort prüfen.«

Einige sagten »Amen«, viele nickten. Die Gemeinde war aufmerksam und Kyle predigte aus vollem Herzen. Als Nächstes setzte er sich mit den wenigen Dingen auseinander, die Brandon in seiner Veranstaltung am Vortag gesagt hatte. »Brandon Nichols überlässt es seinen Zuhörern zu glauben, was sie wollen. Für ihn spielt es anscheinend keine Rolle, für wen sie ihn halten. Bei Jesus Christus ist das ganz anders. Er bezeichnete sich selbst als den Weg, die Wahrheit und das Leben, als den einzigen Zugang zu Gott. Laut Paulus ist er das Ebenbild des unsichtbaren Gottes, der Erstgeborene der ganzen Schöpfung. In ihm wurde alles erschaffen im Himmel und auf Erden, das Sichtbare und das Unsichtbare, Throne und Herrschaften, Mächte und Gewalten, alles ist durch ihn und auf ihn hin geschaffen. Er ist vor aller Schöpfung und in ihm hat alles Bestand.« Es waren starke Worte, klare biblische Lehre, der niemand etwas entgegenhalten konnte. Viele sagten »Amen« und »Preis sei Gott«, es gab sogar immer wieder Applaus.

Dann kam Kyle zum Höhepunkt. Er breitete die Arme weit aus und sprach vom Kreuz: »Mein Jesus wurde von römischen Soldaten an ein Holzkreuz genagelt. Er starb für mich und durch sein vergossenes Blut wurden mir alle meine Sünden vergeben. Mein Jesus hat Nägelmale in seinen Händen. Wenn dieser Mann Christus ist, was ist dann mit seinen Händen? Hat er Narben? Wurde er gekreuzigt?« Kyle donnerte seine Schlussworte: »Brandon Nichols, Sie behaupten, Christus zu sein. Zeigen Sie mir Ihre Hände! Wo sind die Narben, der Preis für meine Erlösung? Ihre Tricks, Ihre Heilungen und Ihr Gedankenlesen sind beeindruckend, aber ich brauche Erlösung! Können Sie meine Sünden vergeben? Zeigen Sie mir die Nägelmale!«

Applaus, Amen, Begeisterung!

Als Kyle fertig war, wusste jeder in der Gemeinde, was Wahrheit und was Lüge war, und das Thema »Brandon Nichols« war erledigt. Es gab weder Widerspruch noch Diskussionen und Kyle war sehr erleichtert.

Durch die Reaktion seiner Gemeinde war Kyle sich seiner Sache so sicher, dass er die zentralen Gedanken seiner Predigt einschließlich der Bibelstellen noch am selben Nachmittag in einem Brief zusammenfasste und zum Abdruck in der Antiocher Zeitung an Nancy Barrons schickte. Auf diesem Wege erfuhr die ganze Stadt, was Kyle gepredigt hatte. Kyle war auf unterschiedliche Reaktionen gefasst, doch die Wellen schlugen höher, als er erwartet hätte.

Nancy druckte nicht nur Kyles Brief ab, sondern schrieb dazu ihren Kommentar auf Seite eins. Dabei wurde sie so persönlich, wie man sie sonst als Herausgeberin nicht kannte.

Unter der Überschrift: »Sind Sie neidisch, Pastor Sherman?«, stand folgender Artikel:

»Das Wort eines einfachen Gelegenheitsarbeiters löst auf Anhieb mehr aus, als Pastor Sherman in monatelangem Predigen erreichen konnte. Die Menschen strömen zu Mrs. Macons Garage und nicht in Shermans Kirche. Sagt das nicht schon genug? Möglicherweise ist Jesus doch ganz anders, als uns immer gesagt wurde. Kann es sein, dass er sich lieber in Garagen als in eleganten Kirchengebäuden aufhält? Sind ihm die Menschen wichtiger als das, was sie denken?

Jeder kann über diesen Fremden in Mrs. Macons Haus seine eigene Meinung haben. Ich erlebte ihn als einen freundlichen Menschen, der Gutes tat und es jedem freistellte, was er glauben wollte und was nicht. Er berührte und heilte die Menschen, ohne sie zu verurteilen, er segnete, ohne zu verdammen. Er wagte es, von dem Guten im Menschen zu sprechen, und ermutigte seine Zuhörer, ebenfalls Gutes zu tun. Er war für die Leute da, die zu ihm gekommen waren. Welch ein Fortschritt: ein Messias, der an uns glaubt. Antioch braucht diese Botschaft, und es stünde einigen Pastoren gut, mehr darüber zu predigen.«

»Das war Verleumdung und üble Nachrede!« Burton Eddy und Sid Maher trafen sich zufällig in Matts Supermarkt. Burton hatte einen roten Kopf und griff erregt nach einer Zeitung, die in Matts neuem Zeitschriftenregal auslag. »Hier, das musst du lesen!«

Folgsam las Sid zuerst Kyles Brief, dann Nancys Kommentar.

»Weiß der denn nicht, wie reich die Witwe ist? Die kann sich die besten Anwälte leisten!«, schimpfte Burton weiter. Sid sah bekümmert aus.

»Ich bin stolz auf Nancy«, redete Burton weiter, »sie hat wenigstens den Mut, diesem Kerl die Meinung zu sagen. Was bildet der sich eigentlich ein?«

»Aber Kyle hat doch ein Recht auf seine eigene Meinung. Das ist schließlich ein Leserbrief, darin kann er doch schreiben, was er will«, versuchte Sid, den erregten Burton zu bremsen.

»Wie? Sympathisierst du etwa mit ihm?« Burtons Stimme wurde kalt.

Besänftigend widersprach Sid: »Nein, aber in einem Leserbrief darf man schreiben, was man will.«

Doch darauf ließ Burton sich nicht ein: »Wir sind Pastoren, Sid, und müssen dafür sorgen, dass die Menschen hier ruhig und freundlich miteinander auskommen. Doch mit diesem Brief hat Kyle das Gegenteil bewirkt. Er sorgt für Unruhe und Unfrieden.«

Sid war noch immer nicht überzeugt: »Seine biblische Herleitung ist richtig.«

Burton schnaufte: »Die Leute interessiert es nicht, was nach Kyles Meinung in der Bibel steht und wie man es auslegen muss.«

»Es stimmt, dieser Brief liefert Diskussionsstoff.«

»Der Typ macht uns genauso viel Ärger wie vorher Travis Jordan. Ich habe genug von dieser Sorte Pastoren.«

»Aber er ist nicht Jesus!«, insistierte Bob Fischer.

»Weiß ich, weiß ich«, erwiderte Paul Daley, »aber darum geht es doch gar nicht.«

Sie hatten sich bei der Post getroffen. Eigentlich wollten sie beide nicht über das Thema sprechen, aber jeder dachte, der andere erwarte von ihm einen Kommentar dazu, und so waren sie plötzlich mitten in eine Diskussion vertieft.

»Doch, genau darum geht es, das ist Kyles Thema!«, widersprach Bob.

»Nein, das eigentliche Thema hat Nancy gebracht. Dieser Brandon darf sein und sagen, was er will.«

»Aber das ist doch nicht richtig!«

»Ich halte es für einen großen Fortschritt.«

»Was, dass dieser Mensch sich für Jesus ausgibt?«

»Nein, dass er jedem erlaubt zu denken, was er will.«

»Warum sollen dann die Leute zu ihm kommen, wenn sie doch denken, was sie wollen?«

»Na, um genau das zu hören.«.

»Na ja«, meinte Bob und sah unzufrieden aus. Sie brachen das Gespräch ab und gingen auseinander. Beide bedauerten, sich darauf eingelassen zu haben.

»Soll Kyle Sherman doch mal hier einkaufen und sehen, wie ich die Regale einräume«, schimpfte Matt Kiley und kletterte auf die Leiter, »er ist ein Schwätzer, genau wie all die anderen. Gesund machen konnte mich keiner von ihnen.«

»Genau«, nickte Norman Dillard und wedelte mit der Antiocher Zeitung. »Ich denke, ich werde einen Leserbrief schreiben.«

»Ich auch«, knurrte Matt, »wir müssen diesem Pastor zeigen, dass er hier nicht jeden Schwachsinn von sich geben kann, wie es ihm gerade einfällt.«

»Richtig«, nickte Norman und seine Faust war geballt.

»Alles Vorurteile, nichts als Vorurteile«, ereiferte sich Armond Harrison, während Don Anderson versuchte, ihm einen Heizlüfter zu verkaufen. »Das hört wohl nie auf. In dieser Stadt kann man einfach nichts Fortschrittliches umsetzen, ohne dass die konservative Liga sofort aufheult.«

Don wartete. Offensichtlich musste Armond Harrison sich erst einiges von der Seele reden, bevor er sich auf die verschiedenen Geräte konzentrieren konnte, die er ihm zeigen wollte.

»Nun, Sie und Ihre Leute sind jedenfalls immer gute Kunden bei mir gewesen.« Don versuchte jetzt, das Thema in eine unverfänglichere Richtung zu lenken.

»Ja, das möchte ich meinen«, nickte Armond selbstzufrieden, »wir haben immer unsere Rechnungen bezahlt und unsere Geräte immer bei Ihnen eingekauft.«

Das war nicht ganz richtig. Die großen Einkäufe machten Armond und seine Leute in Spokane, nur den Kleinkram holten sie bei Don.

»Und wir haben Ihnen auch nie vorgeschrieben, was Sie glauben sollen, stimmt's?«

Don Anderson schüttelte verneinend den Kopf, dachte aber gleichzeitig daran, dass einige der Apostolischen Brüder ihn und seine Frau bedrängt hatten, ihre Treffen zu besuchen. Voller Begeisterung hatten sie von der sexuellen Befreiung erzählt, die sie erlebt hatten.

»Ich werde mit den anderen Pastoren sprechen«, fuhr Armond fort, »ich denke, dieser junge Mann braucht ein wenig Korrektur von den älteren Kollegen. Er muss sich öffentlich entschuldigen. Ich werde auch mit Nancy Barrons sprechen. Solche Briefe sollte sie wirklich nicht veröffentlichen.«

»Nun, äh, was halten Sie von diesem kleinen Wärmewellenheizgerät? Es ist besonders sparsam im Verbrauch …«

Die Anrufe, die Kyle erhielt, waren längst nicht so angenehm wie die Reaktion seiner Gemeinde am Sonntagmorgen. Dee Baylor teilte ihm mit, dass sie aus der Gemeinde austreten würde. Blanches Ehemann war nicht wütend, sprach sich aber dafür aus, dass Kyle sich die Sache noch einmal in Ruhe durch den Kopf gehen ließ. Annes Mann war umso wütender und machte Kyle viele Vorwürfe. Ein anonymer Anrufer drohte Kyle, ihm Liebe und Toleranz mit der Rute beizubringen. Sid Maher bezog keine eindeutige Position, aber er verriet, dass einige Pastoren sehr wütend seien und eine öffentliche Entschuldigung erwarteten.

Auf dem Anrufbeantworter sagte Bob Fischer, er wolle mit ihm beten, Kyle habe das Richtige getan.

Dann rief Melody Blair an, ein Teenager aus der Gemeinde, die nach einer schlimmen Kindheit jetzt endlich zum Glauben gekommen war. Kyle und Linda hatten viel für sie gebetet und sehr viel Zeit und Liebe investiert. »Ich weiß nicht mehr, wem ich glauben soll«, begann sie unsicher.

»Wieso? Was ist passiert?«

»Nun, zuerst habe ich deinen Brief in der Zeitung gelesen und dann habe ich diesen Brief von Jesus bekommen.«

»Einen Brief von Jesus?!« Fast hätte Kyle gefragt, welchen Jesus sie meinte, doch er sagte stattdessen: »Wer hat dir den Brief gegeben?«

»Diese nette Frau aus der Gemeinde, Anne Folsom. Sie sagte, ein Engel hätte es ihr gesagt, und sie habe es für mich aufgeschrieben.«

»Anne Folsom?« *Bloß das nicht,* dachte Kyle erschrocken, jetzt begann sie den von Nichols angekündigten »Dienst«. »Was hat sie denn geschrieben?«

Das Mädchen las ihren Brief am Telefon vor: »Mein liebes Kind: Siehe, ich habe einen Plan für dein Leben. Auch wenn du den Weg jetzt noch nicht sehen kannst, ich habe jeden Schritt für dich vorbereitet. Lass dich von den Worten deines Pastors nicht verwirren. Er hat die Wahrheit noch nicht erkannt. Aber dir schenke ich Erkenntnis und du sollst vielen den Weg weisen. Dich habe ich auserwählt. Achte auf meine Worte und empfange meine Liebe, damit du auch andere damit lieben kannst.« Sie zögerte und fügte dann unsicher hinzu: »Unterschrieben ist das Ganze mit Jesus.«

Linda sagte später, dass sie Kyle in den fünf Jahren ihrer Ehe niemals so wütend erlebt hatte. Nur mit Mühe brachte sie ihn dazu, erst ein wenig zu warten und zu beten, bevor er Anne Folsom anrief. Am liebsten wäre er zu Mrs. Macons Anwesen gefahren und hätte Nichols zur Rede gestellt. Als er Anne anrief, weigerte sie sich, mit ihm zu reden. Sie sagte, er reagiere fleischlich und könne in diesem Zustand nichts von dem erfassen, was sie erlebte. Als er sie auf den Brief ansprach, den sie Melody gegeben hatte, brach sie das Gespräch ab.

Einen Tag später war ganz Antioch in Aufruhr. Alle Leute stritten und debattierten. Dabei ging es nicht um Brandon Nichols, sondern um Kyle Sherman. Hatte er das Recht dazu, so etwas zu schreiben? Christen sollten doch nicht richten und nicht verurteilen. Verursachte er damit nicht Spaltungen in den Gemeinden? Sprachen aus ihm Liebe oder Hass oder gar Eifersucht? Kümmerte er sich nicht um das Wohl seiner Stadt? Ein Stein flog durch ein Fenster seiner Gemeinde. Kyle ging nicht mehr ans Telefon. Linda bat eine Freundin, für sie einkaufen zu gehen, da sie sich vor den Menschen fürchtete.

Am Donnerstag hatte Kyle genug davon. Er war entschlossen, die Diskussionen zu beenden. Er hatte in aller Klarheit geschrieben, dass ein Mann, der keine Nägelmale vorweisen konnte, auch nicht Jesus war. Trotzdem debattierte die ganze Stadt. Nun wollte er sein Argument in aller Öffentlichkeit vortragen und Nichols persönlich zur Rede stellen.

An diesem Nachmittag hielt Nichols wieder eine Versammlung ab und Kyle beschloss, daran teilzunehmen.

Als Kyle und Linda auf dem Gelände ankamen, parkten bereits lange Autoreihen auf der Wiese. Den Kennzeichen nach zu schließen, kamen sie zum Teil auch aus entfernteren Bundesstaaten.

»Was hast du vor?«, fragte Linda, als sie auf den Parkplatz fuhren. Sie war mitgekommen, um ihrem Mann beizustehen, obwohl sie Angst hatte.

»Ich werde mich nicht auf eine große Diskussion einlassen. Aber zur Rede stellen will ich ihn schon.«

Sie holte tief Luft und versuchte, das Zittern in ihrer Stimme zu unterdrücken: »Bitte sei vorsichtig.«

»Am besten, wir beten zuerst noch.«

Sie beteten zusammen, dann stiegen sie aus. Vieles hatte sich verändert, seit Kyle am Samstag dort war. Mrs. Macons Angestellter hielt seine Versammlungen jetzt in einem blauweißgestreiften runden Zelt ab. Schon von weitem war seine Stimme zu hören, die über eine Lautsprecheranlage schallte. Sechs Miettoiletten standen neben dem Zelt. Der Parkplatz und die Wege waren mit bunten Bändern abgesperrt. Nichols hatte offensichtlich weiteren Zulauf und somit auch mehr Geld bekommen.

Entschlossen ging Kyle auf das Zelt zu. Seine Schultern waren gestrafft, sein Gang fest, seine Blicke gerade. Linda hatte sich bei ihm eingehakt und man sah ihr die Nervosität an. Nichols sprach gerade darüber, welch eine herrliche Zukunft Antioch haben würde und dass die Menschen hier immer freundlicher und besser werden würden. Die Menge lachte und applaudierte.

Am Eingang des Zeltes standen Matt Kiley und zwei Männer, die Kyle nicht kannte. Auf ihren Ansteckern stand »Ordner«, doch sie sahen viel eher wie Türsteher oder Leibwächter aus. Kaum hatte Matt ihn gesehen, als er ihm entgegentrat.

»Was können wir für Sie tun, Pastor?«

Kyle versuchte ein Lächeln. »Ich will Brandon Nichols sprechen.«

Ein erschreckend kalter, böser Ausdruck trat in Matts Augen: »Wenn Sie hier stören oder Unruhe stiften wollen, dann gehen Sie am besten gleich wieder.«

»Ich möchte Nichols nur eine Frage stellen.«

Die beiden anderen Männer traten dicht hinter Matt: »Das kommt überhaupt nicht infrage.«

Kyle sah Matt offen und direkt ins Gesicht: »Matt, wissen Sie eigentlich, wer dieser Mann ist? Kennen Sie ihn überhaupt?«

Matt überlegte einen Augenblick: »Pastor, das interessiert mich nicht. Er hat mich gesund gemacht, und was er sagt, gefällt mir.«

»Aber wenn er behauptet, er sei Jesus, ist das nicht eine Lüge?«

Matt legte seinen Zeigefinger auf Kyles Brust: »Am besten, Sie gehen jetzt ganz ruhig zurück zu Ihrem Auto.«

In dem Augenblick unterbrach Nichols seine Ansprache. Laut und deutlich kam seine Stimme aus dem Lautsprecher: »Matt, lass bitte Pastor Sherman herein.«

Kyle sah sich überrascht um. Nichols konnte ihn unmöglich gesehen haben. Matt drehte sich ebenfalls um, ärgerlich und bereit, seinem Chef zu widersprechen.

»Bitte lass ihn herein«, war Nichols zu hören, diesmal etwas strenger.

Bevor Matt zur Seite trat, kam er noch einmal ganz dicht an Kyle heran: »Ich lasse Sie nicht aus den Augen. Besser, Sie verhalten sich ruhig!«

Als Kyle und Linda das Zelt betraten, drehten sich alle Anwesenden nach ihnen um. Mindestens hundert Leute waren gekommen. Für einen Donnerstagnachmittag war das ganz ordentlich. Kyle sah den Leuten fest ins Gesicht und wich keinem Blick aus, doch sein Herz klopfte heftig, und seine Hände wurden feucht. Linda klammerte sich an seinen Arm und ging tapfer an seiner Seite. Er hörte ihr leises Beten.

Brandon Nichols stand vorne, hielt ein Mikrofon in der Hand und sah Kyle entgegen. Wieder trug er weiße Kleidung. Er lächelte: »Pastor Sherman, ich freue mich, dass Sie gekommen sind.« Mit einer Handbewegung bedeutete er ihm, näher zu kommen: »Bitte kommen Sie nach vorne. Sie sind mir willkommen, haben Sie keine Angst.«

Kyle und Linda gingen den Mittelgang entlang, bis sie etwa in der Mitte des Zeltes waren. Weiter wollte Kyle nicht. Er spürte die Blicke von Matt und seinen Kollegen im Rücken. Ein Zeichen von Nichols hätte genügt und die drei hätten sich auf sie gestürzt.

»Meine Freunde, darf ich Ihnen Pastor Sherman und seine Frau vorstellen. Vielen von Ihnen ist er durch seinen Leserbrief in der Antiocher Zeitung bekannt.« Ein Raunen ging durchs Zelt und die Leute sahen feindselig auf das Paar, das ruhig im Mittelgang stand. »Ich bin froh, dass Pastor Sherman gekommen ist, denn ich habe viel böses Gerede über ihn gehört. Nun will ich eines klarstellen. Wir müssen zusammenhalten und uns gegenseitig helfen, damit unsere Welt besser wird. Ich möchte kein böses Wort mehr über die Shermans hören.«

Er sah Kyle an und seine Stimme klang warmherzig: »Pastor Sherman, es tut mir Leid, dass Sie in den letzten Tagen so viel Ärger hatten. Ich weiß, dass Sie Ihren Brief mit guten Absichten geschrieben haben.« Er sah auf seine Zuhörerschar. »Hören Sie mich? Ich bin nicht verärgert. Mit solchen Gefühlen vergeuden wir unsere Zeit. Wir wollen offen miteinander reden und uns kennen lernen. Pastor Sherman ging es nicht darum, mir Schaden zuzufügen. Er hat lediglich eine Frage gestellt, die ihn bewegt. Das ist sein gutes Recht. Ich möchte, dass Sie das verstehen. Tatsächlich haben wir vieles gemeinsam und sollten in der Lage sein, friedlich nebeneinander zu leben. Sehen Sie das auch so, Pastor Sherman?«

Kyle spürte die Blicke der Menschen. Jetzt musste er etwas sagen. Er holte tief Luft und fing vorsichtig an: »Ja, ich wünsche mir auch, dass wir gut miteinander auskommen.« Nichols nickte, ebenso wie die Zuhörer. »Aber ich habe immer noch Probleme mit Ihrer Identität«, sprach Kyle weiter. Was er jetzt zu sagen hatte, würde den Leuten nicht gefallen. »Ich glaube, dass Sie vorgeben, jemand zu sein, der Sie nicht sind.«

Eine Frau im Publikum begann, laut zu protestieren. Auch ohne sich umzudrehen, wusste Kyle, wer das war. Er kannte die Stimme. »Anne, lass gut sein«, sagte Nichols beschwichtigend und wandte sich wieder Kyle zu: »Sie kennen mich schon lange, genau wie die meisten der hier Versammelten.«

»Es tut mir Leid, aber Sie sind nicht Jesus Christus, der Sohn des lebendigen Gottes.«

Viele Zuhörer zuckten förmlich zusammen, aber Nichols blieb ruhig: »Für einige bin ich es, für andere nicht. Genau so ging es damals dem Zimmermann aus Nazareth.

»Nein«, widersprach Kyle, »ich spreche nicht über das, was andere von Ihnen denken. Mir geht es darum, wer Sie wirklich sind. Wenn die

Menschen, die zu Ihnen kommen, Jesus von Nazareth suchen, dann haben sie ein Recht darauf, ihm zu begegnen.«

Kyle sah sich um, alle schauten auf ihn. Er sprach sehr laut weiter, damit alle Anwesenden ihn genau verstehen konnten: »Der wahre Jesus trug unsere Sünden vor zweitausend Jahren an einem römischen Kreuz. Meinem Jesus wurden Nägel durch die Hände geschlagen.« Er hielt inne und sah Brandon Nichols an. »Der wahre Jesus hat uns von der Macht der Sünde und des Todes erlöst. Wollen Sie das von sich behaupten?«

Nichols schwieg.

Kyle setzte nach: »Wo sind die Nägelmale? Jeder weiß, dass der wahre Jesus Narben in seinen Händen hat.«

Nichols sah Kyle lange an. Es herrschte völlige Stille in dem Zelt. Man hörte, wie der Wind die Zeltwände bewegte. Eine ungeheure Spannung ließ den Versammelten den Atem stocken.

Nichols durchbrach die Stille mit einem tiefen Seufzen. Er senkte den Blick und ein bekümmerter Ausdruck legte sich auf sein Gesicht.

Kyle entspannte sich und atmete tief durch. Noch einmal sah er in die Runde. Fast entschuldigend sagte er: »Ich bin nicht gekommen, um jemanden zu verletzen oder in Verlegenheit zu bringen, ich will Ihnen auch nicht meinen Glauben aufzwingen. Ich wollte nur auf diese Tatsache hinweisen. Wenn Sie Jesus kennen lernen wollen, dann suchen Sie den wahren Jesus …«

»Pastor Sherman.«

Kyle sah zu Nichols. Alle sahen nach vorne.

Nichols knöpfte seine Manschetten auf. Er sah traurig aus. »Ich …«, er brach ab, sah zur Decke, seufzte und sah zu Kyle. »Ich hatte gehofft, dass ich es nicht tun müsste. Ich wollte niemanden zwingen, an mich zu glauben. Diesen Fehler haben wir zweitausend Jahre lang gemacht. Irgendwie hatte ich gedacht, es könnte auch anders gehen.«

Er krempelte seine Ärmel auf und zeigte die Innenseite seiner Unterarme: »Hier sind sie.«

Man hörte die Leute nach Luft schnappen. Sie stellten sich auf Zehenspitzen und reckten die Hälse.

»Pastor Sherman, bitte, kommen Sie näher!« Seine Stimme war jetzt voller Autorität. »Schauen Sie sich die Nägelmale genau an und legen Sie Ihre Finger hinein. Berühren Sie die Narben und hören Sie auf zu zweifeln.«

Langsam ging Kyle nach vorne. Eine Frau aus der ersten Reihe warf sich leise weinend vor Nichols Füße. Andere traten auf den Gang und bildeten eine Schlange, um die Hände und Arme Nichols zu sehen. Kyle fing einen mitleidigen Blick von Dee Baylor auf. Ein Mann berührte die Narben, drehte sich dann zu den Wartenden um und nickte: »Echt!« Seine Augen waren voller Tränen.

Dann war Kyle an der Reihe. Er sah ihm zuerst in die Augen, dann wanderten seine Blicke an den Armen entlang bis zu den Handgelenken. Es waren lange, zerfetzte Narben, weißes Narbengewebe hob sich hässlich von der übrigen, sonnengebräunten Haut ab. Kyle berührte sie. Es waren echte Narben.

»Die Nägel gingen durch die Unterarme, nicht durch die Hände«, erklärte Nichols sanft, als ob er ein vertrauliches Gespräch nur mit Kyle hätte. »So hat man damals gekreuzigt.«

Kyle starrte lange auf die Narben, dann sah er noch einmal in die braunen Augen. Seine Gedanken gingen wild durcheinander, aber in seinem Herzen war er sich ganz sicher. Gepresst flüsterte er: »Sie sind nicht Jesus Christus.«

Nichols blickte auf die weinende Frau zu seinen Füßen, dann in die Menge der ehrfürchtigen Menschen, die ihn umgaben, und fast tonlos sagte er kalt: »Für diese Menschen bin ich es jetzt.«

12

Ich hatte tagelang nichts von Kyle gehört. Dann rief Nichols an und erzählte mir alles.

»Es tut mir Leid, dass es so weit gekommen ist, aber was hätte ich tun sollen? Er wollte mich vor meinen Zuhörern bloßstellen.«

Ich lehnte mich gegen die Küchenwand und versuchte, das Gehörte zu verarbeiten. »Was machte Kyle dann?«

»Er drehte sich um und verlies wortlos das Zelt. Offensichtlich hatte er nichts weiter zu sagen.«

»Und woher stammen Ihre Narben nun wirklich?«

»Was soll diese Frage?«

Mir war das Ganze zu viel und meine Stimme klang genervt: »Wie sind Sie zu Ihren Narben gekommen?«

Betont geduldig antwortete er: »Es sind Nägelmale, Travis. Wie oft soll ich das noch sagen?« Nach einer kurzen Pause fuhr er fort: »Ich bin nicht böse auf Kyle. Im Gegenteil, er hat mir einen großen Gefallen getan, ähnlich wie Sie damals für Armond Harrison. Durch Kyles Beitrag bin ich jetzt das Opfer und alle sind auf meiner Seite.«

Er hatte Recht mit dem, was er sagte, und das war bitter.

»Anscheinend kommen Sie und Armond aus der gleichen Schule?«

»Wie auch immer, Kyle hat jedenfalls seine Lektion gelernt. Ich hoffe, er ist jetzt ein bisschen weiser und ist sich seiner Sache nicht mehr so sicher.«

Ich schwieg. Nichols fuhr fort: »Kyle ist noch ganz am Anfang. Aber nach und nach wird er die Dinge lernen, die wir schon wissen. Wir beide haben ähnliche Erfahrungen hinter uns.«

»Was meinen Sie?«

»Erinnern Sie sich an Ihren Besuch in Verns Gemeinde? Sie waren selbst überrascht von Ihrer Reaktion. So ging es mir auch. Eines Tages wusste ich, dass ich das Ganze nicht mehr mitmachen konnte. Einerseits ist es schön, wenn man plötzlich Durchblick bekommt, andererseits wird man damit zum Außenseiter. Sie wissen, was ich meine.«

Ich wollte nicht mit ihm einer Meinung sein und ich wollte auch keine gemeinsamen Erfahrungen mit ihm gemacht haben. Aber was er sagte, war richtig. Mein »Ja« klang ärgerlich.

»Wenigstens hatten Sie Marian, die mit Ihnen auf der Außenseite stand. Darum beneide ich Sie.«

Da war die Erinnerung, so frisch wie eh und je. Es war unsere erste Begegnung. Sie war verwirrt, wütend und verzweifelt, gleichzeitig das hübscheste Mädchen, das ich jemals gesehen hatte, mit langen, braunen Haaren und einem blauen Kleid.

»Leider habe ich sie nie getroffen.«

»Das bedauere ich allerdings weniger.«

»Tragisch ist es aber schon.«

»Warum?«

»Ich hätte sie heilen können.«

Die Verbindung war unterbrochen. Wieder hatte er einfach aufgelegt. Brandon Nichols war es zum wiederholten Male gelungen, meine alten Zweifel zu neuem Leben zu erwecken, eine schlecht verheilte Wunde aufzureißen und mich mit der schmerzlichen Erinnerung zurückzulassen.

Schon in Seattle waren Vern und ich befreundet gewesen. Wir wuchsen in der Gemeinde meines Vaters auf, besuchten zusammen die Jugendgruppe und sangen im Jugendchor Sopran, bis wir in den Stimmbruch kamen. Wir entdeckten gleichzeitig unser Interesse für Mädchen und tauschten uns regelmäßig über dieses erfreuliche Thema aus. Er konnte besser Fußball spielen und erinnerte mich andauernd daran. Dafür spielte ich besser Gitarre und bewies ihm das bei jeder Gelegenheit. Meine Modellflugzeuge sahen besser aus, seine flogen besser. Wenn ich vorne am Altar kniete und mein Leben mit Gott in Ordnung brachte, dann betete er für mich und umgekehrt. Wir waren gute Freunde.

Nachdem wir von Seattle weggezogen waren, hatte ich kaum noch Kontakt zu Vern. Doch als dann die große Leere kam und ich nicht mehr wusste, was ich mit meiner Zeit anfangen sollte, meldete ich mich wieder. Er arbeitete inzwischen für eine Spedition und konnte seinen Lebensunterhalt selbst bestreiten. Dahingegen wohnte ich noch zu Hause und spielte lediglich hin und wieder Gitarre in einer Hafenkneipe. Begeistert erzählte er mir von seiner tollen Gemeinde in Seattle und konnte es kaum erwarten, mich dorthin mitzunehmen. Trotz meiner großen Enttäuschung und Ernüchterung hatte ich Sehnsucht nach einem schönen Gottesdienst und verabredete mich mit ihm.

Es war an einem Freitagabend, als wir Verns Gemeinde im Süden von Seattle besuchten. Vern hatte nicht zu viel versprochen. Die Anbetung, die uns empfing, war wunderschön. Im Vergleich dazu war die Gemeinde meines Vaters steif und altmodisch. Der Saal war voller Menschen und alle Anwesenden waren mit ganzer Hingabe dabei. Sie sangen mit erhobenen Händen und bewegten sich im Rhythmus der Musik. Wir setzten uns in eine der hinteren Reihen. Vern stieg sofort ein. Ich sah mich erst noch ein bisschen um und entdeckte, dass hier alle ganz anders aussahen als ich. Die meisten trugen Hemd und Krawatte und hatten kurze Haare. Ich dagegen sah mit meinen langen Haaren und meiner verwaschenen Jeans aus wie ein Kneipenmusiker. Sie würden mich bestimmt für Verns ungläubigen Freund halten und versuchen, mich zu bekehren.

Doch zu meiner Erleichterung sah mich niemand komisch an. Im Gegenteil, ich wurde nach dem Singen von den Leuten in unserer Nähe herzlich begrüßt. Es war wirklich ein schöner Gottesdienst, und ich dachte schon, ich könnte mich an diese Gemeinde gewöhnen. Die Anbetung war intensiv, die persönlichen Zeugnisse ermutigend, die Predigt des Pastors ansprechend, und alle waren warmherzig und freundlich miteinander.

Dann bat der Pastor alle Kranken nach vorne, um für Heilung zu beten. Etwa fünfzig Personen fanden sich vor dem Altar ein. Ich glaubte immer noch, dass Gott Kranke heilen konnte, und ich kannte Leute, die durch Gebet geheilt wurden. Trotzdem war es mir unangenehm, dass Vern nach vorne ging. Er war stark kurzsichtig.

Das Gebet des Pastors war voller Autorität und die Gemeinde betete halblaut mit, während ich auf meinem Stuhl saß und nicht wusste, wie ich mit dieser Situation umgehen sollte. Bald darauf kam Vern zurück, die Brille in der Hand. Der Gottesdienst ging offiziell zu Ende, doch einige blieben vorne, um weiter für die Kranken zu beten. Ich sah interessiert zu. Die Leute beteten mit großer Anstrengung, manche zitterten, viele waren sehr laut. Es kam mir alles so bekannt vor. Vern schloss sich einigen Freunden an, die um ein Mädchen herumknieten, das auf dem Boden lag und ziemlich krank aussah.

Ich stand am Rand und beobachtete die Szene. Dem Mädchen ging es nicht gut, und die Beter waren sehr eifrig und entschlossen, den Geist dieser Krankheit in die Flucht zu schlagen. Beunruhigt trat ich näher. Die Kranke sah völlig leblos aus. Ich versuchte zu fragen, was sie hatte, aber niemand hörte mich. Plötzlich drangen laute Worte an mein Ohr: »Sie liegt im diabetischen Koma!« Ich drehte mich nach der Stimme um. Eine wütende junge Frau im blauen Kleid stritt heftig mit einem älteren Mann, der sie zu beruhigen versuchte. Ich konnte die beiden nicht verstehen, aber ich hatte genug gehört.

Mit schlechtem Gewissen und dem Gefühl, geistlich wieder zu versagen, eilte ich hinaus. Irgendwo musste hier doch ein Telefon sein? In einem offenen Büro fand ich einen Apparat und stürzte mich darauf. Eine elegante Frau kam aus dem Nebenzimmer: »Halt, was machen Sie denn da?«

»Ich rufe Hilfe, ein Mädchen ist im diabetischen Koma!«

Sie glaubte mir nicht. Ich hatte aber schon den Notruf gewählt und hatte sofort eine Verbindung.

»Hallo? Hier ist jemand im diabetischen Koma …«

Jemand rannte ins Büro: »Ich brauche das Telefon! Ein Notfall!«

Es war das Mädchen im blauen Kleid. Sie hätte mir fast den Hörer entrissen. »Ich habe den Notruf gewählt. Wie lautet die Adresse der Gemeinde?«

Die elegante Dame gab sie mir. Sie schien inzwischen überzeugt von meinem ehrlichen Anliegen.

»Die bringen sie noch um«, stöhnte das Mädchen. Ich beruhigte sie: »Die Sanitäter sind unterwegs.«

Besorgt sah sie in den Versammlungsraum: »Hoffentlich lassen sie die Sanitäter zu ihr.«

Dann lief sie wieder hinein, wo immer noch gebetet wurde. Die elegante Dame und ich folgten ihr. Niemand außer uns schien beunruhigt.

Augenblicke später kam der Krankenwagen mit Blaulicht und Martinshorn vorgefahren. Das Mädchen und ich leiteten die Sanitäter zu der Kranken. Einige Beter wurden unsanft zur Seite gestoßen: »Bitte, machen Sie Platz!« Vern sprang auf und sah mich an, als hätte ich Jesus und den ganzen Glauben verraten. Einige wollten die Sanitäter zurückhalten: »Das ist kein medizinisches Problem!«, andere beteten einfach laut weiter. Dem Mädchen im blauen Kleid wurden heftige Vorwürfe gemacht. Einige waren so ins Gebet versunken, dass sie von den Vorgängen gar nichts mitbekamen.

Ein Sanitäter versuchte, den Blutdruck des Mädchens zu messen, und konnte nichts hören. »Können Sie bitte ruhig sein?!«

Der Pastor kam angelaufen: »Was geht denn hier vor?« Ärgerlich sah er sich um: »Wer hat die Sanitäter gerufen?« Unsere Blicke trafen sich. Er sagte nichts weiter, sah mich aber warnend an. Einige Beter versuchten, die Sanitäter von der Kranken fern zu halten, doch das Mädchen im blauen Kleid setzte sich durch: »Meine Freundin ist Diabetikerin und liegt im Koma. Bitte helfen Sie ihr!« Vern setzte sich die Brille auf und sah sich um. Ein Sanitäter versuchte, den Blutdruck zu messen, und schüttelte den Kopf: »Wir müssen hier raus. Schnell, die Trage!«

Der Pastor versuchte, Ruhe und Ordnung wiederherzustellen, die Sanitäter rannten mit der Bewusstlosen zum Krankenwagen. Das Mädchen und ich sahen hinterher, dann wandte ich mich ihr zu. Etwa hundert erschrockene, ärgerliche Menschen standen hinter uns.

»Vielleicht sollten wir auch gehen?«, schlug ich ihr vor.

»Ich fahre mit ins Krankenhaus«, sagte sie.

Vern kam auf mich zu: »Travis! Hast du etwa den Krankenwagen angerufen?« Ich wollte seine Frage gerade bejahen, als er schon loslegte: »Weißt du überhaupt, was du eben getan hast? Sie hätte heute geheilt werden können!«

»Sie hätte *sterben* können«, warf das Mädchen dazwischen.

»Sie hat Gott vertraut. Es war ihre Entscheidung, auf die Heilung zu warten.«

»Sharon ist meine Freundin und wir haben ihr soeben das Leben gerettet.«

Vern wusste vor Ärger gar nicht, was er sagen sollte. Er fuchtelte wild herum und stotterte: »Ihr seid ein Werkzeug des Teufels, wisst ihr das?«

»Und du trägst wieder deine Brille«, konterte ich nur.

Das brachte ihn zum Schweigen.

Das Mädchen wandte sich mir zu: »Willst du mitkommen ins Krankenhaus?«

Ich winkte Vern kurz zu und ging mit ihr zum Parkplatz.

Das Mädchen im blauen Kleid hieß Marian Chiardelli, war achtzehn Jahre alt und eine hingegebene Christin. Wir verbrachten einige Stunden zusammen in der Klinik und unterhielten uns über Gott und die Welt. Sie stand kurz vor dem Schulabschluss und wusste noch nicht, was sie danach machen sollte. Ich sagte, ich sei Musiker, verschwieg aber die näheren Umstände meiner Tätigkeit.

Es war ihr wichtig, mir zu sagen, dass sie fest an göttliche Heilung glaubte. Nur die Aktion an diesem Abend hielt sie für unvernünftig und gefährlich. Es sei menschlicher Ehrgeiz gewesen, nicht göttlich inspiriertes Durchbeten. Es tat mir gut, dass sie die Sache auch so sah wie ich, und ich stimmte ihr gerne zu, doch ich wollte das Thema auch nicht vertiefen. Meine eigenen schmerzlichen Erfahrungen und Irrwege waren noch zu frisch, als dass ich darüber hätte sprechen können.

Gegen Mitternacht kam ein Arzt und teilte uns mit, Sharon sei außer Lebensgefahr. Ihre Eltern, Marian und ich konnten sie kurz sehen.

Bald darauf verabschiedeten wir uns. Ich gab Marian die Hand: »Es war schön, dich kennen zu lernen und mit dir zu reden«, sagte ich.

»Danke, für mich auch. Vielen Dank für deine Unterstützung.«

Sekunden später standen wir auf der Straße. Ich wollte sie nicht so einfach gehen lassen. »Vielleicht können wir uns irgendwann noch einmal unterhalten?«, fragte ich zögernd.

Sie hängte sich die Handtasche über die Schulter und meinte leichthin: »Ja, bestimmt.«

Sharons Eltern hatten angeboten, mich heimzufahren. Sie sahen sich nach mir um. Schnell wagte ich es: »Marian, ich weiß nicht, ob ich dich bitten darf, einmal mit mir essen zu gehen?«

Sie lächelte mich freundlich an und meinte: »Vielen Dank, aber ich glaube, es ist besser, du fragst nicht.«

Sharons Eltern warteten auf mich. Das half mir, nicht in Verlegenheit zu erstarren: »Ich muss gehen … Mach's gut!«

Sie hatte mich nicht direkt zurückgewiesen, da ich nicht direkt gefragt hatte. Sie war freundlich und warmherzig gewesen, die ganze Zeit über. So beschloss ich, den Vorfall nicht als Niederlage zu bewerten.

Sharons Eltern waren für meine Hilfe sehr dankbar und ihre guten Worte trösteten mich und taten mir gut. Wieder zu Hause, dachte ich noch lange über Marian nach. Sie war eine erstaunlich reife Christin. Nach allem, was ich mit Amber erlebt hatte, konnte ich mir kaum noch vorstellen, dass ein Mädchen so nüchtern und doch so gläubig sein konnte. Immer wieder ging ich in Gedanken unser Gespräch durch. Hoffentlich hatte sie verstanden, dass ich auch von ganzem Herzen an Jesus und sein übernatürliches Wirken glaubte. Ob sie mein Aussehen störte?

Sie hatte lange, braune Haare, glänzende blaue Augen und niedliche Sommersprossen auf der Nase. Sie war voller Weisheit, Freundlichkeit und Wärme … und so hübsch.

Nein, nein, ich war nicht verliebt. Die Pleite mit Amber hatte mich einiges gelehrt. Ich würde nicht mehr so schnell auf meine Gefühle hereinfallen. Bevor ich mich wieder auf ein Mädchen einließ, müsste ich mir schon sehr sicher sein. Vorsichtig und sehr behutsam würde ich die nächste Beziehung angehen.

Aber ich war unendlich glücklich, Marian getroffen zu haben!

Als ich wieder aus meinen Erinnerungen auftauchte, war ich unglaublich wütend. Welch eine Dreistigkeit! Dieser unverschämte Kerl!

Reiß dich zusammen, Travis, ermahnte ich mich. *Nichols weiß genau, was er tut.*

Er sprach mich ganz gezielt auf diese Dinge an, dessen war ich mir sicher. Aber warum?

Seit dem Anruf von Nichols stand ich immer noch neben dem Telefon. Ich war versucht, mich den Worten Nichols und meinen Erinnerungen hinzugeben, darin zu versinken, wie ich es schon so oft getan hatte. Unzählige Stunden hatte ich auf meiner Couch gelegen oder am Küchentisch gesessen, den Kopf in die Hände gestützt und gegrübelt. Wie viele Kilometer war ich spazieren gegangen oder in meiner Wohnung auf und ab marschiert, während sich die Gedanken jagten. Urplötzlich erkannte ich, was mit mir los war: Monatelang hatte ich gegrübelt, auf der Couch, am Küchentisch, bei Spaziergängen im Freien und zu Hause. Es gab praktisch keinen Aspekt, den ich nicht tausendmal hin und her gedreht hätte. Wie lange würde ich das noch tun?

Genug! Ich wollte mein restliches Leben nicht damit zubringen. Während ich mir selbst verbot, weiter nachzudenken, erkannte ich, dass genau das die Absicht des Messias von Antioch war. Er konnte mich mit seinen Bemerkungen immer wieder treffen, weil ich jeden seiner Sätze aufnahm und stunden- und tagelang bewegt hatte. Ich lag vor ihm wie ein willenloses, wehrloses Opfer, das er immer wieder treffen konnte, das jeden Hieb aufnahm und bereitwillig blutete.

Damit hatte Gott meine Frage zumindest teilweise beantwortet. Nichols konnte mich verletzen, weil ich mich als Opfer anbot. Es blieb die Frage, woher er das alles wusste und welche Erfahrungen er selbst gemacht hatte.

Ich hatte gerade beschlossen, Kyle anzurufen, als das Telefon klingelte.

»Ja?«

»Travis, hier ist Linda Sherman. Bitte entschuldige die Störung.« Sie klang sehr besorgt.

»Wie geht es Kyle?«

Ihre Stimme zitterte bedenklich. »Deswegen rufe ich an. Er ist hingefahren.«

»Du meinst, zu Mrs. Macons Anwesen?«

»Ja. Er sagte, er wolle dort beten.« Schnell ergänzte sie: »Er sagte, er würde nicht auf das Gelände fahren, nur am Straßenrand stehen. Ich versuchte, es ihm auszureden.« An der Stelle hörte sie mein Stöhnen und klang noch beunruhigter: »Ich konnte nicht mitfahren, weil ich auf die Kinder aufpassen muss. Aber er ist schon sehr lange dort und ich mache mir Sorgen!«

»Soll ich nach ihm sehen?«

»Ja, bitte, und mit ihm reden. Er braucht dich, Travis. Auf dich wird er hören.«

Dessen wäre ich mir nicht so sicher gewesen. Schließlich waren wir nicht gerade dicke Freunde.

»Er hört auf mich?«

»Travis, jedes Mal, wenn wir in die Gemeinde gehen und die Leute sehen, die das Wort Gottes gründlich kennen, die ein solides, geistliches Fundament haben und die Jesus von ganzem Herzen lieben – und die dich lieben –, dann bewundern wir dich und deine Arbeit. Wir haben ständig die Früchte deiner Arbeit vor Augen, Travis.«

Ich wusste nicht, was ich sagen sollte. Darauf war ich nicht vorbereitet gewesen.

»Travis, bitte, geh zu ihm und sprich mit ihm.«

Ich spürte auch in meinem Geist ein starkes Drängen, zu Kyle zu fahren. »Schon gut, ich fahre gleich los.«

Kyle saß auf der Motorhaube seines Wagens unweit des großen, steinernen Portals, das den Beginn von Mrs. Macons Grundstück markierte. Er hatte seine Knie umfasst und starrte die Anhöhe hinauf. Ich stieg aus, doch er rührte sich nicht. Offensichtlich hatte ihm das verlorene Duell mit Nichols erheblich zugesetzt. Keinen frommen Spruch, keinen Gruß, keine Regung, nur ein angedeutetes Winken hatte er für mich, dann sah er wieder die Anhöhe hinauf. Ich setzte mich neben ihn und sah in die gleiche Richtung wie er. Man konnte das Dach des Macon'schen Hauses sehen und die Kuppel des blauweißen Zeltes. Schweigend starrten wir darauf. So hatte ich Kyle noch nie erlebt.

Endlich sagte ich: »Ich hatte Armond Harrison zur Rede gestellt, hatte seine Irrlehren und seine sexuellen Praktiken angeprangert und dagegen protestiert, dass er sich zu den Pastoren zählte. Ich schrieb auch einen Brief, nicht an die Zeitung, aber an alle Pastoren. Mittlerweile kannst du dir vielleicht vorstellen, was dann geschah, was die Leute sagten und wie einige Pastoren reagierten.«

Kyle wandte seinen Blick nicht von dem Macon'schen Gelände und sagte ausdruckslos: »Er ist nicht Jesus Christus.«

»Nein, natürlich nicht. Aber du darfst nicht vergessen, dass es immer Leute wie Brandon Nichols und Armond Harrison geben wird. Wenn du deine ganze Energie darauf verwendest, gegen sie anzukämpfen, dann hast du nicht mehr genügend Kraft, um das Reich Gottes zu bauen, deine Herde zu pflegen und neue Schäfchen zu gewinnen. Du kannst dich völlig verausgaben und fertig machen und am Ende gibt es immer noch solche Leute wie Nichols und Harrison. Das Problem ist, dass diese Leute immer Anhänger finden. Solange es Menschen gibt, die den Irrlehrern nachlaufen, kannst du die Irrlehrer nicht ausmerzen.«

»Dee Baylor hat die Gemeinde verlassen und versucht, alle ihre Bekannten aus allen Gemeinden zu Nichols zu bringen. Auch Anne und Roger sind gegangen. Anne schreibt jetzt im Namen Jesu Briefe, in denen steht, dass die Leute mir nicht mehr glauben sollen.«

Ich ließ das einen Moment lang auf mich wirken, dann nickte ich zustimmend: »Doch, das klingt logisch.«

»Es ist aber verkehrt. Das ist Verführung! Diese Leute geben alles Göttliche und Biblische auf, um einem Lügner nachzulaufen!«

Ich hob beschwichtigend die Hand: »Schon gut, schon gut, du hast ja Recht. Ich wollte dir nur die größeren Zusammenhänge zeigen.«

Er sah mich an und meinte im Tonfall eines Predigers: »Nichols ist ein Wolf im Schafspelz, und ich werde nicht tatenlos zusehen, wie er mir die Schafe klaut.«

»Kyle, mach dir wegen Dee und Anne keine Vorwürfe. Wenn Nichols nicht gekommen wäre, dann wären sie einem anderen auf den Leim gegangen. Solche Leute bleiben nicht lange in der gleichen Gemeinde. Sie wollen sich nicht verbindlich eingliedern, wollen sich nicht korrigieren lassen und bauen ihren Glauben und ihr Leben nicht auf dem Wort Gottes auf. Sie suchen immer neue Kicks und werden immer dort sein, wo gerade am meisten los ist. Das ist traurig, und man kann sehr viel Zeit mit solchen Schäfchen verlieren, aber es scheint sie immer und überall zu geben.«

»Ich bin mir da nicht so sicher.«

»Was willst du nun tun?«

»Zuallererst beten. Ich werde jeden Tag hierher kommen und beten, dass Gott diesen Mann stoppt und seine Lügen ans Licht bringt.«

»Du wirst dich dabei aber weise verhalten, ja?«

Fast hätte er nach mir geschlagen, aber jedenfalls verstand er, was ich meinte, und wandte sein Gesicht ab. Ich sah den Schmerz, der ihn quälte.

Ich ließ nicht locker und hoffte, er würde mich weiterreden lassen: »Grundsätzlich ist es nicht klug, dem Gegner direkt ins Messer zu laufen. Ein bisschen mehr Vorsicht und Überlegung hätten sicher nicht geschadet.«

»Wie konnte ich ahnen, dass er solche Narben hat?«

»Er sagte mir, es seien Nägelmale.«

Erstaunt sah er mich an. »Das sagte er dir?«

Ich nickte.

»Wann hast du mit ihm gesprochen?«

»Vor etwa einer Stunde. Er erzählte mir von deinem Auftritt und klang dabei so, als täte es ihm Leid für dich, falls dich das tröstet.«

Kyles Mund stand offen. Er konnte nicht glauben, was er da hörte. »Er redet mit dir?«

»Ja, er ruft mich regelmäßig an und erzählt mir von den neuesten Entwicklungen.«

Kyles Staunen wurde immer größer: »Er ruft dich an?«

»Ja.«

»Warum?«

Das hatte ich mich auch lange gefragt. »Weil Irrlehrer immer Beifall und Zustimmung suchen. Ich vermute, er will mir gefallen. Er denkt, wir hätten einiges gemeinsam und ich könnte ihn verstehen.«

Kyle dachte nach und schwieg.

»Aber das hilft uns, ihn zu verstehen. Vermutlich kommt er aus einem religiösen Hintergrund, hatte dort eine Menge Probleme und muss sich und seinen früheren Leuten etwas beweisen. Er sucht meine Nähe, weil er denkt, wir beide seien in einer ähnlichen Situation. Ich würde mich allerdings wundern, wenn uns tatsächlich so viel verbinden würde, wie er glaubt.«

»Bedeutet das, dass du mir helfen wirst?«

Ich fragte mich, wie es so weit hatte kommen können, und entgegnete: »Das werde ich wohl müssen.«

Ich fuhr einen Umweg am Fluss entlang, nur um noch nicht gleich zu Hause zu sein. Es war ein schöner Frühlingstag und ich war schon lange nicht mehr am Fluss gewesen. Durch das offene Fenster sog ich den Duft der Wiese und des Wassers tief ein. Etwas bewegte mich. Es war nicht direkt die Freude an der Natur, eher diese innere Unruhe, die mir von früher her bekannt war, als ob ich in meinem Geist Gottes Stimme hören könnte: »Nun Travis, hier wäre etwas für dich zu tun. Bist du bereit?«

Bevor wir auseinander gegangen waren, hatten wir noch zusammen gebetet, Kyle für mich und ich für ihn. Wir beteten auch für Nichols.

Moment! Was war denn das? Da blinkte doch etwas im Wasser!

Ich trat auf die Bremsen und wendete. Normalerweise hätte ich das nicht getan, aber heute hatte ich Zeit und das dumpfe Gefühl, dass etwas passieren würde. Ich fuhr zurück, sah etwas im Wasser und hielt am Straßenrand an.

Noch vor wenigen Wochen hatte der Fluss Hochwasser geführt und wäre fast über die Ufer getreten. Jetzt war der Wasserspiegel deutlich gesunken und näherte sich dem sommerlichen Tiefstand. Am Ufer hatte sich viel Schlamm abgesetzt und das Gestrüpp wucherte in die Höhe. Ich kletterte die Böschung hinunter und sah tatsächlich das hintere Ende eines Autos aus dem Fluss ragen. Der Wagen war voller Schmutz und Schlamm und musste schon längere Zeit im Wasser gelegen haben. Offensichtlich hatte die Strömung des Hochwassers das Auto mit sich gerissen, bis es hier an einem umgestürzten Baum zum Halten kam. Ich blickte flussaufwärts. Wenige Meter entfernt fiel die Böschung direkt neben der Straße so steil ab, dass man bei Hochwasser hier eine ideale Stelle hatte, um einen Wagen ins Wasser rollen zu lassen oder einen Unfall zu inszenieren.

Ein beunruhigender Gedanke.

Der umgestürzte Baumstamm bildete eine Brücke zu dem Auto. Ich zog Schuhe und Strümpfe aus, legte mein Portemonnaie dazu und tastete mich vorwärts. Das kalte Wasser strömte spritzend und strudelnd um das Auto herum, an dem Baumstamm vorbei und über meine Füße. Das Wasser war klar, nur das glitzernde Sonnenlicht blendete. Endlich war ich direkt über dem Wagen. Das Kennzeichen war etwa dreißig Zentimeter unter der Wasseroberfläche, aber so mit Schlamm bedeckt, dass es nicht zu entziffern war.

Das Wasser war eiskalt, ich hatte gute Kleider an und würde noch eine ganze Strecke in den nassen Sachen fahren müssen. Aber ich musste es tun.

Ich setzte mich auf den Stamm, schnappte nach Luft und stieg bis zur Hüfte in den Fluss hinab. Mit einer Hand konnte ich den Dreck abwischen. Ich blieb so lange im Wasser sitzen, bis ich mir das Kennzeichen eingeprägt hatte. Dann eilte ich zurück ans Ufer.

Ich zitterte vor Kälte, aber vielleicht hatte es sich gelohnt. Der Wagen kam aus Montana.

13

Als ich Brett Henchle anrief, kam er sofort zum Fluss, zog sich Gummischuhe über und ging selbst zum Auto, um das Kennzeichen in Erfahrung zu bringen. Ich erwähnte nicht, dass der Wagen aus Montana sei, in der Hoffnung, er würde auch ohne meinen Hinweis eine Verbindung zu Nichols herstellen. Falls ihm jedoch irgendetwas aufgefallen war, ließ er sich nichts anmerken.

»Ist gut, ich werde es melden«, sagte er, warf seine Gummischuhe in das Polizeiauto und fuhr weg. Wie ein begossener Pudel blieb ich in meinen nassen Sachen am Flussufer zurück. Ich versuchte, positiv über Henchle zu denken und zu glauben, dass er seine Arbeit gut machen würde.

Aber er war von Nichols geheilt worden.

Am Freitagmorgen, als ich gerade beim Frühstück saß, hörte ich plötzlich wieder den Rasenmäher meines Nachbarn. Hatte John Billing mir nicht gesagt, dass er verreisen würde? Wer war das?

Ich versuchte, mich auf mein Frühstück zu konzentrieren. Doch nur zwei Bissen später hatte die Neugier gesiegt. Entschlossen ging ich zur

Tür und wartete, bis der Rasenmäher wieder vor dem Haus auftauchte. Ein älterer, rundlicher Mann in knallgelben Shorts lenkte einen hochmodernen, leuchtend roten Rasenmäher. Hatte John sich nun doch einen Gärtner angestellt? Oder war das vielleicht der Apostel Paulus oder Vater Abraham? Sollte ich ihn ansprechen?

Ich zögerte noch, als der Mann mir winkte. »Hallo Nachbar«, rief er fröhlich, »ich mähe hier nur eben den Rasen fertig.«

Ich ging zu ihm rüber. »Andy Parmenter«, stellte er sich vor und streckte mir die Hand entgegen.

»Travis Jordan. Ich kann mich nicht erinnern, Sie jemals hier gesehen zu haben. Sind Sie aus der Gegend?«

»Nein, ich komme aus Südkalifornien. Meine Frau und ich sind wegen Brandon Nichols hierher gekommen.« Er kicherte: »Das werden Sie sich bestimmt schon gedacht haben.«

Ich schüttelte den Kopf: »Nein, nicht direkt.«

»Brandon bat mich, Mr. Billings' Rasen fertig zu mähen. Obwohl mir scheint, dass Mr. Billings das schon selbst gemacht hat. Aber das ist in dem Fall nicht so wichtig. Es geht ums Prinzip. Brandon macht keine halben Sachen.« Er lehnte sich auf den Rasenmäher und fragte eindringlich: »Haben Sie ihn schon einmal gesehen?«

»Ja, genau an dieser Stelle.«

»Er ist ein wundervoller Mensch, nicht wahr?«

»Ich weiß nicht.«

»Sehen Sie mich an. Ich war ein pensionierter Beamter, reich, einflussreich und unglücklich – bis ich zu Nichols kam. Jetzt mähe ich den Rasen eines fremden Menschen und bin glücklich. Ich fühle mich so richtig wohl, ich bin endlich am richtigen Ort angekommen. Das kann Brandon auch für Sie tun!

»Schöner Rasenmäher«, wich ich aus.

»Das ist mein persönlicher Beitrag zu dem Ganzen. Ich habe schon den ganzen Campingplatz gemäht, auf dem unser Wohnmobil steht.« Er schwieg kurz, schüttelte den Kopf und fuhr fast ehrfürchtig fort: »Sie können sich nicht vorstellen, welche Atmosphäre dort herrscht. Wir sind wie eine große Familie. Die Leute helfen einander, teilen alles miteinander, lieben sich. So etwas habe ich in meinem ganzen Leben noch nicht gesehen. Noch nie habe ich mich so sehr gefreut, am Leben zu sein.« Er sah sich um. »Diese Stadt ist ein ausgezeichneter Platz, um eine neue Gesellschaft zu gründen, von vorne zu beginnen und alles richtig zu machen. Sie werden hier noch eine Menge Veränderungen erleben.«

Noch am selben Tag begannen die Veränderungen, ohne Warnung oder Vorankündigung. Norman Dillard war reichlich verblüfft, als sechs mit Leitern bewaffnete Männer in seinem Hotel auftauchten und ihm mitteilten, sie würden jetzt die Fassade streichen. Auch das zweite Hotel der Stadt wurde von Handwerkern aufgesucht. Sie wussten, dass die sanitären Anlagen in Stand gesetzt werden mussten, und wollten diese Arbeit übernehmen. Brandon Nichols hatte sie geschickt und sie wollten keinen Lohn für ihre Arbeit.

Der Prophet Michael sah seine Aufgabe darin, die weiße Linie in der Mitte der Hauptstraße neu zu streichen. Einige Künstler gesellten sich zu ihm und umgaben jeden Kanaldeckel mit ein paar Wolken.

»Bald werden die Massen kommen«, kündigte Michael an, »und Ströme lebendigen Wassers werden ins Land fließen.«

»Nein, mein Leben ist nicht anders, es ist, als hätte es jetzt erst begonnen. Ich weiß gar nicht, wie ich vorher leben konnte. Ich bin so froh, endlich am Ziel zu sein«, erzählte eine junge Frau mit grün gefärbten Haaren vor einer Fernsehkamera. Sie pflanzte Bäume am Straßenrand. »Mein Leben war ein einziges Durcheinander und jetzt – plötzlich stimmt alles.«

»Wir waren drogenabhängig«, erklärte ein riesiger Mann mit protzigen Tätowierungen auf seinen Oberarmen und sah zu seinen beiden Freunden, die gerade eine Parkbank befestigten. Sie hatten einen Teil des Parks neu angelegt, mit Schaukeln ausgestattet und eine Gedenktafel für Cephus Macon aufgestellt. »Ja, wir waren alle in der Drogenszene, aber das war eine Sackgasse.«

»Und jetzt sind Sie Nachfolger von Brandon Nichols?«, erkundigte sich der Reporter.

Der Mann nickte: »Ja, Nichols hat uns völlig verändert.«

Seine beiden Freunde stimmten zu: »Nichols ist echt cool drauf.«

Armond Harrison nutzte die Gelegenheit, auch im Fernsehen zu erscheinen: »Wir haben uns jetzt mit den Geschäftsleuten am Ort verbündet, um der Stadt zu einem neuen Aussehen und damit zu einem wirtschaftlichen Aufschwung zu verhelfen. Damit wollen wir zum Ausdruck bringen, um was es wirklich geht: Verschiedene Menschen aus unterschiedlichen Hintergründen und Abstammungen, mit verschiedenen Werten und Idealen leben in Harmonie und Frieden zusammen. Das ist unsere Überzeugung und dafür steht Brandon Nichols. Eigentlich ist das alles nicht neu, aber jetzt ist die Zeit, unsere gemeinsame Vision umzusetzen …« Er redete immer noch, aber der Kameramann hatte ihn bereits ausgeblendet und die Kamera wieder auf den Reporter gerichtet.

Armond gelang es, seine Leute in die Welle der guten Taten einzuspannen, die plötzlich über die Stadt schwappte. Viele seiner Anhänger waren gelernte Handwerker, und es war ihm wichtig, dass jeder sehen konnte, wo sie sich engagierten. Dabei ließ er auch immer wieder durchsickern, dass sie das nicht umsonst taten und dass eine Menge Geld aus Nichols Umgebung floss.

Auch Penny Adams, deren Arm in der katholischen Kirche geheilt worden war, ließ sich von dem neuen Trend anstecken und bot sich in einer Modeboutique als unentgeltliche Reinigungskraft an. Die Geschäftsinhaberin hätte normalerweise ihre Zweifel gehabt, doch da sich in der ganzen Stadt so viel veränderte, wollte sie auch im Fall von Penny an das Gute glauben. Mit einem Lied auf den Lippen begann Penny, die Regale abzustauben, während die Kunden sich über all die erstaunlichen Vorgänge in der Stadt unterhielten.

Ich beneidete die Antiocher Pastoren nicht darum, jetzt Position beziehen zu müssen. Sid Maher freute sich über all das Gute, war Nichols gegenüber aber neutral. Burton Eddy ermutigte seine Gemeinde, ebenfalls kostenlose Dienste anzubieten. Diese Art der Einheit und des Zusammenhalts sei Gottes Wille für alle Menschen, erklärte er. Bob Fisher stand der Lehre und den Absichten Nichols kritisch gegenüber, hielt seine Gottesdienste aber genau so ab wie immer, ohne auf Nichols zu sprechen zu kommen. Entsprechend setzte seine Gemeinde ihre gewohnten karitativen Aktivitäten fort, ohne sich den neuen Hilfstrupps anzuschließen. Pater Vendetti ermutigte seine Leute, sich bei allem zu beteiligen, was gut für die Stadt war, und erinnerte gleichzeitig an die Wohltätigkeitsarbeiten seiner Gemeinde, die man deshalb nicht vernachlässigen dürfe.

Paul Daley war reichlich durcheinander, als ich ihn traf. »Ich bin hin- und hergerissen«, versuchte er mir zu erklären, »Nichols und seine Leute tun gute Werke, was großartig ist. Wenn wir uns ihnen jedoch anschließen und ebenfalls Gutes tun, sieht das so aus, als fänden wir auch seine Lehre gut. Das wäre aber schlecht, wenn sich herausstellt, dass Nichols üble Absichten hat. Dann wäre es schlecht für uns, wenn wir all das Gute mitgemacht hätten. Machen wir jedoch von vornherein nicht mit, dann halten uns alle Leute für schlecht.« Er schüttelte nachdenklich seinen Kopf. »Egal, wie wir uns entscheiden, die Menschen werden uns dafür kritisieren. Das hat Nichols prima eingefädelt.«

Nachdem sie ihren Laden abgeschlossen hatte, blickte sich Florence Tyler nachdenklich um. Penny Adams hatte am Morgen überall Staub gewischt und gesaugt, doch nachdem sie gegangen war, hatte Florence einer Kundin ein wunderschönes mit Blumen bedrucktes Kleid zeigen wollen – doch das Kleid war nicht mehr da. So lange die Kundin noch im Laden war, hatte sich Florence nichts anmerken lassen, aber dann hatte sie den Ständer mit den Accessoirs überprüft und bemerkt, dass auch ein Armband und eine Halskette verschwunden waren.

Florence Tyler dachte, wie recht es doch Penny geschähe, wenn ihr geheilter Arm wieder verkrüppelt wäre.

Nancy Barrons stand in ihrem Geschäft für Büroartikel und Zeitungsangelegenheiten, beugte sich über ihren Schreibtisch und ließ sich von ihrer Mitarbeiterin Kim Staples die Fotos des Tages zeigen. Kim war ihre Assistentin, Reporterin, Fotografin und Laborantin.

»Es ist erstaunlich, wie viele Dinge gleichzeitig passieren«, wunderte sich Nancy gerade.

»Ich bin den ganzen Tag durch die Stadt gerannt und habe es doch nicht geschafft, alle Wohltätigkeitsaktionen zu besuchen. Bei Maude Henley wird gerade ein neues Dach gedeckt, habe ich gehört.«

»Das gibt's doch nicht«, staunte Nancy.

»Ich glaube, es ist das gleiche Team, das auch die Blumenbeete im Park neu bepflanzt hat.«

»Hier ist schon wieder Armond Harrison drauf.«

»Ja.«

Nancy sah über die Bilder: »Er war bei den Fassadenarbeiten in der Altstadt, beim Anstreichen des Hotels, beim Bäumepflanzen ...«

»Und den Mittelstreifen hat er auch teilweise neu geweißelt«, ergänzte Kim.

»Wie viele Armond Harrisons gibt es in dieser Stadt?«

Kim zuckte die Schultern: »Er lässt sich wohl gerne fotografieren.«

»Wir sollten ihm diese kostenlose Werbung in Rechnung stellen«, knurrte Nancy.

Sie wählte die besten Bilder aus. »Könntest du von den Dacharbeiten noch ein paar Fotos machen? Aber bitte ohne Harrison.«

In diesem Moment klingelte es an der Ladentür. Nancy ging nach vorne in den Kundenbereich und Kim hörte ein erstauntes: »Oh …«

»Guten Tag«, sagte Brandon Nichols. Normalerweise freute sich Nancy über Kunden und war für ihren netten Umgangston bekannt. Doch als sie Nichols sah, ging sie sofort auf Distanz.

»Nun, mit Ihnen hätte ich nicht gerechnet«, sagte sie förmlich.

Er lächelte sie an. »Sie sehen fantastisch aus.«

»Danke«, sagte sie unbeeindruckt. Sie trug ein weites Hemd über einer Jeans und hielt sich nicht für besonders schick.

Er kam näher. »Ich bin gekommen, um Ihnen für Ihre positive Berichterstattung zu danken. Sie waren mir gegenüber sehr fair und verständnisvoll. Man wird von der Bevölkerung und besonders von der Presse so oft missverstanden. Aber Ihre Artikel haben unserer Sache wirklich gedient. Dafür möchte ich Ihnen danken.«

»Nun, Sie sind ein interessantes Thema. Erlauben Sie mir eine Frage: Woher haben Sie das ganze Geld, das Sie in unsere Stadt investieren?«

»Spenden. Viele Leute, die zu mir gekommen sind, hatten viel Geld, aber kein erfülltes Leben. Jetzt wissen sie, wofür sie da sind und in was sie sich investieren wollen.«

»Nämlich?«

»Wie bitte?«

»Warum tun Sie das alles? Was ist der Sinn des Ganzen?«

Er lächelte, sein Blick ging in die Ferne. »Vielleicht versuchen wir, soweit das möglich ist, den Himmel auf Erden zu schaffen. Doch auch die Arbeit an sich ist schon sehr befriedigend für die Leute. Sie können mit ihrer Kraft und ihren Finanzen etwas verändern. Das bedeutet heutzutage sehr viel.«

»Eine geputzte, verschönerte Stadt lässt sich jedenfalls werbewirksam für Ihre Zwecke einsetzen.«

»Alle werden sich darin wohler fühlen.«

»Meinetwegen.«

»Aber«, seine Augen flackerten, »ich bin noch aus einem anderen Grund gekommen. Wenn Sie erlauben, würde ich gerne mit Ihnen über Kyle Sherman sprechen.« Nancy sah ihn ratlos an.

»Er ist manchmal sehr direkt …«, begann Nichols zögernd.

»In der Tat«, nickte Nancy.

»Aber ich bin nicht nach Antioch gekommen, um Streit zu säen. Ich komme, um Frieden zu stiften. So hoffe ich, nach einer gewissen Zeit auch mit Kyle Sherman zusammenzuarbeiten.«

»Sie sind sehr optimistisch.«

Er grinste: »Nun, wir müssen aufeinander zugehen und ich mache den ersten Schritt.«

»Also war Ihnen mein Kommentar zu seinem Brief gar nicht angenehm?«

»Es war sehr gut geschrieben, sehr klar. Aber zu scharf.«

»Tatsächlich?«

Er lachte und sah sie lange an. Sie spürte seinen Blick und fühlte sich unwohl. Verlegen redete sie weiter: »Pastor Sherman wollte Sie allein auf Grund religiöser Streitfragen aus der Stadt verbannen. Das ist meines Erachtens mittelalterlich. Heute sollte jeder denken und glauben können, was er will.«

»Genau. Es geht um die Menschen, und nicht um das, was sie glauben.«

»Und, sind Sie Jesus Christus?«

Wieder lachte er: »Das hängt davon ab, wen sie fragen. Wenn Leute in mir Jesus sehen wollen, habe ich nichts dagegen.«

»Und wenn jemand Sie nicht für Jesus hält?«

»Dann ist das auch in Ordnung.«

Nancy sah ihn fest an: »Ich will wissen, wer Sie wirklich sind.«

»Brandon Nichols, Gelegenheitsarbeiter aus Missoula.«

»Bevor Sie nach Antioch kamen, arbeiteten Sie auf dem landwirtschaftlichen Hof von Familie Harmon?«

Er war augenscheinlich überrascht und entgegnete zögernd: »Ja, richtig.«

»Sie waren fünf Jahre dort beschäftigt. Warum haben Sie aufgehört?«

»Es war Zeit für etwas Neues.«

»Ich habe mit den Leuten geredet. Niemand konnte sich vorstellen, dass Sie übernatürliche Fähigkeiten haben könnten. Wie ist das möglich? Jahrelang arbeiten sie in Missoula in der Landwirtschaft, dann kommen Sie nach Antioch und treten plötzlich als Jesus auf.«

Er hatte mit dieser Frage gerechnet: »Jesus war jahrelang ein ganz gewöhnlicher Zimmermann, und von einem Tag zum anderen begann er, in Synagogen zu predigen und Wasser in Wein zu verwandeln.«

»Haben Sie noch Angehörige?«

Er trat etwas näher: »Ich denke, wir sollten uns in aller Ruhe unterhalten, bei einem schönen Essen zum Beispiel. Es gäbe noch vieles, worüber wir reden könnten, unter vier Augen.« Damit streckte er die Hand aus, als wolle er sie freundschaftlich berühren.

Sie wich zurück. »Bitte tun Sie mir den Gefallen und fassen Sie mich nicht an.«

Er ließ seinen Arm sinken: »Nun, wenn Sie nicht wollen.«

»Es ist mir nicht entgangen, was mit den Leuten passiert ist, die Sie berührt haben. Wenn ich nur an Brett Henchle denke, er hat sich total verändert.«

Das hörte er gerne. »Ja, er hat sich wirklich verändert, genau wie die anderen Menschen, die ich berührte. Doch was ich für Einzelne getan habe, möchte ich in Zukunft für die ganze Stadt tun. Antioch braucht eine besondere Berührung. Das ist mein Ziel für die kommenden Wochen und Monate.«

»Woher kommen Sie ursprünglich?«

»Darf ich Sie zum Essen einladen?«

Ruhig wartete er auf ihre Antwort. Etwas in seinem Blick ließ sie erschauern.

»Kim?«, rief sie in den Raum hinter sich. »Würdest du Mr. Nichols bitte fotografieren?«

»Wird gemacht«, war Kim zu hören.

Nichols wandte sich zur Tür: »Heute nicht.«

»Bitte«, versuchte Nancy, »es wird nicht lange dauern.«

»Sie können mich jederzeit bei Mrs. Macon anrufen und mit mir eine Verabredung treffen.«

Damit eilte er aus dem Laden. Kim stand mit ihrer Kamera in der Tür und wunderte sich. »Whow, der ist aber schnell verschwunden. Hat er … hat er dich angemacht?«

»Das wird mir keiner glauben, aber ich würde seinen Besuch so einschätzen.«

Eilig kramte sie durch den Stapel an Papieren auf ihrem Schreibtisch. Irgendwo musste doch die Nummer von Nevin Sorrel sein, Nichols Vorgänger bei Mrs. Macon. Hatte er sie nicht neulich angerufen, um ihr etwas sehr Wichtiges über Nichols mitzuteilen? Damals hatte sie das nicht interessiert. Es waren auch ohne Nevin Sorrel schon genügend Gerüchte im Umlauf. Aber jetzt wollte sie ihn unbedingt sprechen.

Was Morgan Elliott über die Vorgänge in unserer Stadt dachte, wusste ich nicht, bis sie mich anrief und zu sich einlud. Ich hatte zu ihrem Mann ein gutes Verhältnis gehabt, doch seit seinem Tod sah ich Morgan nur noch bei den städtischen Pastorentreffen. Da sie zu den liberalen und toleranten Pastoren zählte, mit denen ich immer meine Auseinandersetzungen gehabt hatte, war es nur natürlich, dass wir nicht viel Kontakt hatten.

Der Anlass ihrer Einladung war mir nicht bekannt. Um 15 Uhr sollte ich bei ihr sein. Ich war pünktlich, parkte vor dem großen Hauptportal der methodistischen Kirche und betrat das Gebäude durch die schmiedeeiserne Flügeltür. Eine Frau war gerade dabei, den Eingangsbereich sauber zu machen, und wies mir den Weg. Ich musste quer durch das alte, ehrwürdige Gebäude gehen und staunte über die Schönheit der Kirche. Die Tür zu Morgans Büro stand offen. Sie saß an ihrem Schreibtisch und war so in ihre Arbeit vertieft, dass sie mich nicht bemerkte. Ihre langen Locken waren hoch gesteckt und sie trug ein dunkles Kostüm mit weißer Bluse. Wie sollte ich mich verhalten? Wie ein Freund ihres verstorbenen Mannes, ein ehemaliger Kollege, ein Mitbürger oder Mitchrist, vielleicht auch wie ein vom Wege abgekommener Gläubiger?

Als sie mein leichtes Klopfen vernahm, legte sie die Arbeit zur Seite, erhob sich und gab mir die Hand. »Hallo, Travis, wie geht es dir?«

»Ganz gut, danke.« Das war auf jeden Fall eine unverfängliche Antwort. »Und wie geht es dir?«

Sie sah lange vor sich hin, bevor sie antwortete: »Es gibt einiges, worüber ich mit dir sprechen möchte.«

Meine Anspannung wuchs. Ein Schulleiter hatte mich einmal mit eben diesen Worten in sein Büro gebeten. Ich war mir nicht sicher, ob mich ein Vortrag, eine Standpauke oder ein Plauderstündchen erwartete. Zögernd meinte ich: »Es kommt nicht alle Tage vor, dass ich einen Termin bei dir habe.«

Sie ging nicht darauf ein. »Ich habe einige Fragen. Von jedem anderen würde ich mit einer alten, längst abgegriffenen Antwort rechnen, die ich schon zu oft selbst gegeben habe. Aber bei dir rechne ich mit einer anderen, eigenen Meinung.«

Ich sah sie ratlos an, war geschmeichelt, wusste aber immer noch nicht, auf was sie hinaus wollte.

Sie legte den Kopf schräg und lächelte mich entschuldigend an: »Du hast Armond Harrison vor versammelter Pastorenschaft angegriffen, du hast vor dem Kino den Sitzstreik organisiert, als der okkulte Film gezeigt werden sollte, du hast den Jesusmarsch durch die Stadt geführt, und du warst schon Pastor in Antioch, lange bevor Gabe und ich hierher kamen. Wir konnten immer einschätzen, wie du dich zu einer Sache stellen würdest.«

»Seither hat sich aber einiges verändert.«

»Ja, jetzt betrachtest du die Dinge von außen. Von deiner jetzigen Warte aus sehen die Dinge bestimmt ganz anders aus.«

Ich sah sie erstaunt an. Sie hatte Recht, aber es überraschte mich, dass sie das alles so klar einschätzen und ausdrücken konnte. »Ja, ich sehe jetzt vieles anders, vielleicht nicht immer ausgewogen, aber eben von außen.«

»Darum möchte ich mich mit dir austauschen. Auch ich stelle fest, dass sich meine Sicht der Dinge ändert, und ich weiß nicht, was ich davon halten soll.« Seufzend sah sie in die Ferne. »Ich muss zurzeit oft an eine bestimmte Szene aus meiner Jugend denken. Damals war ich achtzehn Jahre alt und im Begriff, mein Elternhaus zu verlassen. In einer Hand hatte ich einen Koffer mit meinen wichtigsten Utensilien, in der anderen Hand die Gitarre. So stand ich im Garten vor meinem elterlichen Haus und sah mich noch einmal um. In der Tür standen meine Eltern und Geschwister und baten, riefen und bettelten, dass ich zurückkommen möge: ›Das ist nichts für dich, du gehörst zu uns, komm doch nach Hause.‹«

Morgan Elliott schwieg einen Moment gedankenverloren. Dann sah sie mich an: »Kommt dir das bekannt vor?«

Vielleicht. Ich wollte noch nichts sagen. »Wie geht die Geschichte weiter?«

»Einerseits wollte ich so gerne zurückgehen. Es war mein Zuhause, dort war ich sicher. Ich mochte meine Eltern und Geschwister und ich war auch nicht rebellisch.«

»Mh.«

»Aber irgendwie ...«

Sie brach ab und legte ein eng beschriebenes Blatt vor sich. »Vielleicht können wir später weiter darüber sprechen.« Sichtlich nervös sah sie auf das vor ihr liegende Blatt. »Ich habe schon den ganzen Morgen, ach, schon seit Tagen, über alles Mögliche nachgedacht. Mittlerweile kann ich meine Situation in drei Sätzen zusammenfassen.« Sie holte tief Luft und sah mich bekümmert an: »Meine Gemeinde und ich kommen nicht mehr miteinander klar. Brandon Nichols ist nicht Jesus ...«

Das waren zwei Punkte. Ich wartete auf den Dritten. Sie suchte nach Worten: »Der Prophet Michael ist mein Sohn.«

Ich sah sie verständnislos an. Das musste ich noch einmal hören. »Wie bitte?«

Jetzt sah sie mir offen in die Augen, während sie langsam wiederholte: »Der junge Mann mit dem Tuch auf dem Kopf und dem Stab in der Hand, der immer die nächsten Versammlungen bei Nichols bekannt gibt ...«

»... mit dem gekünstelten englischen Akzent ...«

»… richtig, das ist mein Sohn. Michael Elliott.«

Ganz langsam dämmerte es mir. Gabe hatte manchmal von seinem Sohn Michael gesprochen.

»Als wir nach Antioch zogen, kam er nicht mit uns. Damals begannen seine Wanderjahre. Wir bekamen viele Briefe und Anrufe von ihm, aber er besuchte uns nie. Er war immer unterwegs. Zwei Semester lang studierte er, dann reiste er auf der Suche nach sich selbst nach Indien, wurde dabei aber krank. Auf dem Rückweg ließ er sich im Jordan taufen. Er ist seit Jahren auf der Suche …«

»… und jetzt hat er Brandon Nichols gefunden.«

»Er denkt, Nichols sei Jesus. Das hat er mir wortwörtlich gesagt.« Ich konnte sehen, dass es sie schmerzte, das zugeben zu müssen.

»Und damit kommst du nicht klar?« Ich dachte an das letzte Pastorentreffen und konnte nicht verhindern, dass sich ein freches Lächeln in mein Gesicht stahl.

Sie schnaufte wütend: »Das geht doch wirklich zu weit. Er ist schließlich mein Sohn.«

Das war wirklich eine spannende Konstellation.

Frustriert sah sie mich an: »Ich kann mir schon denken, was du sagen willst. Aber, bitte, sprich es aus.«

Es bereitete mir ein gewisses Vergnügen, es zu sagen. »Grundsätzlich bist du der Meinung, dass jeder glauben darf, was er will. Wir sollen die Menschen so lieben, wie sie sind, und ihre Überzeugungen nicht infrage stellen. Doch jetzt befindest du dich in der Zwickmühle, weil du jemanden, den du sehr liebst, vor einem Irrglauben bewahren möchtest.«

»Genau.«

»Also ist es in dem Fall nicht egal, was er glaubt.«

»Nein, ich bin wütend auf Nichols, weil er meinen Sohn verführt.«

»Wie intolerant!«

Sie nickte. »Ja, ich will überhaupt nicht mehr tolerant sein, jedenfalls nicht bei Michael.« Sie lehnte sich in ihrem Stuhl zurück und versuchte, ihre Gefühle unter Kontrolle zu halten. »Aber ich weiß, dass Brandon Nichols nicht Jesus ist. Wenn Nichols nicht Jesus ist, dann muss es einen anderen Jesus geben. Wir als Eltern haben versäumt, unseren Sohn mit dem echten Jesus bekannt zu machen. Bitte entschuldige, dass ich dich damit belaste, aber ich finde es so schrecklich, dass unser Sohn an Nichols glaubt. Er hat den wahren Jesus nicht zu Hause kennen gelernt.«

»Auf jeden Fall ist Brandon Nichols nicht Jesus«, fasste ich noch einmal zusammen, »sondern es gibt einen anderen Jesus.«

Sie nickte. Auf ihren Wangen waren rote Flecken: »Natürlich.«

Wir sahen einander lange an, dann sagte ich vorsichtig: »Für dich haben sich auch eine Menge Dinge verschoben?«

Sie schwieg lange. Leise begann sie: »Es ging mir gut. Ich hatte meine Gemeinde, meinen Dienst, meine Überzeugungen, alles war in Ordnung. Aber jetzt kann ich das alles nicht mehr ungefragt so hinnehmen. Ich bin wie mein Sohn, ich muss die Wahrheit herausfinden und dafür eintreten.« Hilfe suchend sah sie mich an. »Ich möchte mir sicher sein in dem, was ich glaube. Plötzlich bin ich radikal geworden. Aber die Leute in meiner Gemeinde wollen das nicht. Sie sind die alte Garde, die Säulen der Gemeinde und die treuen Spender, und sie wollen, dass alles beim Alten bleibt. Sie fürchten mein Suchen und Fragen. Die alte Morgan war für sie genau richtig. Ich war eine immer gut gelaunte, lächelnde kleine Pastorin, die sie immer ermutigte und sich nicht darum kümmerte, was außerhalb ihrer vier Kirchenwände vor sich ging.« Mit bitterer Stimme setzte sie hinzu: »Ich habe so viel gepredigt und so wenig gesagt. Meine Gemeinde mag Nichols. Sie finden nichts Falsches an ihm, genauso wenig wie mein Sohn.« Tränen glitzerten in ihren Augen.

»Jetzt stehst du wieder vor dem Haus deiner Eltern und sie bitten dich zurückzukommen.«

»Aber das geht nicht mehr.« Ihre Stimme war brüchig. Hastig griff sie nach einem Taschentuch und nahm die Brille ab, um sich die Augen trocken zu tupfen. »Entschuldige bitte.«

Ich lehnte mich zurück und versuchte, das Gehörte zu verdauen. Wer hätte gedacht, dass mich so viel mit Morgan Elliott verband? »Also stehst du auch draußen.«

Damit muss ich wohl ins Schwarze getroffen haben. Jetzt flossen ihre Tränen in kleinen Bächen und sie sah mich verlegen an: »Tut mir Leid.«

»Schon gut.«

Sie nahm ein neues Taschentuch und schnäuzte sich kräftig die Nase. »Ich bin zweiundvierzig Jahre alt, von Beruf Pastorin, verantwortlich für eine Gemeinde ...« Wieder brach sie ab, versuchte, sich zu fassen, und sprach etwas ruhiger weiter: »... und ich weiß nicht mehr weiter. Ich kann nicht mehr zurück. Die alte Morgan gibt es nicht mehr. Das beunruhigt die Leute, und ich weiß nicht, was ich ihnen sagen soll.«

»Das hat alles Brandon Nichols ausgelöst?«

Sie schüttelte verneinend den Kopf: »Nein, es arbeitet schon länger in mir. Aber er hat die Prozesse beschleunigt und alles an die Oberfläche gebracht.«

»Ich glaube, ich kenne die Lösung für dein Problem«, begann ich mit ironischem Unterton. »Du musst nur jeden Tag deine Stille Zeit machen, deine Bibel lesen und beten.«

»Mache ich!«

Ich runzelte die Stirn: »Das ist aber komisch. Bei allen anderen funktioniert das ...«

Sie nahm meinen ironischen Tonfall auf: »Das sagen mir die Leute auch immer. Und sie sagen, ich solle die Bibel nicht so wörtlich nehmen.«

»Mir sagen sie, ich sei vom Glauben abgefallen.«

»Zu mir haben sie gesagt, ich würde mich wie eine Fundamentalistin anhören.«

»Ich soll mein Leben mit Gott in Ordnung bringen.«

»Und ich soll mich nicht so um die Details kümmern, sondern einfach alle Menschen lieben.«

Ich musste lachen und sie stimmte mit ein. Plötzlich standen wir auf der gleichen Seite. Ich konnte es kaum glauben. In dieser alten methodistischen Kirche mitten in der aus den Fugen geratenen Stadt saßen zwei einsame Menschen, die lange nichts zu lachen gehabt hatten, und kicherten zusammen wie zwei Teenager.

»Was machen wir mit Brandon Nichols?«, fragte sie schließlich, als wir uns wieder beruhigt hatten.

Ich war mir mittlerweile sicher, dass Gott längst schon einen Plan hatte. »Ich denke, wir werden es dann wissen, wenn es so weit ist.«

Sie lächelte: »Gott ist bei uns, nicht wahr? Auch wenn wir draußen stehen?« Ich nickte heftig.

Dann beteten wir zusammen. Als ich die Kirche wieder verließ, fragte ich Gott, was das Ganze bedeuten sollte. Wie gewöhnlich erhielt ich keine Antwort.

Ich war so froh, dass Morgan mich zum Gespräch gebeten hatte und dass ich ihrer Einladung gefolgt war. Gott war mit uns, auch wenn wir auf der Außenseite standen.

Und ich war bei dem Gedanken, Außenseiter zu sein, schon lange nicht mehr so glücklich gewesen.

14

Es gibt Gerüche, die vergisst man nie. So geht es mir jedes Mal, wenn ich diese Mischung aus Tabak und Bier rieche. Dann fühle ich mich regelmäßig in meine Zeit als Musiker zurückversetzt.

Ich war kurz vor meinem zwanzigsten Geburtstag und verwechselte nach wie vor Gottes Willen mit meinen eigenen Wünschen. So dachte ich zu dem Zeitpunkt, es wäre Gottes Wille, dass ich eine Band hatte und in den Kneipen von Seattle spielte. Meistens traten wir im Hafenmilieu auf. Es waren dunkle Räume, die oft nur mit Schwarzlicht beleuchtet waren, Pin-up-Girls zierten die Wände und nicht mehr ganz junge Frauen in sehr spärlicher Bekleidung arbeiteten als Bedienung. Für mich war es Gottes Wille, dort bis in die Morgenstunden zu spielen.

Einmal fragte mich ein Onkel, was ich beruflich mache, und ich erzählte von meiner Band. »Wie viele Menschen hast du dabei schon für Jesus gewonnen?«, wollte er wissen.

»Alle, die sich gewinnen ließen«, antwortete ich ausweichend.

Unsere Band befand sich ständig kurz vor der Auflösung. Der zweite Gitarrist war permanent high und empfing seltsame Botschaften von Außerirdischen. Der Bassist, dem unsere Anlage gehörte, drohte immer damit, zu einer anderen Band zu gehen. Dem Sänger, dessen Kleinbus wir benutzten, machte seine Frau ständig Stress. Der Schlagzeuger war depressiv und redete immer davon, in den Obsthandel seines Bruders einzusteigen. Wir waren nicht besonders gut, wurden auch nicht besser und Geld war immer knapp. Für einen Abend bekamen wir fünfzig Dollar, geteilt durch fünf, ein jämmerlicher Stundenlohn.

Ich kann mich ganz genau an einen bestimmten Abend erinnern. Wir hatten gerade eine Pause, es war kurz nach Mitternacht und wir sollten noch zweimal fünfundvierzig Minuten spielen. Etwa fünf Leute hörten uns zu. Ich weiß noch, wie meine Unterwäsche im Schwarzlicht zu sehen war. Meine Freunde rauchten, stritten sich über das Geld und sprachen davon, dass sie aufhören wollten. Ich nippte an meiner Cola und überlegte, ob ich nicht auch etwas anderes machen könnte.

Später wurde ich immer wieder gefragt, wann und wie Gott mich zum Pastor berufen hatte. Darauf konnte ich nie genau antworten. Wahrscheinlich war es so, dass ich früher oder später einfach im Dienst für Gott landen musste. Auch wenn ich noch jahrelang meinen Träumen und Ideen nachgegangen hätte, eines hätte sich wohl nie geändert: Ich liebte Jesus von ganzem Herzen und wollte ihm dienen. So gesehen, war meine Berufung nur eine Frage der Zeit.

An diesem Abend im Hinterzimmer der Kneipe kam ich zu dem Ergebnis, dass es jetzt an der Zeit war, die Entscheidung zu treffen.

Es kam für mich nur die eine Bibelschule infrage, die auch mein Vater, diverse Onkels, Cousins und mein Bruder besucht hatten. Die Lehrer dort verwechselten immer unsere Vornamen, weil schon so viele Jordans die Schule durchlaufen hatten. Nachdem ich mich einmal entschieden hatte, ging alles sehr schnell. Ich ließ meine Haare schneiden, rasierte meinen Bart ab, kaufte mir eine neue Bibel und meldete mich in der *Bethel College*-Bibelschule an.

Mit meinen einundzwanzig Jahren war ich etwas älter als die meisten anderen. Während sie sich gegenseitig noch Rasiercreme in die Unterhosen schmierten und das Wasser des Springbrunnens mit Duschgel aufschäumten, hatte ich mich in meiner Zeit als Musiker schon genügend ausgetobt und wollte jetzt ernsthaft die Bibel studieren und Gott suchen. Nach all den geistlichen Irrwegen und Experimenten war ich froh, wieder auf dem Weg zu sein, den ich aus meiner Kindheit kannte. Wir sprachen einander mit »Bruder« und »Schwester« an, sagten »Preis dem Herrn« und »Halleluja«, egal, ob die Situation gut oder schlecht war, erhoben unsere Hände beim Singen und beteten in anderen Sprachen. Gottes Gegenwart war oft spürbar unter uns und mein Glaube gab mir Sicherheit und Geborgenheit.

Die Schule war ein sehr behüteter Ort. Unsere Eltern bezahlten die Schulleitung dafür, dass sie für sie die Elternrolle übernahm. Die Schüler kamen von überall, sogar aus dem Ausland. Es gab Kleidervorschriften und festgelegte Haarlängen, strenge Regeln zum Umgang zwischen den Geschlechtern und Anwesenheitspflicht im Gottesdienst. Ein Besuch im Kino war ebenso verboten wie der Genuss von Alkohol oder Tabak. Wir tanzten nicht, spielten nicht um Geld, fluchten nicht und kamen abends immer rechtzeitig nach Hause. Fiel einmal einer aus der Rolle, wusste der Schulleiter immer darüber Bescheid.

Diese Vorschriften störten mich nicht. Ich war nicht davon überzeugt, dass sie alle richtig und notwendig waren, aber ich konnte mit ihnen leben. Der kurze Haarschnitt war bequem, als Junge durfte ich Hosen tragen, und die Gottesdienste besuchte ich gerne. Was die Mädchen betraf, konnten alle ganz unbesorgt sein. Wie ein gebranntes Kind hütete ich mich davor, noch einmal verletzt zu werden.

Es waren schon einige Wochen ins Land gegangen, als ich plötzlich ein bekanntes Gesicht entdeckte. Eines Morgens im Gottesdienst sang ein Mädchentrio den fetzigsten Musikbeitrag, den ich bisher in der Schule erlebt hatte. Ich hörte ihnen fasziniert zu. Eines der Mädchen bewegte sich sogar zum Rhythmus der Musik. Einige Köpfe in der Zuhörerschaft nickten im Takt. Das Lied stammte sicher nicht aus unserem schwarz eingebundenen Liederbuch.

Aber das aufregendste an dem Trio war das Mädchen in der Mitte. Es war Marian Chiardelli, der ich damals in Verns Gemeinde begegnet war. Ich konnte mir nicht erklären, warum sie mir vorher nicht aufgefallen war. Sie hatte sich sehr verändert, seit ich mich damals vor dem Krankenhaus von ihr verabschiedet hatte. Ihre Haare waren länger und wellig und ihre Augen wirkten größer und funkelten wunderschön. Sie trug ein hautenges, weinrotes Samtkleid, das ihre Figur hervorragend zur Geltung brachte, obwohl es den strengen Vorschriften Genüge tat.

Marian Chiardelli! Ich konnte es kaum glauben! Ich kannte dieses Mädchen. Nein, nicht wirklich, aber wir waren uns schon einmal begegnet. Ob sie sich noch an mich erinnerte?

Ich bekam nicht viel von der Predigt mit. Die ganze Zeit über musste ich zu ihr hinsehen. Sie saß in der ersten Reihe rechts auf dem vierten Platz vom Gang. Ich saß in der Mitte links und überlegte, wie ich nach dem Gottesdienst am schnellsten zu ihr gelangen könnte.

Wie ich befürchtet hatte, verließ sie den Saal durch die Tür vorne rechts. Ich kämpfte mich durch die träge Masse, stieg über Stühle und Stuhlreihen und war endlich auch am vorderen Ausgang.

Sie war nicht allein. Loren Bullard ging an ihrer Seite. Ausgerechnet er! Loren war einen Kopf größer als ich, hatte einen viel breiteren Rücken und war ein ausgezeichneter Sportler. Er war Kapitän in der Fußballmannschaft und trainierte Gewichte heben. Außerdem spielte er meisterhaft Klavier, hatte einen großen Wagen und war dabei ein richtig netter, sympathischer Kerl. Er war mutig und voller Selbstvertrauen, Gott hingegeben und entschieden, in die Mission zu gehen.

Minutenlang sah ich den beiden hinterher. Sie redeten und lachten und sahen so glücklich aus. Ein schönes Paar. Ich konnte Marian zu dieser Wahl nur beglückwünschen. Mit Loren konnte ich als ehemaliger Hafenarbeiter und erfolgloser Kneipenmusiker nicht mithalten.

Nun, eines Tages würde ich ihr Guten Tag sagen, einfach so. Vielleicht würde sie sich noch an mich erinnern.

Etwa eine Woche später spielten mein Zimmerkollege Ben und ich zusammen Gitarre. Wir saßen im Aufenthaltsraum, wo sich auch der

Kiosk, die Postfächer und ein Klavier befanden. Es war der übliche Ort, um andere Schüler zu treffen und sich zu unterhalten. Ben konnte bisher nur Kirchenlieder im Viervierteltakt, und ich zeigte ihm jetzt, wie Blues-, Jazz- und Rockrhythmen gingen. Sein Zupfen klang schrecklich, doch ich tat mein Bestes, einen Rocker aus ihm zu machen.

Da betrat sie zusammen mit Freundinnen den Raum. Seit damals im Krankenhaus hatte ich sie nicht mehr so nahe gesehen. Sie hatte ihr Haar zusammengebunden und trug einen Jeansrock mit einer farbenfrohen Bluse. Da mir nichts einfiel, lächelte ich sie einfach an.

Sie blieb stehen und überlegte. »Kennen wir uns?«, fragte sie.

»Ja, durch Sharon Iverson«, sagte ich vorsichtig. Es war ein heikles Thema, das ich an dieser Stelle nicht vertiefen wollte. »Wir waren zusammen im Krankenhaus.«

Überrascht starrte sie mich an. »Das gibt's doch nicht! Wie du dich verändert hast!« Sie gab mir die Hand und fragte: »Wie heißt du doch gleich?«

»Travis Jordan, und das ist mein Zimmerkollege Ben Springfeld.«

Wir sprachen kurz über die Kurse, die wir belegt hatten. Ben und ich hatten den pastoralen Ausbildungszweig gewählt, während sie in der Kinder- und Jugendarbeit war. Sie blickte auf unsere Gitarren und erinnerte sich plötzlich: »Du sagtest damals, dass du Musiker seist.«

In dem Moment öffnete sich die Tür und er trat herein. Angesichts seines Glanzes schien der ganze Raum zu erstarren. Marian eilte ihm entgegen: »Ich habe schon auf dich gewartet!«

»Tut mir Leid«, sagte er bloß und ging direkt zum Klavier. Marian und ihre beiden Freundinnen folgten ihm wie Küken einer Henne. Sie stellten sich um ihn herum und begannen, ein Lied zu üben.

Loren Bullard sah nur kurz auf das Notenblatt, das die Mädchen ihm hingestellt hatten, dann legte er los. Er spielte atemberaubend, Läufe, Akkorde, Übergänge, alles war perfekt. Eines der drei Mädchen begann, die Melodie zu singen, dann stimmten Marian und die andere mit ein. Es klang wundervoll. Alle Gespräche im Raum verstummten. Auch wer sich nur seine Post holen wollte, kam näher, um zu lauschen.

Ich sah zu Ben. Er war in die Musik versunken und schien alles um sich her vergessen zu haben. Unsere Gitarrenstunde war anscheinend vorüber. Ich ging.

Im Wintersemester belegten Marian und ich den gleichen Kurs: Bibelkunde des Alten Testamentes. Wir saßen nahe genug, um uns gelegentlich zu grüßen und ein paar Worte zu wechseln. Dann teilte unser Lehrer uns zusammen ein, um die Zeittafel des Alten Testamentes als riesiges Poster zu malen. Marian mochte meine kleinen Männchen, mit denen ich die Personen des Alten Testamentes darstellte, und ich schätzte ihre saubere Handschrift.

Allmählich entstand zwischen uns eine unkomplizierte, geschwisterliche Freundschaft. Wir machten alle möglichen Projekte zusammen, waren in Arbeitsgemeinschaften und nahmen an Einsätzen teil. Sie gab mir Tipps, wie ich geselliger werden konnte, und ich beriet sie in Bezug auf Loren.

Doch je besser ich sie kennen lernte, umso deutlicher wurde mir, dass sie etwas vor mir verbarg. Wir konnten uns über alles Mögliche unterhalten; von biblischen Streitfragen über Politik bis hin zu unserer Kindheit waren alle Themen ergiebig, nur wenn es um ihre Person ging, dann wich sie aus. Sie musste tief in ihrem Herzen sehr verletzt sein, und sie gab mir keine Gelegenheit, ihr zu helfen.

Jeden Sonntagabend am Ende des Gottesdienstes ging Marian nach vorne, um für sich beten zu lassen, und jedes Mal waren ihre beiden Freundinnen bei ihr und beteten intensiv für sie, während Marian bitterlich weinte. Wenn ich sie so sah, dann litt ich mit ihr und sehnte mich danach, auch für sie zu beten. Doch eine Regel unserer Schule besagte, dass Männer nur für Männer und Frauen nur für Frauen beten durften, was ich grundsätzlich auch sinnvoll fand, da es oft um sehr persönliche Dinge ging. So musste ich einen anderen Weg finden, um für Marian zu beten.

Bald kam mir die Idee. Wenn Missionare uns besuchten, verteilten sie immer kleine Gebetskärtchen. Auf der einen Seite war ein Familienfoto des Missionars zu sehen, auf der anderen Seite standen die Namen der Familienmitglieder, das Land, in dem sie tätig waren und verschiedene zusätzliche Informationen. Man sollte die Kärtchen zu Hause gut sichtbar anbringen und jedes Mal, wenn man sie sah, für die Leute beten. Das erschien mir als ein gutes Konzept, um für Marian zu beten.

Ich schickte einen Freund mit meiner Kamera los und er machte heimlich ein paar Aufnahmen von Marian. Dann schnitt ich alles Überflüssige von dem Bild ab, bis nur noch ihr Gesicht und ihr Körper zu sehen waren. Dieses kleine Bild stellte ich auf meinen Schreibtisch. Jedes Mal, wenn ich es sah, was sehr oft der Fall war, betete ich für sie: »Lieber Herr Jesus, bitte hilf Marian. Bitte heile den Schmerz in ihrer Seele und schenke ihr deinen Frieden und deine Gnade. Amen.« Damit das Ganze nicht zu einseitig wurde, betete ich anschließend auch immer für Loren.

Zu Halloween am 31. Oktober gab es auch in unserer Bibelschule alljährlich ein großes Fest, natürlich ohne alle abergläubischen und sonstigen verbotenen Elemente. Wir dekorierten die Sporthalle, dachten uns verschiedene Spiele und Wettbewerbe aus und waren eifrig mit den Vorbereitungen beschäftigt.

Wenige Stunden vor dem Start kam Marian zu mir und zog mich ins Vertrauen. Julie, eine ihrer beiden Freundinnen, lag plötzlich mit Fieber im Bett und konnte nicht zum Fest kommen. Doch sie hatten für den großen Kostümwettbewerb die Darstellung von Bileam und seinem Esel vorbereitet, wozu man drei Personen brauchte. Ob ich nicht einspringen würde? Zuerst zögerte ich. Dann erklärte sie mir genauer, um was es ging: Ihre Freundin Chris würde Bileam spielen. Sie selbst würde das Vorderteil des Esels übernehmen, ich müsste mich an ihrer Hüfte festhalten und das Hinterteil darstellen. Zugegeben, das klang schon etwas interessanter. Aber würde Loren nicht lieber diesen Part übernehmen, fragte ich. Nein, sie wollten Loren mit diesem Auftritt überraschen, erklärte mir Marian. Als ich immer noch zögerte, erzählte sie mir, wie sehr sie sich auf dieses Spiel gefreut hatten, wie lange sie dafür geübt und an den Kostümen gearbeitet hatten und dass sie sich so sehr wünschten, den Wettbewerb zu gewinnen. Das Eselskostüm sei ganz wunderbar, der Esel konnte mit dem Kopf nicken, den Mund bewegen und sogar mit den Augenlidern klimpern. Meine Aufgabe im hinteren Teil des Kostüms sei allerdings etwas anstrengender, denn Chris würde auf mir reiten.

Ich konnte nicht Nein sagen.

Auf dem Parkplatz hinter der Sporthalle zwängten wir uns in das Kostüm. Marian steckte in den Vorderbeinen, ich zog die Hinterbeine an, wir stülpten Marian den Kopf über und ich beugte mich und stützte mich an ihrer Hüfte ab. Ein Sattel wurde auf mich gelegt und Chris setzte sich. Ich stöhnte. Eine anstrengende Rolle, auf die ich mich da eingelassen hatte.

Unser Auftritt war ein voller Erfolg. Bileam schlug seinen Esel – ich unterdrückte jedes Mal ein Stöhnen – und der Esel beschwerte sich: »Was habe ich dir getan, dass du mich jetzt schon zum dritten Mal schlägst?«

»Weil du mich zum Narren hältst. Hätte ich ein Schwert dabei, dann hätte ich dich schon umgebracht.«

Marian wackelte so heftig mit dem Eselskopf, dass wir fast das Gleichgewicht verloren hätten: »Bin ich nicht dein Esel, auf dem du die ganze Zeit herumreitest und der dich überall hinschleppt und alles?«

Falls es für das wortgetreue Zitieren der Bibelstellen auch Punkte gab, dann hatten wir gerade ein paar Punkte verloren.

Wir drehten unter dem Jubel der Mitschüler mehrere Runden, bevor Chris endlich abstieg. Doch auch dann blieben wir in unserem Kostüm, bis der ganze Wettbewerb zu Ende war. Meine Schweißtropfen fielen auf den Boden der Sporthalle und ich konnte meinen Schweiß riechen. Endlich gab die Jury die Gewinner bekannt. Chris stieg wieder auf und wir stellten uns nach vorne. Es wurde sehr still in der Halle.

»Der dritte Preis geht an Simson, gespielt von Loren Bullard!«

Alle klatschten und Loren ging auf die Bühne. Ich konnte mir vorstellen, wie er den Saal nach seiner Freundin absuchte, um ihre Bewunderung zu genießen.

»Den zweiten Preis hat Sue Dwightman als Arche Noah gewonnen.«

Jubel und Gelächter. Sue war eine gute Schauspielerin. Am besten, wir schlichen uns leise davon. Wir hatten bestimmt nicht gewonnen.

»Der erste Preis ...« Eine lange Pause folgte, die Spannung war fühlbar. »Bileams Esel«, flüsterten einige Schüler. »Platz eins geht an Julie Ford, Marian Chiardelli und Chris Anderson«, tosender Jubel, »als Bileam und sein Esel!«

Marian und Chris machten vor Freude kleine Luftsprünge und ich ächzte.

»Los, du alter Esel«, jubelte Chris und schlug mit ihrer Rute auf meinen Rücken.

Auf der Bühne stieg Chris ab – welch eine Erleichterung! –, der Sattel wurde abgenommen, dann half sie mir aus dem Kostüm. Die kühle Luft der Halle war eine Wohltat. Schweißbäche rannen an mir hinunter. Ich blinzelte im Scheinwerferlicht und bewegte meinen schmerzenden Rücken.

Dann sah ich in die Menge und erst da wurde mir bewusst, dass alle erwartet hatten, Julie würde aus dem Kostüm steigen. Fassungslos starrten viele mich an. Die Jungs grölten, einige Mädchen hielten sich erschrocken die Hände vors Gesicht. Ich schaute nach Marian, die gerade aus dem Kostüm befreit wurde. Auch sie war klatschnass und die Haare klebten an ihrem Gesicht, aber sie strahlte vor Freude. Loren grinste, schüttelte den Kopf über uns und applaudierte. Es war ihr gelungen, ihn zu überraschen.

Wir hatten gewonnen!

Chris, Marian und ich erhielten unsere Auszeichnung und genossen den Sieg. Doch die Freude war nicht von langer Dauer.

»Du hättest wissen müssen, dass sich so etwas nicht schickt«, erklärte mir der Dekan und musterte mich über den Rand seiner Brille hinweg kritisch.

Es war der Morgen nach dem Fest, und ich stand in seinem Büro, schuldbewusst und in Erwartung meiner Entlassung. Schwester Dudley, die Frau des Dekans, saß an seiner Seite und sah mich streng an. Bruder Smith, der Vertrauenslehrer der Jungs, saß auf der anderen Seite des Dekans. Alle drei blickten finsterer drein, als ich das von einem Christen jemals erwartet hätte.

»Was hast du dir denn dabei gedacht?«

»Ich sah vor allem, wie sehr die Mädchen sich darauf gefreut hatten, den Wettbewerb zu gewinnen.«

Mit ihren schmalen Lippen und den stahlgrauen Augen sah Schwester Dudley mich kalt an: »Und was hast du noch gedacht?«

»Ich dachte daran, wie sehr mein Rücken wehtat und wie heiß es in dem Kostüm war.«

Sie lachte kalt: »Es hat dir Spaß gemacht!«

»Nein! Es war extrem heiß, Chris war sehr schwer, ich konnte nichts sehen und bekam dauernd Stockhiebe von Bileam …«

Bruder Smith drehte sich zur Seite, damit die beiden anderen sein Grinsen nicht sehen konnten.

»Nun, ich denke, wir müssen das nicht vertiefen«, lenkte der Dekan ein, doch seine Frau bestand darauf: »Es hat dir Spaß gemacht!«

Jetzt wurde ich wütend. Meinetwegen, ich hatte nichts mehr zu verlieren: »Na, schön, wenn Sie darauf bestehen: Mir macht alles Spaß, was ich mit Marian Chiardelli zusammen tun kann, egal, ob wir im gleichen Raum sind oder im gleichen Esel stecken.«

Schwester Dudley schnappte nach Luft.

Ich hätte mich dem, was dann folgte, nicht fügen müssen. Schließlich war ich freiwillig auf der Schule und konnte jederzeit gehen. Aber ich blieb. Diesen Triumph wollte ich ihnen nicht gönnen. Ich war ein guter Schüler, die meisten Lehrer mochten mich, meine Noten waren ausgezeichnet, ich hatte schon einige Freunde gefunden und Ben spielte mittlerweile sehr gut Gitarre. Vor allem war ich mir sicher, dass Gott mich an dieser Schule und später als Mitarbeiter in seinem Reich haben wollte. Ich war entschlossen, die Strafe durchzustehen, ob sie nun berechtigt war oder nicht.

Schwester Dudley und meiner losen Zunge hatte ich es zu verdanken, dass ich bis zum Ende des Schuljahres keinen Kontakt mehr zu Marian haben durfte. Ich durfte nicht mit ihr reden, sie nicht anrufen und ihr nicht schreiben. Auch ihr wurde jeder Kontakt zu mir verboten. Meine kleine Gebetskarte durfte ich behalten, und ich durfte auch für Marian beten, aber ihr kleines Foto musste ich weiter abschneiden, bis nur noch ihr Kopf übrig war. Nun war ihr Bild noch knapp drei Millimeter groß.

Durch diese Maßnahme sollte ich zur Ruhe kommen und mich auf geistliche Dinge konzentrieren. Das Gemeine dabei war, dass Marian mit Loren befreundet war. Von was sollte ich denn zur Ruhe kommen? Dabei war Loren als Simson mit bloßem Oberkörper aufgetreten, und ich wette, dass das viele Mädchen interessant fanden. Aber gegen ihn hatte keiner etwas einzuwenden.

In den ersten Wochen meiner Strafzeit lernte ich viel über mich. Ich staunte, wie wütend ich sein konnte, ohne dabei etwas zu zertrümmern, auch konnte ich innerlich voller Schimpfworte sein, ohne sie auszusprechen, mein Mittelfinger hatte ständig das Bedürfnis, sich auszustrecken, wenn Schwester Dudley zu sehen war, und ich hatte eine Menge fieser Tagträume und gemeiner Gedanken gegenüber ihr und den Lehrern.

Ich staunte, zu wie viel Schlechtem ich fähig war, ohne es mir anmerken zu lassen. Gott nutzte die Gelegenheit, um mir zu zeigen, wie rebellisch und unheilig ich noch denken und fühlen konnte.

Nur sehr langsam kühlte meine Wut ab. Endlich hatte ich genug darüber gebetet und konnte meine rebellische Haltung korrigieren. Ich las die vorgeschriebene Menge an Bibeltext pro Tag, schrieb meine Hausarbeiten und bestand alle Prüfungen. Oft saß ich allein auf meinem Bett und spielte auf meiner Gitarre.

Langsam kam ich darüber hinweg und konnte auch Schwester Dudley ihre Härte vergeben. Letztendlich spielte alles keine Rolle. Marian und ich waren ohnehin nur Freunde gewesen, wir waren Geschwister im Glauben, die sich vor den anderen zum Esel gemacht hatten, mehr nicht. Wir würden immer Freunde bleiben und diesen Vorfall eines Tages vergessen haben. Eines Tages würden wir vielleicht sogar darüber lachen.

Ein paar Tage später hörte ich großen Lärm. Ich rannte nach draußen und sah, dass sich die Jungs um den Swimmingpool drängten. Eine alte ungeschriebene Tradition der Schule verlangte, dass jeder junge Mann, der sich verlobte, ins Wasser geworfen wurde, auch im Winter. Als ich unten ankam, stieg das schlotternde Opfer gerade wieder heraus. Alle grölten. Jemand hüllte ihn in einen Mantel und gab ihm ein Handtuch, um den Kopf zu trocknen. Endlich sah ich, wer es war. Erleichtert ging ich zum Haus zurück. Es war nicht Loren Bullard.

In diesen Wochen sprach Bruder Smith immer wieder mit mir. Jedes Mal erzählte er mir etwas von Marian, ohne jedoch persönlich zu werden.

»Ich habe gehört, Marian und ihre Freundinnen haben den Esel Travis genannt, weil sie es ohne deine Hilfe nicht geschafft hätten.«

»Tatsächlich?«

»Du scheinst gut zurechtzukommen?«

»Es geht.«

»Hast du die Zwischenprüfungen gut bestanden?«

»Doch, alles ging gut.«

»Soweit ich weiß, hat Marian ihre Prüfungen auch gut gemacht. Ich habe gehört, dass sie jeden Tag für dich betet. Warum strahlst du so?«

»Ach, nur so.«

»Es scheint dir im Moment gut zu gehen?«

Ich nickte.

Diese Gespräche schienen immer zufällig zustande zu kommen. Wir begegneten uns irgendwo auf dem Gelände, und manchmal hatte er dann offensichtlich Lust, mit mir zu plaudern. Einmal trafen wir uns vor ein paar Sträuchern, die den Eingang der Schule überwucherten.

»Denkst du, die Büsche sollten zurückgeschnitten werden?«

»Ja, das würde sicher nichts schaden.«

Wie beiläufig fuhr er fort: »Eine Freundin von Loren überlegt sich zurzeit, ob sie ihre Haare schneiden lassen soll. Loren würde das gerne sehen. Aber die Freundin würde gerne noch eine zweite Meinung hören.«

Ich konnte das Lächeln in meinem Gesicht nicht unterdrücken.

»Sie will meine Meinung wissen?«

Er zuckte die Schultern und sah betont uninteressiert an mir vorbei. Ich überlegte: »Ich glaube, Loren sollte sich daran gewöhnen, dass seine Freundin lange Haare hat.«

Er nickte. »Aber die Sträucher sollten wir trotzdem schneiden, oder?«

Ich sah sie mir noch einmal an: »Ja, das denke ich auch.«

Eines Sonntagabends hätte ich das Ganze fast nicht mehr ausgehalten. Der Gottesdienst war offiziell längst zu Ende, als Marian mit ihren beiden Freundinnen und noch zwei oder drei andere Schüler vorne am Alter beteten. Ich saß ganz weit hinten, weil Marian immer vorne saß. Dann beobachtete ich, wie Chris und Julie Marian kurz umarmten und gingen. Marian blieb zurück und weinte.

Ich konnte die Blicke von Schwester Dudley fühlen, obwohl ich sie nicht sehen konnte.

Zögernd stand Marian auf, trocknete sich das Gesicht und ging zur Tür. Ich verkroch mich in meinem Stuhl.

Gehorsam. Das Wort hämmerte in meinem Kopf. *Gehorsam ist besser als Opfer.*

Rebellion. Ein schreckliches Wort. *Rebellion ist Sünde.*

Unterordnung.

Autorität.

Schwester Dudley.

Ich saß reglos da, bis die Tür hinter Marian ins Schloss gefallen war. Dann verbarg ich meinen Kopf in meinen Armen und weinte wie ein kleines Kind.

Der letzte Schultag war vorbei. Ich hatte meine Klassenarbeit abgegeben und suchte Bruder Smith. Tatsächlich, er stand im Flur vor meinem Klassenzimmer und winkte mir. Mein Herz fing an zu pochen.

»Das Schuljahr ist zu Ende«, lächelte er, legte seinen Arm um meine Schultern und führte mich zur Tür. »Nun höre mir mal gut zu. Wir haben keine Zeit zu verlieren. Hast du von Loren und Marian gehört?«

O nein. Mir wurde übel. »Nein, ich habe nichts gehört.«

Wir gingen nach draußen.

»Sie sind schon lange nicht mehr befreundet.« Er schubste mich. »Komm, geh weiter.«

»Wie, Sie meinen, die beiden haben sich getrennt?«

Er sah mir direkt in die Augen. »Das war mir von Anfang an klar. Die beiden gingen in verschiedene Richtungen. Das konnte nicht funktionieren.«

»Warum haben Sie mir das nicht schon früher gesagt?«

»Ich wollte dich nicht damit belasten. Du hättest dein Verbot nicht mehr einhalten können, das weißt du selbst.«

Plötzlich wurde mir mulmig.

»Und was soll ich jetzt machen?«

Wir gingen durch den Park um das Schulgebäude herum. Es war sehr still. Die meisten Studenten waren schon abgereist.

»Marian singt auch nicht mehr mit ihren Freundinnen. Die beiden haben sie gebeten, das Trio zu verlassen.«

»Warum?«

»Schwester Dudley wollte mir die Details nicht sagen ...«

»... Schwester Dudley ...!«

»... aber ich habe gehört, dass bei Marian etwas nicht in Ordnung sei und dass sie nicht bereit wäre, sich an dieser Stelle helfen zu lassen. Deshalb wollten Julie und Chris sich von ihr trennen.«

»Warum haben Sie mir das nicht erzählt?«

»Aus dem gleichen Grund. Aber ich muss dir noch etwas sagen.«

Mein Magen zog sich zusammen. »Ja?«

»Marian verlässt die Schule.«

»Sie verlässt die Schule?« Ich blieb abrupt stehen.

Er stieß mich an. »Kannst du nicht gleichzeitig gehen und dich unterhalten?«

»Warum geht sie?«

»Ich weiß es nicht, und ich bin mir auch nicht sicher, ob ihre Entscheidung richtig ist. Sie ist verletzt, enttäuscht, erschöpft, was auch immer. Du musst jetzt mir ihr reden.«

»Wo ist sie?«

»Sie belädt gerade ihr Auto auf dem Parkplatz vor dem Frauenwohnheim.«

Jetzt wurde ich richtig nervös. Meine Hände zitterten: »Meine Güte, ich habe seit Monaten nicht mit ihr geredet!«

Wir näherten uns dem Parkplatz.

»Rede nicht erst übers Wetter. Ich rate dir, gleich zur Sache zu kommen.«

»Bruder Smith«, ich blieb wieder stehen. Dieses Mal stieß er mich nicht an, sondern blieb ebenfalls stehen: »Denken Sie, dass Marian mich liebt?«

Er deutete auf den Parkplatz. »Das Schuljahr ist zu Ende. Warum fragst du sie nicht?«

Ich rannte los, den Weg hinunter, um das Frauenwohnheim herum. Es standen nur noch wenige Wagen dort. Ich erkannte Marians Auto. Die Türen standen offen, eine Menge Gepäck war schon drin. Ich wartete.

Als sie herauskam, sah ich, dass sie Jeans trug. Es war das erste Mal, dass ich sie in Hosen sah. Sie trug eine kleine Reisetasche, offensichtlich ihr letztes Gepäckstück. Ihr Lächeln war nur angedeutet.

»Hallo.«

Sie schüttelte meine Hand, wandte sich sofort wieder dem Auto zu, verstaute ihre Tasche und schloss die Türen.

»Ich habe gehört, dass du gehst … ich meine, die Schule verlässt?«

Ihr Gesicht nahm einen gehetzten Ausdruck an. Sie sah über den Parkplatz zum Haus, dann wieder zu mir und sagte leise: »Ja, es ist alles schief gegangen.«

»Das tut mir Leid.«

Sie sah mich an, als wäre damit unser Gespräch zu Ende: »Danke. Ich fahre jetzt nach Hause, suche mir eine Arbeit und warte ab, wie Gott mich weiterführt.«

Jetzt wurde mein Blick unruhig: »Was meinst du, könnten wir noch ein bisschen zusammen spazieren gehen?«

Sie reagierte nicht.

»Nur ein paar Schritte?«

Keine Antwort.

»Bitte, komm, vielleicht sehen wir uns nie wieder!«

Endlich nickte sie. Wir gingen in den Park, der die Schule umgab.

»Ich habe gehört, dass du dich von Loren getrennt hast«, sagte ich und hatte bei jedem Wort Angst, ihr wehzutun.

»Wir sind immer noch gute Freunde.«

»Das ist gut.«

Schweigend gingen wir weiter. Von ihr würde jetzt nichts kommen, das war mir klar, ich musste sprechen.

»Weißt du …«

Es war entsetzlich schwer. Wo sollte ich anfangen. Gab es kein einfaches Thema als Einstieg?

»Ich habe gesehen, dass du irgendein Problem hast. Jeden Sonntag sah ich dich nach dem Gottesdienst mit deinen Freundinnen beten …«

Sie wandte das Gesicht ab.

»Aber, weißt du, für mich spielt das keine Rolle. Es ist mir wirklich egal, ganz gleich, was es ist. Ich bewundere dich, und wir sind Freunde, auch wenn du nicht mehr auf der Schule bist.«

Sie war nicht beeindruckt: »Das haben Chris und Julie mir auch gesagt.«

Was konnte ich sonst noch sagen? Ich suchte nach Worten, stöhnte und verlor den Mut. Endlich fiel mir etwas ein: »Nun, aber ich bin nicht sie.«

Das überwältigte sie zwar nicht, aber zumindest sah sie mich an: »Travis, du weißt nichts über mich.«

»Das macht nichts.«

Wir kamen zu einer Bank, die halbwegs sauber aussah.

»Wollen wir uns setzen?«

Sie setzte sich, aber ich war zu nervös und blieb stehen.

»Marian, ich muss dir etwas sagen, bevor du gehst. Vielleicht sehen wir uns nie wieder. Ich weiß nicht, ob es dir etwas bedeutet. Aber ich will es dir einfach sagen.«

Ihre Augen blieben am Boden haften, nur hin und wieder sah sie kurz zu mir auf.

»Ich will dir sagen, nun, ich hatte viel Zeit, um über alles nachzudenken, und ich kam zu dem Ergebnis, ich meine, ich weiß jetzt, was ich will.«

Es war unglaublich schwer. Ich musste mich zwingen weiterzusprechen. »Ich möchte Gott dienen, wo auch immer er es möchte …«

Ich brachte den Rest nicht heraus. Die Luft blieb mir weg und ich musste husten. Mit piepsiger Stimme schaffte ich es endlich: » … mit dir zusammen. Für immer.«

Ihre Lippen fingen an zu zittern: »Bitte, sag das nicht.«

»Doch, ich meine es ehrlich.«

Sie schüttelte den Kopf: »Bitte höre auf.«

»Ich muss. Ich würde mir das nie verzeihen, wenn ich es nicht täte.«

»Nein!«

Nun, inzwischen hatte ich kaum noch etwas zu verlieren.

»Lass es mich bitte sagen, nur damit es ausgesprochen ist. Dann kannst du Nein sagen, weggehen, heimfahren und herausfinden, was Gottes Wille für dein Leben ist. Aber ich habe es zumindest versucht.«

Sie sagte nichts mehr. Ich kniete mich ins Gras, dort vor dieser Bank, vor dem hübschen Mädchen in Jeans, vor unserer Schule und nahm ihre Hand. Wir waren ganz allein auf der Welt. Sie zitterte und eine Träne fiel auf meinen Finger.

»Marian, ich liebe dich.«

Jetzt versagte mir endgültig die Stimme und fast tonlos fuhr ich fort: »Ich liebe dich, und ich glaube, dass Gott uns zusammengeführt hat. Seit ich dich das erste Mal gesehen habe, bist du mein Mädchen, meine Traumfrau, die einzige Frau, für die ich mich interessiere.« Ich holte schnell Luft und sprach eilig den Rest aus: »Marian, wenn du es willst, dann hätte ich dich gerne zur Frau.« Ich hielt immer noch ihre Hand. Sie sagte gar nichts. »Das kommt jetzt bestimmt sehr plötzlich, aber ich durfte doch vorher nicht mit dir sprechen …«

Ihre Hand drückte meine Hand. Ihr Gesicht war nass vor Tränen: »Ich möchte dich auch.«

Ich rechnete fest damit, dass sie ihren Satz mit »aber« fortsetzen und mir erklären würde, warum das nicht ginge, und ich war auf alles gefasst. Vielleicht war sie keine Jungfrau mehr, konnte keine Kinder bekommen, hatte schon Kinder, war eine gesuchte Mörderin, was auch immer. Es wäre mir alles egal gewesen.

»Travis, ich bin nicht die richtige Frau für dich. Mein Leben mit Gott ist nicht in Ordnung.«

Aber ich war mir ganz sicher, dass meine Liebe zu ihr von Gott war. Diese Liebe war so groß und stark, und ich vertraute ihr, dass sie jede Schwierigkeit überwinden konnte. Ich konnte dieses Mädchen so lieben, wie Gott sie liebte, bedingungslos.

Ganz vorsichtig bat ich sie: »Sag es mir.«

Sie schluchzte und schüttelte den Kopf, doch dann brach es aus ihr heraus: »Ich kann nicht in Sprachen beten!« Und damit schlug der ganze Schmerz vieler Monate wie eine große Welle über ihr zusammen. Sie hielt die Hände vors Gesicht und weinte bitterlich. »Ich weiß nicht, woran es liegt. Vielleicht war ich Loren gegenüber nicht fair. Ich habe eine Zeit lang wirklich gedacht, ich würde ihn lieben. Aber dann fiel mir auf, dass ich viel zu oft an dich gedacht habe. Ich wollte ihm nicht wehtun. Ich liebe Jesus und will ihm mit meinem Leben Freude machen …«

Mich verließen die Kräfte. Nach all der Anspannung, den Befürchtungen, den vielen Gebeten – das war alles?

»Ist das dein Problem? Deshalb hast du so viel gebetet und geweint?«

Sie sah mich nicht an. »Schwester Dudley hat für mich gebetet und Julie und Chris und alle Mädchen im Schlafsaal. Ich ertrage keine Gebete mehr. Ich habe zu viel davon, ich will nicht mehr, dass irgendjemand für mich betet.«

Ich fand ein sauberes Taschentuch in meiner Hosentasche. Damit tupfte ich ihr die Tränen vom Gesicht und trocknete ihre Hände. Dann küsste ich sie, direkt auf den Mund.

Sie küsste mich ebenfalls, voller Sehnsucht und mit der Angst, dass es der einzige Kuss zwischen uns sein könnte.

Zärtlich nahm ich ihr Gesicht in meine Hände: »Bitte heirate mich. Ich will dich, Marian. Ich möchte dich zur Frau haben!«

Platsch! Ich war gewarnt worden und hatte unter den warmen Sachen schon meine Badehose angezogen. Scheinbar ahnungslos lief ich den Bibelschülern in die Hände. Ich hätte nie gedacht, dass es so schön sein würde, von ihnen in den Pool geschmissen zu werden.

Als ich wieder auftauchte und meine Freunde jubeln hörte, fühlte ich mich wie zum zweiten Mal getauft. Ich sah zum Himmel und wusste, dass Gott mit mir war.

15

Mrs. Macon war nicht erfreut, den Mann zu sehen, der da vor ihrer Tür stand. Es war Montagmorgen, sie war müde und konnte sich nicht vorstellen, was ihr ehemaliger Angestellter noch hier wollte. Doch Nevin Sorrel ließ sich nicht abweisen.

»Ich will Ihnen bestimmt keinen Ärger machen, Mrs. Macon, aber ich brauche Arbeit. Wo jetzt so viele Leute zu Ihnen kommen, dachte ich, könnten Sie vielleicht Hilfe gebrauchen?«

»Tut mir Leid«, sagte sie abweisend und wollte die Tür schließen.

Er drängte sich in die Türöffnung: »Aber Mr. Nichols? Könnte er mich nicht auch beschäftigen? Es arbeiten doch schon so viele Leute in der Stadt für ihn.«

Eine Stimme tönte aus dem Innern des Hauses: »Mrs. Macon, ist das Nevin Sorrel?«

Nevin rief zurück: »Ja, ich bin es. Ich würde gerne für Sie arbeiten. Und ich möchte mich für neulich entschuldigen.«

Brandon Nichols erschien an der Tür, frisch geduscht, wohl genährt und in weißer Kleidung. Er musterte den schlaksigen, ärmlich wirkenden jungen Mann gründlich, bevor er fragte: »Wer ist hier der Chef?«

»Sie, Mr. Nichols.«

»Können Sie mit Baufahrzeugen umgehen?«

»Und wie! Ich habe jahrelang auf dem Bau gearbeitet.«

»Wir wollen auf der Wiese hinter dem Haus einen Brunnen graben. Die Pläne habe ich schon gemacht, aber ich brauche jemanden, der das Loch dafür gräbt, die Wasserleitungen legt, die anfallende Erde wegfährt und so weiter.«

»Das kann ich alles.«

»Ich würde zwölf Dollar die Stunde zahlen.«

»Einverstanden!«

»Ich will aber, dass du hier auf dem Gelände wohnst.«

Mrs. Macon protestierte: »Wieso denn das?«

Nichols erklärte, zu ihr gewandt: »Er kann den Wohnwagen haben, den wir geschenkt bekommen haben. Wir stellen ihn hinter mein Haus.« Dann sagte er zu Sorrel: »Ich möchte dich in meiner Nähe haben. Ich will immer wissen, was du machst. Du wirst mir nicht mehr über die Stränge schlagen!«

»Einverstanden.«

»Du gehst nicht mehr in die Kneipen und prügelst dich nicht mehr.«

»Einverstanden.«

»Du gehörst jetzt zu mir und ich passe auf dich auf. Klar?«

»Ich werde alles tun, was Sie von mir verlangen, Mr. Nichols.«

Mit strengem Blick sah Nichols ihn an: »Gut, machen wir uns an die Arbeit.«

Am Donnerstag hatte ich den Wagen im Fluss gefunden. Jetzt war es Montag. Henchle müsste doch längst etwas herausgefunden haben?

Er saß an seinem Schreibtisch, vor ihm dampfte eine Tasse Kaffee.

»Guten Morgen, Travis. Wie geht's?«

»Danke, gut. Und wie geht es deinem Bein?«

Die Frage war ihm nicht angenehm: »Danke, gut.«

»Hast du etwas über das Auto herausgefunden?«

Er schüttelte den Kopf: »Nichts zu machen.«

Es war ganz offensichtlich, dass sich Henchle nicht für die Angelegenheit interessierte. Doch das war mir egal. Ich interessierte mich umso mehr dafür. »Du hast überhaupt nichts herausgefunden? Obwohl dir das Kennzeichen und der Fahrzeugtyp bekannt sind?«

»Der Wagen war vermutlich gestohlen und wurde im Fluss versteckt. Wir können den Besitzer nicht erreichen und haben auch keinen Verdächtigen. Das ist alles.«

»Wer ist denn der Besitzer, den du nicht erreichen kannst?«

Seufzend drehte er sich mit seinem Sessel nach hinten und zog einen Ordner aus dem Regal. »Der Wagen war angemeldet auf einen Abe Carlson«, las er mir widerwillig vor. »Aber der sagte mir am Telefon, er habe das Auto an einen Herb Johnson verkauft. Und dieser Herb Johnson ist nirgends gemeldet.«

Er schlug den Ordner wieder zu, schwang sich in seinem Stuhl herum und stellte ihn mit Nachdruck zurück.

»Darf ich mal sehen?«, fragte ich und deutete auf den Ordner.

Stirnrunzelnd sah er mich an. »Travis, was ist los mit dir?«

»Ich …«

»Was glaubst du, tun zu können, was ich nicht schon getan habe?«

Diesen Eindruck wollte ich nicht erwecken. »Ich bin einfach neugierig.«

»Tut mir Leid, die Sache ist noch nicht abgeschlossen und insofern vertraulich.«

Er lehnte sich zurück, verschränkte die Hände im Nacken, wippte in seinem Sessel und sah mich lange an. »Sobald die Sache aufgeklärt ist, werde ich den Fall abschließen, das Auto aus dem Wasser ziehen und verschrotten. Dann kannst du in der Akte lesen, so viel du willst.«

Erstaunt sah ich ihn an.

»Was ist?«, fragte er gereizt.

»Das Auto ist nicht mehr im Wasser. Ich dachte, du hättest es schon herausgeholt.«

»Bist du sicher?«

»Ja, klar, ich komme gerade von dort. Ich sah die breiten Reifenspuren des Abschleppwagens am Ufer. Das Auto ist weg.«

Er zuckte die Schultern und wandte sich wieder der Arbeit auf seinem Schreibtisch zu.

»Na, umso besser«, brummte er und war für mich offensichtlich nicht mehr zu sprechen.

Es schien ihm wirklich egal zu sein. Aber ich würde mich ganz bestimmt darum kümmern, das stand fest.

Wenn ich spüre, dass Gott mich zu etwas drängt, dann will ich ihm gehorsam sein, und zwar grundsätzlich. Als Brandon Nichols Kontakt zu mir aufnahm, fühlte ich mich bereits etwas gedrängt. Dann stürzte sich Kyle kopfüber in die Angelegenheit und das Drängen wurde stärker. Doch seit Morgan Elliott mich über ihren Sohn ins Vertrauen gezogen hatte, war es kaum noch auszuhalten. Ich beschloss, ihm nachzugeben.

Nach dem Gespräch mit Henchle ging ich direkt zu Mike Downings Abschleppfirma. Er hatte einen Vertrag mit der Polizei von Antioch ausgehandelt, wonach er immer beauftragt wurde, wenn es etwas abzuschleppen gab. Er würde zumindest wissen, wer das Auto aus dem Fluss geholt hatte, falls er es nicht sogar selbst gewesen war.

Sein Hof war voll gepackt mit allem Brauchbaren, das er aus kaputten Autos abmontiert hatte. Es gab kein System, wonach er die Ersatzteile sortierte, sondern alles blieb da liegen, wo er es ausgebaut hatte. Ich parkte lieber auf der Straße. Es lagen zu viele Teile auf seinem Gelände herum und der Boden war mit Scherben übersät.

Zuerst entdeckte ich die Beine von Mikes Sohn Larry unter einem Auto herausragen. Er freute sich, mich zu sehen: »Hallo, Pastor Jordan, wie geht es Ihnen?«

Pastor Jordan? Wir mussten uns lange nicht gesehen haben.

»Danke, gut. Ich wollte deinen Vater kurz sprechen.«

Larry grinste, und ich sah, dass er einen Schneidezahn verloren hatte. »Papa! Pastor Jordan möchte ...«

»Bin schon da!«, unterbrach ihn eine raue Stimme aus dem Haus. Mike erschien in der Tür, gähnend und zerzaust. Seine Lippe war aufgeplatzt, sein linkes Auge dick geschwollen und seine Stirn zierte eine große Schramme. Er konnte mir meine nächste Frage am Gesicht ablesen und erklärte: »Ich hatte eine kleine Auseinandersetzung.«

»Das sehe ich. Wie geht es dem anderen?«

Er ging zur Kaffeemaschine, die auf der Werkbank im Hof stand, und bediente sich. »Matt sieht ungefähr genauso aus wie ich. Willst du auch einen Kaffee?«

»Nein, danke. Sprichst du etwa von Matt Kiley?«

»Ja, klar, der gute alte Matt. Ehrlich gesagt kann ich es ihm auch nicht übel nehmen. Ich hatte seine Schraubenschlüssel vermutlich schon seit drei Jahren. Er saß im Rollstuhl und ich hatte die Sache einfach vergessen.«

Ich konnte mir das nicht vorstellen: »Und deshalb hat Matt sich mit dir geprügelt?«

»Ach, weißt du, er kam auch nicht ungeschoren davon, ich habe schließlich auch zwei kräftige Fäuste.« Stöhnend betastete er sein Auge, das unter der Schwellung kaum zu sehen war. »Jedenfalls haben wir das mit dem Werkzeug geklärt. Die Kneipe hat zwar einen Stuhl und eine Fensterscheibe weniger, ist aber weiterhin in Betrieb. Brauchst du neue Winterreifen?«, wechselte er unvermittelt das Thema.

»Nein.«

»Ich habe einen Satz Reifen, der genau auf deinen Wagen passt, wie neu und fast geschenkt.«

»Muss ich mir noch überlegen.«

»Was brauchst du sonst noch?«

»Ich wollte dich fragen, ob du einen Wagen aus dem Fluss gezogen hast?«

Er blickte mich groß an: »Was? Ist einer in den Fluss gestürzt?«

»Das weiß ich nicht genau. Aber am Donnerstag war ein Auto im Wasser und heute ist es verschwunden.«

»Hast du das der Polizei erzählt?«

»Ja, Brett Henchle hat das Auto am Donnerstag gesehen. Aber dass es jetzt weg ist, wusste er nicht.«

Mike Downing ärgerte sich: »Henchle hat mir nichts davon gesagt. Wenn man irgendwo ein Auto herausziehen muss, dann mache ich das, und das weiß er. Er hätte mir Bescheid sagen müssen.«

»Du hast also seit Donnerstag kein Auto aus dem Wasser gezogen?«

»Nein. Aber ich werde herausfinden, warum nicht.«

»Brett Henchle ist nicht der einzige Polizist auf der Welt.« Morgan Elliotts Stimme klang blechern aus dem laut gestellten Telefonhörer, den wir in die Mitte meines Küchentisches gelegt hatten.

Kyle und ich saßen daneben und nickten. Morgan hatte Recht, keine Frage.

Wir befanden uns mitten in der ersten Besprechung der Jordan-Sherman-Elliott-Widerstandsbewegung. Kyle hatte irgendwo in einer anderen Straße geparkt und sich durch den Hintereingang in mein Haus geschlichen, was mir allerdings etwas übertrieben erschien.

»Kennst du einen anderen Polizisten?«, fragte ich.

»Ja, Gabe ging oft mit einem Polizisten aus Sandpoint angeln. Ich habe immer noch Kontakt zu ihm und seiner Frau.«

»Meinst du, er könnte uns weiterhelfen?«

»Bestimmt. Er muss nur einmal in seinen großen Computer schauen, da steht bestimmt alles drin.«

Ich gab Morgan das Kennzeichen und den Fahrzeugtyp durch.

»Was ist eigentlich aus den Fotos geworden?«

Kyle war gerade dabei, die Bilder durchzusehen, die er auf dem Weg zu mir abgeholt hatte. »Es sind ein paar gute Aufnahmen von Nichols' Gesicht dabei. Ich werde Abzüge machen lassen.«

Morgan überlegte: »Das Auto ist nicht auf Brandon Nichols zugelassen. Vielleicht hat es gar nichts damit zu tun?«

»Aber es wurde in der Zeit der Schneeschmelze im Fluss versenkt. Genau zu der Zeit kam auch Nichols in unsere Stadt. Außerdem kommt es aus Montana. Das zusammen ist mehr als verdächtig.«

»Auch die Art, wie Brett Henchle sich nicht darum kümmert, spricht dafür, dass Nichols dahinter steckt«, ergänzte Kyle.

»Du meinst, der hat ihn bestochen, indem er ihn geheilt hat?«, fragte Morgan.

Ich zögerte noch, aber Kyle antwortete bereits: »Genau das glaube ich. Und ich glaube nicht, dass er uns irgendwie helfen wird.«

»Na, gut, ich melde mich wieder, sobald ich etwas herausgefunden habe«, wollte Morgan sich verabschieden.

»Halt, lass uns noch zusammen beten«, unterbrach ich sie. »Es wäre mir wirklich lieber, Nichols würde nichts von unserem Gespräch wissen.«

Wir befahlen uns dem Schutz Gottes an.

»Maurice Street, Maurice ...«

Kyle ärgerte sich mit dem Stadtplan von Missoula herum und konnte die Straße nicht finden, die wir suchten. Langsam fuhr ich durch die Vororte und suchte alle Schilder ab, ob ich irgendwo einen Hinweis entdecken würde.

Die Fahrt durch Idaho und Montana war sehr schön gewesen, an Bergen und Flüssen entlang durch die frühsommerliche Landschaft. Kyle war die meiste Zeit still gewesen, was mir nur recht war.

Morgans Bekannter hatte gute Arbeit geleistet und uns die Adresse des Mannes besorgt, auf den das Auto zugelassen war. Wir waren nicht überrascht, dass er in Missoula wohnte.

Nun näherten wir uns der Stadt. Eine Reihe von Landmaschinen-Händlern säumte den Weg, Baustoffe-Läden und eine Ziegelei stellten ihre Produkte aus. Dies war wohl der Stadtteil, in dem Männer gerne einen Einkaufsbummel machten.

»Ah, Moment mal«, ich ging schnell vom Gas, »steht da nicht ›Abe‹?«

Kyle sah es auch, ein großes, verwittertes Schild mit der Aufschrift »Abes Autoverwertung«. Die Straße stimmte ebenfalls. Wir waren am Ziel.

Ich blinkte und fuhr auf den Hof. Es war ein riesiges Gelände voller Schrottautos, die ausgeschlachtet, ohne Scheiben, Reifen und Lampen, mit heraussstehenden Kabeln neben- und zum Teil auch aufeinander gestapelt waren. Ein trauriger Anblick. Mitten zwischen den rostenden Blechbergen stand eine kleine schiefe Hütte, deren Wellblechdach mit Radkappen verziert war. Das war wohl Abes Büro.

Ich fuhr im Schritttempo auf die Hütte zu, als zwei Pitbulls auf uns zurasten. Ihr Zwinger grenzte an die eine Wand der Hütte und stand offen. Gleichzeitig trat ein bärtiger Riese aus der Hütte und schrie die Hunde an: »Kap! Freet! Zurück!«

Doch Kap und Freet gehorchten nicht. Sie rannten um unser Auto, knurrten, bellten und warteten nur darauf, dass einer von uns ein Bein aus dem Wagen streckte. Eingeschüchtert blieben wir sitzen.

»KAP! FREET! ZURÜCK!«

Ich fragte mich, wozu ein Mann mit einem solchen Gesicht und dieser Stimme Hunde brauchte. Er schrie sie an, trat nach ihnen, schlug mit einem Wagenheber auf eine rostige Karosse und trieb die beiden Tiere schließlich in ihren Zwinger. Krachend warf er das Tor hinter ihnen ins Schloss. Ich war beeindruckt.

Er kam zurück. Vorsichtig öffnete ich mein Fenster einen Spalt breit.

»Das sind Kasper und Frito, sie haben gerade zwei Mormonen verspeist. Und was wollen Sie?«

»Sind Sie Abe Carlson?«

»Ja. Wer sind Sie?«

Wir stiegen aus und stellten uns vor. Kaum erwähnte ich den Namen »Antioch«, runzelte er die Stirn und fragte: »Sind Sie von der Polizei?«

»Nein, mein Freund ist Pastor und ich bin Lehrer.«

»Mich hat ein Polizist aus Antioch angerufen. Sind Sie auch wegen des Autos da?«

»Ja, wir wollten …«

»Ich habe schon alles gesagt.« Er drehte sich um und stapfte zu seiner Hütte.

Schnell stieß ich Kyle an: »Hol die Fotos!«

Ich rief hinter Abe her: »Moment noch, wir haben Ihnen ein paar Fotos mitgebracht.«

Er drehte sich um: »Was?«

Kyle gab mir die Bilder.

»Würden Sie sich bitte diese Fotos anschauen?«

Er zögerte, sah zu seinen Hunden und kam schließlich zurück. Vermutlich hatte ich seine Neugier geweckt.

Ich begann gleich mit unserer besten Aufnahme: Nichols, wie er in Mrs. Macons Garage predigte. »Kennen Sie diesen Mann?«

Er sah nur einen Moment lang auf das Bild. Sein Gesicht wurde so finster, dass ich zurückwich.

»Kennen Sie ihn?«

Er nickte. »Das ist Herb Johnson. Woher haben Sie das Bild?«

Kyle und ich sahen uns an. »Herb Johnson?«

»War mein Arbeiter.«

Kyle konnte seine Überraschung nicht verbergen. »Er arbeitete hier?«

»Ja, etwa ein Jahr lang.«

»Hat er nicht auf einem Bauernhof gearbeitet?«

»Keine Ahnung, was er gemacht hab, bevor Hattie ihn anschleppte.«

»Wer ist Hattie?«

»Meine Freundin. Herb war ihr Mieter und brauchte Arbeit.« Er spuckte auf den Boden. »Der schlimmste Fehler meines Lebens.«

»Ihre Freundin hat ein Haus?«

»Nein, sie ist Hauswart im Myers Way. Hat ein paar sehr zwielichtige Gestalten dort wohnen. Ich habe Herb das Auto gegeben, damit er abhaut.«

Das war's. Ich versuchte, mir nichts anmerken zu lassen. »Sie haben ihm den Ford geschenkt?«

»Nein, verkauft, ganz billig. Er wollte weiterziehen und ich wollte ihm dabei behilflich sein.«

»Aber der Wagen war noch auf Sie angemeldet.«

»Das habe ich doch dem Polizisten schon alles gesagt.« Er sah zur Seite. Ich wollte noch mehr von ihm erfahren. »Kyle hat dieses Foto in Antioch gemacht.« Abe blieb stehen. »Herb arbeitet dort, allerdings benutzt er einen anderen Namen. Er nennt sich Brandon Nichols.«

Abe fluchte. Angst war in seinen Augen. »Ich will nichts davon wissen.«

»Hat Ihnen der Polizist auch gesagt, dass Ihr Auto in einem Fluss versteckt war?«

Abe winkte ab, schüttelte den Kopf und ging zurück. »Schluss jetzt. Das war's. Wir haben genug geredet, und es ist besser, Sie verschwinden.«

Kyle versuchte es noch weiter: »Wir fürchten, Herb hat mit unserer Stadt nichts Gutes im Sinn. Wir hofften, Sie würden uns …«

»VERSCHWINDET!«

Kasper und Frito tobten in ihrem Zwinger, als sie Abes ärgerliche Stimme hörten. Sie warfen sich gegen den Zaun. Abe ging zu ihnen. Es war Zeit zu gehen.

Ich fuhr Richtung Stadtmitte, während Kyle wieder mit der Karte kämpfte. »Myers Way, Myers Way …«, murmelte er und drehte den Stadtplan in verschiedene Richtungen.

»Brett sagte, er kann den Besitzer nicht finden und den Dieb auch nicht. Aber er hat mit Abe gesprochen …«

»Abe ist nicht der Besitzer. Er will nicht der Besitzer sein.«

»Ja, er will mit Herb und dem Auto nichts mehr zu tun haben.«

»Also kann Brett eigentlich Herb nicht finden.«

»Natürlich nicht, weil Herb ja Brandon ist.«

»Das Auto wurde nicht gestohlen, sondern Abe hat es an Herb verkauft.«

»Vielleicht hat jemand anders es von Herb gestohlen.«

»Dann hätte Herb den Diebstahl aber angezeigt.«

»Er hat es einfach im Fluss verschwinden lassen.« Eigentlich war der Zusammenhang klar. »Er wollte mit einem neuen Namen in einer neuen Stadt einen neuen Anfang machen.«

Kyle sah von seinem Stadtplan auf und meinte: »Abe hatte Angst, als du sagtest, Herb würde unter einem anderen Namen auftreten.«

»Stimmt.« Das war mir auch aufgefallen.

Unser erster Eindruck vom Myers Way war ziemlich erbärmlich. Verbeulte Autos, schmutzige Gehwege, verwilderte Vorgärten und abgeblätterte Fassaden, beschmiert mit Graffiti. Da wir die Hausnummer nicht kannten, begannen wir am Anfang der Straße.

Kyle klopfte an der ersten Tür. Die Leute hatten noch nie etwas von einer Hattie gehört.

Ich ging auf die andere Straßenseite und versuchte es dort. Eine Mutter mit Baby im Arm und einem Krabbelkind zu ihren Füßen schickte mich zwei Türen weiter. Aber den Menschen dort war Hattie auch kein Begriff.

Einige Häuser weiter öffnete ein junger Mann: »Meinen Sie Hattie Phelps?«

Ich war unsicher: »Den Familiennamen kenne ich nicht, aber sie ist mit Abe Carlson befreundet.«

»Klar, die kenne ich. Zwei Querstraßen weiter auf der linken Seite.«

Dort fanden wir ein heruntergekommenes Mietshaus vor, das sehr einsturzgefährdet wirkte. Wo man sich einen Vorgarten gewünscht hätte, war eine stinkende Pfütze, in der sich das Wasser aus der Regenrinne sammelte. Vorsichtig näherten wir uns Hatties Tür. Wir rechneten fest damit, von einem bissigen Hund begrüßt zu werden.

Doch Hattie war eine nette, dickliche Frau mittleren Alters, die ein geblümtes Kleid trug und nur eine Katze besaß. Kaum hatten wir den Namen Abe Carlson erwähnt, begann sie zu erzählen. Wir standen auf der Schwelle zu ihrer Wohnung und hörten zu.

»Lassen Sie sich nicht täuschen, wenn man Abe näher kennen lernt, ist er ein sehr netter Mann.«

»Auf jeden Fall gehorchen ihm Kasper und Frito.«

Sie lachte laut: »Sie haben die Hunde kennen gelernt? Ja, die können einen ganz schön verrückt machen.«

In aller Ruhe erzählte sie uns, wer schon auf welche Weise von den Hunden erschreckt worden war, woher Abe die Hunde hatte, dass sie zu ihr immer freundlich waren, sie aber nie ihre Katze mitnehmen würde. Wir hörten zu, lachten über ihre Späße und streuten hin und wieder ein paar Bemerkungen ein. Fast hätte sie die Unterhaltung auch ohne uns führen können.

»Nun, wie auch immer, was führt Sie zu mir?«, fragte sie endlich.

Behutsam versuchte ich, auf unser Thema zu sprechen zu kommen. »Es ist jemand in unsere Stadt gezogen, den Sie vielleicht kennen.« Ich zeigte ihr das Foto und wir beobachteten ihr Gesicht.

Ihre Augen weiteten sich und sie legte eine Hand auf ihr Herz. Mit offenem Mund schnappte sie kurz nach Luft und sah uns an: »Er ist in Ihrer Stadt?«

»Ja, er lebt bei einer reichen Frau und predigt in einem Zirkuszelt. Sie haben wahrscheinlich in der Zeitung von ihm gelesen.«

Verblüfft wiederholte sie: »Herb predigt?« Sie schwieg. Dann wiederholte sie: »Herb? Das kann nicht sein.«

»Die Leute halten ihn für Jesus und er lässt sie in dem Glauben.«

Sie war fassungslos. »Ich habe in der Zeitung von dem Mann gelesen. Das ist Herb?«

Ich zeigte ihr noch einmal das Foto: »Falls der Mann auf dem Bild Herb ist, dann ja.«

»Ich kann mich nicht erinnern, dass ich in der Zeitung ein Foto gesehen hätte. Er hatte auch einen anderen Namen.«

»Ja, er hat seinen Namen geändert.«

Sie hatte Angst. Ihre Hand, die Nichols Foto hielt, zitterte, die andere Hand lag noch immer über ihrem Herzen. Bittend sah sie uns an: »Er ist ein wunderbarer Mensch, das müssen Sie mir glauben.«

»Ja.« Kyle schluckte. »Viele Menschen sind zurzeit sehr beeindruckt von ihm.«

»Er ist ein guter Mensch. Ich würde niemals etwas tun, das ihm schadet. Das weiß er auch.«

Ich fragte: »Sagt Ihnen der Name Brandon Nichols etwas?«

Sie starrte immer noch mit großen, von Furcht erfüllten Augen auf das Bild.

»Hat Herb jemals diesen Namen erwähnt?«

»Nein …« Ihr Blick war leer. »Er ist ein wunderbarer Mann, ganz wunderbar.«

Kyle fragte: »Hat er früher einmal auf einem Bauernhof hier in der Gegend gearbeitet?«

»Er war ein guter Arbeiter. Abe hatte ihn gerne auf seinem Hof.«

»Ja, aber hat er auch einmal auf einem Bauernhof gearbeitet?«

»Ich weiß nicht. Ich weiß nur, dass er eine Zeit lang für Abe gearbeitet hat.«

»Hat er …«

»Er konnte reiten. Einmal war er verreist, weil er irgendwo zum Reiten war.«

»Wo war er zum Reiten?«

»Er war sauber und ordentlich, hat immer seine Miete bezahlt und war sehr höflich.«

Ich fragte: »War er ein religiöser Mensch?«

Die Frage schien ins Schwarze zu treffen: »O, und wie! Er ist so religiös! Wenn man nur in seiner Nähe ist, spürt man das schon. Er würde niemals jemandem wehtun. Ich weiß, dass er mir nie etwas Böses tun könnte.«

»Hat er …«

»Ich bin auf seiner Seite. Das weiß er, er kann sich auf mich verlassen, ich bin seine Freundin, seine Nachbarin. Ich bin Hattie. Er kennt mich.«

»Woher kommt er ursprünglich? Wissen Sie das?«

»Aus Kalifornien. Manchmal sprach er von Südkalifornien. Er mochte die Gegend dort. Aber hier war er auch gerne und wir hatten ihn gerne bei uns. Doch, doch, wir alle mochten ihn.«

Mir wurde allmählich unheimlich. Schon seit einiger Zeit sah sie durch uns hindurch. Kyle schaute über seine Schulter, aber da war niemand zu sehen.

»Hattie?« Ich wollte sie dazu bringen, mir in die Augen zu sehen. »Hattie, ist alles in Ordnung?«

Sie drückte mir das Foto in die Hand. »Bitte lassen Sie ihn in Frieden. Ich bin seine Freundin, das weiß er. Er ist der wunderbarste Mensch auf der Welt und ein guter Mieter.«

Kyles Stimme war sanft: »Hattie, dürfen wir für Sie beten?« Dabei berührte er vorsichtig ihre Schulter.

Sie schrie auf, als hätte er ihr einen Stromschlag verpasst. »Nein! Nein! Nein! Ich brauche kein Gebet, lassen Sie das!«

Panisch sah sie an uns vorbei, als wären wilde Tiere hinter uns. »Ich habe doch nicht mit Ihnen gesprochen, oder? Ich habe Ihnen nichts gesagt!«

»Haben Sie keine Angst«, beruhigte Kyle sie, »Sie haben nichts Böses gesagt.«

Mit einem Schrei duckte sie sich, sprang zurück in ihre Wohnung und schlug die Tür zu. Wir hörten ihr Klagen durch die geschlossene Tür: »Geh weg! Verschwinde!«

Kyle kniff seine Augen zusammen, legte seine Hand auf die Tür und betete: »Wir binden den Feind in Jesu Namen!«

Auf der Rückfahrt sprachen wir noch weniger als auf dem Hinweg. Meine Gedanken wanderten von einem Thema zum nächsten. Brandon Nichols ... Herb Johnson ... Abe und Hattie ... und weiter zurück in die Vergangenheit, zu Bildern, die ich längst glaubte, vergessen zu haben.

16

»Trav«, sagte Marian und umarmte mich fest – ein schönes, neues Gefühl, »wollen wir Schlittschuhlaufen gehen?«

Die Vorstellung fühlte sich kalt an, zumal ich erst vor ein paar Stunden in den Swimmingpool unserer Schule geworfen worden war. »Schlittschuhlaufen?«

»Das fände ich toll!«

In meinem ganzen Leben hatte ich noch nie auf Schlittschuhen gestanden, doch Marian versicherte mir, dass das gar kein Problem wäre. Ich befürchtete, dass sie an den Paarlauf dachte, den man bei den olympischen Winterspielen im Fernsehen bewundern kann: schwerelos über das Eis gleitende Paare in romantischer Kleidung, die sich zu klassischer Musik gemeinsam drehen und umeinander wirbeln, sich im Fahrtwind anstrahlen, mit ausgebreiteten Armen auf einem Bein vorwärts und rückwärts sausen und dabei immer atemberaubend elegant aussehen. Am liebsten hätte ich mich gedrückt, um Marians Erwartungen nicht zu enttäuschen. Aber dann dachte ich daran, dass ich den Segen ihres Vaters erhalten hatte, meine Eltern waren begeistert über unsere Verbindung, sie trug den goldenen Verlobungsring, den ich ihr geschenkt hatte, und ich war in den Swimmingpool geworfen worden – wovor sollte ich mich noch fürchten? Also fuhren wir zur Eisbahn.

Die erste Runde drehten wir eng umschlungen, damit ich nicht stürzte. Eine halbe Stunde lang war ich redlich bemüht, das Ganze schön zu finden. Marian strahlte. Nach einer Stunde begann ich, es wirklich zu genießen. Als wir am Rand zum Stehen kamen, schenkte sie mir für meine Bemühungen einen Kuss. Nach einem Glas Glühwein und einer weiteren Stunde verbeugte ich mich vor Marian und bat sie um den nächsten Tanz. Glücklich reichte sie mir die Hand, ich umfasste sie so elegant wie möglich und wir drehten einige Runden als echtes Eiskunstlaufpaar. Statt klassischer Musik dröhnte Rock aus den Lautsprechern, und wir fuhren zwar nicht auf einem Bein, aber es war ein Moment, der mein weiteres Leben prägte.

Ich hielt ihre Hand. Ihr Gesicht glühte im Fahrtwind. Als ich sie ansah, entdeckte ich das Leuchten in ihren Augen und ein Lächeln, das ich noch nie bei ihr gesehen hatte. Es sagte mir: *Du bist mein und ich bin dein, wir gehören zusammen, für immer und ewig, und ich bin unendlich glücklich darüber.*

Als wir uns ein wenig ausruhten, dachte sie, mir wäre etwas ins Auge geflogen. Ich konnte ihr nicht sagen, dass ich eben auf dem Eis vor Glück geweint hatte. Welch ein Lächeln! Ich hatte die Tiefe ihrer Freude verspüren dürfen und das Lachen ihres Herzens gesehen. In diesem Augenblick war ihre Liebe für mich sichtbar geworden. Erst von da an konnte ich es wirklich fassen. Seit jener Nacht in der Klinik hatte ich immer bezweifelt, ob ein so wundervolles Mädchen meine Liebe so bereitwillig annehmen und so herzlich erwidern würde. Bis dahin hatte ich gedacht, so viel Glück oder Segen seien in meinem Leben nicht vorgesehen. Auch als ich den Ring an ihren Finger steckte, glaubte ich noch immer zu träumen. Erst als ich dieses Lächeln in ihrem Gesicht sah, während wir über das Eis glitten, da konnte ich es glauben. Von da an *wusste* ich es.

Als wir heirateten, hatte sie wieder diesen Ausdruck in ihren Augen. Fast jeden Morgen beim Frühstück sah sie mich mit diesem Strahlen an. Wann immer ich predigte, leuchtete es aus der ersten Reihe zu mir auf. Ich suchte es jeden Abend, wenn wir schlafen gingen. Wenn ich kurz das Lenkrad losließ, um ihre Hand zu drücken, schenkte sie mir diesen Blick. Ohne ein Wort zu sagen, konnte sie mir damit so viel mitteilen. Es ernährte meine Seele. Auch als ihr Leben zu Ende ging, verblasste das Glück in ihren Augen nicht. Kurz bevor sie zum letzten Mal die Augen schloss, nahm sie mit großer Anstrengung noch einmal meine Hand und sah mich ein letztes Mal so an.

Wann immer ich an sie denke, sehe ich dieses Strahlen ihres Herzens.

Wir warteten zwei Jahre, bevor wir heirateten. So konnten wir uns in Ruhe kennen lernen, unsere Entscheidung füreinander prüfen und unsere Ausbildungen abschließen. Das Warten lehrte uns Fleiß und Disziplin – und machte uns halb wahnsinnig.

Ich lernte, klar zu denken, obwohl ich verliebt war, was vor dem Hintergrund meiner früheren Erfahrungen eine wichtige Schule für mich war. Schwester Dudley beobachtete uns mit Argusaugen, während Bruder Smith sich keine sorgenvollen Gedanken um uns zu machen schien. Wir taten auch nichts, was ihm hätte Sorgen bereiten können.

Marian schloss ihre Ausbildung zur Bürokauffrau mit Erfolg ab und begann sofort zu arbeiten. Ein halbes Jahr später war ich mit der Bibelschule fertig. Nur eine Woche nach meinem Schulabschluss feierten wir unsere Hochzeit.

Mein Vater hielt die Trauung. Voller Stolz betonte er, dass sein Sohn nun, genau wie er damals, im selben Jahr die Bibelschule abschloss, heiratete und seinen Dienst als Pastor antrat. Alle waren zu unserer Hochzeit gekommen, die Leute aus meiner Band, die ehemaligen Kenyon-Bannister-Mitglieder und viele meiner alten Freunde.

Es war ein glücklicher Tag, gefolgt von einer ebenso glücklichen Hochzeitsreise. Im Wohnwagen eines Freundes reisten wir durch wunderschöne Landschaften und genossen unser Zusammensein.

Dann bezogen wir unsere gemeinsame Wohnung mitten in Seattle und waren bereit, unseren geistlichen Dienst anzutreten. Doch die Bibelschule hatte mich nicht auf das vorbereitet, was dann kam.

Pastor Olin Marvin war ein alter Freund meines Vaters. Gegen Ende meiner Bibelschulzeit hatte er mich gefragt, ob ich nicht in seiner Gemeinde mitarbeiten wollte. »Wir brauchen junge Leute mit Vision.« Marian und ich stimmten überein, dass dies Gottes Weg für uns war. Auch eine andere Gemeinde in Pocatello, Idaho, hatte mich als Pastor angefragt, aber das war mir zu weit weg von allen Freunden und Verwandten. Pastor Marvin bot mir ein gutes Gehalt und eine kostenlose Wohnung in Gemeindenähe. Ich sollte die Jugendarbeit übernehmen, sonntagabends predigen und mit ihm zusammen die Gemeinde leiten. Auch Marian müsste nicht arbeiten gehen, sondern könnte sich in der Gemeinde engagieren.

Marian und ich sahen unserem zukünftigen Dienst voller Erwartung entgegen. Oft träumte ich davon, wie ich vor einer ständig wachsenden Schar junger Leute stand. Viele folgten dem Aufruf und brachten ihr Leben mit Gott in Ordnung. Marian spielte am Klavier »Ich komme, wie ich bin« und ich betete mit den Jugendlichen. Ich sah mich an den

Sonntagabenden predigen und konnte mir nichts anderes vorstellen, als dass ich an der Seite von Pastor Marvin die Gemeinde in die Erweckung führen würde. Ich war mir sicher, dass ein großer Aufbruch bevorstand und Scharen von Menschen zum Glauben kommen würden. Ich steckte voller Ideen und konnte es kaum erwarten, diese endlich umzusetzen. Im Glauben würden wir die Stadt für Jesus einnehmen.

Unser erster Sonntag in der neuen Gemeinde war nicht der Auftakt der Erweckung, sondern eher ein Tag des Erwachens für mich und Marian. Die Gemeinde traf sich in einer kleinen Kirche in einem dicht besiedelten Stadtteil von Seattle. Hätten wir nicht eine sehr gute Beschreibung gehabt, wäre es fast unmöglich gewesen, das Gebäude zu finden. Der Pastor begrüßte uns kurz und teilte uns mit, dass die Gemeindeleitung sich nach dem Gottesdienst zu einer Sitzung treffen würde. Dann verschwand er. Bestimmt war er sehr beschäftigt, so kurz vor dem Hauptgottesdienst am Sonntagmorgen.

Der Gottesdienstraum fasste etwa zweihundert Menschen. Über dem Podium hing ein Kreuz, der Mittelgang war mit einem roten Teppich ausgelegt, von der Decke hingen Glaslampen, die den Raum einigermaßen erleuchteten. Im Untergeschoss waren die Kinder- und Jugendräume und neben der Kirche befand sich ein kleiner Parkplatz.

Wir setzten uns nach hinten und ich suchte den Raum nach Jugendlichen ab. Die wenigen Teenager, die ich entdecken konnte, saßen entweder ganz hinten oder auf den Seitenbänken. Unter den zwölf Jugendlichen waren zwei kichernde Mädchen, zwei versteinerte Jungs und drei betont lässige Gestalten, die möglichst distanziert zu wirken versuchten.

Zuerst wurde das Programm an die jüngsten Teilnehmer angepasst und wir mussten alle zusammen Kinderlieder singen und entsprechende Bewegungen machen. Es waren die gleichen Lieder, die Marian und ich schon als Kinder gelernt hatten. Vermutlich wurden diese Lieder weltweit jeden Sonntag seit Jahrzehnten von unendlich vielen Kindern und Erwachsenen gesungen. Dann verteilten wir uns nach Altersgruppen in verschiedene Räume zur Bibelarbeit. Marian und ich folgten den Teenagern in den Keller, während die anderen Erwachsenen mit dem Pastor im Hauptraum blieben. Als zukünftiger Leiter der Jugendarbeit wollte ich sehen, was im Jugendgottesdienst geschah. Wir kamen in einen fensterlosen Raum mit Klappstühlen und einer schwarzen Tafel. Lachend und schwatzend kamen die Jugendlichen herein. Sie mussten uns bemerkt haben, doch niemand begrüßte uns. Also ging ich auf den ersten Jungen zu.

»Hallo«, sagte ich und streckte ihm meine Hand entgegen. »Preis dem Herrn! Ich bin Travis und das ist Marian!«

Er schüttelte meine Hand und sagte: »Hallo«, hob dabei seinen Blick aber nicht vom Boden.

»Wie heißt du?«, fragte ich.

Er murmelte etwas Unverständliches.

Ich kam ein bisschen näher, auch wenn ihm das unangenehm war. »Wie bitte?«

»Brian.«

Ich ging zu den drei lässigen Typen: »Halleluja! Wer seid ihr?«

Sie sagten mir knapp ihre Namen. Ihr Anführer hieß Trevor. Als er offen mit mir redete, verrieten auch die anderen mir, in welche Klasse sie gingen und was ihre Hobbys waren. Unterdessen war Marian mit den Mädchen ins Gespräch gekommen, und wir fühlten uns schon fast wohl, als die Leiterin den Raum betrat.

Sie war eine junge Frau mit lockigem Haar, sah uns kurz an und fragte: »Tag. Wer seid ihr?«

»Preis dem Herrn!«, sagte ich und hielt ihr meine Hand entgegen, »Travis und Marian Jordan.«

»Ich bin Lucy Moore. Schön, dass ihr uns heute besucht.« Dann grinste sie: »Seid ihr sicher, dass ihr in der richtigen Altersstufe seid?«

»Absolut«, erwiderte ich arglos, »ich bin der neue Jugendleiter.«

Einen Augenblick lang sah sie mich verwundert an, dann schüttelte sie den Kopf und lächelte: »Nein, das würde ich wissen.«

Der Unterricht begann. Lucy zog das Programm durch, ohne uns noch einmal anzusehen, laut und schnell sorgte sie dafür, dass keine Unruhe im Raum entstand. Marian und ich saßen ganz hinten und verhielten uns so unauffällig wie möglich. Trevor sah mich an und zuckte mit den Schultern.

Es roch ganz eigenartig in dem Raum, als ob irgendwo eine volle Windel herumliegen würde. Einige sahen sich an, stöhnten und rümpften die Nase, aber niemand sagte etwas.

Dann kamen alle Gruppen wieder zum eigentlichen Gottesdienst im Hauptraum zusammen. Pastor Marvin ließ uns aufstehen und stellte uns der Gemeinde vor: »Das sind Travis und Mary Jordan. In Zukunft wird Travis stellvertretender Pastor sein, in der Jugendarbeit einsteigen und überall mithelfen, wo Not am Mann ist. Bitte lasst uns die beiden herzlich willkommen heißen.«

Er hatte zwar Marians Namen falsch gesagt, aber zumindest wussten wir, dass wir in der richtigen Gemeinde waren.

»Was will er hier?«, fragte ein Mitglied der Gemeindeleitung mit einer Kopfbewegung in meine Richtung, noch bevor Pastor Marvin seine Bürotür hinter sich schließen konnte.

Er setzte sich an seinen Schreibtisch und seufzte: »Wir werden gleich darüber sprechen, Bill.«

Bill mochte rund fünfzig Jahre alt sein, hatte einen drahtigen Körper, viele Löckchen auf dem Kopf und eng gewundene Adern, die an seinen Schläfen hervortraten. Auch seine Augen waren hervorstehend, fand ich. »Mit mir hat wieder keiner geredet!«, schimpfte er.

»Ich wusste nicht, dass er heute kommen würde«, beschwerte sich ein kleiner, dürrer junger Mann.

Bill sah ihn böse an: »Also wusstest du, *dass* er kommen würde?«

»Er hat nur gesagt, es würde jemand kommen. Mehr weiß ich auch nicht.«

»Ich hätte es euch sagen müssen, dass er heute kommt. Es ist mein Fehler«, versuchte der Pastor die Runde zu beschwichtigen.

»Nein, du hättest ihn niemals einladen dürfen, ohne vorher mit uns darüber zu sprechen.«

»Bill«, widersprach ein älterer Mann mit hervorstehender Unterlippe, »wir haben doch darüber gesprochen.«

»Wir haben darüber gesprochen, aber wir waren nicht einverstanden.«

Pastor Marvin unterbrach sie: »Bevor wir unsere Sitzung offiziell eröffnen, möchte ich euch Travis und Mary vorstellen.«

»Marian«, verbesserte ich.

»Ach, so? Gut, also das sind Travis und Marian Jordan. Travis hat soeben die Bibelschule abgeschlossen.« Dann stellte er uns den drei Männern vor, dem wütenden Bill Braun, dem jungen Ted Neubauer und dem Mann mit der Unterlippe, Wally Barker.

»Wo ist Rod?«

Ted wusste es: »Er und Mary sind direkt heimgegangen, weil Trevor wieder in die Hosen gemacht hat.«

Bill verdrehte die Augen: »O nein!«

Wally erklärte, zu uns gewandt: »Trevor ist ein schlimmer Junge. Er macht dauernd in die Hosen.«

»Das geht die doch nichts an!«

»Wenn er die Jugend übernehmen soll, muss er das wissen!«

»Und was ist mit Lucy? Hat jemand mir ihr darüber gesprochen?«

Nein, dachte ich.

Ted antwortete: »Sie war ganz außer sich heute Morgen. Sie sagte, er sei einfach in ihren Unterricht gekommen und hätte versucht, alles an sich zu reißen.«

»Wie bitte?«, fragte ich.

»Das stimmt überhaupt nicht«, protestierte auch Marian.

Ted fuhr fort: »Sie ist für die Jugendarbeit verantwortlich. Keiner hat ihr gesagt, dass die beiden kommen.«

»Keiner hat irgendjemand etwas gesagt«, schnaubte Bill. »Seht ihr, jetzt habt ihr Lucy verletzt!«

»Gut«, ergriff der Pastor wieder das Wort, »wollen wir die Sitzung mit einem Gebet eröffnen?«

Bitte hole uns hier wieder heraus, betete ich leise und drückte Marians Hand.

Kaum hatte Pastor Marvin »Amen« gesagt, da sprach Bill schon wieder: »Dass du ihn von der Kanzel aus vorgestellt hast, bevor wir ihn überhaupt kennen lernen konnten!«

»Ich kenne deinen Vater«, sagte Wally mit einem Lächeln zu mir, »wie geht es ihm?«

»Hat er eine Arbeit?«, fragte Bill.

»Darauf kommen wir gleich«, sagte der Pastor.

»Darüber haben wir geredet, erinnert ihr euch? Wally, du bist der Sekretär, sag du es ihm noch einmal!«

Wally sah traurig aus, als er antwortete: »Wir können uns kein ganzes Gehalt leisten, vor allem jetzt nicht mehr, wo die Cravens und die Johnsons gegangen sind.«

»Das haben wir vorher schon gewusst!«

Pastor Marvin begann, sich zu verteidigen: »Ich denke doch, dass es möglich ist.«

»Wenn er eine Arbeit hat«, beharrte Bill und sah mich mit hochgezogenen Augenbrauen an.

Alle sahen mich an.

»Ich … ich dachte, dies sei meine Arbeit«, stotterte ich.

»Was hast du außer Bibelschule noch gelernt?«

Die Frage saß. Sie war in gehässigem Ton gesprochen und ich hatte darauf keine Antwort.

»Nichts.«

»Dann lerne etwas!«

»Bitte, Bill …«, versuchte der Pastor, die Situation zu retten.

Bill ließ nicht locker: »Seien wir doch einmal ganz ehrlich. Man kann nicht von einer Gemeinde in dieser Größe erwarten, dass sie zwei hauptamtliche Pastoren finanziert. Das ist unmöglich.«

»Wer zahlt die Miete für die Wohnung?«, fragte Ted.

Bills Stimme wurde schrill: »Was für eine Wohnung?«

»Das war Teil unseres Angebotes«, erinnerte der Pastor.

»Er bekommt eine Wohnung?«

In diesem Stil ging das Gespräch weiter. Marian und ich duckten uns in unseren Stühlen, während der Pastor und seine Mitarbeiter sich vor unseren Augen über uns stritten. Es war die demütigendste Erfahrung meines ganzen Lebens. Ich mochte gar nicht mehr daran denken, wie schön ich mir alles ausgemalt hatte. Endlich schlug ich vor: »Vielleicht ist es besser, wenn Marian und ich gehen, dann könnt ihr ungestörter über alles reden?«

»In Ordnung«, sagte Bill sofort.

»Meinetwegen«, stimmte auch der Pastor zu.

Wir gingen. Bill wartete nicht, bis wir draußen waren: »Wenn er arbeiten gehen würde, dann könnten wir vielleicht drüber reden.«

Abends um neun Uhr, nachdem das Einkaufszentrum seine Tore geschlossen hatte, begann meine Schicht. Zuerst musste ich alle Toiletten reinigen, dann kamen die Waschbecken dran und schließlich Wände, Türen und Böden. Ich arbeitete an vier Abenden in der Woche und verdiente fünf Dollar pro Stunde.

Am schlimmsten war es, wenn eine Toilette verstopft war. Die Kunden kümmerten sich nicht darum, sondern benutzten sie so lange, bis die Kloschüssel voll war. Dann blieb mir nichts anderes übrig, als den Inhalt der Schüssel in einen Eimer umzufüllen, die Verstopfung zu beseitigen und anschließend den Inhalt des Eimers in kleinen Portionen hinunterzuspülen. War ich damit fertig, rannte ich ins Freie und holte tief Luft.

Marian hatte bei einem Autohändler eine Stelle in der Buchhaltung gefunden und verdiente viel mehr als ich. Sie bestritt den größten Teil unseres Lebensunterhaltes einschließlich der Miete, für die unsere Gemeinde doch nicht aufkommen wollte.

»Was hast du außer Bibelschule noch gelernt?«

Am liebsten hätte ich den Kerl verprügelt. Waren denn vier Jahre Bibelschule nicht Ausbildung genug?

Nein, offensichtlich nicht. Ich konnte Toiletten reinigen, Waschbecken putzen, Seife nachfüllen, Handtuchrollen auswechseln und Böden wischen.

Meine Gedanken und Gefühle kreisten um alles Mögliche, während ich das weiße Porzellan mit der Klobürste bearbeitete. Wieder einmal war alles ganz anders gekommen, als ich es mir vorgestellt hatte. Dennoch war ich entschlossen, mich in Gottes Willen zu fügen. Vielleicht wollte er mich demütigen, um meinen Charakter zu formen, oder er wollte mir etwas beibringen. Ich war bereit, die Herausforderung anzunehmen, durchzuhalten und auf seine Hilfe zu warten.

Ich erinnerte mich an Minneapolis, an die Dame im Empfangsbüro von Billy Graham und an den Seelsorgehelfer, der damals mit mir gesprochen hatte. Nach all den Jahren tat es mir immer noch weh, daran zu denken. In den Toiletten des Einkaufszentrums fühlte ich mich in diese Situation zurückversetzt. War ich nicht immer noch ohne Ausbildung, ungeeignet für den geistlichen Dienst, ohne Qualifikation, ein Versager?

»Was hast du außer Bibelschule noch gelernt?«

Die Antwort auf diese Frage war die Klobürste in meiner Hand.

Gott hatte mein Leben in der Hand. Er wusste, was er tat und was gut für mich war.

Der nächste Gedanke machte mich wieder mutlos. Die wunderbarste Frau, die ich kannte, hatte mich geheiratet. Sie hatte damit gerechnet, die Frau eines Pastors zu werden. Stattdessen lebte ich jetzt von ihrem Gehalt. Ich konnte sie nicht einmal ernähren. Vor kurzem hatte ich noch davon geträumt, die Stadt für Jesus einzunehmen, und jetzt war ich bei Nacht alleine in dem großen Einkaufszentrum und schrubbte Toiletten.

Meine Rolle in der Gemeinde blieb unklar. Weder der Pastor noch seine Mitarbeiter sprachen mit mir darüber, was meine Aufgabe und meine Position war oder werden sollte. Ich war weder Jugendpastor noch stellvertretender Pastor und predigte auch nicht sonntagabends. Lucy Moore hielt weiterhin die Jugendstunden, und ich machte alles, was noch übrig blieb. Was das war, musste ich selbst herausfinden. Dafür bekam ich fünfzig Dollar im Monat und eine Tankfüllung Benzin. Einmal machte Pastor Marvin einen halbherzigen Versuch, sich bei uns zu entschuldigen, aber sein Bedauern war nur kurz, dann erklärte er uns schon wieder, dass Gott das alles gebrauchen würde, um mich etwas über Opfer und Hingabe zu lehren. Es war für ihn wohl am einfachsten, eine göttliche Absicht in dem Chaos zu sehen, das er verursacht hatte. Ich sagte nichts dazu.

Die Gemeinde in Pocatello, Idaho hatte bereits einen anderen Pastor eingestellt, wie ich auf meine Nachfrage erfuhr.

17

Schließlich zeigte Marian mir den Weg. Es geschah eines Abends, als ich auf dem Sofa lag und meinen Kopf in ihren Schoß gebettet hatte. Marian streichelte mein Haar und strich mir die Tränen aus den Augenwinkeln. Dann sagte sie: »Travis, du bist ein Mann Gottes und Gott hat dich in seinen Dienst berufen. Mach dir keine Gedanken darüber, dass ich arbeiten gehen muss. Sei du nur treu in deinem Dienst und erfülle alle deine Aufgaben von ganzem Herzen und mit großer Freude. Gott wird sich um alles Weitere kümmern.« Sie fuhr sanft über mein Gesicht und sah mir in die Augen. »Ich werde dich immer lieben, Travis Jordan. Du bist mein Traummann, das darfst du nie vergessen.«

Daraufhin rief ich Lucy an und entschuldigte mich für die ganzen Missverständnisse. Ich wollte die Jugendarbeit nicht an mich reißen, versicherte ich ihr. Aber ich würde ihr gerne helfen. Ob ich das dürfte? Gerne, sagte sie.

Am folgenden Mittwoch waren Marian und ich beim Jugendtreffen dabei. Zum Glück musste ich mittwochs nie arbeiten. Ich half beim musikalischen Teil des Abends und spielte Gitarre. Wir beteiligten uns in der Diskussion und forderten die Jugendlichen heraus. Wir halfen bei allem, ohne Lucy als Leiterin zu beschneiden. Bald waren wir ein gutes Team und hielten das Treffen am Sonntag gemeinsam ab. Dann organisierten wir eine Wochenendreise für die Jugendlichen, die wunderbar klappte.

Auch bei meiner Putzstelle gab es erfreuliche Entwicklungen. Nachdem ich zwei Monate lang zur Zufriedenheit meines Chefs Toiletten gereinigt hatte, wurde mir die Bodenwischmaschine anvertraut. Welch eine Beförderung! Ich saß gemütlich auf dem Fahrersitz und steuerte das Gerät die langen Flure entlang, an den Schaufenstern vorbei und um die großen Säulen herum. Dabei sang ich aus voller Kehle, dankbar für all das Gute in meinem Leben.

Während meines ersten Monats in der Gemeinde mähte ich auch den Rasen rund um die Kirche. Dann organisierten Lucy, Marian und ich einen Garten-Einsatztag für die Jugendlichen. Die Teenager mähten den Rasen, zupften Unkraut und schafften das Gras weg. Sie arbeiteten mit Begeisterung und wir waren stolz auf sie. Ich belohnte sie mit einem Ausflug zum Schwimmbad.

Wenige Tage später kam Schwester Marvin zu mir. Die Mädchen hätten Bikinis getragen und sich so vor den Jungs gezeigt. Sie war empört und wies mich scharf zurecht. Den gepflegten Gemeinderasen erwähnte sie überhaupt nicht.

Unsere Bibelarbeit am Sonntagmorgen wurde sehr lebendig. Wir diskutierten über Moral, Sex, Autorität, Achtung vor anderen, Ehrlichkeit und was die Bibel zu all diesen Themen zu sagen hatte. Die Jugendlichen wurden immer offener und erzählten von der Schule, über ihre Freunde, Eltern, ihre Hoffnungen und Ängste, was sie cool fanden und was ihnen spießig erschien. Wir sprachen über die prophetischen Aussagen der Bibel und verglichen sie mit den aktuellen Ereignissen im Nahen Osten. Sogar Trevor und seine beiden Freunde wurden zutraulich und sprachen davon, dass sie gerne ihre Kumpel mitbringen wollten.

Aber sie sprachen immer nur davon. Es kam nie ein Freund mit. Eines Tages fragte ich sie, woran das läge. Da erklärten sie mir, sie hätten noch niemanden eingeladen, weil es ihnen peinlich war, ihre Freunde in das auf kleine Kinder zugeschnittene Vorprogramm mitzunehmen. Die Jugendgruppe war in Ordnung, aber zu den Kinderliedern konnten sie ihre Freunde unmöglich mitbringen.

Das konnte ich gut verstehen, und ich rechnete nicht damit, dass daraus ein Problem entstehen könnte. Ich sprach mit Lucy: »Können unsere Teenager ihre Freunde direkt zur Jugendgruppe am Sonntag bringen, ohne vorher den gemeinsamen Kinderteil im großen Saal mitmachen zu müssen?«

Lucy antwortete ausweichend: »Wir sollten zuerst mit Schwester Dwight sprechen. Sie ist die Leiterin der Bibelgruppen am Sonntagmorgen.«

Schwester Dwight wollte die Angelegenheit nicht alleine entscheiden. »Am besten wir sprechen beim Treffen der Gruppenleiter darüber«, lautete ihre ausweichende Antwort.

Die nächste Gruppenleiterbesprechung war ein paar Wochen später nach dem Sonntagsgottesdienst. Lucy, Marian und ich nahmen daran teil und brachten das Thema zur Sprache.

Bei dieser Gelegenheit lernte ich Schwester Rogenbeck kennen.

Sie leitete die Gruppe der noch nicht schulpflichtigen Kinder und tat diesen Dienst vermutlich schon sehr lange. Als ich meinen Vorschlag machte, die Teenager vom Eingangsprogramm freizustellen, sah sie mich an, als würde ich vorschlagen, den Glauben an die Jungfrauengeburt Jesu aufzugeben. Mit tadelnder Stimme wies sie mich zurecht: »Es ist wichtig, dass am Sonntagmorgen zuerst alle zusammen sind, bevor sie in ihre Gruppen gehen.«

Ich war jung und unerfahren und dachte, ich könnte mit ihr argumentieren. »Was du sagst, trifft für die kleinen Kinder zu. Aber man kann von Teenagern nicht erwarten, dass sie Kinderlieder mitsingen.«

»Dann müssen sie lernen, sich zu fügen.«

»Du kannst von Jugendlichen, die auf Rock und Punk, Dance und Techno abfahren, nicht verlangen, dass sie am Sonntagmorgen ›Das Fischlein in dem Wasser‹ singen, möglichst auch noch mit Handbewegungen. Das geht nicht!«

Sie verschränkte die Arme und sah nach vorne: »Die Jugendlichen gehören genauso zum Vorprogramm wie alle anderen auch.«

Für sie war das Thema damit erledigt. Aber für mich noch lange nicht.

»Siehst du das auch so?«, fragte ich Schwester Dwight.

Schwester Dwight nickte so ergeben, als wäre das Wort des Herrn vom Berg Sinai erklungen.

»Bist du nicht die Leiterin der Bibelgruppen und des Vorprogramms?«

Leicht irritiert antwortete sie: »Ja, das bin ich.«

Ich wandte mich an Schwester Rogenbeck: »Und wieso entscheidest du dann?«

Sie reagierte nicht, hielt die Arme verschränkt und blickte stur geradeaus.

»Sieh mich an!« Marian zupfte mich am Ärmel, doch ich reagierte nicht, sondern wiederholte: »Schwester Rogenbeck, bitte sieh mich an!«

Schwester Dwight war entrüstet: »Travis, ich glaube nicht, dass dein Verhalten angemessen ist.«

Schwester Rogenbeck sah mich an, ohne sich zu bewegen.

»Bist du die Leiterin der Bibelgruppen und des Vorprogramms am Sonntagmorgen?«, fragte ich sie.

Schwester Marvin war noch empörter als Schwester Dwight: »Travis, das ist jetzt genug.«

»Bist du die Leiterin?«

»Nein.«

»Bist du in der Gemeindeleitung?«

»Nein.«

»Wie kommst du dann dazu, allen anderen vorzuschreiben, was sie zu tun und zu lassen haben?«

»Travis!«, flüsterte Marian und zog kräftig an meinem Ärmel.

»Meine Frage richtete sich an die Leiterin der Bibelgruppen, und ich möchte, dass sie die Entscheidung fällt.« Ich sah Schwester Dwight an: »Was ist deine Meinung?«

»Nun ...«

Schwester Rogenbeck ließ sie nicht zu Wort kommen: »Alle müssen am Vorprogramm teilnehmen.«

»Ich habe Schwester Dwight gefragt.«

Schwester Marvin antwortete: »Travis, bei uns ist das so.«

Ich ließ nicht locker. Zwanzig Minuten lang bekam ich auf die gleichen Fragen die gleichen Antworten. Dabei wurde ich immer wütender. Am Ende hatte ich nichts erreicht, außer dass wir alle verärgert waren, ich selbst am meisten. Meine Beziehung zu Schwester Rogenbeck war von da an auf dem Nullpunkt und Schwester Marvin beobachtete mich noch misstrauischer als bisher. Was Schwester Dwight über die Teenager im Vorprogramm dachte, habe ich nie erfahren.

So kamen die Jugendlichen der Gemeinde sonntags weiterhin zuerst in den Hauptraum und saßen lustlos ihre Zeit ab, bevor sie in ihre Gruppe gehen konnten. Die Gruppengröße blieb bei zwölf. Aber die Jugendtreffen am Mittwochabend entwickelten sich fantastisch. Dieser Abend gehörte den Jugendlichen und sie gestalteten ihn nach ihren Vorstellungen.

Ich begann, die Schulen zu besuchen, um die Jugendlichen besser kennen zu lernen. Zusammen mit Marian gingen wir zu ihren Sportveranstaltungen und Konzerten. Wir taten alles Mögliche, um ihr Vertrauen zu gewinnen.

Unsere Jugendabende wurden immer besser. Wir sangen, beteten Gott an und waren begeistert von Jesus. Der Jugendraum füllte sich und bald hatten wir nicht mehr genügend Stühle. Also brachten die Teenager Kissen mit und setzten sich auf den Boden.

Der schüchterne Brian entpuppte sich als ein begabter Gitarrenspieler und schaffte es, sich mit mir zusammen vor die Gruppe zu stellen und Anbetungslieder zu spielen. Ein Junge namens Robbie konnte Bass spielen. Ich übernahm die Leadgitarre und schon waren wir eine richtige Anbetungsband. Wir begannen, mit den Jugendlichen im Wort Gottes zu graben, und sie bekamen Spaß am Beten.

Dann bat Schwester Marvin mich zu einer Besprechung.

»Ich vermute, es gibt Instrumente, die zum Lob Gottes geeigneter sind als elektrische Gitarren«, eröffnete sie das Gespräch.

Wir saßen zu dritt im Büro des Pastors, Schwester Marvin, Pastor Marvin und ich.

»Wir haben sehr schöne Anbetungszeiten«, protestierte ich. »Die Jugendlichen singen begeistert mit.«

»Rockmusik gehört nicht in das Haus Gottes!«

»Wir machen keine Rockmusik, sondern zeitgemäße Anbetungsmusik.«

Sie verdrehte die Augen. »Elektrische Gitarren! Wir konnten sie bis oben hören.«

Pastor Marvin versuchte, sie zu bremsen: »Zumindest singen die Jugendlichen dazu.«

Sie sah ihn tadelnd an und fuhr fort, sich aufzuregen.

Der Pastor versuchte zu vermitteln: »Könnte Marian nicht Klavier spielen?«

»Wir haben unten im Jugendraum kein Klavier«, antwortete ich. »Das einzige Klavier steht im Gottesdienstraum.«

»Vielleicht wäre es sowieso am besten, wenn ihr die Jugendlichen bei uns oben am Gottesdienst teilnehmen lassen würdet«, schlug Schwester Marvin vor.

Ich hatte die Jugendlichen vor Augen, die zu unseren Treffen kamen, weil wir jugendgemäße Musik machten und Themen besprachen, die sie beschäftigten. Dann stellte ich mir vor, sie müssten zu Schwester Marvins Orgelspiel singen und Pastor Marvins Predigt lauschen. »Das werde ich nicht zulassen.«

»Wie bitte?«, fuhr sie mich an.

»Das werde ich nicht zulassen.«

Zum Pastor gewandt, erklärte ich: »Unsere Jugendgruppe ist von zwölf auf über vierzig Jugendliche gewachsen, und ich bin mir sicher, dass sie weiter wachsen wird, vorausgesetzt, ihr lasst uns in Ruhe. Ist das möglich?«

»Auf keinen Fall«, antwortete Schwester Marvin, »solange ihr unter unserer Leitung seid, könnt ihr nicht machen, was ihr wollt.«

Ich stellte mich vor Pastor Marvin und sah ihm in die Augen. »Mich interessiert deine Meinung, Pastor!«

Er sah zu seiner Frau, bevor er antwortete: »Nun, ihr macht sicher eine gute Arbeit, aber ihr müsst vorsichtig sein, Travis.« Wieder gingen seine Blicke zu seiner Frau. Offensichtlich war sie noch nicht mit ihm zufrieden, denn er fügte hinzu: »Wir werden in Ruhe darüber reden und eine Lösung finden.«

Wir behielten unseren Musikstil und die E-Gitarren, Schwester Marvin ließ uns in Ruhe und die Jugendgruppe wuchs von Woche zu Woche. Bald waren wir schon über sechzig Teenager. Doch leider konnte sich Schwester Marvin über diese Entwicklung nicht freuen und Schwester Rogenbeck grüßte mich nicht mehr. Bill Braun bestand darauf, dass ich ihm meine Benzinrechnung persönlich aushändigte und ließ sich dann von mir genau erklären, wann ich aus welchem Grund wohin gefahren war.

Als Cindy und Clarice sich zu Brian und Robbie gesellten, hatten wir eine kleine Band. Die Mädchen sangen, die Jungs begleiteten sie und das Ganze klang richtig gut. Wir fragten sie, ob sie nicht am Sonntagabend im Gottesdienst auftreten wollten, und sie waren damit einverstanden. Zu diesem Anlass kamen zwölf ihrer Freunde mit, sodass wir sechzehn Jugendliche in einem Gottesdienst hatten, zu dem sonst nie junge Leute kamen. Ich rechnete fest damit, dass Schwester Marvin sich freuen würde.

Aufgeregt gingen Cindy, Clarice, Brian und Robbie nach vorne. Die Mädchen nahmen die Mikrofone in die Hand und die Jungs begannen mit dem Gitarrenvorspiel.

Plötzlich erklang die tiefe Stimme von Amos Rogenbeck, Schwester Rogenbecks Mann: »Ihr jungen Leute, stellt euch doch bitte nicht vor den Altar.«

Die Musik brach ab und die vier sahen verwirrt zu dem alten Mann.

Ich sprang auf und eilte nach vorne. »Was haben wir falsch gemacht?«, flüsterte Robbie ängstlich. Brian war puterrot im Gesicht, die Mädchen sahen einander ratlos an.

»Ihr habt nichts falsch gemacht.« Schnell schob ich sie ein wenig zur Seite, sodass sie vor dem Klavier standen und der Blick zum Altar wieder freigegeben war. »Kümmert euch nicht um ihn, singt einfach für Jesus.«

Ich hatte sie vorher gehört und wusste, wie gut ihr Lied klingen konnte, wenn sie sich sicher fühlten. Doch dieser Auftritt misslang jämmerlich und beschämt gingen sie auf ihre Plätze zurück, wo sie von ihren empörten Freunden erwartet wurden. Nach dem Gottesdienst hatte ich alle Hände voll zu tun, um mit möglichst vielen Jugendlichen zu sprechen. Sie waren aufgebracht und enttäuscht. Es würde Wochen dauern, bevor ich sie wieder zu einem Gottesdienstbesuch überreden konnte.

Bruder Rogenbeck sollte nicht ungeschoren davonkommen. Ich nahm ihn zur Seite und stellte ihn unter vier Augen zur Rede. »Bruder Rogenbeck, du hast diese jungen Leute heute in Verlegenheit gebracht und gedemütigt …«

»Sie waren respektlos. Man stellt sich nicht so vor den Altar.«

»Das wussten sie nicht. Sie waren nervös, aber sie wollten nicht respektlos sein. In Wirklichkeit waren sie gekommen, um Jesus Ehre zu machen und der Gemeinde zu dienen …«

»Der Jugend von heute ist doch nichts mehr heilig. Du solltest ihnen eigentlich beibringen, was Ehrfurcht ist.«

Ich packte ihn am Arm und kam nahe an sein Gesicht heran: »Nun hör mir mal gut zu! Für mich sind diese Jugendlichen unendlich kostbar, und sie waren heute Abend hier, um Jesus zu verherrlichen. Wenn du es noch einmal wagst, in dieser Gemeinde einen Jugendlichen in Verlegenheit zu bringen – hörst du mich? –, dann werde ich dich so in Verlegenheit bringen, dass du es bereuen wirst, und zwar in aller Öffentlichkeit. Darauf kannst du dich verlassen!«

»Du sollst das Alter ehren!«

Ich redete gegen eine Wand. Es war sinnlos.

Nach einigen Wochen sangen Cindy, Clarice, Brian und Robbie noch einmal im Gottesdienst und machten ihre Sache ausgezeichnet.

Unsere Mittwochabende wurden immer besser. Wenn wir fragten, wer in der vergangenen Woche etwas mit Jesus erlebt hatte, erzählten die Jugendlichen begeistert von erhörten Gebeten und gelösten Problemen. Die Freunde unserer Teenager kamen mit und die Jugendarbeit entwickelte sich prächtig.

Es ging sogar so weit, dass die Gemeindeleitung beschloss, mein Gehalt auf hundert Dollar im Monat zu erhöhen. Bruder Bill Braun war dagegen, doch er wurde überstimmt, was sein Verhältnis zu mir nicht gerade verbesserte.

Auf besonderen Wunsch der Familien Rogenbeck, Peeley und Schmidt gewöhnte ich mich auch daran, zu jedem Gottesdienst eine Krawatte zu tragen. Es waren die Familien, die am meisten spendeten und mit denen ich mich, so hatte Pastor Marvin es mir nahe gelegt, gut stellen sollte.

Doch zum Ausgleich ließ ich mir die Haare etwas länger wachsen.

Eines Sonntags, als wir etwa acht Monate in der Gemeinde waren, kamen zwei Schwestern zu Marian und boten an, für sie zu beten. Der Gottesdienst war zu Ende, ich stand vorne und betete mit zwei Jugendlichen, während Marian von ihrem Platz aus mitbetete. Schwester Peeley und Schwester Schmidt setzten sich rechts und links neben Marian und fragten, wofür sie beten dürften.

»Nun, ihr könnt für die Jugendlichen beten, die dort vorne stehen. Der Junge kommt aus einem kaputten Elternhaus, das Mädchen war Satanistin.«

»Gibt es noch etwas, wofür wir uns mit dir eins machen können?«, beharrten die Frauen.

»Ja, an meiner Arbeitsstelle habe ich Kontakt zu einem jungen Mädchen, der ich schon viel von Jesus erzählt habe. Es wäre schön, wenn ihr auch für sie beten würdet.«

»Aber was ist mir dir? Wir würden gerne für dich beten.«

Marian wusste längst, was die beiden wollten. Sie war durch Lucy gewarnt worden, die bei einem Frauentreffen gehört hatte, wie Schwester Marvin ihrer Sorge um Marian Ausdruck verliehen hatte. Marian schien sich mehr um ihren Beruf als um ihren Mann zu kümmern, ferner sei sie nicht offen für das Wirken des Heiligen Geistes und man habe sie auch noch nie in Sprachen beten hören. Lucy wollte Marian in Schutz nehmen, doch Schwester Marvin ließ dies nicht zu: »Wir haben ein Problem und wir müssen darüber sprechen!«

Nun wollten Schwester Peeley und Schwester Schmidt ihr die Hände auflegen, doch Marian und ich waren auf diesen Moment vorbereitet. Marian kratzte sich an der Nase, ich verstand das Zeichen und kam zu ihr.

»Entschuldigt bitte die Störung«, sagte ich freundlich an alle drei Frauen gewandt, »aber wir brauchen Marian vorne. Es wäre gut, wenn sie mit Lucy zusammen für unsere Teenys beten würde.«

Ruhig stand Marian auf, entschuldigte sich und ging nach vorne zu den Teenagern.

Auf der Heimfahrt war Marian richtig ausgelassen: »Endlich bekomme ich auch ein bisschen Aufmerksamkeit«, freute sie sich, »warum soll sich der ganze Gemeindezorn immer nur über dich ergießen?«

Nach einem Jahr und fünf Monaten war ich am Höhepunkt meines Dienstes. Die Jugendarbeit blühte und es kamen am Mittwochabend über achtzig Jugendliche.

Aber auch das Ende dieses Dienstes rückte unaufhaltsam näher. Im Laufe der Monate hatten sich die Konfrontationen und Beleidigungen auf beiden Seiten angehäuft, und es war nur noch eine Frage der Zeit, bis das ganze explosive Gemisch in die Luft gehen würde.

Es geschah ausgerechnet während der Weihnachtsfeier. Die Gemeinde hatte einen Festsaal in einem nahe gelegenen Hotel gemietet und festlich geschmückt. Alle hatten sich herausgeputzt und saßen bei Kerzenschein an reich gedeckten Tischen. Lucy, Marian und ich hatten aus vierundzwanzig Teenagern einen Jugendchor gebildet. Die Mädchen trugen lange Kleider, die Jungs steckten in weißen Hemden und Krawatten. Marian spielte auf einem gemieteten Klavier, Brian und Robbie begleiteten sie auf der Gitarre und ich dirigierte. Sie sangen ein abwechslungsreiches Programm von klassischen Weihnachtsliedern und lustigen, zeitgenössischen Liedern, die zu Weihnachten passten. Es war ein stimmungsvoller Abend, die Jugendlichen waren großartig und die Gemeinde freute sich. Bis plötzlich alles explodierte.

Wir hatten gerade ein altes Evangeliumslied vorgetragen, zu dessen Illustration die Sänger in witziger Verkleidung auftraten. Die Teenys glühten vor Begeisterung, und die Gemeinde klatschte kräftig, als ich plötzlich eine vertraute Stimme hörte.

»Es ist Zeit, dass ihr umkehrt, ihr jungen Leute! Wir sind hier, um Gott zu loben, nicht, um uns solchen Unsinn anzusehen!«

Mein Gesicht war dem Chor zugewandt, doch ich erkannte Bruder Rogenbecks Stimme sofort. Ich ließ meine Arme sinken, mit denen ich gerade den Einsatz zum nächsten Stück hatte geben wollen, und ich spürte, wie Zorn in mir aufstieg. Im ganzen Raum hörte man Proteste. Ich sah die Enttäuschung in den Gesichtern unserer Jugendlichen, ihre Verlegenheit und Angst. Cindy und Clarice, die schon zum zweiten Mal diese Erfahrung machten, waren nicht erschrocken, aber sehr wütend.

Brian war laut und vernehmlich zu hören: »Dann gehen Sie doch raus, wenn es Ihnen nicht passt!«

Ich drehte mich zur Gemeinde um. Schwester Marvin öffnete gerade den Mund, um Brian zurechtzuweisen.

»Brian hat Recht«, wandte ich mich zuerst an Schwester Marvin, dann an alle Versammelten. »Diese Jugendlichen haben viele Stunden investiert und viel dafür gebetet, dass sie euch und Jesus heute Abend eine Freude machen können. Sie haben eine solche Behandlung nicht verdient.«

Einige nickten zustimmend und murmelten beifällig, doch die meisten starrten mich wortlos an. Marian, von der ich den üblichen beschwichtigenden Blick erwartete, war von ihrem Klavierstuhl aufgesprungen, ihre Augen blitzten, und sie war im Begriff, selbst etwas zu sagen. Doch ich kam ihr zuvor.

»Bruder Rogenbeck«, sagte ich, »es ist nicht das erste Mal, dass du dich auf diese Weise hervortust. Damals habe ich dir angekündigt, dass ich dich in aller Öffentlichkeit zurechtweisen werde, wenn du so etwas noch einmal machst. Jetzt ist es so weit.«

Er starrte mich durch seine dicken Brillengläser an, ohne eine Miene zu verziehen. Ihn würde so schnell nichts aus der Ruhe bringen und seine Position in der Gemeinde war unantastbar.

Ich baute mich direkt vor ihm auf: »Anscheinend hast du in den über siebzig Jahren deines Lebens nicht einmal die einfachsten Regeln der Höflichkeit gelernt. Wenn diese Jugendlichen sich auf die Bühne stellen und ihren Beitrag bringen, dann gehört es sich, dass du ruhig auf deinem Platz sitzt und den Mund hältst. Vielleicht findest du es besonders heilig und gerecht, die Gefühle dieser jungen Leute zu verletzen, aber das werde ich nicht zulassen.«

Aus den Augenwinkeln sah ich, wie Schwester Marvin kochte und Bruder Marvin andeutungsweise nickte. Ich wusste, dass ich mich gerade selbst aus meinem Dienst hinauskatapultierte, aber es war zu spät. Mir war alles egal. Ich hatte schon zu viel eingesteckt und ertragen. Entschlossen trat ich noch einen Schritt näher auf Bruder Rogenbeck zu: »Von jetzt an bist du ruhig, Bruder Rogenbeck, hörst du? Wenn du noch ein einziges Mal deinen Mund aufmachst, um einen dieser Jugendlichen zu beleidigen, dann verspreche ich dir vor Gott und der Gemeinde, ich werde dich eigenhändig vor die Tür setzen. Haben wir uns verstanden?«

Die Teenager applaudierten und lachten.

Die meisten Gemeindeglieder schnappten entsetzt nach Luft, nur einige nickten nachdenklich. Doch was die Gemeindeleitung betraf, dachte nur Wally Barker, dass ich noch länger in der Gemeinde bleiben könnte.

Die Weihnachtsfeier hatte an einem Freitagabend stattgefunden. Am darauf folgenden Sonntag erhielt ich mein letztes Gehalt. Es hatte einen Streit in der Gemeindeleitung gegeben, ob ich für den ganzen oder den halben Dezember bezahlt werden sollte. Sie gaben mir schließlich fünfzig Dollar. Während er mir das Geld gab, versicherte mir Pastor Marvin, dass er mit mir zufrieden gewesen sei. Doch anschließend bat er mich, die Gemeinde nicht mehr zu besuchen, auch nicht als Gast, weil das zu viel Unruhe mit sich bringen würde. Ich betrat die Gemeinde nie wieder.

Lucy führte die Jugendarbeit fort, bis sie heiratete. Als sie wegzog, gab es niemanden, der die Jugendgruppe übernehmen konnte. Die Jugendlichen zerstreuten sich, und bald hatten die älteren Geschwister ihre Gemeinde wieder so zurück, wie sie immer gewesen war.

Es waren ein Jahr und fünf Monate meines Lebens, über die ich noch oft nachdachte. Was hätte ich anders machen können? Ich hätte nicht so ungeduldig sein dürfen und eher auf allmähliche Veränderung setzen sollen. Wahrscheinlich wäre es besser gewesen, wenn ich mich der Gemeindeleitung mehr untergeordnet hätte. Aber ob ich mich auch den Schwestern Marvin, Rogenbeck, Peeley und Schmidt hätte unterordnen sollen, weiß ich nicht. Sicher war es nicht gut, Bruder Rogenbeck öffentlich zurechtzuweisen. Damit hatte ich den Jugendlichen kein gutes Vorbild gegeben. Ich war damals noch sehr jung und kämpferisch, das muss ich zugeben.

Aber bei allen Fehlern ... wir erlebten damals einen sehr schönen Aufbruch unter den Jugendlichen und vieles, was in dieser Zeit geschah, hatte bleibenden Bestand. Die meisten Teenager kamen aus Familien, die nicht gläubig waren. Doch bis heute sind viele der Teenager von damals engagierte Christen. Trevor empfing seelische Heilung und konnte aufhören, in die Hosen zu machen. Seine Mutter war so froh darüber, dass sie mir einen Dankesbrief schrieb. Und als wir gingen, bekamen wir auch von unseren Jugendlichen sehr viele Abschiedsbriefe.

»Travis, geht es dir gut?«, fragte Kyle, der seit Missoula am Steuer saß und seither nichts mehr von mir gehört hatte.

»Ja, klar ...« Ich räusperte mich, meine Kehle war trocken, mein Hals wie zugeschnürt. Ich war sehr tief in Gedanken gewesen.

»Es geht mir gut. Ich habe nur über manches nachgedacht.«

Ich überlegte einen Augenblick, ob ich es ihm sagen sollte.

»Kyle, meine Frau hat einmal etwas zu mir gesagt, das dir vielleicht auch gut tun wird. Du bist ein Mann Gottes und Gott hat dich in seinen Dienst berufen. Mache dir nicht zu viele Gedanken, sei nur treu in deiner Arbeit und erfülle alle deine Aufgaben von ganzem Herzen und mit großer Freude. Gott wird sich um alles Weitere kümmern.«

Ich zögerte und fügte dann noch hinzu: »Und lass nicht zu, dass irgendjemand dein Feuer erstickt.«

Kyle wusste nicht, worüber ich die letzten zweihundert Kilometer nachgedacht und an was ich mich erinnert hatte. Erstaunt sah er mich an: »Danke.«

Die Straße verschwamm vor meinen Augen. Verstohlen wischte ich mir die Tränen weg.

18

Ehrfürchtig schritt Arnold Kowalski den Mittelgang der Marienkirche entlang. Bedächtig ging er über die bunten Flecken, welche die Sonne auf den Steinboden malte. Seine Augen waren auf das Kruzifix gerichtet. Er war ganz alleine in der Kirche, die Pilger samt den Journalisten waren verschwunden. Angeblich waren sie alle bei dem Mann, der in einem Zirkuszelt auf Frau Macons Gelände Versammlungen abhielt. Doch das interessierte Arnold Kowalski nicht.

In dieser Kirche war sein Glaube beheimatet. Hier hing das Kruzifix, das seit Jahrzehnten zu seinem Leben gehörte. Er staubte es ab, polierte und verehrte es. Hier hatte er Heilung empfangen.

Allerdings waren die Schmerzen wieder da, zwar nicht so stark wie vorher, aber er spürte sie bei jedem Schritt. In glaubensvoller Erwartung hatte er sich eine Krawatte umgebunden und sich noch einmal gekämmt. Wieder blickte er um sich, um sich zu vergewisseren, dass er auch wirklich alleine war. Dann ging er langsam in Richtung Altar, den Kopf demütig und voller Erfurcht gesenkt. Nach jedem zwölften Schritt blieb er stehen und machte einen Kniefall. Seine Gelenke taten wieder weh, aber das würde bald wieder vorbei sein. Er hatte alles richtig gemacht: Er hatte sich mit Weihwasser bekreuzigt, zwölf Ave Maria und zwölf Vaterunser aufgesagt und dann erst erklomm er die Stufen zum Altarraum.

Pater Vendetti hatte ihn schon vor ein paar Tagen gebeten, die Leiter wieder wegzuräumen, doch er hatte damit noch gewartet. Er wollte sie noch einmal benutzen, nachdem er genug gebetet hatte. Heute fühlte er sich angemessen vorbereitet. Mühsam stieg er auf die Leiter. Die Schmerzen waren schlimm. Doch seine Augen waren auf das hölzerne Gesicht geheftet, das von einem Dornenkranz umgeben war.

Als er dem Gesicht gegenüberstand, griff er in seine Tasche und holte das kleine Kruzifix heraus. Seine Mutter hatte es ihm vor Jahren geschenkt, seither hing es über seinem Bett.

»Siehst du«, sagte er zu der großen Holzfigur und hielt ihr das kleine Kruzifix vor die Nase, »ich habe dich auch zu Hause.« Erwartungsvoll streckte er seinen Arm aus und drückte das kleine Kruzifix gegen das Große. Nichts geschah. Entschlossen rieb er die beiden aneinander. Dazu betete er ein Vaterunser und ein Ave Maria. Dann lächelte er: »Ich weiß, dass in dir so viel Segen steckt, dass du mir nicht böse bist, wenn ich ein bisschen davon mitnehme.«

Zufrieden hängte er sein kleines Kruzifix um den Hals, bekreuzigte und bedankte sich.

Als er wieder unten war, räumte er die Leiter weg. Jetzt hatte er den Segen ganz für sich und das kleine Kruzifix würde ihn überall hin begleiten. Er würde bestimmt bald keine Schmerzen mehr haben.

Auf dem letzten Abschnitt unserer langen Reise saß ich wieder am Steuer. Kaum waren wir in Antioch, als Brett Henchle uns auf den Parkplatz winkte. Da ich mich grundsätzlich an die Verkehrsregeln hielt, wusste ich, dass etwas faul war.

»Was hast du denn gemacht?«, wunderte sich Kyle.

Ich ahnte den Zusammenhang: »Ich war in Missoula, um diesem verschwundenen Fahrzeug nachzuspüren.«

»Und du meinst wirklich, deshalb hält er uns an?«

»Mal sehen.«

Ich kurbelte das Fenster herunter. Brett hatte seine Kelle in der Hand und kam mit gewichtigen Schritten auf uns zu.

»Tag, Travis«, sagte er und steckte die Kelle in eine Schlaufe an seinem Gürtel, »du hast es wohl ein bisschen eilig heute?«

Ich blieb höflich. »Nein, ich bin unter fünfundzwanzig Meilen gefahren, und das ist hier erlaubt.«

Er stützte sich mit einem Arm an meinem Autodach ab und beugte sich zu meinem Fenster herunter: »Da habe ich aber etwas ganz anderes gemessen.«

Ich sah zu Kyle: »Ich habe einen Zeugen.«

Er beugte sich noch tiefer zu mir. Seine goldgeränderte Sonnenbrille und der braune Schnurrbart waren schon fast in meinem Fenster. »Na schön, dann kommen wir gleich zum Thema. Ich weiß, wo ihr wart und was ihr gemacht habt. Eigentlich solltet ihr wissen, dass dies meine Aufgabe ist und dass sie euch überhaupt nichts angeht.«

Ich versuchte einzulenken: »Brett, komm schon, wir kennen uns doch schon seit Jahren …«

Er hatte jetzt den Kopf halb in meinem Fenster: »Da gibt es nichts zu diskutieren, Travis. Hier bestimme ich, was geht und was nicht. Wenn ihr Ärger macht, dann wundert euch nicht, wenn auch ihr Ärger bekommt.«

»Müssen wir nicht zuerst das Gesetz brechen, bevor wir Ärger mit dir bekommen?«

Er lächelte undurchsichtig: »Das werde ich selbst beurteilen. Nun zeigt mir mal euren Führerschein und die Fahrzeugpapiere. Ihr seid leider mit vierzig Meilen erwischt worden.«

Wir trafen uns in Morgan Elliotts Büro. Kyle und ich waren beide nicht sicher, ob dies eine gute Idee war, aber Morgan bestand darauf: »Da Michael mein Sohn ist, weiß Brandon ohnehin, dass er es mit mir zu tun bekommen wird.« Wir erzählten von den Ergebnissen unserer Fahrt und von der Begegnung mit Brett Henchle.

Sie sah Kyle nachdenklich an: »Sieht fast so aus, als könntest du Recht haben.«

»Nichols kauft sich die wichtigsten Leute«, meinte Kyle, »Leute mit Geld oder Macht.«

»Sein erstes reiches Opfer war Frau Macon«, ergänzte ich.

»Dann folgten die Geschäftsleute Norman und Matt«, fügte Morgan hinzu.

»Auch von den Pastoren versucht er, so viele wie möglich auf seine Seite zu ziehen.«

»Zum Beispiel Armond Harrison.«

»Genau! Burton Eddy ist auch schon weitgehend auf seiner Seite. Sid Maher und Paul Daley mögen Nichols zwar nicht, aber sie wagen es auch nicht, in der Gemeinde etwas gegen ihn zu sagen.«

Morgan schnaufte verärgert: »Sie wollen tolerant sein.«

»Willst du das nicht auch?«, hakte Kyle in seiner üblichen Direktheit nach.

Ich wollte ihn gerade stoppen, aber Morgan antwortete schon: »Der Mann ist nicht Jesus.«

Diese Gelegenheit konnte Kyle nicht ungenutzt verstreichen lassen. Ich stöhnte innerlich, aber Morgan blieb freundlich und ausgeglichen, während Kyle fragte: »Kennst du den wahren Jesus?«

Sie dachte nach: »Kaum«, und fügte noch hinzu: »Aber das kann sich ja noch ändern …«

»Wir können jetzt gleich zusammen beten!«

» … zu gegebener Zeit.« Damit wandte sie sich wieder mir zu: »Und was jetzt?«

»Ich denke, es ist an der Zeit, dass ich mich mit Nichols unterhalte.«

Kyle reagierte sofort: »Ich komme mit.«

»Nein, besser nicht. Nichols und ich hatten schon einige Gespräche, an die ich anknüpfen möchte.«

»Aber nach allem, was wir von Abe und Hattie gehört haben, ist das vielleicht keine so gute Idee.«

Auch Morgan war sich nicht sicher: »Ich wäre sehr vorsichtig, wenn ich allein mit ihm wäre ...«

»Er wandte sich mehrmals an mich, als ob er mein Vertrauen suchen würde«, widersprach ich, »vielleicht wird er offen mit mir reden. Ich möchte versuchen, mich allein mit ihm zu unterhalten und herauszufinden, was eigentlich mit ihm los ist.«

»Ich muss euch noch etwas erzählen«, sagte Morgan plötzlich, »Nevin Sorrel ist tot.«

Kyle erschrak sichtlich, doch mir sagte der Name zunächst nichts. »Wer ist das?«

»Ich habe dir von ihm erzählt«, antwortete Kyle. »Als ich bei dem Treffen in der Garage war, hat er versucht, Fotos von Brandon zu machen.«

Jetzt erschrak ich doch. »Wirklich?«

»Er arbeitete für Frau Macon, bis Nichols auftauchte«, erläuterte Morgan. »Nach dem, was Michael mir sagte, hat Frau Macon ihn entlassen, weil sie Nichols eingestellt hatte. Darüber war Nevin sehr verärgert.«

»Nevin hat die Versammlung gestört«, erinnerte sich Kyle. »Er sagte, Brandon Nichols sei nicht Brandon Nichols, er sei ein Lügner!«

»Damit hatte er Recht.«

»Was ist mit ihm passiert?«

»Nichols hat ihn wieder eingestellt«, wusste Morgan. »Michael sagte, er habe mit Nichols zusammen an einem Bewässerungsprojekt gearbeitet. Irgendwo dort oben auf den Hügeln wollten sie einen Brunnen graben. Nevin war zu Pferde unterwegs, hatte auf dem Gelände gearbeitet und wollte anschließend zum Macon'schen Haus zurückreiten. Dabei stürzte er vom Pferd und fiel auf den Kopf. Sein Fuß verhakte sich im Saumzeug und er wurde den ganzen Weg zurückgeschleift. So wird es zumindest erzählt. Es gibt keine Zeugen.«

»Er arbeitete für Nichols?«, fragte ich noch einmal.

»Ja, so hat Michael es erzählt.«

Kyle wunderte sich ebenfalls: »Nichols hat ihn angestellt, obwohl er ihm damals so eine Szene gemacht hatte?«

»Michael sagte, Frau Macon sei dagegen gewesen, aber Nichols wollte, dass Nevin bei ihm wohnte und für ihn arbeitete. Darüber kann man jetzt denken, was man will.«

Kyle schüttelte heftig den Kopf: »Ich würde nicht alleine zu ihm gehen.«

Dann warteten er und Morgan auf meine Antwort. Ich überlegte noch einmal in Ruhe und sagte schließlich: »Bitte betet für mich. Ich muss alleine gehen.«

Es war die erste Versammlung von Herb Johnson alias Brandon Nichols, die ich besuchte. Etwa dreihundert Personen hatten sich im Zirkuszelt eingefunden. Ich verstand sofort, warum Kyle so empört an die Zeitung geschrieben hatte. Der Typ konnte einem Eskimo Schnee verkaufen. Seine Show war ausgezeichnet, er vollführte dramatische Heilungen und redete von Liebe, Einheit, Frieden, Sicherheit und einer neuen Welt. Die Menschen hingen an seinen Lippen. Matt Kiley stand als Ordner im Hintergrund, Michael Elliott regelte den Verkehr und prophezeite hin und wieder etwas. Dee Baylor und Anne Folsom waren beide da, doch sie saßen nicht nebeneinander, was mir eigenartig erschien. Als es einen besonderen Segen für Geschäftsleute gab, ging auch Don Anderson nach vorne und ließ sich von Nichols berühren.

Vor der Predigt gingen einige Personen auf die Bühne und berichteten von ihren Erlebnissen. Hätte man die Worte »Brandon« durch »Jesus« ersetzt und »Nachfolger« durch »Christ«, dann hätte man glauben können, man sei in einem christlichen Gottesdienst.

»Mein Leben war chaotisch«, sagte eine junge Frau aus Colorado. »Ich hatte eine gute Arbeit und verdiente viel Geld, aber innerlich fühlte ich mich entsetzlich leer. Ich wusste nicht, was mir fehlte. Bis ich Brandon fand. Seither ist alles anders.«

»Ich wurde vor zwei Wochen ein Nachfolger Brandons«, erzählte ein junger Mann aus Kalifornien, »und mein Leben hat sich seither völlig verändert. Vorher war ich auf Drogen, aber das ist jetzt vorbei. Brandon ...« Er kicherte. »Ich muss immer an seinen wahren Namen denken ...« Viele stimmten in sein Kichern mit ein. »Brandon hat meinem Leben Sinn gegeben und ich habe ihn von Herzen lieb.«

Nichols saß auf der Bühne und hörte genussvoll zu. Sally Fordyce war direkt neben ihm. Sie trug ein langes, weißes Kleid, das dem Gewand von Nichols glich, dazu einen Schal und Sandalen. Damit sah sie aus wie eine Gestalt aus der Bilderbibel. Die beiden ließen keinen

Zweifel daran, wie nahe sie sich standen. Sie berührten sich und hielten Händchen, sie sahen sich an und lachten zusammen. Sally ging wahrscheinlich auch nachts nicht mehr nach Hause.

Auf der anderen Seite von Nichols saß Mary Donovan, eine enge Freundin von Dee Baylor. Ich kannte sie kaum, wusste aber, dass sie eine engagierte Katholikin war. Sie trug ein langes, hellblaues Kleid mit einem großen Tuch über Kopf und Schultern und erinnerte sehr an ein Marienbildnis.

Als keine Zeugnisse mehr kamen, sah Nichols sie aufmunternd an und schubste sie mit dem Ellbogen in die Seite. Mary kicherte vor Verlegenheit, während die Versammelten sie anfeuerten: »Mutter, komm und segne uns, Mutter, sei gesegnet!«

Sie erhob sich langsam, wickelte ihren Schal um sich und ging in kleinen, tänzelnden Schritten zum Mikrofon. Mit erhobenen Händen wandte sie sich an das Publikum: »Ich segne euch alle!«

»Sei gesegnet!«, antwortete die Gemeinde.

»Der Herr hat große Dinge an uns getan, heilig ist sein Name. Er hat die Schwachen stark gemacht, er brachte den Armen Reichtum und den Verzagten gab er neuen Mut. Lasset uns ihm danken. Danket ihm!«

»Wir danken dir!«, rief die Menge und Nichols nickte.

»Aus der Erde entspringt das Wasser, das uns Leben bringt. Lasset uns ihm danken. Danket ihm!«

»Wir danken dir!«, kam es aus dem Zelt zurück.

Nichols nahm den Dank lächelnd entgegen.

Sie haben tatsächlich eine richtige Liturgie, stellte ich staunend fest. Mary Donovan spielte die Mutter Jesu, in diesem Fall also Nichols Mutter. Wie es Dee wohl dabei ging? Immerhin war Mary durch ihre Einladung hier.

Nancy Barrons stand am Zelteingang und unterhielt sich intensiv mit Frau Macon. Dabei wirkte sie überhaupt nicht mehr wie eine Journalistin. Trotzdem konnte ich mir beim besten Willen nicht vorstellen, dass Nancy auch eine Nachfolgerin geworden sein könnte.

Dann trat Nichols wieder ans Mikrofon: »Dreht euch jetzt zu euren Nachbarn um und sagt ihnen: ›Diese Welt braucht jemanden wie dich.‹ Los, sagt das zueinander.«

Jemand sagte es zu mir, aber ich drehte mich nicht zu der Person um. Ich konnte dieses Spielchen, das so viele Pastoren mit ihren Gemeinden machten, nicht mehr ertragen. Schon vor Jahren hatte ich beschlossen, mich nie wieder zu meinem Nachbarn zu wenden und ihm irgendetwas zu sagen. Aber woher kannte Nichols das?

»Ihr Lieben, ich kann euch heute mitteilen, dass wir jetzt endlich in der Lage sind, hier draußen auf Frau Macons Ländereien zu leben. Die chemischen Toiletten werden schon bald von den Wiesen verschwinden. Wir haben einen Brunnen gegraben und sind gerade dabei, das Wassersystem anzulegen. Die Pumpe, den Vorratstank und sämtliche Genehmigungen haben wir bereits.«

Großer Jubel folgte auf seine Worte.

»Aber was sehe ich denn da?« Nichols schloss seine Augen und konzentrierte sich. »Ich sehe einen Geist des Zweifels, der seine giftigen Gedanken und Gefühle in einige von euch pflanzen will. Spürt ihr das auch?«

Zustimmendes Gemurmel folgte.

»VERSCHWINDE!«

Ich zuckte zusammen, genau wie viele andere auch, so laut schrie er plötzlich. Ein Stöhnen ging durch den Raum, vielleicht als Zeichen, dass dieser Geist verschwand.

Die Leute jubelten und klatschten.

Ich betete leise. Die Dinge hatten sich schneller entwickelt, als ich erwartet hätte. Warum um alles in der Welt war ich hierher gekommen? Ob es mir überhaupt gelingen würde, mit Nichols zu sprechen?

Zwei Stunden später gingen Nichols und ich an der weißen Pferdekoppel entlang. Er hatte mich gleich gesehen, als ich das Zelt betrat, und konnte es kaum erwarten, mit mir alleine zu sein. Allerdings waren wir nicht allein, auch wenn wir uns ungestört unterhalten konnten. Matt Kiley und zwei andere Männer blieben immer in der Nähe und beobachteten uns mit finsteren Blicken.

Nichols war ganz aufgekratzt: »Es läuft alles prima, viel besser, als ich gedacht hätte«, freute er sich.

»Stimmt«, nickte ich und war dabei ganz und gar nicht begeistert. »Ich habe wirklich gestaunt. Das hätte ich nicht erwartet.«

»Man muss den Leuten nur geben, was sie suchen, dann kommen sie.«

»Sie machen den Leuten ganz schön was vor.«

Er lehnte sich lässig auf einen Zaunpfahl. »Das Gleiche geschieht jeden Sonntag auf der ganzen Welt.« Aufmerksam sah er mir in die Augen: »Habe ich Recht?«

Ich war nicht bereit, dazu etwas zu sagen. »Ich möchte mit Ihnen über Herb Johnson sprechen.«

Er lächelte: »Ich möchte mit Ihnen über das Fahren mit erhöhter Geschwindigkeit sprechen.«

Ich atmete durch und entschied mich, nicht wütend zu werden. »Ich werde diesen Strafzettel anfechten und vermutlich den Prozess gewinnen. Ich fahre grundsätzlich nicht zu schnell, ich habe einen Zeugen und ich habe noch nie einen Strafzettel bekommen. Außerdem kenne ich den Richter und der Richter kennt mich. Damit ist das Thema für mich erledigt. Sie wollten darüber sprechen, bitte schön.« Ich machte eine kleine Pause und sah ihn auffordernd an: »Herb Johnson!«

»Für Sie bin ich Brandon Nichols, genau wie für alle anderen auch.«

»Ich habe mit …«

»… mit Abe und Hattie gesprochen, weiß ich. Sie müssen beide ein sehr schlechtes Gedächtnis haben, wenn sie sich nicht einmal mehr an meinen Namen erinnern können.«

»Wenigstens können Sie sich noch an die beiden erinnern. Übrigens kann Abe sich auch noch an das Auto erinnern.«

Jetzt wurde er wütend, kein Wunder. »Travis, Sie haben keine Ahnung, um was es hier geht. Sie haben doch die Versammlung beobachtet. Ist Ihnen denn gar nichts aufgefallen? Die Menschen wollen gar nicht wissen, wer ich bin oder woher ich komme. Ihnen geht es ausschließlich um das, was sie von mir bekommen können. Ich gebe ihnen, was sie wollen, damit sind sie zufrieden. Travis, Sie können nach Missoula oder nach Los Angeles fahren und alles Mögliche über mich herausfinden, aber das wird niemanden interessieren. Aber wenn Sie sich gegen mich stellen, werden meine Nachfolger Ihnen das sehr übel nehmen.«

Ich hatte genau hingehört: »Sie waren auch in Los Angeles?«

Er lachte: »Travis, ich hoffe, Sie sind kein Heuchler?«

»Warum weichen Sie meiner Frage aus?«

»Ich werde nicht nur Ihre Fragen beantworten, sondern Ihnen meinen ganzen Plan verraten.«

Er lehnte sich betont lässig an den Zaun und ich sah ihn skeptisch an. »Da bin ich ja gespannt.«

Er grinste: »*Ich* werde diese Stadt wirklich für Jesus einnehmen.«

Damit hatte er wieder zielsicher meinen wunden Punkt getroffen und ich spürte den Schmerz. »Sie sind unverschämt.«

»Travis, Sie haben es auch versucht. Evangelisationen, Jugendarbeit, Familiengottesdienste, bunte Abende, alles mit dem einen Ziel: Menschen für Jesus gewinnen, Gemeindewachstum, das Reich Gottes bauen. Ich mache genau das Gleiche wie Sie früher, nur mit mehr Erfolg.

Meine Gemeinde ist heute schon größer als Ihre nach fünfzehn Jahren war.«

»Aber Sie betrügen die Menschen!«

Seine Faust krachte wütend gegen den Zaun. »Wie oft soll ich es Ihnen noch erklären? Wahrheit und Lüge spielen keine Rolle. Die Menschen haben Bedürfnisse und ich kann sie erfüllen. Ich helfe ihnen wirklich. Bei mir passiert etwas. Ihr Gott macht nur leere Worte und überlässt es Ihnen, sich gute Entschuldigungen für ihn einfallen zu lassen. Ich bin da, greifbar, sichtbar. Damit können Sie nicht mithalten.« Er kam näher: »Die Menschen haben es gern, wenn ihnen jemand sagt, was sie glauben sollen. Man muss ihnen nur ein Gefühl der Annahme und Sicherheit geben und schon öffnen sie Herz und Verstand. Es ist ein Leichtes für mich, diese Stadt einzunehmen. Die Erwachsenen folgen mir zuerst, die Kinder kommen dann nach.« Er räkelte sich und legte den Kopf in den Nacken: »Es ist so einfach, eine Stadt zu erobern, dass es schon fast unheimlich ist.« Er kicherte: »Ich sehe einen Geist des Zweifels – kaum sagte ich das, schon sahen alle ihn.«

»Sie haben diesen Geist nicht wirklich gesehen?«

Er sah mich verwundert an: »Vielleicht, aber das spielt doch überhaupt keine Rolle.« Er zeigte mit seinem Finger auf mich: »Sagen Sie Ihrem Nachbarn: ›Ich werde alles tun, was Nichols mir sagt. Los, sagen Sie das zueinander.‹«

Ich wandte mich angewidert ab.

»Travis, Sie Heuchler! Sie haben das alles selbst probiert und Sie haben die gleiche Abneigung dagegen wie ich. Warum sonst sitzen Sie jeden Sonntag allein in Ihrem Wohnzimmer, während alle anderen in ihre Gemeinden gehen? Sie haben den Gemeindekram über, das ist doch die Wahrheit.«

»Gemeindekram«, murmelte ich. Das Wort hatte ich zuletzt von meiner Schwester gehört und viel darüber nachgedacht. Es war ein besonderes, ein wichtiges Wort für mich, ein Schlüsselwort.

»Ja, Gemeindekram«, wiederholte er, »immer das gleiche Spiel.« Zorn blitzte aus seinen Augen: »Führe die Herde auf die Weide, bringe sie zurück in den Stall, brenne ihnen dein Zeichen ein, schere ihre Wolle … und schlachte sie!« Er trat gegen den Zaun. Mühsam beruhigte er sich wieder. »Travis, wir ärgern uns über die gleichen Dinge. Wir haben das Gleiche erlebt und tragen die gleichen Wunden.«

»Nein, wir sind sehr verschieden.«

Er schüttelte den Kopf: »Stimmt nicht. Im tiefsten Innern spüren Sie die gleiche Wut wie ich.« Er dachte einen Moment lang nach. »Der einzige Unterschied zwischen uns ist der, dass ich etwas dagegen tue, während Sie nur zu Hause sitzen und grübeln. Travis Jordan, es ist Zeit, dass Sie eine Entscheidung treffen. Bald gehört mir diese Stadt, ich werde die Gedanken, das Geld und die Kinder dieser Menschen besitzen. Sie werden sich mir hingeben, weil ich besser bin als der Messias. Ich beherrsche das Gemeindespiel besser als alle Pastoren in Antioch. Nun wissen Sie, was mich wirklich bewegt. Ich habe mich Ihnen anvertraut, weil Sie das Gleiche erlebt haben wie ich und weil ich glaube, dass Sie mich verstehen. Wir könnten wunderbar zusammenarbeiten. Aber dieses Angebot werde ich Ihnen nicht unbegrenzt oft machen.«

»Ich werde Ihre Pläne vereiteln, so wahr Gott mir helfe!«

»Es wird alles so geschehen, wie ich es gesagt habe.« Er winkte seinen Leibwächtern. »Sie kennen Matt Kiley. Da seine Beine so stark und gesund sind, kann er Sie hinausbegleiten.«

Kyle saß mit dem Rücken an einen Zaunpfahl gelehnt gleich hinter dem großen, steinernen Tor und sah mir entgegen. Ich stellte den Wagen an den Straßenrand und setzte mich neben ihn.

»Wie ist es gelaufen?«, fragte er. Dabei sah ich bereits, wie sich meine Traurigkeit in seinem Gesicht spiegelte.

»Wir müssen unbedingt für diesen Mann beten.«

So saßen wir Seite an Seite im Gras, hinter uns weite Wiesen, vor uns das Macon'sche Anwesen. Das Böse, das mir in diesem Mann begegnet war, lastete schwer auf mir, gleichzeitig spürte ich tiefes Erbarmen für ihn. Wenn ich daran dachte, dass er mich wie seinesgleichen behandelte, wurde ich sehr wütend. Andererseits spürte ich, wie er sich nach Bestätigung und Verständnis sehnte. Tatsächlich konnte ich ihn auf Grund meiner eigenen Erfahrungen teilweise verstehen.

Wenn ich jedoch an seine Nachfolger dachte, war ich äußerst besorgt.

Don Anderson hatte eine Schwäche für technische Geräte. Er verkaufte CD-Spieler, Videorecorder, Fernbedienungen, Kopfhörer, ferngesteuerte Türöffner und Lichtschalter, piepsende Schlüsselanhänger, Geräte, die Vogelgezwitscher und Meeresrauschen wiedergaben, Ultraschall-Schädlingsbekämpfungsgeräte und alles mögliche und unmögliche andere. Er hielt sich gerne in seinem Laden auf, umgeben von all diesen Plastikgehäusen, die Schalter und Knöpfe hatten, blinkten und piepsten und alles Erdenkliche konnten. Das war seine Welt.

Natürlich brachten die Leute ihm auch ihre Geräte zur Reparatur. Dabei gab es immer wieder eigensinnige kleine Maschinen, die sich auf lustige oder ärgerliche Weise seinem Willen widersetzten. Er würde zum Beispiel nie die Fernbedienung vergessen, die nach der Reparatur nicht mehr den Fernseher einschaltete, sondern das Garagentor öffnete. Nach einer weiteren Reparatur schaltete sie die Lichter im ganzen Haus aus, und das Radio begann, einen anderen Sender zu suchen.

Zurzeit hatte er drei Geräte in seiner Werkstatt, die sich einfach nicht reparieren lassen wollten. Ein CD-Player weigerte sich erbittert, Musik abzuspielen, obwohl er keinen sichtbaren Defekt hatte, ein Radio war nicht in der Lage, einen eingestellten Sender zu halten, und wenn er die Waschmaschine von Frau Bigby nicht bald in Gang bekäme, würde er ihr den Kaufpreis erstatten müssen.

Dazu kamen die ganzen Geräte, die in seinem privaten Haushalt defekt waren. Seine Frau Angela nervte ihn seit längerem mit der Stereoanlage, bei der die Musik nur noch aus einer Box kam, dem Föhn, der nicht mehr ging, und dem Fernseher, der sich manchmal einfach abschaltete. Den Föhn und die Stereoanlage vergaß er regelmäßig, aber der Fernseher war ein allabendliches Ärgernis.

Heute Abend kam ein Boxkampf, den er unbedingt sehen wollte. Er hatte sich etwas zu essen vorbereitet und saß erwartungsvoll auf der Couch. Die Boxer bestiegen gerade den Ring, da ging der Fernseher aus.

»Verdammt!«

Fast hätte er vor Wut sein Essen umgestoßen.

Seine Frau, die sich ohnehin nicht für Boxen interessierte, sah nur kurz von ihrer Zeitschrift auf: »Wie gemein.« Dabei konnte sie ein schadenfrohes Lächeln nicht unterdrücken.

Wütend schob er sein Essen zur Seite und ging zu dem großen Fernsehgerät. Er drückte auf alle Knöpfe, schlug auf den Kasten, schimpfte. Er ließ sich nicht mehr einschalten.

»Kannst du ihn nicht reparieren?«, fragte seine Frau erwartungsvoll.

»Nein!« Er hatte nicht viel Zeit. Der eine Boxer war zu überlegen, der Wettkampf würde wahrscheinlich nicht sehr lange dauern. »Los, komm schon«, schimpfte er und haute auf das Gerät.

»Du hast doch Werkzeug«, war Angela zu hören. Aber er hatte keine Zeit und keine Lust, sein Werkzeug zu holen. Er hatte Feierabend und wollte diesen Wettkampf sehen. Hatte dieser Brandon Nichols ihn nicht heute Nachmittag gesegnet, speziell für seine Arbeit? Nichols hatte ihn an der Stirn berührt und er hatte ein deutliches Kribbeln gespürt.

Während er daran dachte, streckte er die Hand aus und berührte das Gerät. Er tat es so, wie er es heute bei Nichols gesehen hatte, wenn er auch nicht wirklich erwartete, dass etwas geschah.

Plötzlich war da das Kribbeln in seiner Hand und – der Fernseher schaltete sich ein. Der Wettkampf war in vollem Gang.

»Super!«

Angela sah erstaunt hoch: »Wie hast du das geschafft?«

Er ließ sich auf die Couch fallen. »Ach, ich habe nur mal hingefasst.«

Als der Kampf zu Ende war, ging er wie beiläufig ins Bad. Wo war der Föhn? Obwohl ihm das Ganze eigentlich zu verrückt erschien, konnte er nicht widerstehen. Er steckte das Kabel in die Steckdose und berührte das Gerät. Das Kribbeln kam und der Föhn sprang an.

So unauffällig wie möglich ging er zurück ins Wohnzimmer und an der Stereoanlage vorbei. Er streifte sie kurz mit der Hand. Sofort spielte sie los, stereo, aus beiden Lautsprechern.

Don sah mit leichtem Unbehagen auf seine zitternde Hand. »Das ist, das ist ein bisschen unheimlich!«

Wenn das so bliebe, würde sein Geschäft bald blühen. Die Leute kamen von überall her, um Brandon Nichols zu hören. In Zukunft könnten sie dann gleich ihre nicht mehr zu reparierenden Geräte mitbringen und bei ihm abgeben. Er würde in Kürze ein reicher Mann sein, ohne dafür arbeiten zu müssen.

Angela kam herein: »Die Stereoanlage funktioniert! Du bist großartig!«

»Tja«, kam es gedehnt von Don Anderson. Die Bewunderung seiner Frau tat ihm gut, war aber erst der Anfang. Er würde ihr noch mehr Grund zum Staunen geben.

Anne Folsom hatte ihre Augen geschlossen und wartete auf die Stimme des Engels Elkezar, Füller und Papier lagen griffbereit. Neben ihr saß Sally Fordyce und war sichtlich nervös, während sie auf ein persönliches Wort von Gott wartete. Plötzlich reagierte Anne, als würde sie einer Stimme am Telefon zuhören, und begann zu schreiben. »Ja … ja … habe ich … ja … bitte? … Gut … mmh.«

Sally war von Brandon geschickt worden. »Anne hat dir etwas zu sagen, pass gut auf.«

Wenig später war Anne fertig und drehte sich zu Sally um: »Das wird dir gefallen.«

Anne las vor: »Das Geheimnis meiner wahren Gemeinde lautet: Alle Kinder Gottes sind eins, ohne Unterschiede. So wie mein Knecht eins ist mit Christus, so bist du eins mit ihm. Die Einheit im Geist drückt sich in der Einheit des Körpers aus. Zögere nicht, dich ihm hinzugeben. Dabei geht es nicht nur um das Sichtbare, es geht um geistliche Dinge. Ihr seid eins im Geist.«

Anne lächelte, sie freute sich über das, was als Nächstes kam: »So wie mein Knecht eins ist mit Christus, so bist du eins mit ihm, ebenso ist Mary Donovan eins mit der Mutter Jesu, Michael Elliott ist eins mit Johannes dem Täufer und du …« Anne hob den Blick und sah Sally an: »… du bist eins mit Maria Magdalena, die Christus so sehr geliebt hat.«

Sally war nicht begeistert: »Maria Magdalena?«

Anne strahlte: »Ist das nicht fantastisch?«

Sally sah zu Boden und schüttelte den Kopf: »Nein, es ist verrückt. Ich bin nicht Maria Magdalena.«

Anne wollte es ihr erklären: »Erinnerst du dich an die Bibelstelle, wo Jesus sagt, Johannes der Täufer sei Elia? Genau so funktioniert das auch bei euch.«

»Brandon hat mich gestern Abend angeschrien. Er war überhaupt nicht wie Jesus.«

Anne überlegte. »Dazu fällt mir eine Bibelstelle ein. Gott war auch einmal auf Moses wütend.«

Sally war nicht beeindruckt: »Ich war zu müde, um mit ihm zu schlafen. Deswegen war Brandon so wütend auf mich. Er wirkte überhaupt nicht wie Gott oder wie jemand, der mit Christus eins ist.«

Anne wurde blass. »O nein …«

»Was ist denn?«

»Elkezar sagt mir etwas.« Sie begann eilig zu schreiben. »O nein, o nein …«

Sally war aufgestanden und sah ihr über die Schulter. »Was sagt er denn?«

Auf dem Blatt stand: »Denkt an das Schicksal von Korah und Mirjam.«

»Was bedeutet das?«, fragte Sally.

Angst stand in Annes Augen: »Korah stiftete das Volk Israel zu einem Aufstand gegen Mose an. Da öffnete sich die Erde und verschlang ihn und seine Anhänger.« Sally wich erschrocken zurück, doch Anne packte sie am Arm: »Und als Mirjam sich gegen Moses stellte, wurde sie leprakrank.«

Sally sank auf ihre Knie und stöhnte angstvoll: »Ich dachte, er liebt mich …«

»Brandon liebt dich. Es ist Gott, der dir droht und Angst macht.«

Sally dachte darüber nach und stand dann entschlossen auf: »Ich werde zu Brandon zurückgehen.«

»Brandon wird sich freuen, dich zu sehen. Bei ihm bist du sicher.«

Sally verabschiedete sich und eilte hinaus.

Anne starrte auf die letzte Botschaft, die sie empfangen hatte: »Elkezar, ich wusste gar nicht, dass du so bedrohlich sein kannst.«

Plötzlich spürte sie eine Eiseskälte an ihrem Rücken vorbeistreichen. Erschrocken drehte sie sich um. Sie sah nichts, aber sie spürte eine Anwesenheit. »Bist du das?«

Keine Antwort.

»Elkezar? Bist du hier?«

Er hatte sich noch nie vor ihr versteckt oder sie aus einem Winkel heraus beobachtet. Doch jetzt spürte sie seine lauernden Blicke.

»Ich habe ihr deine Botschaft gegeben und deshalb geht sie jetzt zurück zu dem Christus. Hast du nicht gesehen, wie sie gegangen ist?«

Sie hatte das Gefühl, dass eiskaltes, schweres Blei ihren Magen füllte. Sie zitterte. »Elkezar? Bitte lass das.«

Dieses Schweigen war unerträglich, der Raum war wie tot, kalt und leer wie eine Grabeskammer. Sie wartete voller Angt.

Er stand irgendwo im Raum, seine Nähe war wie tödliches Gift. Die Uhr an der Wand tickte gleichmäßig. Anne atmete in kleinen Stößen.

Endlich ging er. Sie spürte genau, wie er sich zurückzog, ganz langsam nahm seine Gegenwart ab, während der Schrecken noch eine Weile in der Luft lag.

Minuten später wagte Anne erst wieder, sich zu bewegen. Auf dem Blatt vor ihr stand: »Das gilt auch für Anne.«

Jack McKinstry und seine Frau wussten nicht, was sie von den Entwicklungen halten sollten. Einerseits freuten sie sich über die guten Geschäfte, die sie seit kurzem machten. Viele der Menschen, die Antioch besuchten, kamen in ihren Supermarkt. Wenn sich jemand entschloss, längere Zeit auf Frau Macons Anwesen zu campieren, wurde er angewiesen, bei ihnen einzukaufen. Der Prophet Michael kam regelmäßig, um die Einladungszettel zu den nächsten Versammlungen in ihrem Laden auszulegen. Ohne es darauf angelegt zu haben, waren sie Geschäftspartner von Nichols geworden und zogen es vor, trotz aller Vorbehalte zu schweigen und ihre Kundschaft zu bedienen.

Doch als plötzlich die Jungfrau Maria in ihrem Laden erschien, ging es ihnen doch ein bisschen zu weit.

Natürlich kannten sie Mary Donovan, eine Freundin von Dee Baylor, die schon immer bei ihnen eingekauft hatte. Dass sie eine Jungfrau war, konnten sich die McKinstrys allerdings kaum vorstellen, zumal sie geschieden war. Und als sie jetzt mit hellblauer Robe, langem Schal und Sandalen durch den Supermarkt schritt und ihren Einkaufswagen mit den ulkigsten Sachen füllte, da überlegten sie, ob sie nicht eingreifen sollten.

Mary schwelgte in Erinnerungen. »O, das mochte er als Kind immer besonders gern«, rief sie und legte einen ganzen Stapel Kinderschokoladetafeln in den Wagen. Am Brotregal entdeckte sie Fladenbrot: »Das ist genau das Brot, das er damals in Galiläa vermehrte. Ich war so stolz auf ihn. Den Fisch wird er selbst machen«, lächelte sie und packte das Brot ein.

Jack beobachtete sie und war sich ziemlich sicher, dass sie nicht der Einkaufsliste von Frau Macon folgte, die sie in Händen hielt. Er traf sie an der Kühltruhe: »Wie geht es Ihnen?«

»Meine Seele lobt den Herrn«, antwortete sie, »und siehe, diese Erbsen sind im Sonderangebot.«

Er gab ihr eine Packung: »Ja, das stimmt. Wie viele Packungen brauchen Sie?«

Sie kicherte: »Mein Sohn braucht nur eine, den Rest bekommen wir dann durch Vermehrung.«

Jack schielte auf ihren Einkaufszettel. »Soll ich Ihnen beim Suchen helfen?«

»Nein, danke, er führet mich zu den Regalen und erfrischet mein Gedächtnis.«

Doch in ihrem Wagen lagen mindestens zehn Gläser Oliven, die er nicht auf der Liste finden konnte. »Sind Sie sicher, dass Sie so viele Oliven brauchen?«

»Ja, denn es heißt, wir sollen immer genug Olivenöl haben, damit unsere Lampen brennen, wenn der Bräutigam kommt.«

»Was Sie hier haben, sind Oliven, nicht Olivenöl. Das Öl ist da vorne im nächsten Gang.«

»Danke, schön.« Sie blieb beim Popcorn stehen: »Jesus war so ein kreatives Kind. Er konnte Popcorn machen, indem er die Körner nur anpustete.« Vier große Tüten landeten im Wagen: »Darüber wird er sich freuen.«

Jack ging zur Kasse zurück. Er wusste nicht, wie er die Jungfrau Maria stoppen sollte. Seufzend begann er wieder zu kassieren. Er würde sich nicht einmischen, sollten die Leute doch selbst sehen, wie sie miteinander klarkamen. Seine Aufgabe war es, sie alle mit Lebensmitteln zu versorgen, mehr nicht.

Jim Baylor war in seiner kleinen Werkstatt, die sich im Keller seines Hauses befand, und versuchte, die Messer des Rasenmähers zu schärfen. Da hörte er seine Frau kommen. Sie war bei einer Versammlung gewesen. Ja, sie lachte wieder. Er hasste es, wenn sie so war. Lachend ging sie durchs Haus, er hörte ihre Schritte in der Küche, im Badezimmer, im Schlafzimmer und wieder in der Küche.

Dann war Darleens giftige Stimme zu hören: »Was lachst du so?«

Jim konnte sich vorstellen, was Dee antwortete: »Es kribbelt überall, das kitzelt so.«

Er hörte, wie Dee sich einen Stuhl heranzog und krachend darauf plumpsen ließ.

Was sie wohl zum Abendessen machen wird? Er würde nachsehen müssen, auch wenn er sich am liebsten nur um seinen Rasenmäher gekümmert hätte.

Dee lag halb auf dem Tisch, ihr Gesicht war puterrot, Tränen liefen ihr über die Wangen und sie lachte hysterisch. Heute war es besonders schlimm. Als sie nach zehn Minuten immer noch nicht aufhörte, ging er wieder. Mit Rasenmähern konnte er besser umgehen als mit dieser Frau.

Nach einiger Zeit hörte er sie nur noch kichern, und sie begann, in der Küche zu klappern. Schön, vielleicht würde es doch Abendessen geben.

Doch gleich darauf knackten die Bretter des Küchenbodens und sie schien zu tanzen. Jim seufzte.

Da erschien seine Tochter in der Werkstatt: »Vater, würdest du Mutti bitte stoppen?«

»Was macht sie?«

»Keine Ahnung.«

»Kannst du ihr nicht beim Kochen helfen?«

Darleen zog murrend ab, und er konnte hören, wie sie in die Küche ging. Das Tanzen hörte auf, Dee kicherte nur noch. Dann hörte er den Wasserhahn. Darleen schrie. Er rannte zur Küche. Darleen kam ihm tropfnass entgegen. In der Küche fand er seine Frau, die wie verrückt tanzte, lachte, sang und die ganze Zeit den Brausekopf der Spüle herumschwang. Bis er den Wasserhahn zugedreht hatte, war er selbst schon halb durchnässt.

»Du hast mein Klagelied verwandelt in einen Freudentanz vor dir«, sang sie. Er schnappte ihr Handgelenk. »Dee, bist du völlig durchgeknallt?« Die ganze Küche war nass.

Dee wurde ruhig: »O, ich wollte dich nicht ärgern, Schatz.«

»Sieh nur, was du angerichtet hast!« Er griff nach einem Handtuch und begann, den Boden aufzuwischen.

»Ich mache jetzt die Pommes«, erklärte sie und ging zum Gefrierschrank. Während Jim das Wasser vom Boden aufnahm, riss sie die Tüte auf und schüttete die gefrorenen Pommes auf den Küchentisch. »Das Essen ist fertig!« Lachend ließ sie sich auf den Stuhl fallen.

Darleen stand mit nassen Haaren in der Tür. »Soll ich wieder die Pizzeria anrufen?« In Jims Hand tropfte das Handtuch, Dee brach jedes Mal, wenn sie auf den Küchentisch sah, in hysterisches Lachen aus.

»Ja, ich glaube, das ist das Beste.«

»Was soll ich bestellen? Pizza?«

Dee kicherte: »Wie wäre es mit Chinesisch?«

Jim stellt sich vor, wie sie Reis, Huhn und Krabbenchips über die Küche verstreute, und wehrte energisch ab: »Wir essen Pizza.«

»Wenn du dich hier noch einmal blicken lässt, Matt Kiley, dann werde ich dir dein hässliches Gesicht persönlich zusammenschlagen!«

Judy Holliday war nicht leicht aus der Ruhe zu bringen, aber jetzt war sie außer sich. Sie fluchte, schimpfte, drohte und fuchtelte mit der Bratpfanne herum. Zu ihren Füßen, direkt auf der Schwelle der Kneipe lag Matt Kiley.

»Wehe, wenn du mir hier einen Blutfleck auf den Teppich machst!«

Während Matt versuchte, auf die Beine zu kommen, wandte sich Judy in den Raum, wo sich Irv der Fernfahrer gerade hochrappelte.

»Los, verschwinde ins Klo und wasch dein Gesicht. Wehe, du machst mir hier irgendetwas schmutzig. Greg, du gehst mit ihm. Hinter dem Eisschrank ist Verbandzeug, sieh zu, dass er nicht mehr blutet.«

Damit drehte sie sich wieder zu Matt: »Du liegst ja immer noch hier! Wolltest du nicht verschwinden?«

Mühsam kam er auf seine Knie und robbte auf allen vieren über die Schwelle.

»Warum kann Irv dableiben?«, fragte er Judy und seine Worte kamen nur mühsam und undeutlich über die geschwollenen Lippen.

»Weil du schon wieder angefangen hast. Seit du laufen kannst, hast du nichts anderes im Sinn, als dich mit anderen zu prügeln. Ich habe genug davon!« Judys Wut war echt. »Du machst mir hier nicht die Einrichtung kaputt! Du nicht, dafür werde ich sorgen!«

Matt kam auf die Beine. Sein Gesicht brannte. So hatte er sich den Abend nicht vorgestellt. Normalerweise hätte er erwartet, leicht mit Irv fertig zu werden. Eigentlich hätte Irv vor die Tür gesetzt werden sollen, nicht er.

Seine Knie waren butterweich. Er konnte kaum stehen. Es war nicht wegen der Schlägerei, das wusste er. Schon als er heute Abend hierher gekommen war, hatte er diese Schwäche in den Beinen gefühlt. Durch eine kleine Schlägerei wollte er wieder in Form kommen.

Früher ging es ihm nach einer Rauferei oft besser. Aber heute war es anders. Schon seit ein paar Tagen ließ seine Kraft unaufhaltsam nach.

Er stolperte und wäre fast gefallen.

Meine Beine, dachte er entsetzt, *meine Beine!*

Wenn die Typen, mit denen ich mich in letzter Zeit geprügelt habe, das erfahren, dann habe ich bald eine Menge Ärger am Hals.

Ich muss dringend zu Nichols. Er muss das in Ordnung bringen.

In den folgenden Tagen sprach ich oft mit Kyle, persönlich und am Telefon, und wir beteten zusammen für die Leute, die uns vor Augen standen: Don, Anne, Mary, Dee und Matt.

Ich musste nicht lange über Nichols Worte nachdenken, bevor ich wusste, was ich zu tun hatte. Aber ich wollte nicht. Ich wollte nicht mehr, nie wieder mit diesen Leute sprechen, selbst ein Anruf schien über meine Kräfte zu gehen. Was sollte ich ihnen sagen, wonach fragen? Ich sprach mit Kyle darüber, und auch er war der Meinung, ich solle es tun.

Nichols hatte von Los Angeles gesprochen und an das Spielchen »Dreht euch zu euren Nachbarn um und sagt ihnen etwas« erinnert. Ich konnte mir nicht vorstellen, dass er das unbeabsichtigt gesagt hatte. »Führe die Herde auf die Weide, bringe sie zurück in den Stall, brenne ihnen dein Zeichen ein, schere ihre Wolle … und schlachte sie … wir sind über die gleichen Dinge wütend, wir haben das Gleiche erlebt und tragen die gleichen Wunden.«

Je länger ich darüber nachdachte, desto klarer erkannte ich es: Er hatte diese Hinweise gezielt gegeben und mich damit auf seine Fährte gesetzt. Er wusste, dass ich dort gewesen war – genauso wie er.

Eine Woche nach dem Gespräch mit Nichols wählte ich die Nummer meiner ehemaligen Gemeinde in Los Angeles.

»Guten Tag«, begrüßte mich eine freudige, weibliche Stimme, »Sie sind mit der Gemeinde »Licht der Welt« verbunden. Unsere Gottesdienste beginnen sonntags um sieben, acht Uhr dreißig, zehn Uhr und elf Uhr dreißig. Unser Sonntagabendgottesdienst beginnt um achtzehn Uhr. Mittwochs haben wir um neunzehn Uhr Gottesdienst. Wir bieten zu allen Gottesdiensten Kinderbetreuung an. Wenn Sie Ihre Direktwahl kennen, wählen Sie jetzt. Ansonsten erfahren Sie über die 9 alle weiteren Anschlüsse.«

Ich wählte die 9.

»Haben Sie Fragen zur Kinderbetreuung, wählen Sie die 1, zur Jugendarbeit die 2, Bibelschule die 3, junge Ehepaare die 4, Familienfragen die 5, Senioren die 6, Singles die 7, Hochzeiten und Beerdigungen die 8 und alles Weitere bitte die 9.«

Mein Mund wurde trocken. Als Marian und ich noch dort lebten, hatte ich dieses Gefühl oft gehabt. Ich wählte die 9.

»Haben Sie Fragen zur Männerarbeit, wählen Sie bitte die 1, für Süchte aller Art wählen Sie die 2, sind Sie in finanziellen Schwierigkeiten die 3, wünschen Sie Seelsorge, wählen Sie bitte die 4. Wollen Sie wissen, wie man ein neues Leben mit Jesus beginnt, wählen Sie bitte die 5.«

Ich entschied mich für die 4.

Eine Frauenstimme meldete sich: »Sekretariat Pastor Norm Corrigan, was kann ich für Sie tun?«

»Guten Tag, mein Name ist Travis Jordan und ich rufe aus Antioch im Staat Washington an.«

»Wünschen Sie Seelsorge?«

»Nein, ich …«

»Sie sind in der Seelsorgeabteilung. Haben Sie die richtige Nummer gewählt?«

»Ja, ich wollte die Seelsorgeabteilung sprechen. Ich möchte mit einem Pastor oder Seelsorger sprechen.«

»Besuchen Sie zurzeit die Gemeinde ›Licht der Welt?‹«

Es war schwer zu ertragen. »Nein, ich rufe aus Antioch im Staat Washington an.«

»Besuchen Sie dort eine Gemeinde?«

»Ich möchte mit einem Pastor sprechen.«

»Sind Sie in Ihrer Gemeinde in Seelsorge?«

»Ich will keine Seelsorge! Ich möchte mit einem Pastor sprechen!«

»Sie sind aber in der Abteilung für Seelsorge.«

»Können Sie mich mit Pastor Dale Harris verbinden?«

»Einen Moment bitte.«

Musik erklang aus dem Hörer. *»Groß und wunderbar ist er, groß und wunderbar ist er, groß und wunderbar, groß und wunderbar, groß und wunderbar ist er …«*

»Hier ist das Büro von Pastor Harris. Was kann ich für Sie tun?«

»Guten Tag. Ich bin Travis Jordan und rufe aus Antioch im Staat Washington an. Ich möchte mit Pastor Harris sprechen.«

»Haben Sie einen Termin mit ihm vereinbart?«

»Nein.«

»Pastor Harris ist im Augenblick nicht zu sprechen. Ich kann Sie mit einem anderen Pastor verbinden.«

»Ja, bitte.«

»Groß und wunderbar ist er am Morgen, groß und wunderbar ist er am Mittag, groß und wunderbar am Abend, groß und wunderbar, groß und wunderbar ist er …«

»Sekretariat Pastor Norm Corrigan, was kann ich für Sie tun?«

»Guten Tag. Ich bin Travis Jordan und rufe aus Antioch im Staat Washington an. Ich möchte mit Pastor …« Ich hatte den Namen nicht verstanden. »… mit dem Pastor sprechen.«

»Sie sind mit dem Büro von Pastor Norm Corrigan verbunden. Wollen Sie mit ihm sprechen?«

»Ja, bitte.«

»Pastor Corrigan ist zurzeit nicht im Büro. Möchten Sie ihm eine Nachricht hinterlassen?«

Aus irgendwelchen Gründen sagte ich ja.

»Guten Tag. Dies ist der Anschluss von Pastor Norm Corrigan. Ich bin im Augenblick nicht zu sprechen. Sie können mir aber eine Nachricht hinterlassen oder die 1-2-2-0 wählen, dann sprechen Sie mit meiner Assistentin Joanne Billings. Guten Tag, Gott segne Sie!«

Ich wollte es bei Joanne Billings versuchen und wählte 1-2-2-0.

»Guten Tag. Dies ist der Anschluss von Joanne Billings, Assistentin von Pastor Norm Corrigan. Ich bin im Moment nicht zu sprechen. Sie können mir eine Nachricht hinterlassen oder 0-0-9 wählen, dann sind Sie in der Telefonzentrale.«

0-0-9.

»Guten Tag. Sie sind mit der Gemeinde ›Licht der Welt‹ verbunden. Was kann ich für Sie tun?«

Ich stöhnte vernehmlich. An meinen Handrücken traten die Knöchelchen weiß hervor, so fest umklammerte ich den Hörer. »Ich möchte mit einem Pastor sprechen oder mit irgendeinem Verantwortlichen!«

»Ich kann Sie mit der Seelsorgeabteilung verbinden.«

»Nein, nein, dort war ich schon. Gibt es … ist irgendein Pastor jetzt gerade zu sprechen?«

»Groß und wunderbar ist er, groß und wunderbar ist er, groß und wunderbar, groß und wunderbar, groß und wunderbar ist er …«

»Guten Tag. Dies ist der Anschluss von Pastor Norm Corrigan. Ich bin im Augenblick nicht zu sprechen. Sie können …«

Ich warf den Hörer aufs Telefon. Wie ich dieses Gefühl hasste! In dieser Gemeinde hatte sich wirklich nichts verändert. Es war eher noch schlimmer geworden.

Ich würde hinfahren müssen.

Doch darauf hatte ich überhaupt keine Lust. Ich hatte dieses Gebäude nie wieder betreten wollen. Allein der Gedanke daran löste eine Flut schmerzlicher Erinnerungen aus. Ich wollte mich nicht an diese Dinge erinnern müssen …

19

Nachdem mein erster Gemeindedienst so unrühmlich geendet hatte, verbrachte ich etwa einen Monat in den Niederungen der Selbstvorwürfe, des Selbstmitleids und der Selbstkasteiung. Ich stellte mir vor, wie in den christlichen Kreisen über mich geredet und vor mir gewarnt wurde. Später fragte ich mich, was ich aus dieser Erfahrung lernen konnte.

Wahrscheinlich fehlte es mir an Gelassenheit, Teamfähigkeit und Respekt vor Leitern. Sollte ich noch einmal eine Chance bekommen, im Reich Gottes mitzuarbeiten, dann wollte ich als Diener antreten, mich unterordnen und alle Leiter, die Gott über mich setzen würde, achten.

Zum Glück hörte ich von Marian in dieser Zeit nur Ermutigung und Zuspruch. Ich weiß noch, wie sie eines Tages ihre Arme auf meine Schultern legte und mich mit diesem Blick ansah, in dem Bewunderung und ein Hauch von Kampfeslust lag: »Als du Bruder Rogenbeck die Stirn geboten hast«, sie holte tief Luft und ließ sie in einem langen Seufzer wieder ausströmen, »da hätte uns ein bisschen mehr Geduld sicher nicht geschadet. Aber das ändert nichts daran, dass Schwester

Marvin versuchte, die Gemeinde zu beherrschen und dass Bruder Rogenbeck so viele Falten im Gesicht hat, weil sein Gehirn vertrocknet ist.«

Glücklicherweise waren wir finanziell von der Gemeinde unabhängig geblieben. Marian arbeitete weiterhin bei der Autofirma und ich in der Putzkolonne, so hatten wir wie bisher unser Auskommen. Doch wir waren unruhig und suchten nach einem Weg, wieder in eine Gemeinde zu kommen, in der wir mitarbeiten könnten.

»Wir versuchen es woanders«, tröstete Marian mich, »wir vertrauen Gott und probieren es noch einmal.«

»Falls Gott noch Lust auf mich hat«, zweifelte ich.

»Da bin ich unbesorgt«, lächelte sie, »er wusste von vorneherein, auf wen er sich einließ.«

Bald darauf wurde Marian eine besser bezahlte Stelle in der Zentrale ihrer Firma in Los Angeles angeboten.

Marian überlegte, ob ich nicht gleichzeitig ein Aufbaustudium machen sollte, das mich für den Schuldienst qualifizierte. Es war ein guter Gedanke. Wenn ich nicht die pastorale Ausbildung gemacht hätte, wäre ich bestimmt Lehrer geworden, und mit dem höheren Gehalt von Marian hätte ich die Möglichkeit, diese Qualifikation zu erwerben. Falls ich auch in der nächsten Gemeinde scheitern oder gar nicht erst irgendwo unterkommen würde, hätte ich zumindest ein zweites Standbein, um meine Familie zu ernähren.

Im darauf folgenden Frühjahr zogen wir nach Los Angeles. Ich begann das Aufbaustudium, und wir beschlossen, die Gemeinde »Licht der Welt« zu besuchen. Es war eine große, bekannte Gemeinde und Pastor Dale Harris war ein berühmter Bibellehrer. Ich ging davon aus, dass ich von ihm eine Menge lernen könnte. Dieses Mal wollte ich mich unterordnen und alles richtig machen.

Wenn ich heute zurückdenke, dann habe ich in der Gemeinde »Licht der Welt« tatsächlich viel gelernt, allerdings auf eine ganz andere Art, als ich mir das vorgestellt hatte.

Schon an unserem ersten Sonntag in der neuen Stadt stellten wir fest, dass diese Gemeinde ganz anders war als alles, was wir bis dahin erlebt hatten. Es begann bei der Parkplatzsuche. Alle Etagen des Parkhauses waren voll und so wurden wir von Gemeindemitarbeitern in orangefarbenen Westen durch die Seitenstraßen geleitet.

Als wir ankamen, ging der zweite Gottesdienst gerade zu Ende. Den dritten Gottesdienst konnten wir nicht besuchen, da vor uns schon zu viele Menschen gewartet hatten. Unmittelbar bevor wir durch das große Portal ins Innere des Gebäudes gehen wollten, schlossen die Ordner die Türen. Auf der Außenseite der Tür hingen Schilder, auf denen zu lesen war: »Der Gottesdienst ist voll. Nächster Gottesdienst um 12 Uhr. Die Türen werden um 11.45 Uhr geöffnet.« Zusammen mit einigen weiteren hundert Menschen warteten wir auf den Stufen vor dem Eingang, bis der Gottesdienst zu Ende war.

Nach unserem Verständnis war Gemeinde nicht nur Gottesdienst, sondern auch das Zusammensein mit Geschwistern und Freunden. So begannen wir, dort auf der Treppe vor den verschlossenen Türen mit den anderen Menschen zu plaudern. Wir lernten nette Leute kennen. Doch in den folgenden Monaten sahen wir sie nur noch selten aus der Ferne, und wir hatten nie wieder die Gelegenheit, mit ihnen zu sprechen.

Um 11.45 Uhr öffneten sich die Seiteneingänge, die dritte Schicht strömte heraus und strebte auf das Parkhaus zu. Endlich waren wir an der Reihe. Wie eine große Welle ergossen sich die Menschen durch die Gänge und füllten die Reihen, während von der Bühne Anbetungsmusik erklang. Die Leute um uns herum verloren keine Zeit, sie sangen schon im Hineingehen mit, und kaum waren sie an ihren Plätzen, erhoben sie die Hände und waren voll dabei.

All das Gute, das wir über die Gemeinde gehört hatten, stimmte. Es war ein herrlicher, freudiger, ausgewogener Gottesdienst. Alles war auf höchstem Niveau. Die Anbetung war professionell, dabei aber sehr lebendig, der Anbetungsleiter war ein attraktiver, gepflegter Mann, der uns mit Begeisterung, aber auch mit Würde und mit hoher Musikalität in die Gegenwart Gottes führte. Ebenso waren die Sänger und Musiker gut aussehende, musikalische, Gott hingegebene Menschen, die in fließender Einheit mit Freude und ohne Übertreibung Gott dienten.

Jeder, der auf der Bühne etwas sagte, drückte sich gewählt aus und sprach fehlerfrei und ohne Akzent.

Auch der Pastor übertraf unsere Erwartungen. Er hatte ein gepflegtes Äußeres, war temperamentvoll, elegant, dabei rhetorisch ein Meister seines Faches, und er konnte ausgezeichnet mit dem Publikum umgehen.

»Der Psalmist sagt, Anbetung sei der Schmuck des Gerechten, das heißt, Anbetung macht uns schön. Wenn Sie mehr Zeit damit verbringen, Gott anzubeten, wird man Ihnen das ansehen. Je mehr Sie Gott loben, desto schmucker, das heißt, desto attraktiver werden Sie aussehen. Drehen Sie sich jetzt zu Ihren Nachbarn um und sagen Sie zueinander: ›Sie sehen so aus, als hätten Sie heute schon Gott gepriesen!‹ Los, sagen Sie das jetzt zueinander!«

Marian und ich wandten uns unseren jeweiligen Nachbarn zu und sagten gleichzeitig mit ihnen den vorgegebenen Satz. Dann lachten wir alle freundlich.

Die Predigt handelte über einen Abschnitt aus dem Epheserbrief, hatte Tiefgang und war auch sprachlich ein Genuss. Wir hörten atemlos zu. Selbst der Altarruf am Ende der Predigt war unaufdringlich und charmant: »Ich möchte Ihnen jetzt zwei Fragen stellen. Die Erste lautet: Kennen Sie Jesus? Die Zweite: Möchten Sie ihn kennen lernen? Wenn Sie die zweite Frage für sich selbst mit Ja beantwortet haben, dann schlage ich Ihnen vor, am Ende des Gottesdienstes hier durch diese Tür in einen Nebenraum zu gehen. Dort werden Sie von Mitarbeitern der Gemeinde erwartet, die mit Ihnen reden und beten werden. Wir werden aber nicht mit Ihnen streiten oder diskutieren. Nun, Sie wissen selbst, wie Sie diese beiden Fragen zu beantworten haben, damit wissen Sie auch, ob dieses Angebot Sie betrifft.«

Nach dem letzten Lied verschwanden sechs oder sieben Personen hinter der entsprechenden Tür. Diese Menschen kamen jetzt zum Glauben an Jesus, welch ein schöner Gedanke.

Nach dem Gottesdienst wollte ich mich dem Pastor vorstellen. Ich wollte ihm sagen, woher wir kamen, warum wir in Los Angeles waren und dass wir uns gerne seiner Gemeinde anschließen wollten. Natürlich wollte ich auch erwähnen, welche Bibelschule wir besucht hatten und dass wir uns der Gemeinde gerne zur Verfügung stellen wollten. So versuchten wir, zum Podium zu gehen, während uns alle anderen entgegenströmten. Als wir endlich vorne waren, konnte ich den Pastor nirgends entdecken.

»Er ist bestimmt schon weg«, meinte Marian und hielt mich fest an der Hand, damit wir in der Menge nicht auseinander gerissen würden.

Ich steuerte auf einen Mann zu, der aussah, als wäre er ein Ordner oder ein Pastor, gab ihm die Hand, und er stellte sich vor: »Miles Newberry, stellvertretender Pastor.«

Während ich ihm von uns erzählte, kam ein Ordner dazwischen: »Miles, hast du schon mit Ron über den Programmablauf gesprochen?«

Miles sagte, zu uns gewandt: »Ich freue mich, dass Ihnen unser Gottesdienst gefallen hat. Haben Sie schon Ihre Besucherkarte ausgefüllt?«

»Ja, hier.« Ich holte die fertig ausgefüllte Karte aus meiner Tasche. »Bitte.«

Miles sprach schon wieder mit dem Ordner: »Ron hat das falsche Programm. Wir haben unterdessen noch einiges verändert. Das weiß er aber schon.«

Er sah die Besucherkarte in meiner Hand: »Die hätten Sie ins Opfer legen sollen.«

»Als das Opfer kam, hatte ich sie aber noch nicht ausgefüllt.«

»Dann können Sie die Karte ja beim nächsten Mal in den Opferbeutel tun.« Damit schüttelte er meine Hand: »Schön, dass Sie da waren, geben Sie die Karte dann einfach nächstes Mal ab.«

Damit wandte er sich wieder dem Ordner zu. Marian zog an meiner Hand. Aber ich war noch nicht fertig: »Wir wollten uns eigentlich Pastor Harris vorstellen.«

Miles sah kurz zu mir herüber, lächelte mild und meinte: »Ich werde es ihm ausrichten.«

Schon redete er wieder mit dem Ordner. Marian zog kräftiger an meiner Hand.

Ich sah mich noch einmal um. Eine Menge Leute liefen eilig und wichtig umher, aber von Pastor Harris war tatsächlich nichts zu sehen. Die Ordner, von denen es sehr viele gab, schoben uns mit allen anderen zum Ausgang. »Bitte gehen Sie zügig weiter, wir müssen das Gebäude schließen.«

Ich sträubte mich und dachte an alle anderen Gemeinden, die ich kannte, wo man nach dem Gottesdienst noch lange zusammenstand und sich gemütlich mit allen Leuten einschließlich dem Pastor unterhalten konnte. Stattdessen wurde hier das Gebäude geräumt.

»Hat dir der Gottesdienst gefallen?«, fragte ich Marian auf dem Weg zu unserem Parkplatz.

»Nun, sie haben uns ganz schön abgefertigt.« Sie klang nicht sehr begeistert.

»Es sind einfach so viele Leute«, versuchte ich, die Gemeinde zu verteidigen.

»Er hat uns gedemütigt«, setzte sie nach.

»Wer?«

»Dieser Miles.«

»Er hat das bestimmt nicht böse gemeint, er hatte einfach viel zu tun.«

»Für ihn war der Ordner wichtiger als wir.«

Ich wollte keine negative Stimmung aufkommen lassen. »Es ist eine sehr große Gemeinde, da muss alles ein bisschen straffer organisiert sein.«

»Dann ist die Gemeinde wichtiger als wir.«

Ich war entschlossen, mich dieser Gemeinde anzuschließen. Also fuhr ich fort, sie vor Marian in Schutz zu nehmen. Wir waren in Kalifornien, hier war alles anders und wir würden uns daran gewöhnen. Irgendwann hörte sie auf, mir zu widersprechen. Ich dachte, ich würde die Dinge nüchtern sehen und logisch beurteilen, während sie zu emotional an alles heranging. Erst viel später wurde mir klar, dass sie damals schon vorausgesehen hatte, wie sich alles entwickeln würde.

Wir schlossen uns der Gemeinde an und besuchten jeden Sonntag einen Morgengottesdienst und den Abendgottesdienst. War es zu voll, dann saßen wir in den Übertragungsräumen und sahen den Gottesdienst auf einer Leinwand. Außerdem besuchten wir die Gottesdienste am Mittwochabend, schlossen uns einer Bibelgruppe für junge Ehepaare an und nahmen an den Mitgliederversammlungen teil.

Ich war nun fest entschlossen, mich unterzuordnen und Demut zu lernen. Dazu gehörte nach meinem damaligen Verständnis auch, immer da zu sein, wenn mein Pastor das Wort Gottes verkündigte.

Zehn Monate lang standen wir auf den Treppen, bis sich die Tore öffneten, zogen singend in das Gebäude ein und gingen eilig wieder hinaus, damit die Ordner hinter uns schließen konnten. In den Gottesdiensten taten wir alles, was uns gesagt wurde. Wenn es hieß, wir sollten aufstehen, standen wir auf, wenn wir klatschen sollten, klatschten wir, wurden wir aufgefordert, die Hände zu heben, taten wir es. Wir grüßten unsere Nachbarn auf Kommando und sagten auch immer die Sätze zueinander, die der Pastor uns vorsprach. Dabei lachten wir freundlich und unverbindlich, wie es von uns erwartet wurde.

Waren wir in einem Übertragungsraum, kam es uns zunächst komisch vor, alles zu tun, was ein Gesicht auf der Leinwand sagte, doch da alle mitmachten, gewöhnten wir uns schnell daran.

Sprach Pastor Harris über Stolz und Unabhängigkeit, dann taten wir Buße und baten Gott um ein demütiges, kindliches Wesen. Sah er einen Geist der Rebellion bei einigen Gemeindegliedern, dann stellten wir uns dagegen. Betonte er die heilende Wirkung des Lachens, dann lachten wir.

Auf sein Kommando wandten wir uns an unsere Nachbarn und sagten ihnen, was wir von Gott gehört hatten, wo wir Veränderung brauchten und mit welchen Versuchungen wir noch zu kämpfen hatten. So viel Offenheit in der Anonymität war uns fremd, aber wir gewöhnten uns auch daran.

Beim Treffen der jungen Ehepaare trugen alle Teilnehmer Namensschilder. Fünfzig Paare gehörten zu unserer Gruppe. In der Pause stellte ich mich zu zwei Männern, die aus Plastiktassen Kaffee tranken und sich über die paulinische Theologie unterhielten. Sie klangen wie Pastor Harris, aber sie bemerkten mich nicht. Ich überlegte, ob ich mein Namensschild auf die Stirn kleben sollte. Stattdessen stand ich die ganze Pause neben ihnen, konnte keinen Satz anbringen und fühlte mich elend.

Marian versuchte gleichzeitig, mit drei jungen Müttern ins Gespräch zu kommen. Sie unterhielten sich über die Ernährung und Erziehung ihrer Kinder und wie man mit dem Geist der Rebellion umgehen sollte. Niemand sprach Marian an, und sie wagte auch nicht, sich vorzustellen, zumal sie über Autoteile mehr wusste als über kleine Kinder.

Wir trafen uns bei den Keksen und hörten, wie neben uns jemand sagte: »Ich kann dir die Einzelheiten der Geschichte nicht sagen, sonst wird sie noch wahr.«

Auf dem Weg zu unseren Plätzen ging Miles Newberry mit einem Ehepaar an uns vorbei. »Wie häufig haben Sie Verkehr?«, fragte er die beiden mit der Stimme eines Arztes, der sich nach dem Stuhlgang erkundigt.

Wir fragten uns, wie wir hier Freunde finden sollten.

Es gab eine Vielzahl von Gruppen, Aktivitäten und Veranstaltungen, die von der Leiterschaft beschlossen und mit einem Logo versehen wurden und denen man sich dann anschließen konnte. Das Logo des Morgengottesdienstes war die aufgehende Sonne mit einem Y-förmigen Männchen, das Gott anbetete. Die Mittwochabendgottesdienste hatten als Logo eine Straße, die an einem rauchenden Berg vorbeiführte. Das Symbol der jungen Ehepaare war ein Y-förmiger Vater mit Y-Mutter und Y-Kindern. Es gab keine Veranstaltung oder Gruppe, die nicht ihr eigenes kleines Bildchen hatte.

Zum Programm unserer Ehepaargruppe gehörte auch ein monatliches geselliges Beisammensein mit einem anderen Paar. Jemand aus der Leiterschaft stellte immer zwei Paare zusammen, die gemeinsam essen gehen, Minigolf spielen oder Ähnliches unternehmen sollten. Dazu trugen wir besondere T-Shirts mit dem Aufdruck: »Bemüht euch, die Einheit des Geistes zu wahren durch den Frieden, der euch zusammenhält« (Eph 4,3). Vier Wochen später wurden die Paare neu gemischt und wir verbrachten den Abend mit einem anderen Paar. Miles Newberry sagte, wir sollten mit dem ganzen Gemeindeleib in Kontakt sein. Nur manchmal schlichen sich bei uns die Zweifel ein, ob die Gemeinde sich nicht anmaße, unsere Freunde für uns auszusuchen.

Es dauerte sehr lange, bevor ich verstanden hatte, dass die Gemeinde »Licht der Welt« unsere Mithilfe nicht brauchte. Bis dahin hatte ich nur Gemeinden kennen gelernt, die sich über jeden freuten, der bereit war mitzuarbeiten. Doch hier war es anders.

Der Jugendpastor schüttelte den Kopf: »Tut mir Leid, wir haben ein ausreichend großes, gut ausgebildetes Team von Mitarbeitern.«

Der Anbetungsleiter sah mich fragend an: »Warum wollen Sie Gitarre spielen?«

Der Leiter aller Ordner erklärte: »Ich habe genügend Leute. Außerdem müssten Sie zuerst eine Einführung in den Ordnerdienst absolvieren, die erst nach einjähriger Mitgliedschaft angeboten wird.«

So gingen wir Monat für Monat in die Gemeinde, strömten hinein, wenn die Ordner es uns erlaubten, sangen, hörten zu, eilten wieder hinaus, genau wie Tausende anderer Gottesdienstbesucher auch. Wir spendeten den Zehnten unseres Einkommens, damit die vollzeitigen Mitarbeiter finanziert werden konnten, und gewöhnten uns daran, unbekannt zu sein und nicht benötigt zu werden.

Zusammen mit etwa dreißig weiteren Personen wurden wir Mitglieder der Gemeinde. Dazu saßen wir in einem der Übertragungsräume und Pastor Harris kam persönlich vorbei. Ich hatte ihn noch nie aus der Nähe gesehen, und es war das erste Mal, dass ich seine Stimme ohne Lautsprecheranlage hörte. Doch nach ein paar Begrüßungsworten verschwand er wieder, und es wurde ein Video gezeigt, auf dem er uns erklärte, was von Mitgliedern der Gemeinde erwartet wurde. Sein Gesicht auf der Leinwand sprach über den Segen der Einheit unter Geschwistern, und ich fand alles gut, was er sagte. Erst in den folgenden Monaten ahnte ich, wie er die Einheit verstand: Statt unserem eigenen Urteil zu vertrauen und eigene Entscheidungen zu treffen, sollten wir Teil der großen Masse sein, die Sonntag für Sonntag von dem Mann auf der Bühne hörte, was zu tun und zu lassen war.

Wir sollten einem Mann gehorchen, den keiner von uns kannte.

Als das Video zu Ende war, kam er noch einmal in den Saal, gab jedem von uns die Hand und begrüßte uns in der Gemeinde. Ich sehe noch heute den jungen Mann vor mir, dem die Tränen übers Gesicht liefen, während er seinen Pastor umarmte. Er hatte ein Zuhause gefunden, endlich gehörte er zur Herde, dies war sein Hirte.

Der junge Mann dachte in dem Moment vermutlich nicht daran, dass er seinen Pastor nie wieder umarmen würde. Er konnte sich bestimmt nicht vorstellen, dass sein Pastor ihm nie mehr direkt in die Augen schauen und sich nie mit ihm unterhalten würde. Der Pastor würde ihn nie grüßen, ihn nie von der Bühne aus anlächeln und nie seinen Namen erfahren. Nach dieser Mitgliederaufnahme würde der junge Mann wieder Teil der großen Gemeindemasse sein und der Pastor würde sich wieder hinter seinem Team von Mitarbeitern verbergen, die seine Sprache gebrauchten, seine Gedanken umsetzten und ihn für die Gemeinde unerreichbar machten.

Nach diesem Abend würde Pastor Dale Harris wieder zu einem Gesicht werden, das wir auf der Leinwand sahen, zweidimensional und übergroß, während wir als kleine Teile der großen Einheit im Gleichschritt marschieren würden.

Als ich den Pastor umarmte, dachte ich genauso wenig an diese Möglichkeit wie der junge Mann vor mir in der Reihe.

Nur Marian, sie muss es wohl damals schon gewusst haben.

Erst als meine Schwester Renee dazukam, wurde mir bewusst, auf was wir uns eingelassen hatten. Als ältere Schwester hatte sie mir schon öfters im Leben in unterschiedlichen Situationen die Augen geöffnet und mich wirkungsvoll korrigiert. Sie besuchte uns, nachdem wir zehn Monate in der Gemeinde und sechs Monate Mitglieder waren.

Am Sonntag ging sie mit uns zum Gottesdienst. Sie kannte die Gemeinde nicht. Wir standen zur gewohnten Zeit auf der Treppe vor dem Portal, doch aus irgendwelchen Gründen war der Hauptraum schon voll, bevor wir hineinkamen. Die Ordner standen Schulter an Schulter und achteten darauf, dass alle, die jetzt noch kamen, in den Übertragungsraum im Keller gingen. Es war ein ganz normaler Gottesdienst und zusammen mit Hunderten in unserem Saal beteten wir Gott an, begrüßten uns gegenseitig, sagten einander die Sätze, die uns vorgesprochen wurden, stellten unseren Nachbarn eine persönliche Frage über ihr geistliches Leben, hörten der Predigt zu und ließen uns dann von den Ordnern wieder den Weg zum Ausgang weisen. Renee verhielt sich wie ein höflicher Gast, sagte nicht viel, saß still auf ihrem Platz und beobachtete alles.

Als wir am Abend desselben Tages wieder zur Gemeinde gehen wollten, wunderte sie sich. Ich erklärte: »Marian und ich sehen das so, dass wir als Kinder Gottes ein fester Bestandteil seines Leibes sind. Unsere Mitgliedschaft in der Gemeinde ist für uns verbindlich, das heißt nicht zuletzt, wenn unser Pastor predigt, dann hören wir ihm zu.«

Sie sah mich entsetzt an, sagte aber nichts.

An diesem Abend kamen wir zwar noch in den Hauptraum, doch wir mussten auf die Empore gehen. Mir war dabei von Anfang an nicht wohl, denn da oben gab es eine Menge Vorschriften zu beachten.

»Bitte pass auf, dass deine Handtasche ganz unter deinem Sitz verschwindet. Zwischen unseren Füßen und der Reihe vor uns muss ein Gang frei bleiben«, flüsterte ich ihr schon auf dem Weg nach oben eine der wichtigsten Regeln zu.

Es gab nur noch in der ersten Reihe drei Plätze nebeneinander. Hier war es besonders kompliziert. Der Ordner fing gleich an: »Bitte legen Sie nichts auf die Brüstung vor Ihnen.« Renee ging vor mir in die Reihe hinein. »Halt, bitte setzten Sie sich nicht auf diese Plätze, hier stören Sie die Fernsehkameras«, sagte ein eiliger Ordner, als Renee sich gerade setzen wollte. »Bitte berühren sie die Messingkante an der Umrandung nicht. Die Fingerabdrücke sieht man bei den Aufnahmen«, bekam sie als Nächstes zu hören.

Renee hatte sich gerade vorsichtig niedergelassen, als ein Ordner kam: »Bitte entschuldigen Sie, die erste Reihe muss heute frei bleiben.«

Weiter oben fanden wir noch Plätze, allerdings saß Renee auf der anderen Seite des Ganges. Als ich sah, wie sie ihren Kugelschreiber herausholte, wollte ich sie warnen, doch es war schon zu spät. Ein Ordner tippte ihr auf die Schulter: »Bitte entschuldigen Sie, aber auf der Empore sind keine Stifte erlaubt.« Renee runzelte die Stirn. Sie sah den Ordner lange an. Dann war sie, trotzdem die Anbetung in vollem Gang war, laut und deutlich zu hören: »Was darf ich sonst noch alles nicht tun? Vielleicht haben Sie eine Liste aller Vorschriften, die ich mir ansehen dürfte? Oder kann ich eine Gruppe besuchen, in der das richtige Verhalten auf der Empore unterrichtet wird? Gibt es irgendetwas, das ich tun kann, damit Sie nicht so viel Ärger mit mir haben?«

Wir hatten schon vorher erlebt, dass Leute von der Empore gewaltsam nach draußen gebracht wurden, weil sie sich den Ordnern widersetzt hatten. Ich wollte Renee zu Hilfe eilen und stand auf, doch ein zweiter Ordner drückte mich zurück in meinen Sitz: »Bitte setzen Sie sich. Sie stören den Gottesdienst.«

Ich setzte mich. Meine Schwester würde im nächsten Moment aus dem Saal geworfen werden und ich setzte mich. Marian starrte mich an: »Wir müssen ihr helfen! Renee braucht uns!«

Renee hatte schon ihre Handtasche unter dem Arm. »Travis, ich gehe«, rief sie mir über den Gang hinweg zu. Marian und ich standen auf.

Ein Ordner stellte sich uns in den Weg: »Bitte setzen Sie sich!«

Marian trat einen Schritt auf ihn zu und sagte in vollem Ernst: »Gehen Sie zur Seite oder ich zerkratze Ihnen das Gesicht!«

Wortlos trat er zur Seite, Marian eilte hinter Renee her, und ich versuchte, mit den beiden Schritt zu halten. Dabei schoss mir der Gedanke durch den Kopf, dass wir damit wohl den Heiligen Geist betrübt hatten.

Erst als wir im Auto saßen, brach es aus Renee heraus: »Warum tut ihr euch das an?«

Ich machte einen halbherzigen Versuch, die Gemeinde zu rechtfertigen: »Es ist eine große Gemeinde in einer großen Stadt …«, aber ich wusste, dass ich damit nichts mehr ausrichten konnte. Renee hatte lange geschwiegen, sich alles angesehen, angehört, aufgenommen und beobachtet, jetzt stand ihre Meinung fest.

»Seid ihr verrückt geworden, euch so einer Gemeinde anzuschließen? Das ist ein religiöser Machtapparat, eine Fabrik, die Mitglieder produziert und sie gleichschaltet, das ist doch keine Gemeinde!«

Sie sah noch einmal auf das große Gebäude zurück und schüttelte den Kopf: »Kennt euch dort überhaupt jemand? Wie viele Leute wissen, wie ihr heißt? Interessiert es irgendjemanden, wie es euch geht?«

»Weißt du, das ist …«

»Antworte mir! Kennt man euch dort? Fällt es jemandem auf, wenn ihr nicht da seid?«

Marian antwortete an meiner statt: »Nein, niemand kennt uns.«

Ich versuchte, das Thema herunterzuspielen: »Das ist hier einfach anders, man gewöhnt sich daran.«

»NEIN, TRAVIS!«, rief meine Schwester und packte mich am Arm. »Das lasse ich nicht zu. Ihr dürft euch nicht an so etwas gewöhnen! Dazu seid ihr viel zu kostbar! Das dürft ihr nicht mit euch machen lassen!«

Wir fuhren in unsere Wohnung, aßen zu Abend und blieben noch bis nach Mitternacht am Esstisch sitzen. Tatsächlich hat Renee mir an diesem Abend die Augen geöffnet. Am Ende weinten Marian und ich, weil wir zum ersten Mal nach zehn Monaten den Schmerz zuließen, den wir die ganze Zeit unterdrückt hatten.

Wir gingen nie wieder in die Gemeinde »Licht der Welt«.

Doch auch ein Jahr später erhielten wir immer noch die monatlichen Briefe von Pastor Dale Harris, in denen er uns seine Wertschätzung ausdrückte und uns für unsere Treue und unsere Unterstützung dankte.

Es war überhaupt nicht schwierig, eine andere Gemeinde zu finden, die ebenfalls einen guten Ruf hatte und in der alles plötzlich wieder ganz einfach war. Gleich bei unserem ersten Besuch sprach der Pastor mit uns und am nächsten Sonntag konnte er sich noch an unsere Namen erinnern. Wir lernten die Leute schnell kennen und hatten bald Freunde gefunden. Namensschilder wurden nie benutzt.

Was uns besonders freute: Wir durften mithelfen! Eines Tages, nicht lange, nachdem wir zum ersten Mal dort waren, fragte der Pastor, wer beim Umstellen der Stühle mit anpacken könnte. Wir meldeten uns und strahlten vor Freude, als wir die Stühle tragen durften. Ein paar Wochen später begrüßten wir die Leute beim Hereinkommen und gaben ihnen den Gemeindebrief. Mittwochabends im Hauskreis durfte ich Gitarre spielen. Nach drei Monaten leiteten wir selbst einen Hauskreis.

Fast unmerklich nahmen wir an Reife und Erfahrung zu. Als wir wieder umziehen mussten, hatten wir vieles gelernt und ließen gute Freunde zurück. Nach den Erfahrungen in der Gemeinde »Licht der Welt« war in der Folgezeit alles erstaunlich einfach gewesen.

Ich möchte behaupten, dass ich von den Monaten in der Gemeinde »Licht der Welt« keine seelischen Verletzungen oder Narben zurückbehalten habe. Nur ein paar Eigenheiten kann ich seither nicht mehr ablegen. So fällt es mir schwer, einem Menschen etwas zu glauben, nur weil er einen berühmten Namen hat. Auch tue ich nichts, was ich nicht selbst tun will, nur weil ein berühmter Pastor es mir sagt.

Und ich kann mir überhaupt nicht vorstellen, jemals wieder auf Kommando mit dem Fremden neben mir zu sprechen.

20

Als ich Morgan und Kyle von meinem Telefongespräch mit der Gemeinde »Licht der Welt« erzählte, lachten sie zuerst Tränen, dann entschuldigten sie sich und schließlich kamen sie überein, mir den Flug nach Los Angeles zu finanzieren. Nur mit großem Widerwillen rief ich noch einmal dort an, wurde wieder von einer Sekretärin zur nächsten und an verschiedene Anrufbeantworter vermittelt, bis ich endlich den

Termin hatte: Der stellvertretende Pastor Norm Corrigan würde mich am Dienstag, den 9. Juni, um zehn Uhr morgens erwarten und eine Stunde Zeit für mich haben.

Am 9. Juni um 9.30 Uhr kam ich vor dem neuen Gebäude an, in Anzug und Krawatte und mit dem festen Vorsatz, mich nicht einschüchtern zu lassen.

Das neue Zentrum war von außen eine einzigartige Komposition aus Marmor, Glas, Ziegeln, Grünflächen, Springbrunnen, gewundenen Wegen, Bäumen und Sträuchern, Zierrinde und dekorativen Felsbrocken. Im Innern trat man auf dicke Teppiche, die Wände waren getäfelt, elegante Möbel erinnerten an die Eingangshallen von Luxushotels, funkelnde Kronleuchter hingen von hohen Decken. Auf einer großen Messingtafel waren die Namen der Spender eingraviert, die zehntausend Dollar oder mehr gegeben hatten, um dieses Gebäude zu realisieren.

Die junge Frau am Empfang zeichnete mir den Weg zu Pastor Corrigans Büro auf einem Lageplan ein. Ich bedankte mich, nahm den Zettel und machte mich auf den Weg. Unterwegs kam ich an dem neuen Gottesdienstraum vorbei. Er war gewaltig, schön wie ein Theater, groß und mit der modernsten Technik ausgestattet.

Auf meinem weiteren Weg durch das Gebäude sah ich beispiellos schöne Innenarchitektur und freute mich einerseits über den Erfolg dieser Gemeinde. Andererseits mischten sich alte Erinnerungen mit allen Erfahrungen, die ich seit damals gemacht hatte. Vieles hatte sich für mich verändert und ich sah die Welt heute mit anderen Augen.

Ob mich hier noch jemand kannte? Ich achtete auf die Namen an den Türen und studierte die Gesichter, die mir begegneten. Ob der Ordner noch hier war, der meine Schwester damals hinausbefördert hatte? Oder Miles Newberry? Heute fürchtete ich mich nicht mehr vor diesen Leuten. Ich war entschlossen, mich nicht mehr einschüchtern oder abwimmeln zu lassen. Endlich kam ich in den Trakt der Pastorenbüros. Die Türen waren aus Kirschholz, die Namen standen auf glänzenden Messingtafeln daneben. Mehrere Sekretärinnen saßen hinter dem Empfangstisch. Ich meldete mich an und wurde zu einer Sitzecke geschickt. Ein paar Meter weiter war die Flügeltür, die zu Pastor Harris' Büro führte. Eine Sekretärin saß davor. Ich hätte lieber mit ihm gesprochen, doch man hatte mir gesagt, er sei grundsätzlich nicht telefonisch zu sprechen und der nächste freie Termin sei in drei Monaten.

Angespannt saß ich in dem eleganten Ledersofa und hielt meine Aktentasche fest, in der ich meine ganze Sammlung über Brandon Nichols/Herb Johnson mitgebracht hatte. Ob ich hier wirklich auf einer heißen Spur war? Vielleicht war die Reise auch nur eine große Verschwendung von Zeit und Geld.

Ich hatte noch eine Viertelstunde Zeit und beschloss, mich ein wenig umzusehen. Die meisten Türschilder trugen Namen, die mir fremd waren. Dann sah ich das Büro von Norm Corrigan und eine Tür weiter Miles Newberry. Er war also immer noch dabei!

Schließlich stand ich vor der Sekretärin von Pastor Harris.

»Was kann ich für Sie tun?«

»Ich bin Travis Jordan aus Antioch im Staat Washington. In fünfzehn Minuten bin ich mit Norm Corrigan verabredet.«

Sie deutete auf die Couch, von der ich gerade kam. »Bitte setzen Sie sich, Pastor Corrigan wird Sie gleich abholen.«

»Danke.« Ich öffnete meine Aktentasche und sah auf ihr Namensschild. »Vielleicht können Sie mir in der Zwischenzeit auch weiterhelfen, Mrs. Fontinelli.« Sie sah mich abwartend an. »In unserer Stadt ist ein Mann aufgetaucht, der sich für Jesus Christus ausgibt.« Sie hob eine Augenbraue, und ich hoffte, ihr Interesse geweckt zu haben. »Wir versuchen herauszufinden, wer er wirklich ist, und es sieht so aus, als wäre er eine Zeit lang auch hier gewesen. Sind Sie schon lange in der Gemeinde?«

»Etwa zehn Jahre.«

Ich reichte ihr das Foto von Nichols/Johnson. »Haben Sie diesen Mann schon einmal gesehen?«

Die Frau hätte eine sehr schlechte Pokerspielerin abgegeben. Ihre Reaktion auf das Foto war meterweit zu sehen. Sie sah betreten auf das Bild und ich überlegte. Wenn die Sekretärin von Pastor Harris dieses Gesicht sofort erkannte, dann war Nichols/Johnson hier nicht nur ein einfaches Gemeindemitglied gewesen.

»Sie kennen ihn?«

»Ja.« Mehr war aus ihr nicht herauszubekommen.

»Sind Sie schon lange die Sekretärin von Pastor Harris?«

»Ja, etwa fünf Jahre«, antwortete sie bereitwillig und schien direkt dankbar zu sein für diese einfache Frage.

»Haben Sie den Mann in dieser Zeit kennen gelernt?«

Sie hatte ihre Fassung wieder: »Mit wem sind Sie verabredet?«

»Norm Corrigan.«

Sie deutete auf das Foto, das auf ihrem Schreibtisch lag: »Sind Sie deshalb hier?«

»Ja.«

Sie nickte mehrmals nachdenklich, griff dann nach dem Telefon und sagte zu mir: »Würden Sie mich bitte entschuldigen? Bitte setzen Sie sich dort vorne auf das Sofa.«

»Gut.«

Ich nahm das Foto und ging betont langsam zurück, um, wenn möglich, noch etwas von dem zu hören, was sie als Nächstes in den Telefonhörer sprechen würde. Aber ich verstand nur: »Sprich mit Norm ... wir brauchen Miles ...«

Ich setzte mich und beobachtete, was mein Foto ausgelöst hatte. Mrs. Fontinelli führte mehrere Telefonate, auch die jungen Frauen im Eingangsbereich wurden unruhig, beobachteten mich verstohlen, telefonierten und eilten in die Pastorenbüros.

Ich hatte nichts anderes erwartet. Brandon Nichols war nicht der Typ, der in der Masse unterging. Es war ihm offensichtlich gelungen, die Leiterschaft dieser Gemeinde persönlich kennen zu lernen.

Dann kam ein Mann, der wohl Norm Corrigan sein musste, aus seinem Zimmer und ging in das Büro von Miles Newberry. Die Sekretärinnen kehrten an ihre Plätze zurück. Jetzt wurde meinetwegen wohl eine kleine Konferenz abgehalten. Ich war sehr gespannt, zu welchen Ergebnissen sie kommen würden.

Dann öffnete sich die Tür wieder, Norm Corrigan eilte zurück in sein Büro und Miles Newberry kam bedächtigen Schrittes auf mich zu. Er war grauer geworden und hatte etwas zugenommen, seit ich ihn zuletzt gesehen hatte. Aber wenn man bedachte, dass seit unserer letzten Begegnung zwanzig Jahre vergangen waren, sah er sehr gut aus. Gleichzeitig dachte ich daran, dass er nicht feststellen konnte, ob ich mich verändert hatte, da er mich nie kennen gelernt hatte.

»Guten Tag«, kam er mit einem gewinnenden Lächeln im Gesicht und ausgestreckter Hand auf mich zu, »mein Name ist Miles Newberry. Wie war doch gleich Ihr Name?«

Ich erhob mich und gab ihm die Hand. »Travis Jordan. Ich bin mit Norm Corrigan verabredet ...« Ich sah auf meine Uhr. »... jetzt.«

»Bei Norm ist leider etwas dazwischengekommen. Könnten wir uns stattdessen unterhalten?«

Wie eigenartig. Vor zwanzig Jahren hatte ich mir die Aufmerksamkeit dieses Mannes gewünscht. Jetzt stand er mir gegenüber und sah mich bittend an. *Zu spät,* dachte ich.

»Meinetwegen«, entgegnete ich.

Wir gingen in sein Büro. Er setzte sich nicht hinter seinen Schreibtisch, sondern machte es sich mit mir zusammen in einer kleinen Sitzecke bequem. Ich nahm an, er wollte für eine entspannte Atmosphäre sorgen.

»Was kann ich für Sie tun?«, eröffnete er das Gespräch.

»Das haben Sie wohl schon durch Frau Fontinelli gehört«, sagte ich. »Ich bin gekommen, um nähere Informationen über diesen Mann zu erhalten.« Ich reichte ihm das Foto und wiederholte, was ich zuvor schon der Sekretärin gesagt hatte.

Das Bild bereitete ihm keine Freude. Er legte die Stirn in Falten, holte tief Luft und seufzte. »Was bezwecken Sie damit?«

»Ich muss herausfinden, wer das wirklich ist, damit ich weiß, wie ich mich ihm gegenüber verhalten soll. Seine Vergangenheit ist wichtig, um zu verstehen, was ihn dazu bringt, in unserer Stadt als falscher Christus aufzutreten. Ich bin Ihnen sehr dankbar für alles, was Sie mir über ihn erzählen können.«

Er ging nicht auf meine Worte ein. »Wie kommen Sie darauf, dass er hier in dieser Gemeinde gewesen sein könnte?«

»Er machte entsprechende Andeutungen.«

»Nun, dies ist eine sehr große Gemeinde, die viele verschiedene Menschen anzieht. Manche von ihnen fühlen sich bei uns nicht wohl und ziehen weiter.«

Ich kam auf meine eingangs gestellte Frage zurück: »Kennen Sie diesen Mann?«

»Nicht persönlich, nein.«

Mir fiel auf, dass er mit seiner Körperhaltung in die Defensive ging. Obwohl wir in seinem Büro waren, fühlte er sich von mir in die Ecke getrieben.

»Kennen Sie seinen Namen?«

Zögernd kam seine Antwort: »Ja.«

»Also hat er diese Gemeinde eine Zeit lang besucht?«

»Das sagte ich bereits.«

»Nein, das sagten Sie nicht.«

»Er war in unserer Gemeinde.«

»Wann war das?«

Sein Blick ging zur Decke. Dann holte er tief Luft. Er fühlte sich überhaupt nicht mehr wohl in seiner Haut. »Vor etwa zwei oder drei Jahren, vermute ich.«

»Wie nannte er sich?«

Fragend sah er mich an. Ich erklärte: »Ich kenne ihn jetzt schon unter zwei verschiedenen Namen und würde mich nicht wundern, wenn ich heute einen dritten erfahren würde.«

Er staunte, schwieg aber. Es war wirklich nicht einfach, etwas aus ihm herauszubekommen. »Was ist los mit Ihnen? Ist die Sache so schlimm? Warum reden Sie nicht mit mir?«

»Sie müssen verstehen, dass die meisten Gespräche, die wir hier führen, seelsorgerlicher Natur und damit vertraulich sind.«

»Nicht einmal seinen Namen?«

»Bitte entschuldigen Sie, aber wir wissen nicht, wer Sie sind und was Sie im Schilde führen. Es handelt sich hier um vertrauliche Informationen, die ich nicht preisgeben kann. Das müssen Sie verstehen.«

»Vielleicht sollte ich Ihnen zunächst berichten, was dieser Mann zur Zeit in unserer Stadt anrichtet?« Ich erzählte ihm alles, was ich von Nichols/Johnson wusste, und legte ihm die entsprechenden Artikel der Zeitungen aus Antioch, Spokane und Seattle vor. »Ich kann mir vorstellen, dass Sie die Personen schützen wollen, an denen er sich schuldig gemacht hat. Aber ich hoffe, dass Sie nicht versuchen, ihn selbst zu schützen.«

Newberry sah sich die Zeitungsausschnitte an: »Er macht jetzt Kranke gesund?«

»Ich habe es selbst gesehen.«

Er sah müde aus, als er mir die Artikel zurückgab. »Als er hier war, nannte er sich Justin Cantwell.« Dann fügte er noch hinzu: »Und er machte eine Menge Ärger.« Ich wartete auf weitere Erläuterungen, aber er schwieg.

»Was für eine Art von Ärger machte er?«

»Das würde jetzt zu weit führen.«

Ich notierte mir »Justin Cantwell«. »Haben Sie eine Vorstellung, wo er ursprünglich herkommt? Aus was für einem familiären Hintergrund er stammt?«

Er seufzte. »Ich muss zuerst mit einigen Personen sprechen, bevor ich Ihnen noch mehr erzählen kann. Könnten Sie morgen noch einmal kommen?«

Allmählich machte sich Frustration bei mir breit: »Ich fliege heute Abend zurück, ich habe ein billiges Flugticket, das nur einen Tag lang gültig ist.«

»Sie können uns ja Ihre Nummer hinterlassen, dann rufen wir Sie zurück.«

Das klang nicht gut. »Und Pastor Harris? Kennt er Cantwell nicht?«

»Ich muss ihn fragen.«

»Können wir ihn nicht jetzt gleich zusammen fragen?«

»Er ist jetzt nicht zu sprechen.«

»Ist er auf dem Gelände?«

»Er ist nicht zu sprechen.«

Mühsam hielt ich mich zurück. »Er ist niemals zu sprechen, ich weiß. Und was ist mit Norm Corrigan?«

Miles Newberry zuckte die Achseln: »Er weiß nichts darüber.«

»Ist er neu im Team?«

»Genau.«

»Aber Mrs. Fontinelli kennt Cantwell. Sie hat ihn auf der Fotografie eindeutig wieder erkannt.«

Er nickte: »Ja, sie war damals schon da.«

»Also kennt ihn auch Pastor Harris.«

Sein Gesicht verfinsterte sich: »Was wollen Sie?«

»Ich will herausfinden, was Sie verbergen. Dieser Mann bringt meine Stadt in Gefahr, und wir haben viel Geld ausgegeben, damit ich heute mit Ihnen sprechen kann. Wenn Sie jetzt meinen, mir nichts sagen zu können, und mir den Zugang zu Pastor Harris verwehren, dann kann ich auch ungemütlich werden. Sie kennen Cantwell, Mrs. Fontinelli kennt Cantwell, und ich kann mir nicht vorstellen, dass Pastor Harris ihn nicht kennt. Deshalb will ich mit ihm reden.«

Seine Augen verengten sich zu Schlitzen. »Bevor Sie sich jetzt noch weiter vorwagen, muss ich Ihnen etwas sagen.«

Ich war ganz Ohr.

»Gott hat diese Gemeinde als ein Licht für diese Stadt eingesetzt. Diese Gemeinde ist von Gott gesegnet und berufen, sein Evangelium bekannt zu machen und Menschen zu Jüngern zu machen.« Er zeigte auf meine Aktentasche. »Falls Sie beabsichtigen, dieser Gemeinde mit Ihrem Wissen zu schaden, dann widersetzen Sie sich Gott. Davon kann ich Ihnen nur abraten.«

Stumm sah ich ihn an. Vor zwanzig Jahren hätten mir diese Worte Angst eingeflößt. Heute fühlte ich mich ihm überlegen. »Pastor Newberry, ich kenne dieses Denken. Auch wenn es nie ausgesprochen wurde, lag es immer in der Luft. Es ging von der Leiterschaft aus und schüchterte uns ein. Trotzdem ist es eigenartig, es so klar zu hören.«

Er sah mich erstaunt an. Bevor er fragen konnte, erklärte ich: »Ja, meine Frau und ich waren vor rund zwanzig Jahren Mitglieder Ihrer Gemeinde. Sie können sich aber nicht an mich erinnern, denn Sie haben uns schon damals nicht gekannt.«

Ich beugte mich vor und sah ihm direkt in die Augen. Er sollte es bedauern, dass er sich nicht hinter seinen Schreibtisch gesetzt hatte: »Ich muss mit jemandem sprechen, der persönlich mit Justin Cantwell zu tun hatte. Wenn Pastor Harris ihn kennt, dann muss ich mit ihm sprechen. Es genügt mir nicht, wenn Sie mir ausrichten, was Ihr Pastor mir zu sagen hat. Ich bestehe auf dem direkten Gespräch mit ihm. Die Zeit, als Sie mich einschüchtern und wegschicken konnten, ist vorbei. In Antioch ist im wahrsten Sinn des Wortes der Teufel los und wir haben keine Zeit für Ihre Hierarchiespielchen.«

Er hielt meinen Blicken stand und nickte: »Geben Sie mir Ihre Telefonnummer.«

Brandon Nichols strich schmunzelnd über Matt Kileys gesenkten Kopf: »Nun steh schon auf, Matt. Du brauchst nicht vor mir zu kriechen.«

Matt Kiley kniete vor dem Messias von Antioch, zu jeder Demütigung bereit, wenn er nur seine Kraft wiederbekommen würde. Endlich, eine Berührung von Nichols, Energie strömte durch seinen Körper und er streckte seine Glieder. Arme und Beine, die Wirbelsäule und die Muskeln hatten ihre alte Kraft zurück, nein, mehr noch, sie waren kräftiger als jemals zuvor.

»Alles in Ordnung?«, fragte der Boss, hielt ihn auf Armeslänge von sich weg und musterte ihn kritisch von oben bis unten.

Matt wollte etwas sagen, aber er war so überwältigt, dass ein dicker Kloß in seinem Hals das Sprechen unmöglich machte. Er nickte nur und sah seinen Retter bewegt an. Die beiden standen in einer der Macon'schen Stallungen und Nichols nahm gerade eine große Lieferung Getreide in Empfang.

Nichols deutete auf die Säcke, die hereingetragen wurden: »Wollen wir deine Arme einmal ausprobieren?«

Matt krempelte die Ärmel hoch, ging in Stellung und begann, auf einen Sack einzudreschen. Seine Beine waren wie Sprungfedern, er tänzelte, duckte sich, schlug zu wie ein richtiger Boxer. RUMMS! RUMMS! Faustgroße Vertiefungen blieben zurück. Wie glücklich er war!

»Ja!«, rief er und umarmte seinen Boss. Früher hätte er niemals jemanden umarmt.

Sein Boss war zufrieden. »Gut, das reicht. Du hast genügend Kraft. Aber, Matt, eines darfst du nie wieder vergessen. Deine Kraft kommt von mir. Sie gehört mir und du musst sie für meine Ziele einsetzen. Ich will dich nie wieder in einer Schlägerei erleben!«

»Ja, gut, alles was du willst.« Da fiel ihm etwas ein: »Moment mal, ich habe dir noch etwas mitgebracht.« Er griff in seine Tasche und reichte seinem Boss einen Stapel Zettel: »Das soll ich dir von den anderen Händlern in Antioch geben. Es sind Gutscheine für Übernachtungen, für Gaststätten und für fast alles, was man in der Stadt kaufen kann. Du kannst sie deinen Nachfolgern geben. Auf diese Weise wollen sich die Geschäftsleute bei dir bedanken.«

Nichols nahm die Scheine und nickte zufrieden.

»Mein Herr!« Der Prophet Michael kam hereingestürmt. »Armond Harrison ist hier!«

Nichols Augen leuchteten, als er Armond Harrison mit einem hübschen jungen Mädchen kommen sah. Harrison stellte vor: »Das ist die Kleine, von der ich dir erzählt habe.« Der Messias schien sehr erfreut. Das Mädchen schwieg ehrfürchtig. Harrison erklärte: »Er wird für dich sorgen. Wenn du von hier wieder weggehst, wirst du total verändert sein, das verspreche ich dir.«

»Michael, bitte bringe sie in das freie Zimmer im Gästehaus. Ich werde bald nachkommen.«

Michael verbeugte sich vor seinem Herrn und führte das Mädchen hinaus.

»Ihr Mann ist oft weg«, erklärte Harrison, als die beiden draußen waren, »er ist bei der Armee, das macht ihr ziemlich zu schaffen.«

»Verstehe«, lächelte Nichols, »ich werde mich darum kümmern. Sie wird Trost und Erfüllung finden.«

Armond grinste: »Daran habe ich keinen Zweifel.«

Die beiden gingen zusammen hinaus. Matt hörte Harrison noch von anderen Mädchen sprechen, denen ein Aufenthalt bei Nichols gut tun würde. Er seufzte. Der Boss hatte es gut.

Don Anderson erledigte seine Reparaturarbeiten so schnell, dass die Leute anfingen, darüber zu reden. Er achtete darauf, dass ihn nie jemand bei der Arbeit beobachtete und hatte oft nur zur Tarnung Werkzeuge in der Hand. Eine Woche, nachdem Nichols ihn berührt hatte, gab es in seiner Werkstatt nichts mehr, was man reparieren musste. Er begann sich zu langweilen und schraubte gelegentlich nur zum Spaß an einem Gerät herum.

Heute Morgen hatte ihm jemand einen defekten Videorecorder gebracht, den er kurz berührte. Natürlich hatte er die Rechnung über die Zeit ausgestellt, die er normalerweise gebraucht hätte.

Für den Kassettenrecorder von Lonny Thompson hätte er früher drei … nein, eher vier Stunden gebraucht, überlegte er, während er die nächste Rechnung schrieb. Dann musste er noch etwas für den Mixer berechnen und für die Fernbedienung, die er berührt hatte. Er brauchte neuerdings mehr Zeit, die Rechnungen zu schreiben, als für die Arbeit selbst.

Zuletzt war ihm noch ein CD-Spieler gebracht worden, der sich nicht mehr drehte. Don öffnete das Gerät und sah, dass noch eine CD darin lag.

Wie in Gedanken strich er über die glänzende CD. Da hörte er plötzlich die Musik. Moment mal!

Er beschrieb mit seinem Zeigefinger einen Kreis auf der Scheibe und sofort waren in seinem Kopf die entsprechenden Klänge. Was war mit seinem Finger los? Er konnte nichts Auffälliges erkennen. Als er wieder über die CD strich, waren die Klänge wieder da. Fassungsloses Staunen wich der Angst.

Er ging zu dem CD-Verkaufsständer, nahm eine Mozart-CD und öffnete sie. Kaum hielt er seinen Finger darüber, hörte er die Musik. Setzte er seinen Finger an eine andere Stelle der kleinen Scheibe, hörte er ein anderes Stück.

Was kann ich denn noch alles?, dachte er fasziniert und entsetzt zugleich.

Es war ganz still in seinem Haus, als Jim Baylor nach Hause kam. Das war verdächtig.

»Dee?«

Wahrscheinlich hatte sie ihre hungrige Familie wieder einmal vergessen und war noch bei Nichols, überlegte Jim, obwohl die heutige Versammlung schon längst vorbei sein musste. Aber sie plauderte hinterher gerne noch mit ihren Freundinnen. Dann erinnerte er sich daran, dass heute Mittwoch war. Mittwochs hatte der Messias noch nie eine Veranstaltung abgehalten.

Sie war weder in der Küche noch im Wohnzimmer.

Endlich hörte er ihre Stimme aus dem Schlafzimmer. Es klang nicht so, als ob sie lachen würde. Im Gegenteil. Er eilte zu ihr. Sie lag zusammengekrümmt auf dem Bett, umklammerte ein Kissen und sah ihn verzweifelt an.

»Dee! Was ist denn?«

Sie murmelte etwas, das er nicht verstehen konnte. Er hasste es, wenn mit Dee etwas nicht in Ordnung war, er aber nicht verstand, was es war, und nichts dagegen tun konnte.

»Was hast du denn?«

»Nichts.«

Er setzte sich auf die Bettkante, sie rollte sich weg von ihm.

»Lass mich in Ruhe. Sonst kümmerst du dich ja auch nie um mich. Dann brauchst du jetzt auch nicht so besorgt tun.«

»Das stimmt doch nicht. Ich kümmere mich sehr wohl um dich. Das weißt du genau.«

»Von wegen! Wenn ich tot wäre, würdest du dich doch freuen.«

»Rede nicht so einen Unsinn! Du bist meine Frau, ich liebe dich und ich brauche dich.«

Minutenlang ging es hin und her. Sie fühlte sich ungeliebt und wertlos, er versuchte, ihr das Gegenteil zu beweisen. Schließlich riss bei Jim die Geduld: »War Brandon Nichols etwa nicht nett zu dir?«

Ihre Wut nahm zu: »Und wenn schon? Was kümmert dich das?«

»Ich habe von Jack McKinstry gehört, dass Mary Donovan glaubt, sie sei Maria, die Jungfrau Maria.«

»Na, und?«

»Außerdem habe ich gehört, dass Anne mit einem Engel Kontakt hat. Weißt du das?«

Sie umklammerte das Kissen noch fester: »Geh doch endlich!«

»Dee, mein Schatz, ich glaube, du bist sauer, weil deine Freundinnen noch Verrückteres erleben als du. Kann das sein?«

Sie flog herum wie ein Fisch auf dem Trockenen: »Was weißt du schon? Woher auch? Du bist nicht gläubig und kümmerst dich nicht um geistliche Dinge. Du hast keine Ahnung, was Gott zurzeit macht. Und du willst mir erzählen …?«

Er war genauso laut wie sie: »Ich habe also keine Ahnung, was? Aber du! Ich liege jedenfalls nicht auf dem Bett herum wie ein gestrandeter Walfisch …!«

Sie wurde noch lauter: »Wie hast du mich genannt?«

»… ein gestrandeter Walfisch, der in den letzten Zügen liegt.«

Ihre Kraft nahm zu: »Wie hast du mich genannt?«

»Ich habe keine gefrorenen Pommes auf den Tisch geschüttet und bin nicht im Namen Jesu durch die Küche getanzt, während meine Familie Hunger hatte!«

»Das war die Freude am Herrn!«

»Sollen wir uns ein bisschen kitzeln, dann zusammen lachen und in die Wolken gucken? Du würdest garantiert etwas Tolles sehen! Dann würde es dir wieder besser gehen!«

Sie war kurz davor zu schreien: »Es war die Freude am Herrn!«

»Wo ist denn nun die Freude am Herrn geblieben? Du liegst hier herum und willst sterben! Wie nennt man denn das?«

»Du hast doch keine Ahnung!«

»Aber ich sehe, dass du auf dem Bett liegst und in Selbstmitleid badest. Ist das vielleicht die Trauer vom Herrn?«

Mit einem Aufschrei schleuderte sie das Kissen nach ihm.

»Na, denn!« Er ging hinaus: »Mach nur so weiter. Vielleicht kommt ja dein geliebter Brandon und macht einen Krankenbesuch!«

»Du …!«

Sie warf mit der Nachttischlampe nach ihm, aber die Tür war schon ins Schloss gefallen.

Er rannte aus dem Haus. Er würde bei Judy essen. Und ein paar Bierchen trinken. Vielleicht würde er sich betrinken.

Ich war kaum zurück, als das Telefon klingelte. Damit hatte ich gerechnet.

»Hallo, Justin!«, versuchte ich gleich, ihn mit meinem neuen Wissen aus der Fassung zu bringen.

»Haben Sie mit Pastor Dale gesprochen?«

»Pastor Dale war nicht zu sprechen«, erwiderte ich sarkastisch.

»Na, so eine Überraschung!«

»Stattdessen sprach ich mit Miles Newberry.«

Er lachte. »Der gute alte Miles. Mit ihm kann man stundenlang reden, ohne etwas von ihm zu erfahren.«

Ich stimmte in sein Lachen mit ein. »Genauso war es.« Doch schnell fügte ich hinzu: »Aber er sagte, Sie hätten Ärger gemacht.«

»Das habe ich auch. Ich habe versucht, diese Leute bloßzustellen, und dabei war ich gar nicht so schlecht. Aber etwas anderes: Ist Ihnen aufgefallen, wie Sie selbst sich verändert haben? Das Gemeindespiel ist immer noch das Gleiche, nur dass Sie jetzt ganz anders damit umgegangen sind.«

Ich freute mich, dass er Recht hatte. »Ja, früher habe ich alles geglaubt, was man mir sagte.«

»Und Sie haben auch alles gemacht, was man von Ihnen verlangte.«

»Natürlich.«

»Wenn der Pastor von der Sünde in Ihrem Leben sprach, dann fühlten Sie sich schuldig.«

»Auf jeden Fall.«

»Klappte etwas nicht, dann lag es immer an Ihnen.«

»Richtig.«

»Dieses Mal hat er wieder versucht, Sie einzuschüchtern, aber Sie haben sich nicht mehr einschüchtern lassen. Woran lag das?«

»Darüber habe ich auch schon nachgedacht.«

»Sie sind älter geworden, deshalb. Diese Masche zieht nur bei bestimmten Leuten und Sie zählen jetzt nicht mehr zu ihnen. Sie sind anders geworden.«

»Da kann ich doch eigentlich nur froh sein.«

»O ja, sehr froh, Travis.«

»Aber oft bin ich gar nicht so froh darüber.«

»Da würde ich mir keine Gedanken machen. Sie machen gute Fortschritte. Je mehr Sie versuchen, etwas über mich herauszufinden, desto mehr lernen Sie über sich selbst. Das sage ich ja schon die ganze Zeit: Wir sind uns sehr ähnlich. Dabei haben Sie eigentlich noch gar nicht viel über mich herausgefunden, oder?«

»Miles hat mir noch einen anderen Namen verraten. Damit kenne ich jetzt drei.«

»Sie wissen aber auch nicht, ob das nun der Richtige ist. Wie viel Zeit wollen Sie noch dafür aufwenden, meinen Namen herauszufinden?«

»Keine Ahnung. Am einfachsten wäre es, Sie würden mit der Maskerade aufhören und mir sagen, wer Sie sind.«

»Guter Witz! Dann wäre ich ja der erste Mann Gottes aller Zeiten, der keine Maske trägt.«

»Nun gehen Sie aber zu weit! Es gibt eine Menge ehrlicher Pastoren.«

»Falsch. Pastoren sollen Vorbilder sein und alle Fragen beantworten. Weil das aber nicht geht, müssen sie so tun als ob. Das ist bei allen Pastoren das Gleiche.«

»Manche haben aber auch aufgegeben, so zu tun, als wären sie perfekt und wüssten alles.«

»Sie zum Beispiel.« Bitterkeit schwang in seiner Stimme mit, als er weitersprach: »Manche mögen die Maskerade. Sie finden es aufregend, den Leuten etwas vorzumachen.« Er nahm den Tonfall eines Predigers an: »Du bist ein Sünder, nur die Gnade Gottes reinigt dich. Komm zu Jesus, er vergibt dir alles. Und dann folge mir nach, ich bestimme, wie du fortan leben wirst.«

»Errettet aus Gnaden, gerecht durch die Regeln.«

»Sie kennen das alles, Travis! Lassen Sie es hinter sich. Sie sind heute viel weiter als damals, als Sie noch bei ›Licht der Welt‹ waren. Und Sie sind noch lange nicht am Ziel. Ich habe zum Beispiel eine Menge Angebote für Sie.«

»Ich soll bei Ihnen einsteigen? Sie sind ja noch viel schlimmer als alle anderen. Warum sollte ich das tun?«

»Das werden Sie nach und nach immer besser verstehen.«

»Wollen Sie mir nicht noch etwas über sich erzählen?«

»Heute nicht.«

»Na, dann, auf Wiederhören!«

Nancy Barrons saß am Schreibtisch im hinteren Teil ihres kleinen Ladens und dachte nach. Etwas war faul an der Sache. Frau Macon hatte ihr gestern erzählt, Nichols hätte drei Kilometer vom Haus entfernt einen neuen Brunnen gegraben. Aber soweit sie wusste, war offiziell nur von neuen Wasserspeichern die Rede gewesen.

Sie rief beim Wasseramt an und wurde mit dem zuständigen Sachbearbeiter verbunden.

»Entschuldigen Sie, haben Sie das Projekt auf Frau Macons Gelände abgenommen?«

»Ja, warum?«

»Wurde dort ein neuer Brunnen gegraben?«

»Nein, ich habe nur einen neuen Wassertank und drei neue Druckbehälter besichtigt.«

»Und woher kommt das Wasser?«

»Es ist der Brunnen, denn die Macons schon seit jeher für ihre Wasserversorgung benutzen.«

»Kein neuer Brunnen?«

»Nein, bestimmt nicht. Der Brunnen ist in ausgezeichnetem Zustand und die Wassermenge ist mehr als genug.«

Nancy bedankte sich und rief Kim: »Ich hatte Recht!«

21

Justin Cantwell gelang es, immer mehr Nachfolger anzuziehen und sie mit immer neuen Wundern zu begeistern.

Gleichzeitig bemühte sich Brett Henchle, nicht an ihn zu denken.

Heute hatte er frei, da sollte sein Kollege Rod Stanton sich über die Sicherheit der Stadt den Kopf zerbrechen. Brett saß mit seiner Frau Lori und ihren beiden Jungs, Dan und Howie, gemütlich zu Hause. Sie hatten sich einen Videofilm ausgeliehen, natürlich einen Krimi. Gerade begann die Verfolgungsjagd der Bösen durch die Polizei.

»Gleich werden sie in eine Seitenstraße fahren und ein paar Mülltonnen umwerfen«, vermutete Brett.

Im nächsten Moment rasten die großen Karossen um die Ecke und die Mülltonnen polterten durcheinander.

»Wahrscheinlich kommt jetzt eine Absperrung«, kommentierte Brett, und tatsächlich: eine Baustelle, die Straße war gesperrt, die Bösen durchbrachen die Schranken und verschwanden in einer Staubwolke.

»Ich wette, dass sie gleich fliegen«, grinste Brett. Seine Kinder waren begeistert: »Woher weißt du das, Papa?«

»Das nennt man Lebenserfahrung«, prahlte er.

Da flogen die Autos auch schon durch die Luft, überschlugen sich und landeten kopfüber in einem Teich. Hoch spritzte das Wasser auf.

»Das war's dann wohl«, seufzte Lori.

»Nein, nein, das hat ihnen nichts ausgemacht«, widersprach Brett und schon tauchten die Ganoven auf und schwammen zum Ufer.

Alle lachten.

Da stöhnte Brett und rieb sein Bein.

»Was ist denn?«, erkundigte sich Lori besorgt.

»Mein Bein tut wieder weh.«

Lori sah zum Schrank. Hinter den Glastüren stand eine flache Schale, darin lagen die Granatsplitter aus dem Bein ihres Mannes. »Die Splitter sind aber nicht mehr in deinem Bein, Liebling«, wunderte sie sich.

»Ist mir egal, die Schmerzen sind die gleichen wie früher.«

Plötzlich war nur noch Schnee auf dem Bildschirm zu sehen.

»Was ist denn los?«, fragte Dan verwirrt und griff nach der Fernbedienung.

»ZURÜCK!«, schrie Brett und fuhr so heftig auf, dass er fast die Erdnüsse verschüttet hätte.

Dan wich zurück und ließ vor Schreck die Fernbedienung fallen. »Was ist …?« Er zitterte vor Angst. Howie saß auf dem Boden, die Augen weit aufgerissen und war wie erstarrt.

»Brett …«

»Ganz ruhig«, sagte Brett. Zu wem? Er starrte in die Ecke neben dem Fernseher. »Lori, geh mit den Jungs in die Küche.«

»Warum?«

»LOS!«

»Kommt, Jungs, Howie, steh auf!«

»Was starrst du denn so in die Ecke?«, fragte Dan.

»Geh schon!«

Lori sah in die gleiche Richtung wie ihr Mann, sah aber nichts. Doch sie fühlte etwas.

»Los, kommt, ihr beiden, wir gehen.«

»Papa, was ist denn?« Dan hatte Angst.

»Auf jetzt!« Lori packte die beiden und schob sie vor sich her, während ihr Mann zur Wand sprach.

»Nun hören Sie mir mal gut zu«, sagte Brett, »ich weiß nicht, was Sie wollen, aber es war ein Fehler, hierher zu kommen.« Seine rechte Hand war hinter dem Rücken. Er schnalzte geräuschlos mit den Fingern. Lori sah es und verstand das Zeichen.

»Ich kann Sie nicht verstehen. Sprechen Sie lauter.«

Lori rannte in die Küche. Im Schrank über dem Kühlschrank war die verschlossene Kiste, hinter der Mehldose der Schlüssel. Sie nahm die Pistole heraus und lud sie mit zitternden Fingern. An der Schwelle zum Wohnzimmer zögerte sie. Was auch immer Brett wahrnahm, sie sah es nicht.

Er bewegte heftig seine Finger, verlangte die Pistole.

Was sollte sie tun? Das Blut pochte in ihren Adern. Sollte sie ihrem Mann, der wohl eine Halluzination hatte, eine scharfe Waffe in die Hand drücken? Die Jungs begannen hinter ihr zu weinen. Sie sah niemanden, aber sie spürte Kälte und Grauen aus dem Wohnzimmer auf sie eindringen.

Brett kam zu ihr und entriss ihr die Pistole, schob sie gleichzeitig aus dem Zimmer und zielte in die Ecke.

»Schluss jetzt. Drehen Sie sich langsam zur Wand und heben Sie die Hände!«

Was auch immer Brett sah, es musste sich wohl bewegen, denn er folgte ihm mit der Pistole. Mit ausgestreckten Armen drehte Brett sich zum Flur. Lori spürte, wie sich ihr etwas näherte.

»Stehen bleiben oder ich schieße!«

Es zog weiter.

»Stehen bleiben!«

Lori hatte eine Gänsehaut am ganzen Körper. Entsetzt wich sie in die Küche zurück.

PENG!

Die Kugel schlug in der Haustür ein. Brett rannte über den Flur.

»Stehen bleiben!«

Lori beugte sich über ihre Kinder, die in der äußersten Ecke der Küche hockten, schrien und weinten. Die Haustür wurde aufgerissen, Kälte kroch über den Boden und umfloss ihre Knöchel. Ihre Ohren waren betäubt von dem Knall.

Das Telefon klingelte, und sie erschrak, als wäre ein weiterer Schuss gefallen. Mit ihrem ganzen Körper schirmte sie ihre Söhne ab.

Brett rannte durchs Haus, hinkend, fluchend und schimpfend.

Das Telefon hörte nicht auf zu klingeln.

»Er ist weg.«

In dem Moment schaltete sich der Fernseher wieder ein und der Krimi lief weiter.

Da klingelte das Telefon schon wieder. Wütend hob Brett ab. Es war Rod. »Komm sofort hierher, ich hatte einen Einbrecher im Haus, er kam direkt in mein Wohnzimmer. Was? Ja, der Tramper! Genau! Der Kerl, der damals einfach verschwunden war, der stand plötzlich hier. Wie bitte?« Er hörte ein paar Augenblicke fluchend zu, was Rod zu sagen hatte. »Hast du sie festgenommen?« Mit seiner linken Hand strich er an seinem Bein entlang und rieb die schmerzenden Stellen. »Nein, nein, das hast du richtig gemacht. Wir haben lange genug zugesehen. Aber funke jetzt bitte die Streifen an. Sie sollen sofort herkommen und die Nachbarschaft hier durchkämmen. Der Kerl kann noch nicht weit sein.«

Er legte auf, machte den Fernseher aus und ging zu seiner Familie in die Küche. Dabei hatte er immer noch die Waffe in der Hand. Er sicherte sie und legte sie zur Seite. »Lori, es ist vorbei. Kommt, Jungs, es ist alles wieder gut. Es ist vorbei.«

»Was war denn?«, weinte Dan. Howie war immer noch sprachlos vor Entsetzen.

»Das war ein Mann, den ich vor ein paar Wochen im Auto mitgenommen hatte. Er ist irgendwie in unser Haus gekommen, aber jetzt ist er wieder weg. Wir brauchen keine Angst mehr zu haben.«

Lori sah ihn an. »Ein Tramper?«

»Ja, der junge Mann, der sagte, Jesus würde bald kommen. Danach war er verschwunden, spurlos. Keine Ahnung, was er jetzt hier wollte … jedenfalls nichts Gutes. Wir müssen das Haus in Zukunft gut abschließen. Wenn du willst, bringe ich dich und die Kinder morgen zu deiner Mutter.«

»Der Tramper?«, fragte sie noch einmal.

Er nickte und umarmte sie. »Ja, ich habe mir schon damals gedacht, dass der Kerl nicht sauber ist.«

»Liebling«, sie fürchtete sich, es auszusprechen, »ich habe ihn nicht gesehen.«

»Schon gut.«

Sie schob ihn ein wenig zurück und sah ihm in die Augen: »Nein, wirklich. Ich habe ihn nicht gesehen. Ich habe niemanden im Wohnzimmer gesehen.«

Er sah sie verständnislos an. »Aber er stand doch da, neben dem Fernseher in der Ecke. Er hatte sich wohl hinter dem Fernseher versteckt.«

Sie bekam Angst um ihren Mann. »Aber Schatz, hinter dem Fernseher ist kein Platz, er steht doch direkt an der Wand.«

Er wich zurück. »Du hast ihn nicht gesehen? Er stand doch die ganze Zeit da!«

Sie schüttelte nur den Kopf. »Nein.«

»Hast du nicht gesehen, wie er aus dem Haus gerannt ist?«

Sie wechselte das Thema: »Was hat Rod gesagt?«

Brett stand mitten in der Küche und sah verwirrt aus.

»Er hat Penny Adams verhaftet.«

»Warum?«

»Sie hat geklaut. Ihr Schrank ist voller Sachen aus der Boutique, in der sie arbeitet.«

»Kaum war ihre Hand wieder gesund ...«

Stöhnend griff sich Brett ans Bein. »Ja, genauso gesund wie mein Bein ...«

Lori verstand ihn nicht. »Wie meinst du das?«

Er nahm die Waffe und steckte sie in die Hosentasche. »Schon gut. Ich werde mich darum kümmern. Ich muss los.«

Er ging in den Flur und nahm seine Jacke.

»Bitte geh nicht!«, flehte Lori.

»Unsere Stadt gerät aus den Fugen. Ich muss etwas unternehmen.«

Er küsste sie und humpelte zur Tür. Lori blieb mit ihren Fragen und ihrer Angst zurück. Die Kinder umklammerten ihre Beine.

Mona Dillard war hin und her gerissen. Einerseits hatte sie viel Grund, sich über die blühenden Geschäfte zu freuen, andererseits fragte sie sich, ob sie nicht auch Grund hatte, sich Sorgen zu machen.

Norman hatte die Idee gehabt, zwei Zimmer zu Appartements umzubauen. Kaum waren sie fertig, hatte er sie auch schon vermietet. Nichols Anhänger mieteten sie gleich monatsweise. Auch für die anderen Zimmer waren immer genug Pilger in der Stadt. Jetzt überlegte Norman, ob er die alte Autowerkstatt, die an ihr Grundstück angrenzte, kaufen und abreißen sollte, um das Hotel zu vergrößern. Geschäftlich ging es ihnen wirklich ausgezeichnet.

Ihre Beziehung jedoch entwickelte sich weniger erfreulich. Äußerlich war alles in Ordnung, aber sie spürte deutlich, dass etwas nicht stimmte. Er interessierte sich kaum noch für sie. Natürlich hatte er viel zu tun, aber das alleine konnte nicht der Grund sein.

Sie vermutete, dass eine andere Frau im Spiel war. Einerseits war dies undenkbar, Norm war immer ein treuer, liebender Ehemann gewesen. Doch in letzter Zeit hatte er sich verändert. Manchmal schien er sie kaum noch wahrzunehmen. Aber es war mehr als Desinteresse oder Abwesenheit.

Wenn sie in seine Augen sah, dann fühlte sie etwas, das schlimmer war als Untreue. Fast kam es ihr so vor, als würde eine andere Persönlichkeit aus seinen Augen blicken. Manchmal war da eine Lüsternheit, die auf jede Passantin reagierte, nur der Anblick seiner eigenen Frau schien ihn mit Widerwillen zu erfüllen.

Heute hatte sie sich vorgenommen, ihre sorgenvollen Gedanken beiseite zu drängen und sich in die Arbeit zu stürzen. Eine Bestandsaufnahme der Wäsche stand an. Verbissen arbeitete sie sich durch das Wäschezimmer, zählte Laken und Handtücher, sortierte zerschlissene Teile aus und notierte, was fehlte. Normalerweise war Norman für die Wäsche zuständig, aber da er mit den Umbauarbeiten des Hotels beschäftigt war, hatte sie sich heute an diese Arbeit gemacht.

Als sie aus einem hohen Schrankfach einen Stapel Bettwäsche herunterzog, rutschte plötzlich eine Zeitschrift heraus. Erschrocken wich sie zurück. Sie fasste noch einmal in das Fach und stieß auf einen ganzen Stapel weiterer Magazine. Pornografie! Voll Ekel ließ sie die Hefte fallen. War dies etwa die vermeintlich andere Frau, mit der er sie betrog? Lange stand sie reglos in dem engen Raum, presste die Bettwäsche an sich, starrte auf den Schmutz zu ihren Füßen und fühlte den Schmerz.

Es war mir wichtig, sofort nach meiner Rückkehr mit Kyle und Morgan zu sprechen. Auch wenn es nicht viel war, was ich herausgefunden hatte, ich brannte darauf, es ihnen mitzuteilen und unser weiteres Vorgehen mit ihnen abzustimmen. Kyle hatte keine Zeit, schlug aber vor, dass Morgan und ich uns trotzdem treffen sollten. Ich rief sie an und fragte, ob wir unser Gespräch mit einem Essen verbinden könnten.

Sie war einverstanden und überließ mir die Wahl des Lokals. In Gedanken ging ich verschiedene Gaststätten durch, die ich in Spokane kannte. In Antioch essen zu gehen kam nicht infrage, wollte man den Leuten keinen Gesprächsstoff bieten. Es sollte ein stilvolles Lokal sein, denn Morgan war eine Frau mit Klasse, aber trotzdem nicht zu romantisch, wir waren schließlich kein Liebespaar. Der Italiener kam nicht in Frage, weil man dort oft lange auf einen freien Tisch warten musste, beim Japaner war es zu laut, um sich intensiv unterhalten zu können, bei mexikanischem Essen lief mir immer die Nase, und Schweizer Fondue war zu intim. Vielleicht war der Argentinier am besten. Wenn man einen Tisch am Fenster bekam, konnte man die Wasserfälle des Spokane-Flusses sehen, die zu dieser Jahreszeit einen großartigen Hintergrund für einen schönen Abend abgaben.

»Sieh nur«, staunte sie, »die herrlichen Wasserfälle!«

Ich hatte einen Tisch am Fenster reserviert. Er war mit einer weißen Tischdecke, Stoffservietten, silbernem Besteck, einem Röschen und einer Kerze gedeckt. Morgan saß mir gegenüber, trug ein weinrotes Kleid mit fließenden, transparenten Ärmeln und lange, silberne Ohrringe, die fast bis zu ihren Schultern reichten. Ich hatte mich für ein dunkles Jackett und Krawatte entschieden, dazu aber ein beiges Hemd gewählt, um nicht zu elegant zu sein.

Es machte Spaß, die Speisekarte durchzugehen und zu überlegen, worauf wir Lust hätten.

»Warst du früher Sängerin?«, fragte ich möglichst belanglos, ohne von der Speisekarte aufzusehen. Die Frage stellte ich mir schon, seit ich Morgan kannte.

»›Himmelblaue Marmelade‹.«

In meiner Speisekarte konnte ich das nirgends finden. »Wo steht das?«

»So hieß meine Band. Ich war die Sängerin. Wir haben zwei Platten herausgebracht und hatten einmal einen Auftritt als Vorgruppe von ›Led Zeppelin‹.«

Mir fiel die Speisekarte aus der Hand. »Du hast tatsächlich in einer Rockband gesungen?«

Sie nickte. »Ja, wahrscheinlich habe ich mir damals auch die Stimmbänder ruiniert. Aber wir waren nicht schlecht. Ich versuchte, Janis Joplin zu imitieren.«

»Aber wohl nur, was den Gesang angeht.«

»Ja, Gabe hat mich noch rechtzeitig aus der Szene herausgeholt.

»Wie habt ihr euch kennen gelernt?«

»Wir hatten einen gemeinsamen Freund, der uns miteinander bekannt machte. Gabe war Jugendpastor bei den Methodisten. Ich mochte ihn von Anfang an. Mit ihm zusammen machte ich einen neuen Anfang und versuchte, einiges von dem wieder gutzumachen, was ich in den Jahren als Rocklady angerichtet hatte. Vierzehn Jahre waren wir verheiratet.«

»Ich mochte ihn.«

»Und ich mochte Marian.«

Die Bedienung kam. Ich bestellte Steak, Morgan hatte irgendetwas mit Spinat ausgesucht.

Dann erzählte ich ihr von meiner Reise nach Los Angeles. Sie hörte aufmerksam zu und schmunzelte oft über meine Kommentare.

»Hast du das wirklich zu Miles Newberry gesagt?«

»Vor zwanzig Jahren hätte ich es nicht gewagt.«

»›Justin Cantwell‹ hieß er dort also. Ich bin ja gespannt, wie viele Namen wir noch herausbekommen werden«, wunderte sie sich.

»Von ihm selbst werden wir wahrscheinlich nichts erfahren.«

»Zumindest sucht er immer noch das Gespräch mit dir. Ich würde zu gerne wissen, warum er das tut.«

»Ich vermute, er sucht jemanden, mit dem er über seine Bitterkeit und Enttäuschung sprechen kann.«

»Bestimmt.« Sie lächelte und sah mir in die Augen. »Geht es dir auch so?«

Ein interessanter Gedanke. »Ich kann nur hoffen, dass ich nie so werde wie er.«

»Was, denkst du, hat ihn so weit gebracht?«

»Er sagt immer, wir hätten das Gleiche erlebt.«

»Das klingt ja fast unheimlich.«

Die Bedienung unterbrach uns. »Haben Sie noch einen Wunsch?« Das Essen war gut und wir hatten im Moment keine Wünsche.

»Wie erging es dir seit unserem letzten Gespräch?«, wechselte ich das Thema.

»Besser.«

Sie lächelte schelmisch: »Kannst du dich an die drei Punkte erinnern, von denen ich dir bei unserem ersten Treffen erzählt habe?«

Ich brauchte mich nicht anzustrengen: »Deine Gemeinde kommt mit dir nicht mehr klar, Brandon Nichols ist nicht Jesus und der Prophet Michael ist dein Sohn.«

»Genau. Der letzte Punkt ist unverändert, aber die beiden ersten …« Sie sah auf die Wasserfälle vor unserem Fenster. »Ich kann nicht mehr zurück. Jesus wird mir immer wichtiger, und ich kann und werde das nicht ändern, auch wenn es sich einige aus der Gemeinde wünschen.« Sie lächelte. »Meine Gespräche mit Jesus werden immer vertrauter. Was bisher eine Überzeugung war, wird jetzt immer mehr zu einer Beziehung. Du weißt bestimmt, wie ich das meine.«

Ich hielt meine Freude mühsam zurück, um sie nicht in Verlegenheit zu bringen. »Ich verstehe dich sehr gut.«

»Travis, ich habe so viele Seminare besucht, seit zehn Jahren bin ich Pastorin und war vierzehn Jahre lang mit einem Pastor verheiratet. Gabe und ich gaben alles dafür, das Gute in den Menschen zu fördern. Doch wenn ich heute zurückschaue, dann hat uns die ganze Zeit etwas gefehlt. Es fehlte die Beziehung zu Gott. Jesus war ein abstrakter Sachverhalt, eine historische Persönlichkeit, mit der wir uns beschäftigten und über die wir sprachen, aber ihn selbst kannten wir nicht.« Sie ließ ihre Blicke schweifen. »Es geht doch nicht darum, welcher Kirche wir angehören, welche Traditionen wir pflegen und wie viele Kerzen wir anzünden. Die Frage ist doch zunächst einmal, wer Jesus ist.«

Wie ich mich freute, das zu hören.

Sie sprach weiter. Dabei lehnte sie sich so weit zu mir über den Tisch, dass ihre Ohrringe fast im Essen hingen. »Das ist meines Erachtens das Problem von Justin Cantwell. Er weiß viel über Gemeinden, aber er hat keine Beziehung zu Gott.« Sie setzte sich zurück und überlegte einen Augenblick, während ich das Spiegeln der weißen Gischt in ihren Brillengläsern beobachtete. »Vielleicht ist das auch der Schlüssel für Michael.«

»Aber …« Ich wollte so gerne den Schmerz lindern, der an dieser Stelle in ihrer Stimme mitschwang. »… genau an der Stelle liegt doch auch die Chance für einen Neubeginn.«

»Hoffentlich«, lächelte sie. »Wer weiß? Wenn Michaels Mutter Jesus kennt, vielleicht kann sie dann eines Tages auch ihrem Sohn zeigen, dass Nichols nicht Jesus ist.«

Ich lächelte sie ermutigend an: »Ganz bestimmt.«

Da wechselte sie das Thema. »Wie lange warst du Pastor in Antioch?«

»Rund fünfzehn Jahre.«

Sie machte es sich auf ihrem Stuhl gemütlich und fragte voller Interesse: »Erzähl mir ein bisschen davon!«

»Ach, da gibt es nicht viel zu erzählen …«

»Wie bist du ausgerechnet nach Antioch gekommen?«

Ich schloss meine Augen und sah die Bilder vor mir, als wäre es gestern gewesen.

Es gab für uns keinen Grund umzuziehen. Marian arbeitete in ihrer Firma und verdiente sehr gut, ich war gerade dabei, meine Lehrerausbildung abzuschließen und hatte sehr gute Aussichten auf eine Stelle. Es ging uns finanziell ausgesprochen gut, wir zogen in eine größere Wohnung, kauften neue Möbel und konnten uns ein zweites Auto leisten.

Dann rief mein Vater an. Irgendwo in einem kleinen Ort namens Antioch im Staat Washington werde ein Pastor gesucht. Ich sollte mal darüber beten. Mein Gebet fiel ganz kurz aus: »Lieber Herr, bitte schicke jemanden dorthin. Amen.« Damit war das Thema für mich erledigt. Aber als an einem der folgenden Abende wieder der Hubschrauber über unserem Haus kreiste, zum fünften Mal in dieser Woche, da hatte ich plötzlich den Gedanken, es könne auch schön sein, an einem ruhigen Ort zu wohnen – und Pastor zu sein. Doch im nächsten Moment kam die Erinnerung an meine Zeit bei Pastor Marvin und es war wieder klar: Ich hatte kein Interesse. Nie wieder.

Als ich Marian davon erzählte, hörte sie interessiert zu, sagte aber nicht viel.

Eine Woche später rief mich Bruder Smith an, mein früherer Bibelschullehrer. Er erzählte mir, dass man in einem kleinen Ort namens Antioch einen Pastor suche.

»Und wer leitet diese Gemeinde zurzeit?«, fragte ich skeptisch.

»Niemand«, antwortete er. »Die Gemeinde gibt es noch gar nicht. Es wäre deine Gemeinde, die du gründest und baust, nach deinen Vorstellungen.« Bruder Smith kannte mich und wusste von meinen bisherigen Misserfolgen. Aber er wusste auch, dass mich diese Aufgabe reizen würde. Er hatte sich nicht in mir getäuscht. Ich begann zu träumen. Meine eigene Gemeinde! Kein kompliziertes, versteinertes religiöses Gebilde, keine Gewohnheiten und Traditionen, gegen die ich ankämpfen müsste, niemand würde sagen: »Bei uns war das schon immer so.« Es würde keine Schwester Marvin und keinen Bruder Rogenbeck geben, nur Marian und mich.

Ich versuchte, mir die Sache wieder aus dem Kopf zu schlagen. Zum ersten Mal in unserer Ehe ging es uns auch äußerlich gut und wir waren zur Ruhe gekommen. Doch je länger ich dagegen ankämpfte, desto aufgeregter wurde ich. Ich ging in der Wohnung auf und ab und sagte zu meinem Spiegelbild: »Das würde niemals funktionieren.«

Ich konnte das nicht von Marian erwarten. Sie verdiente gut und hatte gute Aussichten, bald befördert zu werden. Warum sollte sie nach Antioch in Washington ziehen? Als ich Antioch auf der Landkarte suchte, war es mit dem kleinsten Punkt markiert, den es überhaupt gab. Da würde Marian niemals hinziehen.

Bruder Smith hatte mir ein paar Telefonnummern in Antioch gegeben, die ich sofort anrief.

Dann kniete ich mich vor unser Bett und betete. Als ich wieder aufstand, fing ich an, in unserer leeren Wohnung zu predigen. Ich hatte schon das Thema für meine erste Predigt. Es würde um Beziehungen gehen. Wir hatten zwar keine große Gemeinde, aber wir hatten die Beziehungen untereinander, das war das Wichtigste.

Was würde Marian dazu sagen?

»Herr, wenn das von dir ist, dann rede du zu Marian. Gib ihr Frieden darüber. Nein, mehr noch, lass sie begeistert sein. Lass es auch ihre Vision werden.«

Ich war schon ganz aus dem Häuschen. Je mehr ich darüber nachdachte, desto mehr freute ich mich. Ich konnte es kaum erwarten, bis Marian nach Hause kam.

Da ich noch keine Stelle hatte, machte ich die Hausarbeit. Unter anderem war es meine Aufgabe, jeden Abend das Essen zu kochen. Marian schrieb mir morgens auf, was ich zu tun hatte, und ich gab mein Bestes. An diesem Abend kochte ich Schweineschnitzel, Buttergemüse und Reis.

Während dem Essen erzählte ich Marian von Antioch.

»Wie groß ist die Gemeinde im Moment?«

»Ich habe mit einem Mann namens Avery Sisson gesprochen. Er sagte, bis jetzt seien es nur er, seine Frau und ihre vier Kinder.«

Marians Gabel blieb in der Luft stehen: »Sonst niemand?«

»Nein, sonst niemand. Avery hat auch schon ein Gebäude im Auge, eine seit langem leer stehende, alte Kirche. Jetzt gehört sie dem Mann, der auf dem Nachbargrundstück wohnt. Er sagte, wir könnten sie mieten oder kaufen.«

»Wovon würden wir leben?«

»Avery sagte, ich könnte zunächst bei seinem Bruder als Bauarbeiter aushelfen. Später könnte ich vielleicht Lehrer sein. Es gibt eine Grund- und eine Gesamtschule.«

»Was denkst du darüber?«

Ich stocherte verlegen in meinem Reis. »Ich denke, vielleicht würde ich gerne ein bisschen mehr darüber wissen, also, noch ein bisschen Bedenkzeit haben.«

Sie legte ihre Hand auf mein Herz: »Und was geht hier drinnen vor?«

Einen Moment lang überlegte ich. Was war denn nun wirklich in meinem Herzen? »Ich möchte das tun, was Jesus getan hat: Umherziehen und Gutes tun. Menschen zum Glauben führen, Herzen verändern, Licht in die Welt tragen. Ich möchte den Menschen von Jesus erzählen, weil er so ein wundervoller Erlöser und Freund ist.«

»Glaubst du, dass Gott das in dein Herz gelegt hat?«

Meine Stimme war belegt: »Schon seit meiner Kindheit.«

Sie schenkte mir dieses Lächeln, bei dem ich mich immer wie ein Held fühlte, dann erhob sie sich und umarmte mich von hinten. »Am besten, wir sehen uns die Sache mal an.«

Das Kirchengebäude gehörte Herrn Framer. Wir trafen uns vor seinem Grundstück.

»Man muss einiges daran machen. Die Kirche stand fünfzehn Jahre lang leer.«

Avery Sisson und seine Frau Joan standen mit uns vor dem baufälligen Gebäude. Die Fenster waren vernagelt, der Putz bröckelte ab und auf dem Dach wuchs Moos. Doch ich sah den gegenwärtigen Zustand kaum. Vor meinen inneren Augen stand eine blühende Gemeinde in einem schmucken Kirchengebäude. Ich sah die Herausforderung, das Abenteuer, die Vision.

»Was ist mit dem Dach?«, fragte Marian.

»Es regnet herein.«

»Wie sind die sanitären Anlagen?«

»Praktisch nicht vorhanden. Im Keller gibt es ein Waschbecken. Im Garten ist ein Plumpsklo.«

»Gibt es Bänke oder Stühle?«

»Nein, im Innern stehen nur jede Menge Schließfächer.«

Die kleine Kirche stand mitten in einer großen, wild wuchernden Wiese und sah genauso verlassen und vernachlässigt aus wie der ausgebrannte LKW, die rostige Egge und der alte Bagger, die auf dem Grundstück abgestellt waren.

Herr Framer führte uns durch das hüfthohe Unkraut zu den Eingangsstufen der Kirche. »Der Bagger gehört meinem Sohn. Er wird ihn abholen, wenn Sie das wünschen. Woher die Egge kommt, weiß ich auch nicht.«

»Was war mit dem LKW?«

»Brandstiftung. Wahrscheinlich waren es Kinder. Ich wollte ihn verkaufen. Aber das geht nun nicht mehr.«

Die Tür quietschte bedenklich. Herr Framer schaltete das Licht ein. Eine nackte Glühbirne hatte Mühe, den Raum zu erhellen. Die Luft war kalt und muffig, grau gestrichene Holzplanken bedeckten den Boden.

Wir sahen vor allem Schließfächer. Lange Reihen grauer Metallschränke voller Schließfächer, die fast den ganzen Raum einnahmen.

»Mein Sohn hat sich diese Schränke mitgenommen, als die alte Schule abgerissen wurde. Keine Ahnung, was er damit vorhatte. Jetzt stehen sie schon seit acht Jahren hier herum. Ich wäre froh, wenn sie bald verschwinden würden.«

Wir zwängten uns an den Metallschränken vorbei und gingen nach vorne. Wo einst das Pult gestanden hatte, war jetzt ein unlackierter Holzfleck auf dem Boden. Ich stellte mich auf diesen Fleck und betrachtete meine Gemeinde: drei Erwachsene und viele Schließfächer. Doch es fiel mir nicht schwer, Kirchenbänke zu sehen, Dutzende von Menschen drängten sich herein. Die Sonne schien durch die Fenster. Ich spürte die Wärme des Ölofens, eine Orgel spielte und ich hörte den Gesang der Gemeinde. Menschen knieten am Altar und brachten ihr Leben mit Gott in Ordnung.

Ob es eine Glocke gab?

Herr Framer verschwand im hinteren Teil des Gebäudes und wickelte ein Seil ab, das an der Wand befestigt war. Drei kräftige Züge und dann hörten wir den hellen, fröhlichen Klang unserer Kirchenglocke. Das Läuten kam aus einer vergangenen Zeit, lieblich und unerschrocken trug es die Botschaft der Hoffnung mitten in das Antioch der Gegenwart. Marian lachte und klatschte vor Freude.

Ich führte sie zum Podium. Gemeinsam sahen wir auf die Schließfächer. »Was siehst du?«, fragte ich sie.

»Das Klavier könnten wir dort drüben hinstellen. In der Mitte und an die Seiten sollten wir Teppich legen. Hier an dieser Wand könnten wir ein großes Kreuz aufhängen. Wo sind die Nebenräume?«

Herr Framer sah uns erstaunt an. »Die Kirche ist unterkellert. Dort unten ist auch das Waschbecken.«

Wir kletterten die enge Treppe hinunter. Man konnte kaum aufrecht stehen, der Geruch feuchter Erde und toter Mäuse raubte uns den Atem, Spinnweben verfingen sich in unseren Haaren.

»Hier könnte man vier, vielleicht sogar fünf Räume abteilen«, überlegte ich.

»Wo kommen die Toiletten hin?«

»Es gibt ein Häuschen im Garten«, erinnerte uns Herr Framer.

Ich drehte am Wasserhahn. Eine rostige, braune Brühe kam zögernd aus der Leitung.

»Hier werden wir die Küche einbauen«, erklärte ich.

»Das wird eine Menge Arbeit werden.«

»Alles zu seiner Zeit. Ein Gebäude ist noch keine Gemeinde. Zunächst werden wir die Gottesdienste bei uns zu Hause abhalten, während wir hier an der Kirche arbeiten.

»Sobald wir ein Zuhause haben.«

Wir sahen einander an. Es war alles klar. Dies war unsere Zukunft. Hier wollte Gott uns haben.

Ich wandte mich an Herrn Framer: »Wir nehmen es.«

»Nun, Sie müssten eine Menge Arbeit hineinstecken. Aber wenn Sie die Renovierung übernehmen, überlasse ich es Ihnen mietfrei.«

Bis heute weiß ich nicht, ob es ursprünglich eine Lagerhalle, ein Wohnhaus, ein Laden oder ein Hühnerstall war. Es befand sich hinter Frau Whitfields Haus, zwischen ihrer Scheune und den Hühnern, war etwa drei Meter breit und zwölf Meter lang, hatte drei Türen, acht Fenster vorne und vier Fenster hinten und bestand aus drei Räumen, die voll gestopft waren mit landwirtschaftlichen Geräten, Autoteilen, Brettern und aufgeplatzten Strohballen. Der mittlere Raum hatte einen Wasserhahn und eine Toilette. Die Stromkabel waren auf die Wände genagelt und jeder Raum hatte neben einer Glühbirne an der Decke auch ein oder zwei Steckdosen.

Das Dach war vor einigen Jahren repariert worden. In welchem Zustand der Boden war, konnte man unter all dem Müll nicht erkennen.

»Was denkst du?«, fragte ich Marian.

Sie bemühte sich: »Hier könnten wir das Wohnzimmer einrichten, den mittleren Raum müsste man unterteilen in Küche und Bad und hinten ist das Schlafzimmer.«

»Mein Vater wird uns bestimmt helfen. Wenn es etwas mit Gemeindebau zu tun hat, dann ist er garantiert zur Stelle.«

»Mein Vater wird uns auch helfen. Er freut sich immer, wenn er etwas für seine Kinder tun kann.«

Avery nickte zuversichtlich: »In vier Wochen ist das Häuschen nicht mehr wieder zu erkennen.«

Ich wandte mich an Frau Whitfield: »Wir nehmen es.«

Wir wohnten bei Familie Sisson, schliefen auf einem geliehenen Sofa in ihrer Garage und teilten uns das Bad mit Avery, Joan und ihren vier Kindern. Für unsere Möbel hatten wir in Spokane eine Garage gemietet. Bald würden wir in einer kleinen Baracke zwischen einer Scheune und einem Hühnerstall wohnen und eine Gemeinde betreuen, die aus einer Familie bestand und bis auf unabsehbare Zeit kein benutzbares Gebäude hatte. Wir hatten beide kein Einkommen und unsere Ersparnisse würden in drei oder vier Monaten aufgebraucht sein.

Aber in den fünf Jahren unserer Ehe waren wir nie glücklicher gewesen.

22

Fünfzehn Jahre lang betreuten Marian und ich die Gemeinde in Antioch. Während dieser Zeit zogen wir fünfmal um, hatten zehn verschiedene Arbeitsstellen, und erst nach zehn Jahren bezog ich mein komplettes Gehalt von der Gemeinde.

Die ersten Gottesdienste hielten wir im Wohnzimmer von Avery und Joan ab. Doch schon nach einem Jahr konnten wir die alte Kirche benutzen, die wir von Mr. Framer gemietet hatten. Drei Jahre später hatte die Kirche auch eine Innentoilette. Nach fünf Jahren kauften wir die Kirche. Bald darauf entschieden wir uns, einen Neubau für die Gemeinde zu wagen. Zwei Jahre vor meinem Ausscheiden war das neue Gebäude bezugsfertig.

Als ich meinen Dienst niederlegte, zählte die Gemeinde hundertfünfzig Mitglieder, das Konto war im Plus, wir hatten einen großen, gelben Bus, eine blühende Jugendarbeit und ein modernes, buntes Schild am Straßenrand, das die Passanten auf unsere Gemeinde aufmerksam machte.

Fünfzehn Jahre, die mir lang vorkamen und die doch so schnell vorbei waren. Fünfzehn Jahre in einer kleinen Stadt, von der die meisten Menschen noch nie etwas gehört haben. Dreiundneunzig Menschen kamen in der Zeit zum Glauben an Jesus, ich hielt dreiundzwanzig Hochzeiten und vierzehn Beerdigungen. Am Ende blieben mir eine kleine Rente, kein eigenes Haus und wenig Ersparnisse.

Als ich aus dem Dienst ausschied, war ich allein und fragte mich, was ich eigentlich die ganze Zeit gemacht hatte.

Wir verzichteten auf das Dessert und bestellten stattdessen zwei Kännchen Kaffee.

Morgen sah mich lange an. Ich bedauerte schon, dass ich meinen Bericht so depressiv hatte enden lassen. Meine Erinnerungen neigten in letzter Zeit dazu, mich traurig zu stimmen.

»Kannst du mir ein paar Namen nennen?«

Ich verstand nicht.

Sie zuckte mit den Schultern und rührte in ihrem Kaffee. »Nur ein paar Namen, Leute, an die du dich noch erinnerst und die dir in den fünfzehn Jahren kostbar wurden. Wenn du willst, erzähle mir ihre Geschichten.«

Joe Kelmer war etwas über fünfzig und besaß einen großen Bauernhof. Als er Pete Sisson beauftragte, eine große neue Scheune zu bauen, war ich einer von Petes Arbeitern. Pete Sisson, Johnny Herreros, Tinker Moore und ich steckten gerade knietief im Schlamm, als Joe aus seinem Wohnhaus kam, Hände in den Hosentaschen, um sich nach dem Stand der Dinge zu erkundigen. Für gewöhnlich redete er bei solchen Stippvisiten so viel, dass er uns von der Arbeit abhielt. Heute dagegen war er ausgesprochen wortkarg und betrachtete uns mürrisch.

»Wie läuft's?«

Pete war guter Dinge, morgen würden wir das Stahlgitter auslegen und übermorgen den Beton gießen können.

»Und wie geht es dir?«, fragte Pete zurück.

»Nicht so gut«, antwortete er zögernd und setzte sich auf einen umgedrehten Eimer. »Meinen Darm hat's erwischt.«

Ich erwartete eine seiner üblichen Klagen über das Wetter, seine Frau oder das Essen.

»Krebs«, sagte er und sah zu Boden, »das haben sie heute Morgen herausgefunden.«

Wir hörten auf zu arbeiten. »Der Arzt sagt, sie müssen das ganze Ding rausnehmen.«

Wir standen mit den Schaufeln in den Händen in dem Loch, versuchten zu begreifen, was er sagte, und überlegten, was wir darauf antworten könnten.

»Da werden wir wohl für dich beten müssen«, überlegte Pete. »Travis kann das am besten. Wenn er dir die Hände auflegt, dann wird Gott den alten Krebs verschwinden lassen.«

Klasse, Pete, dachte ich, *vielen Dank auch!*

Joe ging nicht darauf ein. Wie ein kranker alter Mann erhob er sich langsam und meinte nur: »Am Besten ihr arbeitet weiter, sonst bin ich schon tot, ehe diese Scheune fertig wird.« Damit ging er.

Von früheren Arbeiten auf seinem Hof wusste ich, dass Joe und seine Frau offiziell katholisch waren, aber die Marienkirche noch nie von innen gesehen hatten. Einmal besuchte ich sie, um mit ihnen über Gott zu sprechen, was sie aber nicht interessierte.

Nachdem Joe wieder in seinem Haus verschwunden war, betete ich zusammen mit den anderen für ihn. Auch zu Hause betete ich mit Marian jeden Abend für Joe. Ich vertraute Gott. Ich hatte wirklich keine Ahnung, was Gott tun würde, aber ich vertraute ihm.

Joe und Emily waren seit ihrer Hochzeit in keiner Kirche mehr gewesen, aber am folgenden Sonntag erschienen sie Arm in Arm in unserer Gemeinde. Zu dem Zeitpunkt waren wir schon drei Jahre in der renovierten Kirche. Die Schließfächer waren verschwunden, Avery und Pete hatten ein Pult, einen Abendmahlstisch und ein Kreuz gebastelt. Wir saßen auf einer bunten Mischung von Stühlen, die unsere Leute von zu Hause mitgebracht hatten: Klappstühle, Gartenstühle, Esszimmerstühle – was jeder entbehren konnte. Joe und Emily setzten sich in der ersten Reihe auf zwei grüne Plastikstühle.

Ich begrüßte die beiden.

»Hier bin ich, Travis«, sagte Joe einfach, »jetzt kannst du für mich beten.«

Ich leitete das Singen und überlegte fieberhaft, was ich anschließend machen sollte. Für Erkältungen und Kopfschmerzen, Prüfungen und ungläubige Verwandte betete ich regelmäßig und meistens wirkte Gott zu seiner Zeit auf seine Weise. Aber bei Krebs war das etwas anderes.

»Viele von euch kennen Joe und Emily«, begann ich vorsichtig. Wer sie kannte, nickte einen Gruß in ihre Richtung. »Joe ist hier, weil er Gebet braucht.«

An dieser Stelle stand Joe auf und drehte sich zu den rund dreißig Personen um, die hinter ihm saßen. Unaufgefordert begann er zu sprechen.

»Ich habe mit Religion eigentlich nichts am Hut«, sagte er zögernd. »Bisher hatte ich für Gott keine Zeit. Aber ich glaube trotzdem, dass er da ist und mich hören kann, wenn ich mit ihm reden will. Versteht ihr das?«

»Klar«, sagten einige und andere: »Amen« und »Preis dem Herrn«.

»Ich kann nur hoffen, er nimmt es mir nicht übel, dass ich erst jetzt zu ihm komme.«

Dann machte er eine lange Pause. Vielleicht musste er seinen Entschluss noch einmal überdenken.

»Ich habe Darmkrebs. Ihr wisst ja, wie das ist. Da ist einem mal schlecht, und man denkt, das wird schon wieder, aber dann wird es einfach nicht besser, und plötzlich ist es zu spät. Die Ärzte sagen ...« Seine Stimme brach ab. Er atmete tief durch. »... sie müssen das ganze Ding herausnehmen, dann bekomme ich eine Chemotherapie und werde mit Pillen voll gepumpt. Danach kann ich auch nicht mehr normal – na ja, ihr wisst, was ich meine ...«

Er drehte sich zu mir um. »Ich habe mir Folgendes überlegt: Wenn Gott diesen Krebs aus meinem Körper verschwinden lässt, dann wird er für mich die Nummer eins, für mein ganzes restliches Leben. Wenn er mir das Leben schenkt, dann werde ich es ihm zurückschenken. Mehr kann ich nicht sagen.«

Ich hatte wirklich nicht den leisesten Schimmer, wie das Ganze ausgehen würde. Entweder würde Joe schon bald einen guten Grund haben, Gott zu dienen, oder er hätte bald einen ebenso guten Grund, dies nicht zu tun. Ich fühlte mich nicht wohl bei diesem Gedanken.

Als er Sekunden später vor mir stand und auf mein Gebet wartete, lähmte mich plötzlich die Erinnerung an Andy Smith und Karla Dickens, damals im Kenyon-Bannister-Hauskreis. Auch Sharon Iverson sah ich vor mir, wie sie fast am diabetischen Koma gestorben wäre.

In meinem Herzen schrie ich zu Gott: *Herr, du kennst meine Geschichte. Ich will mich nicht wieder selbst überschätzen oder den Menschen etwas vormachen. Ich habe diese Situation nicht herbeigeführt. Du hast das eingefädelt, und jetzt stehe ich hier und weiß nicht, wie ich beten soll.*

Joe wartete.

Endlich erinnerte ich mich an das kleine Ölfläschchen hinter dem Pult. Ich strich einen Tropfen auf Joes Stirn. »Das Öl ist ein Symbol für den Heiligen Geist«, erklärte ich ihm. »Im Jakobusbrief heißt es, wenn wir die Kranken mit Öl salben und für sie beten, dann wird es besser werden mit ihnen. Glaubst du das, Joe?«

Er zuckte mit den Schultern: »Klar, warum nicht?«

»Dann wollen wir jetzt für Joe beten«, erklärte ich und nickte den Ältesten zu, damit sie mit nach vorne kämen. Wir legten Joe die Hände auf, und ich betete, dass Gott ihn berühren und heilen möge.

Am Montagmorgen arbeiteten wir auf Joes Gelände, sahen ihn aber nicht. In der Mittagspause beteten wir für ihn. Auch am Dienstag waren weder er noch seine Frau zu sehen. Wir vermuteten, er sei im Krankenhaus, wurde untersucht oder operiert.

Erst am Mittwoch, nachdem wir etwa eine Stunde gearbeitet hatten, kam Joe aus dem Haus, Hände in den Hosentaschen, mit Cowboyhut auf dem Kopf.

»Hallo Joe, wie geht es dir?«, begrüßte ich ihn.

Er sah mir fest in die Augen, lächelte und sagte: »Rate mal, wer keinen Krebs mehr hat?«

Wir schwiegen genauso verlegen wie vor ein paar Tagen, als wir die schlechte Nachricht hörten.

Vorsichtig fragte ich: »Wer?«

Joe deutete mit beiden Daumen auf seine Brust. Wir staunten nicht schlecht.

»Wirklich?« – »Preis sei Gott!« – »Bist du sicher?« – »Was sagen die Ärzte?« Wir redeten alle durcheinander.

»Ich ging Montag ins Krankenhaus«, lächelte er, »und sagte, dass ich mich besser fühle. Sie behandelten mich wie einen Notfall und hätten mich fast auseinander genommen, um den Krebs zu finden. Zwei Tage lang haben sie gesucht …« – er drehte die Handflächen nach oben –, »nichts weiter. Keine Spur von Krebs. Alle wundern sich. Aber ich weiß, wie das passiert ist.«

Wir sahen einander ungläubig an.

Er trat so nahe zu mir, dass unsere Nasen sich fast berührten: »Jesus hat mich geheilt. Er hat dein Gebet erhört und meines auch.« Damit ging er einen Schritt zurück und sagte an alle gerichtet: »Ihr könnt jetzt eine kleine Pause einlegen. Emily hat Kaffee gekocht und einen Kuchen gebacken. Wir wollen unser Leben Jesus anvertrauen. Dazu laden wir euch alle ein. Travis muss uns nur sagen, was wir machen sollen.«

Es war genau wie damals, als Paulus dem Kerkermeister von Philippi sagte: »Glaube an den Herrn Jesus, dann wirst du und dein Haus gerettet.« An diesem Mittwochmorgen knieten Joe und Emily mit Pete, Johnny, Tinker und mir in ihrem Wohnzimmer und luden Jesus in ihr Leben ein. Am Freitag kam ihre Tochter mit Mann, und wir knieten wieder in dem Wohnzimmer, als auch sie Jesus annahmen.

Am Sonntagmorgen saßen Joe und Emily auf den gleichen grünen Plastikstühlen wie vor einer Woche, ihre Tochter und Schwiegersohn neben ihnen. Auch ihr Sohn und seine Frau waren angereist, saßen in derselben Reihe und brachten auch ihr Leben mit Jesus in diesem Gottesdienst in Ordnung.

Joe war nicht schüchtern. Egal, ob jemand bei ihm ein Pferd kaufte, ihm Futter brachte, nach dem Weg fragte, ob jemand versuchte, ihm ein Zeitschriftenabonnement aufzuschwatzen oder seine Fahrzeuge reparierte, jedem erzählte Joe, was Jesus für ihn getan hatte. Dabei ließ er sich nicht auf Diskussionen ein, aber seiner Geschichte konnte man auch nicht viel entgegenhalten. Dadurch kamen der Automechaniker mit seiner Frau und ihren drei Kindern zum Glauben, auch ein Angelfreund von Joe wurde gläubig und spielt bis heute in der Gemeinde Gitarre. Die Frau, die seither in der Gemeinde Saxophon spielt, kam durch Joes Frau dazu. Bald kamen die Freunde des Automechanikers und die Freunde des Anglers und diese brachten wiederum ihre Freunde mit und so erlebten wir eine kleine Erweckung in Antioch.

Bruce Hiddle war ein gut aussehender Mitdreißiger. Er hatte eine sympathische Frau und zwei nette Kinder. Sie gehörten zu unserer Gemeinde.

Eines Abends befanden sie sich auf dem Rückweg von einem Besuch bei Verwandten. Bruce saß am Steuer, seine Frau Annie war neben ihm, hinten saßen die beiden Kinder angeschnallt in ihren Kindersitzen.

Sie fuhren auf einer langen, geraden, fast leeren Straße. Das Letzte, woran Bruce sich erinnern konnte, waren die großen Scheinwerfer eines entgegenkommenden LKW, der ganz normal an ihnen vorbeifuhr.

Als Bruce wieder zu sich kam, war alles dunkel, sein Wagen stand, sein Körper war taub. Die Kinder saßen in ihren Sitzen und weinten laut. Blut lief über sein Gesicht und tropfte von seinem Kinn auf die Brust. Überall lagen die Glassplitter der Windschutzscheibe. Der Wagen hing schräg in der Luft, wahrscheinlich im Straßengraben. Seine Hand fühlte nach Annie, doch da war nur Rinde.

Ein Baumstamm von dreißig Zentimetern Durchmesser hatte sich durch die Windschutzscheibe gebohrt und nahm jetzt den Platz ein, an dem eben noch Annies Kopf und Schultern gewesen waren. Er drehte sich nach den Kindern um. Sie waren mit Blut, Fleisch und Annies blondem Haar bedeckt.

Der LKW war mit Baumstämmen beladen gewesen und hatte in dem Moment, als er den PKW passierte, einen Teil seiner Ladung verloren. Ein Stamm löste sich genau in einer bestimmten Sekunde an einer bestimmten Stelle, sodass er Annies Leben auslöschen konnte. Der Fahrer des LKW hielt sofort an, wurde aber bewusstlos, als er sah, was seine Ladung angerichtet hatte. Erst als ein weiteres Fahrzeug zu der Unfallstelle kam, wurde Hilfe geholt.

Bruce und die Kinder wurden mit Hubschraubern nach Spokane gebracht. Dort besuchte ich sie am Tag nach dem Unfall. Bruce hatte gebrochene Rippen und Gesichtsverletzungen. Die Kinder hatten durch umherfliegende Glassplitter und die Gurte kleinere Verletzungen. Bruce war bei Bewusstsein, aber wir sprachen nicht. Für diese Situation gab es keine Worte. Wir standen unter Schock und konnten vorerst noch nicht begreifen, was geschehen war.

Annie war weg. Von einer Sekunde auf die nächste. Es dauerte mehr als einen Tag, bis wir das langsam begreifen konnten. Dann erst kam der Schmerz und mit diesem kamen die Fragen. Die Straße war viele Kilometer lang und es waren kaum Fahrzeuge unterwegs. Warum musste dieser LKW genau an dieser Stelle und in dem Augenblick seine Ladung verlieren, als Bruce an ihm vorbeifuhr? Dieser Unfall war auf so grausame Art perfekt.

Ich versuchte, aus meinem Glauben Kraft zu schöpfen, genau wie alle anderen auch, und gab den Trost, den Gott mir gab, an die Gemeinde weiter. Aber die Fragen, die alle anderen quälten, machten auch mir zu schaffen, und ich wusste, es gab keine Antwort.

Als Bruce wieder aus dem Krankenhaus entlassen war, gab es einen Gedenkgottesdienst für Annie. Alle, die Annie gekannt hatten, waren da und brachten ihre Erinnerungen und Gedanken an sie zum Ausdruck. Ich sprach kurz darüber, dass wir Gott unter allen Umständen vertrauen müssen, denn seine Wege sind höher als unsere Wege, und ich erinnerte uns auch daran, dass es Annie, die Jesus geliebt hatte, jetzt besser ging als uns. Aber gleichzeitig war ich innerlich erschüttert und bei jedem Satz kämpfte ich gegen die Tränen. Als endlich das letzte Lied gesungen war, verzog ich mich in ein Hinterzimmer, verbarg das Gesicht in meinen Händen und ließ meinem Schmerz freien Lauf.

Mein Gott, warum? Warum Annie? Was soll jetzt aus Bruce werden? Und wer sorgt in Zukunft für die beiden Kleinen?

Ich hörte nicht, wie jemand hereinkam. Da lag plötzlich eine Hand auf meiner Schulter und das ruhige Flüstern: »Ist gut, ist gut« drang an mein Ohr.

Zuerst tastete ich nach der Hand, die sich auf meine Schulter gelegt hatte, dann sah ich in das Gesicht, das sich über mich beugte. Es war das narbenübersäte, blutunterlaufene Gesicht von Bruce Hiddle. Er setzte sich neben mich, legte seinen Arm um meine Schulter und ließ mich weinen. Trotz der Narben und Tränen in seinem Gesicht strahlte er eine ruhige Gelassenheit aus. Er sagte nichts, gab mir aber durch seine Nähe sehr viel Trost, während ich, sein Pastor, nichts mehr zu geben hatte.

In den folgenden Monaten weinte Bruce oft. Er konnte überall und bei allen Gelegenheiten in Tränen ausbrechen. Wenn das seine Mitmenschen irritierte, erklärte er: »Es ist für Annie. Lasst euch davon nicht stören, ich muss das einfach so machen.« Gleichzeitig war er ein guter Freund, Vater und Bruder, den wir alle schätzten und gern um uns hatten. Hinter den vielen Nähten in seinem Gesicht leuchtete göttlicher Friede. Auch als die Wunden allmählich heilten, das Leuchten blieb.

»Jesus kennt die Antworten«, sagte er oft, »er hält unser Leben in seiner Hand.«

Zwei Jahre später trat eine zweite Frau in das Leben von Bruce. Als er mit ihr und den beiden Kindern vor dem Altar stand, um von mir getraut zu werden, kämpfte ich wieder bei jedem Satz gegen die Tränen an.

»Ist gut«, flüsterte Bruce mir zu und hielt die Hand seiner Braut, »schon gut.«

Mr. Framer hatte keinen Bedarf an Religion, wie er uns immer wieder beteuerte, aber seine Haare mussten von Zeit zu Zeit geschnitten werden. Das machte Marian für ihn alle vierzehn Tage gratis. Nachdem er sich an Marians Hilfe gewöhnt hatte, nahm er nach einiger Zeit auch meine Hilfe an, und ich baute ihm ein neues Dach auf sein Wohnhaus, was einige Wochenenden in Anspruch nahm. Dafür begann er dann, jede Woche den Rasen rund um unsere Kirche zu mähen. Als wir ein Gemeindefahrzeug suchten, gab er uns einen alten Bus, lackierte ihn gelb und reparierte ihn regelmäßig.

Vier Jahre später erschien er eines Sonntags im Gottesdienst. Er kam später, setzte sich in die letzte Reihe und verschwand kurz vor Schluss wieder. Ich tat, als bemerkte ich ihn nicht. Am nächsten Sonntag kam er wieder, genauso unauffällig. Nach ein paar Monaten begann er, sich mit den anderen Gottesdienstbesuchern zu unterhalten.

Irgendwann fragte ich ihn, warum er seine Frau nie mitbrachte. Ich bekam keine klare Antwort. Aber am nächsten Mittwoch brachte er eine tragbare chemische Toilette vorbei und stellte sie unter die Kellertreppe. So bliebe den Frauen der Besuch des Plumpsklos im Garten erspart, erklärte er mir, und sie konnten ganz bequem und unauffällig ihren Bedürfnissen nachgehen. Er freute sich über seine großzügige Spende, also nahm ich sie dankend an, und wir bauten gemeinsam Spanholzplatten-Wände mit einer einfachen Tür um die Toilette herum.

Die Toilette war wirklich bequem, da musste ich ihm Recht geben, aber unauffällig war sie nicht: Wenn man die Spülung betätigte, setzte man damit eine elektrische Pumpe in Gang, die einen sagenhaften Lärm veranstaltete und erst nach sehr langer Zeit wieder zur Ruhe kam. Damit wusste jeder in der Gemeinde, dass der Nächste, der den Saal betrat, gerade von der Toilette kam. Trotzdem wollte bald niemand mehr das Häuschen im Garten aufsuchen. Mit dieser hohen Benutzerzahl war das kleine Gerät jedoch bald völlig überfordert und entwickelte einen abscheulichen Gestank.

Doch seit wir die Toilette hatten, kam Mrs. Framer zum Gottesdienst. Zusammen mit ihrem Mann hörte sie zwei Jahre lang das Evangelium. Dann vertrauten die beiden ihr Leben Jesus an. Sie hatten keinen dramatischen Grund dafür, keinen Schicksalsschlag oder sonstige große Not. Sie kamen einfach, weil die Zeit für sie reif war.

Ihnen und der chemischen Toilette verdankte unsere Gemeinde, dass die Ältesten schnell übereinkamen, eine richtige Toilettenanlage mit fließendem Wasser einzubauen. Bei der feierlichen Einweihung durften die Framers die rote Schleife durchschneiden.

Rich Watkins war ein ehemaliger Motorradrocker und arbeitete dann als Fernfahrer. Er hatte seine langen, schwarzen Haare im Nacken zusammengebunden und war stolz auf seine muskulösen Arme, die mit Adlern, Totenköpfen, Schlangen und nackten Mädchen tätowiert waren. Als wir eines Tages mit einem »Marsch für Jesus« durch die Stadt zogen, war Rich gerade in einer Kneipe. Er kam heraus und betrachtete uns, wie wir unsere Banner vorbeitrugen und dazu unsere Lieder sangen. Einige seiner Kumpels spotteten über uns, doch er las unsere Slogans und hörte den Liedern zu. Ich sah in sein Gesicht und betete um Gottes Schutz. Mit diesem Typen wollte ich keinen Streit.

Am folgenden Sonntag fuhr er mit seiner Harley vor, setzte sich ganz still in den Gottesdienst und sprach mich hinterher an: »Kann man hier zu Jesus kommen?«

»Auf jeden Fall.«

»Ich habe mich entschlossen, mit meiner Alten Schluss zu machen. Da dachte ich, es wäre wichtiger, vorher mein Leben mit Gott in Ordnung zu bringen, stimmt's?«

Ich erklärte ihm, wie man Jesus in sein Leben einladen kann, und betete mit ihm. Bald lernte ich auch seine Frau und ihre vier Kinder kennen. Es war eine große Herausforderung für uns alle, diesen Mann zu einem Jünger Jesu zu machen. Er war noch nie in seinem Leben in einer Kirche gewesen und war auch nicht christlich erzogen worden.

Wir begannen mit den grundlegendsten Wahrheiten wie: »Man bringt niemanden zur Umkehr, indem man eine Bierflasche auf seinem Kopf zerschlägt« oder: »Die andere Wange hinhalten ist etwas anderes, als jeden platt zu machen, den man nicht leiden kann.«

Er machte gute Fortschritte, und unlängst waren wir alle sehr stolz auf ihn, als er die Schulen besuchte und den Kindern erklärte, warum es besser ist, die Finger von Drogen zu lassen. Die Kinder hatten ihn sofort ins Herz geschlossen, und die Lehrer und Eltern mochten ihn noch mehr, als wir ihn dazu brachten, einige Kraftausdrücke nicht mehr zu benutzen.

Wenn ich seither von Simon Petrus lese, dann stelle ich ihn mir immer wie Rich Watkins vor.

Eines Abends vergaß Marian die Pommes frites auf dem Herd, als das Telefon klingelte. Minuten später brannte das Öl in unserer Küche, wenig später stand unser ganzes Häuschen in Flammen. In dieser Nacht kamen Bob Fisher, Paul Daley, beide Sisson-Brüder, Jake Helgeson, Rudie Whaler, Tinker Moore und rund zwanzig weitere Männer und halfen uns. Wir verloren die Küche, und die übrige Wohnung war hinterher schwarz, aber dass alles andere gerettet wurde, verdanken wir diesen Männern. In den folgenden Tagen wurden wir überschüttet mit Kleidung, Essen, Geschirr und Hausrat. Ich hatte davor viele Hausbesuche gemacht, um die Leute kennen zu lernen, aber in diesen Tagen, als wir auf Hilfe angewiesen waren, lernten wir mehr Menschen kennen als in der ganzen Zeit davor.

Dann gab es da noch diesen jungen Mann, der für kurze Zeit bei einem Bauern in der Ernte half. Ich fuhr den Traktor, als er plötzlich aufschrie. Sein Bein war in das Förderband geraten. Bis die Maschine endlich still stand, hatte sein Fuß schon mindestens zwei Umdrehungen hinter sich.

»Bete für mich, Pastor«, brüllte er.

Ich berührte ganz vorsichtig seinen Knöchel und betete: »Herr Jesus, bitte heile dieses Bein, bitte bringe es in Ordnung, in Jesu Namen, amen.«

Am nächsten Tag erschien er wieder auf dem Feld und kletterte über die Maschinen, als wäre nichts gewesen.

Nach der Ernte zog er weiter. Ich weiß nicht einmal, ob er Jesus jemals in sein Leben aufgenommen hat.

Als Marian krank war, wechselten sich die Frauen der Gemeinde ab, um uns jeden Tag warmes Essen zu bringen, die Wäsche zu waschen, zu bügeln und das Haus sauber zu machen, und sie halfen mir, Marian ins Auto zu tragen und sie immer wieder ins Krankenhaus zu bringen …

Den Kaffee hatten wir längst getrunken. Ich starrte in meine leere, kalte Tasse und hätte mich am liebsten darin versteckt.

»Du kannst aufhören«, sagte Morgan. Sie streichelte sanft über meinen Handrücken: »Danke.«

Ich zuckte mit den Schultern: »Du wolltest, dass ich erzähle.«

»Es war wunderschön.«

Ich sah auf die Uhr: »Das kann nicht wahr sein! Ist es wirklich schon so spät?«

»Die Zeit ist wie im Nu verflogen.«

Ich schob mich vom Tisch weg. »Es war ein sehr schöner Abend.«

»Ja, es war wunderschön. Ich danke dir.« Sie erhob sich und ich half ihr in den Mantel.

»Nun, ich hoffe, dass ich bald einen Anruf aus Los Angeles bekomme. Dann werde ich dir Bescheid sagen. Falls sie nicht vergessen, sich zu melden …«

Sie unterbrach mich: »Aber das war doch nicht das Thema des Abends, oder?«

Vielleicht wollte ich den Abend jetzt noch nicht analysieren.

Sie knöpfte sich den Mantel zu und sah mich über den Rand ihrer Brille hinweg an. »Diese Leute, Travis, von denen du erzählt hast, die sind alle noch bei dir, in deinem Herzen.« Sie zeigte auf mein Herz. »Wenn du jetzt heimfährst, dann denke nicht an den Kerl bei Mrs. Macon, dessen Namen wir noch nicht einmal kennen. Denke an diese Leute, die einen Platz in deinem Herzen haben. Um sie ging es dir in den letzten fünfzehn Jahren. Jesus hat sie durch dich geliebt und dich durch sie. Das kann dir niemand rauben.«

Wir kamen mit zwei Autos zu der Gaststätte und fuhren auch wieder getrennt zurück. Ich dachte auf der ganzen Heimfahrt über diesen Abend nach. Morgans nette Art tat meinem einsamen Herzen so gut. Ihre Augen waren voller Annahme und Bestätigung. Die Tränen liefen mir über die Wangen, als ich daran dachte. Seit Marian mich verlassen musste, hatte ich nie wieder in so liebevolle Augen gesehen. Vielleicht könnten wir bald wieder zusammen essen gehen, auch ohne besonderen Grund.

Dann bräuchten wir vielleicht auch nicht in getrennten Autos zu fahren.

23

»Warum kommen Sie denn erst jetzt?«

Florence Lynch war außer sich. Nicht nur, dass sie bestohlen worden war, jetzt hatte sie auch noch den ganzen Abend auf diesen Polizisten gewartet. Normalerweise wäre sie um diese Zeit schon längst ins Bett gegangen.

Brett Henchle war sichtlich nervös und gestresst und wirkte fast ängstlich, als er in ihr Wohnzimmer hinkte. »Es gab noch mehr Ärger in der Stadt …«

»Das interessiert mich nicht. Sie lassen mich hier die ganze Nacht warten …« Sie griff nach der Liste, die auf dem Tisch bereitlag. »Hier habe ich alles aufgeschrieben: zwei Kleider, drei Kämme, zwei Ketten, vier Blusen und ein Paar Schuhe.« Sie gab ihm das Blatt. Er schien nicht sehr beeindruckt. »Ich habe sie auf frischer Tat ertappt, hat Rod Ihnen das erzählt?«

»Nein …«

»Sie wollte gerade aus dem Laden gehen, da sah ich, dass unter ihrem Kleid etwas hervorguckte. Sie hatte eines meiner teuersten Modelle an. Daraufhin ging ich zu ihr nach Hause.« Sie baute sich empört vor Brett auf. »Wissen Sie, wie es in deren Wohnung riecht? Alles stinkt nach Marihuana. Die Luft hätte man schneiden können. Und Pennys Mutter, kennen Sie die? Was die anhatte, kein Wunder, dass ihre Tochter klaut.«

»Und da haben Sie dann das alles gefunden?«

»Ja, in Pennys Schrank waren meine Kleider, der Schmuck lag offen auf ihrer Kommode. Ihre Mutter hat sie angeschrien und geschlagen und wissen Sie was? Das Mädchen hat überhaupt nicht reagiert. Sie saß nur auf ihrem Bett und strich sich andauernd die Haare aus den Augen. Es war ihr überhaupt nicht peinlich, erwischt worden zu sein.«

»Es tut ihr bestimmt Leid.«

»Sie haben keine Ahnung. Kennen Sie das Mädchen nicht? Der tut nichts Leid. Sie ist eine Diebin und wird immer eine Diebin sein. Man kann ihr nicht vertrauen.«

»Wenn sie die Nacht im Gefängnis verbringen muss und wir uns mit ihr unterhalten, dann wird sie sich das bestimmt zu Herzen nehmen.«

»Das glauben Sie! Aber ich werde Anzeige erstatten.«

Das war ihm überhaupt nicht recht. Er wirkte fast eingeschüchtert, als er versuchte, sie von diesem Vorhaben abzubringen. »Damit handeln Sie sich nur eine Menge Ärger ein, das würde ich Ihnen nicht raten. Sie werden viel Zeit dafür brauchen, es wird verschiedene Termine geben, Geld kosten ...«

Sie wiederholte ihre Worte langsam und deutlich: »Ich werde Anzeige erstatten.«

Er fasste sich stöhnend ans Bein. »Hat Rod Ihre Aussage zu Protokoll genommen?«

»Ja, das hat er. Und er sagte mir, ich soll eine Liste der gestohlenen Gegenstände erstellen. Das habe ich hiermit getan.«

Brett wandte sich zur Tür. Dabei tat sein Bein so weh, dass er kaum gehen konnte. »Ich komme morgen früh noch einmal zu Ihnen.« Er zog eine Visitenkarte aus der Tasche und schrieb seine Privatnummer auf die Rückseite: »Sollten Sie es sich doch noch anders überlegen, dann können Sie mich ja zu Hause anrufen.«

»Das ist äußerst unwahrscheinlich.« Sie ärgerte sich über Brett. »Penny Adams ist eine Diebin, und es wird Zeit, dass sie unsere Stadt in Ruhe lässt, ein für alle Mal.«

Er humpelte hinaus: »Wie Sie meinen.«

Don Anderson hatte gut geschlafen, bis dieses Summen ihn weckte. Es war ein eigenartiger, tiefer Brummton, den er noch nie in seinem Haus gehört hatte. Woher kam das Geräusch? Hatte er vergessen, ein Gerät auszuschalten?

Leise stand er auf, bemüht, Angela nicht zu wecken. Die Stereoanlage war ausgeschaltet, der Fernseher ebenfalls, auch in der Küche war der Grund für das Geräusch nicht zu finden.

Aber was war denn mit dem Kühlschrank los? Er konnte alles hören, was in dem Motor vor sich ging, er hörte das Gluckern der Kühlflüssigkeit, alles.

Doch das Brummen kam aus einer anderen Richtung.

Er ging über den Flur. Im Bad war das Licht noch eingeschaltet. Er griff nach dem Schalter und machte es aus.

Das Geräusch war verschwunden.

Ach so, es war der Lichtschalter. Er schaltete ihn wieder ein.

Das Brummen war wieder da. Er legte sein Ohr an den Schalter und horchte, doch das Geräusch kam nicht aus dem Schalter. Nicht nur. Es kam aus der Wand. Er ging in die Hocke, legte sein Ohr an die Wand, stand wieder auf, probierte es an einer anderen Stelle, ging ein paar Schritte weiter, versuchte es auf Zehenspitzen und auf Knien. Unglaublich!

Er konnte das Kabel in der Mauer hören, oder vielmehr, er hörte den Strom durch das Kabel fließen. Er hörte, wo das Kabel verlief. Wahnsinn!

Er schmunzelte erfreut. Ähnlich wie seine anderen neuen Fähigkeiten würde er auch diese Gewinn bringend einsetzen können. Wenn er Stromkabel in der Wand hören konnte, dann würde er vielleicht auch die Leitungen in der Erde hören, die Kurzschlüsse, schwache Leitungen, überlastete Kabel, wer weiß, was er damit alles anfangen konnte.

Er schaltete das Licht aus und das Geräusch verstummte. Grinsend ging er ins Schlafzimmer zurück. Super, was er alles konnte.

Als er wieder im Bett lag, lauschte er. Konnte er noch etwas hören? Nein, alles war ausgeschaltet, das Haus war dunkel und leise. Sehr gut.

Aber wie würde es morgen früh klingen, wenn alles Mögliche eingeschaltet war und jede Menge Strom durch die Leitungen floss? Ach, darüber konnte er sich auch morgen noch den Kopf zerbrechen. Er drehte sich zur Seite und schloss die Augen.

Aber was war denn das?

Grrrrrrr …

Er rollte sich zum Nachttisch und sah nach. Als er seine Nachtischlampe einschaltete, begannen die Leitungen in der Wand laut zu brummen.

Angela murmelte: »Was ist denn?«

Er nahm seine digitale Uhr. Das Geräusch wurde lauter. Er legte sie wieder hin. Seit wann hörte er eine digitale Uhr?

»Was machst du?«

»Ach, hier ist so ein Krach.«

»Was für ein Krach?«

»Nur meine Uhr.«

»Deine Uhr?«

Er machte die Lampe aus und das Brummen verstummte. Angela schlief schon wieder. Aber er konnte nicht einschlafen. Er hörte seine Uhr: Grrrrrrr …

Florence Lynch warf sich im Schlaf hin und her. Eine fliegende Penny Adams mit riesigen Insektenaugen nahm ihr alle Sachen weg. Penny war gespenstisch transparent und glitt durch das ganze Haus, ihre langen Finger griffen nach allem, was ihr in die Augen fiel. Florence jagte sie, wollte sie festhalten, wegschicken, ihr Einhalt gebieten, doch Penny lachte nur und nahm sich, was sie wollte. *Hör auf, das gehört mir, lass das liegen, du Diebin, verschwinde!* Hässliches Lachen, grüne Zähne, gierige kalte Finger …

Florence schreckte hoch, ihr Puls raste, das Gesicht war schweißnass, Dunkelheit lag auf ihr. Sie hatte panische Angst. Es war ein Alptraum, nur ein Traum. Doch das Entsetzen blieb.

Es ist vorbei, ich habe nur geträumt, versuchte sie sich klarzumachen. Doch es war nicht vorbei.

Der Schrecken verschwand nicht. Sie verkroch sich bis zur Nasenspitze unter ihrer Decke, während sie mit den Augen versuchte, die Dunkelheit zu durchdringen.

Da stand jemand in der Ecke.

Panik griff nach ihrem Herzen, ihre Kehle zog sich zu, ihre Hände begannen zu zittern.

Trübe, gelbe Augen starrten sie an. Sie kannte diesen Blick, auch wenn sie ihn zehn Jahre nicht gesehen hatte.

»Louis«, keuchte sie, »bist du das?«

Ihr verstorbener Mann kam langsam auf sie zu. Die Dunkelheit floss wie Wasser aus seinem grauen Hemd. Allmählich konnte sie sein leichenblasses Gesicht erkennen. Bis auf den starren gelben Blick sah er genauso aus wie auf dem Totenbett. Die blauen Lippen bewegten sich, doch sie hörte nichts.

Sie versuchte zu atmen, kurze, erstickte Atemzüge. »Louis, was ist denn?«

Er hob drohend seinen Finger, tonlos formten seine Lippen: »Nein, nein, nein.«

Noch während die Frage in ihrem Kopf entstand, fühlte sie bereits die Antwort. Sie wusste, was er meinte.

Penny Adams konnte nicht schlafen, was aber nicht an ihrer Zelle lag. Die Pritsche war gemütlich, das Bettzeug warm. Sie hatte schon schlimmere Gefängnisse kennen gelernt.

Aber was sie nicht schlafen ließ, war ihre Enttäuschung über diese Verhaftung. Die ganze Zeit hatte sie geglaubt, ihre wiederhergestellte

Hand wäre irgendwie magisch und würde sie vor solchen Scherereien beschützen. Zumal sie seit Wochen bei Andersons und Kileys aus und ein ging und sich holte, was ihr gefiel, ohne dass jemand Verdacht geschöpft hatte. Auch Florence Lynch hatte bisher nichts gemerkt. Warum war sie heute entdeckt worden? Was war heute anders als die vielen Male davor? Wieso war der Zauber gebrochen?

Sie hörte Schritte, eine Tür wurde aufgeschlossen. Kaum hatte sie sich aufgesetzt, da stand Brett Henchle schon in ihrer Tür, in Zivilkleidung, mit dem großen Schlüsselbund in der Hand.

»Du bist also wach«, sagte er unvermittelt.

Sie strich sich eine Strähne aus den Augen und schwieg.

»Du hast unglaubliches Glück. Eben rief Florence Lynch an und sagte, dass sie die Anzeige gegen dich zurückzieht. Ich soll dich freilassen, sagte sie.«

Endlich funktionierte es wieder.

»Ich lasse dich jetzt also laufen, aber ich bitte dich sehr, uns allen einen großen Gefallen zu tun. Hörst du mich?«

Angewidert sah sie ihn an: »Ich höre.«

»Du hast eine neue Hand, ich weiß nicht von wem, vielleicht von Gott. Aber du hast sie bestimmt nicht bekommen, um damit wieder stehlen zu können. Versuche doch einmal, etwas Vernünftiges damit zu machen. Einverstanden?«

Sie wusste, wie sie reagieren musste: »Alles klar.«

Er trat zur Seite: »Nimm deine Sachen, ich bringe dich heim.«

Auf dem Weg nach draußen kicherte sie. Alles funktionierte wieder. Brett Henchle schien auch froh zu sein, sie freilassen zu können. Und er hinkte überhaupt nicht mehr.

Als mein Telefon klingelte, rechnete ich mit allen möglichen Leuten, vielleicht sogar mit jemandem aus der Gemeinde »Licht der Welt«, nur mit dieser Frau hätte ich nicht gerechnet.

»Mr. Jordan, mein Name ist Elise Brenner, geborene Harris. Mein Vater ist Dale Harris.«

»Sie meinen Pastor Dale Harris?« Ich ließ mich in einen Sessel fallen.

»Ja. Haben Sie einen Moment Zeit, mit mir zu sprechen?«

»Selbstverständlich.«

»Wie ich hörte, haben Sie unlängst die Gemeinde meines Vaters aufgesucht.«

»Ja.«

»Konnten Sie mit meinem Vater sprechen?«

Ich hoffte, meine Stimme klang nicht zu sarkastisch: »Nein, er war nicht zu sprechen.«

»Aber Sie sprachen mit Miles Newberry?«

»Ja, das ist richtig.«

»Sie sprachen mit ihm über einen gemeinsamen Bekannten?«

»Ja.«

»Justin Cantwell?«

»Richtig. Pastor Newberry wollte mich zurückrufen.«

»Ich fürchte, das wird er nicht tun. Niemand wird Sie anrufen, Mr. Jordan. Ich sollte eigentlich auch nichts von Ihrem Besuch wissen.«

»Warum rufen Sie mich an?«

»Ich kenne Justin Cantwell und kann Ihnen einiges über ihn erzählen. Ich muss es tun. Mein Vater und seine Leute wollen dieses Thema verschweigen, weil es ihnen peinlich ist, aber das halte ich für falsch.«

Gut, dass mein Notizblock neben dem Telefon lag.

»Sie wissen also, wer ich bin und was mein Anliegen ist?«, erkundigte ich mich.

»Mrs. Fontinelli hat mir von Ihnen erzählt. Sie ist die Sekretärin meines Vaters.«

»Ich erinnere mich an Mrs. Fontinelli, sie ist eine nette Dame.«

»Ja, das ist sie. Sie ist einer der freundlichsten Menschen in diesem Büro. Sie erzählte von Ihrem Besuch und wie man mit Ihnen umgegangen ist. Einerseits genießt sie das Vertrauen meines Vaters und macht ihre Arbeit zuverlässig, andererseits ist sie aber auch eine Art mütterliche Freundin für mich. Sie hätte mir nichts gesagt, wenn ich sie nicht gefragt hätte, aber als ich sie fragte, erzählte sie mir alles.«

»Gut.«

»Was ich Ihnen jetzt sage, geschieht im Vertrauen. Sie werden mich nicht verraten?«

»Nein.«

Nach einer kurzen Pause begann sie zu erzählen: »Ich bin mit Tom Brenner, einem der Pastoren, verheiratet und ich war die musikalische Leiterin in der Gemeinde meines Vaters. Ich dirigierte den Chor, leitete die Anbetung und organisierte die Oster- und Weihnachtsfeste. Vor drei Jahren kam Justin Cantwell zum Chor. So lernten wir uns kennen. Bald darauf hatten wir eine Affäre.«

Ich versuchte, meiner Stimme nicht anmerken zu lassen, wie erstaunt ich war: »Aha.«

»Sie müssen bedenken, wer mein Vater ist. Er leitet eine riesige Gemeinde mit drei Gottesdiensten am Sonntagmorgen, ein großer Verlag druckt seine Bücher, er hat eine eigene Fernsehsendung und seine Predigtkassetten werden bis nach Großbritannien und Australien versandt. Er ist der Bezirksvorsteher unserer Denomination und unterrichtet an der Bibelschule. Eine große Agentur organisiert seinen internationalen Reisedienst, eine andere Agentur ist speziell für seine Israelreisen verantwortlich. Sein pastorales Team ist gut ausgebildet, die Gemeinde funktioniert reibungslos und hat ein mehrere Millionen umfassendes Haushaltbudget. Was ich damit meine, Mr. Jordan, ist Folgendes: Mein Vater ist ein sehr erfolgreicher Mann im Reich Gottes.«

»Ich weiß.«

»Dann hat seine verheiratete Tochter, Mutter von drei Kindern, eine Affäre mit einem unbekannten Gemeindemitglied. Sie können sich vorstellen, dass dies eine Gefahr für das Ansehen der Gemeinde war. Nach gemeinsamen Gesprächen und Gebeten wurde beschlossen, diese Affäre nicht an die Öffentlichkeit zu bringen. Den Weihnachtsfestgottesdienst brachte ich noch über die Bühne, dann wurde ich beurlaubt. Offiziell hieß es, ich sei überarbeitet und bräuchte eine Pause. In gewisser Weise war das auch richtig, es war aber nur ein Teil der Wahrheit. Mein Mann setzte seinen Dienst in der Gemeinde und der Bibelschule unterdessen fort.«

»Was wurde aus Justin Cantwell?«

»Er war plötzlich wie vom Erdboden verschwunden. Ich habe zwar in der Zeitung gelesen, dass in Antioch ein selbst ernannter Jesus auftritt, doch ich hätte das niemals mit ihm in Verbindung gebracht.«

»Wie geht es Ihnen und Ihrem Mann seither?«

»Wir haben eine schwere Zeit hinter uns und sind noch nicht über dem Berg.«

»Weiß er, dass Sie mit mir über diese Dinge reden?«

»Ich habe es ihm gesagt.«

»Und?«

»Er hatte keine Zeit, darüber zu sprechen. Heute Morgen war eine Mitarbeiterbesprechung in der Gemeinde und er musste weg. Ich weiß nicht, ob Sie sich das vorstellen können, aber ich wurde von Justin Cantwell unwiderstehlich angezogen, weil er der erste Mann in meinem Leben war, der mit mir redete. Er verstand mich, er kannte meinen Schmerz, und er nahm sich viel Zeit, mir zuzuhören und mit mir zu reden. Mit ihm konnte ich über meine Gefühle sprechen.«

Sie zögerte, holte Luft und sortierte ihre Gedanken.

»Ich kenne meinen Vater eigentlich nicht. Wir redeten nur über Angelegenheiten der Gemeinde. Solange ich in der Gemeinde war, Klavier spielte, den Chor leitete und mitarbeitete, hatten wir ein gemeinsames Thema. Es ging zwar nie um uns, immer nur um die Sache, aber immerhin, wir hatten etwas, das uns verband.«

Mein Magen schmerzte, während ich das hörte. »Ich glaube, ich verstehe, was Sie meinen.«

»Viele Leute können sich das nicht vorstellen: Wir sind eine glückliche, harmonische christliche Familie und haben eine blühende Gemeindearbeit. In den Predigten erzählt Vater gerne von seinen Kindern. Aber meine Schwester Judy ist geschieden und leidet an einer Essstörung und mein Bruder Sam ist Alkoholiker. Nur mein ältester Bruder Dale hat alle Erwartungen erfüllt. Er ist ein Pastor, genau wie sein Vater.«

Sie schwieg, ich ließ ihr Zeit.

»Mein Mann besuchte die Bibelschule, an der mein Vater unterrichtet …«

»… und er denkt und redet wie Ihr Vater.«

»Kennen Sie ihn?«

»Nein, aber Sie sagten, er sei einer der Pastoren.«

Sie lachte traurig. »Sie haben ein Prinzip unserer Gemeinde verstanden.«

»Ja, möglicherweise.«

»Die Leute, die Vater als Mitarbeiter einstellt, müssen so denken und leben wie er. Ich liebe meinen Mann, aber er ist wie mein Vater: Für ihn gibt es nur die Gemeinde. Er kann sich stundenlang mit meinem Vater über Gemeindekram unterhalten.«

Hier war es wieder, das Wort. Gemeindekram. »Es tut mir Leid«, sagte ich aus ganzem Herzen.

»Ich weiß nicht, ob Sie sich das vorstellen können, aber wer in unserer Familie etwas gelten will, muss sich in der Gemeinde engagieren. Dale und ich haben das mitgemacht, Sam und Judy nicht. Mein Vater hatte bald kaum noch Kontakt zu ihnen. Meistens sagte er Dale und mir, was wir unseren Geschwistern ausrichten sollten. Sam erklärte eine Zeit lang, er sei ein Heide, doch mein Vater reagierte nicht darauf. Vielleicht war meine Affäre ein ähnlicher Versuch, die Aufmerksamkeit meines Mannes zu bekommen.«

»Wie verhält sich Ihre Mutter?«

»Ihr geht es auch nicht besser. Sie streitet oft mit meinem Vater, dann läuft sie ins Schlafzimmer und weint, während er den Rasen mäht. Seit ich denken kann, geht das schon so. Einmal drohte sie damit, ihn zu verlassen. Danach hatte sie so ein schlechtes Gewissen, dass sie sich bei ihm entschuldigte. Ich fand das furchtbar. Er hätte sich bei ihr entschuldigen müssen, nicht umgekehrt.«

Langsam entstand ein Bild vor meinem inneren Auge, das Sinn machte. »Justin Cantwell kannte das alles?«

»Ja.«

»Es war, als wäre er aus einer ähnlichen Situation gekommen?«

»Ja. Wir verstanden uns auf Anhieb. Er brachte mir Mitgefühl, Liebe und Wärme entgegen, ohne dass es in unseren Gesprächen immer um Gemeinde gehen musste.« Dann fragte sie: »Ist er bei Ihnen auch so?«

Ich dachte einen Augenblick nach.

»Sind Sie noch dran?«

»Ja, er versucht das hier auch.«

»Sie müssen die Leute warnen. Wissen Sie, er kann so gut sein – man denkt, er ist wie Jesus.«

»Das stimmt.«

»Aber er kann nicht heilen. Er kannte meine inneren Verletzungen zwar, aber er heilte sie nicht, er kehrte sie nur an die Oberfläche und machte alles noch schlimmer. Ich glaube, er sucht Leute, die für seinen Zorn und seine seelische Not Verständnis haben, doch dann missbraucht er sie.«

»Wissen Sie etwas über ihn, über seine Heimat und seine Familie?«

»Einmal bekam er einen Brief von seiner Mutter aus Nechville in Texas.«

Ich notierte mir den Ort.

»Wie war der Name seiner Mutter?«

»Lois Cantwell. Aber er sprach nie über seine Familie. Er ist sehr verbittert, und ich kann mir vorstellen, woher das kommt. Er kann die typisch christlichen Formulierungen gebrauchen, auch die Lieder, die wir im Chor sangen, waren ihm bekannt. Er konnte mit erhobenen Händen Gott anbeten, frei beten und die Bibel zitieren. Er kann über Jesus sprechen wie jeder andere Christ auch. Er ist ein Insider.«

»Aber irgendetwas muss schief gelaufen sein.«

»Ich vermute, dass etwas sehr Schlimmes passiert ist. Trotzdem, Mr. Jordan, Sie sollten kein Mitgefühl für ihn entwickeln. Er ist nicht nur in der Seele verwundet, wie viele andere Christen auch, er ist ein Zerstörer, der von einem zerstörerischen Geist getrieben wird. Solange er hier war, vollbrachte er keine Wunder. Manchmal hatte er eine scheinbar prophetische Gabe und wusste einiges, was ihm half, seine Pläne auszuführen. Aber wenn das stimmt, was die Zeitungen berichten, dann hat seine dämonische Kraft zugenommen. Dieser Dämon ist jetzt in Ihrer Stadt aktiv. Sie haben viel Grund zu beten.«

24

Nancy Barrons unterbrach ihre Arbeit und saß minutenlang reglos vor ihrem Bildschirm.

Kim Staples bemerkte es nicht. Sie arbeitete emsig an der Dienstagsausgabe der Antiocher Zeitung.

»Ich kann diesen Leitartikel nicht bringen«, brach es plötzlich aus Nancy heraus.

»Was ist?«, fragte Kim, ohne mit ihrer Arbeit aufzuhören.

Auf Nancys Bildschirm stand die Schlagzeile von morgen: »DER MESSIAS BAUT SEIN PARADIES«. Darunter folgte eine große Skizze der geplanten sanitären Anlagen, die zurzeit auf Frau Macons Gelände gebaut wurden.

»Das ist keine Berichterstattung, das ist Werbung!«, fasste Nancy ihre Bedenken zusammen. »Kostenlose Werbung auf der Titelseite, das machen wir nun schon seit Wochen. Aber es ist nicht richtig.«

Kim wiederholte, was sie sich immer wieder gesagt hatten: »Nichols sorgt für Arbeitsplätze, der Einzelhandel blüht auf, Touristen strömen in unsere Stadt und geben ihr Geld bei uns aus. Das sind wichtige Nachrichten für Antioch. Die Leute wollen darüber lesen.«

»Aber wir helfen Nichols mit dieser Art der Berichterstattung. Trotz allem, was wir über ihn wissen, helfen wir ihm!«

Kim schlug vor: »Du kannst doch einfach die Überschrift ändern. Wir müssen ihn ja nicht unbedingt den Messias nennen.«

Nancy verschränkte die Arme: »Wir könnten auch einmal von unserer speziellen Jungfrau Maria und unserem persönlichen Johannes dem Täufer berichten.«

»Das würde dann irgendwie an Auftritte von Mickymaus und Goofy im Disneyland erinnern.«

»Warum machen wir das nicht? Die großen Zeitungen in den umliegenden Städten haben alle schon darüber geschrieben.«

Inzwischen liefen Bildschirmschoner über beide Monitore. Kim und Nancy achteten nicht darauf.

»Wir wohnen hier, Mary und Morgan sind unsere Nachbarn und wir wollen sie nicht bloßstellen. Außerdem haben wir Angst, die Kritik von Nichols auf uns zu ziehen. Würden wir einmal nüchtern über diese Dinge berichten, könnte jeder erkennen, wie absurd das alles ist. Die großen Zeitungen haben schon längst kritisch berichtet.« Nancy sah Kim ernst an: »Die ganze Sache wird früher oder später hochgehen. Anne Folsom hat Kontakt zu einem Engel, gleichzeitig ist sie auffallend paranoid geworden. Rod Stanton und Brett Henchle haben neulich nachts stundenlang nach einem Tramper gesucht, der angeblich in Bretts Wohnzimmer auftauchte.«

»Der Tramper, der damals irgendwie aus dem fahrenden Auto verschwand?«

»Genau der. In unserer Stadt sind plötzlich so viele Menschen und eine Menge Geld, überall wird gebaut und alle Geschäftsleute freuen sich. Warum? Weil ein aufgeblasener, selbst ernannter Jesus aus dem Nichts auftaucht und Wunder tut. Ein Christus mit einer Schwäche für Frauen, der sehr wahrscheinlich ein Betrüger ist.«

Es war schwer, sich das einzugestehen, aber Nancy konnte nun nicht mehr aufhören: »Ist dir aufgefallen, dass es keinem der Leute, denen Nichols geholfen hat, wirklich besser geht?«

Kim legte die Stirn in Falten und schwieg.

»Matt Kiley ist, seit er laufen kann, dauernd in Schlägereien verwickelt, Norman Dillard schaut nur noch hinter Frauen her, Penny benutzt ihren neuen Arm zum Klauen, Anne wirkt paranoid, Brett hat unheimliche Einbrecher und Don Anderson …«

»… der auch?«

»Ja, mit ihm stimmt auch etwas nicht. Er ist überhaupt nicht bei der Sache, wenn man mit ihm redet.«

»Vielleicht spielt er zu viel mit seinen Geräten?«

»Ich sage dir, hier braut sich etwas zusammen. Irgendwann wird das alles hochgehen, und ich weiß nicht, was dann von Antioch noch übrig bleibt. Schon damals, als wir mit Nevin Sorrel sprachen, hätte uns das auffallen müssen, dass von Nichols eine Gefahr für unsere Stadt ausgeht. Jetzt ist Nevin tot.«

»Aber wir haben nichts gegen Nichols in der Hand, oder?«

»Stell dir vor, wir könnten ihm etwas nachweisen. Wie würde die Bevölkerung reagieren? Hier ist viel Geld im Spiel. Keiner ist daran interessiert, dass wir Nichols entlarven. Das Schlimme ist, dass wir selbst zu dieser Entwicklung beigetragen haben. Wir haben Nichols geholfen und haben für ihn Werbung gemacht.«

Kim sah nachdenklich aus: »Irgendwie ist das tatsächlich ein bisschen unheimlich.«

»Finde ich auch.«

»Vielleicht wäre es auch gut, einmal mit Travis Jordan zu reden.«

Nancy löschte den Leitartikel.

Als ich am Samstagmorgen mit Frau Macon telefonieren wollte, erklang eine Stimme vom Band: »Guten Tag, Sie sind verbunden mit dem Zentrum der Hoffnung. Wenn Sie die Nummer Ihres Gesprächspartners kennen, dann wählen Sie jetzt. Ansonsten warten Sie bitte einen Augenblick, bis sich unsere Telefonzentrale meldet. Das nächste Treffen findet heute um vierzehn Uhr statt. Wir heißen Sie herzlich willkommen.«

Ich wartete, bis sich jemand meldete: »Zentrum der Hoffnung, guten Tag. Was kann ich für Sie tun?«

»Guten Tag, mein Name ist Travis Jordan, ich möchte mit Frau Macon sprechen.«

Ich hatte keinen bestimmten Grund, sie anzurufen, mich interessierte nur, ob sie selbst noch ihr Telefon benutzen durfte.

»Frau Macon ist nicht zu sprechen. Möchten Sie mit ihrer Assistentin sprechen?«

Sie hatte eine Assistentin? »Ja, meinetwegen.«

Musik erklang aus dem Hörer.

»Guten Tag, ich bin Gildy Holliday. Was kann ich für Sie tun?«

»Gildy Holliday? Sind Sie nicht die Enkelin von Judy Holliday?« Sie hatte mich schon oft in Judys Kneipe bedient.

»Ja. Und Sie sind Travis Jordan?«

»Genau. Was machen Sie denn da?«

»Ich mache die Hausarbeit für Frau Macon.«

»Wie lange tun Sie das schon?«

»Seit zwei Wochen. Es macht mir sehr viel Spaß. Das Haus ist wunderschön und die Bezahlung stimmt auch.«

»Und wie geht es Frau Macon?«

Sie seufzte: »Nicht so gut. Manchmal ist sie bei Bewusstsein, meistens aber nicht.«

Ich wusste nicht, was sie meinte. »Sprechen wir von Frau Ethyl Macon?«

»Ja.«

»Der Frau des verstorbenen Cephus Macon?«

»Natürlich.«

»Der Besitzerin des Macon'schen Anwesens?«

»Der ehemaligen Besitzerin. Inzwischen gehört ja alles dem Verein. Aber sie wohnt noch hier. Das ist für sie jetzt wohl auch das Beste – in ihrem Zustand.«

Ich konnte nicht glauben, was ich da hörte. »Was für einen Zustand meinen Sie?«

»Wissen Sie das nicht? Vor zwei Wochen hatte sie einen Schlaganfall.«

Es fiel mir schwer, ruhig weiterzusprechen. »Von was für einem Verein sprechen Sie?«

»Zentrum der Hoffnung. Brandon Nichols und Frau Macon haben die Übereignung noch kurz vor dem Schlaganfall vollzogen.«

Ich war entsetzt. »Es entwickelt sich alles sehr schnell.«

Sie lachte. »Ja, hier ist viel los. Schauen Sie doch auch einmal vorbei.«

»Ich habe vor, an der Versammlung heute Nachmittag teilzunehmen.«

»Hallo Kyle, kommst du mit zu einer Cantwell-Versammlung?«

»Nichts lieber als das.«

Wenig später holte ich ihn ab und wir fuhren zusammen zu Frau Macons ehemaligem Anwesen.

»Kyle«, sagte ich ihm, »bitte bete! Dafür habe ich dich mitgenommen. Wir brauchen Gottes Schutz.«

Auf dem Gelände war eine riesige Baustelle. Wo in Zukunft die sanitären Anlagen sein würden, sah man ein tiefes Schlammloch und großes Durcheinander. Überall waren Gräben gezogen worden, abgesichert mit Bändern und Schildern, in denen die Wasserrohre verlaufen sollten. Eine große Tafel zeigte die Skizze des Architekten, der sich alle Mühe gegeben hatte, eine Luxusanlage zu entwerfen.

Die sanitären Anlagen waren allerdings auch dringend nötig. Wir sahen mindestens zweihundert Wohnwagen und Wohnmobile auf verschiedenen Parkplätzen, dazu eine große Zahl von PKWs.

Als Nächstes entdeckten wir, dass die Versammlungen jetzt in zwei miteinander verbundenen Zirkuszelten stattfanden. In der Mitte zwischen den Zelten stand die Bühne. Etwa sechshundert Menschen strömten an diesem Nachmittag zu Brandon Nichols Veranstaltung. Die

Ordner trugen einheitliche rote T-Shirts, Matt Kiley war ihr Chef. Eine Band aus zwei Gitarren, einem Bass, Schlagzeug, Keyboard und Sängerin sorgte für einen angenehmen musikalischen Hintergrund, während die Zelte sich schnell füllten. Ihre Lieder hatten Titel wie: »Das Leben ist schön, wenn wir zusammen sind«, »Lass dein Sorgen, sei glücklich und frei« und »Wir lieben unsere Welt«. Wir gingen Matt Kiley aus dem Weg und nahmen im hinteren Drittel Platz. Von dort konnten wir den abgesperrten Weg sehen, der durch eine Zeltöffnung zu Frau Macons Haus führte. Von hier würde der große Star die Bühne betreten. Kurz vor vierzehn Uhr waren fast alle Stühle besetzt. Es herrschte eine gespannte Erwartung.

Auf dem Gelände waren auch eine Menge Kinder, die offensichtlich nicht beaufsichtigt wurden. Sie rannten durch das Zelt und über die Wiesen, lachten und weinten und machten einen beträchtlichen Lärm. Anscheinend hatte sich das Zentrum der Hoffnung noch keine Gedanken über Kinderbetreuung gemacht. Ich musste lächeln.

Es wurde vierzehn Uhr, und immer noch strömten Leute herein, suchten Plätze, redeten miteinander, begrüßten sich und sorgten für viel Unruhe. Wieder musste ich lächeln.

Ein Trommelwirbel lenkte die Aufmerksamkeit der Leute auf die Bühne.

Die hübsche Sängerin sprach ins Mikrofon: »Meine sehr verehrten Damen und Herren, liebe Brüder und Schwestern, bitte begrüßen Sie unseren Botschafter der Hoffnung, Brandon Nichols.«

Die Band legte eine flotte Melodie vor, die Menge erhob sich von ihren Sitzen und unter dem begeisterten Beifall seiner Nachfolger betrat Nichols mit großen, energischen Schritten das Zelt. Er war ganz in weiß gekleidet, trug goldenen Schmuck und hatte sich offensichtlich eine Dauerwelle geleistet. Während er die Stufen zur Bühne hinaufging, lächelte er und winkte der Menge zu. Oben angekommen warf er die Arme in die Luft und ließ sich feiern.

»Sally Fordyce fehlt«, flüsterte Kyle mir zu.

Auch die Jungfrau Maria war nicht dabei, und weder Dee Baylor noch Anne Folsom waren zu sehen, was bei den vielen Menschen aber nichts heißen musste. Ich erkannte einige Anhänger von Armond Harrison, sonst sah ich nur Fremde.

Nichols entdeckte uns und sein Lächeln erstarrte für einen winzigen Moment. Schnell riss er sich wieder zusammen, fletschte die Zähne in unsere Richtung, lächelte in die Menge und sprach seine ersten Worte: »Da sind wir wieder.« Alle jubelten.

Ich lächelte ihn bewusst an und er schien es zu sehen. Der Einstieg fiel ihm sichtlich schwer.

»Wir sind jetzt also wieder zusammen, und, ja, wir haben, ich meine, wir wollen wieder einiges tun, heute. Sind Sie dabei?«

Nach einigen verhaspelten Sätzen kam er langsam in Schwung, erzählte ein paar Geschichten, brachte einige Lacher und sagte uns allen immer wieder, wie wunderbar wir doch seien. Ich achtete kaum auf die Worte, sondern konzentrierte mich auf seine schneidende Stimme, seine hektischen Bewegungen und das Trommeln seiner Finger, wenn er sie in die Hüften stemmte. Bemerkte es niemand außer mir? Ich sah mich im Zelt um. Ein Mann fiel mir auf, der seiner Frau etwas ins Ohr flüsterte, woraufhin sie Nichols scharf beobachtete.

Die Kinder rannten und lärmten immer noch herum und trugen ebenso zu einer allgemeinen Unruhe bei wie der Strom der Zuspätkommenden, der nicht abriss. In den hinteren Reihen wurden Stühle gerückt und die Leute schwatzten.

Kyles Augen waren offen, aber er konzentrierte sich nicht auf die Dinge, die um ihn her geschahen. Ich sah, wie seine Lippen sich im Gebet bewegten. Auch ich betete innerlich, war aber vor allem auf Nichols konzentriert.

»Wenn wir hier sind, sind wir, wer wir sind und wie wir sind, und sind …«

Er brach ab und versuchte es noch einmal. Mit Mühe schaffte er seinen Satz. Er wirkte sehr angespannt, und es gelang ihm kaum noch, witzig zu sein. Während er über die bessere Welt sprach, die wir alle schaffen konnten, verlor er den Faden. Seine Rede wurde immer fahriger, sein Ausdruck verflachte. Es ging gerade darum, dass wir das erreichen können, wovon unsere Eltern träumten, als er sich endgültig unterbrach.

»RUHE!«

Mit unerwarteter Heftigkeit schrie er die Kinder an. Die Leute zuckten zusammen, als hätte er sie geohrfeigt.

»Zu wem gehören diese Kinder?« Er wartete keine Antwort ab: »Schafft sie raus, SOFORT!«

Ordner eilten herbei, schnappten ein paar Kinder, die mit höchster Lautstärke brüllten, sich heftig wehrten und um sich traten. Einige Erwachsene standen auf, stolperten über die Handtaschen und Füße ihrer Nachbarn in die Gänge und folgten ihren Kindern.

»Auch diesen hier, bringt ihn hinaus!«, befahl Nichols und zeigte auf einen kleinen Jungen, der immer noch vor der Bühne herumsprang.

»Was ist mit den beiden? Los, raus mit ihnen, die beiden Mädchen hier, und der Junge da drüber! Verschwindet endlich! Ich will hier keine herumrennenden Kinder mehr sehen!«

Die Menschen wurden unruhig, sahen einander besorgt an und begannen, miteinander zu flüstern. Ich stellte mir vor, wie sie einander fragten: »War Jesus nicht anders?« Kyle und ich beobachteten alles genau. Als ich bemerkte, dass ich lächelte, nahm ich schnell die Hand vor den Mund.

Immer noch standen überall Eltern auf und machten sich auf die Jagd nach ihren Kindern. Manchen gelang es erst nach mehreren Runden durchs Zelt, ihre Sprösslinge einzufangen. Während viele Eltern und Kinder das Zelt empört verließen, kamen immer noch Leute herein. Jetzt zeigte Nichols auf die Zuspätkommenden: »Sie sind zu spät! Haben Sie sich klargemacht, was Sie den anderen und besonders mir damit vermitteln? Nun setzen Sie sich und hören Sie endlich auf zu reden.«

Er starrte in die Menge und wartete, bis es ruhig wurde. Eine gespannte, nervöse Stille breitete sich aus. Dann erst sprach er weiter. »Ich hoffe, Sie haben das ein für alle Mal verstanden. Wir sind zwar in einem Zelt, aber nicht im Zirkus. Ich werde nicht gegen den Lärm herumtobender Kinder und Zuspätkommender ansprechen.« Er holte Luft. »Gut, wo waren wir stehen geblieben?«

Er nahm seine Rede wieder auf und versuchte auch das Thema »Kinder« und »Zu spät kommen« witzig einzuflechten, doch kaum einer lachte. Als er mit seiner Ansprache aufhörte, waren alle erleichtert, sogar er selbst, wie es mir schien.

Jetzt kam der zweite Teil seines Auftritts, bei dem er seine Fähigkeiten, die ihn so berühmt gemacht hatten, unter Beweis stellte. Er verließ die Bühne, ging durch die Reihen, berührte Menschen, kannte ihre Probleme und heilte ihre Krankheiten.

Eine kleine, sehr dicke Frau rannte auf ihn zu und versuchte, ihn zu berühren. Matt Kiley und zwei weitere Ordner packten sie und zerrten sie zurück an ihren Platz. Sie schrie: »Sie haben mir nicht geholfen! Sehen Sie mich doch nur an!«

Er versuchte, sie nicht zu beachten, aber sie war zu laut. Ärgerlich drehte er sich um, deutete mit dem Finger auf sie und sagte ins Mikrofon: »Ich kann nichts dafür, dass Sie so fett sind. Sie sind dick, weil Sie den ganzen Tag nur herumliegen und alles Mögliche in sich hineinstopfen. Nun setzen Sie sich auf so viele Stühle, wie Sie brauchen, und seien Sie still! Ich habe Sie schon zweimal berührt!«

Er versuchte, wieder der freundliche Heiler zu sein, ging umher, kannte die Namen der Leute, heilte sie und erfüllte ihre Wünsche. Das Erstaunliche war, dass er heute erheblich mehr Mühe hatte, Dinge zu tun, die ihm sonst leicht gefallen waren. Die Leute waren ungeduldig, standen auf, umringten ihn und wollten ihn berühren. »Setzen Sie sich. Jeder geht zurück an seinen Platz und setzt sich!« Er wiederholte seine Aufforderung mehrmals, doch die Leute drängten sich um ihn. Suchend sah er sich um, die Locken flogen um seinen Kopf: »Wo sind meine Ordner?«

Matt und seine Helfer konnten nicht unbegrenzt viele Menschen zurückhalten. Sie kämpften mit vier oder fünf Hilfesuchenden, als ein weiterer Mann sich an ihnen vorbeischob und zu Nichols rannte. Fast hätte er ihn umgerissen. Nichols stieß ihn so heftig zurück, dass er zu Boden ging. »Fassen Sie mich nicht an! Keiner betatscht mich, verstanden?« Er schlug eine andere Hand beiseite, die nach ihm griff und deutete auf den am Boden Liegenden: »Verschwinden Sie! Ich habe Ihnen schon einmal gesagt, wenn Sie eine Million Mark wollen, dann gehen Sie gefälligst arbeiten! Für wen halten Sie mich denn?«

Hinter mir hörte ich einen Mann: »Der Messias ist auch nur ein Mensch!«

Kyle und ich verließen möglichst unauffällig das Zelt.

Matt Kiley stellte sich mir in den Weg. Ich solle zu Nichols kommen, sagte er mir in einem Tonfall, dem ich nicht zu widersprechen wagte. Er brachte mich in das ehemalige Wohnzimmer von Frau Macon, wo der Messias von Antioch fluchend auf und ab ging. »Verschwinde, Matt, wenn ich dich brauche, rufe ich dich.«

Matt gefiel es nicht, so vor die Tür gesetzt zu werden, aber er ging kommentarlos. Justin Cantwell öffnete Frau Macons Bar und goss sich einen Drink ein. Dabei war er so fahrig, dass ich befürchtete, er würde alles verschütten. »Travis, Sie verschwenden Ihre Zeit, wenn Sie nach Nechville fahren. Sie werden dort nichts entdecken, was Sie nicht schon wüssten. In Wirklichkeit kennen Sie den Ort längst.«

»Ich muss diese Spur verfolgen, das wissen Sie genau.«

Für einen Moment dachte ich, er würde sein Glas nach mir werfen. »Lügen, nichts als Lügen, Sie werden Ihnen nur Lügen erzählen. Travis, man hat mit Ihnen das Gleiche gemacht wie mit mir.« Er hatte seine Arme ausgebreitet und den Tonfall eines Predigers angenommen: »»Es liegt nicht an Gott, es liegt an dir, du bist vom Weg abgekommen, du befindest dich außerhalb von Gottes Willen, du lebst in Sünde, du wirst zur Hölle gehen, höre auf, diese Fragen zu stellen, ordne dich unter, du hast dein Leben zerstört ...«

»Wovor fürchten Sie sich?«

Er rülpste und sah mich mit leicht glasigen Augen an: »Sie wollen mich analysieren? Hier gibt es keine Furcht. Weder vor Ihnen noch vor dem Juniorprediger, den Sie mitgeschleppt haben. Warum hatten Sie ihn dabei? Als Rückendeckung?«

»Natürlich.« Ich bemerkte, dass er begonnen hatte, mich nicht mehr mit »du«, sondern mit einem distanzierten »Sie« anzureden. Er schien akzeptiert zu haben, dass ich auf seine Jesus-Masche nicht hereinfiel.

»Ich bin beeindruckt.« Er grinste verächtlich und nahm einen Schluck aus seinem Glas: »Ich bin wütend, das kann ich nicht leugnen. Es will mir nicht in den Kopf, dass Sie sich weigern, auch nur einen Hauch von Einsicht zu zeigen. Dazu nerven mich diese ganzen Figuren, die zu den Versammlungen kommen.« Er ging im Kreis und knetete seine Locken. »Die einen streiten sich darum, wer am nähesten beim Zelt parken darf, andere wollen lebenslange Campingplatz-Reservierungen mit privaten Toiletten. Sie bringen ihre Kinder mit, aber kein Mensch ist bereit, sich um sie zu kümmern. Einigen gefällt die Musik nicht, andere wollen mehr Musik. Die Stühle sind unbequem, außerdem ist es im Zelt zu heiß. Manchen ist es aber auch zu kalt. Einige alten Leute wollen unbedingt hinten sitzen und beschweren sich dann, wenn sie nichts verstehen. Ich habe ein paar Leute in der Gruppe, die grundsätzlich zu spät kommen und jedes Mal einen anderen Grund dafür haben. Es gibt vier Parteien, die sich heftig über das Konzept unserer Homepage streiten, dabei haben wir noch gar keine.«

Ich lächelte breit. »Gar nicht so einfach, eine Gemeinde zu leiten, was?«

»Hören Sie auf, so zu grinsen. Sie waren auch nicht besser!«

»O doch, ich habe es fünfzehn Jahre mit meiner Gemeinde ausgehalten. Sie haben noch nicht einmal ein Jahr geschafft.«

»Dafür habe ich jetzt schon sechshundert Nachfolger.«

»Aber keiner von ihnen ist bereit, Kinderdienst zu machen.«

Er goss sich nach und ging zum Kamin. »Das sind nur vorübergehende Probleme, die wir in den Griff bekommen werden.« Er stützte sich mit einem Arm auf den Kaminsims und nahm noch einen Schluck: »Aber Sie hatten bestimmt nicht so dreiste Leute in Ihrer Gemeinde wie ich. Sie bitten mich um Luxusautos, Häuser und Koffer voller Geld. Unglaublich!«

»Waren Sie nicht angetreten mit dem Anspruch, Sie geben den Leuten alles, was sie wollen?«

»Ja, aber sie geben sich mit nichts zufrieden. Da habe ich einen Kerl an der Schilddrüse geheilt. Eine Woche später wollte er, dass ich seine Glatze zuwachsen lasse. Als Nächstes wollte er besser Klavier spielen können und diese Woche brachte er noch drei Freunde mit und sie alle wollten sexuell attraktiver werden. Oder diese Frau, die schlank sein will, ohne weniger zu essen. Viele wollen Geld, gehen aber nicht arbeiten.«

Ich war nicht überrascht: »Was haben Sie denn erwartet?«

Er stürzte seinen Drink hinunter und warf das Glas hinter sich. »Diese Leute werden sich alle noch unterordnen, da bin ich mir sicher. Sie werden eine mir ergebene Gruppe von geheilten, zufriedenen Menschen werden.«

Er ging zum Sofa, setzte sich und stand sofort wieder auf. Seine Hände waren die ganze Zeit in Bewegung, die Finger trommelten. »Elise war die netteste Person bei ›Licht der Welt‹. Hat sie Ihnen erzählt, wie ich mich um sie gekümmert habe, wie ich sie tröstete und versuchte, ein kleines bisschen Menschlichkeit in ihr Leben zu bringen?«

»Ja, das hat sie.«

Meine Antwort tat ihm gut. »Ich versuchte, ihr mein Schicksal zu ersparen.«

Ich nickte: »Ja, ich verstehe.«

»Wenn Sie alles verstehen, warum wollen Sie dann nach Nechville?«

Diesen irren Ausdruck sah ich zum ersten Mal in seinen Augen. Ich überlegte instinktiv, wie ich in Deckung gehen und schnell zur Tür gelangen konnte. »Ganz ruhig, Justin, jetzt bin ich zuerst einmal hier, um mit Ihnen zu reden. Es liegt an Ihnen, ob ich fahren muss oder nicht.«

»Sie werden mich nicht erpressen!«

»Schon gut, schon gut. Aber verwechseln Sie nicht, wer hier wen in die Ecke drängt?«

Er lehnte sich gegen den Kamin, sah in die Flammen, wurde ruhig und dachte nach. Nach einer unangenehm langen Pause sah er mir direkt in die Augen. Auf seiner Oberlippe spielte ein Lächeln. »Gehen Sie nach Nechville. Sie werden dort viele Bekannte treffen. Wir haben beide dort angefangen, Sie und ich.« Sein Blick schweifte ab. »Lernen Sie meinen Vater kennen. Sprechen Sie mit meiner Mutter. Erleben Sie, wie eine Lüge klingt. Vielleicht kommen Sie dann endlich zur Besinnung.« Sein Blick bohrte sich wieder in meine Augen. »Nach Ihrer Rückkehr reden wir weiter und sehen, ob wir zu den gleichen Ergebnissen gekommen sind. Ich freue mich schon darauf.« Er legte seinen Zeigefinger auf meine Brust und sah mir klar und ernst in die Augen: »Aber achten Sie darauf, dass Sie sich auch wirklich alles erzählen lassen.«

»Können Sie mir die Telefonnummer Ihrer Mutter geben?«

Er wandte sich ab: »Nein, die müssen Sie schon selbst herausfinden.«

Ich ging alleine hinaus. Vor dem Hauptportal erwartete mich Kyle. Die meisten Autos waren schon wieder weg. Nur die Journalisten und Reporter standen noch zusammen und diskutierten heftig. Dabei waren sie deutlich ernster als bei meinem letzten Besuch.

»Und, wie war es?«, fragte mich Kyle.

»Er hat es nicht leicht«, antwortete ich, »und wir beide sind ein Teil seines Problems.«

»Ich habe das Gefühl, jemand verfolgt uns.«

Ich sah mich um. Eine Person mit Kapuze beschleunigte ihren Schritt und versuchte, uns einzuholen. Mit gesenktem Kopf, das Gesicht verborgen, eilte sie hinter uns her.

Wir kamen zu meinem Auto. »Schnell, lass uns die Türen öffnen.«

Kyle öffnete die hintere Tür und setzte sich nach vorne. Ich setzte mich ans Steuer und bedeutete der Person in dem Kapuzenmantel, schnell einzusteigen.

Sie schlüpfte auf die Rückbank und schloss die Tür. »Vielen Dank. Bitte bringen Sie mich von hier weg.«

Ich startete den Motor. »Am besten, Sie legen sich hin.«

Es war Sally Fordyce. Wir erkannten ihre Stimme und konnten einen Blick auf ihr Gesicht werfen, als sie einstieg. Sie hatte Blutergüsse, Schürfwunden und ein Blut unterlaufenes, dick geschwollenes Auge.

Ich verschloss die Türen von innen.

»Bitte fahren Sie schnell weg«, flüsterte sie angstvoll.

Wir fuhren an den Ordnern in ihren Uniformen vorbei. Einer beobachtete uns misstrauisch und sprach in sein Funkgerät. Ich vermied es, ihn anzusehen. Möglicherweise hatte er Sally gesehen. Als wir auf der Straße waren, fuhr ich schneller.

Kyle wandte sich um: »Waren Sie bei einem Arzt?«

Sie setzte sich auf, verbarg aber ihr Gesicht weitgehend in der Kapuze.

»Nein, Brandon hat es mir nicht erlaubt.«

Kyle drehte sich zu ihr um: »Hat Brandon Sie so zugerichtet?«

Sie begann zu weinen. »Ja, er ist in letzter Zeit manchmal richtig durchgedreht.«

»Was ist mit Mary Donovan?«, fragte ich.

»Ihr geht es gut.« Sie sah unsere fragenden Blicke und ergänzte: »Sie gehört nicht zu seinen Mädchen.«

Kyle ließ sich in seinen Sitz zurückfallen: »O Gott, steh uns bei.«

»O nein ...«, stöhnte ich.

»Was ist?«

An Sallys verletztem Gesicht vorbei sah ich hinter uns einen Polizeiwagen, der das Blaulicht eingeschaltet hatte und uns zu verfolgen schien.

Kyle fuhr herum: »Das ist Brett Henchle!«

Sally weinte laut auf: »HALTEN SIE NICHT AN, BITTE!«

»Ganz ruhig«, sagte ich und beobachtete sie im Rückspiegel.

Sie war verzweifelt und in Panik. »Er arbeitet für Brandon, wissen Sie das nicht? Er versucht bestimmt, mich zurückzuholen!«

»Wahrscheinlich hat sie Recht«, nickte Kyle.

Ich wollte mehr erfahren. »Sally, hören Sie mir zu. Hinter uns ist ein Polizist. Ich muss anhalten, wenn er das verlangt.«

»NEIN!«

»Warum nicht?«

Sie warf die Kapuze zurück. Mir wurde übel, als ich in den Rückspiegel sah. Eine Wunde an ihrer Schläfe blutete immer noch.

»Brandon hat kein Interesse daran, dass die Leute mich so sehen.«

»Wenn Brandon Sie so zugerichtet hat, warum verfolgt Brett dann uns?«, wunderte sich Kyle.

Konnte ich Brett Henchle vertrauen? Nein, zurzeit nicht. »Schon gut, ich werde nicht anhalten. Aber Sie müssen ins Krankenhaus, und ich denke, es wäre gut, wenn wir Zeugen hätten, die Sie in diesem Zustand gesehen haben.«

Ich gab Kyle mein Handy. »Sally, wie lautet die Nummer Ihrer Eltern?«

Sally nannte sie und Kyle begann zu wählen.

»Sag Meg und Charlie, dass wir Sally zum Krankenhaus bringen. Wir erwarten sie dort am Eingang. Sie sollen einige Freunde mitbringen. Danach rufst du den Notarzt an und sagst, dass wir eine Verletzte zur Notaufnahme bringen, die Opfer einer Misshandlung ist. Sage ihnen, dass der Polizist Henchle uns begleitet.«

Dann betete ich laut: »Herr, bitte hilf uns!«

Ich sah Sallys angstvolle Augen im Spiegel: »Sally, hab keine Angst. Ich werde nicht anhalten, auf gar keinen Fall!«

25

Brett folgte uns mit Blaulicht und Martinshorn. Mein Herz klopfte zum Zerspringen. Es war das erste Mal, dass ich bewusst einem Polizisten Widerstand leistete. Aber ich fuhr weiter. Sally kauerte sich wimmernd auf der Rückbank zusammen, die Kapuze tief ins Gesicht gezogen.

»Herr, wir bitten um deinen Schutz«, betete Kyle laut und sprach dann wieder ins Telefon: »Herr Fordyce?« Kyle sprach so hastig, dass Sallys Vater ihn zunächst nicht verstand und er alles wiederholen musste.

»Wir sind unterwegs, ja, auf dem Weg in die Stadt. Ja, wir sind noch vor der Stadt und nähern uns von Westen. Sally ist bei uns im Wagen. Doch, sie ist bei uns. Wir fahren ins Krankenhaus, nein, direkt ins Krankenhaus …«

Ich blickte mich um und sah, dass Brett Henchle in sein Funkgerät sprach. Durch mein geöffnetes Fenster winkte ich ihn neben mich. Er gab Gas, holte uns ein, wechselte auf die linke Spur und öffnete sein Fenster.

»Travis, halt an!«, rief er und fuchtelte mit dem rechten Arm durch die Luft.

»Wir haben eine Verletzte im Auto und fahren zum Krankenhaus.«

»Fahr sofort rechts ran!«

Kyle sprach unterdessen mit der Notaufnahme. »Wir sind noch vor der Stadt und kommen von Westen. Ja, richtig. Polizist Henchle ist auch dabei.«

Henchles Stimme übertönte unsere Motoren, die Reifen und den Fahrtwind: »Halte an und übergib mir die Verletzte.«

»Das geht nicht.«

»Anhalten …« Er trat heftig auf die Bremse und scherte wieder hinter uns ein, gerade noch rechtzeitig, um einem entgegenkommenden Fahrzeug Platz zu machen.

»Nicht, dass wir noch einen Unfall bauen«, murmelte ich und ging vom Gas.

Am Ortseingang war ein Stau. Jemand stand auf der Straße und blockierte den Verkehr. Viele Schaulustige hatten sich eingefunden. Rod Stanton, ein Kollege von Brett, versuchte, den Mann von der Straße zu schaffen, die Schaulustigen weiterzuscheuchen und den Verkehr wieder in Gang zu bringen.

»Das darf nicht wahr sein«, staunte ich.

»Das gibt's doch nicht«, echote Kyle.

»Was denn?«, fragte Sally und beugte sich nach vorne.

Mitten auf der Straße stand ein weiterer Jesus mit langen Haaren, Bart, einem weißen Gewand und Sandalen. Allerdings war er blond. Als zusätzliche Requisite hatte er eine Peitsche in der Hand, mit der er die Autos schlug. Jesus Nummer zwei kam auf mich zu, fuchtelte mit der Peitsche herum und schien sehr aufgebracht.

»Was will der denn?«, fragte Sally.

Ich öffnete mein Fenster. »Würden Sie uns bitte vorbeilassen?«

Brett Henchle stand direkt hinter uns und hatte immer noch die Sirene eingeschaltet.

»Lassen Sie uns bitte vorbei!« Ich klang nicht gerade freundlich, aber ich hatte momentan auch genug von falschen Christussen aller Art.

»Du sollst nicht die Luft verschmutzen«, predigte der Typ vor meiner Motorhaube. »Die Luft ist eine Gabe unseres Vaters im Himmel, die wir nicht verderben dürfen.«

»Wir müssen ins Krankenhaus!«

»Es steht geschrieben, mein Haus soll ein Bethaus für alle Nationen sein, doch ihr habt einen Müllplatz daraus gemacht.«

»Lassen Sie uns durch!«

»Ich kümmere mich darum«, sagte Kyle entschlossen und sprang aus dem Wagen.

»Schaltet eure Motoren aus, geliebte Kinder«, schallte es an mein Ohr, »und habt Teil an der sauberen Luft, die ...«

»Entschuldigen Sie«, sagte Kyle und ging auf ihn zu.

Der komische Christus hob die Peitsche. »Fassen Sie mich nicht an!«

Brett Henchle schaltete die Sirene ab und stieg ebenfalls aus.

Kyle hatte eine Dollarnote in der Hand und wedelte damit vor dem Gesicht des jungen Mannes herum. »Sehen Sie das?«

»Wollen Sie etwa den Heiligen Israels bestechen?«

Die Schaulustigen kamen näher und machten ihre Kameras bereit. Eine Mutige berührte ihn von hinten, wartete ein paar Augenblicke und ging schulterzuckend zu ihren Freunden zurück: »Ich habe nichts gespürt«, hörte ich sie sagen.

Mit dem Geldschein in der Hand lockte Kyle den falschen Christus auf den Bürgersteig. »Wessen Bild und wessen Name trägt dieser Schein?«

Der junge Mann nahm die Dollarnote und betrachtete sie ausgiebig. »George Washington.«

»Sie stehen auf Georges Straße, wussten Sie das?«

Überrascht betrachtete der junge Mann den Asphalt.

»Geben Sie George, was George gehört …«

»Kann ich den Dollar behalten?«, fragte der falsche Christus.

Inzwischen war auch Brett Henchle durch die Menge der Schaulustigen zu dem jungen Mann vorgedrungen. »Was ist hier los?«

Noch bevor er antworten konnte, kam eine Frau, die wie eine biblische Gestalt gekleidet war, und umarmte den jungen Mann: »Mein Sohn, mein geliebter Sohn!«

Erstaunt befreite dieser sich aus der Umarmung: »Wer sind Sie denn?«

Sie trat einen Schritt zurück und sah ihn mit dem typischen Blick einer Mutter an, deren Sohn ungezogen war: »Ich bin deine Mutter.«

Noch eine!

Brett verlangte seinen Ausweis. Kyle bedeutete mir zu fahren. Dankbar nickte ich zurück und gab Gas.

»Travis!«, schrie Brett, aber es war schon zu spät. »Ich bin im Krankenhaus«, rief ich und fuhr um die Passanten herum in die Stadt hinein. Im Rückspiegel sah ich, wie Kyle, Brett, Rod, der junge Mann und seine selbst ernannte Mutter diskutierten. Antioch war in diesen Tagen auf jeden Fall einen Besuch wert.

Zwei Minuten später kam ich beim Krankenhaus an. Charlie und Meg Fordyce waren schon dort und nahmen Sally in Empfang. Sie hatten noch einige andere mobilisiert. Morgan Elliott erwartete uns, auch Jim Baylor, Joe und Emily Kelmer und Bruce Hiddle waren erschienen. Sie alle konnten sehen, in welchem Zustand Sally war, bevor sie mit ihren Eltern in der Notaufnahme verschwand.

Dann umringten sie mich. »Mach dir keine Sorgen«, meinte Joe.

Morgan umarmte mich kurz und Jim meinte: »Wir werden sehen, auf welcher Seite der alte Henchle ist.«

Da kam dieser auch schon mit quietschenden Reifen um die Ecke. Er fiel fast aus dem Wagen, so aufgeregt war er: »Travis …« Er sah die Leute, die um mich herumstanden, und stockte einen Moment. »Ich würde Ihnen nicht empfehlen, sich in diese Angelegenheit einzumischen.«

»Geh erst einmal in die Notaufnahme und sieh dir Sally an«, schlug ich vor.

»Zuerst verhafte ich dich.«

»Das werden Sie nicht tun«, widersprach Joe. »Er hat eine Verletzte transportiert. Das war ein Notfall.«

»Das beurteile ich immer noch selbst.«

Nun kam auch Rod Stanton angefahren; Kyle saß bei ihm auf dem Rücksitz.

Brett war froh über die Unterstützung durch seinen Kollegen und erklärte: »So, Leute, jetzt ist das Spiel vorbei. Entweder verschwinden Sie jetzt alle oder ich verhafte Sie.«

»Sie sollten sich jetzt erst einmal Sally anschauen und dann überlegen, was Ihre Pflicht ist«, verlangte Jim.

»Kommen Sie, wir gehen hinein«, nickte Rod zu Brett.

Brett fuhr herum und sah seinen Untergebenen erbost an: »*Ich* sage, was wir tun, verstanden?« Dann sah er, dass Kyle unbehelligt aus dem Wagen stieg. »Wo sind seine Handschellen?«

»Er ist nicht verhaftet.« Mit diesem Satz stellte er sich gegen Brett, das wusste Rod genau. Ich sah es ihm an. »Er hat nichts Verbotenes getan, vielmehr hat er uns geholfen, diesen komischen Jesus von der Straße zu schaffen.«

»Hier wird überhaupt niemand verhaftet«, befand auch Joe.

»Höchstens Mr. Brandon, der seine Gespielinnen schlägt und Ehen zerstört«, knurrte Jim und hob seine Faust in die Richtung des Brandon'schen Zentrums.

»Brett«, versuchte ich vorsichtig, »ich hoffe, du stehst auf der richtigen Seite. Du bist dem Gesetz und den Bürgern dieser Stadt verpflichtet. Wenn ja, dann wirst du auch verstehen, warum ich nicht anhalten konnte …«

»Du hast einem Staatsdiener mehrfach Widerstand geleistet. Du hast dich ihm widersetzt, bist geflohen, hast seine Anordnungen missachtet, du hast dich zum Idioten gemacht und mich wie einen Idioten aussehen lassen …«

»Ach, hören Sie doch auf«, unterbrach ihn Kyle unbeeindruckt. »Sie sind kein Staatsdiener, Sie sind ein Diener von Brandon Nichols. Das wissen Sie selbst am besten!«

Bretts Hand fuhr nach seiner Pistole: »Wollen Sie das wiederholen?«

Bruce ging dazwischen: »Ich glaube, Kyle bittet Sie, Ihre Position deutlich zu machen. Kämpfen Sie für Recht und Ordnung, für Gesetz und Gerechtigkeit und das Wohl der Bevölkerung von Antioch oder stehen Sie unter dem Befehl von Brandon Nichols?«

Brett schwieg. Rod tippte ihn an: »Kommen Sie, wir reden erst einmal mit Sally.«

Einen unheimlichen Augenblick lang war nur Bretts wütender Atem zu hören. Dann riss er sich zusammen und ging auf den Klinikeingang zu. Unterwegs wandte er sich noch einmal um und gab ein paar letzte

Befehle: »Wenn Sie hier nichts zu tun haben, dann räumen Sie das Gelände. Machen Sie den Parkplatz frei. Na, wird's bald?«

Ich nahm Kyle und Morgan zur Seite: »Wir müssen telefonieren.«

Ich saß in Morgans Büro, hielt den Hörer in der Hand und wählte die Nummer, die ich nach einem Anruf von der Auskunft erhalten hatte. Morgan und Kyle konnten von einem anderen Apparat im Nebenzimmer aus mithören.

Das Telefon klingelte einmal, zweimal, dreimal ...

»Hallo?«, meldete sich eine mürrische Männerstimme.

»Guten Tag, ist das der Anschluss von Familie Cantwell?«

»Ja, mit wem spreche ich?« Vielleicht war er betrunken, auf jeden Fall sprach er sehr schleppend.

»Ich bin Travis Jordan aus Antioch im Staat Washington. Ich vermute, Sie haben in der Zeitung über unsere Stadt gelesen ...«

»Nein.«

»Nun, ich möchte gerne mit Lois Cantwell sprechen.«

»Sie ist nicht zu Hause.«

»Sind sie Pastor Cantwell?«

»Ja, und wer sind Sie?«

Ich sagte es ihm noch einmal. »Könnte es sein, dass Sie einen Sohn namens Justin Cantwell haben?«

Schweigen. Ich konnte nur seinen heftigen Atem hören.

»Sind Sie noch da?«

»Ich habe keinen Sohn, der diesen Namen trägt.«

»Kennen Sie jemanden, der so heißt?«

»Nein.«

»Haben Sie einen Sohn?«

»Nein.« Seine Stimme strafte seine Worte Lügen.

»Nun, ich kenne zufällig einen Justin Cantwell, der aus Nechville in Texas kommt und eine Mutter namens Lois hat.«

»Ich kenne keine Lois.«

Was? »Aber Sie sagten doch eben, Lois sei nicht zu Hause. Außerdem ist diese Telefonnummer unter den Namen Ernest und Lois Cantwell angemeldet.«

»Rufen Sie hier nie wieder an!« Klick.

Ich legte auf, lehnte mich zurück und wartete auf Kyle und Morgan, die aus dem anderen Raum kamen. Morgan war nicht beeindruckt: »Damit hatte ich gerechnet.«

Kyle klopfte auf seine Hosentaschen: »Hat jemand ein bisschen Kleingeld für ein Flugticket?«

»Ich könnte das Silber meiner Mutter verkaufen«, gab Morgan zurück.

»Gildy!«

Seine Stimme rollte durchs Haus wie ein Donnerschlag. Gildy Holliday fuhr erschrocken zusammen, war sie doch den ganzen Abend über schon nervös und voller Angst gewesen. Sie saß am Küchentisch, rechnete die Schecks für die Angestellten ab und stellte die Einkaufsliste zusammen, als der fürchterliche Lärm begann. Holz splitterte, Glas zerbarst, Stoff wurde zerrissen und eine tiefe Stimme brüllte dazwischen. Es kam aus Nichols Zimmer. Schon seit einiger Zeit war er vom Gästehaus in das Herrenhaus gezogen. Hier waren die Betten bequemer, die Küche größer, und alles war ideal für die nächtlichen Partys, die er mit seinen Mädchen feierte.

Gildy antwortete ihm nicht, sondern schlug schnell die Bücher zu, schloss die Kasse und packte ihre persönlichen Sachen zusammen. Es war höchste Zeit zu gehen.

Wie ein Besessener tobte Nichols durchs Haus, seine Schritte dröhnten, rasselnd ging sein Atem … Sie lief zur Hintertür.

Da stand er schon. Aus seinen Augen loderte grünes Feuer, seine Haare standen wie schwarze Blitze um seinen Kopf. Geduckt wie eine Raubkatze kam er auf sie zu.

Sie lief schutzsuchend hinter den Tisch.

»Ruf Brett Henchle an!«, verlangte er. Seine Stimme war tief, sein Gesichtsausdruck finster. »Mein Zimmer wurde verwüstet.«

Sie nahm den Hörer ab, zögerte aber und sah ihn fragend an.

Seine Augen flackerten, wie ein gehetztes Tier sah er sich in dem großen Raum um. »Zertrümmert, verwüstet, alles zerstört …« Ihm fiel auf, dass sie nicht gewählt hatte. »Nun wähle endlich! Es war jemand im Haus … eine furchtbare Verwüstung … nichts als Hass und Aggression … wir haben Feinde, Gildy! Sie versuchen, uns zu vernichten!« Er blieb stehen, wischte sich mit dem Handrücken den Schaum vom Mund und wiederholte: »… uns zerstören, Hass, überall, rundherum. Sag allen Bescheid! Wir müssen die Sicherheit erhöhen. Niemand kommt oder geht! Wir machen das Gelände dicht!«

»Ich werde es weitersagen«, antwortete sie fast tonlos, wählte aber nicht.

Langsam beruhigte er sich. Suchend sah er sich in der Küche um, als könne er nicht mehr entdecken, was ihn eben noch gejagt hatte. »Dieses Schlafzimmer dort oben, es schwimmt im Bösen, das Böse kriecht aus allen Ecken, es lebt. Ich kann dort nicht mehr schlafen.«

»Wir haben noch ein drittes Schlafzimmer, das nicht benutzt wird. Dort kannst du schlafen.«

Er nickte. Sein Blick war irr. »Gut. Ruf die Polizei nicht an.« Sie legte den Hörer auf. »Sie müssen das nicht wissen. Das geht niemanden etwas an. Niemanden!« Er ging aus der Küche. Gildy stand reglos hinter dem Tisch und beobachtete ihn scharf. »Wir dürfen keinem vertrauen. Der Polizei sowieso nicht. Sie sehen zu, wie die schlimmsten Dinge passieren. Wusstest du das? Sie stehen nur daneben und sehen zu, sehen immer nur zu ...«

»Ich muss nach Mrs. Macon sehen ...«

Er nickte. »Geh nur.« Dann begann er, laut zu lachen. »Mach dir meinetwegen keine Sorgen. Ich bin ein Satansbraten, das ist alles. Ein Kind des Teufels, ha ha ha ha ha ...«

Er verschwand in seinem Zimmer und schloss die Tür. Dann hörte sie ihn wieder brüllen. Es krachte. Ein Möbelstück flog gegen die Wand. Das Haus bebte. Klirrend ging ein Fenster zu Bruch.

Gildy knöpfte ihren Mantel zu, rannte zu Mrs. Macons Zimmer, klopfte leise und ging hinein. Wenige Minuten später schlich sie hinaus, in ihren Armen lag Mrs. Macon, mit einem Mantel bekleidet und in eine Decke gehüllt. Ihre Augen waren offen, doch sie nahm nicht wahr, was mit ihr geschah. So schnell sie konnte, eilte Gildy mit ihrer schweren Last durch die Küche in den Hof, setzte die Witwe in ihr Auto und fuhr davon.

Wir legten unsere Ersparnisse zusammen und riefen im Reisebüro an. Der billigste Flug ging noch am selben Abend von Spokane nach Seattle, wo ich Anschluss nach Texas hatte. Als alles besprochen war, ging Kyle nach Hause, während Morgan und ich noch im Büro sitzen blieben.

»Na?«, ermunterte sie mich zum Gespräch.

Seit Monaten beschäftigte ich mich nun schon mit Justin Cantwell und allmählich ergab sich für mich ein zusammenhängendes Bild. »Ich kann mir ziemlich genau vorstellen, was ich in Nechville antreffen werde.«

Sie nickte.

»Weißt du, was Marian sagte, als wir erfuhren, dass sie Lungenkrebs hat?« Morgan saß hinter ihrem Schreibtisch, ich saß davor und wieder einmal hörte sie mir aufmerksam zu.

»Ich überlegte verzweifelt, was ich sagen könnte, doch mir fiel nichts ein. Da fragte sie mich, ob ich mit ihr Schlittschuhlaufen ginge. Wir waren einmal als junges Paar auf der Eisbahn gewesen. Und an diesem Tag, zwanzig Jahre später, sah sie mich genauso an wie damals …«

Die Gefühle kamen so stark zurück, dass ich kaum weitersprechen konnte. »Ich wusste zuerst gar nicht mehr, wie man auf Schlittschuhen steht. Es war so lange her seit damals …«

Morgan verstand genau, was ich meinte. »Gabe hat mich so oft gefragt, ob ich mit ihm angeln gehe, aber ich hatte immer zu tun, Gemeindearbeit, Hausarbeit, all diese Sachen, die ich ohne weiteres auch hätte verschieben können. Ich war nicht ein einziges Mal dabei, stattdessen gingen irgendwelche Freunde mit. Erst viel später verstand ich, dass er immer zuerst mich gefragt hatte. Und weil ich keine Zeit hatte, nahm er andere mit. Aber ich wäre seine erste Wahl gewesen.«

Tapfer lächelte ich sie an und wischte gleichzeitig meine Tränen aus den Augenwinkeln. »Marian und ich haben die Gemeindearbeit geliebt. Die Gemeinde war unser Leben, fast alle Gespräche drehten sich darum, Tag und Nacht waren wir für sie da. Doch im Nachhinein fürchte ich …«

»Mm-hm.«

»Ich fürchte, der gemeinsame Dienst stand immer im Vordergrund, die Gemeinde bestimmte, wer wir waren, was wir taten und wie wir miteinander umgingen. Die Predigten, die Bibelstunden, der Jugendchor, das Gebäude, das war unser Leben, das waren wir. Doch als Marian starb, lebte die Gemeinde weiter – ohne uns. Die Gottesdienste waren unverändert, die Musik, die Hausbesuche, alles ging auch ohne Marian reibungslos.

Der Gemeindekram hört nicht auf, er wird immer nach Mitarbeitern schreien und über die Zeit von Menschen bestimmen. Aber meine Marian war einzigartig, lebte nur ein paar kurze Jahre, in denen ich sie kennen lernen und mit ihr zusammen sein konnte.

Die ganze Gemeinde betete und fastete für ihre Heilung. Wir hatten doch bei Joe Kelmer erlebt, dass Gott seinen Krebs einfach hatte verschwinden lassen. Ich glaube daran, dass Gott heilt, ganz sicher. Nur bei Marian wurden die Schatten in der Lunge immer größer. Nachdem die linke Lunge entfernt worden war, erschienen die Flecken in der rechten Lungenhälfte. Und dann war der Krebs überall.

Heute denke ich, sie wusste schon damals auf der Eisbahn, dass sie nur noch ein paar Monate zu leben hatte. Ihre Verbindung zu Gott war immer sehr direkt, sehr eng. Ich denke, er hatte es ihr schon recht früh gesagt. Trotzdem hielt sie mit mir durch und hoffte mit mir zusammen auf ein Wunder. Gemeinsam widersetzten wir uns dem Tod und rangen um Glauben für die Heilung.

Doch als der Tod schließlich kam, waren wir darauf vorbereitet. Ich hielt ihre Hand und spürte, wie die Seele aus ihrem Körper entwich. Es war genau fünf Monate, nachdem zum ersten Mal Krebs in ihrer Lunge festgestellt worden war.« Ich seufzte unwillkürlich.

Morgan sah mir aufmerksam ins Gesicht: »Vertraust du ihm noch?«

Ich nickte, ohne lange zu überlegen.

»Das hast du Justin Cantwell voraus.«

Plötzlich musste ich lachen: »Tatsächlich!«

Morgan strahlte: »Kann es sein, dass dieser verbitterte Mann kommen musste, um dir zu zeigen, dass du das Vertrauen bewahrt hast, das ihm fehlt? Mir ist es jedenfalls so ähnlich ergangen.«

Ihre Augen waren nass, als sie sich über den Schreibtisch beugte und meine Hand nahm: »Jesus war nicht zu sehen, aber er war da. In all deinen Erinnerungen ist Jesus dabei, er war an den Orten, an denen du warst, und bei den Menschen, mit denen du Kontakt hattest. Er hat dich auf jedem Weg begleitet, ob du es wusstest oder nicht.« Sie überlegte einen Augenblick und fügte dann hinzu: »Justin Cantwell könnte sich glücklich schätzen, wenn er nur eine solche Erinnerung hätte.«

Ich packte meine kleine Reisetasche und fuhr zum Flughafen nach Spokane. In Seattle würde ich umsteigen und morgens gegen 6.30 Uhr in Texas ankommen, wo mich ein Mietwagen erwartete. Wenn alles gut ginge, wäre ich gerade rechtzeitig zum Sonntagmorgengottesdienst in Nechville.

Endlich verließ Armond Harrison den Laden, er war der letzte Kunde für heute. Sie waren sich über den Preis eines Fernsehgerätes, das er gerne gekauft hätte, nicht einig geworden. Nun war Don Anderson wieder allein zwischen den Waschmaschinen, Wäschetrocknern, Fernsehern, Videorecordern, Stereoanlagen, Radios, Telefonen, CDs, Kassetten …

Er musste dringend herausfinden, wie er mit seinen neuen Fähigkeiten umgehen konnte, er musste sie beherrschen, kontrollieren und sinnvoll einsetzen lernen. Sonst …

Die Lampen über ihm summten wie Bienenschwärme und waren dabei so laut, dass er nichts verstand, wenn jemand ein paar Meter von ihm entfernt stand. Das war nicht so schlimm, er konnte ja näher an die Leuten herangehen.

Aber die CDs … Jetzt war es schon so weit, dass er die Plastikhüllen nur berühren musste, und schon war die Musik in seinem Kopf. Doch auch das ließ sich vermeiden. Er hatte seinen Lehrling angewiesen, das Einräumen und Verkaufen der CDs zu übernehmen.

Schlimmer waren die Radios. Er hörte sie alle durcheinander, Musik, Nachrichten, Sport, er hörte mindestens fünfzig Programme gleichzeitig. Dabei waren die Geräte alle ausgeschaltet. Vielleicht konnte er sie alle auf den gleichen Sender einstellen, irgendetwas Beruhigendes, sanfte Musik …

Er ging zum ersten Radio und suchte einen Sender, der die Musik spielte, die man im Supermarkt gewöhnlich hört. Auch das zweite Radio stellte er auf die gleiche Frequenz ein. Es ging! Erleichtert ging er zum dritten und vierten Radio, bis ihm einfiel, dass er im hinteren Raum noch mindestens hundert in Kartons verpackte Geräte auf Lager hatte. Da stand ihm ja eine Menge Arbeit bevor! Aber er sah keine andere Möglichkeit, es in seinem Laden auszuhalten, auch wenn er die ganze Nacht damit beschäftigt sein würde …

Er ging zum Ladentisch, um ein Messer zu holen, mit dem er die Kartons öffnen konnte. O nein, was war denn das? Aus dem Raum mit den Waschmaschinen kam ein Lärm, als wollte ein Hubschrauber landen. Er berührte eine Waschmaschine und sprang erschrocken zurück. Sie schleuderte, er spürte deutlich die Vibration.

»Nein«, schrie er die Waschmaschine an und fixierte ihren Startknopf, »du bist ausgeschaltet, du hast ja nicht einmal Strom. Du läufst nicht!« Das Gerät kümmerte sich nicht darum, es rumpelte lauthals. Daneben brummte ein Trockner. Auch die dritte Waschmaschine ratterte, so laut sie konnte. Die ganze Reihe – der ganze Raum, es polterte und knurrte wie in einem Löwenkäfig.

Entsetzt wich er zurück. Es wurde etwas leiser. Sprachen die Waschmaschinen miteinander? Sie klapperten und rauschten, miteinander und gegeneinander …

Ob er sich daran gewöhnen konnte?

»Ihr macht mir keine Angst!«, knurrte er.

Sie RATTERTEN zurück.

Er starb fast vor Angst.

Matt Kiley stürmte polternd in den Laden. Bev Parson, seine Angestellte, fuhr erschrocken herum.

»Wie läuft's?«, erkundigte er sich im Vorbeigehen.

Sie bediente gerade einen Kunden und antwortete nicht, bis dieser den Laden verlassen hatte. Doch dann erlebte Matt sie so aufgebracht, wie er sie noch nie gesehen hatte. »Wenn ich diesen Laden allein führen soll, dann möchte ich auch angemessen bezahlt werden!«

Er fuhr ihr über den Mund: »Sie führen den Laden nicht allein.«

Eigentlich war sie eine zurückhaltende, auf Frieden bedachte Person, heute jedoch nicht. »Ich habe die Stunden aufgeschrieben, die ich alleine hier gearbeitet habe, während Sie bei Nichols waren. Eigentlich gehört mir der Laden schon.«

Verärgert ging er auf sie los: »Sie meinen also, es geht nur um Sie, ja? Wenn mit Brandon Nichols etwas schief läuft, dann sind wir alle arbeitslos.«

»Was soll da schief gehen?«

»Er hat Feinde. Jemand hat sein Zimmer verwüstet.« Damit ging er zum Waffenschrank, ließ sich den zweiten Schlüssel geben und nahm eine Pistole heraus. Er riss das Preisschild ab und steckte die Waffe in seine Jackentasche. »Kaum steht einer auf und wagt es, gut zu sein und Gutes zu tun, schon kommen irgendwelche Halunken und versuchen, ihn fertig zu machen. Es ist doch immer das Gleiche. Aber solange ich noch etwas zu sagen habe, wird keiner sich gegen Nichols stellen, keiner!«

Er ließ sich mehrere Döschen scharfe Munition geben. Bevs Stimme zitterte: »Sie werden doch niemanden umbringen?«

»Es braucht ja auch niemand bei Brandon einzubrechen und sein Zimmer zu demolieren. Wer Nichols bedroht oder in sein Haus eindringt, der bekommt es mit mir zu tun. Machen Sie den Laden dicht, Bev. Ich werde morgen früh wieder hier sein.«

26

Während die Sonne golden am Horizont aufging, fuhr ich durch Texas. Auf dem Beifahrersitz lag die riesige Straßenkarte, die mich immer wieder irritierte. Es gab keine Karte von Texas, die in ein Auto passte. Auch mein zerknittertes Exemplar erwies sich als sehr problematisch. Mehrmals glaubte ich, längst an einer Stadt vorbei zu sein, als sie fünfzig Kilometer später erst auftauchte. Die Strecke nach Nechville sah aus wie ein Katzensprung, aber letztendlich dauerte es doch drei Stunden, bis ich endlich das Ortsschild vor mir sah. Die Stadt erinnerte ein bisschen an Antioch, es gab einen Landmaschinen-Verkauf, einen Elektrogeräte-Laden, den Supermarkt und die Kneipe.

Was jetzt?

Ich tankte und sah mir ein Telefonbuch an. Innerlich betete ich die ganze Zeit um Führung. Zwar hatte ich eine vage Vorstellung, aus welchem geistlichen Hintergrund Justin Cantwell kam, aber woran könnte ich seine Gemeinde erkennen?

Es war nicht schwer, im Telefonbuch die Seite mit den Kirchen und Gemeinden zu finden. Ich begann mit einer Nummer, die falsch war. Dort konnte man mir aber sagen, wie die Gemeinde von Pastor Cantwell hieß.

»Guten Morgen«, begrüßte mich eine lebhafte männliche Stimme.

»Haben Sie heute Morgen einen Gottesdienst?«

»O ja, um zehn Uhr. Sie sind herzlich eingeladen.«

»Danke. Wird Pastor Cantwell sprechen?«, fragte ich erwartungsvoll, und tatsächlich, hier war ich an der richtigen Adresse.

»Ganz bestimmt wird Pastor Cantwell sprechen. Niemand wird ihn davon abhalten können, dessen können Sie sicher sein.« Er lachte. »Werden Sie uns besuchen?«

»Ja, ich denke schon.«

Ich hatte noch eine Stunde Zeit. Der Tankwart erklärte mir den Weg zu Cantwells Gemeinde, und ich fuhr langsam durch die Stadt, ohne einen bestimmten Plan zu verfolgen.

Was dann geschah, kann ich nur als göttliche Führung deuten. Als ich an einem großzügigen, frei stehenden Haus vorbeikam, las ich auf dem Türschild: »Dr. H. K. Sullivan, Allgemeinarzt.« Im gleichen Augenblick wusste ich, dass ich hier anfragen musste.

Ich hielt an und dachte noch einen Moment lang darüber nach. Ich wusste nicht, wie viele Ärzte es in Nechville gab, aber vermutlich waren es nicht sehr viele. Vielleicht waren Justins ungewöhnliche Narben an den Handgelenken von diesem Arzt behandelt worden? Zumindest wusste er wahrscheinlich, welcher Arzt Justin damals behandelt hatte. Ein Auto stand im Hof, und ich glaubte, jemanden im Garten zu sehen. Eigentlich war es kein Problem, einfach zu klingeln und zu fragen.

Dr. Howard Sullivan war über siebzig Jahre alt und trug Jeans und ein T-Shirt, das mit Werbung für ein Abführmittel bedruckt war. Er saß neben seiner Frau auf dem Sofa, ich setzte mich ihnen gegenüber in einen Sessel. Aufmerksam sahen sie sich die Fotos an, die ich ihnen gegeben hatte.

»Jetzt behauptet er also, Jesus zu sein«, murmelte der Arzt.

»Nicht direkt, aber er lässt die Leute, die das denken, in dem Glauben«, korrigierte ich ihn.

Sorgfältig legte er die Fotos nebeneinander auf den Tisch und betrachtete sie lange. Seine Frau lehnte sich an ihn und sah besorgt aus.

»Ich könnte Ihnen sehr viel erzählen, aber ich stehe unter Schweigepflicht.«

Enttäuscht lehnte ich mich zurück. Das hätte ich mir denken können. Ich seufzte und ermahnte mich selbst, nicht unhöflich zu werden. »Verstehen Sie meine Situation? Ich bin auf Information angewiesen! Unsere Stadt braucht schnelle Hilfe!«

Er nickte: »Ich verstehe Sie nur zu gut, und ich würde Ihnen auch gerne helfen, aber das kann ich nur, wenn Familie Cantwell mich aus der Schweigepflicht entlässt. Ich muss in diesen Dingen sorgfältig sein.«

»Heißt er Justin Cantwell?«

Der Arzt nickte. »Ja, so viel darf ich Ihnen wohl sagen.«

»War er jemals bei Ihnen in Behandlung?«

Er nickte wieder, schwieg aber.

»Haben Sie die Wunden an seinen Handgelenken versorgt?«

Er reagierte nicht. Seine Frau zupfte ihn am Arm und meinte: »Mehr solltest du jetzt nicht sagen, Liebling.«

»Ja, ich habe seine Handgelenke versorgt.«

»Bitte, sag nichts mehr«, bat seine Frau, »du weißt, wie die Leute sind.« Zu mir gewandt entschuldigte sie sich: »Wir leben in einer Kleinstadt und kennen viele Geheimnisse. Die Menschen vertrauen uns. Das dürfen wir nicht missbrauchen.«

»Am besten, Sie sprechen mit den Cantwells selbst«, riet mir Dr. Sullivan und gab mir die Fotos zurück. »Bitte verstehen Sie, ich würde Ihnen zu gerne helfen und dazu beitragen, dass diese ganze traurige Geschichte zu einem Ende kommt.«

»Sie haben jetzt bald Gottesdienst«, überlegte Frau Sullivan und sah auf die große Standuhr. »Das ist eine gute Gelegenheit, sie kennen zu lernen und anzusprechen.«

»In seiner Gemeinde muss er sich anständig verhalten«, warf ihr Mann ein.

Sie sah ihn tadelnd an: »Schatz!« Dann meinte sie zu mir: »Am besten, Sie sprechen mit Mrs. Cantwell, da haben Sie wahrscheinlich mehr Erfolg als bei ihm.«

Ich verabschiedete mich und machte mich auf den Weg zu der Gemeinde.

Das Ziegelsteingebäude war nicht zu übersehen. »JESUS RETTET«, stand in großen Buchstaben am Giebel. Ich kam gerade rechtzeitig. Elegant gekleidete Menschen gingen in kleinen Grüppchen vom Parkplatz zum Eingang, viele trugen eine Bibel unter dem Arm. Ich parkte auf der anderen Straßenseite, sah noch einmal prüfend in den Spiegel, zog mein Jackett an und nahm meine Bibel unter den Arm. Da ich mir ungefähr hatte vorstellen können, wie die Leute hier sein würden, hatte ich die richtige Garderobe gewählt und passte mit meinem weißen Hemd und dem dunklen Anzug gut ins allgemeine Erscheinungsbild. Ich wurde freundlich begrüßt und von lieblichen Klavierläufen empfangen.

Die Anbetungszeit war ganz nach meinem Geschmack, peppige Musik und Texte, die ausdrückten, was Jesus uns bedeutet. Der junge Mann, der die Anbetung leitete, war lebhaft, fröhlich und musikalisch. Als er ein paar Worte sagte, erkannte ich ihn. Wir hatten heute Morgen telefoniert.

Bis dahin war alles ganz unauffällig. Dann entdeckte ich den Pastor. Er saß auf der Bühne in einem Rollstuhl, war hager und grauhaarig, umklammerte mit verkrümmten Händen eine riesige Bibel und starrte die Leute an. Er sang auch mit, erhob manchmal die Arme in anbetender Haltung, lächelte mitunter und sagte: »Halleluja«, aber in seinen Augen blieb das kalte Starren und der lauernde Blick eines Raubvogels, der seine Beute beobachtet. Ob das Pastor Ernest Cantwell war, Justins Vater?

Auf den Musikteil folgten Bekanntmachungen, dann ein paar persönliche Zeugnisse und schließlich war es Zeit für die Predigt. Pastor Cantwell griff in die großen Räder und rollte sich energisch zum Pult. Wieder dachte ich an einen Raubvogel, der seine Schwingen ausbreitete, das kleine Tier fixierte und im Begriff war, sich darauf zu stürzen. Er legte seine Bibel auf das niedere Pult und sah uns an.

»Ach, wenn ihr doch heiß oder kalt wäret«, begann er, »aber da ihr lau seid, werde ich euch aus meinem Munde ausspeien!« Es war die verwaschene Aussprache und die Stimme, die ich neulich am Telefon gehört hatte, rau und heiser, dabei aber so unwirsch, dass man nicht zu widersprechen wagte.

»Amen«, sagten einzelne.

»Die Axt ist schon an die Wurzeln gelegt, und wer keine Frucht bringt, den werde ich abhauen und ins Feuer werfen«, fuhr er fort.

»Amen«, echoten einige Stimmen.

»Und siehe, ich suchte unter allen Völkern nach einem Gerechten, aber ich fand keinen. Da war keiner, der Gutes tat, auch nicht einer. Also entbrannte mein Zorn gegen mein Volk, das ich nach meinem Namen geschaffen hatte …«

So ging es weiter. Er zitierte biblische Gerichts- und Zornesworte und die Gemeinde sagte ein verhaltenes Amen dazu.

Er kam immer mehr in Schwung.

»Gottes Gericht wird auf unser Land kommen!«

»Amen!«

»Gottes Gericht wird auf unsere Städte kommen!«

»Amen!«

»Gottes Gericht wird auf unsere Gemeinde kommen!«

»Amen!«

»Gottes Gericht wird auf DICH kommen!«

An dieser Stelle war die Reaktion der Zuhörer kaum zu hören. Er wiederholte seine Androhung, die Amens wurden etwas kräftiger, er sagte es zum dritten Mal, bis endlich fast alle in das Amen miteinstimmten. Keine Frage, Gottes Gericht würde jeden Einzelnen von uns treffen.

Nun ging er in die Einzelheiten. Er hatte eine lange Reihe von Sünden parat, an die er uns erinnerte. Er warnte die gottlose Regierung, die gottlose Wirtschaft und die gottlosen Medien vor ihrem baldigen Untergang. Dann schilderte er die Hölle, diesen furchtbaren Ort, an dem wir alle landen würden.

Zwischendurch zog er sich mit Hilfe des Anbetungsleiters das Jackett aus und wischte sich den Schweiß von der Stirn.

Als unsere Angst vor dem Gericht und der Verdammnis ihren Höhepunkt erreicht hatte und wir entsprechend eingeschüchtert waren, begann er, von Jesus zu sprechen. Er ließ seine kurzen, markanten Sätze wie Hammerschläge auf uns herabsausen. Jedem Satz von ihm folgte unsere Bekräftigung. Er sprach, wir antworteten, er gab, wir nahmen, er schrie, wir riefen zurück, hin und her, hin und her, ja und amen. Als er endlich die Zuhörer aufforderte, nach vorne zu kommen und ihr Leben mit Gott in Ordnung zu bringen, während Schwester Cantwell sanft am Klavier »Ich komme, wie ich bin« spielte, da kamen viele aus ihren Reihen heraus und gingen zum Altar.

Frau Cantwell war ganz anders, als ich sie mir vorgestellt hatte. Sie wirkte zerbrechlich, zart und sanft, nicht zu vergleichen mit ihrem feurigen Ehemann. Es würde auf jeden Fall klüger sein, zuerst mit ihr zu sprechen.

Als der Gottesdienst zu Ende war und die neu erfrischten, neu Gott hingegebenen Heiligen nach draußen strömten, spielte sie Klavier, und ich ging zu ihr.

»Schwester Cantwell?«

Sie drehte sich um. »Ja?«

»Ich bin Travis Jordan. Wenn es möglich ist, würde ich gerne mit Ihnen und Ihrem Mann reden.« Vielleicht würde das Stichwort schon genügen: »Ich komme aus Antioch in Washington.«

Doch sie reagierte nicht. »Sie sind aber weit gereist!«

»Stimmt.«

»Was führt Sie zu uns?«

Ich nahm meinen ganzen Mut zusammen und sprach möglichst leise: »Justin Cantwell.«

Jetzt reagierte sie heftig. Ihre Hand griff nach ihrem Herzen, und ich fürchtete für einen Moment, sie würde in Ohnmacht fallen. »Wer sind Sie?«

»Mein Name ist Travis Jordan«, antwortete ich. »Ich bin Lehrer in Antioch, Washington. Davor war ich fünfzehn Jahre lang Pastor.«

»Sie haben meinen Sohn gesehen?« Ihre Stimme wurde einem Flüstern gleich.

»Ja, ich kenne ihn. Er ist zurzeit in Antioch. Wir haben uns schon wiederholt getroffen.«

Sie hing an meinen Lippen, offensichtlich sehnte sie sich schon sehr lange nach einem Lebenszeichen von ihrem Sohn. »Er lebt? Wie geht es ihm? Was macht er?«

»Guten Tag!«

Pastor Cantwell rollte zwischen uns. »Ernest Cantwell«, nuschelte er mit dröhnender, tiefer Stimme und reichte mir seine verkrüppelte Hand. »Und wer sind Sie?«

»Ich bin Travis Jordan«, entgegnete ich vorsichtig und wusste, dass sein leichtes Lächeln schon bei meinem nächsten Satz verschwinden würde.

Schwester Cantwell sagte es zuerst: »Er kennt unseren Sohn.« Bruder Cantwell verstand nicht gleich, was sie meinte. »Justin«, ergänzte sie.

Das Lächeln verschwand aus seinem Gesicht und sein Raubvogelblick fixierte mich lauernd. »Was wollen Sie hier?«

Mit einem Blick in die Gemeinde gab ich zu verstehen, dass hier noch zu viele Zuhörer waren. »Können wir uns irgendwo in Ruhe unterhalten?«

»Worüber?«

»Über Justin«, flüsterte seine Frau flehentlich.

»Conway!«, rief der Pastor dröhnend in den Saal, und sofort war ein Mann bei uns, der bisher an der Tür gestanden hatte. Er war ein Riese und hatte den bulligen Blick eines Türstehers.

O nein, dachte ich, *jetzt werde ich hinausgeworfen!*

»Ernest ...«, flehte seine Frau inständig.

Pastor Cantwell drehte seinen Rollstuhl und schlängelte sich durch die Grüppchen von Leuten, die sich unterhielten oder miteinander beteten. »Conway, schließe das Büro auf. Wir müssen uns mit diesem, diesem ... was auch immer unterhalten.«

Ich blickte reglos hinter den beiden her. Frau Cantwell zupfte mich am Ärmel. »Bitte, kommen Sie.«

Wir gingen in einen Seitenraum, der offensichtlich das Büro des Pastors war. Er rollte hinter seinen Schreibtisch und knurrte: »Conway, bleibe bitte in der Nähe. Vielleicht brauche ich dich noch.«

Conway nickte seinem Chef mit einem dünnen Lächeln zu und schloss die Tür von außen. Ich dachte unwillkürlich an eine Gefängniszelle.

»Setzen Sie sich!«

Frau Cantwell saß bereits auf einem der beiden Stühle, die vor dem Schreibtisch standen, ich nahm den anderen. Conway stand vermutlich vor der Tür.

Pastor Cantwell musterte mich gründlich, sah dann seine Frau an und bedeutete mir zu sprechen.

Ich öffnete meine Aktentasche und nahm wieder einmal die Fotos und Zeitungsartikel heraus. Wie oft hatte ich das nun schon gemacht! Ich reichte Mrs. Cantwell die Fotos und erklärte, wer ich war, woher ich kam und was bei uns los war. Ich berichtete von dem jungen Mann, der in unsere Stadt gekommen war und wie ein neuer, besserer Messias auftrat.

Als Frau Cantwell die Bilder sah, stockte ihr der Atem. Sie legte die Hand auf den Mund und Tränen standen in ihren Augen.

»Conway«, schrie der Pastor und im nächsten Moment polterte der Gerufene durch die Tür. »Ich will diese Fotos sehen!«

Conway stellte sich vor mich, nahm die Bilder aus Mrs. Cantwells Händen und reichte sie dem Boss.

»Bleibe hier«, befahl der Pastor und Conway stelle sich wie ein abgerichteter Hund mit dem Rücken zur Tür. Pastor Cantwell sah sich jedes Foto einzeln an, mit ungeschickten, zitternden Fingern, schweigend. Als er das Letzte gesehen hatte, warf er sie geringschätzig auf den Tisch. »Und was wollen Sie jetzt von uns?«

Mein Blick fiel auf ein gerahmtes Foto, das auf dem Bücherregal neben ihm stand: Mr. und Mrs. Cantwell, er als aufrecht stehender, stattlicher Mann an der Seite seiner Frau. Von einem Sohn war nichts zu sehen.

Er sah meinen Blick und griff ärgerlich nach dem Bild, um es umzudrehen. Dabei fiel es zu Boden. Während er mit dem Bild hantierte, rutschte sein Ärmel zurück, und ich sah die Narben an seinen Handgelenken, Narben, wie ich sie bei seinem Sohn gesehen hatte. Schnell sah ich zur Seite, um ihn nicht noch mehr aufzuregen.

Conway hob das Bild auf und legte es mit dem Foto nach unten aufs Regal.

»Ist dieser Mann Ihr Sohn?«, erkundigte ich mich und zeigte auf die mitgebrachten Bilder.

»Unser Sohn ist tot.«

Mrs. Cantwell stöhnte gequält: »Ernest, das darfst du nicht sagen!«

Er wiederholte: »Justin ist für mich gestorben, er ist für unsere Familie, für diese Gemeinde und für diese Stadt tot. Wir wollen nichts mehr mit ihm zu tun haben.« Mit beiden Händen raffte er meine Bilder zusammen: »Wir haben kein Interesse daran, dass Sie ihn uns zurückbringen.« Er gab Conway die Fotos, der sie mir reichte.

»Wir wollen ihn aber auch nicht in unserer Stadt haben! Ich bin nicht hier, um in Ihrer Vergangenheit herumzuschnüffeln …«

»Dann lassen Sie es gefälligst bleiben!«

Mrs. Cantwell war den Tränen nahe: »Bitte, Ernest …«

Er richtete seinen krummen Zeigefinger auf sie: »Du bist ruhig! Mehr habe ich zu diesem Thema nicht zu sagen. Conway, bringe ihn hinaus!«

Conway öffnete die Tür, und da ich mein Leben liebte, raffte ich schnell meine Sachen zusammen und ging. Ich hörte noch das Schluchzen der Frau und seine drohende Stimme: »Hör sofort damit auf! Er ist tot! Tot!«

Conway brachte mich nicht nur zur Tür, er begleitete mich bis zu meinem Wagen. Ich sah mich Hilfe suchend um. Es waren einige Leute auf der Straße, die zumindest Zeugen sein würden, falls dieser Kerl mich gleich verprügeln würde. Allerdings fiel mir auch auf, dass niemand in unsere Richtung sah. Wir kamen zu meinem Auto und ich fischte in meinem Jackett nach dem Schlüssel.

»Hören Sie, Conway, ich bin nicht mit der Absicht hergekommen, irgendjemandem Schwierigkeiten zu machen. Ich bin hier, weil ich Hilfe brauche. Wenn Sie einen Weg wüssten …«

»Wenn ich Ihnen einen Rat geben darf, dann fahren Sie nach Hause, und nehmen Sie Ihre Probleme dorthin mit zurück. Lassen Sie uns damit in Frieden.« Es waren die ersten Worte, die ich aus seinem Mund hörte. »Justin Cantwell ist reines Gift«, fuhr er mit gesenkter, aber nicht weniger unfreundlichen Stimme fort, »mehr brauchen Sie nicht zu wissen. Ich habe ihn mehrfach verhaftet, und ich kenne niemanden, der dem Teufel so ähnlich ist wie dieser Knabe.«

»Sie haben ihn verhaftet?«

»Ich bin Polizist.«

»Ach so.« Ich fürchtete mich trotzdem vor ihm.

»Er hat Ihnen wahrscheinlich eine Menge verrückter Geschichten über uns erzählt, aber Sie müssen wissen, er ist ein Lügner, durch und durch. Sie können sich nicht vorstellen, wie er lügen kann. Alles, was er sagt, ist gelogen.«

Ich musste wieder an die Narben an Mr. Cantwells Armen denken und fragte: »Wieso sitzt Pastor Cantwell im Rollstuhl?«

»Ein Verkehrsunfall, vor sechs Jahren.« Er deutete auf meine Autotür und ich stieg gehorsam ein. Conway hielt die Tür fest, um mir seine abschließenden Worte auf den Weg geben zu können: »Verlassen Sie unsere Stadt, Mr. Jordan. Gehen Sie schnell und kommen Sie nie wieder. Verstanden?«

Ich nickte und ließ den Wagen an: »Verstanden.«

Damit war mein Besuch bei Justin Cantwells Familie zu Ende.

Aber ich verließ die Stadt noch nicht. Als Morgan, Kyle und ich diese Reise geplant hatten, waren wir davon ausgegangen, dass ich jemanden finden würde, mit dem ich sprechen könnte. So hatten wir auch genügend Zeit und Geld für eine Übernachtung eingeplant. Das hatte sich nun zwar anders entwickelt, aber ich war entsetzlich müde, nachdem ich die ganze Nacht unterwegs gewesen war. Mühelos fand ich ein preiswertes Hotel am Rande der Stadt und nahm mir ein Zimmer. Es war einfach, aber sauber, und das Bett war eine Wohltat. Meine Augen brannten vor Müdigkeit und nach einer erfrischenden Dusche ließ ich mich aufatmend hineinfallen.

Mit geschlossenen Augen lag ich auf der Bettdecke. In meinen Ohren klang noch die schroffe Stimme von Pastor Cantwell, ebenso wie das ängstliche Flehen seiner Frau. In ihr sah ich eine Mutter, die um ihr verlorenes Kind weinte, während er mich eher an einen wütend bellenden Hund erinnerte, den man in einem parkenden Auto eingeschlossen hatte.

»Lieber Herr Jesus«, betete ich im Halbschlaf, »bitte zeige mir den Weg.«

Fünfzehn Minuten lang lag ich auf dem Bett, brütete über dem Problem der Familie und betete. Obwohl ich körperlich erschöpft war, konnte ich keine Ruhe finden. Ich war in Justins Heimatstadt, ich war der Enthüllung dieser Geschichte so nahe wie nie zuvor. Wenn überhaupt, dann war jetzt und hier die Lösung zu finden. Ich *musste* sie finden.

Ich würde sie finden, mit Gottes Hilfe würde ich diesen Ort nicht verlassen, ohne alles zu wissen.

Ich kniete mich neben meinem Bett nieder: »Du hast mich bis hierher gebracht, bitte, öffne mir eine Tür.«

Wenig später stand ich wieder vor dem Haus des Arztes. Ich konnte selbst nicht genau sagen, warum. Aber ich wollte der leisesten Regung nachgehen und nichts unversucht lassen.

»Guten Tag, bitte entschuldigen Sie, dass ich Sie noch einmal störe. Aber ich dachte, vielleicht könnten wir doch …«

Die Frau des Arztes wartete nicht, bis ich meinen Satz beendet hatte. Sobald sie mich sah, riss sie die Tür auf und schob mich hinein.

Dr. Sullivan saß in einem gemütlichen Lehnstuhl, immer noch in Jeans und T-Shirt. Sein Blick war warm, und er lächelte mich herzlich an, sagte aber nichts.

Schwester Lois Cantwell saß auf dem Sofa, hielt ein zerknülltes Taschentuch in der Hand und sah verweint aus. Als sie mich sah, brach sie in lautes Schluchzen aus und verbarg ihr Gesicht in ihren Händen. »O Gott, ich danke dir, ich danke dir …«

»Ja, Gott sei Dank«, nickte Dr. Sullivan und winkte mich auf den freien Stuhl neben sich. »Setzen Sie sich, wir sind froh, dass Sie noch einmal gekommen sind.«

»Wir sind sehr froh …«, nickte auch seine Frau.

Ich setzte mich gegenüber von Mrs. Cantwell. Mrs. Sullivan saß neben ihr, hatte eine Hand auf ihren Arm gelegt und erklärte mir mit sanfter Stimme: »Lois hat uns von Ihrem Besuch im Gottesdienst heute Morgen erzählt.«

»Wo ist Ihr Mann?«, fragte ich sie.

»Er ist zu Hause und hat sich hingelegt«, antwortete Lois, »ich sagte ihm, ich würde Laurie besuchen.«

»Das bin ich«, erklärte Mrs. Sullivan.

»Und jetzt sind auch Sie gekommen«, freute sich der Doktor, »dabei dachten wir, Sie hätten unsere Stadt schon verlassen.

Ich fürchtete mich vor der nächsten Frage, die prompt kam: »Wie geht es meinem Sohn?« Lois Cantwells Augen hingen an meinen Lippen.

Eine schwierige Frage. Ich überlegte, wie ich der Mutter darauf antworten konnte. »Nun, körperlich geht es ihm gut, soweit ich das beurteilen kann.«

»Und was macht er? Bitte erzählen Sie es mir noch einmal!«

Ich sprach vorsichtig, doch ohne die Dinge zu beschönigen. »Er lässt zu, dass die Menschen ihn für einen neuen, besseren Jesus halten. Er vollbringt Wunder, heilt Kranke, macht Lahme gehend und Blinde sehend. Dazu predigt er eine neue, sehr wohl klingende Religion, die den Leuten hilft, an sich selbst und an ihre eigenen Fähigkeiten zu glauben. Er hat sich ein Zentrum auf den Ländereien einer reichen Witwe eingerichtet und die Leute strömen von überall her dorthin. Die Wirtschaft in unserer Stadt floriert und alle sind begeistert.«

Was ich sagte, löste bei meinen Zuhörern blankes Entsetzen aus, obwohl es doch eigentlich so gut klang.

»Mein Gott«, stöhnte der Arzt.

Lois schüttelte entsetzt den Kopf und flüsterte kaum hörbar: »Das tut mir Leid.«

Ich fuhr fort: »Soweit ich Justin verstehe, möchte er beweisen, dass er besser ist als Jesus, weil er von dem realen Jesus enttäuscht ist oder vielmehr, weil er eine falsche Vorstellung von dem tatsächlichen Jesus hat.«

Lois ließ meine Worte auf sich wirken und antwortete nachdenklich: »Natürlich, er muss ja so denken, nach allem, was war.«

Dr. Sullivan beugte sich in seinem Stuhl vor und fragte sie: »Soll ich es ihm erzählen?«

Sie nickte heftig, ohne zu zögern.

Der Arzt sah mich ratlos an: »Wo soll ich beginnen?«

Lois setzte sich gerade hin und fing an: »Justin ist mein Sohn. Aber leider muss ich Ihnen sagen, dass er seine Wunder in der Kraft Satans tut. Die Menschen, die er berührt oder heilt, sind anschließend in großen, in sehr großen Schwierigkeiten!« Hilfe suchend sah sie Dr. Sullivan an.

Er suchte nach Worten: »Der Unfall, also …«

Lois unterbrach ihn: »Er war unvorstellbar wütend auf unsere Gemeinde und alles, was dort geschah. Er hasste es, zum Gottesdienst zu gehen, er hasste unseren Glauben. Er ging genau in die entgegengesetzte Richtung. Er …« Wieder sah sie Dr. Sullivan an.

»Er ist eine Zeitbombe«, sprang dieser ein, »wenn er explodiert, geschehen furchtbare Dinge.« Er sah Lois fragend an, bevor er weitersprach. »Ich weiß nicht viel über den Teufel, aber da ist eine Kraft in Justin, die ihn treibt. Er ist nicht nur rebellisch, wütend oder verletzt. Entweder er hat eine ausgeprägte Psychose oder …«

»Er betet zu Satan. Das hat er mir gesagt.«

»… oder es ist wirklich eine teuflische Kraft. Ihn treibt etwas, das viel böser ist, als menschliche Kräfte sein können.«

»Wir mussten ihn wegbringen. Er konnte nicht mehr in der Nähe seines Vaters sein.«

»Der Unfall, davon müssen wir unbedingt erzählen.«

Lois presste das zerknüllte Taschentuch vor ihren Mund und schloss die Augen. Die Erinnerung schien ihr unsägliche Schmerzen zu bereiten.

Dr. Sullivan drehte sich zu mir um: »Haben Sie Ernest Cantwell gesehen?«

»Ja.«

»Dann wissen Sie, dass er schwer behindert ist. Er kann seine untere Körperhälfte nur noch eingeschränkt benutzen, auch seine Hände sind verkrüppelt. Seine Sprache ist ebenso beeinträchtigt wie Teile seines Gedächtnisses. Bestimmt ist Ihnen seine verwaschene Aussprache aufgefallen.« Ich nickte. Wieder versicherte er sich mit einem schnellen Blick, ob Lois Cantwell einverstanden war, dass er weitersprach. »Die ganze Stadt lebt in dem Glauben, er hätte einen Verkehrsunfall gehabt.« Er sah mich wieder an. »Aber niemand hat jemals ein Unfallauto gesehen. Die Polizei hat nie danach gefragt, nie etwas untersucht oder berichtet …«

»Entschuldigen Sie«, unterbrach ich zum ersten Mal, »Sie meinen Conway?«

Alle nickten.

Dr. Sullivan fuhr fort: »Ihn haben Sie also kennen gelernt. Conway Gallipo ist Polizeichef in Nechville und gleichzeitig Ältester in der Gemeinde.« Wieder gingen seine Augen zu Lois, bevor er weitersprach.

»Ich vermute, man kann ihn als die rechte Hand von Ernest Cantwell bezeichnen.« Lois nickte zustimmend. »Er ersetzt ihm die Muskeln, er ist wie ein Leibwächter.« Lois nickte wieder. Der Arzt sah mich an: »Auf jeden Fall hat er auch dazu beigetragen, dass alle denken, Ernest sei bei einem Verkehrsunfall verletzt worden. Ernest wollte nicht, dass jemand erfuhr, was tatsächlich geschehen war. In Wirklichkeit war es Justin.«

»Wie bitte?«

»Nun, das meinte ich mit der Zeitbombe. Justin und sein Vater verstanden sich nicht …«

»Wir mussten Justin nach Illinois zu meiner Schwester bringen, weil er hier nicht mehr wohnen konnte«, platzte Lois dazwischen. »Wir sagten den Leuten, er wolle den Rest der Verwandten kennen lernen.«

»Soweit ich weiß, hat das aber niemand geglaubt.«

»Nein, die Leute sind ja nicht blind.«

»Nun geht aber alles durcheinander«, mischte sich Dr. Sullivan wieder ein und drehte sich zu mir um: »Justin war fünfzehn, als er nach Illinois geschickt wurde.«

»Ich musste ihn vor seinem Vater in Sicherheit bringen«, erklärte Lois, »und ich hoffte, er könnte auch seine Wut und seinen Hass hier zurücklassen.« Zögernd ergänzte sie: »Andererseits musste ich auch den Dienst meines Mannes schützen. Er hätte nicht länger Pastor sein können, wenn bekannt geworden wäre, wie die Verhältnisse bei uns zu Hause waren.« Sie trocknete ihre Tränen und fuhr fort: »Justin lebte bei meiner Schwester bis er achtzehn war, dann holten wir ihn zurück. In den folgenden drei Jahre schien es, als wäre alles in Ordnung. Er war ganz anders als früher. Wir dachten, er sei im Haus meiner Schwester gläubig geworden und wolle jetzt Gott dienen. Er wurde in unserer Gemeinde aktiv, sang im Chor, betete und prophezeite. Alle freuten sich über seine Veränderung. Er kam sogar mit Ernest klar.«

Sie hielt inne. Der Schmerz stand ihr ins Gesicht geschrieben. »Doch in Wirklichkeit wartete er nur auf den richtigen Moment. Er stellte im Keller ein paar Fitnessgeräte auf und trainierte täglich. Sein Körper entfaltete sich, er wurde muskulös und stark. Und dann, kurz nach seinem zweiundzwanzigsten Geburtstag, kam für ihn der Moment, auf den er sich die ganze Zeit vorbereitet hatte.«

Laurie hakte nach: »Gab es in der Zeit nicht auch Probleme mit Mädchen?«

Lois nickte traurig: »Ja, er schlief mit vielen Mädchen. Eine davon war die Tochter eines Ältesten unserer Gemeinde. Das war der Auslöser. Ernest erfuhr davon und wurde sehr wütend …«

Ihre Stimme zitterte: »Justin war zu Hause und wartete auf seinen Vater. Gott sei Dank war ich bei einem Frauentreffen. Ich glaube, das hat Justin bewusst so eingerichtet. Ich sollte nicht sehen, was er seinem Vater antat, genauso wie ich damals nicht sehen konnte, was sein Vater ihm angetan hatte. Das war Teil seines Plans.«

Dr. Sullivan sprang wieder ein: »Es gab keine Zeugen für die eigentliche Tat. Erst als Lois heimkam …«

Lois brach wieder in lautes Schluchzen aus und Laurie hielt sie in ihren Armen. Der Arzt atmete tief und fuhr fort: »Ernest hing im Hinterhof. Er war …« Nun fiel es ihm auch schwer weiterzusprechen. »Er war mit einem Baseballschläger zusammengeschlagen worden. Neun Rippen waren gebrochen, sein Schädel war gespalten, er hatte blutende Kopfverletzungen und war nicht bei Bewusstsein. Und …« Er streckte den Arm aus und deutete auf seine Unterarme, kurz oberhalb der Handgelenke. »Er war festgenagelt, ich meine wörtlich festgenagelt worden, wie früher bei manchen Kreuzigungen, an den Apfelbaum, mit Nägeln, die etwa …« – er hielt seine Hand hoch –, »… etwa so lang waren. Als der Krankenwagen ihn ins Krankenhaus brachte, steckten die Nägel noch in seinen Armen. Ich habe sie herausoperiert.

Mehrere Sehnen waren zerstört. Trotz einiger Operationen ließ sich die Funktion seiner Hände nicht wieder herstellen. Seine Rückenwirbel waren angebrochen, sodass er von der Hüfte an teilweise gelähmt blieb. Es war ein Wunder, dass er überhaupt noch lebte. Er hing an seinen Armen, mit gebrochenen Rippen. Wenn Lois ihn nicht gefunden hätte, wäre er erstickt.«

Entsetzt und ungläubig sah ich die drei an: »Und die Leute glauben, dies sei ein Autounfall gewesen?«

Der Doktor lächelte zynisch. »So wird offiziell darüber gesprochen. Doch die Polizei, die Sanitäter und das gesamte medizinische Personal einschließlich meiner selbst, wir wissen natürlich, dass diese Geschichte nicht stimmen kann. Aber bis heute haben wir alle geschwiegen. Keiner will sich mit Ernest Cantwell anlegen.«

»Hat er so viel Einfluss?«

Der Arzt hob eine Augenbraue. »Er hat Macht über Himmel und Hölle und entscheidet, wer wohin geht.«

Er sah Lois an, doch sie senkte ihren Blick.

»Trotz allem ist er mein Ehemann«, kam es leise von ihr.

»Geistlicher Missbrauch«, fuhr der Arzt fort, »das ist heutzutage leider keine Seltenheit mehr. Er hat die entsprechende Persönlichkeit, seine Nachfolger und die Rückendeckung des Polizeichefs.« Mit angewidertem Gesichtsausdruck fügte er noch hinzu: »Conway Gallipo spielt seine eigene widerliche Rolle in dem ganzen Theater.«

»Und … was geschah dann mit Justin?«

»Er verschwand. Wir sahen ihn nie wieder. Nur Lois erhielt gelegentlich noch einen Brief von ihm.«

Ihre Stimme zitterte: »Es dauerte zwei Jahre, bis ich den ersten Brief bekam.«

»Jedenfalls haben sie ihn nicht verhaftet. Stattdessen wurde die ganze Angelegenheit vertuscht. Ernest Cantwell konzentrierte sich auf seinen Gemeindedienst … entschuldige bitte, Lois.«

»Schon gut«, nickte sie mit gesenktem Blick, »es stimmt ja.«

»Kamen die Briefe aus Südkalifornien?«, fragte ich.

»Ja. Bis vor zwei Jahren. Seither habe ich keine Nachricht mehr von ihm erhalten.«

»Soweit ich weiß, zog er von Los Angeles nach Missoula in Montana und von dort kam er zu uns. Er hat einen anderen Namen angenommen.«

»Er ist immer noch auf der Flucht«, mutmaßte Dr. Sullivan.

»Und er ist immer noch wütend …«

»… und sehr gefährlich. Haben Sie irgendeine Idee oder einen Plan, wie Sie ihn stoppen wollen, bevor es zu einem so schwerwiegenden Vorfall wie hier kommt?«

»Möglicherweise ist es schon zu spät.«

»Und die Polizei?«

»Er hat unseren Polizisten geheilt.« Alle stöhnten. »Das hat den Polizisten zu einem anderen Menschen gemacht.«

»Ich weiß immer noch nicht, wie Justin zu den Narben an seinen Handgelenken kam. Dr. Sullivan, Sie sagten, Sie hätten diese Wunden versorgt.«

Er sah Lois an und sie nickte ihm kaum merklich zu. »Wir erwähnten bereits, dass Justin nach Illinois gebracht wurde, als er fünfzehn war, um bei seiner Tante zu wohnen. Auch in diesem Fall wurde der tatsächliche Grund verschwiegen, vor der Öffentlichkeit und vor allem auch vor der Gemeinde.«

»Ja, vor allem vor der Gemeinde«, bekräftigte Lois und senkte bekümmert den Kopf. »Justin war wie ein ungezähmtes Pferd. Wir wussten nicht, wie wir ihn bändigen sollten. Ernest war entschlossen, ihn zu bezwingen. Da geriet alles außer Kontrolle.«

»Die Geschichte mit Ernest ist zum Teil auch meine Schuld«, fiel der Arzt ein, »denn ich habe Justins Wunden an den Armen behandelt, mich aber nicht um seine verletzte Seele gekümmert. Hier am Ort hätte es wenig Möglichkeiten gegeben, aber ich hätte auch außerhalb von Nechville nach Hilfe suchen können. Ich hätte auf jeden Fall mehr tun können.« Er musste einige Gefühle niederringen, bevor er weitersprechen konnte. »Aber Justin wurde kurz darauf nach Illinois gebracht und damit war das Problem für uns gelöst. Er war weit genug von seinem Vater entfernt, niemand im Ort hatte eine Ahnung von dem, was geschehen war und wir, die es wussten, schwiegen.«

Lois sah mich an: »Ich fand ihn in unserem Hinterhof, und ich … ich nahm ihn in die Arme, betete für ihn, sang über ihm, aber der Justin, wie wir ihn kannten, existierte nicht mehr. Er kam nie wieder.« Angstvoll erinnerte sie sich: »Wir hatten keine Ahnung, was für … eine Kreatur … seine Stelle eingenommen hatte.«

Der Arzt atmete langsam aus: »Sieben Jahre später hätte Justin beinahe seinen Vater getötet.«

Schlagartig verstand ich, warum Justin in unserem letzten Gespräch so sehr darauf gedrängt hatte, dass ich mir alles erzählen ließ. *Achten Sie darauf, dass sie auch wirklich alles erzählen,* hatte er betont. Nun gut. Ich lehnte mich in meinem Stuhl nach vorn und sah Lois eindringlich an. »Erzählen Sie mir, was damals in Ihrem Hinterhof mit Justin geschah!«

Eine Stunde später war ich wieder in meinem Hotel. Erschöpft schloss ich die Tür meines Zimmers, lehnte mich mit dem Rücken gegen die Wand und ließ meinen Tränen freien Lauf. Ich sank auf dem Boden zusammen und weinte und weinte. Wie blind ich gewesen war! Ich hätte mich ohrfeigen mögen für meine Dummheit.

O Herr, vergib, vergib mir!

Nein, Justin Cantwell und ich hatten nicht so viele Gemeinsamkeiten, wie ich angenommen hatte. Gut, wir kamen aus ähnlichen Gemeinden, unsere Väter waren Pastoren, wir lasen aus der gleichen Bibel, wurden Ähnliches gelehrt, sangen dieselben Lieder und wurden nach vergleichbaren Regeln erzogen.

Aber ich war nie in einem Ort wie Nechville und vor allem nie in einer Situation gewesen wie Justin damals im Hinterhof seines Elternhauses.

Ich hatte geglaubt, ein Recht zu haben, wie Justin zu reagieren und auf Gott und die Menschen wütend zu sein, bis Justin nach Antioch kam und ich nach Nechville fuhr.

Nun tat mir mein Verhalten entsetzlich Leid, es tat mir alles so Leid.

27

Es war Montagmorgen, und Michael Elliott verspürte den Impuls, einen Spaziergang zu machen. Er nahm seinen Stab, legte den Prophetenmantel über Kopf und Schultern und ging los. Sein Weg führte an dem weißen Gatter entlang, hinter dem einige Pferde grasten, er pries Gott und wartete auf den nächsten prophetischen Eindruck. Selbstverständlich gehorchte er jedem Wort, das er von Gott hörte, ebenso wie er auf jedes Zeichen achtete, durch das Gott zu ihm sprach. Der Messias war gekommen, Antioch war das neue Jerusalem und er, Michael, war der Auserwählte, sein Sprachrohr und Prophet.

»Ich werde dir gehorchen, mein Herr«, sagte er laut, »rede und ich gehorche dir. Ich bin dein ergebener Diener.«

Sein Herz erhob sich zu Gott. Er fühlte seine Nähe, war eins mit ihm, dem Ewigen und Allmächtigen, der das Universum durchdrang.

Und ihr werdet größere Werke tun als ich.

Die Verheißung schoss durch seine Gedanken wie ein göttlicher Befehl. Größere Werke. Sie würden größeren Glauben erfordern und größeren Gehorsam. Die Welt würde die größeren Werke sehen, zittern und staunen.

Michael warf seinen Stab in die Luft und sang vor Freude. Einige Kühe hoben erstaunt den Kopf und starrten über den stromgeladenen Zaun.

Sein Weg führte ihn zu einem Teich, in dessen klarem Wasser sich der blaue Himmel und die saftig grünen Hügel spiegelten. Mrs. Macon hatte hier einen Karpfenteich anlegen wollen. Unter den herabhängenden Ästen einer Trauerweide spielten einige Enten, tauchten, flatterten, schnatterten und zogen ihre Kreise.

Michael war oft hier. Neulich hatte er am Ufer HALLELUJA in den Matsch geschrieben, und die großen Buchstaben waren noch immer zu lesen, nur einige Enten waren darüber gewatschelt.

Er liebte den Geruch des Teiches und der Erde, der Algen, Enten und Fische. Er spürte den Wind im Nacken und hörte die Geräusche der Natur, das Rascheln im Schilf, das Muhen der Rinder und das Glucksen der Wellen.

Geh über das Wasser.

Der Teich glich einem Spiegel. Er konnte sich im Wasser klar erkennen.

Geh über das Wasser!

Es war die Stimme, der er immer gehorchte. Sie hatte ihn zu Brandon Nichols gebracht, durch die Straßen von Antioch geführt und ihm das Verständnis für Gottes mächtiges Wirken geöffnet.

Geh über das Wasser!!

Dieser Teich gehörte dem Messias. Er war sein Prophet. Der Messias war der Ursprung aller Dinge, aller Wunder, aller Werke, der ganzen Schöpfung.

Ihr werdet größere Taten tun als ich.

Wie Gott den Glauben von Abraham, Gideon und Josua auf die Probe gestellt hatte, wie er sogar den ersten Christus in der Wüste versucht hatte, so wurde er, Michael, jetzt geprüft.

Ich gehorche der Stimme des Herrn, meines Gottes, antwortete er im Geist. Niemals will ich der Stimme meines Gottes ungehorsam sein.

Er gehorchte, ging den Holzsteg entlang über das Wasser und machte den Schritt über den Holzsteg hinweg.

DAS WASSER WAR EISKALT! Und tief! Er schluckte viel Wasser, bis er die Pfosten des Holzstegs wieder zu fassen bekam. Mühsam hangelte er sich zurück ans Ufer. Zitternd, frierend und tropfnass kam er am Ufer an, erschrocken von der Kälte und der Tatsache, dass er nass war.

Als er sich umdrehte, sah er seinen Stab auf dem Wasser davontreiben. Auch sein schöner Prophetenmantel war inzwischen wohl am Grunde des Sees angekommen. Er wollte weder nach seinem Mantel tauchen, noch seinem Stab hinterherschwimmen.

Nachdenklich ging er zurück.

Pater Al Vendetti staunte nicht schlecht. Nachdem die Kirche wochenlang leer gewesen war, saßen an diesem Morgen mindestens hundert Pilger in den Bänken und starrten schweigend auf das Kruzifix. Einige Gesichter kannte er noch von den Tagen, bevor der Messias seinen ersten Auftritt gehabt hatte. Penny Adams saß ganz vorne und schien mit dem Zustand ihrer Hand unzufrieden zu sein, obwohl man der Hand äußerlich nichts ansehen konnte. Die junge Frau, die einst Leukämie hatte, war da, aber ohne ihren Mann. Sie sah eigentlich gesund aus, aber ihr Verhalten wirkte dennoch krank.

Dann waren da noch die anderen, die Pater Vendetti nicht kannte: die Frau, die unter extremem Übergewicht litt und nicht von Nichols geheilt worden war, der junge Mann, der von Nichols die Million Mark nicht bekommen hatte und nicht arbeiten wollte, und auch die drei Männer, die gerne sexuell anziehender werden wollten.

Pater Vendetti ahnte nicht, dass es ihnen nur darum ging, hier zu bekommen, was Nichols ihnen nicht gegeben hatte. Er wollte seinen Gästen dienen, begrüßte sie persönlich und ging fragend durch die Reihen. Ob er mit ihnen beten durfte? Vielleicht wollte jemand beichten? Er würde ihnen auch gerne eine besondere Messe halten, wenn sie dies wünschten.

»Nein, danke, wir sind nicht katholisch.«

»Jetzt nicht.«

»Würden Sie bitte aus dem Weg gehen, ich kann das Kruzifix nicht sehen.«

»Wie oft weint es?«

»Müssen wir dafür bezahlen?«

Langsam ahnte er, dass er die Leute nur störte. Er störte die Besucher in seiner eigenen Kirche! Bedrückt zog er sich in sein Büro zurück. Furcht ergriff ihn. Diese Menschen waren nicht demütig und Hilfe suchend zu Gott gekommen. Sie waren gereizt, ihre Stimmen waren schneidend und die Augen gierig. Eine gespannte Stimmung herrschte in seinem Kirchenraum.

Was würde geschehen, wenn das Kruzifix nicht weinte?

Dee Baylor saß auf der Motorhaube ihres Wagens und beobachtete den Himmel. Sie war ganz allein. Anne hatte ihren Engel und Mary war die Jungfrau Maria. Blanche hatte sich schon vor einiger Zeit von allem distanziert und ging wieder in die Gemeinde.

Nichols hielt heute keine Versammlung ab, also war sie hier. Es gab zwar nur ein paar winzige Wölkchen am Horizont, aber hier hatte sie Jesus gesehen und die Freude empfangen. Auch wenn sie den ganzen Tag warten müsste, sie würde hier bleiben und auf eine Wolke hoffen, die ihr eine tröstende, Hoffnung spendende Botschaft bringen würde.

Ein Auto fuhr auf den Parkplatz und zwei Paare stiegen aus. Mit Kameras und Ferngläsern bewaffnet liefen sie auf Dee zu.

»Sieht man hier die Jungfrau in den Wolken?«

Dee ging es sofort besser. Bestimmt hatte Gott diese Menschen zu ihr geschickt. Er würde wieder Wunder am Himmel tun und sie würde es den Suchenden erklären.

»Ja, hier sind Sie richtig. Wenn Sie ein glaubensvolles, offenes Herz haben, wird Gott zu Ihnen sprechen.«

Der junge Mann sah sich den Himmel an und grinste amüsiert: »Ich kann keine einzige Wolke sehen.«

»Es werden bestimmt bald welche kommen.«

»Das dauert uns zu lange«, winkte die ältere Frau ab.

»Können wir es nicht bei den Bäumen im Park versuchen?«, fragte die jüngere Frau, »dort sollen gestern Jesus und Maria gesehen worden sein.«

»Also los«, sagte der ältere Mann.

»Aber hier ist der richtige Platz«, rief Dee hinter ihnen her.

»Schön für Sie«, spottete der jüngere Mann und schon fuhren alle vier wieder weg. Dee blieb zurück. Bedrückt hockte sie auf ihrer Motorhaube. Die Wolken würden bestimmt wiederkommen. Glauben hatte sie genug.

»Was wissen wir eigentlich über diesen Typen ...«, überlegte Richard, der Immobilienhändler aus Wisconsin.

»Genug«, schnitt Andy Parmenter ihm das Wort ab, »er ist ein Bote Gottes.«

»Ach, hör doch auf«, unterbrach ihn Weaver, ein Freund aus Chicago, »das ist einfach nur ein Aussteiger, das weißt du ganz genau!«

»Ich wette, er hat ein paar dunkle Geheimnisse«, mutmaßte Richard.

»Das glaube ich auch«, nickte Weaver grimmig.

Die drei Männer standen vor Andys Wohnmobil. Schon seit Tagen waren sie gereizt und schlecht gelaunt und mittlerweile konnten sie es nicht mehr voreinander verbergen.

»Heute Morgen gingen mir endlich die Augen auf«, sprach Richard eindringlich zu den anderen, »wir sitzen hier in dieser Wiese fest, zusammen mit dreihundert anderen ...«

»... vierhundert ...«, korrigierte Weaver.

»... und wissen selbst nicht, worauf wir warten. Wir haben immer noch keinen Wasseranschluss, ich rieche hier den Gestank von mindestens sechzig Wohnmobilen allein in unserer Reihe, das ganze Abwasser steht in den Kanälen ...«

»... es fließt nicht ab!«

»... Kinder weinen, Ehepaare streiten sich und ich höre den ganzen Tag das Radio meines Nachbarn. Ich habe seit Tagen nicht richtig geschlafen!«

»Dazu noch diese laute Prophetin in der anderen Reihe!«

»Welche meinst du, die Schwester von Mose oder Isaaks Frau?«

»Weiß ich nicht. Jedenfalls hört sie einfach nicht auf, hier herumzuprophezeien, dabei interessiert das doch keinen mehr!«

»Worauf willst du hinaus?«, knurrte Andy.

Richard beugte sich nach vorne und gestikulierte wütend: »Was ich sagen will, ist Folgendes: Mir wurde heute Morgen klar, dass es mir zu Hause besser ging. In Wisconsin hatte ich ein Haus, eine Arbeitsstelle und Menschen, die mich achteten. Gut, die Arbeit hat mir keinen Spaß gemacht, mein Leben war nicht besonders spannend, aber …«, angewidert sah er sich um, »was wir hier haben, ist auf jeden Fall nicht besser. Ich fahre zurück nach Wisconsin!«

Andy schüttelte ungläubig den Kopf: »Richard, was ist nur los mit dir? Bist du nicht bereit, auf ein paar Annehmlichkeiten zu verzichten?«

»Wozu sollte ich das? Was bekomme ich dafür? Ich bin hier, weil du mir gesagt hast, Nichols könne Wunder tun. Ich bin nicht hier, um auf etwas zu verzichten!«

»Der kann überhaupt nichts!«, warf Weaver dazwischen.

»Moment mal«, widersprach ihm Andy, »er hat doch deine Glatze zuwachsen lassen, oder?«

»Na, super, ich habe keine Glatze mehr. Schönen Dank auch! Winnie und ich sind hier, weil sie Heuschnupfen hat. Bis heute ist sie so krank wie eh und je, dazu steckt mein Wohnmobil bis zu den Achsen im Schlamm. Da soll ich mich über meine zugewachsene Glatze freuen?«

»Dann geh doch!«, fuhr Andy ihn wütend an.

»Nur eins noch«, knurrte Richard, »das Ganze war deine Idee. Es ist deine Schuld, dass wir hier sind!«

»Kannst du dich daran erinnern, dass ich auf deinen Rat hin mein Haus verkauft habe?«

Weaver stand jetzt dicht vor Andy und bohrte seinen Finger in Andys Brust. »Du hast gesagt, ich soll mein Haus verkaufen, und jetzt sitze ich mit diesem albernen Wohnmobil im Schlamm fest und habe eine kranke Frau, die mir furchtbar auf die Nerven geht.«

Andy stieß seinen Finger weg. »Fass mich nicht an, Weaver!«

»Warum nicht? Was willst du dagegen tun?« Weaver schubste Andy zurück.

Andy war schwerer. Als er Weaver zurückstieß, fiel dieser in den Dreck. Richard mischte sich ein, dann war Weaver wieder auf den Beinen. Andys Nachbar ergriff für ihn Partei und bald war eine wüste Schlägerei in Gang.

Es hätte mehr Zuschauer gegeben, wenn nicht in Reihe vier auch etwas los gewesen wäre. Dort waren Dorothy, die von Arthritis geheilt worden war, und Alice mit der ehemals kranken Hüfte in Streit geraten. Jede beschuldigte die andere, ihr Enkelkind hätte die Scheibe eingeschlagen. Sie zerkratzten sich die Gesichter und rissen sich die Haare aus, hatten aber ebenfalls nicht viele Zuschauer, denn auch in Reihe fünf gab es zwei Kämpfe, in die mehrere Personen verwickelt waren, die sich mit Matsch bewarfen.

»Wo warst du?«, empfing Brandon den tropfnassen Michael. Nichols stand auf dem Küchenstuhl und Melody Blair steckte den Saum seines neuen Gewandes ab.

»Ich fürchte, ich war schwimmen.«

Nichols sah ihn erzürnt an: »Schwimmen warst du? Du warst also schwimmen, obwohl ich dich gebraucht hätte!« Er trat nach Melody: »Bist du endlich fertig?«

»Nur noch ein paar Nadeln …«

»Die Menschen brauchen Erleuchtung. Ich muss ihnen die Augen öffnen! Wer hat sie geschaffen? Wer gibt ihnen zu essen? Woher kommt die Hoffnung in ihren Herzen? SAGT ES MIR!«

Michael fuhr zusammen, als Nichols so laut wurde, antwortete aber gehorsam: »Du tust das alles, mein Herr, kein anderer als du!«

Nichols nickte besänftigt, war aber immer noch wütend. »Habt ihr auch gehört, dass ein zweiter Messias in der Stadt ist? Er behauptet, Christus zu sein! In meiner Stadt!«

Michael war verwirrt: »Wie ist das möglich, wo du doch der Christus bist?«

Nichols Blick ging nach innen: »Sally Fordyce schadet uns. Sie erzählt Lügenmärchen. Wir müssen das beenden. Und Mrs. Macon …« Er fluchte: »Ich hätte Gildy Holliday niemals einstellen dürfen! Das war ein Fehler!« Nervös strich er sich eine Locke aus der Stirn. »Wir haben viel zu tun und die Zeit läuft uns davon. Michael, wer ist der Christus?«

»Du, mein Herr!«

»Wer, Michael, wer ist es?«

»Du, du allein!«

Nichols beugte sich über Michaels Gesicht, stierte ihn mit eiskalten Augen an und schrie: »WER IST DER CHRISTUS, MICHAEL?«

Michael schrie zurück: »DU!«

Nichols nickte befriedigt. »So einfach ist das. Wir müssen es den Menschen nur sagen, so lange, bis sie es begriffen haben. Wir gehen heute in die Stadt. Damit alle es erfahren und begreifen.«

»Wir … wir gehen nach Antioch?«

Nichols schrie: »Maria!«

Die Stimme der Jungfrau Maria Donovan war aus einem entfernteren Raum zu hören: »Ja, mein Sohn?«

»Sei in zehn Minuten fertig!« Dann starrte er Michael an: »Zieh dir frische Sachen an, und hilf Matt, den Transporter startklar zu machen. Michael, du bist mein Prophet. Du wirst prophezeien!« Er bückte sich und strich Melody über den Kopf. Sie zuckte zusammen, da sie einen weiteren Tritt fürchtete. »Los, beeile dich!«

Arnold Kowalski holte die Leiter. Die Pilger hatten verlangt, dass sie bereitstand. Seine Hände und Fußgelenke schmerzten, und es fiel ihm schwer, die Leiter in den Altarraum zu schaffen. Aber niemand kam auf den Gedanken, ihm zu helfen. Wahrscheinlich musste er diese Anstrengung als Preis für die nächste Segnung alleine leisten.

Er trug sein kleines Kruzifix um den Hals, doch seine Schmerzen hatten so sehr zugenommen, dass er annehmen musste, es habe seine Kraft verloren. Wahrscheinlich wäre es gut, das kleine Kreuz aufzuladen. Bestimmt würde niemand etwas dagegen haben, wenn er mal eben hochkletterte um, na ja, um Staub zu wischen. Immerhin war er hier angestellt. Und er hatte auch die Leiter hereingeschleppt.

Er lehnte die Leiter an das Kruzifix und begann unter Schmerzen hinaufzuklettern. Hinter ihm wurde es unruhig. Er zeigte den Leuten das Staubtuch: »Ich muss nur sauber machen, nur mal eben abstauben.«

Sie waren nicht überzeugt.

Als er dem Holzgesicht gegenüber stand, holte er verstohlen sein Kruzifix unter dem Hemd hervor, während er gleichzeitig Staub wischte. Er musste sich weit vorbeugen, um mit dem Kreuz, das immer noch an einer Kette um seinen Hals hing, das große Kruzifix berühren zu können.

»Moment mal!«, rief ein Mann. »Was machen Sie denn da?«

»Äh, abstauben!«

»Und was haben Sie da in der Hand?«

Plötzlich ging es los. »Was macht der da? Was hat er in der Hand?« Die Leute kamen aus den Reihen und versuchten, genau zu erkennen, was Arnold Kowalski da oben machte. »Er stiehlt uns den Segen! Seht nur, er hat ein anderes Kruzifix!«

Nun liefen die Menschen die Stufen zum Altarraum hinauf. Sie waren wütend!

»Kommen Sie sofort herunter!«

»Sie glauben wohl, ich bin extra hierher gekommen, damit Sie …«

»Wie können Sie es wagen!«

Sie rüttelten an der Leiter.

»Vorsicht! O nein! Bitte nicht!« Arnold schrie vor Angst. Eine Hand krallte sich in seinen Knöchel. »Aua!«

Die Leiter schwankte gefährlich. Eine zweite Hand griff nach dem anderen Fuß. »Komm da runter, aber schnell!«

»Wenn er sich etwas holt, dann werde ich es mir auch holen!«

»Sie warten gefälligst, bis Sie an der Reihe sind!«

Die ehemals leukämiekranke Frau schlug auf die dicke Frau ein, Penny drängte sich an beiden vorbei zur Leiter. Die Menschen begannen, um die Leiter zu kämpfen.

In Arnold wuchs die Überzeugung, dass dies sein Ende war.

Ein Schlag! Der Kerzenständer war umgefallen.

»Sehen Sie nur, was Sie jetzt angerichtet haben!«

Die Schlägerei war in vollem Gang. Arnold versuchte vorsichtig herunterzuklettern. Einige bemerkten es, griffen nach ihm und zerrten so lange, bis er herunterfiel, in die Menschenmenge hinein. Jetzt war die Leiter frei. Autsch! Jemand trat auf Arnolds Rücken, um schneller zur Leiter zu gelangen.

Pater Vendetti kam aus seinem Büro gerannt. Er rief und winkte, doch niemand schenkte ihm Beachtung.

Ein stämmiger Kerl, der in der ersten Reihe gesessen hatte, war zuerst oben. Mit beiden Händen zerrte er an dem Kruzifix, rüttelte und zog daran, bis die Verankerungen in der Wand sich lockerten.

»Kriegen Sie es ab?«, fragten die Leute.

»Kein Problem«, antwortete er und riss weiter an dem schweren Kunstwerk.

»Warum muss es auch dort oben hängen, wo wir es nicht berühren können?«, befand die dicke Frau.

Die Menge jubelte und feuerte den Mann an, der dabei war, die große Schnitzerei aus der Wand zu reißen.

Pater Vendetti rannte in sein Büro und rief die Polizei.

»Ich schätze, wir machen eine kleine Werbekampagne in eigener Sache«, grinste Matt Kiley und montierte die Lautsprecher am Kleintransporter fest. »Unser Boss steht gerne im Rampenlicht, ist dir das schon aufgefallen?«

Matt und Michael bemühten sich, einen Generator und die Lautsprecheranlage in Gang zu setzen. »Test, Test, Test«, dröhnte Matts Stimme aus den Boxen. Er gab Michael das drahtlose Mikrofon und schickte ihn vor den Wagen: »Geh mal ein paar Schritte voraus und sage etwas, damit ich den Klang einstellen kann.«

Michael nahm das Mikrofon und sprang vom Wagen. Zum ersten Mal, seit er in Nichols Diensten stand, kam er sich ein bisschen albern vor.

»Na, los«, drängte Matt ungeduldig, »lass uns ein paar Prophetien hören!«

»Test, Test, Test …«

»Na, komm schon! Gleich fahren wir durch die Stadt! Hast du nichts zu sagen?«

»Die Ohren der Menge sollen aufgetan werden, vor dem großen, äh, Kommen des Herrn.«

»Geh weiter vor, hier haben wir eine Rückkopplung.«

Michael kam sich dämlich vor. Testprophetien, davon hatte er noch nie etwas gehört, dazu hätten sich seine großen Vorgänger bestimmt nicht hergegeben. Er ging vor den Wagen und sprach im Gehen: »Wer keine Gnade kannte, soll jetzt Gnade empfangen, die Hungrigen sollen essen und satt werden, die Blinden sollen das Licht des Messias sehen und in unser Zentrum kommen!«

In dem Moment öffnete sich die Hintertür des Landhauses und Brandon Nichols erschien. Er trat ins Sonnenlicht, das seine Gestalt golden umfloss.

Sein weiches Haar fiel in gepflegten Wellen über die Schulter, der Bart war kurz und wirkte männlich, er trug sein neues weißes Gewand und echte, biblische Ledersandalen. Die Ärmel seines Gewandes waren kurz genug, um den Blick auf seine Narben freizugeben. Er sah aus, als wäre er aus einem alten Gemälde gestiegen. Und er war auf seinen Auftritt vorbereitet. Mary Donovan folgte ihm, ebenfalls perfekt in ihrem Äußeren, ihre bewundernden Blicke auf ihren Sohn gerichtet.

»Na, dann los«, sagte der Messias.

Mona Dillard war halb verrückt vor Angst. Als hätte sie mit ihrem Mann nicht schon genug Sorgen, seit er dauernd den Mädchen hinterhersah, nun stellte sich auch noch heraus, dass das Paar in Zimmer acht kein Paar war. Es waren die beiden Hälften von zwei anderen Paaren. Die eine der beiden anderen Hälften stand jetzt vor der verschlossenen Tür und verlangte Einlass. Der Mann sah aus wie ein Ringer und war im Begriff, die Tür zu zertrümmern.

»Bitte, lassen Sie das!«, flehte Mona aus sicherer Entfernung. Wenn doch Norman endlich käme! Wo er nur war?

Der Mann hämmerte gegen die Tür. »Das wirst du mir büßen«, brüllte er.

Die Tür knackte bedenklich. Aus dem Inneren hörte man eine Frau ängstlich schreien. Eine Männerstimme bat um Verzeihung, er habe einen Fehler gemacht und man könne doch sicher über alles reden.

Die Tür gab nach. Ein letzter Tritt und sie zersplitterte. In panischer Angst rannte die Frau aus dem Zimmer, während innen die Hölle losbrach. Eine Lampe flog durch das geschlossene Fenster, ein Koffer folgte. Dann flog ein Mann durchs Fenster.

Mona rannte zum Telefon.

Anne Folsom öffnete ihren Wäscheschrank und holte aus dem untersten Fach einen Schreibblock. Sie hatte ihn für diesen besonderen Dienst benutzt und brauchte ihn nun nicht mehr.

»Ist das alles?«, fragte ihr Mann Roger.

»Ja. Ich habe …«, sie zählte nach, »… jedem fünfzehn Briefe von Elkezar geschickt.«

Roger erschrak: »Fünfzehn!«

»Ich dachte wirklich …«, sie konnte es selbst kaum noch glauben, »… er wäre ein Engel Gottes.«

»Wo ist er jetzt?«

»Keine Ahnung, wo soll man einen Geist suchen?«

»Er braucht sich hier jedenfalls nicht mehr blicken zu lassen.« Roger schrie in den leeren Raum: »Hörst du mich, Amazar?«

Anne flüsterte: »Nicht, dass du Melissa Angst machst. Außerdem heißt er Elkezar.«

»Er wird schon wissen, dass er gemeint ist.«

Sie sah sich die Namensliste auf ihrem Schreibblock an. »Ich muss allen sofort schreiben und sie auffordern, die Briefe wegzuwerfen.«

Roger nickte lächelnd: »Gut! Jetzt geht es mir schon wieder besser.«

Im gleichen Moment hörten sie die Stimme ihrer Enkeltochter Melissa, die gerade im Wohnzimmer spielte: »Guten Tag! Wie heißt du denn?«

Roger und Anne sahen sich entsetzt an, dann rannten sie los.

Die fünfjährige Melissa und Jillie, ihr Hündchen, hatten Ball gespielt. Doch jetzt standen beide mitten im Raum und starrten … in die Luft. Melissa lachte: »Das ist aber ein lustiger Name. Ich heiße Melissa.«

Als hätte jemand ihr eine Frage gestellt, antwortete sie: »Ja, das ist Jillie. Du musst keine Angst haben, sie beißt nicht.«

Anne und Roger standen wie erstarrt in der Tür.

»Melissa«, sagte Anne mit zitternder Stimme und versuchte, ihre Angst zu verbergen, »würdest du bitte zu uns kommen!«

Melissa sah zu ihnen, kam aber nicht. Sie sprach immer noch mit dem Unsichtbaren: »Dies sind Oma und Opa.« Zu Anne und Roger sagte sie: »Das ist Alkaseltzer. Er heißt wirklich so, ich habe mir das nicht ausgedacht.«

»Melissa, komm sofort hierher!«

Melissa zog einen Schmollmund, ging aber langsam zur Tür. Anne sprang ihr entgegen, schnappte sie und zog sie zu sich. Dann versuchte sie, den Raum mit ihren Augen zu durchdringen. Verzweifelt suchte sie nach einem Schatten oder einer Bewegung. Nichts. Nur Jillies Verhalten war eindeutig. Der kleine Hund sah aufmerksam zu einer bestimmten Stelle, an der niemand zu sehen war.

Melissa versuchte, sich loszureißen: »Er will mit mir spielen.«

»Alkanar ...«, begann Roger.

»Elkezar«, korrigierte Anne.

»Elkezar, verschwinde aus unserem Haus. Sofort. Du bist hier nicht willkommen!« Seine Stimme bebte.

Jillies Augen folgten dem Wesen durch den Raum, dann trottete das Hündchen hinter ihm her durch die Küche und zur Hintertür, die Augen unablässig auf den Unsichtbaren gerichtet, mit wedelndem Schwanz und fröhlichen Sprüngen, doch ohne zu bellen.

Die Tür zum Garten öffnete sich von unsichtbarer Hand und Jillie sprang hinaus.

»Jillie!«, rief Anne und rannte hinterher. »Jillie, komm sofort zurück!«

»Anne!« Roger lief hinter ihr her, Melissa folgte ihm auf den Fersen.

Jillie knurrte zuerst und jaulte dann laut. Anne stieß die Tür auf und blieb entsetzt stehen.

Sie schrie, stolperte rückwärts, wandte ihr Gesicht ab und bedeckte ihre Augen.

Roger griff nach Melissa, aber es war zu spät. Sie hatte es bereits gesehen, stieß einen schrillen Schrei aus und verbarg ihr Gesichtchen in seinen Hosenbeinen.

Jillie lag verdreht auf der Wiese, mit leeren Augen, die Beine zum Himmel gereckt. Ihre Eingeweide waren in Fetzen über den Hof verstreut.

Als Jim Baylor in die Polizeistation stürmte, prallte er mit dem Sicherheitsbeamten Mark Peterson zusammen.

»Tag, was gibt's denn so eilig?«

»Tut mir Leid, Jim, ich muss weg!«

Jim lief hinter ihm her, im Laufschritt, während Mark auf sein Einsatzfahrzeug zusteuerte. Zur Polizeistation von Antioch gehörten drei Beamte und zwei Fahrzeuge, neben Brett und Rod war Mark der dritte Mann.

»Ich bin wegen der Sally-Fordyce-Angelegenheit hier. Gehen Sie der Sache nach?«

»Ja, Jim, sie steht auf unserer Liste. Mehr kann ich im Moment nicht machen.«

»Sie steht auf der Liste? Was soll denn das? Hast du sie nicht befragt? Dieser Kerl hat sie übelst zugerichtet!«

Mark war unter Druck und hatte keine Zeit für Höflichkeiten. »Jim, unser Telefon steht nicht mehr still, es gibt Schlägereien, Plünderungen, Raub … Brett ist im Einsatz, Rod ist im Einsatz und, wie du siehst, bin ich auch im Einsatz. Trotzdem können wir nicht überall sein. Sally geht es gut, sie lebt und kann den Kerl verklagen. Wir haben jetzt Dringenderes zu tun.«

Er schloss sein Auto auf und stieg ein.

»Aber es ist deine Aufgabe, etwas gegen Nichols zu unternehmen!«

Marks Hand lag auf dem Türgriff. »Ich bin im Einsatz. Mehr kann ich nicht tun!«

»Das ist doch nicht zu fassen!«

»Jim!« Mark holte tief Luft und versuchte, ruhig zu bleiben: »Wenn du uns bei unserer Arbeit unterstützen willst, dann kümmere dich um deine Frau, bevor sie jemanden umbringt. Sie ist gerade wie eine Verrückte an Brett vorbei durch die Stadt gerast. Wenn er sich nicht um einen Aufruhr in der katholischen Kirche hätte kümmern müssen, hätte er sie verhaftet.«

Jim erstarrte. »Sprichst du von Dee?«

»Wie viele Frauen hast du denn? Nimm ihr die Autoschlüssel ab! Dann macht wenigstens sie uns keine zusätzliche Arbeit und wir haben mehr Zeit, Sallys Fall zu verfolgen. Alles klar?«

Er schlug die Wagentür zu und fuhr mit Blaulicht und quietschenden Reifen los.

Ich werde besser nach Dee sehen, dachte Jim erschrocken.

Als ich am Ende meiner langen Reise in Antioch ankam, war ich körperlich und seelisch ausgelaugt. Schon seit einigen Stunden hatte ich beschlossen, dass ich auf direktem Weg in mein Bett kriechen würde, egal, wie die Dinge in Antioch standen.

Ich musste die Hauptstraße entlangfahren, um nach Hause zu kommen. Unterwegs sah ich eine Menge Schaulustige am Straßenrand, eine Gruppe stürmte aus der Marienkirche – hatte diese Frau nicht ein hölzernes Bein unter dem Arm? Dort kämpften zwei Männer, wenn ich richtig sah, um einen aus Holz geschnitzten Arm.

Was war denn hier los? Noch ein Jesus?

Neben dem Waschsalon stand ein junger Mann mit Bart und langem Haar, gab Autogramme und ließ sich fotografieren. Sein Kostüm ließ allerdings zu wünschen übrig. Über Jeans und T-Shirt trug er einen hellbraunen Bademantel und auf dem Kopf hatte er etwas Plastikefeu zu einem Kranz geflochten. Ich öffnete mein Fenster und hörte ihn mit Südstaatenakzent predigen: »Ehrlich, ehrlich, ich sage euch allen Folgendes …«

Nein, ich hielt nicht an. Ich war müde und hatte ein Recht darauf, mich hinzulegen. Als ich zum Stadtpark kam, musste ich wieder Schritttempo fahren. Nichols Anhänger kämpften gegen Harrisons Leute. Vor kurzem hatten sie noch gemeinsam in diesem Park gearbeitet, jetzt verwüsteten sie ihn wieder.

Ich wollte nach Hause, die Tür hinter mir schließen und nicht über das nachdenken, was ich hier sah.

An meiner Haustür hing ein Zettel von Kyle. Er hatte außerdem eine Nachricht auf meinen Anrufbeantworter gesprochen. Ich war mir sicher, dass ich auch eine E-Mail von ihm erhalten hatte. Aber ich schaltete den Computer nicht ein.

Ich rief ihn an, er rief die anderen an und wenig später saß ich wieder im Auto und fuhr zu Morgans Kirche. Als wir dort eintrafen, war es Nachmittag. Außer Kyle und Morgan waren auch Nancy Barrons und Gildy Holliday dabei.

»Es ist höchste Zeit, dass jeder sagt, was er weiß«, erklärte Nancy, »unsere Stadt versinkt bald im Chaos.«

»Einverstanden«, sagte ich.

Wir setzten uns in Morgans Büro und Morgan schloss die Tür.

Matt Kiley fuhr mit Mr. Macons Transporter auf einen Parkplatz am westlichen Stadtrand. Ihm folgten einige Autos und Wohnmobile. Justin

Cantwell kletterte auf die Ladefläche, der Prophet Michael erhielt das drahtlose Mikrofon und wurde vor den Wagen geschickt, die Jungfrau Maria folgte dem Wagen und hinter ihr sammelten sich etwa dreißig Nachfolger Nichols. Auch Andy Parmenter war dabei, obwohl er noch einige Schrammen im Gesicht hatte. Aber er und seine Frau waren immer noch treue Anhänger ihres Messias. Melody Blair folgte dem Wagen mit einem Döschen Stecknadeln, um notfalls das Gewand des Messias zu reparieren. Ihr Anliegen war es, dass er glücklich war.

Von der Ladefläche aus konnte Cantwell den kleinen Hügel mit den Pappeln sehen, wo er zum ersten Mal diesem ausgebrannten, vor Selbstmitleid triefenden Pastor begegnet war. Ein paar Straßen weiter sah er die Kirche, die dieser Pastor aufgebaut hatte und die er nun nicht mehr betreten wollte.

»Lasst uns die Stadt einnehmen!«, rief er mit der Autorität eines Generals, der eine große Armee befehligte.

Die Band samt Sängerin hatte das Zentrum verlassen. Aber Matt hatte ein paar geeignete Kassetten dabei, der Recorder stand neben ihm auf dem Beifahrersitz. Er legte die erste Kassette ein, eine Sammlung besinnlicher Lieder. Aus den Lautsprechern erklang: »Du bist nie alleine, wenn ich bei dir bin …«

Michael lauschte dem Schlager und war ratlos. Dazu fiel ihm nichts ein. Matt hupte und winkte ihm. Er sollte endlich anfangen zu prophezeien. »Äh, siehe, er erscheint vor dir, seine Rechte ist voller Kraft, das Land zu berühren und neues Leben emporsprießen zu lassen.«

Die Prozession setzte sich in Gang und die Schaulustigen zückten ihre Kameras.

Wir rückten eng zusammen und sprachen leise, als ob wir von unsichtbaren Feinden umgeben wären. Ich berichtete von den Ergebnissen meiner Reise, und die Besorgnis in der Runde wuchs, während sie aufmerksam zuhörten.

»Eben rief Anne Folsom an«, erzählte Kyle. »Elkezar ist weg, aber er ging nicht, ohne Blut zu vergießen.« Er schilderte den Tod des Hundes. »Sie wollen, dass ich komme und mit ihnen bete.«

»Und mich hat Sally angerufen«, ergänzte Morgan, »sie wird von massiven Ängsten geplagt, kann nicht alleine sein und fürchtet sich vor Cantwells Rache.«

»Es ist wichtig, dass die Leute sich wieder zu Gott wenden und sich von diesen anderen Dingen in Jesu Namen lossagen«, nickte Kyle, »Bob

Fisher hat das seinen Gemeindegliedern auch gesagt und sie haben seither Ruhe.«

»Brett sucht immer noch nach seinem Tramper«, wusste Nancy, »er ist absolut überzeugt davon, dass dieser Kerl, dieser Geist, was auch immer, bei ihm zu Hause war.« Und dann sagte Nancy etwas, das alle überraschte: »Anscheinend lag Kyle Sherman von Anfang an richtig mit seiner Dämonen-Theorie.« Wir starrten sie an. Nancy machte eine weit ausholende Handbewegung: »Na, man muss doch nur auf die Straße gehen, dann sieht man schon, was da alles los ist. Engel sind dort jedenfalls nicht am Werk.«

Michael ging mitten auf der Straße, genau auf der weißen Linie, die er selbst vor einiger Zeit gezogen hatte. »Er ist, äh, ist …« Plötzlich wurde er unsicher. Angestrengt suchte er nach den richtigen Worten: »Kommet her zu ihm, alle, die ihr mühsam und belästigt … ich meine … beleidigt seid, er gibt euch … er gibt euch alles, was ihr wollt. Seine Last ist leicht und sein Joch ist … ist in seiner Hand, um die Schafe von den Ziegen zu trennen und den Weizen vom Hafer und … und seine Worte sind wie ein mächtiges Brausen, das die Berge erzittern lässt und den Ozean aufwühlt und … all die anderen Sachen macht.«

Matt schob die nächste Kassette in den Recorder, eine von Elvis gesungene Sammlung alter Gospel-Lieder. Die Musik tönte aus den Lautsprechern und Michael ließ erleichtert das Mikrofon sinken. Justin Cantwell winkte in die Menge, warf den Damen Handküsschen zu und achtete darauf, dass die Narben an seinen Handgelenken gut sichtbar waren. Aus dem Nichts zauberte er Brotlaibe und warf sie in die Menge der Schaulustigen, die eifrig fotografierten und sich nach den Broten ausstreckten.

»Ich bin es«, rief Cantwell, »und ich dulde keinen anderen neben mir! Kommet her zu mir. Ich höre euer Schreien und werde die Tränen von euren Augen wischen.«

Cantwells Rechnung ging auf. Die Menschen waren begeistert, umschwärmten seinen Wagen, wollten von ihm berührt werden, aßen sein Brot und jubelten ihm zu.

Mary Donovan gab alle Lobpreisungen weiter, die ihr gerade einfielen: »Erhebet den Herrn, ihr Leute von Antioch! Eure Herzen seien mit großer Freude erfüllt, denn seine Zeit ist angebrochen. Er ist unsere Hoffnung und unsere Freude!«

»Moment Mal, du Flittchen!«

Mary fuhr herum. Eine Frau mit langem Gewand, Schal und Sandalen kam wütend auf sie zu. »O, gesegnet sollst du sein, Friede mit dir!«, empfing Mary sie mit einem unsicheren Lächeln.

Die Frau trat ihr entgegen: »Deinen Segen und Frieden kannst du dir sonst wohin stecken! Du miese, kleine Ratte! Mein Junge war zuerst hier!«

Jetzt erst entdeckte Mary den jungen Mann im Bademantel, der am Straßenrand auf seine neue Mutter wartete und eine furchtbar peinliche Erscheinung war. Die Leute, die ihn umringt hatten, waren jetzt hinter Cantwells Broten her.

Die andere Maria schrie Cantwell an: »Du kannst deine Show woanders abziehen. Das hier ist unsere Straße! Du Schönling mach, dass du weiterkommst!«

Das war zu viel für Mary: »Hören Sie sofort auf, meinen Sohn so anzumachen!« Sie packte die Frau an ihrem Schal und stieß sie zur Seite. Das ließ diese sich natürlich nicht gefallen.

»Ich bin es!«, rief Cantwell dem jungen Mann zu, der mit Südstaatenakzent zurückschrie: »Das wollen wir doch erst mal sehen! Komm bloß da runter, du …!«

Was sich dann entwickelte, war die absurdeste Szene, die Antioch bisher gesehen hatte: Zwei Christusse beschimpften einander und drohten sich gegenseitig mit obszönen Gesten, während ihre beiden Mütter sich mitten auf der Straße kratzten, bissen und anschrien.

Die Touristen machten eifrig Fotos und Videoaufnahmen.

»Glory, glory, halleluja …«, sang Elvis.

»Ob Sie es glauben oder nicht …« Gildy begann, uns ihren Teil der Geschichte zu erzählen. »… heute Morgen ist Mrs. Macon alleine aufgestanden und kam die Treppe herunter zum Frühstück, einfach so, ohne Hilfe. Und wir dachten alle, sie hätte einen Schlaganfall gehabt. Von wegen! Sie hat Medikamente bekommen! Das Letzte, woran sie sich erinnern konnte, war eine Spritze!« Gildy sah uns mit funkelnden Augen an: »Sie können sich nicht vorstellen, wie sauer sie jetzt ist!«

»Ihrer Familie gehörte die halbe Stadt«, überlegte ich. »Wenn dieser Vertrag rechtskräftig ist, dann gehören Cantwell jetzt eine Menge Immobilien.«

»Was allerdings nicht so schlimm ist, wenn er bald im Gefängnis sitzt, wo er hingehört«, warf Nancy ein. »Ich habe Ihnen meinen Teil noch nicht erzählt.«

Wir sahen sie gespannt an. »Ich weiß das Folgende schon eine ganze Weile und bin froh, es jetzt endlich loswerden zu können«, begann sie. »Erinnern Sie sich an Nevin Sorrel?«

»Ja, er wurde wahrscheinlich umgebracht«, antwortete Morgan.

»Aber der Name Harmon sagt Ihnen nichts, oder?«

Wir verneinten.

Nancy lehnte sich nach vorne. »Nachdem Nevin seine Stelle bei Mrs. Macon verloren hatte, kam er zu mir, um mir ein paar Informationen über Cantwell zu geben. Ich habe mich zunächst nicht dafür interessiert, weil ich dachte, er wolle Cantwell nur schlecht machen. Schließlich hatte der ihm die Arbeit weggeschnappt. Erst nachdem ich Cantwell persönlich begegnet war, begann ich, meine Meinung zu ändern. Nevin und der echte Brandon Nichols arbeiteten zusammen auf dem Bauernhof der Familie Harmon in Missoula. Deshalb wusste Nevin, dass der Mann bei Mrs. Macon nicht Brandon Nichols ist.«

»Na, so etwas«, staunte ich, »das heißt, es gibt einen echten Brandon Nichols?«

»Genau«, nickte Nancy, »Buck und Cindy Harmon sind enge Freunde von Mrs. Macon. Als Nevin nicht mehr bei Familie Harmon gebraucht wurde, übernahm ihn Mrs. Macon. Das Gleiche versuchte auch Cantwell. Er gab sich als Nichols aus und brachte eine Empfehlung der Harmons mit.«

»Wie hat er das denn geschafft?«, fragte Morgan stirnrunzelnd.

Nancy öffnete ihre Brieftasche und zeigte uns ein Foto. Es zeigte zwei Landarbeiter, die sich über einen Zaun lehnten. »Dieses Foto haben mir die Harmons geschickt. Sehen Sie sich mal die beiden Männer an!« Wir erkannten Nevin Sorrel ohne weiteres, der junge Mann neben ihm war uns fremd. Er hatte lange, schwarze Haare und einen dunklen Teint. »Das ist der echte Brandon Nichols«, erklärte Nancy.

Plötzlich erinnerte ich mich: »Kyle, weißt du noch, wie Hattie sagte, Herb Johnson sei oft auf einem großen Bauernhof reiten gewesen?«

»Herb Johnson?«, fragte Nancy.

»Justin Cantwell«, antwortete ich, »bevor er Brandon Nichols wurde.«

»Ah ja«, stöhnte Nancy und schüttelte den Kopf, »noch ein Name.«

Dann fuhr sie fort: »Also, nach dem, was Nevin Sorrel mir erzählte, besuchte Justin Cantwell alias Herb Johnson den Hof ein paar Mal, um zu reiten. Dabei lernte er Brandon Nichols kennen. Beide unterhielten sich damals amüsiert darüber, dass sie sich zum Verwechseln ähnlich sahen.«

Wir sahen uns das Bild noch einmal an. Es stimmte.

»Cantwell konnte ohne weiteres die Papiere von Brandon Nichols benutzen. So kam er nach Antioch, stellte sich der Witwe als Nichols vor und schon war er eingestellt. Mrs. Macon rief ihre Freunde an und erkundigte sich nach Nichols. Die Harmons erzählten ihr, was für ein ausgezeichneter Arbeiter Nichols sei, und ihre Beschreibung stimmte ebenfalls überein: ein junger Mann mit dunkler Haut, langen, schwarzen Haaren und von mittlerer Größe. Nur waren die Harmons ein bisschen überrascht, als sie hörten, ihr ehemaliger Landarbeiter habe plötzlich so bemerkenswerte Fähigkeiten, die sie vorher nie bei ihm beobachtet hatten.«

»Das Kameraverbot«, erinnerte sich Kyle, »Cantwell hat sich nie fotografieren lassen!«

»Richtig«, fuhr Nancy fort, »die Harmons haben Cantwell nie gesehen und Mrs. Macon hatte Nichols vorher nicht gekannt. So war die Verwechslung möglich.« Nancy grinste: »Aber ich habe ihn bei einer seiner Versammlungen heimlich fotografiert, genau wie Sie auch. Das Bild habe ich an Familie Harmon geschickt, und sie bestätigten, dass das nicht Nichols ist. Ganz eindeutig nicht.«

»Damit müssen wir uns die Frage stellen«, spann ich den Faden weiter, »wo der echte Brandon Nichols abgeblieben ist?«

»Brandon Nichols hatte keine Angehörigen, keine Familie und keine Adresse außer dem Hof der Harmons. Er war nie lange an einem Ort und machte nie lange die gleiche Arbeit. Wenn jemand an seine Stelle treten wollte …«

»… und seinen Führerschein und Ausweis benutzen wollte …«, ergänzte Morgan.

»Wollt ihr damit sagen, Cantwell habe Nichols umgebracht?«

Nancy erwiderte meinen Blick: »Nach allem, was Sie uns über Cantwell erzählt haben, traue ich ihm alles zu.«

28

Brett Henchle stand mit gezücktem Notizbuch vor der Marienkirche und versuchte herauszufinden, was geschehen war. Arnold Kowalski jammerte, als ob man seine Mutter umgebracht hätte.

»Es war ganz allein meine Schuld ...«, weinte er.

Er saß auf den Stufen vor der Kirche, das Gesicht in den Händen vergraben, und schluchzte erbärmlich. Pater Vendetti hatte den Arm um seine Schultern gelegt und versuchte, seinen gutherzigen, treuen Mitarbeiter zu trösten. »Nein, Arnold, dagegen konnten Sie überhaupt nichts machen. Das waren ganz andere Leute als sonst. Sie waren ...« Er wusste selbst nicht, wie er sie charakterisieren sollte.

»Können Sie mir einige Namen nennen?«, fragte Brett mit gezücktem Bleistift. Er hatte fünf Personen gesehen, die mit einem Stück der Schnitzerei flüchteten, alle anderen samt dem restlichen Kruzifix waren schon verschwunden, bevor er eingetroffen war.

Al Vendetti verneinte. »Wir wollen keine Strafe für die Täter. Das kann nicht ungeschehen gemacht werden.«

Damit wollte Brett sich nicht zufrieden geben: »Diese Leute haben fremdes Eigentum zerstört und Ihre Kirche verwüstet.«

»Sie haben Jesus auseinander gebrochen«, schluchzte Arnold, »was sollen wir jetzt nur ohne ihn machen?«

»Arnold!« Der Priester strich ihm über die Schulter. »Die Leute dachten genau wie Sie: Jeder wollte ein Stückchen von Jesus bei sich haben.«

»Ja, und deswegen ist er jetzt weg.«

»Aber dieser Jesus war doch nur ein Stück Holz. Wir werden einen neuen kaufen.«

Bei Brett meldete sich eine Stimme im Funkgerät: »Wagen eins, Wagen eins, Brett, hören Sie mich?«

Brett drückte den Knopf und antwortete: »Ja, ich kann Sie hören.«

»Mrs. Fisk rief gerade an. Ein Unbekannter schleicht um das Sundowner Hotel, wahrscheinlich ein Spanner.«

Brett stöhnte: »Der hat uns gerade noch gefehlt. Als ob wir nicht schon genug zu tun hätten.« Plötzlich hatte er einen Verdacht. »Der Tramper!« Er nahm das Funkgerät: »Rod, wir fahren sofort hin. Vielleicht ist das der Verdächtige von neulich.«

Rod antwortete: »Ich versuche gerade, eine Schlägerei zu beenden.«

Doch Brett war schon bei seinem Wagen: »Rod, ich will diesen Kerl dingfest machen.«

»Schon gut, bin schon unterwegs.«

Jim Baylor stürmte durch die Haustür. »Dee?« Stille.

»Dee?« Das Auto stand in der Einfahrt. Also musste sie da sein. Er lief in die Küche. Ihre Brieftasche lag auf dem Tisch. Sie war da. »Dee?«

»Ich bin im Schlafzimmer«, hörte er eine Stimme, die seltsam tief und fremd klang.

Er rannte die Treppe hinauf. »Geht es dir gut? Mark Peterson sagte, du seist wie eine Verrückte …«

Er erstarrte, hielt sich am Türrahmen fest und versuchte zu lächeln.

Sie saß auf der Bettkante und hielt seinen Revolver in der Hand.

»Hallo, Dee. Was ist … was ist los?«

»Es gibt keine Wolken mehr, der Segen ist verschwunden und alles ist deine Schuld! Mit deinem Unglauben hast du alles kaputtgemacht!«

Ihre Augen waren kalt und flackerten.

»Dee, warum legst du nicht zuerst einmal die Kanone zur Seite …«

»Wenn dein rechtes Auge dich zur Sünde verführt, dann reiße es heraus!« Sie hob ihre Hand und zielte auf ihn.

Bevor die Kugel sich in die Wand bohrte, lag er schon auf der Erde.

»DEE!«

Sie sprang auf und nahm die Pistole in beide Hände: »Tu den alten Sauerteig hinaus und mache einen ganz neuen Teig!«

Ob er sich auf ein Handgemenge mit ihr einlassen und versuchen sollte, ihr die Waffe abzunehmen?

Sie zielte auf seinen Kopf. Halb kroch er, halb rannte er über den Flur, als der zweite Schuss explodierte.

PENG! Ein dritter Schuss! Sie war jetzt im Flur und verfehlte seinen Kopf nur knapp.

Er rannte um sein Leben.

Nancy beugte sich noch weiter vor, ihre Stimme wurde leiser: »Ich habe mit dem Beamten im Wasseramt telefoniert. Er hat das Projekt abgenommen, aber ohne zusätzlichen Brunnen. Für die sanitären Anlagen, die gebaut werden sollten, war kein zweiter Brunnen nötig. Das vorhandene Wasser reichte aus. Trotzdem musste Nevin ein riesiges, tiefes Loch graben. Nevin kam der Verdacht, dass dieses Loch aus einem anderen Grund gegraben wurde. Doch bevor er den herausfinden konnte, hatte er einen tödlichen Reitunfall.«

Kyle und ich sahen uns an. »Das Auto!«

»Welches Auto?«, fragte Nancy.

»Er hat das Auto in dem Loch versteckt!«

»Gehen wir!«, rief Kyle und sprang auf.

»Lass uns die Sache zuerst planen«, widersprach ich und Kyle setzte sich wieder.

Rod nahm die Hauptstraße, Brett den Feldweg. Sie hofften, ihn einkreisen und überraschen zu können.

»Ich sehe ihn«, flüsterte Rod ins Funkgerät, »hinter dem Hotel!«

Er sprang aus dem Wagen und pirschte sich, gedeckt durch Bäume und Sträucher, an den Verdächtigen heran. Das Hotel hatte im Erdgeschoss zehn Zimmer, der Mann stand vor dem Fenster von Zimmer neun. Er verbarg seine Augen hinter einer Sonnenbrille und trug einen großen Hut. Rod hörte Brett heranfahren. Der Mann hörte ihn ebenfalls und rannte los.

Brett sah den Flüchtigen, sprang aus seinem Wagen und wollte ihn einholen, aber es ging nicht. Er hatte ein krankes Bein. Der Mann lief an ihm vorbei und verschwand.

»Los, hinterher«, rief Rod und sprang in seinen Wagen. Wie ein Panzer fuhr er durch das Gelände, über Wiesen und Schotter, um Büsche und Hecken herum und versuchte, dem Fliehenden den Weg abzuschneiden.

Gleichzeitig hockte Don Anderson hinter dem Ladentisch wie ein Soldat im Schützengraben, seine Augen wanderten wild hin und her, die Fäuste waren geballt. Er suchte verzweifelt nach einem Fluchtweg.

Die Waschmaschinen dröhnten wie Kettenpanzer, marschierten auf ihn zu und versuchten, ihn einzukesseln. Die CD-Spieler lärmten und die Fernseher beobachteten mit ihren riesigen, grauen Augen jede seiner Bewegungen.

Die Kunden, die gleichzeitig im Laden waren, verstanden nicht, was mit Don Anderson los war. Erlaubte er sich einen Spaß mit ihnen oder was sollte das?

»Nein, lasst mich«, flüsterte Don, »ihr kriegt mich nicht!«

Die CDs im Regal kreischten wie junge Ratten und versuchten, sich aus ihren Plastikhüllen zu befreien. Sie wollten sich über ihn hermachen. Er hatte sie eingesperrt!

Die Radios plärrten wie eine aufgebrachte Meute, klapperten und ratterten auf ihren Regalen. Ihr Anführer, ein großes, tragbares Gerät mit vier Lautsprechern, gab den Text vor, in den sie alle einstimmten: »Wir bringen den Tod, den Tod, Tod, Tod, auf 97,2. Wenn Anderson schreit, zum letzten Mal schreit, dann hören Sie's live, auf 97,2.«

Genau das hatte Don befürchtet. Deshalb hatte er schon vor einigen Tagen den Baseballschläger gekauft. Jetzt war er froh, ihn zu haben. Er brauchte ihn.

Millionen wütender Bienen summten in den Drähten. Aufgeregt suchten sie nach einem Loch, um aus den Wänden zu entkommen und sich auf ihn zu stürzen.

Auch die ferngesteuerten Autos hatten es auf ihn abgesehen. Ihre Reifen liefen heiß, gleich würden sie aus ihren Kartons brechen und über ihn hinwegdonnern.

Die Mikrowellengeräte versuchten, ihn in ihr Inneres zu ziehen, und die Taschenlampen suchten nach ihm. Die Fernbedienungen konnten sein Gehirn steuern. Und die Waschmaschinen und Wäschetrockner kamen dröhnenden Schrittes unaufhaltsam näher, kreisten ihn ein, schnitten ihm jeden Fluchtweg ab, gnadenlos …

»JAAAAA!!!« Er sprang über den Ladentisch, schwang den Baseballschläger und zertrümmerte das erste Radio.

Ein Gerät nach dem anderen ging zu Bruch.

Die CDs flogen aus den Regalen, segelten durch die Luft und gingen überall im Laden splitternd zu Bruch.

»JAAAAAAAAAA!!«

Die Kunden hatten sich längst in Sicherheit gebracht. Don ging jetzt auf die Waschmaschinen los. Eine Tür brach ab, ein Deckel riss, ein Gerät überschlug sich unter der Gewalt seiner Schläge. Dann stieß er ein Regal mit Fernsehern um und zertrümmerte die Geräte. Dabei riss sein Schläger die Gasleitung aus der Wand, die zur Heizung des Ladens führte. Er roch das ausströmende Gas.

»Ihr wollt mich wohl vergiften!«, schrie er und ging auf eine Reihe von Radioweckern los.

Michael schritt auf seiner weißen Linie entlang und rang um ein paar vernünftige Prophetien. »Wenn sich auch ein Heer wider dich erhebt, so wird man doch die Güte deiner Hand spüren und das Feuer deines Mundes sehen, das vor dir her ausgeht und sich verbreitet, die Menschen aus ihrem Schlaf aufweckt und sie … sie aufpassen lässt … weil … was los ist, weil nämlich der Messias gekommen ist, er ist gekommen, Gutes zu tun auf Erden …«

Meine Güte, was rede ich denn da? Was mache ich hier eigentlich?

Plötzlich hörte er ein böses, gemeines Lachen hinter sich. Es klang so hässlich und war so laut, dass er herumfuhr und sich ängstlich umsah.

Es war der Messias, der so lachte. Er beugte sich über den Rand des Transporters, deutete auf etwas und lachte schallend, seine Zähne zu einem grinsenden Fletschen entblößt.

Im Straßengraben lag die zweite Maria. Sie hatte den Kampf gegen Mary Donovan verloren. Ihr Schal war zerfetzt, ihr Gesicht zerkratzt und ihre Nase blutete. Der junge Mann im Bademantel tröstete sie und die Touristen fotografierten und filmten.

»Ich bin es!«, brüllte der Messias höhnisch, mit irren Augen und zerzaustem Haar. »Na, du Versager!«, schrie er den jungen Mann im Bademantel an, der auf der Bordsteinkante hockte und der Frau das Blut aus dem Gesicht wischte. »Nächstes Mal bist du dran! Deine Zeit kommt, du Schlappschwanz!« Er zauberte einige Brote und warf sie in die grölende Menge. »Kommt, fangt und esst, meine Kinder! Kommt zu mir, her zu mir!«

Matt legte die nächste Kassette ein, besinnliche Heimatklänge schallten aus den Boxen: »Wie schön sind unsere Berge, wie schön ist unser Land …«

Ohne dass Cantwell es bemerkte, hatte Harrison sich von seinen Leuten auf den Wagen helfen lassen. Plötzlich stand er neben dem Messias, riss dessen Arm in die Luft wie der Trainer eines erfolgreichen Boxers und winkte den Menschen, die jubelten und klatschten. »Wir sind auf deiner Seite, Brandon, wir alle!«, schrie er und seine Anhänger applaudierten.

Justin Cantwell lächelte, winkte und schob Harrison an den Rand der Plattform. Mit einer schnellen Bewegung warf er ihn hinunter, direkt auf seine Leute, die unter seinem Gewicht zu Boden gingen.

»Ich bin es«, erinnerte Cantwell die Passanten, »es gibt keinen außer mir!« Er wandte sich wieder an die Menschen, die dem Wagen folgten: »Kommet zu mir! Was auch immer ihr braucht, ich gebe es euch! Ich bin der einzige wahre Messias!«

Matt streckte den Kopf aus dem Fenster: »Michael, was ist los? Ich kann nichts hören!«

Michael drehte sich nicht um. Er sah geradeaus und ging immer weiter, aber er sagte kein Wort mehr.

Sie kamen an einem fliegenden Händler vorbei, der Postkarten und Anstecknadeln anbot, auf denen Jesus in den Wolken zu sehen war. Darunter stand: »Ich habe ihn gesehen in Antioch, Washington.«

Gleich daneben war ein Stand, an dem es Mützen und T-Shirts mit dem Aufdruck: »Ich sah Jesus in Antioch, Washington« zu kaufen gab. Auch T-Shirts mit Maria waren im Angebot.

Bald darauf kamen sie an einem kleinen Imbiss vorbei, an dem Grillwürstchen und Steaks angeboten wurden, gefolgt von einem Kunsthandwerker mit kleinen Kreuzen, Buchstützen, Serviettenringen,

Schmuck und Bibeleinbänden, alles handgearbeitet aus Holz von Antioch, Washington.

Plötzlich war Sirenengeheul zu hören, Menschen schrien und rannten zur Seite. Michael blieb stehen, Matt trat auf die Bremse. Mit Blaulicht und quietschenden Reifen kam Rod Stanton aus einer Seitenstraße und bog in die Hauptstraße ein. Mitten auf der Straße hielt er an, sprang aus dem Wagen, rannte durch die Menschenmenge, lief zurück zu seinem Wagen und fuhr weiter.

Kaum setzte sich der Zug, angeführt von Michael, wieder in Bewegung, da tauchte vor ihnen der blonde Jesus auf. Mit seiner Peitsche ging er auf den Würstchenstand los, doch der Besitzer wehrte sich heftig, und der junge Mann zog weiter, gefolgt von einer dritten Maria, die Kekse an die Umherstehenden verteilte.

Ein dünner Pilger mit Strohhut kam auf Michael zu, biss in ein Würstchen und fragte mit vollem Mund und genüsslichem Grinsen: »Michael, ich verstehe das nicht, wieso gibt es hier drei Christusse? Hast du ein prophetisches Wort dazu?«

Michael hatte kein prophetisches Wort, weder zu dieser Frage noch zu irgendeinem anderen Thema.

Ein Schuss und Jim Baylor kam aus einer Nebenstraße gerannt, im Zickzack jagte er über die Hauptstraße und schrie etwas von seiner verrückt gewordenen Frau.

Ihm auf den Fersen war Dee. Sie hatte die Pistole in der Hand und rief: »Du bist ein Lügner und ein Übeltäter und deine Zeit ist jetzt gekommen.« Die Menschen versteckten sich in Hauseingängen, während Dee wild um sich schoss. Manche lachten auch und machten Fotos. Die Szene war so lächerlich, dass sie kaum echt sein konnte!

Doch ein junges Mädchen lag plötzlich auf der Straße, blutend und schreiend. Dees Munition war echt.

Das schallende Gelächter des Messias füllte die Luft.

Mit Gebrüll und heftig geschwungenem Baseballschläger kam Don Anderson aus seinem Laden. Schreiend wie ein Krieger schlug er unsichtbare Feinde rechts und links von sich in die Flucht. Ein Teenager mit Walkman kam die Straße entlang. Don drosch auf den Walkman ein und brach dem Jungen dabei das Becken. Der Vater des Jungen warf sich dazwischen und Don spaltete ihm den Schädel. Don wandte sich um und sah eine Frau, die eine Kamera in der Hand hielt. Sekunden später lag sie mit zerschmetterter Kamera und gebrochener Hand auf der Straße.

Dons Schaufensterscheibe war zerbrochen. Penny Adams sah das und stieg über die Glassplitter hinweg, um sich ein Gerät auszusuchen. Drei Sekunden später war sie tot.

Später vermuteten einige, Penny hätte einen Funken ausgelöst. Andere mutmaßten, Dees letzter Schuss habe das Gas entzündet. Vielleicht war jemand mit einer brennenden Zigarette zu nahe gekommen. Es spielte keine Rolle mehr.

Die Explosion und die nachfolgende Stichflamme löschten alle Spuren aus. In einem Augenblick waren vierzehn Menschen, die sich vor dem Laden aufgehalten hatten, tot. Vier parkende Autos gingen in Flammen auf und die Schaufensterscheiben aus mehreren umliegenden Geschäften zerbarsten.

Der Messias drehte sich um, sah das Feuer, die brennenden Autos, die schreienden Menschen und die brennenden Körper. Er reckte seine Arme gen Himmel und jubelte.

Don Anderson, der schon eine Querstraße entfernt war, sah sein Geschäft in Flammen aufgehen und schrie: »JAAAAA!« Im nächsten Moment sah er einen Föhn im Schaufenster einer Apotheke. Er zerschlug die Scheibe. »Willst du mich umbringen?«, schrie er den Föhn an.

»Ich kümmere mich schon darum«, meinte eine von Nichols Anhängerinnen und nahm den Föhn an sich.

»Bedient euch, mein Volk!«, schrie der Messias und breitete seine vernarbten Arme aus. »Das Beste ist für euch! Bedient euch!«

Während das Elektrofachgeschäft lichterloh brannte, gingen überall in der Stadt Scheiben zu Bruch. Sie wurden mit Steinen eingeworfen, mit Stiefeln zertreten oder mit Wagenhebern zertrümmert.

Die Menschen begannen, sich zu bedienen.

Dees Augen brannten vom Rauch, und ihr Haar war versengt, doch sie lebte. Und sie rannte, was ihre Beine hergaben, um dem Inferno zu entkommen. Als sie mit einer anderen Frau zusammenprallte, fielen beide hin. Dabei verlor die andere eine Schachtel, die sie unter dem Arm getragen hatte, und viele bunte Lockenwickler rollten über die Straße. »Sehen Sie, was Sie angerichtet haben?«, schimpfte die Frau.

Im gleichen Moment wurde Dee bewusst, dass sie den Revolver nicht mehr hatte.

Auf der anderen Straßenseite stürmte der Mob den Laden der Antiocher Zeitung und riss die Büroartikel aus den Regalen. Kim Staples schrie panisch und versuchte, sie hinauszudrängen.

Als Nächstes stürzten sich die Leute auf den Kunsthandwerker. Der arme Mann musste mit ansehen, wie innerhalb von Sekunden alle Schnitzereien verschwunden waren.

Die Würstchen und Steaks waren zu heiß, um sie mitzunehmen.

Der blonde Christus mit der Peitsche traf auf den Kollegen im Bademantel und zwischen den beiden entwickelte sich eine wüste Rauferei.

Michael der Prophet konnte nicht fassen, was seine Augen sahen, doch er ging weiter und biss die Zähne zusammen. Die Jungfrau Maria duckte sich wie ein ängstliches Kind unter den Transporter. Justin Cantwell warf weitere Brote in die Luft und triumphierte: »Kommt und bedient euch!« Euphorisch stimmte er in die Musik aus Matts Recorder ein: »Wir gehen weiter, auch im Regen, auch im Schnee …«

Seine Brote fielen achtlos zur Erde. Keiner interessierte sich noch dafür. Es gab jetzt Wertvolleres zu holen.

Das störte ihn nicht. Der Transporter rollte weiter, die Musik spielte ausgelassene Melodien, und Justin Cantwell sang aus voller Kehle mit, während rings um ihn her die Stadt im Chaos versank.

Rod fuhr mit Vollgas. Nachdem er den Flüchtenden eine Zeit lang aus den Augen verloren hatte, entdeckte er ihn plötzlich wieder. Er schrie in sein Funkgerät: »Ich sehe ihn! Er rennt die Maple Street hinauf!«

Der Mann tauchte in einen Seitenweg ein und rannte durch einen Vorgarten.

Rod folgte ihm mit dem Auto. »Er rennt durch Wimbleys Garten und wird gleich hinten in der Schulstraße herauskommen. Ich folge ihm zu Fuß!«

Er hielt an, sprang aus dem Wagen und jagte hinter dem Mann her. Als er über den Zaun sprang, kam ein Schäferhund auf ihn zu und schnappte nach seiner Wade. Eine Katze floh in Panik auf den nächsten Baum. Der Mann keuchte bereits schwer und Rod holte schnell auf. Sie waren fast am anderen Ende des Gartens angekommen, Rod konnte schon Bretts Wagen sehen.

Da drehte sich der Mann um und trat Rod so fest gegen das Knie, dass er durch die Luft flog. Er landete auf Bretts Wagen, benommen und zerkratzt und mit einem Knie, das seitwärts nach außen verdreht war.

Brett stand jetzt auf der Straße: »Halt oder ich schieße!« Der Mann rannte. Brett wollte ihn verfolgen, doch sein Bein ließ es nicht zu. Er blieb stehen und zielte. Der Flüchtende drehte sich im Laufen um …

... und prallte gegen Mark Peterson, der ihm sein Knie in den Rücken stemmte und Handschellen anlegte.

Brett kam angehumpelt: »Mark, super, genau im richtigen Augenblick!«

»Ich habe euren Funk mitgehört«, erklärte er und nahm dem Gefangenen Sonnenbrille und Hut ab.

Überrascht wich er zurück und starrte ungläubig auf den Hotelier Norman Dillard, dem Brandon Nichols seine Sehkraft wiedergegeben hatte.

Als wir die Gasexplosion hörten, beendeten wir unsere Sitzung schlagartig. Wir rannten ins Freie und sahen das Feuer und die plündernden Menschen. Nancy rannte zu ihrem Laden. Die Sirenen schrillten und das erste Feuerwehrauto kam um die Ecke.

»Mein Gott«, stöhnte Morgan, »das ist Michael!«

Er führte immer noch die Parade an, die nur aus einem Fahrzeug bestand und der auch niemand mehr folgte.

»Was machen wir jetzt?«, fragte Kyle.

»Wir halten uns genau an den Plan, den wir eben besprochen haben«, bestimmte ich. »Kyle, wir treffen uns bei mir! Morgan geht ganz normal zu ihrem Geschäftsessen und lässt sich nichts anmerken. Wir rufen sie per Handy an.«

Ich rannte zu meinem Wagen, raste zur Hauptstraße und fuhr dann betont langsam dem Transporter entgegen. Meine Fenster waren zu und die Türen verschlossen, während ich mich durch die wild gewordenen Menschen rollte. Ich musste zu Justin Cantwell, der auf seinem Fahrzeug stand, den Menschen winkte und Elvis-Lieder abspielte. Michael hielt ein Mikrofon in der Hand, doch er benutzte es nicht. Ich konnte seinem Gesicht ansehen, dass er im Augenblick eine ähnliche Erfahrung machte wie ich damals, als ich in seinem Alter gewesen war. Es war Zeit, mir den Jungen zu schnappen.

Eine Frau mit einer Lampe unter dem Arm lief an mir vorbei, zwei Kinder mit originalverpackten Computerspielen folgten ihr. Unter meinen Reifen knirschten Glasscherben. Die ganze Stadt war in das zuckende Orange brennender Häuser getaucht.

Dann entdeckte Justin mich. Er sah mir direkt in die Augen und versuchte, mich mit seinen Blicken zu durchdringen. Ich wich seinem Blick nicht aus und rollte gleichzeitig auf der Straßenmitte so langsam wie möglich auf ihn zu. Dann standen wir uns gegenüber.

Matt Kiley hupte. Ich zog die Handbremse. Der Messias von Antioch starrte mich an. Ich wartete. Er sollte in meinen Augen lesen, dass er mir nichts mehr voraus hatte. Ich war aus Texas zurück und wusste von ihm ebenso viel wie er von mir.

Ich wusste, woher er seine Narben hatte. Ich sah in meiner Vorstellung den Holzzaun hinter seinem Elternhaus. Ich sah, wie die Nägel durch seine Arme geschlagen wurden und wie sie lange Wunden rissen, als er sich loszumachen versuchte. Ich konnte mir den Schmerz, die Angst, das Entsetzen und die furchtbare Verwirrung des Fünfzehnjährigen vorstellen, dem man vorwarf, ein Kind des Teufels zu sein. Er musste mit dieser Demütigung weiterleben.

Ich verstand ihn und wollte ihn das wissen lassen.

Er hatte mich durchschaut und wandte sich ab. Doch im Umdrehen sah ich seine wahnsinnigen Augen, die zerzausten Haare und das verschwitzte Gesicht, das vom flackernden Schein des Feuers beleuchtet wurde. Ich war in sein Geheimnis eingedrungen und wusste, woher er seine Kraft nahm. Damit war ich sein engster Vertrauter – oder sein gefährlichster Feind.

Genug. Ich entließ Cantwell aus meinem Blick und suchte Michael. Er stand auf der anderen Seite meines Wagens und konnte, nach seinem Gesichtsausdruck zu urteilen, nicht glauben, was sich vor seinen Augen abspielte. Ich öffnete das Beifahrerfenster: »Michael, steig ein!«

Er kam zögernd näher und sah mich fragend an.

»Ich bin Travis Jordan und kenne deine Mutter.«

Er stieg ein.

Ein Brotlaib landete auf meiner Motorhaube. Brote flogen in alle Richtungen. Jemand hatte in das Brot gebissen, dass vor mir lag, und aus der Stelle krochen Würmer.

Ich legte den Rückwärtsgang ein, wendete und fuhr davon. Brett Henchle und Mark Peterson kamen mir mit Blaulicht entgegen. Norman Dillard saß auf der Rückbank des Polizeiwagens.

Ein Feuerwehrauto fuhr an mir vorbei, bald darauf kam mir ein Krankenwagen entgegen. Später erfuhr ich, dass Rod damit zum Krankenhaus gebracht worden war.

In meiner Wohngegend standen die Leute in ihren Vorgärten und unterhielten sich über das, was sie aus der Stadtmitte sahen und hörten.

Michael kämpfte lange mit den Tränen. Dann schluchzte er. Ich legte meine Hand auf seine Schulter: »Michael, ich möchte dir erzählen, was ich als junger Mann auf einer Fahrt nach Minneapolis erlebt habe.«

Jim Baylor sah vorsichtig um die Ecke. Die Feuerwehr versuchte, die brennenden Häuser zu löschen. Brett Henchle und sein Kollege waren mit Schlagstöcken im Einsatz gegen die Plünderer, die ihr Diebesgut wegwarfen und das Weite suchten. Die beiden sich prügelnden Christusse fürchteten die Polizei ebenfalls, ließen voneinander ab und flohen in entgegengesetzte Richtungen. Nur Dee war nirgends zu sehen. Jim kämpfte sich auf der Suche nach seiner Frau durch den Rauch.

O nein, da war sie! Am Ende der Straße war sie mit einer kleinen Gruppe der Nichols-Anhänger gerade dabei, den Wagen zu besteigen. Ein Mann, der schon oben stand, gab ihr die Hand und zog sie hoch auf die Ladefläche. Sie verließen die Stadt!

Jim rannte, was seine Beine hergaben: »DEE!«

Sie hörte ihn nicht, vielleicht wollte sie ihn nicht hören.

»DEE!«

Er durfte sie nicht diesem Verrückten überlassen.

»DEE! Halt! Komm zurück! Warte!«

Alle waren auf dem Wagen, Cantwell klopfte auf das Dach und Kiley gab Gas.

Jim wäre fast über seine Pistole gestolpert, die mitten auf der Straße lag. Eilig nahm er sie an sich. Sie hatte keine Munition mehr, aber das konnte man ändern. Er schob die Waffe in seine Tasche und rannte weiter.

Michael rief von meiner Wohnung aus seine Mutter an, die sehr erleichtert war. Wir schoben zwei Tiefkühlpizzas in den Ofen, setzten uns an den Küchentisch, und ich erzählte ihm zuerst von meiner Reise nach Minneapolis, dann von meinen Erlebnissen in Nechville. Er hörte aufmerksam zu. So oft wie möglich erwähnte ich, dass es den Messias wirklich gab. Doch er war nicht zu vergleichen mit Justin Cantwell. Man konnte ihn in kein Gebäude zwängen, ihn in keine Religion pressen und ihn nicht mit eigenen Erwartungen festlegen. Im Laufe meines Lebens hatte ich immer wieder versucht, ihn klein zu machen und in mein Leben zu integrieren. Aber allmählich begriff ich, dass man ihn nur kennen lernen kann, wenn man bereit ist, sich auf seine Bedingungen einzulassen und ihn als den Herrn zu respektieren, der er tatsächlich ist.

Ich konnte beobachten, wie Michael meine Worte verstand, zwar nur ganz langsam, aber ich nahm mir die Zeit, die er brauchte. Allmählich w rde es dunkel. Kyle würde jeden Moment kommen. Ich musste ihn jetzt fragen.

»Michael, ich möchte dich um einen Gefallen bitten.«

Mittlerweile war er mit seinem Prozess des Umdenkens so weit fortgeschritten, dass er es als seine Pflicht ansah, uns zu helfen. »Hier ist das Haus«, erklärte er, während er den Grundriss des Macon'schen Geländes skizzierte, »und hier ist die Zufahrt. Aber wer auf dieser Straße kommt, wird sofort gesehen. Der Brunnen wurde dort oben gegraben, ganz hier hinten …« Während Michael mir das Gelände beschrieb, überlegte ich fieberhaft. Es war ein gefährlicher Plan, der in meinem Inneren entstand. Aber ich sah keine andere Möglichkeit.

Beide Polizisten waren notwendig, um den rasenden Don Anderson, der allein gegen die gesamte Technik Antiochs ankämpfte, festzuhalten. Er war überzeugt, die Handschellen hätten etwas gegen ihn, die Autotür versuche, seinen Fuß einzuklemmen, und der Tachometer fixiere ihn.

Mark musste einen geeigneten Augenblick abpassen, bis weder Dons Kopf, Arme oder Beine im Weg waren, bevor er die Autotür schließen konnte. »Du meine Güte! Was ist bloß in Don gefahren?«

Brett beobachtete nachdenklich seinen Elektrofachhändler, der gegen die Scheibe schlug und mit den Handschellen kämpfte: »Ich fürchte, er hat eine ausgeprägte Form von ›Brandon Nichols‹. Die ganze Stadt leidet darunter.«

Mark ließ seine Augen über die zerstörten Geschäfte und den Müll auf der Straße schweifen. Was das Feuer angerichtet hatte, konnte man zurzeit noch nicht abschätzen. »Ja, die Flitterwochen sind vorbei …« Plötzlich kam ihm eine andere Frage in den Sinn: »Was ist eigentlich mit deinem Bein?«

»Ich nehme die alte Verletzung gerne zurück«, antwortete Brett leise, befühlte die Einschussnarben und versuchte, wie weit er sein Knie beugen konnte. »Es ist wieder so wie früher. So ist es mir lieber.« Don tobte immer noch und wehrte sich gegen das Polizeiauto, das mit Krakenarmen nach ihm griff.

»Am besten wir bringen ihn in die Klinik. Er braucht eine Spritze oder einen Psychiater. Ich rufe mal an, wer uns da weiterhelfen kann.«

Michael zeichnete alles auf. Etwa drei Kilometer nördlich des Macon'schen Hauses befand sich zwischen zwei Hügelreihen ein enges Tal. Vom Haus aus sah man die Hügel, aber nicht das Tal. In diesem Tal hatte Cantwell unbeobachtet tun können, was auch immer er zu tun hatte.

Hoffentlich würden wir dort ebenso unbeobachtet tätig sein können.

Leider hatte Michael keine Ahnung, wo sich der Bagger befand. »Zuletzt habe ich ihn in der roten Scheune gesehen, aber möglicherweise ist die Schaufel abmontiert, weil er ohne Schaufel zum Heumachen benutzt wurde.«

»Klingt nicht gut …«

»Jedenfalls ist hier der Hintereingang …« Er zeigte auf die gegenüberliegende Seite des Blattes. »Am nördlichen Ende des Anwesens, etwa sechs Kilometer von der Hauptzufahrt entfernt, ist ein zweites Tor, das nicht abgeschlossen wird. Allerdings müsst ihr es wieder hinter euch zumachen, sonst läuft das Vieh auf die Straße. Dann ist hier dieser Weg …«

Der Weg gabelte sich, der eine Arm führte in das kleine Tal, der andere zum Haus.

»Muss man damit rechnen, dass dieser Weg nachts beobachtet wird?«

Michael zögerte. »Eigentlich nicht. Außer ein paar Kühen ist kein Mensch dort oben.« Doch er hatte noch mehr auf dem Herzen: »Es könnte ein anderes Problem geben.«

Michael hatte Angst. Das war deutlich zu spüren.

»Wenn man dort oben auf dem Gelände ist, dann spürt man etwas.« Er suchte nach Worten. »Es ist so, als würde sich jemand von hinten anschleichen und dir ins Ohr flüstern, dass er dich im nächsten Moment anspringt. Es ist immer jemand da, der einen beobachtet, aber es ist nie jemand zu sehen. Deshalb weiß Cantwell immer alles. Diese unsichtbaren Augen arbeiten für ihn. Eine Zeit lang dachte ich, das seien Engel …« Sein Blick ging ins Leere, er hatte keine guten Erinnerungen. »… jedenfalls würde ich nachts nicht alleine dort hoch gehen.«

Es klopfte und wir fuhren zusammen. Die Tür ging auf. »Hallo! Kann ich reinkommen?«

»Ja, Kyle, komm herein, wir sind in der Küche. Michael, kennst du Kyle?«

Kyle kam herein und gab Michael einen pastoralen Händedruck: »Preis sei Gott! Gut, dass du dich vom Bösen abgewandt hast!«

Michael wusste nicht, was er darauf entgegnen sollte. Ich zeigte Kyle seine Skizze. »Er hat nicht gesehen, was Cantwell dort gemacht hat, aber er weiß, wo er das Loch gegraben hat.«

»Sehr gut. Ich habe schon zwei Schaufeln im Auto.«

Grabräuber, schoss es mir durch den Kopf.

»Gut, aber was wir vor allem brauchen, ist ein Bagger. Wir wollen doch nicht die ganze Nacht dort zubringen.«

Es klopfte erneut. »Travis?«

Es war Jim Baylor! Doch im Gegensatz zu sonst kam er nicht einfach zu Besuch. Er keuchte, schwitzte, war aufgeregt und hatte eine Waffe dabei. »Er hat Dee!« Alle wussten, vom wem er sprach.

Jim erzählte uns seine Geschichte und wir berichteten ihm unsere.

»Ich habe einen Bagger«, sagte er.

»Weiß ich«, antwortete ich.

Jim war begeistert von unserem Vorhaben und freute sich, dass wir ihn mitnehmen wollten, während Michael es für sehr gefährlich hielt und gerne zurückblieb.

»Lasst uns noch zusammen beten«, schlug ich vor, »dann gehen wir.«

Wir stellten uns im Kreis auf, reichten einander die Hände und beteten. Alle beteten.

Ich rief Morgan übers Handy an. Sie war immer noch bei dem Geschäftsessen, würde aber bald aufbrechen. »Seid bitte vorsichtig«, ermahnte sie mich, »ich will euch unbedingt wieder sehen.«

»Alles klar. Bis später«, verabschiedete ich mich und steckte das Telefon in meine Jackentasche.

Als Kyle und ich den entlegenen Zugang zum Macon'schen Anwesen erreicht hatten, war es so dunkel, dass wir das Tor fast nicht gefunden hätten. Es war eine klare, milde Frühsommernacht mit vielen funkelnden Sternen am blauschwarzen Himmel. Fünf Minuten nach uns kam Jim Baylor mit seinem LKW, auf dem der Bagger stand. Niemand war auf der Landstraße, als wir in die Zufahrt einbogen, das Tor öffneten und auf das Privatgrundstück fuhren.

Während der nächsten Kilometer kam ich mir vor wie in einem Werbefilm für Geländefahrzeuge, nur dass ich in einem einfachen, schlecht gefederten PKW saß. Wir rumpelten und holperten den Weg entlang, suchten die Erkennungsmerkmale, die Michael aufgezeichnet hatte, und kamen schließlich zu den Hügeln, die das kleine Tal umschlossen. Jim fuhr direkt hinter uns. Wir kämpften uns den Berg hinauf. Allmählich wurde der Weg besser. Offensichtlich waren hier schon einige Baufahrzeuge vor uns gefahren. Dann ging es bergab. Noch einen Kilometer ins Tal hinein und wir kamen an einen kleinen, runden Zaun. Ich wendete und stellte meinen Wagen an die Seite, um Jim nicht zu behindern.

Jim suchte sich einen sicheren Untergrund, schaltete den Motor aus und machte sich daran, den Bagger zu entladen. Welch eine Dunkelheit! Sie drang auf uns ein und umfloss uns. Wir hatten den Eindruck, dass wir sie mit den Händen greifen konnten. Unsere Taschenlampen konnten nichts dagegen ausrichten.

Kyle und ich betrachteten das Gelände. Es gab nicht viel zu sehen. Hier war der Macon'sche Brunnen, mit Kieselsteinen bedeckt, mit Brettern gesichert, von einem Zaun umgeben. Wo das Rohr aus der Erde kam, war ein großer Druckregler, um die Wassermenge einzustellen. Alles war sauber und einfach.

»Was suchen wir?«, fragte Kyle.

»Ein Auto«, antwortete ich sarkastisch.

»Ja, schon klar, aber nach welchen Zeichen suchen wir jetzt, ich meine, wo sollen wir …«

Ich wusste es auch nicht. Leider war kein frisch ausgehobenes Loch in der Größe eines Autos zu sehen.

War es nur Michaels Angst, die jetzt meine Fantasie anregte? Umgeben von den Schatten der Nacht fühlte ich mich bedroht und schutzlos. Überall konnten sich Kreaturen oder Geister verbergen, ich würde sie nicht sehen. Nachdem ich mehrfach mit Justin Cantwell zusammengetroffen war, kannte ich das Gefühl, von unsichtbaren Augen beobachtet zu werden.

Ein lautes metallisches Klingen ließ mich zusammenfahren.

Aber es war nur Jim, der eine Eisenkette auf den LKW geworfen hatte. Er arbeitete schnell, trotzdem dauerte es mir viel zu lange. Mit meiner Taschenlampe versuchte ich, die Schatten zu durchdringen und mich davon zu überzeugen, dass wir alleine waren. Aus Kyles Richtung hörte ich hektisches Beten. Offensichtlich fühlte er sich auch nicht besser.

Jim startete den Bagger und seine starken Scheinwerfer vertrieben die Schatten in einem scharf abgegrenzten Umkreis. Dankbar stellten wir uns auf das Stückchen hell erleuchteten Boden. Wir schritten das Gelände ab, stießen hier und da mit unseren Schaufeln hinein und sahen uns ratlos an.

»Was meinst du, Jim?«, fragte ich und erschrak beim Klang meiner eigenen Stimme.

Mit seiner Schaufel untersuchte er den Boden. »Hier ist alles alt.« Er ging um das abgezäunte Gebiet und an dem Rohr entlang. »Aber das hier ist anders, hier wurde nur schnell etwas zugeschüttet«, stellte er bald darauf fest.

Er stach alle paar Schritte mit seiner Schaufel in den Boden und warf etwas Erde auf. »Seht ihr«, sagte er nach einiger Zeit, »das hier ist frisch.« Kyle und ich beobachteten ihn, als wären wir seine Lehrlinge. »Hier will ich einmal nachsehen, das kommt mir komisch vor.«

Er kletterte in seinen Bagger, rollte zu uns und fuhr das vordere der beiden großen hydraulischen Standbeine heraus. Der Bagger schwankte, als sich der Ausleger in die Erde bohrte. Jim ließ das hintere Bein herunter …

… und brach ein. Wir hörten ein Klirren. Jim machte den Motor aus und kam herunter. Wir eilten zu der Stelle und richteten unsere Taschenlampen darauf.

Wir konnten Glassplitter sehen und eine schwarze Öffnung.

Kyle nahm die Schaufel und vergrößerte das Loch. Ich erkannte Chromleisten und schwarzen Stoff.

»Wir haben es«, verkündigte ich mit einer vor Aufregung schrillen Stimme.

Jim stieg wortlos in seinen Bagger, zog die Ausleger zurück, rollte zur Seite und fuhr sie erneut aus. Jetzt stand er auf festem Grund. Er begann, das Auto auszugraben, und Kyle und ich standen so nahe wie möglich dabei. Innerhalb von zehn Minuten hatte er die Oberfläche und eine Seite des Wagens freigelegt. Kyle und ich sprangen in den Graben und schaufelten im Licht der Baggerscheinwerfer vorsichtig weiter. Jims Ausleger war durch die vordere Windschutzscheibe gebrochen. Wir brachen das restliche Glas heraus und sahen uns im Innern des Fahrzeugs um. Es war unversehrt, aber voller Schlamm aus dem Fluss. Es roch jedenfalls nach Fluss …

… oder nach etwas Totem.

Wir kletterten aus dem Loch und erklärten: »Wir sollten mal im Kofferraum nachschauen.«

Jim brachte seinen Bagger in die gewünschte Position und grub den Kofferraum aus. Ein paar Mal schrammten die Zähne der Schaufel über das Metall. Wieder sprangen Kyle und ich in das Loch und entfernten die schwere, nasse Erde. Dann war der Kofferraum freigelegt, aber er ließ sich nicht öffnen. Wir versuchten es mit unseren Schaufeln. Vergebens. Deshalb stiegen wir heraus. Nun war der Bagger wieder an der Reihe.

Jim fuhr nahe heran, ließ die Schaufel hinunter und hakte die Zähne unter den Kofferraumdeckel. Er zog an und mit einem leisen »Plopp« sprang der Deckel auf. Kyle und ich starrten hinein. Es war etwas im Kofferraum.

Jim legte die Baggerschaufel neben das Loch und richtete alle Scheinwerfer in die Öffnung. Kyle und ich rutschten wieder den Matsch hinunter in das Loch. Es war nicht nur Gestank, der uns entgegenkam. Eine abscheuliche, dicke, Übelkeit erregende Atmosphäre schlug wie eine Welle über uns zusammen. Ich wandte mich ab, um Luft zu holen. Noch immer konnten wir nichts sehen.

Ich füllte meine Lungen mit frischer Luft, verbarg Mund und Nase in der Ellbeuge und ging auf die Öffnung zu.

»Was ist es?«, rief Jim von oben.

Wir hatten ihm erzählt, dass wir ein verstecktes Auto suchten. Über seinen möglichen Inhalt hatten wir nicht gesprochen.

Alles in dem Kofferraum war voll von dem braunen Schlamm des Flusses. Wir erkannten eine Wolldecke, die etwas bedeckte. Mit meinem freien Arm streckte ich die Schaufel aus, schob sie unter den Rand der Decke und hob sie an.

»Iiiiihhh!« Ich wusste, dass Kyle nicht beabsichtigt hatte, so zu schreien. Es ließ sich einfach nicht vermeiden.

Die Worte, die Jim entfuhren, kann ich nicht wiedergeben.

Der Überrest eines Gesichts starrte mit nasser, schlammiger Haut unter der Decke hervor, die Augenlider waren faltig in die Augenhöhle gesunken, die geschrumpften Lippen gaben eine Reihe schiefer Zähne frei. Schulterlanges Haar lag auf dem Boden des Kofferraums. Wo der Dreck dünner war, konnte man die schwarze Farbe der Haare erkennen. Trotz des braunen Belags erkannten wir eine Jeanshose, Jeansjacke und Cowboystiefel. Die Kehle des Mannes war aufgeschlitzt worden.

Kyle war schon aus dem Loch geklettert und rang nach Luft. Ich wollte ihm folgen, musste aber husten, krallte mich an der Schaufel fest, mein Magen hob sich und Säure stieg in meinen Mund. Ich rutschte auf dem feuchten Boden und fiel in die Grube zurück.

In dem Moment klingelte das Handy in meiner Jackentasche und erschreckte mich zu Tode. Ich stand auf und sah in die toten Augen.

Mein Handy klingelte. *Sprich mit mir! Sprich mit mir!*

Ich kramte es hervor, versuchte mit meinen zitternden Fingern, die Antenne herauszuziehen und die Klappe zu öffnen: »Ja«, keuchte ich, »Morgan, bist du das?«

»Überraschung!«

Panik schlug mir wie eine Faust in den Magen. Ich bekam keine Luft und fühlte mich von unsichtbaren Augen beobachtet. Das Einzige, was ich sah, war dieser grinsende tote Schädel, angestrahlt im Scheinwerferlicht des Baggers.

Cantwell spielte den Toten, als er mit tiefer Stimme und spöttischem Tonfall fragte: »Na, hast du mich endlich gefunden?«

Mir hatte es die Sprache verschlagen. Ich starrte auf den Schädel.

Cantwell sprach normal weiter: »Kommen Sie, Travis, sagen Sie doch etwas. Wie geht es Ihnen jetzt, wo Sie so viel wissen?«

Ich versuchte, etwas zu sagen, doch kein Wort kam über meine Lippen.

»Vielleicht ist es besser, wenn Sie erst mal aus diesem Loch herauskommen und ein bisschen frische Luft einatmen.«

Ich rührte mich nicht.

Er lachte über mich.

Endlich hatte ich mich gefangen. »Justin, ich stehe vor den Früchten Ihres Lebens. Das ist es, was Sie zu bieten haben. Nun weiß ich, was ich wissen wollte.«

Seine Stimme wurde kalt: »Gar nichts wissen Sie! Ich bin es und ich habe die Schlüssel der Hölle und des Todes in meiner Hand …«

»Von wegen! Das spinnen Sie sich zusammen, Justin! In Wirklichkeit haben Sie gar nichts mehr in der Hand. Ihr Spiel ist zu Ende! Hier an dieser Stelle bricht Ihre Welt zusammen.«

»Travis, wir müssen uns noch unterhalten.«

»Worüber denn? Was könnten Sie mir jetzt noch zu sagen haben?«

»Haben Sie mich denn immer noch nicht verstanden? HABEN SIE ÜBERHAUPT ETWAS VERSTANDEN?« Seine Stimme war so laut, dass mein Handy dröhnte. »Was muss noch alles geschehen, bis meine Worte in Ihrem Kopf ankommen? Es liegt in meiner Hand, wer lebt und wer stirbt. Ich bin nicht mehr an den Zaun genagelt, Travis, erkennen Sie das nicht?«

»Justin, es ist vorbei!«

»Nein, noch lange nicht. Ich bin nicht allein hier oben und ich entscheide über Leben und Tod.«

Mein Magen machte eine weitere Umdrehung. »Justin, Sie machen alles nur noch schlimmer.«

»Unmöglich.«

»Bitte, Justin, Sie schaden sich nur selbst. Außerdem vertrauen Ihnen diese Leute …«

»Ich habe Gott damals auch vertraut!«

»Justin, Sie haben keine Wahl. Wenn Sie nicht aufgeben, werden Sie sterben.«

»Aber dann werde ich eine Menge Leute mitnehmen. Sagen Sie das den anderen. Ich werde nicht alleine sterben. Und übrigens …«

Schweigen.
»Was?«
»Ich habe Morgan.«

29

Mit zitternden Fingern schob ich mein Handy in die Jacke und versuchte, endlich aus dem Loch zu kommen. Ich rutschte, versuchte, mich am Matsch festzukrallen, und glitt wieder zurück. Erst als Kyle und Jim mir die Hände entgegenstreckten und mich herauszogen, kam ich nach oben.

»Das war Cantwell«, stöhnte ich, »und er hat Morgan!«

»Jesus, bitte hilf uns!«, betete Kyle laut.

»Wieso hat er Morgan?«, wunderte sich Jim.

»Bitte, kommt schnell, ich habe das Gefühl, wir werden beobachtet«, drängte ich, »keine Ahnung, ob das Geister oder Menschen sind, aber es ist Zeit, dass wir gehen.«

»In Jesu Namen binden wir alle Mächte der Finsternis!«, betete Kyle.

Jim zog seine Waffe: »Er hat Dee!«

»Und wenn wir nicht bald weg sind, hat er uns auch!«

»Aber mein Bagger und mein LKW …«

»Ich glaube nicht, dass jemand deinen Bagger erschießt, aber ich mache mir Sorgen um uns …«

Endlich verstand Jim. Wir rannten zu meinem Wagen. Als ich Gas gab, flog hinter uns die Erde auf. So schnell ich konnte, fuhr ich über den holprigen Weg. Wir wurden hin und her geworfen, und ich versuchte, die schlimmsten Löcher zu umfahren, aber wir hatten keine Zeit zu verlieren.

Ich gab Kyle mein Telefon: »Ruf bitte den Polizeinotruf an und erzähle ihnen von Brandon Nichols im Kofferraum und von Morgan und Dee.«

Kyle zögerte: »Sie werden uns an Brett durchstellen.«

»Sag ihnen, dass es sich um eine Sekte handelt. Wir brauchen viel Polizei. Cantwell ist ein Mörder und hat sich mit Geiseln verschanzt!«

»An seiner Stelle würde ich fliehen«, wunderte sich Jim.

Kyle wählte und wartete auf das Klingeln.

»Die Leitung ist tot«, stöhnte er.

Ich gab Gas.

Unterdessen hatte Brett Henchle den Bezirkspolizisten John Parker zu Hilfe gerufen. Parker beobachtete schon lange, was sich in Antioch zusammenbraute, hatte sich bislang aber nicht eingemischt. Es war Henchles Revier.

Aber jetzt hatte Henchle ein Opfer von Brandon Nichols im Krankenhaus befragt und war entschlossen, Nichols festzunehmen. Bevor sie losfuhren, hatte er Parker angewiesen, Nichols auf keinen Fall zu berühren. Parker war gespannt, wie Henchle den Mann verhaften wollte, ohne ihn anzufassen.

Parker hatte vier seiner Beamten in die Stadt geschickt, um den einzigen Dienst habenden Polizisten dort zu unterstützen. Diese Sektengeschichten konnten erfahrungsgemäß schnell eskalieren; das war nicht zu unterschätzen. Wenn es nötig wäre, könnte er einige Mannschaften Verstärkung anfordern. Aber er wartete zunächst ab, ob Henchles Plan aufging.

Nun konnte man das Haus sehen. Ein paar Zimmer waren erleuchtet, doch das Gelände war dunkel. Rechts sah man die Umrisse zweier Zirkuszelte. Davor war eine Baustelle und ein halb fertiges Gebäude, vermutlich waren das die im Bau befindlichen sanitären Anlagen. Links standen reihenweise Wohnwagen, Wohnmobile und Zelte, einige Lagerfeuer brannten. Notfalls konnte man den Messias von Antioch auch wegen hygienischer Ordnungswidrigkeiten verhaften, dachte Parker grinsend, falls man sonst keine Handhabe gegen ihn hätte.

Doch es gab schon einiges, das man dem Mann anlasten konnte, überlegte er weiter. Nicht nur schwere Misshandlung, auch Anstiftung zum Aufruhr, Störung der öffentlichen Ordnung, Demonstrieren ohne Genehmigung und Verunreinigung der Stadt. Seine mit Würmern gefüllten Brote lagen zu Hunderten in den Straßen herum und würden der Stadtreinigung noch viel Arbeit bereiten. Woher hatte er eigentlich das ganze Brot?

Endlich erreichten sie das Haus. Einige Gardinen bewegten sich, Schatten huschten hinter den Fenstern vorbei. Parker entsicherte seine Waffe. Auch wenn sie keinen Drogenhändler oder Bankräuber suchten, es war dunkel, Nichols war von vielen Freunden umgeben, und man wusste nicht, ob sie bewaffnet waren.

Ohne Vorwarnung zersplitterte Henchles Heckscheibe. Aus einem der Fenster war geschossen worden.

Ein zweiter Schuss fiel. Glas zerbarst. Auch dieses Mal hatte es Henchles Auto getroffen.

Parker sah den Umriss des Schützen im Fenster.

Drei weitere Schüsse trafen Parkers rechte Windschutzscheibe und seine Motorhaube.

Die Lage: ein Bewaffneter im Haus, eine Gruppe von Sympathisanten auf dem Gelände, dagegen zwei Einsatzfahrzeuge mit je einem Mann besetzt. Unmöglich!

Henchle wendete bereits, Parker folgte. Zwei weitere Schüsse verfehlten ihr Ziel nur knapp. Parker saß auf dem Boden seines Wagens und versuchte zu fahren.

Sein Funk meldete sich. Eine Leiche sei auf dem Macon'schen Gelände gefunden worden …

Ich hatte wieder die Landstraße erreicht und raste mit Höchstgeschwindigkeit in Richtung Stadt. Als wir auf die Höhe des Macon'schen Hauses kamen, mündeten zwei Fahrzeuge auf unsere Straße, hielten an und schalteten das Fernlicht ein. Es waren Polizeiwagen!

»Einer der beiden ist Henchle«, stellte ich erleichtert fest und hielt an.

Parker kam angerannt: »Fahren Sie weiter, hier ist ein Polizeieinsatz im Gange!«

Gleichzeitig sprach Kyle mit dem Polizeinotruf, der Parker per Funk einschaltete. Als Parker erkannte, dass er mit Kyle sprach, lachten wir kurz. Dann ging es zur Sache. »Was haben Sie zu berichten?«, fragten Parker und Brett gleichzeitig. Wir redeten alle durcheinander: Morgan, Dee, Geiseln, vergrabenes Auto, toter Brandon, Sekte, gefährlich.

»Wir müssen das Gelände abriegeln«, erklärte Parker, der jetzt das Kommando übernahm und bereits Verstärkung angefordert hatte. Konzentriert beugte er sich über die kleine Skizze, die Michael angefertigt hatte. »Wie weit ist es von dem Haus bis zu der nördlichen Weggabelung?« Das wussten wir nicht.

Gleichzeitig wählte Brett Cantwells Nummer. Von beiden Seiten kamen Polizeifahrzeuge und verteilten sich rund um das Macon'sche Grundstück.

Ich versuchte, Michael in meinem Haus anzurufen, um ihn nach den Entfernungen zu fragen.

Brett hatte Verbindung: »Hallo, ich bin Brett Henchle. Polizei. Mit wem spreche ich? Matt?«

Überrascht sahen wir einander an: Matt Kiley!

»Matt, jemand hat auf uns geschossen.« Brett runzelte die Stirn. Die Antwort schien ihm nicht zu gefallen. »Beruhige dich. Du brauchst niemanden zu erschießen. Keiner würde so etwas Dummes tun. Wir werden in Ruhe miteinander reden, das ist alles.«

Bei mir zu Hause nahm niemand ab. Ich legte auf. Zu Brett gewandt fragte ich: »Ist Morgan im Haus?«

»Und Dee?«, meldete sich Jim.

»Legen Sie ihre Waffe ins Auto«, wurde Jim von Parker verwarnt.

»Travis Jordan fragt, ob Morgan Elliott bei euch im Haus ist?«, fragte Brett. Er hörte eine Antwort und gab mir das Telefon: »Er will mit dir sprechen.«

»Hallo, Matt?«

Matts Stimme überschlug sich fast. Er klang, als wäre er wieder in Vietnam. »Ich werde niemanden in seine Nähe kommen lassen! Wer in Brandons Nähe kommt, den erschieße ich!«

»Schon gut, schon gut, nun hör mir mal zu. Niemand versucht, sich dem Haus zu nähern. Wir sind alle hier auf der Hauptstraße und überlegen, was wir tun sollen …«

»Niemand wird ihn verhaften! Das lasse ich nicht zu! Dieser Mann hat mir meine Beine wiedergegeben!«

»Ich habe dich verstanden. Matt, kann ich mit Brandon sprechen? Holst du ihn mir bitte ans Telefon?«

»Er ist hier im Haus.«

»Ja, kann ich mit ihm sprechen?«

»Nur über die andere Leitung.«

»Welche andere Leitung?«

»Leitung zwei. Wir haben zwei Nummern.«

Das war mir neu.

»Was sagte er?«, fragte Brett.

Ich winkte den anderen, sich noch ein wenig zu gedulden. »Matt, hast du Morgan gesehen? Geht es ihr gut?«

»Und Dee!«, flüsterte Jim.

»Woher soll ich das wissen?«

»Ist sie bei dir?«

»Dee!«, zischte Jim.

»Nein, sie ist nicht hier. Dee ist hier.«

»Dee ist dort«, sagte ich zu Jim.

Jim riss mir das Telefon aus der Hand: »Ihr krümmt ihr kein Haar, verstehst du mich? Wer sie anrührt, den bringe ich um, so wahr mir Gott helfe!«

Kyle half mir, das Telefon zurückzubekommen. »Tut mir Leid, Matt, aber hier sind ein paar Leute sehr wütend.«

»Es geht Dee gut«, sagte Matt, »das kannst du Jim ausrichten.«

»Es geht ihr gut«, gab ich an Jim weiter.

»Aber, Travis, ich werde tun, was ich tun muss«, erklärte Matt, »ich habe meine Beine verloren, als ich damals versuchte, die Welt in Ordnung zu bringen. Heute versuche ich es noch einmal.«

»Ich kann dich verstehen, aber –«

Brett nahm das Telefon wieder an sich.

»Matt? Hier ist Henchle. Hör mal, wir sind nicht deinetwegen hier. Aber Cantwell muss sich für ein paar furchtbare Dinge verantworten, von denen du nichts weißt. Doch, das stimmt! Matt, komm schon, du willst doch nicht zum Mittäter werden! Alles, was wir von dir erwarten, ist, dass du aus dem Haus kommst und uns deine Waffe gibst.«

Parker wollte mit Nichols sprechen.

»Er hat einen zweiten Anschluss«, erklärte ich.

»Dann brauchen wir seine Nummer«, drängte Parker.

Inzwischen trafen immer mehr Polizeifahrzeuge ein. Sie sperrten die Landstraße und formierten sich.

Ich betete, dass Morgan zu Hause war.

»Wie viele Geiseln sind in dem Haus?«, fragte mich ein Polizist.

»Moment mal …« Ich hatte gerade Morgans Nummer gewählt und legte wieder auf. »… es ist eine religiöse Gruppe. Ein Teil von ihnen sind Geiseln, ein Teil sind Anhänger. Ich weiß nicht, wie viele wir von jeder Sorte haben, wie viele festgehalten werden und wie viele freiwillig dort sind.«

»Na, prima!«

»Ich schätze, dass etwa hundert Anhänger auf dem Gelände sind. Da oben ist ein ganzer Campingplatz.«

Der Polizist ging weiter und gab seine Befehle. Noch nie sah ich mitten in der Nacht so viel Polizei so schnell auftauchen.

Endlich wählte ich Morgans Nummer.

»Travis?«

Ich brach vor Erleichterung fast zusammen. »Morgan, geht es dir gut?«

»Ja, ich komme gerade zur Tür herein.«

»Wirklich? Wo bist du denn? Was machst du?«

Dieser Lügner, dachte ich, *dieser elende Lügner!*

Parker sprach dazwischen: »Wir brauchen den Mann, der das Gelände skizziert hat. Kann er herkommen?«

»Warte mal«, sagte ich zu Morgan, und an Parker gewandt: »Ich habe gerade seine Mutter am Telefon.«

»Kennt er das Grundstück und das Haus? Wenn ja, dann brauchen wir ihn hier oben. Wir können ihn mit einem Dienstfahrzeug holen.«

»Gut, ich frage sie. Morgan?«

»Ja, Travis?« Sie klang etwas genervt.

»Ich stehe hier oben vor der Einfahrt, auf der Landstraße.«

Jetzt kamen ganze Mannschaftswagen an. Mit kugelsicheren Westen und Helmen rannten Polizisten den Hügel hinauf und umstellten das Haus.

»Hier wimmelt es von Polizei.«

»Geht es dir gut?«

»Ja, mir geht es gut. Ich zittere ein bisschen, aber sonst ist alles bestens.«

Morgan ließ sich in den nächsten Stuhl fallen. Sie hatte noch den Mantel an.

»Sag mir endlich, was los ist!«

In wenigen Sätzen schilderte ich unseren Fund und die gegenwärtige Situation. Cantwells Lüge über ihre Gefangennahme verschwieg ich.

»Travis, bleib nicht dort! Komm nach Hause!«

»Ich bin in Sicherheit.«

»Ich will sehen, dass du in Sicherheit bist.«

»Wir brauchen Michael.«

»Travis, wir reden jetzt nicht über Michael, sondern über dich! Ich will nicht, dass du noch länger dort oben bleibst!«

»Die Polizei braucht einen exakten Lageplan von dem Gelände und dem Haus. Sie müssen genau wissen, wie die Zimmer geschnitten sind, wie die Flure verlaufen und wo Eingänge sind. Michael weiß das alles und er kann sehr gute Karten malen.«

Morgan riss sich zusammen. »Ich weiß nicht, wo er ist.«

»Was willst du damit sagen?«

»Ich habe deine Nummer angerufen, aber es hat sich niemand gemeldet.«

»Ich habe es auch versucht, ebenfalls ohne Erfolg.«

Sie wollte sich keine Sorgen machen. Doch das gelang ihr nicht. »Ich fahre sofort hin. Vielleicht schläft er. Er kann sehr tief schlafen.«

»Ich weiß, was wir machen: Du fährst jetzt dorthin, weckst ihn und kommst mit ihm zusammen zu uns.«

»Das ist doch wohl nicht dein Ernst!«

Parker stand neben mir und wartete auf eine Antwort.

»Morgan …« Ich hatte immer noch Cantwells böse Stimme im Ohr, wie er sagte: »Ich habe Morgan.«

»… es wäre mir lieber, du wärst hier. Ich bin umgeben von Polizei, und das wünsche ich mir auch für dich und Michael.«

»Haben Sie ihn?«, fragte Parker dazwischen.

»Morgan?«

Sie zögerte: »Wir sollen zu euch kommen?«

»Ja, bitte. Du musst nur die Landstraße hochfahren, bist du zur Absperrung kommst. Oder warte mal …« Ich wandte mich an Parker: »Könnten Sie jemand zu meinem Haus schicken, der sich darum kümmert, dass die beiden sicher hierher kommen?«

»Wo wohnen Sie?« Parker wartete meine Antwort nicht erst ab, sonder rief in die Runde: »Wer weiß, wo dieser Mann wohnt?«

»Morgan?«

»Ja, ich höre. Ich höre immer noch!«

»Einen Moment mal bitte …«

Brett meldete sich und fragte, um was es geht.

»Die Pastorin, Morgan Elliott, und ihr Sohn, du weißt schon, der Prophet …«

Brett nickte: »Geht klar, mach dir keine Sorgen.« Dann sah er mich ruhig an: »Übrigens, du warst im Recht, die ganze Zeit.« Damit lief er los.

»Morgan, Brett Henchle fährt jetzt zu meinem Haus, um dich und Michael abzuholen. Also warte bitte auf ihn, ja?«

»Brett Henchle? Travis, weißt du nicht mehr, was wir über ihn sagten?«

»Das stimmt nicht mehr. Er hat mit Sally Fordyce gesprochen, hat den Tumult in der Stadt erlebt, hat wurmzerfressenes Brot von der Straße geräumt und jetzt hat er einen Mordfall aufzuklären. Er steht mittlerweile wirklich auf unserer Seite.«

Alles ging sehr schnell und in einem hektischen, ruppigen Ton. Morgan trat innerlich auf die Bremse, atmete durch und machte einen neuen Anlauf. Ob ihr das gefiel oder nicht, sie musste jetzt die Aufgabe übernehmen, die ihr zugedacht war. »Ist gut, Travis, ich hole Michael, warte auf Brett und dann kommen wir zu dir.«

»Ich liebe dich.«

»Bis dann.«

Sie legte auf – und hörte noch einmal den Nachhall der letzten Worte. Was? Hatte sie richtig gehört? Ich liebe dich? Er sagte: »Ich liebe dich«, und sie antwortete: »Bis dann«?

Travis, wieso tust du mir das an?

Sie stand auf und verließ die Wohnung. Die Tür fiel krachend ins Schloss. *War keine Absicht,* entschuldigte sie sich vor sich selbst.

»Was wissen Sie über diesen Matt?«, fragte mich Parker.

»Er ist ein mehrfach ausgezeichneter Vietnam-Veteran, der ausgesprochen loyal ist. Er hielt im Krieg allein gegen die feindlichen Kräfte aus, damit seine Kameraden fliehen konnten.«

Parker blickte traurig zum Haus.

»Bitte tun Sie ihm nichts«, fügte ich noch hinzu.

Bevor Parker antworten konnte, gab ein anderer Polizist ihm ein Telefon: »Er ist dran.«

»Cantwell?«

»Ja.«

Parker gab mir das Telefon: »Soweit ich verstanden habe, kennen Sie ihn besser als jeder andere. Reden Sie mit ihm. Versuchen Sie, ihn zu beruhigen.« Ich zögerte. »Bringen Sie ihn zum Reden, verhindern Sie, dass alles eskaliert.«

Ich nahm das Telefon und hielt es vorsichtig an mein Ohr. »Hallo, hier spricht Travis.«

»Na, so was! Sie machen ja eine ganze Menge Wirbel da draußen.«

»Ja, das kann man wohl sagen. Es ist wirklich einiges los hier.«

»Parker lächelt gar nicht.«

Ich sah zu Parker. »Nein, kein bisschen. Kaum einer lächelt hier im Augenblick. Und wie geht es Ihnen?«

»Ganz ordentlich. Ich bin umgeben von meiner kleinen Familie, die bereit ist, mit mir durch dick und dünn zu gehen, wenn es sein muss bis zum Ende. Wir leben im neuen Jerusalem. Das werden wir nicht in Feindeshand fallen lassen.«

»Denken alle so?«

»Zumindest die wichtigsten: Matt, Mary, Melody …«

»Was ist mit Morgan?«

Er lachte. »Entspannen Sie sich, mein Freund, sie ist nicht hier.«

»Wer ist noch bei Ihnen?«

Er seufzte: »Travis, warum fahren Sie nicht einfach nach Hause? Sie sind dort ohnehin keine große Hilfe.«

»Ich soll aber mit Ihnen verhandeln.«

»Ach, so. Sie meinen, ich sage Ihnen meine Forderungen, Sie tun so, als würden Sie darüber nachdenken, gleichzeitig stellen Sie uns Wasser und Strom ab und beschallen uns Tag und Nacht mit lauter Musik. Einige Tage später stürmen sie das Haus und erschießen uns alle. Das ist doch der Plan, oder?«

»Ich habe Ihnen vorhin schon geraten, nicht alles noch schlimmer zu machen, als es ohnehin schon ist.«

»Travis, gehen Sie nach Hause.«

»Ich dachte, Sie wollten mit mir reden?«

»Es ist nicht schön, sich zu unterhalten, wenn scharenweise Bullen dabei sind.«

»Das könnte unsere letzte Gelegenheit sein.«

»Keine Sorge, wir werden uns auf jeden Fall noch unterhalten. Darauf können Sie sich verlassen. So, ich muss jetzt Schluss machen.«

»Justin, ich habe Ihren Vater kennen gelernt. Das wäre ein Thema, über das wir reden könnten.«

»TRAVIS! Gehen Sie endlich nach Hause!«

Er legte auf. Ich sagte Parker Bescheid, und er erteilte den Befehl, Strom und Wasser zu sperren.

»Wir brauchen Flutlicht und eine große Beschallungsanlage«, wies er einen Kollegen an.

Ein anderer berichtete ihm: »Den Campingplatz räumen wir im Augenblick. Es gibt keinen Widerstand, die meisten gehen freiwillig.«

Parker grinste zynisch: »Treue Nachfolger.« Er ordnete an, jedes Fahrzeug zu durchsuchen und sie dann einzeln herausfahren zu lassen. »Wir reduzieren die Versteckmöglichkeiten und engen das Feld ein.«

Morgan war noch nie in meinem Haus gewesen, aber sie kannte den Weg. Zum Glück musste sie nicht durch die Stadtmitte, denn dort blockierten Polizei, Feuerwehr, Krankenwagen und Straßenreinigung die Fahrbahn. Doch in meiner Wohngegend war alles ruhig, die meisten

Leute saßen in ihren Wohnzimmern und man sah von der Straße aus das flackernde Licht der Fernseher. Auch in meinem Häuschen waren die Lichter eingeschaltet und die Vorhänge zugezogen.

Die Haustür war nicht abgeschlossen. Morgan öffnete die Tür: »Michael! Michael, bist du hier?«

Keine Antwort. Sie sah sich nach Brett Henchle um, aber er hatte eine wesentlich längere Strecke zu fahren als sie und konnte noch nicht angekommen sein. Also ging sie hinein, um auf Brett zu warten. Kaum war sie im Haus, begann sie unwillkürlich, das Zuhause von Travis Jordan zu untersuchen. Wie lebte er? Wie sah es bei ihm zu Hause aus?

Das Wohnzimmer gefiel ihr. Ein Modellflugzeug war gerade im Bau und lag auf einem Tisch im hinteren Teil des Raumes. In der Küche sah es weniger gut aus. Leere Bierdosen und Pizzareste türmten sich auf dem Tisch.

Die Tür zum Schlafzimmer stand offen. Sie zögerte, konnte aber doch nicht widerstehen. Das Bett war gemacht, die Plüschtiere neben dem Kissen entlockten ihr ein Lächeln. Auf den Regalen standen die Bücher in sauberen Reihen und ein Aquarium plätscherte leise vor sich hin.

Sie hörte ein Geräusch und fuhr erschrocken herum. Doch außer der unaufgeräumten Küche war nichts zu sehen.

Rechts von ihr stand der Kleiderschrank. Sie hätte gerne einen Blick hineingeworfen, aber das wäre zu weit gegangen. Außerdem war die Luft hier ausgesprochen schlecht. Irgendwo gammelten wohl ein paar schmutzige T-Shirts vor sich hin.

Dann sah sie das Foto neben dem Bett und hielt inne. Es war eine wunderschöne Aufnahme von Marian, als diese noch gesund gewesen war. Sie ging ums Bett herum, sah sich das Bild aus der Nähe an und nahm es schließlich in die Hand. Marians Lächeln war strahlend und warm. Wie traurig, dass sie nicht mehr da war. Sie wusste, wie sich Travis fühlte. Neben ihrem Bett stand das Bild von Gabe.

Schnell sah sie über ihre Schulter.

Nichts, nur Bücherregale, eine Gitarre und der Blick in die Küche. Manchmal reflektierte die Innenseite ihrer Brillengläser einen Lichtstrahl, davon war sie wohl eben irritiert worden.

Natürlich war sie nervös. Schließlich war ihr Sohn verschwunden.

Sie hatte Angst. Aber dazu hatte sie keinen Grund, nicht hier, nicht im Haus von Travis Jordan.

Sie stellte sich mit dem Rücken zur Wand und sah sich genau um. Außer dem Plätschern des Aquariums war nichts zu hören. Alles sah normal aus. Nur dieser Geruch …

Ob in dem Schrank etwas war? Oder unter dem Bett? Jedes Kind fürchtet sich vor den Gespenstern im Schrank und unter dem Bett. So ein Quatsch! Genug davon!

»Michael?« Keine Antwort. Er war nicht hier. Sie ging zurück in die Diele.

DIE HAUSTÜR ÖFFNETE SICH!

Entsetzt sprang sie zurück. »Hallo, Mrs. Elliott, sind Sie hier?« Es war Brett Henchle.

Sie sank erleichtert in sich zusammen.

Mühsam rang sie nach Luft. Sie fasste nach ihrem Herzen, das aufgeregt hämmerte. »Sie haben mich zu Tode erschreckt!«

Er lächelte verlegen: »Na, so was, das tut mir aber Leid. Wissen Sie, warum ich hier bin?«

Es gelang ihr, ebenfalls zu lächeln, obwohl sie immer noch am ganzen Leib zitterte: »Natürlich. Wir sind beide hier, um Michael abzuholen. Aber Michael ist nicht da.«

Sein Gesicht wurde sofort ernst: »Wo ist er?«

»Ich weiß es nicht. Wahrscheinlich ist er schon eine ganze Weile weg. Travis und ich haben schon beide vor einiger Zeit versucht, hier anzurufen, aber niemand ging ans Telefon.« Ihre Knie waren butterweich. Sie schüttelte den Kopf, um wieder klar denken zu können.

»Ist Ihnen nicht gut?«

Sie zog einen Stuhl vom Küchentisch weg und setzte sich. Erst nach einer Weile konnte sie antworten: »Ich bin wahrscheinlich überreizt. Es war alles ein bisschen viel in letzter Zeit.«

»Vielleicht hilft ein Glas Wasser?«

Ihr Vertrauen in Brett war nicht sonderlich groß. Sie beobachtete genau, wie er zum Wasserhahn ging und das Glas mit nichts als klarem Wasser füllte. Nun stand er nicht mehr zwischen ihr und der Tür. Sie könnte jetzt weglaufen.

Beherrsch dich, Morgan! Reiß dich zusammen!

Nancy Barrons und Kim Staples hatten an diesem Tag schon viel zu beobachten und zu fotografieren gehabt, bevor sie am Macon'schen Gelände zu uns stießen. Wir verwandten uns für sie und sie durften die Straßensperre passieren. Die Hauptattraktion waren im Moment die Wohnwagen, die in einem langsamen, traurigen Zug vom Gelände rollten. Jedes Fahrzeug trug als Zeichen dafür, dass es kontrolliert worden war, einen roten Aufkleber.

»Das Ende von Cantwells schöner, neuer Welt«, kommentierte Nancy.

Schweigend beobachteten wir die Abreisenden.

»Kyle?«

»Ja?«

»Ich werde in der nächsten Ausgabe meinen Angriff gegen Sie zurücknehmen. Ich hoffe, einen Teil des Schadens wieder gutmachen zu können, den ich Ihnen damals zugefügt habe.«

Kyle lächelte: »Danke. Preis sei Gott!«

»Kyle!«, rief jemand außerhalb der Absperrung. »Travis!«

Bob Fisher, Howard Munson, Sid Maher und Paul Daley, die Pastoren unserer Stadt, waren eingetroffen. Wir verließen den abgesperrten Bereich und gingen zu ihnen. Sie hatten viele Fragen und Sorgen mitgebracht. Was konnten sie jetzt tun?

»Beten«, sagte Kyle, »wir haben eine Menge Gebetsanliegen: Niemand soll verletzt werden, den Anhängern Cantwells soll Gott die Augen öffnen und die Geiseln sollen freikommen.«

»Cantwell?«, fragte Paul Daley. »Wer ist denn das?«

Um diesen Namen zu erklären, musste man viel erzählen. Kyle fing an zu berichten, während ich mich etwas abseits hielt und beobachtete, was sich um uns herum entwickelte. Eben wurden rund um das Haus die Scheinwerfer und Lautsprecher aufgebaut.

»Es wird ihm nicht gefallen, so eingekreist zu sein«, dachte ich laut.

»Was sagten Sie?«, fragte Nancy.

»Ich weiß nicht, wie er darauf reagiert, eingeschlossen zu werden. Dazu so viele Uniformierte. Das könnte ihn sehr an das Erlebnis im Hinterhof erinnern ...«

»Stimmt«, murmelte Nancy.

»Wenn er sich in die Enge getrieben fühlt ...«

»Geht es Ihnen besser?«, fragte Brett besorgt.

Morgan hatte das Wasser getrunken und fühlte sich tatsächlich etwas besser. »Ja, ich brauchte nur einen Augenblick, um mich zu beruhigen.« Ihr Herz raste unverändert.

»Wir sollten Michael suchen.«

»Möglicherweise hat er sich entschlossen, zu Fuß nach Hause zu gehen, zu meiner Wohnung. Vielleicht ist ihnen auch aufgefallen, dass er gerne wandert.« Sie sah mein Telefon neben dem Sofa im Wohnzimmer, stand auf und ging darauf zu. »Ich will mal versuchen, ob ich ihn bei mir zu Hause ...«

»STEHEN BLEIBEN! KEINE BEWEGUNG!«

Sie erstarrte, hob die Arme, ihre Hände zitterten. Langsam drehte sie sich um.

Aber Brett hatte nicht sie gemeint. Er sah ins Schlafzimmer und zielte mit seiner Pistole auf jemanden, den sie nicht sehen konnte. Mit einer Kopfbewegung bedeutete er ihr zurückzugehen.

»DREHEN SIE SICH LANGSAM ZUR WAND UND LASSEN SIE DIE HÄNDE OBEN!«

Sie kroch hinter das Sofa. Ihr Herz drohte stehen zu bleiben und sie konnte nur ein paar Worte beten. Dann hatte sie damit zu tun, ein- und auszuatmen.

Brett hielt die Waffe mit beiden Händen, hatte die Arme gerade ausgestreckt und ging ruhigen Schrittes auf das Schlafzimmer zu. Er ging durch die offen stehende Tür und verschwand aus ihrem Blickfeld.

»AN DIE WAND! BEINE BREIT!«

Etwas klirrte. *Seine Handschellen,* dachte sie.

Als Nächstes hörte sie einen stummen Kampf, Keuchen, dumpfe Faustschläge, Stöhnen, dann ging ein Bücherregal entzwei und Bücher donnerten zu Boden. Ein Körper krachte gegen die Wand. Sie wollte helfen und kroch hinter dem Sofa hervor.

Ein Schuss! Sie duckte sich wieder hinter das Polster.

Stoff wurde zerrissen, ein Schlag. Brett stieß einen lauten Schmerzensschrei aus. Es wurde weitergekämpft.

Dann Stille. Stolpernde Füße zogen sich über den Boden.

Eine Hand kam durch die Tür, krallte sich in den Türrahmen, verschmierte alles mit Blut.

Bretts Gesicht folgte, verzerrt, schlotternd und leichenblass. Er starrte sie an, seine Lippen formten tonlos Worte. Ein gurgelnder Laut, dann ein Blutschwall. Sie sprang aus ihrer Deckung, um ihm zu helfen.

Sein Körper taumelte vorwärts, sein Leib rutschte aus einer blutigen Klinge, die unbewegt in der Luft stehen blieb. Der Schaft des Messers blieb hinter dem Türrahmen verborgen. Brett brach zusammen, kroch auf allen vieren über die Schwelle, dann krachte sein Kopf auf den Dielenboden.

Das Messer bewegte sich, die Hand, die es hielt, wurde sichtbar.

Er war die blutverschmierte Hand von Justin Cantwell.

30

Seine weiße Kleidung war mit frischem Blut getränkt. Cantwell lehnte in der Tür und sah Morgan mit kalten Augen an, das Messer in der Hand – bereit, erneut zuzustechen.

Morgan rannte.

Eine Person stellte sich ihr in den Weg. Sie erschien in der Gestalt eines dunkelhäutigen jungen Mannes mit schwarzen Locken. Er streckte seine Hand nach ihr aus. Sie sprang zur Seite.

Da sah sie den Tramper hinter sich. Er sah blass aus, fahl, sein blondes Haar fiel strähnig auf seine Schultern. Er griff nicht nach ihr, stand einfach nur da, versperrte ihr den Weg und grinste sie hämisch an.

Sie wollte ihn zur Seite stoßen, aber ihre Hand ging ins Leere. Sie verlor das Gleichgewicht und fiel vornüber.

Justin Cantwell fing sie mit blutverschmierten Händen auf. Er umfasste ihre Hüfte. Sein eiserner Griff war kalt wie Stahl. Er roch nach Schweiß – es war der Geruch, den sie im Schlafzimmer wahrgenommen hatte – und nach Blut. Sie versuchte, sich loszumachen, trat nach ihm, wand sich in seinen Händen, aber er stand hinter ihr, drehte ihr die Arme auf den Rücken und hielt das Messer an ihre Kehle, mit dem er schon Henchle erstochen hatte.

»Na?« Justins Stimme war spöttisch, herablassend.

Der Tramper erschien wieder und stand direkt vor ihr, gleichzeitig kam der Dunkelhaarige von der Eingangstür langsam auf sie zu. Die beiden sahen sie drohend an.

Sie kämpfte um ihr Leben, doch das Messer an ihrer Kehle stach in ihre Haut wie heiße Nadeln. Sie schrie.

»Was ist?«, lächelte Justin böse.

Sie hielt still, rang nach Atem und wimmerte. Das Messer ritzte ihre Haut. War das ihr Ende?

»Sag doch mal: Bitte, lieber Justin, lass mich los«, grinste er.

Mehrmals setzte sie an, bis schließlich ein Ton zu hören war. Mit belegter Stimme flüsterte sie: »Bitte, lieber Justin, lass mich los.«

Er ließ das Messer sinken. »Na, also.«

Eine weitere Person kam aus dem Nichts. Sie trug ein weißes Gewand und sah fast wie ein Engel aus. Die drei umringten Morgan und bildeten eine unüberwindbare Mauer.

»Hast du gesehen, was ich mit Henchle gemacht habe?« Lauernd sah Justin sie an.

Vater, in deine Hände befehle ich meinen Geist ... Sie schluckte, nickte.
»Siehst du meine Freunde?« Er deutete auf die drei Gestalten.
Sie konnte kaum glauben, was sie sah, und nickte.
»Dann verstehst du, dass deine Möglichkeiten sehr eingeschränkt sind, nicht wahr? Um genau zu sein, du hast nicht die winzigste Chance, das hier zu überleben.«
»Jesus ...«, flüsterte Morgan unbewusst.
Justin fuhr auf. Sein Messer war wieder an ihrem Hals. »Wenn du diesen Namen noch einmal erwähnst, dann werde ich ihn aus deinem Mund herausschneiden! Verstanden?«
Die drei Gestalten waren real und irreal zugleich. Morgan flüsterte angstvoll: »Wer sind sie?«
»Sie kamen mir zu Hilfe, vor vielen Jahren, als niemand mir helfen wollte. Seither arbeiten wir zusammen.«
»Sind sie ...?«
Er kicherte. »Was denkst du?«
Der Dunkelhaarige nahm plötzlich an Umfang zu, wurde blass und grauhaarig und starrte sie aus eingesunkenen Augen an: Louis Lynch, der verstorbene Mann von Florence Lynch stand vor ihr.
Der weiß gekleidete Mann trug plötzlich einen dunklen Anzug und einen Priesterkragen, genau wie ...
Sein Gesicht veränderte sich, verschwamm, wurde ...
Gabe Elliott. Er lächelte und nickte ihr zu.
Einen größeren Schmerz konnte man ihr nicht zufügen. Sie schrie: »NEIN!«

Die Polizisten warteten immer noch auf ein Telekommunikationsfahrzeug, um mehrere Telefone zu schalten und das Haus überwachen zu können. Bis dahin war ich auf mein Handy angewiesen. Ich wählte die zweite Nummer.
»Ja?« Cantwell war am Apparat.
»Justin, hier spricht Travis.«
»Habe ich Ihnen nicht gesagt, Sie sollen heimkommen?«
»Ich muss zuerst wissen ...«
Aufgelegt.

Cantwell warf sein Handy auf den Küchentisch und fuhr fort, Morgan an den Stuhl zu fesseln.

»Moderne Technik, das Wunder des weitergeschalteten Anrufs«, grinste er. »Aber Travis wird es bald herausfinden.«

»Sie hätten fliehen können.« Morgans Stimme war jetzt ruhig. Sie hatte sich auf sein Angebot eingelassen: So lange sie leise war, würde er ihr nicht den Mund zukleben. Wenn sie schrie, würde er ihr die Kehle durchschneiden. Eine klare Abmachung. Brett Henchles Körper, der in einer Blutlache zu ihren Füßen lag, sprach für sich.

»Meine treuen Anhänger denken, ich sei geflohen, und sie gewinnen Zeit für mich.«

»Und warum fliehen Sie nicht?«

Er umrundete sie mit dem Klebeband, bis sie keinen Finger mehr rühren konnte. Zufrieden trat er einen Schritt zurück und betrachtete sein Werk. »Ich muss noch einmal mit Ihrem Freund sprechen, falls er es jemals schafft, hierher zu kommen. Seinetwegen bin ich hier, von Ihnen und Henchle wollte ich gar nichts.«

»Was ist mit meinem Sohn?«

Fast hätte er sie geschlagen. »Ihr Sohn? Dieser Feigling, der Verräter!«

»Wo ist er?«

Seine Wut kostete ihn Kraft. Die Farbe wich aus seinem Gesicht und er ließ sich auf den nächsten Stuhl fallen. »Machen Sie sich seinetwegen keine Sorgen. Das wird ihm nichts nützen.«

Ich wählte die erste Nummer.

Matt ging ans Telefon: »Ja?«

»Können Sie mir sagen, wie viele Personen bei Ihnen im Haus sind?«

»Etwa zwanzig.«

Ich hatte meinen Stift gezückt. »Geben Sie mir die Namen durch!«

»Ich kenne die Namen nicht.«

Ich spürte Parkers Blicke. »Matt, die Polizei will wissen, wer noch alles bei Ihnen ist. Wenn Sie nicht wollen, dass das Haus gestürmt wird, dann sollten Sie jetzt mit uns zusammenarbeiten!«

»Mary Donovan.«

Ich schrieb mir den Namen auf. »Und?«

»Dee Baylor.«

»Weiter!« Er schwieg.

»Brandon.«

»Ja.«

»Und noch zwanzig andere.«

Hinter mir wurde es unruhig. Ich drehte mich um. Ein Wohnmobil hielt an, die Tür wurde aufgestoßen. Jim Baylor stand direkt vor der Tür und jubelte, als Dee im Eingang erschien, die Stufen herunterhüpfte und direkt in seinen Armen landete. Sie umarmten und küssten sich, lachten, weinten, erklärten, entschuldigten sich. Es fehlte nur noch die Hintergrundmusik.

»Brett, Jim Baylor würde gerne mit seiner Frau sprechen. Ist das möglich?«

»Nein, sie ist bei den anderen. Keiner kann den Raum verlassen.«

Jim winkte mir und führte seine Frau zur Straße. Sie umarmte ihn und weinte.

»Gut, geben Sie mir weitere Namen.«

»Ich sagte Ihnen doch schon, dass ich nicht weiß, wie die Leute heißen.«

»Dann geben Sie mir bitte Brandon.«

»Wählen Sie die andere Nummer.«

»Er kann ja nicht so weit weg sein ...« Plötzlich krampfte sich mein Magen zusammen.

»Rufen Sie ihn unter der anderen Nummer an.«

»Ja ...« Matt sollte nicht ahnen, welcher Verdacht plötzlich in mir hochkam. Ich zwang mich, ruhig weiterzusprechen. »Gut, ich rufe ihn an.« Ich beendete das Gespräch, Parker sagte etwas, aber ich hörte nicht mehr hin.

Cantwell hatte seine Augen, die für ihn arbeiteten. Er musste nicht hier sein, um zu wissen, was die Polizei tat oder ob Parker gerade lächelte.

»Was ist?«, fragte Parker.

»Matt sagt nichts ... ich muss noch einmal ...«

Cantwell würde sich nicht einsperren oder belagern lassen. Er würde sich bestimmt nicht in dem Haus verstecken, das wir umzingelten.

»Nun machen Sie schon!«, drängte Parker.

Ich wählte die zweite Nummer. Nach längerem Klingeln ertönte folgende Ansage: »Das mobile Telefon, dessen Nummer Sie gewählt haben, ist zurzeit nicht erreichbar. Bitte versuchen Sie es später noch einmal.«

»Kein Anschluss?«, erkundigte sich Parker besorgt.

»Ich muss mit Dee sprechen!«, sagte ich und lief davon.

»Jim! Dee! Wartet!«

Sie standen an der Straße und warteten auf mich. Aus den Lautsprechern rund ums Haus dröhnte Jimi Hendrix, die Scheinwerfer erweckten den Anschein, es fände gerade ein Sportereignis statt. Vor der Absperrung drängten sich Journalisten und Kameraleute. Die ganze Umgebung war vom Flackern der Blinklichter erfüllt.

Wir würden noch einmal miteinander sprechen, hatte er gesagt, ich könnte mich darauf verlassen.

Geh nach Hause, Travis. Geh heim!

»Dee«, fragte ich nervös, »ist Brandon dort oben?«

Sie wischte sich die Tränen aus den Augen. »Ich will ihn nie wieder sehen. Nie wieder. Ich war so blind, so naiv …«

»Hast du ihn denn gesehen?«

»Nein, er kam nicht aus seinem Zimmer heraus, er sprach nie mit mir. Mit keinem sprach er. Die Leute verlassen ihn. Er ist … er ist … ich will nach Hause!«

Jim drückte sie an sich und führte sie zur Straße. »Komm, mein Liebling, wir gehen nach Hause. Danke, Travis, vielen Dank für alles!«

»Dir auch, Jim!«

Ich nahm mein Handy und wählte Morgans Nummer. »Das mobile Telefon, dessen Nummer Sie gewählt haben, ist zurzeit nicht erreichbar. Bitte versuchen Sie es später noch einmal.«

Ich wählte meine eigene Nummer. Meine Hand zitterte so stark, dass ich mich verwählte. Ich wählte erneut. Mir wurde übel.

Es klingelte, klingelte und dann …

»Na, es scheint, als wären Sie jetzt bereit, mit mir zu reden. Wir erwarten Sie«, sagte Justin Cantwell. Bevor ich einen klaren Gedanken fassen konnte, fügte er hinzu: »Sehen Sie sich nicht um, Travis. Sagen Sie nichts, geben Sie niemandem einen Hinweis. Ich habe hier jemanden, der gerne mit Ihnen sprechen möchte.«

»Travis?« Das war Morgans zitternde Stimme. »Travis, ich liebe dich ebenfalls.« Ich hörte ihr Weinen.

»Sie sehen, ich habe vorhin nicht gelogen«, lachte Cantwell böse, »ich war nur meiner Zeit voraus. Haben wir uns verstanden?«

Kyle und die anderen Pastoren standen ganz in der Nähe, hatten einen Kreis gebildet und beteten. Ich wusste, dass ich nicht allein war.

»Wir wollten uns doch noch unterhalten.«

»Dann kommen Sie endlich nach Hause, Travis! Aber allein.«

»Bin schon unterwegs.«

Irgendwie entschuldigte ich mich mit Übelkeit, Müdigkeit oder Unfähigkeit, ich weiß es nicht mehr, und rannte zu meinem Wagen.

Ich stieg ein, schloss die Tür und startete den Motor. Dann senkte ich meinen Kopf und wollte beten. Dabei hielt ich das Lenkrad so fest umklammert, dass ich es ohne Mühe hätte verbiegen können. Ich wollte zu Gott schreien, mit ihm ringen, zu ihm flehen, für Morgans Leben eintreten und für mein eigenes und für Justins arme Seele. Ich wollte alle Mächte der Finsternis binden, brechen und zerstören. Ich war entschlossen, Krieg in der unsichtbaren Welt zu führen, im Gebet zu kämpfen wie nie zuvor in meinem Leben ...

Bevor du betest ..., hörte ich Jesus sagen.

Ich sah auf. In meinem Wagen war es ganz leise und auch in meinem Herzen herrschte plötzlich große Ruhe. Ich war verblüfft. Was geschah hier? Vor einem Augenblick noch war ich bereit gewesen, mich der Hölle entgegenzuwerfen, und jetzt war mir, als würde ich an einem himmlischen Ort sitzen. Ich sah nichts Ungewöhnliches, keine Vision, keinen Engel, keine Lichtbündel oder Gesichter am Himmel. Vor meiner Windschutzscheibe waren unzählige Polizisten im Einsatz, Blaulichter drehten sich unaufhörlich, Flutlicht bestrahlte das Haus, Fernsehkameras liefen.

Aber mir schien es, als wäre ich an einem anderen Ort.

Wie soll ich das beschreiben? Jesus saß mit mir im Auto. Ich will mir nicht anmaßen, ihm Worte in den Mund zu legen, doch ich spürte seine Frage: »Hast du einen Augenblick Zeit?«

Ich ließ das Lenkrad los und hörte ihm zu.

Morgan saß ganz still auf ihrem Stuhl und betete innerlich. Ihre Arme waren an die Armlehnen geklebt, ihre Füße zwischen den Stuhlbeinen befestigt. Cantwell saß ihr gegenüber am Tisch, lehnte sich auf seinen linken Ellbogen und atmete schwer. In seiner rechten Hand baumelte das Messer. Obwohl er erschöpft wirkte, war das Böse, Tierische in seinen Augen unvermindert. Er hatte Bretts Blut weder von seinen Händen gewischt, noch versucht, seine Kleider zu reinigen. Vielmehr sah es so aus, als würden die Blutflecken in seiner Kleidung größer werden. Auf seinem Stuhl bildete sich eine rote Pfütze und er saß mitten darin.

»Sie sind also auch eine von ihnen?«, fragte er.

»Was meinen Sie?«

Er beugte sich vor und hielt das Messer unter ihr Kinn: »Sie sind eine Pastorin!« Er spuckte das Wort regelrecht vor ihr auf den Tisch. »Hat Ihr Freund Ihnen erzählt, was ich mit meinem Pastor gemacht habe?«

Seine wütenden Augen waren nur Zentimeter entfernt. Sie roch seinen Atem, den Schweiß und das Blut, das wie verrottetes Fleisch zu stinken begann. Der Dunkelhaarige, der Engel und der Tramper waren anwesend, lauerten in den Ecken, kauerten an den Wänden. Nur manchmal waren sie sichtbar, aber auch wenn sie nicht zu sehen waren, spürte man ihre Anwesenheit. Das Haus war zu einem Vorort der Hölle geworden.

Umso schwerer war der Friede zu erklären, den sie erlebte. Sie hätte nie damit gerechnet, unter diesen Umständen eine solch tiefe Ruhe genießen zu können. Ihr war, als säße sie in einer Kapsel, die sie von allem Geschehen rings um sie her abschirmte. In dem Moment, als sie nicht mehr kämpfen konnte und ihr keine Möglichkeiten mehr geblieben waren, als Cantwell die letzte Runde mit dem Klebeband um sie gedreht hatte und sie nichts mehr tun konnte, außer Gott zu vertrauen, da hatte sich dieser Friede auf sie gesenkt.

Ihre Stimme war sanft und fest, als sie antwortete: »Er hat mir vor allem davon erzählt, was dieser Pastor Ihnen angetan hat.«

Er lehnte sich zurück und legte die Hand mit dem Messer in seinen Schoß. »Vielleicht hat er tatsächlich alles herausgefunden.« Sein Blick fiel auf den toten Henchle: »Hat er Ihnen auch erzählt, wer noch dabei war?«

Morgan dankte Gott, dass ihr der Name einfiel: »Ich glaube, er hieß Gallipo.«

Cantwell sah zufrieden aus. »Conway Gallipo, der Polizist von Nechville! Sehr gut.«

»Travis konnte sich diesen Teil der Geschichte zusammenreimen. Es liegt auf der Hand, dass zwei Leute notwendig waren: einer, der Ihren Arm hielt, ein Zweiter, der die Nägel hineinschlug.«

Er wedelte mit dem Messer vor ihrer Nase herum: »Dann wissen Sie ja einiges über mich und warum wir hier zusammensitzen.« Triumphierend stellte er seinen Fuß auf Henchles Rücken: »Das war Gottes Antwort auf Gallipo.« Er sah Abscheu in ihrem Gesicht und lachte: »Kommen Sie schon, Sie haben Brett auch nicht vertraut …«

Er richtete sich auf und sah sich im Raum um wie ein Wachhund, der ein Geräusch wahrnimmt.

Morgan spürte eine Unruhe im Raum, eine kalte Bewegung in der Luft, alarmierte Reaktionen – auf der Gegenseite.

Dann hörte sie, dass eine Wagentür zugeschlagen wurde.

Das Häuschen sah einladend aus, warmes Licht schien hinter den Vorhängen. Aber die Atmosphäre war kalt und finster, und ich wusste, dass

Dämonen in meinem Haus waren. Ich zögerte und erinnerte mich an alles, was Jesus mir unterwegs gezeigt hatte. Er war auf meiner Seite. In meinem ganzen Leben gab es nicht einen Augenblick, in dem er mich verlassen hatte. Auch das Abenteuer, das mir jetzt bevorstand, bildete keine Ausnahme. Ich musste nur hineingehen und zusehen, wie Jesus das Geschehen übernehmen würde.

Kyle und die anderen beteten. Ich flüsterte selbst noch ein kurzes Gebet, dann ging ich zur Tür.

Geistliche Unterscheidungsfähigkeit war nie meine Stärke gewesen. Manchmal spürte ich zwar, dass irgendwo etwas nicht in Ordnung war, aber in der Regel konnte Marian sehr viel präziser erkennen, was in der unsichtbaren Welt vor sich ging. Doch heute Abend blieben auch für mich keine Fragen offen. In meinem Haus war die Gegenwart des Bösen eindeutig wahrzunehmen. Unwillkürlich sah ich mich nach den Geistern um.

Sie beobachteten mich, warteten auf mich und wollten sich einen Spaß mit mir machen.

Komm endlich rein, lockten sie mich.

Als ich auf der Schwelle stand, hörte ich Geräusche. Ein Stuhl wurde gerückt, Morgans Stimme, eine leise Drohung.

Ich rief durch die geschlossene Tür: »Justin, ich bin's, Travis. Ich komme herein.«

Es kam keine Antwort, nur ein Stich in meinem Magen und das Gefühl, von einer Klippe zu springen. Ich umklammerte den Türknauf.

Wir sind bereit, fühlte ich sie sagen, *komm herein.*

Auch wir sind vorbereitet, dachte ich, *wir kommen jetzt zu euch.*

Ich drehte den Knauf und öffnete langsam die Tür.

Als Erstes sah ich Justin Cantwell in meiner Diele stehen, blutverschmiert. Mit einer Hand hielt er Morgans Haare, mit der anderen presste er ein Messer an ihren Hals. Dann sah ich das Klebeband, mit dem er sie an den Stuhl gefesselt hatte. Erst jetzt fielen meine Augen auf Brett Henchle, der in seinem Blut lag. Mir wurde schlecht, aber ich blieb ganz ruhig. Cantwell atmete keuchend, zitterte und wirkte – verzweifelt.

»Guten Tag zusammen«, sagte ich mit unerwartet fester Stimme, »da bin ich.«

»Tür zu!«, zischte er.

Ich schloss die Tür.

»Sie haben den Anfang verpasst«, begann er und nickte in Henchles Richtung, »aber Sie sehen schon, wer hier der Herr ist!«

Ich hob meine Hände und zeigte ihm, dass ich keine Waffe hatte, dann ging ich langsam zu einem Stuhl und setzte mich. »Ich bin ganz Ohr.«

Mir war, als hinge die Decke tiefer als sonst, als läge ein ganzer Berg auf den Querbalken. Die Luft zum Atmen war knapp. Obwohl ich eben erst hereingekommen war, hatte ich das Gefühl, die Haustür ließe sich nicht mehr öffnen. Wir waren nur drei lebende Personen in dem ganzen Haus, trotzdem hatte ich den Eindruck, die Räume seien überfüllt.

Cantwell ließ Morgans Haare los und sie lockerte ihren steifen Nacken. Mühsam schaffte er es zu seinem Stuhl und setzte sich.

»Justin«, sagte ich, »Sie sind verletzt.«

Er ging nicht darauf ein. »Sehen Sie, Travis«, seine Stimme wirkte kraftlos, »ich habe gewonnen. Ich habe mehr Kranke geheilt, mehr Hungrige gespeist, den Hoffnungslosen mehr Hoffnung gebracht und jetzt kann ich sogar entscheiden, wer lebt und wer stirbt. Die Menschen fürchten sich vor mir.« Sein Körper fiel nach vorne. Er stützte sich am Tisch ab, sein Kopf sank nach unten. »Damit bin ich Gott gleich.«

Ich war nicht beeindruckt: »Weil Sie ihm nicht vertrauen können, versuchen Sie, so zu sein wie er. Geht es darum?«

»Genau.«

»Hmh. Trotzdem brauchen Sie dringend einen Arzt.«

Er hob mühsam seinen Kopf und grinste mich an: »Seit damals im Hinterhof habe ich alles bekommen, was ich wollte.«

»Nämlich?«

Sein Kopf sank wieder nach unten und er redete zum Boden hin. »Ich bin nicht mehr an den Zaun genagelt.«

Obwohl die Szene grausam war, tat er mir so Leid. »Ich verstehe, was Sie meinen.«

»Sie haben das Gleiche erlebt, deshalb verstehen Sie mich.«

Ich wollte es endlich klären: »Justin, ich war verletzt und entmutigt und hatte keine Lust mehr ...«

»Sie verstehen, was mich treibt!«

»Ja, das verstehe ich.«

»Auf welcher Seite stehen Sie also?«

»Justin«, sagte ich sanft und sah auf seinen Körper, »Sie bluten!«

Er beugte sich zu Morgan und schwang drohend das Messer vor ihrem Gesicht: »Bleiben Sie beim Thema!«

»Wie Sie wollen!«

Er entspannte sich und ich fuhr fort: »Wir waren beide wütend, wir hatten beide genug von allem, wir waren beide verletzt und hatten viele unbeantwortete Fragen. Aber mein Problem war die Kirche und der ganze Gemeindekram. Sie hingegen hatten ein Problem mit Gott. Das ist ein großer Unterschied.«

Seine Augen bohrten sich in meine, während er seine Unterarme zeigte: »Ich bin durchaus bereit, beiden die Schuld zu geben.«

Ich wagte mich weit vor und hoffte, er würde es geschehen lassen: »Aber Ihr Vater ist nicht Gott. Und es war Ihr Vater, der Sie an den Zaun genagelt hat. Jesus würde so etwas nie tun.«

Er verzog sein Gesicht, als würde er den Schmerz wieder ganz frisch spüren. »Es ist zu spät, darüber zu diskutieren.«

Ich sprach trotzdem weiter: »Erinnern Sie sich, wie Ihre Mutter nach Hause kam und Sie vom Zaun losmachte? Sie wiegte Sie in ihren Armen und sang für Sie. In Ihrer Mutter ist Ihnen Jesus begegnet. Jesus hat Sie nicht an den Zaun genagelt, sondern Sie vom Zaun befreit.«

Für einen kurzen Moment wurde sein Gesicht etwas weicher, als er diese Erinnerung zuließ.

»Ich habe Ihre Mutter kennen gelernt und Jesus in ihr gesehen.«

Die Härte und der Ekel strömten zurück. »Sie wird jeden Tag geschlagen, gedemütigt und herumgestoßen.«

»Das ist nicht Jesus …«

»Aber er lässt es geschehen. Stellen Sie sich nicht dumm. Sie sehen doch auch, was er alles zulässt.«

Ich war entschlossen, ihm die Wahrheit zu sagen. »Justin, nachdem ich Jesus seit meiner Kindheit kenne und Sie ein paar Monate lang beobachtet habe, steht für mich fest, dass ich lieber Jesus vertraue.«

Er steckte den Schlag ein, lachte hämisch und schüttelte den Kopf. »Sie sind wie meine Mutter. Sie sind gerne auf der Verliererseite.«

»Falsch, ich gewinne ausgesprochen gern. Es dauert nur manchmal etwas länger.«

Er fuhr zusammen, seine Augen gingen beunruhigt im Raum hin und her. Vermutlich war mit seinen unsichtbaren Freunden etwas nicht in Ordnung. Als er mich wieder ansah, wirkte er schwächer.

»Ich gewinne ausgesprochen gern«, erklärte er und schwankte auf seinem Stuhl: »Das hat mein Vater erlebt … und Gallipo …« Er sah auf Brett, »auch Gott wird das erleben und Sie auch.«

Ich beugte mich vor: »Aber wir sollten jetzt keine Zeit mehr verlieren und einen Krankenwagen rufen.«

Er drohte mir mit dem Messer. Schon seit einer Weile tropfte das Blut von seinem Stuhl auf den Boden. »Sie hätten sich mit mir zusammentun sollen.« Seine Stimme wurde immer leiser. »Dann hätten Sie

Gott auch besiegen können – so wie ich.« Er presste seine Hand gegen seinen Leib und stöhnte. Hellrotes Blut rann durch seine Finger.

Sein Oberkörper fiel nach vorne, eine Hand hielt das Messer, die andere drückte auf die Wunde. Lange hing er so, den Kopf auf den Knien.

»Justin.« Ich erhob mich.

Mit einem Stöhnen kippte er vom Stuhl, hielt aber immer noch das Messer in der Hand.

Morgan bremste mich: »Warte, Travis.«

Ich blieb kurz vor dem sterbenden Körper stehen. Morgan sah auf einen Punkt direkt vor mir. Sie zeigte keine Angst. »Kannst du sie sehen?«

Ich sah nichts, doch ich spürte, was sie meinte. Mir standen die Haare zu Berge. »Wo sind sie?«

Morgans Blick ging von einem zum anderen und sie erklärte: »Hier ist der Tramper, daneben Sallys Engel, und ich vermute, der Dunkelhaarige ist Elkezar.« Jetzt wurde Morgan wütend: »Sie lachen ihn aus!«

Haben Sie das nicht sein Leben lang gemacht?, dachte ich traurig. »Für euch ist hier die Party vorbei«, sagte ich, »verschwindet!«

Ich spürte einen Windstoß, obwohl alle Fenster und Türen geschlossen waren. Morgan schnappte nach Luft, und ich ahnte, was sie sah.

Wie eine zurückweichende Welle rollte das Böse aus meinem Haus. Die Schwere, die fehlende Luft, die Enge, alles verschwand. Schmerz, Bitterkeit, Hass und Stolz – sie hatten ausgespielt. Ihre Zeit war vorbei.

Ich schaltete das Licht zweimal an und aus. Rufe, Schritte an beiden Eingängen, dann stürmten Mark Peterson und seine vier Männer das Haus, mit gezogenen Pistolen und von Deckung zu Deckung springend, bis sie Brett und Cantwell sahen. Einen Moment lang erstarrten sie, dann steckten sie die Waffen weg und nahmen die Mützen ab. Mark kniete neben seinem toten Chef: »O nein ...«

Ich ging zu Justin, dem vermeintlichen Messias von Antioch. Seine Augen standen noch halb offen, doch er sah mich nicht mehr. Sein Blick ging in die Ferne. Ich konnte in seinen Augen sehen, was er beobachtete. Seine Gefährten verließen ihn, seine Macht ging mit ihnen. Mit Entsetzen erkannte er den großen Betrug. Ich nahm ihm das Messer aus der Hand. Als ich mich aufrichtete, waren seine Augen leer.

Die Polizisten stellten seinen Tod fest und riefen Parker an: »Cantwell starb an einer Schussverletzung, Henchle an einer Stichverletzung.«

Ich schnitt Morgan mit meinem Taschenmesser los.

»Michael«, rief sie, »wir müssen Michael suchen!«

»Er ist draußen«, erklärte Mark, »wir haben ihn unterwegs aufgegabelt. Er war auf dem Weg zu Ihrer Wohnung.«

»Mutti?«, hörten wir seine Stimme, »Mutti, was ist mit dir?«

Morgan lief hinaus: »Michael!«

»Hier geblieben«, rief ein Polizist hinter ihr her, »wir brauchen Sie als Zeugin.«

»Keine Sorge«, sagte ich und lief ebenfalls hinaus.

Mutter und Sohn lagen sich in den Armen. Er war einen Kopf größer als sie, trotzdem war sie seine Mutter und sprach auch so mit ihm: »Du hast mir vielleicht einen Schrecken eingejagt! Ich hatte schon das Schlimmste befürchtet. Warum hast du denn nicht angerufen, bevor du losgegangen bist?«

Ich sah zu meinem Haus zurück. Die Polizisten räumten auf. Dann dachte ich an Kyle und die anderen, die in einem Kreis zusammen standen und beteten. Morgan ließ ihren Jungen los und blickte mich an. In ihren Augen las ich, was ich in meinem Herzen wusste, was wir aber nicht in Worte fassen konnten. Wir liefen aufeinander zu. Sie warf ihre Arme um mich und drückte mich an sich. Ich erwiderte ihre Umarmung nicht weniger innig. Was die Leute dachten, kümmerte uns in diesem Moment nicht.

Epilog

Die Belagerung des Macon'schen Hauses war so plötzlich vorbei, wie sie begonnen hatte. Die Camper wollten keinen Ärger und fuhren nach Hause. Die Aussteiger und die ewig Suchenden sammelten ihre Kinder und Hunde ein und zogen weiter. Auch die Arbeitsgruppen hatten ihre Vision für Antioch verloren und waren verschwunden, sobald ihnen das Geld ausgegangen war. Als die Polizei schließlich in das Macon'sche Haus eindrang, traf sie nur noch auf zwei Personen. Matt Kiley lag neben dem Telefon, unfähig, seine Beine zu bewegen, Mary Donovan war immer noch der Meinung, die Heilige Jungfrau zu sein, und betete in ihrem Zimmer für Befreiung. Später fand man noch Melody Blair, die sich in einem Schuppen versteckt hatte.

Ein Jahr später war Antioch nicht mehr wieder zu erkennen. Don Anderson eröffnete einen neuen Elektrogerätehandel, Kileys Eisenwarenladen ging an einen neuen Besitzer über und Nancy Barrons verkaufte die Zeitung und heiratete einen Journalisten aus Spokane. Die Marienkirche bekam neue Bänke, einen neuen Altar und ein neues Kruzifix.

Nur weniges erinnerte noch an die Ereignisse des Vorjahres. Die Mittellinie, mit der Michael Elliott die Hauptstraße bemalt hatte, war noch gut zu sehen, ebenso wie die Wolken um die Kanaldeckel. Auch die Bäume, die damals gepflanzt wurden, entwickelten sich prächtig.

Aber Jesus und Maria wurden seit damals nie wieder gesehen. Die Bewohner von Antioch hatten eine bemerkenswerte Veränderung durchlaufen. Sie beschäftigten sich mit der Gegenwart und der Zukunft. Kaum einer hatte noch das Bedürfnis, in der Vergangenheit zu leben. Ich hätte nie gedacht, dass ich einmal so etwas von Antioch würde sagen können.

Auch ich selbst war ein anderer geworden. Das wurde mir erst dann voll bewusst, als ich zum ersten Mal seit über einem Jahr meine ehemalige Gemeinde wieder betrat. Der Raum war brechend voll und die Geräusche und Gerüche, Klänge und Anblicke, die fünfzehn Jahre lang mein Leben geprägt hatten, empfingen mich erneut. Für einen Moment fürchtete ich, die alten Leiden würden wieder aufleben: der verkrampfte Magen, die verwirrten Gedanken, die geschwollene Zunge und die Angst, eingesperrt zu sein.

Doch das Gegenteil war der Fall. Ich konnte es genießen, ja, ich fand es wunderbar, wieder in diesem Gebäude und vor der Gemeinde zu stehen. Ich hätte Stunden damit zubringen können, die Gesichter der Leute zu studieren.

Der Gitarrist aus meiner früheren Band war da, auch mein alter Freund Vern mit seiner zweiten Frau, dazu Al und Rose Chiardelli, die mich immer als ihren Sohn betrachten würden. Ich entdeckte einige ehemalige Jugendliche mit ihren Familien aus meiner Zeit als Jugendpastor und freute mich über Joe und Emily Kelmer – Joe war kerngesund und seine ganze Familie war zum Glauben gekommen. Auch Jim, Dee und Darleen Baylor saßen glücklich nebeneinander.

Links von mir stand mein Bruder Steve, ein lebender Beweis für einen Mann, der Gott mit seinem ganzen Leben ehrte, ohne je gepredigt zu haben. Auf der Kanzel stand mein Vater im Talar. Er trug nie einen Talar, auch nicht für Trauungen – nur wenn er seine eigenen Kinder verheiratete. Das war seine kleine Tradition.

In der ersten Reihe saß Renee und winkte mir. Ich grüßte zurück. Lange Zeit hatte ich mir nicht erklären können, was ihr Problem war. Doch jetzt verstand ich, was ihr schon längst klar war: Sie hatte mit Gott nie ein Problem gehabt, nur auf einem bestimmten Abschnitt ihres Weges scheute sie den Gemeindekram.

Wir hatten eine lange Strecke hinter uns, diese Freunde, Verwandten und ich. Meistens war jeder für sich unterwegs, aber diesen Tag begingen wir gemeinsam.

Eine wunderbare Frau, eine ehemalige Rocksängerin sagte mir einmal, diese Leute machten mein Leben aus. Über die Jahre hatten wir uns über verschiedene Gemeinden und Denominationen verteilt, unterschiedliche Traditionen und Gewohnheiten prägten unser Leben, aber heute spielten die Unterschiede keine Rolle. Heute ging es um Jesus und um uns.

Und es ging um diese wunderbare Frau. Alle erhoben sich, als sie den Raum betrat. Morgans verwitweter Vater war von weither angereist, um sie auf diesem Weg zu begleiten. Ihr Sohn Michael saß in der ersten Reihe. Unsere beiden Gemeinden waren fast vollständig versammelt, uns zu Ehren.

Als sie den Gang entlangkam, in zartes Blau gekleidet, und ihre Augen nicht von mir abließen, da klang in meinem Herzen diese Stimme, die ich seit meiner Kindheit kannte: *Ich habe dich getragen, Travis, wie ein Vater seinen Sohn trägt, den ganzen Weg bis heute.*

Ich bin immer derselbe, gestern, heute und in Ewigkeit. Ich halte dein Leben in meiner Hand und mache alles wohl.